Ashley Carrington, Jahrgang 1951, absolvierte eine Operngesangsausbildung und studierte Theater-, Film- und Fernsehwissenschaft, bevor er sich dem Schreiben zuwandte und 1977 freischaffender Schriftsteller wurde. Der erfolgreiche, preisgekrönte Autor verbrachte mehrere Jahre auf einer Farm in Virginia, von wo aus ihn zahlreiche Abenteuerreisen in viele Teile der Welt führten. Zur Zeit lebt er abwechselnd in Florida und im Bergischen Land.

Von Ashley Carrington sind u. a. erschienen:

Küste der Verheißung (Band 3165)
Verlockendes Land (Band 3166)
Blut und Diamanten (Band 3167)
Fluß der Träume (Band 3247)
Belmont Park (Band 3135)
Hickory Hill – Das Vermächtnis der Alice Shadwell (Band 2962)

Jessica oder Das Ziel aller Sehnsucht (Band 1388)
Jessica oder Im Sturmwind der Leidenschaft (Band 2837)
Jessica oder Alles Glück hat seinen Preis (Band 2838)
Jessica oder Die Liebe endet nie (Band 3152)
sowie weitere Titel der Australien-Saga

Valerie – Erbin von Cotton Fields (Band 2021)
Valerie – Herrin auf Cotton Fields (Band 2022)
sowie weitere Titel der Südstaaten-Saga

Dieses Buch wurde auf chlor- und säurefreiem Papier gedruckt.

Originalausgabe Oktober 1994

Umschlaggestaltung Adolf Bachmann, Reischach
Satz MPM, Wasserburg
Druck und Bindung Ebner Ulm
Printed in Germany
ISBN 3-426-03168-X

2 4 5 3 1

Ashley Carrington

Flammende Steppe

Roman

Knaur

Longmans, Green & Co. Ltd. London,

Emery Walker Ltd. sc.

k, Toronto, Calcutta, Bombay & Madras.

*Für Monsignore Hanspeter Steinbach
in herzlicher Zuneigung und Verbundenheit.
Desiderium sinus cordis.*

Teil I

Leeuwenhof

1

Nichts hatte wirklich ein Ende oder einen Anfang. Im Strom der Zeit waren selbst Geburt und Tod nur willkürlich gesetzte Zäsuren, die etwas begrenzen sollten, was doch ewig im Fluß war und sich so wenig fassen ließ wie das gleißende Licht eines heißen Sommertages oder das sternerfüllte Dunkel der Nacht über der schier endlosen Weite Südafrikas. Zu dieser Erkenntnis gelangte Lena van Rissek jedoch erst, als sie selbst schon Mutter erwachsener Kinder war und ihr die Jahre ihrer Jugend auf LEEUWENHOF wie aus einem fernen Traum erschienen.

Damals, in jener Zeit, kurz bevor Julian in ihrer aller Leben trat und sie, Lena, aus dem Dornröschenschlaf ihrer so trügerisch heilen, beschaulichen und sehr begrenzten Welt riß, damals waren ihr solche Gedanken jedoch so fremd wie die Einsicht, daß zwischen dem Schwarz und Weiß von Gut und Böse, von Richtig und Falsch ein erschreckend unübersehbares Labyrinth aus Grauzonen existierte.

Natürlich hatten die Ereignisse, die sich zu ihrem persönlichen Schicksal verdichteten, nicht mit jenem rätselhaften Brief begonnen, ja nicht einmal mit den Geschehnissen, die sich fast zwanzig Jahre vorher im fernen Kimberley zugetragen hatten. Die Kette der Ereignisse, die Julian schließlich nach LEEUWENHOF brachten, hatte lange vor jenem milden Septembertag des Jahres 1896 eingesetzt. Später, im Rückblick, sollte es Lena jedoch so vorkommen, als hätte für sie alles mit diesem Tag im Frühling begonnen, an dem Adriaan, ihr ältester Bruder, vom Einkauf in Jonkheersdorp mit einem Brief für ihren Vater nach LEEUWENHOF zurückkehrte.

»Ein Brief für dich, Pa! Aus Kimberley!« rief Adriaan, bevor er

noch die Pferde vor dem Farmhaus zum Halten gebracht hatte, und schwenkte ihn aufgeregt über seinem Kopf.
Adriaan, mit siebzehn der älteste von Stefanus van Risseks vier Kindern und fast drei Jahre älter als Lena, neigte sonst gar nicht zu Aufgeregtheiten, ganz gleich welcher Art. Darin sowie in seiner kräftigen Statur war er ganz das Ebenbild ihres Vaters. Doch wenn es schon ein besonderes Ereignis war, zum Einkauf nach Jonkheersdorp fahren zu dürfen, was seit *oupa* Willems Zeiten höchstens einmal im Monat, manchmal auch nur alle zwei Monate in Frage kam, so war ein Brief eine noch größere Seltenheit.
Lena konnte sich nicht erinnern, daß irgend jemand auf LEEUWENHOF jemals einen Brief erhalten hätte. Wozu auch? Die Welt der van Risseks umschloß die Farm am Vaal River, die Höfe ihrer befreundeten Nachbarn sowie die Siedlung Jonkheersdorp mit der einzigen Kirche im Umkreis. Vereeniging, die nächste Eisenbahnstation und gute vierzig Meilen entfernt, lag schon außerhalb ihrer vertrauten Welt, ganz zu schweigen von Pretoria, dem Regierungssitz der freien Burenrepublik von Transvaal, oder gar Johannesburg, dem Sodom und Gomorra der raffgierigen *uitlanders,* wie Oupa Willem und Tante Sophie die Stadt der Goldbergwerke und Ausländer stets voller Abscheu zu nennen pflegten.
Nein, die burischen Farmer schrieben sich keine Briefe. Nicht, daß sie des Schreibens und Lesens nicht mächtig und von hinterwäldlerischer Einfalt gekennzeichnet gewesen wären, wie es die verhaßten Engländer ihnen in ihrer heimischen Presse gern unterstellten. Weit gefehlt. Die *meesters* in den abgelegenen Farmschulen, so armselig diese Lehmhütten auch waren, nahmen ihre Aufgabe als Lehrer ernst und brachten mit jeder neuen Generation ein angemessenes Maß an Bildung in die Farmstuben, die der eines englischen Farmers mit Sicherheit um einiges überlegen war. Schon die täglichen Lesungen in der Heiligen Schrift, die kein aufrechter *boer* versäumte, sowie die sonntäglichen Gottesdienste auf der *stoep* des Farmhauses vor der versammelten Fami-

lie und den schwarzen Arbeitern machten diese Kenntnisse notwendig.

Aber zu Feder und Papier zu greifen und einen Brief abzufassen, war eine völlig andere Sache. Welchen Sinn hatte es auch, sich Briefe zu schreiben, kam man doch spätestens alle Vierteljahr zum *nagmaal*, zur Feier des Abendmahls, in Jonkheersdorp zusammen und sah sich darüber hinaus auch noch bei Beerdigungen, Hochzeiten und anderen besonderen Anlässen? Und wenn es außer der Reihe einmal etwas wirklich Wichtiges zu bereden gab, dann schwang man sich eben aufs Pferd und machte einen Besuch bei seinen Nachbarn. Damit hatte es sich. Aber Briefe schreiben? Unvorstellbar!

Und nun sprang Adriaan vom Kutschbock, mit einem Brief für seinen Vater in der Hand. Und dieser rätselhafte Brief kam noch nicht einmal aus dem eigenen Land und auch nicht aus der benachbarten zweiten Burenrepublik, dem Oranje-Freistaat, sondern er kam aus Kimberley, und das lag bekanntlich in der britischen Kapkolonie!

Lena war mit ihrer anderthalb Jahre jüngeren Schwester Deleana aus der Küche hinaus auf die Stoep, die überdachte Veranda, getreten, als das schwarze Küchenmädchen Sarie die Rückkehr des jungen *baas* gemeldet hatte. Tante Sophie, eine gedrungene Person von unermüdlichem Arbeitseifer und mit stets korrekt sitzender Haube und gestärkter Schürze, folgte ihnen auf dem Fuße, an den kräftigen Händen noch Mehl. Als Hanna van Rissek bei der Totgeburt ihres fünften Kindes im Wochenbett gestorben war, war ihre verwitwete, kinderlose Schwester nach LEEUWENHOF gekommen, um ihrem Schwager in seiner Trauer beizustehen und vorübergehend im Haushalt und bei der Erziehung seiner vier halbwüchsigen Kinder zur Hand zu gehen. Das war vor acht Jahren gewesen, und längst war LEEUWENHOF zu ihrem Heim und der Haushalt zu ihrem unumstrittenen Herrschaftsbereich geworden.

»Ein Brief? Wer sollte Pa denn schreiben? Wir kennen niemanden in Kimberley!« sagte Deleana altklug und tat die Sache damit ab,

denn sie interessierte allein, ob Adriaan ihr den geblümten Stoff für ihr neues Sommerkleid mitgebracht hatte, das Pa ihr versprochen hatte.
»Sei nicht so vorlaut!« wies Tante Sophie sie sofort zurecht und schoß ihr einen jener Blicke zu, der auch bei ihren schwarzen Bediensteten und Farmarbeitern gefürchtet war.
»Hoffentlich hat Adriaan den hellen und nicht den dunklen Stoff genommen!« raunte Dele ihrer älteren Schwester zu. »Er hat mir jedenfalls versprochen, Pa zu sagen, daß es den dunklen nicht mehr gegeben habe. Tante Sophie wird zwar erst maulen, aber mit Oupas Hilfe kriege ich sie schon dazu, daß sie ihn mir läßt und mir ein neues Sommerkleid näht.«
Tante Sophie, die sonst stets an den seltenen Einkaufsfahrten nach Jonkheersdorp teilnahm, schon um ein scharfes Auge darauf zu halten, daß kein unnötiges Geld ausgegeben wurde, hatte sich an diesem Morgen nicht wohl genug gefühlt, um sich die gut zwei Stunden auf holpriger Wegstrecke hin und noch einmal zurück zuzumuten. Und da ihr Vater dringende Arbeiten zu erledigen hatte und Nägel brauchte, war Adriaan diesmal allein gefahren. Eine günstige Gelegenheit, wie Deleana hoffte, um ihrer Tante und ihrem Vater mit Hilfe ihres Bruders ein Schnippchen zu schlagen.
»Versprochen hat Adriaan dir das nicht, Dele. Er wollte darüber nachdenken«, stellte Lena klar und wischte sich die Hände an der Küchenschürze trocken. Und wie sie ihren Bruder kannte, der es mit Ehre und Wahrheit sehr genau nahm, glaubte sie kaum, daß ihre Schwester mit dem hellen Stoff rechnen durfte. Um einer zu großen Enttäuschung vorzubauen, fügte sie deshalb hinzu: »Ich an deiner Stelle hätte mich sowieso für den dunklen entschieden. Erstens wird er nur halb so schnell schmutzig, und zweitens steht er dir zu deinem blonden Haar auch entschieden besser.«
»Aber der helle Stoff ist viel hübscher!« widersprach Dele trotzig.
»Laß das bloß nicht Oupa und Tante Sophie hören!« flüsterte Lena mahnend. »Sie würden dir sonst wegen deiner Eitelkeit eine

Strafpredigt halten!« Sie zwinkerte ihrer Schwester zu, um ihren Worten die Schärfe zu nehmen.

»Pah!« sagte Dele großspurig. »Was versteht Oupa denn schon von hübschen Kleidern!« Doch sie senkte dabei nicht nur die Stimme, sondern auch den Kopf. Denn vor Oupa Willems hatte man, so alt er auch war, ebenso wie vor ihrer resoluten Tante besser einen Heidenrespekt, wenn man sich das Leben nicht schwerer machen wollte, als es auch so schon war.

Oupa Willem, mit seinen dreiundsiebzig Jahren so dürr und hager wie ein Ladestock und von Wind und Wetter gegerbt wie ein langer Streifen *biltong*, die sonnengetrocknete Fleischdelikatesse der Buren, saß nur wenige Schritte von ihnen entfernt in seinem Stuhl auf der Veranda und schmauchte Pfeife. Sein zotteliger grauer Bart war von häßlichen braungelben Flecken gesprenkelt. Das kam vom Pfeifensud und weil Oupa Willem sabberte, wie Tante Sophie immer wieder schimpfte, ohne daß er sich jedoch etwas aus ihrem Gezeter machte, ganz im Gegenteil.

Sein zerknittertes Gesicht, das den stummen Vorwurf erfunden haben konnte, trug wie üblich einen grimmigen Ausdruck, denn sein Sohn Stefanus hatte wieder einmal eine seiner Anweisungen an die Schwarzen rückgängig gemacht und ihnen andere Befehle gegeben. Schon vor über einem Jahrzehnt hatte er die Leitung der Farm an seinen einzigen Sohn abgetreten – sehr widerstrebend und auch nur notgedrungen. Wenn er nicht den schweren Unfall mit dem Ochsenwagen gehabt und davon einen steifen linken Arm sowie eine Gehbehinderung zurückbehalten hätte, hätte er auf LEEUWENHOF noch immer das Regiment in alter Strenge geführt. Doch in all den Jahren, die seitdem vergangen waren, hatte er sich noch immer nicht damit abfinden können, daß nun sein Sohn Stefanus das Sagen hatte und von ihm höchstens noch Vorschläge, aber keine Befehle mehr entgegennahm.

Lena bemerkte, wie ihr Großvater einen Augenblick erstarrte, als er Adriaans Ruf vernahm. Und auch Tante Sophie reagierte äußerst merkwürdig, öffnete sie doch wie in ungläubigem Erschrecken den Mund, um ihn schon im nächsten Moment mit der flachen Hand zu verschließen, ohne sich um das Mehl an ihren Fingern zu kümmern.

»Ein Brief...? Aus Kimberley?« stieß Willem van Rissek aus, und seine grimmige Miene wich einem Ausdruck der Bestürzung. »Gib ihn mir, *jong!*«

Er schoß förmlich aus seinem Stuhl hoch, dessen Rückenlehne und Sitzfläche aus geflochtenen *riems,* Lederriemen, bestanden, und streckte die Hand fordernd nach dem Brief aus.

»Er ist an Pa gerichtet«, sagte Adriaan.

»Zeig schon her!« rief Oupa Willem ungeduldig.

Tante Sophie gab keinen Ton von sich.

Adriaan blieb zögernd neben dem leichten Zweispänner stehen und blickte zu seinem Vater hinüber.

Stefanus van Rissek kam mit Hendrik, seinem zweitgeborenen Sohn, der von so stillem, aber verläßlichem Wesen wie die kleine Quelle hinter dem Obsthain war, vom *kraal* über den Hof. Er war ein stämmiger, breitschultriger Mann in abgewetzter, selbstgefertigter Lederkleidung und mit einem dichten, bis auf die Brust reichenden Vollbart, der noch so pechschwarz war wie einst sein Haupthaar, das nun bereits sichtlich grau zu werden begann.

»Was gibt es, Adriaan?« rief er schon aus einem Dutzend Schritte Entfernung. »Habe ich richtig gehört? Du bringst einen *Brief* aus Jonkheersdorp?«

»Ja, Pa. Mijnheer Ohlsson, der Posthalter, ist extra über die Straße zu Cornelius in den Laden gekommen, um ihn mir auszuhändigen. Es wollten natürlich alle wissen, was es damit auf sich hat. Aber ich konnte ihnen nichts sagen, weil auch ich mit dem Absender nichts anzufangen weiß«, antwortete Adriaan und reichte seinem Vater den Brief. »Er kommt aus Kimberley. Absender ist eine gewisse Claire Rounard. Sagt dir der Name etwas, Pa?«

Stefanus van Risseks Hand zuckte bei dem Wort »Kimberley« von dem Brief zurück, als hätte er sich daran verbrannt. Und als der Name Claire Rounard fiel, wich das Blut aus seinem Gesicht.

Lena sah, wie der Blick ihres Vaters zu Oupa hinüberging, dessen Gesicht zu einer starren finsteren Maske geworden war, und

anschließend kurz zu Tante Sophie, um sich dann schnell wieder auf den Brief zu richten.
»Claire Rounard. Ja, das tut er ... in der Tat«, murmelte Stefanus mit merkwürdig rauher Stimme und nahm das Schreiben mit deutlichem Zögern an sich. Einen Moment stand er reglos da, dann straffte sich sein Körper, er steckte den Brief scheinbar gleichgültig in seine Hosentasche und wechselte, als träfe häufig Post auf LEEUWENHOF ein, das Thema, indem er fragte: »Hast du die Nägel und die Quasten bekommen?«
Adriaan sah ihn verständnislos an. »Ja, natürlich, ich habe alles bekommen, was auf der Liste stand ... Aber sag mal, willst du denn nicht lesen, was diese Claire Rounard dir da aus Kimberley geschrieben hat und was sie von dir will?«
»Sicher, zu seiner Zeit«, antwortete Stefanus knapp, und in einem barschen Ton, der sonst so gar nicht seine Art war, fügte er hinzu: »Wir haben noch zwei Stunden Tageslicht und jede Menge Arbeit. Also stehlt nicht Gott die Zeit mit neugierigen Fragen und untätigem Herumstehen, sondern geht gefälligst wieder an die Arbeit. Adriaan, spann die Pferde aus, und sieh zu, daß sie gut abgerieben werden. Hendrik, wir machen drüben im Kraal weiter!« Damit drehte er sich abrupt um und ging mit schnellen Schritten, die etwas Überstürztes an sich hatten, über den Hof zurück zum großen Ochsengehege.
Alle vier Geschwister blickten ihrem Vater nach, verdutzt und verwirrt von seinem merkwürdigen Benehmen, das ohne Zweifel dieser Brief ausgelöst hatte. Hendrik zuckte mit den Schultern und beeilte sich dann, seinem Vater zu folgen.
»Kimberley! Ein noch größerer Sündenpfuhl als Johannesburg! Soll der Teufel beide holen!« schnaubte Oupa Willem verächtlich und machte eine Handbewegung, als wollte er die Diamantenstadt in der Halbwüste wegwischen wie eine lästige Schmeißfliege. Mit finsterer Miene sackte er wieder in seinen Lehnstuhl und biß auf den Pfeifenstiel, daß es knackte.
Schweigend, ohne ein Wort der Ermahnung an Lena und Deleana, wandte sich Tante Sophie um und verschwand im Haus.

Deutlicher hätte sie ihre Verschwörung gar nicht zum Ausdruck bringen können.
Deleana überwand die Verblüffung als erste. Sie lief zu ihrem Bruder. »Hast du den hellen Stoff gekauft?« fragte sie ihn mit einem erwartungsvollen Glänzen in den Augen.
Adriaan sah an seiner Schwester vorbei. »Nein, ich habe den dunklen genommen. Oder hast du wirklich erwartet, daß ich lüge und mich gegen Gottes Gebot versündige, nur um deine kindliche Eitelkeit zu befriedigen?«
Deleana machte ein langes Gesicht. »Du hattest es mir aber versprochen!« maulte sie.
»Komm mir nicht damit, Dele! Das hast du dir bloß eingeredet!« Er klang nun ärgerlich. »Du solltest dankbar sein, daß Pa und Tante Sophie dir überhaupt ein neues Kleid erlaubt haben, nachdem du doch erst letztes Jahr das gestreifte bekommen hast.«
»Das war ein altes, abgetragenes von Lena, nur ein bißchen umgenäht!« sagte Deleana verdrossen.
»Ach was, Lena gibt viel zu sehr acht auf ihre Sachen, als daß sie abgetragen wären, wenn sie aus ihnen herausgewachsen ist. Und jetzt laß mich damit zufrieden«, sagte er ungehalten, schob seine Schwester beiseite und spannte zusammen mit Tambu, dem schwarzen Stallknecht vom Stamm der Hottentotten, die Pferde aus.
An diesem Abend herrschte eine seltsame Atmosphäre beim Essen. Adriaan erzählte von dem Klatsch und den politischen Nachrichten, die er in Jonkheersdorp erfahren hatte. Doch diesmal schien sich niemand dafür zu interessieren. Ihr Vater hörte überhaupt nicht hin und rührte sein Essen kaum an. Mit abwesendem Blick saß er am Tisch. Auch Tante Sophie und Oupa Willem schien der Appetit vergangen zu sein, denn sie stocherten ebenfalls auf ihren Tellern herum. Lena und ihre Geschwister wußten, daß das sonderbare Verhalten der Erwachsenen mit dem Brief zusammenhängen mußte. Aber niemand von ihnen traute sich, auch nur eine vage Frage in dieser Richtung zu stellen.
Wie es auf LEEUWENHOF und auch fast allen anderen Burenfarmen

seit Generationen der Fall war, wurde nach dem Abendessen aus der Bibel vorgelesen, vorzugsweise aus dem Alten Testament.
An diesem Abend war Lena mit Vorlesen an der Reihe, doch sie konnte sich nur mit größter Mühe auf den Text aus dem Buch Exodus konzentrieren. Sie hatte zudem den Eindruck, daß ihr niemand zuhörte. Kaum hatte Tante Sophie ihr nach etwa zwanzig Minuten mit einem kurzen Auftippen ihrer Stricknadel auf die Tischkante zu verstehen gegeben, daß sie mit dem Ende des Kapitels aufhören konnte vorzulesen, da erhob sich ihr Vater auch schon abrupt und ging mit einem gemurmelten Gutenachtgruß nach draußen.
Lena griff zu ihrer Handarbeit, während Hendrik und Adriaan in der anderen Ecke der Küchenstube ihre Gewehre einer völlig überflüssigen Reinigung unterzogen und sich dabei leise unterhielten.
Als es allmählich Zeit für sie und ihre Schwester wurde, zu Bett zu gehen, begab sich Lena mit der großen Kanne zum Brunnen, um frisches Wasser für ihre Waschkrüge zu schöpfen.
Zwischen den Rundhütten der Schwarzen mit ihren Wellblechdächern, die sich etwas abseits des Farmhauses hinter den Viehkraals zusammendrängten, flackerte das unruhige Licht eines offenen Feuers. Die Nacht war klar und kühl nach der Wärme des Frühlingstages.
Lena hatte die Kanne gefüllt, als die erregte Stimme ihres Großvaters an ihr Ohr drang, gefolgt von einer scharfen Antwort ihres Vaters.
Sie blieb stehen und sah zum schweren Ochsenwagen hinüber, der vollbeladen ein sechzehnköpfiges Gespann verlangte. Der achtzehn Fuß lange Planwagen, gebaut von einem bekannten Wagenmacher in Graaff-Reinet, stammte aus der legendären Zeit des Großen Trecks, den Oupa Willem noch als Halbwüchsiger miterlebt hatte und von dem er stundenlang fesselnd zu erzählen wußte, besonders von den blutigen Gefechten mit den kriegerischen Bantustämmen und der tollkühnen Überquerung der mächtigen Drakensberge.

Doch an diesem Abend stand Oupa Willem nicht dort auf der anderen Seite des Wagens und unterhielt sich mit ihrem Vater über den Exodus der Buren aus der britischen Kronkolonie vor gut sechzig Jahren. Sie stritten sich, und ihr Streit hing mit dem Brief zusammen, den Adriaan am späten Nachmittag gebracht hatte, daran hegte Lena nicht den geringsten Zweifel.
Unwillkürlich ging sie einige Schritte auf den Wagen zu, der sich als schwarze Silhouette vor dem Nachthimmel abhob, um vielleicht das eine oder andere Wort aufzuschnappen. Es war nicht recht zu lauschen, aber ihre Neugier war stärker als ihre Gewissensbisse.
»... diese unselige Frau!« schimpfte Oupa Willem.
»Rede von ihr nicht ständig als ›diese Frau‹, als hätte sie keinen Namen und kein Gesicht!« entgegnete ihr Vater heftig. »Sie hat einen Namen, und der ist Claire!«
»*Magtig!* Ob nun Claire oder ›diese Frau‹, sie ist tot. Punktum! Und damit sollte dieses unerfreuliche Kapitel in deinem Leben, nein, in unser aller Leben ein für allemal abgeschlossen und vergessen sein!«
Lena hörte ihren Vater bitter auflachen. »O ja, du und Mutter, ihr habt es euch schon immer sehr leicht damit gemacht. Du willst nicht daran erinnert werden, ich weiß, aber ich habe *diese Frau* Claire geliebt!«
»Dummes Zeug!« ging Oupa schroff darüber hinweg. »Dieses Weib hatte dir den Kopf verdreht, weiter nichts. Geliebt hast du allein Hanna, die Mutter deiner Kinder, und erzähl mir nicht etwas anderes!«
»Ja, ich habe Hanna geliebt«, gab ihr Vater mit belegter Stimme zu, »aber anders ... nicht so wie Claire.«
»Ich will ihren Namen nicht mehr hören!« herrschte Oupa ihn an. »Sie ist tot. Meinetwegen pflege du deine lächerlichen Erinnerungen an die Torheiten deiner Jugend, aber laß uns und LEEUWENHOF aus dem Spiel.«
»Du vergißt Julian!«
»Ich will nichts mehr hören!« Oupa Willem schrie fast.

»Warte!« rief ihr Vater. »Die Zeiten, da ich mich deinem Willen zu beugen hatte, sind schon seit einigen Jahren vorbei. Ich verlange ...«

Lena bekam nicht mehr mit, was ihr Vater verlangte, denn sie eilte hastig zum Farmhaus zurück, weil sie fürchtete, bemerkt zu werden, wenn Oupa Willem wutentbrannt hinter dem Wagen hervorstürzte.

»Wo bist du bloß so lange gewesen?« fragte Deleana, mit der Lena eine kleine Kammer teilte, als sie ihren Wasserkrug auf der schmalen Waschkommode auffüllte.

»Ich habe mir die Sterne angeschaut«, log Lena und schämte sich dafür.

Ihre Schwester verdrehte die Augen. »Manchmal bist du richtig komisch, fast so wie Pa und Oupa und Tante Sophie!« warf sie ihr mißmutig vor.

»Danke, wie nett von dir«, sagte Lena, ohne jedoch ernstlich böse zu sein, kannte sie doch die Launen und Sprunghaftigkeit ihrer Schwester. Rasch zog sie sich bis auf Leibchen und Schlüpfer aus, streifte das lange Nachthemd über und entledigte sich erst dann, ganz wie es die Schicklichkeit gebot, ihrer Unterwäsche.

»Ich möchte zu gern wissen, warum sie sich wegen dieses blöden Briefes bloß so seltsam anstellen«, überlegte Deleana laut, vor ihrem Bett kniend, bereit zum gemeinsamen Nachtgebet. Doch dererlei Dinge beschäftigten sie nicht wirklich, jedenfalls nicht länger als ein Schmetterling brauchte, um von einer hübschen Blüte zur anderen zu flattern. »Aber eigentlich soll es uns ja egal sein. Was interessiert es uns auch. Sag mal, glaubst du, Tante Sophie läßt diesmal einen kleinen weißen Rüschensaum am Kragen meines neuen Kleides zu?«

»Wenn du einen guten Augenblick bei ihr erwischst ...« Lena ließ den Satz unbeendet und meinte dann: »Komm, laß uns beten. Es ist schon spät.«

Sie sagten ihr Nachtgebet, und Lena fügte den vertrauten Worten hinterher noch in Gedanken die Bitte um Vergebung für ihr

Lauschen und ihre Lüge mit den Sternen hinzu, bevor sie das Licht löschte und in ihr Bett schlüpfte.
Dele redete noch eine Weile leise über ihr Kleid und welchen Schnitt sie sich wünschte, ohne daß sie eine Entgegnung von ihrer Schwester erwartete.
Lena war froh darüber, daß Dele ihr eigenes Geplapper genügte, denn ihr stand der Sinn wahrlich nicht danach, sich mit ihr über Schnittvorlagen, Rüschensäume und gebauschte Ärmel zu unterhalten. Ihre Gedanken kamen nicht von dem los, was sie auf dem Hof von dem erregten Wortwechsel zwischen ihrem Vater und Oupa Willem aufgeschnappt hatte, und sie wußte, daß sie in dieser Nacht noch lange wach liegen würde. Zuviel ging ihr durch den Kopf und gab ihr Rätsel auf.
Daß ihr Vater noch eine andere Frau als ihre Mutter geliebt hatte, war für sich schon eine Sensation und aufregend genug, um ihre Phantasie tage-, ja wochenlang zu beflügeln. Doch wer war diese mysteriöse Claire Rounard, und wie konnte eine Tote ihrem Vater einen Brief aus Kimberley schreiben?
Und vor allem: Wer war Julian?

2

Als ihr Vater den Brief am nächsten Morgen nicht mit einem einzigen Wort erwähnte und sich auch in den folgenden Tagen darüber ausschwieg, so als existierte er überhaupt nicht, nahmen Lenas Geschwister das zwar mit Verwunderung zur Kenntnis, doch diese Verwunderung war von sehr flüchtiger Natur. Die brennende Neugier, die Lena insgeheim empfand, und die blühende Phantasie fehlte ihnen völlig.
»Pa wird schon wissen, warum er sich nicht über den Brief ausläßt«, meinte Adriaan, als sie im Geschwisterkreis einmal darüber redeten.
Hendrik nickte auf seine bedächtige Art. »Es wird etwas sehr Persönliches gewesen sein«, sagte er bedeutsam, als wäre er nach

intensivem Nachdenken zu einer gewichtigen Erkenntnis gelangt.
Daß Hendrik etwas langsam im Kopf und von schlichtem Gemüt war, hatte Lena an ihrem Bruder nie als Mangel empfunden und würde es auch zukünftig nicht tun. Seine Warmherzigkeit und seine Sanftmut wogen in ihren Augen mehr als reichlich auf, was ihm an Geistesgaben fehlen mochte. Sie hing sehr an Hendrik, mehr noch als an Adriaan, der sie häufig wie ein kleines Kind behandelte und alles abtat, was sie sagte. Doch in diesem Fall wünschte sie, daß Hendrik mehr Interesse und so etwas wie Spekulationsfreude gezeigt hätte. Denn wenn sich ihre älteren Brüder offen Gedanken über den Brief und seine Absenderin gemacht hätten, hätte sie vielleicht eine Möglichkeit gefunden, das beizusteuern, was sie aufgeschnappt hatte, ohne sich dadurch in ein allzu schlechtes Licht zu stellen.
»Also ich hätte schon gern gewußt, was es mit dieser Claire Rounard aus Kimberley auf sich hat«, warf Lena vorsichtig und in der Hoffnung ein, das Gespräch über den mysteriösen Brief am Leben zu erhalten.
Ihre Schwester zuckte gleichgültig mit den Schultern. »Was kümmert uns eine Person, von der wir nie gehört haben und die zudem in Kimberley lebt«, sagte sie ohne jedes Interesse. Sie hatte für nichts anderes als für ihr neues Kleid Gedanken und wann sie es wohl zu welcher Gelegenheit zum erstenmal tragen und zur Schau stellen konnte.
»Ja, wenn Pa nicht darüber reden will, dann geht sie uns auch nichts an!« bekräftigte Adriaan, und sein bestimmter Ton ließ keinen Widerspruch zu. »Und deshalb werden wir ihm auch keine Fragen danach stellen.« Damit war die Angelegenheit für ihn, Hendrik und Deleana erledigt.
Nicht jedoch für Lena. Wenn sie sich auch an Adriaans Anordnung hielt, ihren Vater nicht mit Fragen zu belästigen, so konnte sie den Brief und was sie von Oupa Willem und ihrem Vater zufällig auf ihrem nächtlichen Gang zum Brunnen gehört hatte doch nicht aus ihren Gedanken verbannen.

Darüber nachzusinnen und sich aus den wenigen Bruchstücken eine spannende Geschichte auszudenken, war ihr eine willkommene Ablenkung bei ihren Pflichten, mit denen Tante Sophie sie betraut hatte. Aber mit solchen Geschichten beschäftigte sie ihren Geist nicht nur gern beim Versorgen der Hühner, beim Kochen von Seife und bei all den vielen anderen Arbeiten, die auf einer Farm nun mal anfielen und die nicht allein von ihren Schwarzen zu bewältigen waren. Auch wenn sie mal eine Stunde ganz für sich hatte und dann durch den Obsthain streifte oder hinunter zum Vaal River zu ihrem Lieblingsplatz unter den Weiden lief, sann sie darüber nach, während sie die Libellen beobachtete, die dicht über der Wasseroberfläche tanzten, und dem Treibholz in den schlammigen braunen Fluten des breiten Flusses nachsah. Oft las sie hier auch in *Van Dykes Enzyklopädie der Weltgeschichte,* dem einzigen Buch, das ganz allein ihr gehörte und das sie wie einen Schatz hütete, obwohl der feste Einband fehlte und es schon sehr zerfleddert war. Die Geschichten, die da über unvorstellbar ferne und fremde Kulturen aufgezeichnet waren, über ihren Aufstieg und Untergang, faszinierten sie, auch wenn sie vieles nicht verstand. Leider ging das Buch nur bis zum Buchstaben K, und sie hätte gern gewußt, was unter den anderen Buchstaben Weltgeschichte gemacht hatte. Aber als sie einmal zaghaft die Frage geäußert hatte, ob es nicht möglich sei, irgendwo den zweiten Band zu erstehen, da hatte Tante Sophie auf ihr Ansinnen mit scharfer Mißbilligung reagiert und erklärt, das alles, was ein rechtschaffener Mensch aus einem Buch zu erfahren habe, in der Bibel zu finden sei.

»Ich wünschte, Rachel wäre hier. Mit ihr könnte ich sprechen«, seufzte sie eines Nachmittags vor sich hin, als sie wieder einmal im Schatten ihrer Lieblingsweide am Flußufer saß. Rachel Boshof war ihre beste Freundin und genauso alt wie sie. Sie lebte mit ihren Eltern und Geschwistern auf GROEN VELD, einer der benachbarten Farmen. Mit Rachel konnte sie über alles reden, und vor ihr hatte sie keine Geheimnisse, ganz im Gegensatz zu ihrer Schwester, die einfach nichts für sich zu behalten vermochte. Wie schade, daß Rachel und sie sich bloß so selten sahen. Was hätte sie ihr jetzt nicht alles zu erzählen!

Über zwei Wochen waren seit dem Eintreffen des Briefes auf Leeuwenhof vergangen, und der Frühling neigte sich merklich den heißen Monaten des Sommers zu. Sie hatte den Rock ihres wollenen Kleides so weit hochgeschoben, daß ihre Beine über die Knie hinaus bis an den Rand ihres langen Schlüpfers entblößt waren. Sie liebte es, wenn der warme Wind über ihre nackte Haut strich, und das Wissen, daß es nicht nur skandalös unschicklich war, sondern auch zutiefst sündig, den eigenen Körper so zu entblößen und daran auch noch Gefallen zu finden, dieses Wissen steigerte den heimlichen Genuß noch. Manchmal spürte sie sogar das Verlangen, sich all ihrer Kleidungsstücke zu entledigen und nackt, wie Gott sie geschaffen hatte, hier zu stehen und überall auf ihrem Körper den warmen Wind und den Sonnenschein zu spüren. Und wann immer sie dieser Gedanke überfiel, schoß ihr das Blut vor Scham, aber auch aus einer ihr unerklärlichen inneren Erregung heraus heiß ins Gesicht.

Lena lachte kurz auf. »Tante Sophie würde der Schlag treffen, wenn sie mich so erwischen würde!« rief sie einem Blaureiher zu, der oberhalb von ihr am Ufer entlangstolzierte und im Röhricht nach Beute Ausschau hielt, die er mit seinem langen Schnabel aufpicken konnte.

Sie zupfte ihren Rock wieder eine Handbreit herunter und dachte über die letzten zweieinhalb Wochen nach. Auf der Farm ging scheinbar alles seinen normalen Gang, was zu dieser Jahreszeit bedeutete, daß die Arbeit kein Ende nahm. Die *mielies,* der Mais, schoß kräftig aus dem Boden und verlangte die ganze Aufmerksamkeit der schwarzen Farmarbeiter, die über die Felder gingen, den Boden lockerten, Käfer vernichteten und das hartnäckig nachwachsende Unkraut ausmachten. Die Obstbäume standen in voller Blütenpracht und wurden umsummt von den Bienenschwärmen aus den eigenen Bienenstöcken, um die sich allein Oupa Willem kümmerte. Die Imkerei auf Leeuwenhof war das

einzige, wo ihm niemand hineinredete und wo allein er bestimmte, was getan wurde.
Schaf- und Rinderherden machten in diesen Wochen ebenfalls viel Arbeit, weil – wie in jedem Jahr – auch diesmal wieder gefährlichen Krankheiten vorzubeugen war. Zwei trächtige Stuten brachten zudem durch komplizierte Geburten, bei denen ein Fohlen tot zur Welt kam, die männlichen van Risseks mehrfach um den Nachtschlaf; allein Oupa Willem ließ sich nicht um seine Bettruhe bringen.
»Ich habe genug Nächte gewacht!« prahlte er. »Aber da ging es nicht um eine Stute, die nicht weiß, wie sie ihr erstes Fohlen zu kriegen hat, sondern darum, wann die Xhosas oder Zulus ihren nächsten Angriff unternehmen und ob wir beim kommenden Sonnenaufgang noch leben oder von Assegais dahingeschlachtet in unserer Wagenburg liegen würden. Also macht mal nicht soviel Worte um die paar schlaflosen Nächte!«
Ja, und Dele lag Tante Sophie so lange in den Ohren, bis diese an die Arbeit des Zuschneidens und Nähens ging. Den Saum aus weißer Rüsche oder Spitze am Kragen stand sie ihrer Nichte jedoch nicht zu.
»Dafür bist du noch mindestens drei Jahre zu jung, Kind!« erklärte Tante Sophie zurechtweisend, als Dele wieder einmal nachbohrte, um sie anderen Sinnes zu stimmen. »Weiße Rüschen- oder Spitzenkragen sind etwas für junge Frauen, die alt genug sind, daß ein Mann ihnen den Hof machen darf.«
»Ja, und du bist noch nicht einmal alt genug, um dir einen ordentlichen Zopf zu flechten oder eine Schleife zu binden, die nicht ständig aufgeht«, warf Adriaan spöttisch ein und spielte damit auf Deles Nachlässigkeit und mangelnde Ausdauer an.
Dele maulte über Tante Sophies Unnachgiebigkeit, schoß Adriaan einen wütenden Blick zu und streckte ihm hinter seinem Rücken die Zunge heraus, was Hendrik bemerkte und mit einem gutmütigen Schmunzeln bedachte. Derweil saß Oupa Willem auf der Stoep und paffte seine Pfeife.
Ja, das Leben auf LEEUWENHOF schien in seinen vertrauten

Bahnen zu verlaufen. Doch Lena spürte nicht nur, sondern wußte, daß der Schein trog. Was ihre Geschwister übersahen oder anders interpretierten, sprach für sie eine deutliche Sprache: daß Oupa Willem in den ersten Tagen nach dem Eintreffen des Briefes kein Wort mit Pa redete und aus angeblichem Unwohlsein sogar mehrfach den gemeinsamen Mahlzeiten fernblieb; daß Tante Sophie ihrem Schwager sichtlich aus dem Weg ging und die abendliche Bibellesung ungewöhnlich kurz hielt, als könnte sie nicht schnell genug in ihre Kammer kommen, wo sie dann laut und wie beschwörend die Psalmen betete; daß Pa einen in sich gekehrten und oftmals abwesenden Eindruck machte. All das verriet Lena, daß die Angelegenheit mit dem Brief und mit jenem geheimnisvollen Julian noch längst nicht beigelegt, sondern noch immer unter der Oberfläche scheinbarer Normalität gegenwärtig war.

Am Ende der ersten Woche beobachtete Lena, wie ihr Vater und Oupa Willem sich wieder einmal stritten. Ihren heftigen Gesten nach zu urteilen, schienen sie sich ordentlich in die Haare geraten zu sein. Doch hören konnte sie kein Wort, denn die beiden Männer standen weit draußen auf dem Veld. Wenige Tage später kam es im Haus zu einer erneuten Auseinandersetzung zwischen ihnen. Tante Sophie schickte sie sofort nach draußen, kaum daß Oupa Willem die Stimme erhoben hatte.

»... mir nicht ins Haus«, hörte Lena ihren Großvater erregt sagen. »Nur über meine Leiche!«

»Ich bin hier der Baas! Finde dich endlich damit ab. Ich habe mich lange genug von dir schurigeln lassen. Damit ist es ein für allemal vorbei!« entgegnete ihr Vater nicht minder erregt. »Und in diesem Fall werde ich um keinen Preis nachgeben. *Um keinen Preis,* hast du mich verstanden? Das bin ich mir schuldig – und nicht nur mir! Ich lasse mich nicht noch einmal von dir erpressen!«

Was Oupa ihm darauf antwortete, bekam Lena nicht mehr mit, denn Tante Sophie schubste sie aus der Tür ins Freie. »Und komm erst gar nicht auf den sündigen Gedanken, irgendwo am Fenster lauschen zu wollen!« warnte sie.

Nach diesem Streit war Oupa Willem tagelang geradezu unausstehlich. An allem und jedem hatte er etwas auszusetzen und zu nörgeln. Sogar mit Tante Sophie, mit der er sich sonst so gut verstand, legte er sich an, und einmal hörte Lena ihren Großvater wütend zu ihr sagen: »Du hast ein Rückgrat aus Maisbrei, Sophie! Aber was kann man schon von Weibern erwarten!« Und damit knallte er die Tür zu seiner Kammer zu.

Danach gab es keine häßlichen Szenen mehr. Lena reimte sich zusammen, daß Oupa Willem sich schließlich damit abgefunden hatte, seinen Willen nicht durchsetzen zu können, worum auch immer es bei dem Streit mit ihrem Pa gegangen war.

Irgendwie hatte sie den Eindruck, als machte sich ihr Vater aber noch immer Sorgen. Manchmal beobachtete sie ihn dabei, wie er mit bedrückter Miene in die Ferne schaute, ohne dabei jedoch einen bestimmten Punkt auf dem Veld zu fixieren. Dann spürte sie ganze stark den Wunsch, ihm zu helfen. Doch sie wußte nicht, wie.

In der letzten Oktoberwoche fuhr ihr Vater nach Jonkheersdorp, und Lena war froh, daß sie ihn begleiten durfte. Es war eine schweigende Fahrt, aber das machte ihr nichts aus. Aus einem ihr selbst unerfindlichen Grund fühlte sie sich ihrem Vater so nahe wie nie zuvor.

Jonkheersdorp bestand in seinem Kern aus nicht mehr als vier, fünf Dutzend Häusern an zwei rechtwinklig zueinander verlaufenden staubigen Straßen, die sich auf dem großen Marktplatz kreuzten. Hier war die Kirche und auch der *outspan* für die schweren Ochsenfuhrwerke der Farmer aus der Umgebung.

Lena wunderte sich nicht, als ihr Vater den Posthalter aufsuchte und einen Brief aufgab. Sie stellte keine Fragen, doch daß er an eine Adresse in Kimberley gerichtet war, darauf hätte sie sogar ihr kostbares Silbermedaillon verwettet, das einmal ihrer Mutter gehört und das Pa ihr zu ihrem vierzehnten Geburtstag geschenkt hatte.

Sie blieben nicht lange in Jonkheersdorp, denn es gab eigentlich auch nichts, was sie besorgen mußten. Die wenigen Sachen, die

sie in Rykloff Wagenaars Winkel einkauften, sollten Lena wohl nur darüber hinwegtäuschen, daß in Wirklichkeit der aufzugebende Brief der alleinige Anlaß für diese Fahrt gewesen war.
Nach dem kurzen Einkauf suchten sie die Kirche auf, wo ihr Vater in einem langen, stummen Gebet in der Bank verharrte. Dann fuhren sie zurück nach Leeuwenhof.
»Du bist so bedrückt, Pa«, rutschte es Lena heraus, als sie sein trauriges Gesicht sah. »Schon seit vielen Tagen. Ich wünschte, ich könnte etwas tun, damit du nicht mehr so traurig bist.«
Berührt und betroffen zugleich warf er einen Blick auf seine älteste Tochter. »Sieht man es mir so deutlich an, *mein tiere?*«
Sie nickte. »Seit der Brief gekommen ist.«
Er schwieg einen langen Moment, dann seufzte er und sagte etwas, was sie erst viel später verstehen sollte: »Nichts hat wirklich einen Anfang oder ein Ende, Lena.«
»Wie meinst du das, Pa?«
»Dinge, die man längst für abgeschlossen und für vergessen gehalten hat, hat man in Wirklichkeit Jahre, ja Jahrzehnte immer mit sich getragen«, sagte er, ohne daß es damit mehr Sinn für Lena ergab.
»Und deshalb bist du so bedrückt?« fragte Lena, der es eigentlich egal war, daß sie nicht verstand, was er damit meinte. Es reichte ihr und erfüllte sie mit einem warmen Empfinden der Zuneigung, daß er überhaupt mit ihr über das redete, was keinen von ihren Geschwistern interessierte, geschweige denn jemand in seiner Gegenwart anzuschneiden gewagt hätte.
»Ja, das bin ich«, gab er zu und lachte dann unsicher auf. »Aber andererseits bin ich auch ... nun ja, freudig aufgeregt. Alle Dinge haben nun mal zwei Seiten.«
»Bist du aufgeregt wegen ...« Sie stockte und faßte sich dann ein Herz. »... wegen Julian?«
Ihr Vater sah sie überrascht an. »Woher hast du diesen Namen?«
Lena erzählte es ihm.
Er lächelte nachsichtig, als sie beteuerte, diese Wortfetzen nur

zufällig aufgeschnappt zu haben. »Ja, es stimmt. Ich bin wegen Julian bedrückt und zugleich auch voll freudiger Aufregung.« Er legte eine nachdenkliche Pause ein, während er das Gespann über eine Gruppe sanfter *kopjes,* kleiner Hügel, lenkte, und fragte dann: »Und jetzt möchtest du wissen, wer dieser Julian ist und worum es bei der ganzen Aufregung geht, nicht wahr?«
Lena brannte darauf, genau das zu erfahren, erinnerte sich jedoch der Worte ihrer Brüder. Und deshalb antwortete sie mit artiger Zurückhaltung: »Du wirst es uns schon sagen, wenn du meinst, daß wir es wissen sollen ... und wenn der richtige Zeitpunkt dafür gekommen ist, Pa.«
Liebevoll tätschelte er ihren Arm. Doch sein Lächeln hatte etwas Gequältes, als er mit einem schweren Seufzer erwiderte: »Ja, der richtige Zeitpunkt ... Wann ist er gekommen? Allzuoft weiß man das erst hinterher, wenn man ihn verpaßt hat.«
Lena erwartete, daß ihr Vater sie nun in das Geheimnis um Julian und diese Claire Rounard einweihen würde. Doch statt dessen fiel er in ein tiefes, brütendes Schweigen, das den ganzen restlichen Weg zurück nach LEEUWENHOF anhielt.
Erst war sie enttäuscht, tröstete sich dann jedoch damit, daß zwischen ihr und ihrem Vater in dieser geheimnisvollen Sache durch ihr Gespräch ja doch ein Band stillschweigender Übereinkunft entstanden war, von dem weder ihre Geschwister noch sonst jemand auf der Farm auch nur eine vage Ahnung besaß.
Lena faßte sich in Geduld, sagte ihr doch ihr Gefühl, daß er nicht mehr fern sein konnte: der richtige Zeitpunkt.

3

Zwei Wochen nach der Schafschur stattete Simon Ohlsson LEEUWENHOF einen überraschenden Besuch ab. Der grauhaarige Ohlsson führte in Jonkheersdorp zusammen mit seiner verwitweten Schwester Ester ein kleines Geschäft für Kurzwaren, das nicht genug zum Leben und doch zuviel zum Sterben abwarf. Deshalb hatte er den Postdienst im Dorf übernommen, um sich dadurch noch ein bescheidenes Zubrot zu verdienen. Angeblich hatte er die lange Fahrt auf sich genommen, weil er einige Lämmer kaufen und dieses Geschäft gern mit Stefanus machen wollte. Doch Lena ahnte, was ihr Vater wußte, nämlich daß dies nur ein Vorwand war, abgesprochen zwischen den beiden Männer, als Stefanus seinen Brief in Jonkheersdorp aufgegeben hatte.

Pa hat Antwort auf seinen Brief bekommen, und Simon Ohlsson bringt sie ihm, damit niemand außer ihnen davon weiß und kein Gerede aufkommt, sagte Lena in Gedanken zu sich selbst und traf damit die Wahrheit.

An jenem Tag waren zufällig auch ihr Nachbar Hennig Bloem und sein Sohn Fabricius, mit sechzehn das älteste seiner Kinder, mit einem Fuhrwerk neuer Fässer von BLOEMHOF herübergekommen, das im Westen an LEEUWENHOF grenzte. Stefanus van Rissek und Hennig Bloem waren schon in ihrer Jugend Freunde gewesen und gemeinsam stolz darauf, daß unter ihrer Leitung ihre beiden Farmen mit Abstand zu den am besten bewirtschafteten und ertragreichsten im Bezirk von Jonkheersdorp geworden waren.

BLOEMHOF hatte mit Bonga, der vom Stamm der Griquas war, den fähigsten Faßbinder weit und breit. Dafür konnte es niemand auch nur annähernd mit der Schmiedekunst von Titus aufnehmen, einem baumlangen Zulu mit dem Kreuz eines Ochsen, der vor vier Jahrzehnten als Hirtenjunge nach LEEUWENHOF gekommen war und ganz zufällig seine Begabung im Umgang mit Hammer und Amboß entdeckt hatte. Wenn es etwas Besonderes zu schmieden gab, kam Hennig Bloem damit nach LEEUWENHOF, wo Titus sich der Sache annahm. Dafür belieferte er seinen Freund und Nachbarn regelmäßig mit Fässern aus Bongas Faßbinderwerkstatt.

Fabricius, ein schlaksiger Bursche mit den kantigen Gesichtszügen seines Vaters, nutzte die Gelegenheit, um Adriaan und Hendrik mit seinem neuen Gewehr zu beeindrucken, das er von

seinem Vater zu seinem sechzehnten Geburtstag geschenkt bekommen hatte.
»Ein 7mm-Mauser-Karabiner aus Deutschland!« erklärte er stolz und warf Lena einen erwartungsvollen Blick zu, als erhoffte er, daß ihr nun vor maßloser Bewunderung der Unterkiefer herunterfiel.
»Was du nicht sagst«, meinte Adriaan mit einem Anflug von Neid, denn er besaß nur ein älteres Lee-Enfield-Gewehr. Daß es sich um einen deutschen Mauser-Karabiner handelte, den Fabricius da vom Wagen geholt hatte, dafür hatte es bei ihm und Hendrik nur eines einzigen Blickes bedurft. Sie waren wie fast alle männlichen Buren mit einer Flinte in der Hand groß geworden. Mit dem Sattel eines Pferdes verwachsen zu sein und eine fast traumwandlerische Treffsicherheit mit dem Gewehr, das war seit über zwei Jahrhunderten eine aus dem Überlebenskampf geborene und auch in Friedenszeiten ebenso hochgehaltene wie selbstverständliche burische Tradition.
»Ich habe auch einen neuen Patronengurt für die Mauser-Ladestreifen bekommen«, fuhr Fabricius fort. »Fünf Patronen passen in so einen Streifen, die damit alle auf einmal geladen werden. Bei der neuen Lee-Metford, dem besten Gewehr der verdammten Engländer, müssen die Patronen dagegen immer noch einzeln geladen werden.«
Adriaan hätte sonstwas dafür gegeben, um solch ein modernes Gewehr zu besitzen. Doch eher hätte er sich die Zunge abgebissen, als das jetzt vor Fabricius einzugestehen.
Auch Hendrik zeigte sich nicht beeindruckt, empfand im Gegensatz zu seinem älteren Bruder aber auch keinen versteckten Neid. Der Gedanke, sich so einen Mauser-Karabiner zu wünschen, kam ihm gar nicht. Er war mit seiner alten Tower-Flinte vollauf zufrieden. Erst neulich hatte er eine Antilope auf zweihundert Yards mit einem sauberen Schuß erlegt, und das bei nicht ganz idealen Lichtverhältnissen. Ein neues, schneller schießendes Gewehr machte niemand zu einem besseren Schützen. Es verleitete höchstens dazu, mehr Munition zu vergeuden.

Lena wußte mit einem Gewehr umzugehen, interessierte sich jedoch so wenig für technische Details, wie sich ihre Brüder Gedanken über die Art ihrer Handarbeiten machten.
Dele war von ihnen die einzige, die Fabricius den Respekt zollte und ihm die Bewunderung schenkte, die er als stolzer Besitzer des Mauser-Karabiners erwartete. Sie machte ihm wegen dieses wunderbaren Geschenkes die gebührenden Komplimente und fragte ihn nach diesem und jenem.
Fabricius tat es sichtlich wohl. »Ja, es gibt nichts Besseres als das!« beteuerte er und strich fast liebevoll über den Lauf des Karabiners.
Das wollte Adriaan so nicht hinnehmen. »Kann schon sein, daß man damit beim Laden Zeit spart. Aber ob du mich damit ausstichst, steht auf einem ganz anderen Blatt. Ich hol dir mit meiner Lee-Enfield jeden Vogel genauso schnell vom Himmel wie du mit deiner Mauser, und Hendrik sticht dich sogar noch mit seiner alten Tower aus!«
»Wenn man gleich beim erstenmal trifft, braucht man gar keinen zweiten Schuß ... schon gar nicht fünf«, fügte Hendrik trocken hinzu.
Fabricius grinste breit, hatte er doch nur darauf gewartet, herausgefordert zu werden. So gut ihr Verhältnis sonst auch war, was ihre Reit- und Schießkünste betraf, bestand seit vielen Jahren eine Rivalität zwischen ihnen, besonders zwischen Adriaan und ihm. Jeder wollte der Beste sein. Doch wer von ihnen der Beste war, hatte bisher nie abschließend geklärt werden können. Und das gab dieser Rivalität ihren Reiz.
Nun war also das erhoffte Stichwort gefallen. Fabricius warf sich in die Brust und fragte fast gönnerhaft: »Und du glaubst wirklich, mir mit deinem alten Prügel das Wasser reichen zu können? Bist du bereit, das auch unter Beweis zu stellen, oder willst du es bloß bei Worten belassen, Adriaan?«
»Such dir aus, wann du die Niederlage einstecken willst!« forderte Adriaan ihn auf, das breite Grinsen erwidernd.
»Warum klären wir das nicht gleich hier und jetzt?« schlug Fabricius vor.

Adriaan zuckte mit den Schultern. »Von mir aus. Ich hätte dir die bittere Enttäuschung sonst gern noch etwas erspart«, stichelte er.
»Nimm Abschied von deinen Träumen, mich ausstechen zu können«, erwiderte Fabricius schlagfertig.
»Ihr macht ein Wettschießen?« stieß Dele aufgeregt aus.
Adriaan warf ihr einen leicht herablassenden Blick zu. »Haben wir uns vielleicht so angehört, als ginge es uns ums Einsammeln von Ochsendung?« Er wandte sich wieder dem Nachbarssohn zu. »Also gut, schießen wir es aus. Aber stehend freihändig und auf bewegliche Ziele.«
»Einverstanden.«
»Nun, dann laßt uns am besten runter zum Vaal gehen.«
»Ich hol schnell unsere Gewehre und Munition!« bot Hendrik sich an.
»Darf ich mit, Adriaan?«
»Dele und Lena können meinetwegen ruhig zusehen«, kam Fabricius Adriaan bevor. »Oder hast du vielleicht Angst, dich vor deinen Schwestern zu blamieren?«
»Pah!« wehrte Adriaan ab. »Ich habe bloß nicht gewußt, daß du Zuschauer brauchst, um einen einigermaßen sauberen Schuß zustande zu bringen. Aber wenn du Dele und Lena unbedingt dabeihaben willst, soll es mir recht sein.«
Fabricius warf Dele und Lena einen Blick zu, als erwartete er so etwas wie ein Lächeln des Dankes, daß sie mitgehen und bei dem Wettkampf dabeisein durften.
Lena war nicht halb so versessen darauf wie ihre Schwester, die aus ihrer Freude keinen Hehl machte. Sie zog die friedvolle Stille und den Duft dort wachsender Mimosen und Eukalypten krachenden Schüssen und Wolken beißendes Pulverdampfes allemal vor. Aber weil sie Fabricius' Gefühle nicht verletzen wollte, behielt sie das für sich.
In diesem Augenblick kam der Einspänner von Simon Ohlsson in Sicht. Und als wenig später Tante Sophie nach ihr rief, damit sie ihr bei der Bewirtung der Gäste gefälligst zur Hand ging, statt im Hof Maulaffen feilzuhalten, da ärgerte sie sich diesmal nicht

darüber, daß dieser Tadel immer nur ihr, der älteren Schwester, galt und daß Dele stets mit ihrer Nachsicht rechnen konnte. Nein, diesmal folgte sie dem scharfen Ruf ihrer Tante sogar mit einer gewissen Erleichterung, auch wenn sie vor Adriaan und Fabricius so tat, als wäre sie enttäuscht, nicht mit ihnen hinunter zum Fluß gehen und beim Wettschießen dabeisein zu können.
Dele lächelte ihr verstecktes, triumphierendes Lächeln, das solchen Situationen vorbehalten war, in denen Lena Dinge tun mußte, die ihr erspart blieben.
Lena lächelte ihr eigenes Lächeln – in Gedanken. Sollte Dele nur ihr Vergnügen mit Fabricius, Adriaan und Hendrik unten am Fluß haben und ihnen mit ihrem oberflächlichen Geplapper auf die Nerven fallen. Sie blieb zehnmal lieber zu Hause und in der Nähe von Pa und Simon Ohlsson. Kein Wettschießen konnte auch nur annähernd so spannend sein wie das Geheimnis um Julian und Claire Rounard, das ihr schon seit Wochen keine Ruhe mehr ließ – und das nun kurz davorstand, gelüftet zu werden. Jedenfalls hoffte sie, daß mit dem unerwarteten Besuch des Posthalters der »richtige Zeitpunkt« in unmittelbare Nähe gerückt war.
Lena versorgte die Männer, die auf der schattigen Veranda Platz genommen hatten, mit frischem Kaffee sowie Ingwerplätzchen und Honigbrot, das mit Butter aus dem kühlen Steinkeller zu ihren eigenen Lieblingsspeisen gehörte. Wie immer, wenn Buren in diesen unruhigen Zeiten zusammenkamen, wandte sich das Gespräch rasch der Politik zu und da insbesondere der aggressiven Politik der britischen Krone. England setzte die freien Burenrepubliken unter immer stärkeren politischen Druck. Das Ziel war allen klar: Das britische Empire, unersättlich in seiner imperialistischen Expansion, streckte seine Hände nach dem Oranje-Freistaat und dem Transvaal aus, um sie seinem Kolonialreich einzuverleiben.
»1806 sind sie mit ihrer Flotte in Kapstadt gelandet und haben uns, nachdem wir dort schon hundertfünfzig Jahre gesiedelt hatten, um unser Land gebracht und uns kurzerhand zu briti-

schen Untertanen erklärt!« wetterte Hennig Bloem. »Kraft ihrer Kanonen!«
»Der Teufel hole die Engländer!« schimpfte Oupa Willem und spuckte treffsicher von der Veranda in den Sand des Hofes.
»Dann haben sie uns jahrelang geknechtet und uns die blutigen Grenzkriege mit den Xhosas am Great Fish River ausbaden lassen«, fuhr Hennig Bloem grimmig fort. »Sie haben es so schlimm getrieben, daß uns gar nichts anderes übriggeblieben ist, als unsere Heimat und die unserer Vorfahren aufzugeben und jenseits der Grenzen der Kapkolonie eine neue Heimat zu suchen und Wildnis urbar zu machen.«
»Ha, der große Exodus unseres Volkes in den dreißiger und vierziger Jahren!« rief Oupa Willem. »Den legendären Großen Treck, ich habe ihn noch erlebt, Jongs! Wie Gottes erwähltes Volk aus der Gefangenschaft der Ägypter ins gelobte Land gezogen ist, so haben wir damals die Fesseln unserer britischen Knechtschaft abgeworfen, sind mit gerade geborenen Babys und Alten auf unsere Veldschoner gestiegen und haben nach Jahren des Trekkens endlich unser gelobtes, uns von Gott vorbestimmtes Land gefunden!«
Simon Ohlsson nickte zustimmend. »Ja, das haben wir. Und dem Allmächtigen sei Dank für seine Vorbestimmung und Führung«, sagte er, schien aber nicht so recht bei der Sache zu sein, wie Lena zu beobachten meinte.
Oupa Willem deutete mit seiner Pfeife in die Runde, so als wollte er jedem einzelnen mit dem langen Stiel vor die Brust pochen. »Ja, ich war dabei, kaum älter als Lena. Aber ich habe die Arbeit eines Mannes getan auf diesem Treck – und gekämpft wie ein solcher. *Magtig*, ihr könnt euch ja gar keine Vorstellungen von den jahrelangen Entbehrungen und den ständigen Gefechten mit den Kaffern machen, die wir zu erdulden hatten. Ich habe in der Wagenburg am Blood River gekämpft, als mindestens zwölftausend bis an die Zähne bewaffnete Zulukrieger uns Stunde um Stunde angegriffen haben. Ein Meer von Lanzen und Assegais funkelte an jenem Morgen des 1. Dezember im Jahre des Herrn

1838 in der Sonne, während wir kaum vierhundertachtzig Mann zählten. Doch wir haben sie besiegt und die Macht der Zulus an jenem Tag ein für allemal zerschlagen. Das Blut vieler Buren hat den Boden getränkt, nicht nur bei Blood River, sondern auch später, als ...«

»Laß mal gut sein, Vater«, fuhr Stefanus ihm sanft ins Wort. »Wir alle kennen sowohl die Geschichte unseres Volkes im allgemeinen als auch deine Geschichten im besonderen.«

»Und wenn schon. Ihr könnt sie euch gar nicht oft genug anhören, denn ihr könnt eine Menge daraus lernen!« grollte Oupa Willem.

Hennig Bloem tauschte mit Stefanus einen wissenden, mitfühlenden Blick und kam dann wieder auf die Engländer zu sprechen, in deren Ablehnung sie sich alle einig waren. »Die Rotröcke sind zehnmal schlimmer als die Zulus oder die Xhosas es in ihren besten Jahren waren. Sie haben Natal an sich gerissen. Und als in Kimberley Diamanten gefunden wurden, haben sie uns auch darum betrogen und diese Ecke der Halbwüste, an der sie nie Interesse gezeigt hatten, einfach ihrer Kapkolonie zugeschlagen.«

»Und jetzt, wo in Johannesburg das Gold die leeren Kassen unserer Republik füllt, wollen sie auch uns und den Oranje-Freistaat in die Knie zwingen und unter den verfluchten Union Jack bringen«, erregte sich Stefanus.

Simon Ohlsson blickte nachdenklich über den Rand seines Kaffeebechers hinweg. »Wißt ihr noch, wie dieser Hundesohn Shepstone, diese Marionette des britischen Premierministers im Januar 1877 in Pretoria einmarschiert ist und unsere Republik einfach annektiert hat?«

Hennig verzog das Gesicht, als hätte er auf eine bittere Zitrone gebissen. »Eine Schande, daß es ihm ohne jede Gegenwehr gelang, in unserer Hauptstadt die britische Fahne aufzuziehen.«

»Aber bei Majuba haben wir es ihnen gezeigt!« meldete sich Oupa Willem wieder zu Wort. »Ich war dabei, als wir die *rooineks* unter unserem Generalkommandanten Joubert vernichtend geschlagen haben. Das war 80/81.«

»Nicht nur du warst dabei, Vater«, sagte Stefanus etwas gequält. »Wir alle waren damals auf Kommando. Aber wenn ich mich recht entsinne, hast du nicht zu jenem Teil des Kommandos gehört, der die Engländer vom Berg vertrieben und General Sir Pomeroy Colley eine so schmähliche Niederlage bereitet hat.«
Oupa Willem machte eine gereizte Handbewegung. »Ich weiß, wo ich war, Jong!« brummte er und herrschte seine Enkelin an: »Lena, siehst du nicht, daß ich keinen Kaffee mehr habe?«
Lena eilte schnell zu ihm um den Tisch.
»Ja, bei Majuba haben wir das vierjährige britische Joch abgeworfen und uns unsere Unabhängigkeit wieder erkämpft«, sagte Simon Ohlsson stolz. »Premier Gladstone mußte einen Friedensvertrag mit uns unterzeichnen und unsere Eigenständigkeit garantieren.«
Hennig lachte freudlos auf. »Der Friedensvertrag von Pretoria und die London Convention von 1884 sind doch das Papier nicht wert, auf dem sie abgefaßt sind.«
»Immerhin haben wir unsere Souveränität zurückbekommen«, gab Ohlsson zu bedenken.
»Was heißt das schon. Die Briten haben es nie ernst gemeint, sondern uns nur in Ruhe gelassen, weil sie damals in Ägypten gebunden und dort genug Ärger hatten, um sich nicht auch noch mit uns anlegen zu können«, erklärte Hennig nüchtern.
»Politiker wie Cecil Rhodes haben nie einen Hehl aus ihrem Ziel gemacht, Afrika von Kapstadt bis nach Kairo unter britische Vorherrschaft zu bringen. Und nachdem wir jetzt nicht mehr nur ein armer Bauernstaat sind, sondern reiche Goldminen und wohl noch andere kostbare Bodenschätze besitzen, ist es nicht nur machtpolitisch, sondern auch wirtschaftlich äußerst sinnvoll, diese Politik voranzutreiben.«
»Sollen sie es doch versuchen«, meinte Stefanus. »Diesmal werden wir bestens vorbereitet sein, und diesmal wird niemand unsere *vierkleur* über Pretoria einholen und dort den Union Jack hissen!«
Die Vierkleur war die vierfarbige Fahne der Transvaal-Republik

und zeigte untereinander jeweils einen grünen, roten, weißen und blauen Streifen.
Zehn Minuten später wandte sich Simon Ohlsson an Stefanus und fragte: »Können wir mal nach den Lämmern schauen? Ich muß bald den Rückweg antreten.«
»Natürlich«, sagte Stefanus und erhob sich mit ihm. »Bleib du nur hier sitzen, Hennig. Ich bin gleich wieder zurück.«
Lena folgte den beiden Männern mit ihren Blicken, wie sie über den Hof gingen, und dachte, daß Simon Ohlsson ihrem Vater jetzt wohl einen Brief aushändigen würde, der aus Kimberley in Jonkheersdorp eingetroffen war.
Simon Ohlsson verließ LEEUWENHOF eine Stunde später mit zwei Lämmern, die mit gefesselten Hufen und jämmerlich blökend auf der Ladefläche seines Einspänners lagen.
Es muß eine gute Nachricht sein, die Pa bekommen hat, sagte sich Lena, denn ihr Vater machte am Abend einen ungewöhnlich aufgekratzten Eindruck. Er nahm sich sogar die Zeit, sich von Adriaan lang und breit erzählen zu lassen, daß das Wettschießen zwischen ihm und Fabricius acht zu zwölf zu seinen Gunsten ausgefallen war.
»Er hat sich herausgeredet, noch nicht recht vertraut mit dem neuen Karabiner zu sein«, sagte Adriaan lachend. »Dabei weiß er so gut wie ich, daß er mir auch nach tausend Schuß noch immer nicht das Wasser reichen kann.«
»Nur keinen Hochmut, Sohn«, tadelte Stefanus ihn, lachte jedoch ebenfalls und fügte verheißungsvoll hinzu: »Und Mauser-Karabiner finden ihren Weg nicht allein nach BLOEMHOF.«
Adriaans Augen leuchteten bei diesem indirekten Versprechen seines Vaters auf. Auch sie würden solche wunderbaren Karabiner mit fünfpatronigen Ladestreifen aus deutscher Waffenherstellung erhalten! Denn ihr Vater war kein Mann, der so etwas nur dahersagte, ganz im Gegenteil. Er überlegte sich alles sehr genau, bevor er redete.
Adriaan konnte es nun nicht erwarten, daß sein Vater für sich und seine Söhne Mauser-Karabiner bestellte und er ein solches Gewehr endlich sein eigen nennen durfte.

Lena dagegen wartete auf etwas ganz anderes, das ihr so wichtig war wie Adriaan und Fabricius ein Karabiner der deutschen Waffenschmiede Mauser. Nur mußte sie sich nicht so lange wie ihr Bruder in Geduld üben, denn schon fünf Tage nach Simon Ohlssons Besuch auf Leeuwenhof überraschte ihr Vater sie und ihre Geschwister nach der abendlichen Bibellesung mit der Mitteilung: »Ich fahre morgen nach Vereeniging.«

Die Überraschung war groß. Allein Tante Sophie und Oupa Willem reagierten auf seine Ankündigung nicht mit Erstaunen, sondern mit stummer Mißbilligung, die sich in ihren verkniffenen Gesichtern ausdrückte.

»Du fährst zum Waffenhändler?« rief Adriaan aufgeregt.

»Nein, dafür wird die Zeit nicht reichen«, antwortete sein Vater zu Adriaans sichtlicher Enttäuschung. »Doch sei beruhigt, die Gewehre sind bestellt, schon seit langem. Hennig Bloem hat seine nur zufälligerweise ein paar Wochen eher erhalten als wir.«

»Aber was willst du dann in Vereeniging?« fragte Dele, die sich nicht vorstellen konnte, daß ausgerechnet ihr Vater plötzlich Interesse am Besuch einer fremden Ortschaft, ja fast schon einer richtigen Stadt haben sollte.

»Ich fahre zum Bahnhof«, erklärte ihr Vater mit etwas angespannter Stimme. »Wir bekommen Besuch.«

Aufgeregt hielt Lena den Atem an. Der richtige Zeitpunkt! Jetzt war er da!

Hendrik sah ihren Vater verständnislos an. »Besuch? Wer sollte uns besuchen, der dafür mit der Eisenbahn fahren müßte, Pa?«

»Ihr kennt ihn nicht. Ich kenne ihn selbst nicht, jedenfalls nicht persönlich, sondern nur brieflich«, antwortete ihr Vater knapp. »Doch er ist mit uns verwandt ... Sein Name ist Julian ... Julian Rounard, und er kommt aus Kimberley. Er ist nur ein halbes Jahr älter als du, Adriaan. Ich hoffe, ihr werdet euch gut verstehen.«

»Noch nie gehört«, sagte Adriaan verblüfft. »Und ich habe gedacht, wir würden all unsere Verwandten kennen. Wieso erfahren wir erst jetzt, daß jemand von unserer Familie in Kimberley wohnt?«

»Weil ich es bisher auch nicht gewußt habe.«
»Und wie lange wird dieser Julian bleiben?« wollte Dele wissen.
»So lange, wie er will.«
Oupa Willem stieß seinen Stuhl abrupt zurück und stand auf. »Mir ist es hier zu stickig. Ich brauche frische Luft!« brummte er gereizt und schlurfte zur Tür.
»Dann laß dich nicht aufhalten, Vater!« In der Stimme seines Sohnes lag eine ungewohnte Schärfe.
»Und ich werde mich früh zu Bett begeben. Manches strengt mich doch über Gebühr an«, sagte Tante Sophie und ging ebenfalls.
»Will jemand morgen mit mir zum Bahnhof fahren, um Julian abzuholen?« fragte ihr Vater nun.
Bis nach Vereeniging war es ein weiter Weg. Bei den ausgesprochen schlechten Straßen mußte man mit dem Wagen mindestens vier Stunden veranschlagen, und das für jede Strecke! Sich acht Stunden lang in brütender Hitze auf holprigen Sandpisten durchrütteln zu lassen, nur um einen Verwandten, von dem sie noch nie ein Sterbenswort gehört hatten und der deshalb ja wohl nur sehr fern mit ihnen verwandt sein konnte, am Bahnhof zu begrüßen – nein, das klang nicht verlockend, sondern ausgesprochen abschreckend.
Und so fielen Adriaan, Hendrik und Dele sofort genug Ausflüchte ein, warum sie ihren Vater gerade morgen nicht auf dieser langen Fahrt begleiten konnten.
»Und wie steht es mit dir, Lena?« Ein kaum merkliches Lächeln umspielte die Mundwinkel ihres Vaters, als hätte er den Ausgang dieses Gesprächs vorausgesehen – ihre Entscheidung eingeschlossen.
»Ich fahre mit«, sagte sie und hatte Mühe, sich ihre Aufregung nicht anmerken zu lassen. »Es wird bestimmt interessant, Pa.«
»Ja, das denke ich auch.«
»Todlangweilig wird es und vor allem heiß und staubig!« meinte Dele, als sie ihr Nachtgebet gesprochen hatten und zu Bett gingen. »Wie kannst du nur so einfältig sein, dich darauf einzulassen?«

»Ich weiß nicht, ob ich deshalb einfältig bin. Findest du es denn nicht auch aufregend, daß jemand aus Kimberley zu uns nach LEEUWENHOF auf Besuch kommt und zudem auch noch mit uns verwandt ist?«

»Weshalb sollte ich wegen eines Fremden aufgeregt sein?« fragte Dele gelangweilt zurück und fügte dann gehässig hinzu: »Außerdem kenne ich keinen Verwandten, der nicht entweder fad, hochnäsig, einfältig oder unansehnlich ist. Warum also sollte da ausgerechnet dieser Julian Rounard eine Ausnahme machen? Bestimmt ist er alles zusammen, und jemand will ihn loswerden, weshalb man ihn wohl auch zu uns nach LEEUWENHOF geschickt hat!«

»So etwas zu sagen ist nicht nett, Dele!«

»Ich will auch nicht nett sein, sondern schlafen«, entgegnete ihre Schwester spitz, drehte sich auf die Seite und gab sich ihren eigenen Träumen hin, in denen kein Platz für fremde Verwandte war.

Lena konnte dagegen lange nicht einschlafen. Ihre Gedanken kreisten unablässig um den Fremden aus Kimberley, wegen dem sich ihr Vater mit Oupa Willem und wohl auch mit Tante Sophie so heftig in die Haare bekommen und überworfen hatte, wie das nie zuvor geschehen war.

Was mochte wohl der Grund dafür sein? Welch ein Geheimnis war mit diesem Julian Rounard verbunden? Morgen würde sie es wissen. Und bevor der Schlaf sie endlich übermannte, betete sie inständig zu Gott, daß Dele mit ihrer Annahme, was das Wesen ihres geheimnisvollen, unbekannten Verwandten betraf, in jeder Beziehung unrecht haben möge.

4

Es schien mitten in der Nacht zu sein, denn die Dunkelheit lag noch wie eine pechschwarze Decke über dem Veld, als Sarie zu Lena in die Kammer kam und sie aus dem Schlaf holte. Augenblicklich war sie wach.
»Schon Zeit zum Aufstehen, Sarie?«
»Ja, der Baas läßt bereits die Pferde einspannen!« raunte das schwarze Mädchen, mit dem Lena noch bis zu ihrem zehnten Lebensjahr zwischen den *pondoks* der Schwarzen gespielt hatte, ohne sich Gedanken über die Unterschiede zwischen Schwarzen und Weißen zu machen. Als sie zehn geworden war, hatte Tante Sophie ihr verboten, weiterhin mit den schwarzen Kindern zu spielen. Und sie hatte ihr auch verboten, von nun an barfuß und ohne *kappie* herumzulaufen. Nackte Haut zu zeigen war unschicklich, und sich außerhalb des Hauses ohne eine Haube sehen zu lassen, die den Kopf züchtig bedeckte und das Gesicht davor bewahrte, von der Sonne gebräunt zu werden, gehörte sich laut Tante Sophies ständigen Ermahnungen auch nicht. Jedenfalls nicht für ein weißes Mädchen aus gutem Haus, das mit zehn nicht länger Anspruch auf die sorglose Freiheit und Gedankenlosigkeit eines Kindes besaß, sondern sich nun daran zu orientieren hatte, was sich für einen weißen Erwachsenen schickte und was nicht.
»Danke, Sarie«, flüsterte Lena mit einem Anflug von Bedauern, daß von der einst fröhlichen, unzertrennlichen Freundschaft ihrer Kinderzeit nur noch eine gegenseitige Zuneigung übriggeblieben war. »Ich beeile mich.«
Sarie nickte, stellte die nur auf kleinster Flamme brennende Petroleumlampe auf die Waschkommode und huschte aus der Kammer.
Lena sprang aus dem Bett und schlüpfte aus ihrem Nachthemd. Sie war schnell gewaschen und angezogen. Wie gern hätte sie ihr hübsches lindgrünes Sommerkleid getragen, das einen so herrlichen Kontrast zu ihrem langen schwarzen Haar bildete. Aber der

feine Staub der roten Erde, der für dieses Land so charakteristisch war, würde bei der weiten Fahrt den zarten Lindton des Stoffes in ein unansehnliches, schmutzig stumpfes Rot-Grün verwandeln, lange bevor sie Vereeniging erreichten. Deshalb war es besser, daß sie ihr einfaches nußbraunes Alltagskleid trug, dem der Staub der Landstraße nicht viel anhaben konnte. Immerhin besaß es eine hübsche doppelte Knopfleiste, tröstete sie sich.

Als sie ihr Haar mit der Behendigkeit langjähriger Übung zu einem dreiteiligen Zopf zusammenflocht, wünschte sie einmal mehr, sie hätten in ihrer Schlafkammer wenigstens einen kleinen Spiegel über der Waschkommode. Aber das erlaubte Tante Sophie nicht. Ein Spiegel in ihrem Alter, so hatte ihre Tante ihnen mehr als einmal gepredigt, förderte nur die gottlose Eitelkeit und verlockte zu Schamlosigkeit und unkeuschem Verhalten, und allein schon der Wunsch nach einem Spiegel verriet, wie schwach ihr Wille war, der sündigen Verlockung von Eitelkeit und Hoffart zu widerstehen.

War es denn wirklich so schamlos und ein Zeichen schwachen und zur Sünde neigenden Fleisches, wenn sie gelegentlich den Wunsch verspürte, ihr Abbild in einem Spiegel zu betrachten, und zwar nicht nur beim Ankleiden und Frisieren? War es tatsächlich unzüchtig, ja verworfen, nur schon den Gedanken zu haben, wie es wohl sein mochte, den eigenen, *nackten* Körper in einem Spiegel betrachten zu können, so als stünde man sich selbst gegenüber?

Pa war in diesen Sachen nicht so streng, das wußte sie. Er hätte ihr und ihrer Schwester bestimmt einen Spiegel erlaubt, zumindest einen Handspiegel. Was jedoch nicht hieß, daß er von ihren geheimsten Regungen und Gedanken nicht genauso entsetzt und schockiert gewesen wäre wie Tante Sophie, wenn er davon erfahren hätte. Aber er hatte die Erziehung seiner beiden Töchter nun mal ganz in die knöchrigen Hände seiner Schwägerin gelegt, als sie nach dem Tod ihrer Mutter nach LEEUWENHOF gekommen war – mit unumstößlichen Vorstellungen von Sitte und Anstand.

Lena seufzte leise auf, während sie kurz zögerte, welches Band sie

wählen sollte, um das Zopfende mit einer Schleife zu schmücken. Sollte sie das einfache braune nehmen oder zur Feier des Tages doch eines von ihren beiden Samtbändern?
»*Magtig*, warum nicht!« machte sie sich selbst Mut und entschied sich für das maisgelbe. Es paßte zwar nicht so gut zum Kleid, aber um so besser zu ihrem Haar.
Jetzt fühlte sie sich für den außergewöhnlichen Tag und die spannende Begegnung mit ihrem fremden Verwandten aus Kimberley gewappnet.
Mit der Haube in der Hand, eilte sie aus der Kammer. Sarie wartete in der Küche schon mit dampfendem Kaffee und frischem Brot auf sie. Sie hatte auch bereits einen Proviantkorb für sie und ihren Vater fertig gemacht, damit sie unterwegs ihren Hunger stillen konnten.
Lena war viel zu aufgeregt, um ordentlich zu frühstücken. Sie schlang ein Brot, belegt mit knusprigen Speckstreifen, hinunter und trank hastig eine große Tasse mit stark gesüßtem Milchkaffee. Dann lief sie hinaus auf den Hof. Es war noch immer dunkel, doch im Osten kündigte sich die Morgendämmerung schon an. Graues Licht sickerte über den Horizont und verwässerte die tiefe Schwärze der Nacht über der östlichen Ebene des Highveld.
Sie war froh, als sie sah, daß ihr Vater sich nicht mit dem leichten Wagen auf den langen Weg nach Vereeniging machen wollte. Er hatte sich vielmehr für den großen und bedeutend bequemeren Cape-cart entschieden, der nicht nur richtige Polster hatte, sondern auch eine viel bessere Federung besaß. Und er hatte Reuter, seinen getreuen schwarzen Diener, damit beauftragt, gleich vier ihrer besten Pferde vorspannen zu lassen.
»Aufgeregt, *mein tiere?*« begrüßte ihr Vater sie, als sie ihm einen guten Morgen zurief und Sarie anwies, den Picknickkorb in den Wagen zu stellen.
»Ein bißchen, Pa.«
Er tätschelte kurz ihre Wange. »Ich auch«, sagte er leise und lachte dann verlegen auf. »Na, dann wollen wir mal. Sehen wir zu, daß

wir wenigstens auf der Hinfahrt der Hitze einigermaßen entgehen.«
Lena stieg ein und machte es sich auf der gepolsterten Rückbank bequem, während ihr Vater auf den Kutschbock kletterte. Daß er das Gespann selbst lenken wollte, statt diese Aufgabe wie gewöhnlich Reuter zu überlassen und bequem hinten bei ihr zu sitzen, war für Lena ein weiteres Zeichen, wie außergewöhnlich diese Fahrt auch für ihren Vater war. Es steigerte ihre Erwartung, erfüllte sie wenig später, als sie die Farm hinter sich gelassen hatten, aber auch mit etwas Bedauern, denn so konnte es zwischen ihnen kein rechtes Gespräch geben.
Der Tag kam schnell. Das Licht der aufgehenden Sonne vertrieb die Schatten der Nacht, und aus der weiten Ebene wuchsen hier und da mächtige Tafelberge in den Himmel. Das struppige Gras, das sich schon sommerbraun zu färben begann, leuchtete wie ein Meer aus Getreide, durch das sich die Landstraße wie ein rotbraunes Band wand. Schirmakazien, Maulbeerbäume, Eukalypten, mächtige Mimosen und die unterschiedlichsten blühenden Sträucher sprenkelten die scheinbar endlose Weite des Landes, jedoch in so überschaubarer Zahl, daß auch der größte Hain von immergrünen, graustämmigen Eukalyptusbäumen niemals den Blick in die Ferne verwehrte. Allein die zahlreichen Hügelketten, die das Veld durchzogen wie eine schwere Dünung bei unruhiger See, begrenzten gelegentlich die Weitsicht. Doch hinter jeder Hügelgruppe wartete eine neue Ebene, die nur den blauen Himmel als Grenze anzuerkennen schien.
Lena konnte sich an der grandiosen Landschaft nicht satt sehen. Ja sie war sogar überzeugt, auch dann noch von der herben Schönheit und Grenzenlosigkeit dieses Landes ergriffen zu werden, wenn sie so alt wie Oupa Willem werden sollte.
Die Gehöfte, die in großen Abständen rechts und links der Landstraße lagen, fielen mit ihren weiß getünchten Farmhäusern und Nebengebäuden schon von weitem ins Auge wie grüne Oasen in der Wüste.
Das monotone Rattern der eisenbeschlagenen Räder und der

gleichmäßige Hufschlag der Pferde hatten etwas Einschläferndes. Die Nacht war kurz gewesen, und so fiel Lena eine gute Stunde hinter LEEUWENHOF in einen tiefen Schlaf.

Es war die Hitze, die sie weckte, als sie schon ein gutes Stück hinter Jonkheersdorp waren. Die Sonne stand hoch am Himmel und brannte auf eine Landschaft herab, die sich kaum von der unterschied, mit der sie vertraut war, und mit ihren Tafelbergen, Kopjes und Furten dennoch fremd auf sie wirkte.

»Wo sind wir, Pa?« rief Lena ihrem Vater zu und richtete sich auf, um ihre Glieder zu strecken.

»Du hast lang und fest geschlafen«, gab er lachend zur Antwort. »Hinter uns liegt schon Kloigrond. Bis nach Vereeniging ist es bloß noch eine Stunde.«

»Und wann trifft der Zug aus Kimberley ein?«

»In gut zweieinhalb Stunden. Aber er kommt nicht aus Kimberley, denn von dort gibt es keine direkte Eisenbahnverbindung zu uns. Julian hat die Kutsche nach Bloemfontein genommen und ist erst da in den Zug gestiegen.«

Lena war, wie auch niemand sonst von ihren Geschwistern, jemals über Jonkheersdorp hinausgekommen. Sie hatte von den größten Städten gehört und auch gelesen. Doch eine rechte Vorstellung hatte sie sich nicht davon machen können, wie es war, wenn viele Hunderte, ja Tausende von Menschen Haus neben Haus wohnten und irgendeiner Tätigkeit nachgingen.

Als sie die ersten Häuser von Vereeniging erreichten und ins Zentrum fuhren, wo sich der Bahnhof befand, vergaß Lena für eine Weile völlig, warum sie hier waren. Sie ahnte nicht, daß Vereeniging weit davon entfernt war, sich mit Städten wie Johannesburg, Pretoria, Kimberley oder gar Kapstadt vergleichen zu können. Doch für sie, die sie nur Jonkheersdorp kannte, war dies eine richtige Stadt.

Sie war fasziniert von all dem Neuen, was sie sah, und besonders von dem unglaublich geschäftigen Leben und Treiben auf den Straßen. Hier ging es ja zu wie in einem Bienenstock! All die Kutschen, offenen Wagen und Fuhrwerke! Wohin sie nur wollten

und wie die Kutscher bloß ihren Weg durch diese vielen Straßen fanden? Und wie elegant manche Männer und Frauen gekleidet waren. Noch nie in ihrem Leben hatte sie so schöne Kleider und so prächtige Parasole gesehen. Und wie hielten bloß diese vergitterten Vorbauten, auf denen Menschen sogar zu stehen wagten, an den Fassaden mancher Häuser, die wahrhaftig drei Stockwerke hoch aufragten?
Lena sog alles begierig in sich auf, und wenn die vielfältigen und so fremdartigen Eindrücke sie auch ein wenig schwindlig machten, so fühlte sie sich doch nicht verstört oder gar verängstigt, wie es ganz sicher Dele passiert wäre, wenn sie mit ihnen gekommen wäre.
Der Bahnhof mit seiner Halle aus schmiedeeisernen Säulen und Gitterwerk sowie das umliegende Gelände mit den vielen Rangiergleisen, Lagerschuppen und Wasser- und Kohlespeichern machten den nachhaltigsten Eindruck auf Lena. Sie sah eine Dampflokomotive, die zu einem Wasserturm fuhr, und dieser massige Koloß aus sich bewegenden Stahlteilen erschien ihr als ein Wunder menschlicher Erfindungsgabe.
Ihr Vater vergewisserte sich beim Bahnhofsvorsteher, daß mit dem Eintreffen des Zuges aus Bloemfontein nach Fahrplan zu rechnen war. Dann fuhren sie zum Outspan hinüber, der einen Teil des Vorplatzes einnahm, versorgten die Pferde und genossen im Schatten eines prächtigen Mimosenbaumes die Köstlichkeiten, die Sarie ihnen in den Picknickkorb getan hatte. Gekrönt wurde ihr herzhaftes Mahl von eingemachten Pfirsichen aus dem eigenen Obsthain.
»Das hat gutgetan«, sagte ihr Vater und lehnte sich gähnend gegen den Stamm des Baumes. »Ich glaube, ich werde ein bißchen dösen. Vielleicht kann ich sogar einschlafen.«
»Soll ich dich wecken, wenn der Zug einläuft?«
Er lächelte. »Ich denke nicht, daß das so nahe am Bahnhof nötig sein wird«, sagte er, zog sich den speckigen, breitkrempigen Lederhut tief in die Stirn und war Augenblicke später eingeschlafen.

Lena fühlte sich nach dem Essen wohlig träge, aber doch nicht müde, und so verfolgte sie das Kommen und Gehen auf dem Bahnhofsvorplatz und überließ sich ganz ihren Gedanken, die nach einer Weile scheinbar ziellos hin und her sprangen wie eine Dik-dik-Antilope, die einen Verfolger abzuschütteln versuchte. Doch sie kehrten immer wieder zu Julian zurück.
Wie mochte er wohl aussehen? Wie alt war er? Oh, Pa hatte ja gesagt, daß er etwa im Alter von Adriaan war. Warum kam er sie besuchen? Und weshalb hatten sie, Pa eingeschlossen, all die Jahre nicht gewußt, daß sie einen Verwandten in Kimberley hatten? Und aus welchem Grund hatten sich Pa und Oupa Willem wegen dieses jungen Mannes, den sie doch gar nicht kannten, so heftig in die Haare bekommen, daß sie noch immer über Kreuz miteinander lagen?
Fragen über Fragen – und keine Antworten.
Pa jedoch wußte sie. Wenn sie sich nur trauen würde, ihn direkt danach zu fragen. Aber ihr Vater war kein Mann, den man einfach fragte, bloß weil man neugierig war – jedenfalls nicht, wenn man wußte, daß man mit seiner Frage ein Thema anschnitt, über das er nicht zu reden gewillt war. Und daß dem so war, hatte er sie während der vergangenen Wochen ja wohl deutlich genug spüren lassen.
Aber vielleicht sah es jetzt, da sie Julian gleich begrüßen würden, ja anders aus?
Das Rumpeln von zwei Güterwaggons, die vor die Rampe eines Lagerschuppens rangiert wurden, und das durchdringende Quietschen der Bremsen holten ihren Vater aus dem Schlaf. Er reckte sich und warf einen Blick auf seine Taschenuhr. »Noch eine halbe Stunde.«
Er ging zur Tränke hinüber, beugte sich über den Wassertrog und schüttete sich das kühle Wasser ins Gesicht und in den Nacken.
Als er zu ihr unter den Mimosenbaum zurückkehrte, faßte sie sich ein Herz. »Pa? Ist Julian ein Verwandter mütterlicherseits, oder gehört er zur Linie der van Risseks?«
Einen Augenblick sah er sie stumm an, daß sie schon fürchtete,

mit ihrer Frage eine große Ungehörigkeit begangen und ihn verärgert zu haben. Doch dann antwortete er, ohne daß seine Stimme vorwurfsvoll oder zurechtweisend klang: »Weder noch, Lena.«
Verständnislos sah sie ihn an. »Ja, aber ... du hast doch gesagt, er wäre mit uns verwandt!«
»Das stimmt auch, doch nicht vor dem Gesetz.« Er atmete tief durch. »Ich weiß, das klingt verwirrend und unlogisch. Die Sache mit Julian ... nun, sie ist etwas zu kompliziert, als daß ich sie dir jetzt mit ein, zwei Sätzen auseinanderlegen könnte. Außerdem möchte ich damit warten, bis wir wieder auf LEEUWENHOF und auch deine Geschwister zugegen sind, denn ich möchte diese Erklärung nur einmal machen. Du wirst es später schon verstehen, *mein tiere.* So viel kann ich dir aber jetzt schon sagen: Julian ist, wenn auch nicht vor dem Gesetz, so aber doch vor Gott und vor meinem Gewissen mein Sohn ... dein Halbbruder.«

5

Ihr Halbbruder!
Nicht einmal in ihren kühnsten Spekulationen wäre es ihr in den Sinn gekommen, die Möglichkeit eines solch nahen Verwandtschaftsverhältnisses in Betracht zu ziehen. Sie hatte mit einer Überraschung gerechnet, nicht jedoch mit einem so ungeheuerlichen Geständnis.
Lena fühlte sich noch immer wie benommen, als sich der Zug unter dem lauten Geheul seiner Dampfsirenen dem Bahnhof von Vereeniging näherte. Dicke Rußwolken quollen aus dem Schornstein der Lokomotive. Der weiße Wasserdampf der Sirene schoß wie eine Rakete durch diesen dreckigen Schleier, den der Zug wie eine Fahne hinter sich herzog. Zischend und schnaufend, als hätte er sich mit letzter Kraft ins Ziel geschleppt, lief er in den Bahnhof ein und kam mit seinen wenigen Passagierwaggons

schließlich auf der Höhe der Plattform aus mächtigen Vierkantbohlen zum Stehen.
Lena hatte kaum Augen für den Zug, obwohl er doch der erste war, den sie aus der Nähe sah. Zutiefst aufgewühlt und verstört, kreisten ihre Gedanken einzig und allein um die unfaßliche Mitteilung ihres Vaters, daß sie nicht drei, sondern vier Geschwister hatte. Nicht nur Dele, Adriaan und Hendrik, sondern noch einen Unbekannten.
Julian, ihren Halbbruder!
Der Sohn ihres Vaters.
Ihr Bruder, von dem sie all die Jahre nicht einmal eine Ahnung gehabt hatte!
»Warte hier«, sagte ihr Vater, als die schweren Türen aufschwangen und die Passagiere ausstiegen, für die in Vereeniging die Zugreise beendet war. Seine Stimme hatte einen rauhen, belegten Klang, als wäre auch ihm sehr unwohl zumute, und er vermied es, sie anzusehen.
Nur zu gern blieb Lena im Schatten der zu allen Seiten hin offenen Bahnhofshalle mit ihren schmiedeeisernen Säulen und Dachverstrebungen stehen, während ihr Vater hinaus auf die Plattform trat. So blieb ihr noch ein wenig mehr Zeit, sich unter Kontrolle zu bringen. Ob sie wohl ganz blaß im Gesicht war oder häßliche rote Flecken hatte? Konnte man ihr ansehen, wie verstört sie war?
Plötzlich war ihr, als hörte sie Tante Sophie, die sie mit scharfer Stimme zurechtwies: »Reiß dich zusammen, Lena! Du bist eine van Rissek! Also benimm dich auch gefälligst danach!«
Sie biß sich so fest auf die Lippe, daß ihr vor Schmerz beinahe die Tränen in die Augen stiegen. Und sie hob ihren Kopf und straffte ihre Schultern. Nichts wollte sie sich anmerken lassen!
Die Passagiere, die aus dem Zug gestiegen waren, ein gutes Dutzend an der Zahl, überließen ihr Gepäck schwarzen Dienern und Kutschern und entfernten sich rasch von der Plattform – bis auf einen jungen Mann, der aus dem letzten Passagierwagen gestiegen und dort auch stehengeblieben war.

Das ist er! schoß es Lena sofort durch den Kopf, als ihr Blick auf die Gestalt fiel, die in einem hellen Anzug und mit zwei großen Reisetaschen abwartend auf der sich rasch leerenden Plattform stand. Das ist Julian ... mein Halbbruder. *Magtig*, was soll ich bloß zu ihm sagen?

Er hatte etwas Verlassenes an sich, wie er da in der grellen Mittagssonne stand, die schwarzen Gepäckträger mit einem wortlosen Kopfschütteln von sich wies – und darauf wartete, seinem Vater zu begegnen.

Lena beobachtete voll innerer Anspannung, wie ihr Vater zu ihm ging, und plötzlich schlug ihr Herz so heftig, daß sie meinte, keine Luft mehr zu bekommen.

Jetzt setzte sich auch Julian in Bewegung. Sie gingen aufeinander zu. Nach vier, fünf Schritten blieb Julian neben einer Bank stehen und stellte seine Reisetaschen ab, die aus Gobelinstoff gearbeitet waren und Lena überaus extravagant vorkamen. Niemand, den sie kannte, besaß eine Tasche oder einen Koffer, der auch nur einen halb so luxuriösen Eindruck machte wie diese bauchigen Koffertaschen ihres Halbbruders. Sie paßten zu seinem ganzen Äußeren, das ihr aufregend fremd erschien, war er doch wie ein Städter gekleidet: rahmheller Leinenanzug, weißes Hemd mit steifem Kragen, blau-braun gestreifte Krawatte sowie curryfarbene Schuhe, wie Lena sie so leicht und flach noch nicht einmal bei Männern gesehen hatte, wenn sie die Kirche in Jonkheersdorp besuchten. Das Haar ihres Halbbruders war leicht gelockt und von einer ungewöhnlichen blondbraunen Tönung, die fast der warmen Farbe von Safran glich. Sie sah jetzt, daß er auch einen hellen Hut in der Hand trug, den er auf einen der Taschen legte.

Im nächsten Moment hatte ihr Vater Julian erreicht. Nun standen sie sich gegenüber, Auge in Auge. Was sie wohl empfinden mochten? Pa sagte was, und Julian nickte. Dann, etwas zögernd, wie Lena zu beobachten meinte, trafen sich ihre Hände zu einem Händedruck.

Ihr Vater legte Julian kurz die linke Hand auf die Schulter und

fragte offenbar etwas, woraufhin ihr Halbbruder erneut nickte und sich mit ihm auf die Bank setzte.
Sie sprachen einige Minuten miteinander. Es war hauptsächlich ihr Vater, der das Wort führte, während Julian meist schwieg. Er saß ganz ruhig da, ohne Anzeichen von Unbehagen oder Aufgeregtheit.
Lena hätte zwar gern gewußt, was sie da redeten, doch sie war auch ganz froh, daß ihr Vater nicht sofort mit Julian zu ihr gekommen war. Irgendwie erschien es ihr so angemessener.
Etwa fünf Minuten vergingen. Dann erhob sich ihr Vater und streckte ihm noch einmal die Hand entgegen. Julian stand auf, nickte nachdrücklich und ergriff die ihm dargebotene Hand. Lena hatte irgendwie den Eindruck, als besiegelten sie damit eine Abmachung.
Ihr Vater nahm eine der Taschen und kam nun mit Julian zu ihr herüber, der die andere Tasche und seinen Hut trug, welcher im Gegensatz zu denen der burischen Landbevölkerung nicht aus strapazierfähigem Leder, sondern aus weichem Filz gearbeitet war. Zudem wies er statt einer breiten, fast radgroßen Krempe, die Schutz vor Wind und Wetter bot, nur einen schmalen Rand auf. Wozu ein solcher Hut bloß gut sein mochte? Bestimmt nicht zur Arbeit draußen auf dem Veld.
Lena schlug das Herz bis zum Hals hinauf. Julian war nicht so groß und breitschultrig wie ihr Vater und wie Adriaan. Er war von mehr schlanker Gestalt, ohne daß es ihm doch an Muskeln zu fehlen schien. Auch seine feingeschnittenen Gesichtszüge hatten wenig Ähnlichkeit mit denen ihrer Brüder, die eine Spur markanter, um nicht zu sagen grobschlächtiger waren. Unter dunkelblonden Brauen lagen Augen, die Lena unwillkürlich an den köstlichen dunklen Honig erinnerten, den Oupa Willem aus seinen Bienenstöcken gewann. Und ihr war, als ginge der Blick dieser Augen durch sie hindurch – und mitten hinein in ihr Herz.
»Lena?« fragte er mit einer Stimme, die zu seinen sanften Augen paßte, noch bevor ihr Vater etwas sagen konnte. »Ja, du mußt Lena sein.«

»Und du bist Julian«, erwiderte Lena mit einem verlegenen Lächeln und hielt ihm die Hand hin.
Er drückte sie, und sie sah ihm an, daß auch er von zwiespältigen Gefühlen erfüllt war.
Ihr Vater räusperte sich umständlich. Diese ungewöhnliche Situation überforderte sichtlich seine Selbstsicherheit. »Ich hole dann mal den Wagen. Bleibt nur hier und macht euch miteinander bekannt«, sagte er und hatte es eilig, sich zu entfernen.
Eine Hitzewelle schoß Lena durch den Körper. Am liebsten wäre sie ihrem Vater nachgelaufen. Was dachte er sich bloß dabei, sie mit Julian einfach allein zu lassen? Was sollte sie denn nur mit ihm reden?
Aber irgend etwas mußte sie sagen. Sie konnte doch nicht stumm dastehen wie ein dummes, eingeschüchtertes Kind. Das erste, was ihr einfiel, war allerdings nicht gerade ein Zeichen großen Scharfsinns. »Du bist also mein Halbbruder aus Kimberley.«
»Und du bist also meine Halbschwester von der Farm LEEUWENHOF«, entgegnete er.
Im ersten Moment glaubte Lena, er wollte ihre Einfalt imitieren und sich über sie lustig machen, doch dann sah sie ihm an, daß seine Antwort derselben verlegenen Beklommenheit entsprungen war, die ihr die Kehle zuzuschnüren und ihr Denken lahmzulegen drohte. Und diese Erkenntnis hatte eine befreiende Wirkung.
Sie lachte auf. »*Magtig*, etwas Dümmeres als das hätte uns wirklich nicht einfallen können, nicht wahr?«
Er erwiderte ihr Lachen mit derselben Erleichterung. »Ja, als hätten wir das für den hoffnungslosen Fall einstudiert, daß uns bei unserem ersten Zusammentreffen vor Aufregung aber auch gar nichts mehr einfällt.«
»Einen aufgeregten Eindruck machst du aber nicht.«
»Mir ist ganz schlecht vor Anspannung und Aufregung gewesen. Aber so was ist bei mir meistens mehr innerlich, als daß man es mir ansieht. Vermutlich könnte ich eine steile Karriere als Pokerspieler machen«, scherzte er.

»Darf ich Julian zu dir sagen?«
»Darf ich Lena zu dir sagen?« fragte er zurück.
Diesmal lachten sie beide zusammen. Ihr Lachen war jedoch eine Spur zu laut und zu fröhlich, als daß es völlig frei von jeglicher inneren Anspannung gewesen wäre.
»Ich bin froh, daß du mitgefahren bist«, sagte er und setzte seinen Hut auf. Er mochte nicht gerade zweckmäßig sein, aber er sah damit verwegen aus, das mußte sie ihm lassen.
»Ich war viel zu neugierig, um zu Hause zu warten, bis du mit Pa zurückkommst.«
»Ja«, sagte er nur, und in diesem einen Wort lagen Wochen des Grübelns und ebenso viele schlaflose Nächte sowie quälende Zweifel, ob es richtig war, was er zu tun im Begriff stand.
»Adriaan und Hendrik und Dele wären auch gern mitgekommen, aber auf einer Farm fällt mehr Arbeit an, als sich ein Städter wohl vorstellen kann, und gerade jetzt gibt es so viel zu tun«, hörte sich Lena zu ihrer eigenen Verwunderung sagen und fragte sich, weshalb sie bloß den Drang verspürte, ihre Geschwister für etwas in Schutz zu nehmen, was eigentlich gar keiner Erklärung, geschweige denn Entschuldigung bedurfte. Sie wußten ja noch nicht einmal, daß es sich bei diesem vermuteten fernen Verwandten in Wirklichkeit um ihren Halbbruder handelte. Und ihre eigene Verunsicherung überspielend, fuhr sie hastig fort: »Eigentlich heißt meine Schwester ja Deleana, aber alle nennen sie nur Dele.«
»So«, sagte er, und da daß offenbar zuwenig war, um ein Gespräch in Gang zu halten, fügte er hinzu: »Jetzt habe ich also zwei Schwestern ...«
»Ja, und ich einen dritten Bruder ...« Mehr fiel ihr auch nicht ein. Irgendwie waren sie an einem Punkt angelangt, den zu überschreiten jeder von ihnen scheute, weil es bedeutete, daß man auf sehr persönliches, vermutlich ungehörig indiskretes Terrain gelangte und womöglich Schaden anrichtete, der dann vielleicht nicht wieder gutzumachen war.
Bevor das Schweigen jedoch peinlich werden konnte, traf ihr

Vater mit dem Wagen ein. Lena unterdrückte einen Seufzer der Erleichterung, nahm mit Julian auf der Rückbank Platz, und ihr Vater lenkte das Vierergespann stadtauswärts.
»Ist es weit bis zu eurer Farm?« wollte Julian wissen, als sie sich auf der Landstraße befanden.
»Gute vier Stunden«, antwortete sie und fragte sich, was sie in all der Zeit bloß mit Julian reden sollte. Sie wollte ja nett zu ihm sein und in ihm auf gar keinen Fall durch Mundfaulheit den falschen Eindruck aufkommen lassen, daß sie sich für etwas Besseres hielt und ihn ablehnte. Aber auch wenn er tausendmal ihr Halbbruder war, so änderte das doch nichts daran, daß er ihr so fremd war, wie ein junger Mann aus Kimberley oder sonstwoher ihr nur fremd sein konnte. Es verband sie nichts Gemeinsames außer der Tatsache, daß sie denselben Vater hatten.
»Ich habe in der letzten Nacht kaum geschlafen und auch im Zug kein Auge zugekriegt, und jetzt fühle ich mich hundemüde«, gestand er ihr. »Würdest du es mir sehr übelnehmen, wenn ich ein wenig zu schlafen versuche?«
Lena hatte Mühe, sich ihre Erleichterung nicht anmerken zu lassen. »Nein, überhaupt nicht. Schlaf nur. Ich werde auch etwas dösen. Wir laufen einander ja nicht weg, nicht wahr?«
Er warf ihr ein etwas befangenes Lächeln zu, machte es sich in seiner Ecke so bequem wie möglich, legte die Füße auf eine der Taschen und schloß die Augen.
Lena hatte jetzt ausreichend Zeit, ihn aus der Nähe zu studieren. Und nun stellte sie fest, daß es mit seiner äußeren Erscheinung, die auf den ersten Blick auf sie so weltmännisch gewirkt hatte, nicht allzuweit her war. Der Leinenstoff war schon recht fadenscheinig und an mindestens einer Stelle, nämlich unter dem linken Arm, ausgebessert worden. Der Hemdkragen war abgescheuert, und seine Schuhe hatten dringend eine neue Besohlung nötig. Auch seine Reisetaschen verloren bei näherem Hinsehen viel von ihrer Außergewöhnlichkeit, war der Stoff doch schon so abgenutzt, daß von den üppigen Blumenranken nicht mehr viel übrig war.

Lena betrachtete ihn versonnen, und obwohl sie nichts über ihn wußte, glaubte sie die Feststellung wagen zu können, daß es Julian in Kimberley nicht übermäßig gutgegangen war.
Aber dennoch sieht er ansprechend aus, fügte sie augenblicklich, ein wenig beschämt über ihr abschätziges Urteil, in ihren Gedanken hinzu. Und er scheint ein freundliches Wesen zu haben.
Ihr Vater schaute sich mehrmals um und schien nicht weniger erleichtert zu sein, daß Julian schlief und daher keiner Ansprache bedurfte. »Laß ihn nur. Er wird von der langen Reise müde sein«, rief er ihr leise vom Kutschbock zu.
Zumindest machte Julian den Eindruck, als würde er schlafen, obwohl es dafür eigentlich viel zu heiß war. Gelegentlich konnte sich Lena deshalb auch nicht des Verdachts erwehren, daß er sich bloß schlafend stellte, um die mehrstündige Fahrt nach LEEUWENHOF ohne quälend lange Strecken des gegenseitigen Schweigens hinter sich zu bringen. Wenn das wirklich der Fall war, konnte sie ihm dafür noch nicht einmal böse sein, im Gegenteil, tat er damit doch auch ihr einen Gefallen. Hätte sie sich an seiner Stelle befunden, hätte sie sich vermutlich auch in scheinbaren Schlaf geflüchtet.
Ob Julian nun schlief oder nicht, es war gut so, wie es war. Von einer Minute auf die andere einen neuen Bruder mit einer geheimnisvollen Vergangenheit zu bekommen, daran mußte sie sich erst einmal gewöhnen – und ihren Geschwistern würde es nicht anders ergehen.
Was sie wohl sagen und wie sie reagieren mochten, wenn sie erfuhren, wer Julian Rounard wirklich war?
Lena versuchte die Hitze zu ignorieren, die um die frühen Nachmittagsstunden die Luft über dem Boden flirren ließ, und gab sich ganz dem Strom ihrer Gedanken hin.

6

Eine Stunde hinter Jonkheersdorp reckte und streckte sich Julian, ob nun aus dem Schlaf erwacht oder der Vortäuschung desselben überdrüssig.
Er fuhr sich über die Augen und wandte sich Lena zu. »Habe ich lange geschlafen?«
»Gute drei Stunden.«
»Tut mir leid, daß ich dir ein so wenig unterhaltsamer Begleiter gewesen bin.«
»Nicht der Rede wert. Ich hätte es vermutlich nicht viel anders gemacht«, sagte sie hintersinnig.
Er lächelte, als hätte er die Anspielung verstanden. »Wie alt bist du überhaupt, oder ist es ungehörig, eine junge Lady so etwas zu fragen?«
»Erstens bin ich eine Farmerstochter und keine junge Lady, Mijnheer«, antwortete sie mit kecker Schlagfertigkeit, »und zweitens kannst du von jedem auf LEEUWENHOF erfahren, wie alt ich bin, so daß ich es dir ebensogut auch selbst sagen kann. Im nächsten Herbst werde ich fünfzehn.«
Er zog überrascht die Augenbrauen hoch. »Erst? Ich hätte dich für mindestens ein Jahr älter gehalten.«
»Soll ich mich jetzt geschmeichelt fühlen oder mit dir schmollen, weil du *erst* gesagt hast?«
»Natürlich geschmeichelt!« versicherte er vergnügt.
»Wenn ich dir einen guten Rat geben darf, dann sag bloß nicht zu Dele, daß sie *erst* dreizehn ist. Sie würde dir das bestimmt übelnehmen.«
»Danke für die Warnung.«
»Und wann bist du geboren?« wollte sie wissen.
Er spürte, daß sie nicht von ungefähr nach seinem Geburtsdatum und nicht bloß nach seinem Alter gefragt hatte. »Am 12. Dezember '78.«
»Dann bist du ja noch vier Monate älter als Adriaan«, rechnete sie schnell nach, »und damit mein *ouboet,* mein ältester Bruder.«

»Sozusagen. Aber als Halbbruder steht mir diese Ehre kaum zu.«
Lena schwieg einen Augenblick. Pa hatte Julian also vier Monate *vor* Adriaan gezeugt, und Adriaan war genau neun Monate nach der Hochzeit ihrer Eltern zur Welt gekommen!
Sie errötete bei diesen Gedanken, denn sie waren mehr als unschicklich. Sie waren schamlos und anstößig, aber sie vermochte sich ihrer nicht zu erwehren. Ohne daß es ihr bewußt gewesen wäre, war ihr die Frage, wann Julian wohl empfangen worden war, unablässig durch den Kopf gegangen, seit ihr Vater ihr vor dem Bahnhof eröffnet hatte, daß es sich bei Julian um seinen Sohn und ihren Halbbruder handelte. Irgendwie fiel ihr ein Stein vom Herzen, daß ihr Vater Julian nicht während der Ehe mit ihrer Mutter, sondern Monate vor der Eheschließung gezeugt hatte. Julian war also nicht das Kind aus einer ehebrecherischen Affäre ihres Vaters mit einer fremden Frau. Wäre das der Fall gewesen, sie hätte nicht gewußt, ob sie ihrem Vater dann noch immer denselben Respekt hätte entgegenbringen können. Tante Sophie machte da vermutlich keinen großen Unterschied, aus welcher Art von unehelicher Beziehung Julian hervorgegangen war, doch sie schon – und Adriaan, Hendrik und Dele bestimmt auch.
»Wann hast du von mir erfahren?« holte Julian sie aus ihren Überlegungen.
»Vorhin, am Bahnhof, kurz bevor der Zug eingelaufen ist«, antwortete sie der Wahrheit gemäß.
Er sah sie betroffen an. »Du Ärmste! Da hat dir dein Vater aber wenig Zeit gelassen, dich darauf einzustellen.«
Sie verzog das Gesicht. »Ja, das hat er wahrlich. Ich kann mich nicht erinnern, jemals erlebt zu haben, daß Pa Angst gehabt hatte, aber ich glaube, vor dieser Begegnung mit dir hat er schreckliche Angst gehabt.«
»Mir ist es nicht anders ergangen«, gestand er.
Eine warme Welle des Mitgefühls durchströmte sie. Wie konnte sie immer bloß an sich und ihre eigenen Empfindungen denken! Sie fuhr nach Hause zu ihrer Familie, während er als Fremder, ja,

fast schlimmer noch, als illegitimes Kind ihres Vaters zu ihnen nach LEEUWENHOF kam. Wie mußte es da bloß in ihm aussehen, auch wenn er nach außen hin einen noch so ruhigen Eindruck machte!

»Wann hast du es erfahren?« fragte sie leise.

»Was?«

»Daß Pa dein Vater ist und du noch vier Geschwister hast, die alle in Transvaal auf einer Farm leben?«

»Vor gut acht Wochen, auf den Tag genau ein Jahr nach dem Tod meiner Mutter.«

»Tut mir leid. Meine Mutter ist auch tot, aber schon seit vielen Jahren.«

Julian nickte knapp. »Meine Mutter hatte vor ihrem Tod bei einer guten Freundin, bei der ich im letzten Jahr gewohnt habe, zwei Briefe hinterlegt. Der eine Brief war an deinen Vater gerichtet ...«

»Pa ist auch dein Vater«, warf sie sanft ein.

»Ja, ich weiß, aber noch fällt es mir schwer, ihn mit diesen Augen zu sehen. Ich denke, das wirst du verstehen, nachdem ich fast achtzehn Jahre nichts davon gewußt habe.«

Sie senkte den Blick. »Natürlich, entschuldige.«

Er berührte sie flüchtig am Arm. »Du hast nichts gesagt, wofür du dich entschuldigen müßtest, Lena. Ich möchte nur, daß du mich verstehst. Es ist alles noch so neu und fremd für mich.«

»Auch für uns«, sagte Lena. »Aber du wolltest von den beiden Briefen erzählen.«

»Ja, meine Mutter hatte ihrer Freundin das Versprechen abgenommen, ein Jahr nach ihrem Tod den einen Brief, den sie an Stefanus van Rissek adressiert hatte, abzuschicken, ohne mich vorher davon in Kenntnis zu setzen, während der andere Brief meiner Mutter an mich gerichtet war. Darin hatte sie niedergeschrieben, wer mein wirklicher Vater und was damals vor nun mehr als gut achtzehn Jahren in Kimberley zwischen ihr und ihm gewesen ist.«

Und was ist damals zwischen ihnen gewesen? hätte Lena beinahe

nachgefragt, konnte sich diese Taktlosigkeit aber gerade noch im letzten Augenblick verkneifen. Wenn er ihr davon erzählen wollte, mußte er es von sich aus tun. Alles andere war ungehörig. Deshalb beschränkte sie sich darauf zu sagen: »Und da bist du wohl aus allen Wolken gefallen wie ich heute mittag in Vereeniging.«
»Sozusagen«, gab er vage zur Antwort.
»Pa hat dir, nachdem er den Brief deiner Mutter erhalten hatte, nach Kimberley geschrieben – und du hast ihm dann geantwortet, nicht wahr?«
»Ja, er ... er wußte nicht, daß ich sein Sohn war, wie er mir mitteilte, und er bat mich sehr eindringlich hierher. Und ich wußte, daß ich dem folgen mußte, wenn ich mit mir ins reine kommen wollte.«
»Weshalb mußt du mit dir ins reine kommen?« fragte sie verwundert.
»Muß das nicht jeder? Der eine früher im Leben, der andere später?«
»Ich weiß nicht ... vielleicht ...«
Danach verfielen sie beide in Schweigen, ohne daß sie es jedoch als bedrückend empfunden hätten. Jeder hing seinen eigenen Gedanken nach.
»Jetzt ist es nicht mehr weit«, sagte Lena schließlich, innerlich gestärkt vom Anblick der geliebten, vertrauten Heimat. »Noch über diese Kopjes da, und dann sind wir schon auf unserem Farmland. Die ganze Gegend, von Vereeniging bis zu uns, gehört schon zum Highveld von Transvaal. Gefällt es dir?«
Aufmerksam glitt sein Blick über die Landschaft. »Reizvoller und fruchtbarer als die Halbwüste um Kimberley ist es allemal. Ich glaube, daß man hier als Farmer ein gutes Leben führen kann.«
»O ja!« versicherte Lena stolz. »Oupa Willem sagt immer, der Transvaal ist das gelobte Land, das Gott von Anfang an für uns Buren vorbestimmt hat.«
Ein spöttisches Lächeln trat auf sein Gesicht. »So, sagt er das? Dann muß er ja einen besonders guten Draht zum Allmächtigen

haben – oder er wiederholt nur, was in der Weltgeschichte bisher alle Sieger gesagt haben, nämlich daß Gott auf ihrer Seite stand und daß ihnen der Sieg vorbestimmt war.«

Sie wußte nicht, wie sie mit seinem Spott umgehen sollte. »Und du glaubst nicht an Vorbestimmung?«

»Nicht in dieser Form. Ich glaube jedenfalls nicht an einen ebenso kriegslüsternen wie unzuverlässigen Gott, der gestern bei der Vernichtung des Reichs der Azteken oder Mayas auf der Seite der Spanier steht, heute den Briten bei der Vernichtung der spanischen Armada behilflich ist, sich morgen mit den Amerikanern im amerikanischen Unabhängigkeitskampf gegen die Briten verbündet und sie aus dem Land treibt und übermorgen den Buren den Sieg über die Kaffern schenkt, um dann bei der nächsten Gelegenheit den Briten, wenn sie über den Transvaal und den Oranje-Freistaat herfallen sollten, die Stange gegen die Buren zu halten – um nur ein paar Beispiele aus der Geschichte herauszupicken«, erklärte er leidenschaftlich. »Nein, an einen solchen Gott, der einem gewissenlosen Söldner gleicht und offenbar eine diabolische Freude am Tod und Leiden vieler Menschen hat, glaube ich ganz und gar nicht. Er ist auch nicht der Gott der Bibel und den Jesus uns verkündigt hat. Dieser Gott, der da stets von *beiden* kriegführenden Parteien beschworen wird, ist nur die bösartige Karikatur des wirklichen Gottes. Und sie sagt viel über die Dummheit und Schlechtigkeit der Menschen und insbesondere über die Unchristlichkeit vieler Christen aus, aber absolut nichts über das wahre Wesen des Allmächtigen.«

Über diesen unerwarteten Wortschwall war Lena im ersten Moment sprachlos vor Verblüffung. »Ja, aber ...« begann sie hilflos und mit dem unergründlichen Gefühl, sich verteidigen zu müssen. Doch dann kam ihr zu Bewußtsein, wie recht er eigentlich hatte. Denn natürlich zogen ja auch die verhaßten Engländer mit dem patriotischen Schlachtruf »Für Gott, Königin und Vaterland!« ins Feld. Jeder nahm Gott für sich allein als Bundesgenossen in Anspruch. Das war in der Tat grotesk. Gott ließ sich kaum zwangsverpflichteten wie ein Rekrut, den niemand nach seiner Meinung fragte, sondern der einfach abkommandiert wurde.

Verwirrt von seinen Worten und ihren eigenen Überlegungen, räumte sie ein: »Ja, irgendwie hast du recht. Darüber habe ich noch nie nachgedacht.«

»Tu es bei Gelegenheit, Lena«, sagte er trocken. »Es lohnt sich.«

Lena fühlte sich ein wenig beschämt, weil sie so naiv gewesen war, gedankenlos nachzuplappern, was sie von Oupa Willem und anderen Farmern immer und immer wieder gehört hatte. Warum hatte sie sich nicht schon vorher Gedanken darüber gemacht? Sie nahm doch auch sonst nicht alles, was Oupa Willem und Tante Sophie von sich gaben, als des Weisen letztgültige Offenbarung hin. Zwar befolgte sie so gut wie alle Vorschriften, weil es sich so gehörte und nur einer das Sagen haben konnte, aber insgeheim stellte sie doch manches davon in Frage und war sogar überzeugt, daß viele Verbote und Maßregelungen nichts mit Recht und Anstand zu tun hatten, sondern vielmehr mit der Engstirnigkeit und Unduldsamkeit von Tante Sophie und dem dumpfen Groll von Oupa Willem, der es nicht zu verwinden vermochte, daß er alt war und seinem Sohn keine Vorschriften mehr machen konnte.

Der Cape-cart folgte der *spoor,* die zahllose Wagen und Fuhrwerke im Laufe der Jahre mit ihren eisenbeschlagenen Rädern in die rote Erde gegraben hatten. Das wellige Band der Landstraße führte über die Hügelkette, und als sie über die Kuppe kamen, deutete Stefanus van Rissek mit seiner *sjambok,* der kurzen Peitsche aus Ochsenleder, nach vorn und rief: »Wir sind zu Hause! LEEUWENHOF!« Und mit einem fast beifallheischenden, stolzen Blick wandte er sich zu Lena und Julian um.

Julian nahm die Ankündigung ohne sichtbare Gefühlsregung entgegen. Er nickte nur und sagte vieldeutig: »Das ist es also.«

Lena war so vertraut mit dem Anblick, den LEEUWENHOF bot, daß sie jede Hütte, jeden Strauch, jedes Feld und jeden Kraal mit geschlossenen Augen hätte beschreiben können. Nun jedoch fragte sie sich, wie ihre Farm auf einen Fremden wirken mochte, und sie bemühte sich, LEEUWENHOF mit Julians Augen zu sehen.

Das Farmhaus, aus sonnengebackenen Lehmziegeln gebaut und mit einem dicken Reetdach, war ihr mit seiner großen Stoep und den weiß gekalkten Mauern immer besonders groß und herrschaftlich vorgekommen. Doch jetzt, nachdem sie in Vereeniging Häuser gesehen hatte, die drei Stockwerke hoch waren und kunstvoll verzierte Fassaden besaßen, erschien ihr das Wohnhaus nicht mehr ganz so prächtig. Und wenn sie es recht überlegte, dann waren bis auf die Küche und die gute Wohnstube alle anderen Kammern doch sehr klein. Es war sicherlich ein ansehnliches Farmhaus, aber ob es großen Eindruck auf Julian machte, dessen war sie sich nicht so sicher.
Der Hof mit dem Farmhaus und den beiden Wirtschaftsgebäuden, den drei verschieden großen Viehkraals auf der einen Seite und den offenen Unterständen für Gerätschaften und Wagen auf der anderen Seite sowie der Werkstattschuppen mit der Schmiede, die Siedlung der Schwarzen mit ihren wellblechgedeckten Rundhütten, die durch die Viehkraals vom Farmhaus getrennt wurden, das hohe Windrad über dem Brunnen für die Viehtränke bei den Pondoks, die hohen Eukalypten, Pappeln, Maulbeerbäume und Eichen – das war LEEUWENHOF, und mit den Feldern, Äckern und dem Vaal, der sich mit seinen schlammbraunen Fluten nur eine knappe Meile entfernt durch sein breites Bett wälzte, war das ihre Welt, in der sie groß geworden war und die sie über alles liebte. Aber würde der ganz eigene, herbe Zauber des Highveld auch Julian in seinen Bann schlagen? Zu gern hätte sie jetzt gewußt, mit welchen Augen er die Farm betrachtete und welche Gefühle ihn erfüllten.
»Sind das Mielies?« fragte Julian, als sein Blick auf die Felder fiel, die sich links und rechts der Straße erstreckten.
Fast hätte sie über seine Frage gelacht. Jedes kleine Kind wußte doch, wie Mielies aussahen. Aber Julian kam ja nicht vom Land, sondern aus einer Stadt, in der fast so viele Menschen leben sollten wie in Kapstadt. »Ja, das sind unsere Mieliesfelder, und es sind die größten im ganzen Bezirk, obwohl Hennig Bloem, unser Nachbar von BLOEMHOF, gern behauptet, noch einige Morgen

mehr mit Mais bestellt zu haben. Pa und er lieben es, sich miteinander zu messen. Der Mais steht dieses Jahr besonders gut. Wenn wir keine Käferplage und keinen Getreiderost bekommen und wenn das Wetter uns nicht mit plötzlichem Hagelschauer, Buschbränden oder sintflutartigen Regenschauern einen Strich durch die Rechnung macht, dann könnte es vielleicht eine Rekordernte geben.«

»*Magtig,* wenn das alle Plagen sind, über die ihr euch Sorgen machen müßt, dann kann man das Farmleben ja als richtig sorglos bezeichnen«, meinte er spöttisch.

»Ach was, ein paar weitere Plagen wären mir schon noch eingefallen. Ich bin nur außer Atem gekommen«, ging sie mit gespielter Leichtfertigkeit auf seinen Scherz ein.

Sie passierten die drei alten Maulbeerbäume, die vor der Einfahrt zum Hof zwischen zwei Feldern auf einer kleinen Anhöhe standen. Wenig später hielt der Wagen vor dem Farmhaus.

Oupa Willem saß wie gewöhnlich in seinem Lehnstuhl aus geflochtenen Lederriemen und kaute mehr auf seiner Pfeife herum, als daß er rauchte. Als er den Wagen sah, klopfte er die Pfeife gegen das Stuhlbein, trat die Glut aus und stemmte sich aus dem Stuhl.

Reuter kam über den Hof gelaufen. Die schwarze Brust glänzte vor Schweiß, war er Titus doch in der Schmiede zur Hand gegangen. »Gut, daß du zurück bist, Baas!« rief er. »Witteduivel ist mal wieder nicht zu bändigen gewesen, und Groot Yukman, der Bechuana-Ochse ...«

Stefanus sprang vom Kutschbock und brachte ihn mit einer knappen Handbewegung zum Schweigen. »Später, Reuter, alles später. Kümmer du dich um die Pferde«, wies er ihn an und sagte zu Oupa Willem gewandt: »Vater, das ist Julian Rounard, von dem ich dir erzählt habe, wie du dich bestimmt noch erinnern wirst.«

Lena fand, daß die Redeweise ihres Vaters wie auch seine ganze Haltung etwas Steifes, Hölzernes an sich hatte. Aber war das verwunderlich?

»Natürlich erinnere ich mich!« bellte Oupa Willem verdrossen.

»Oder hältst du mich vielleicht schon für senil? Ich weiß sehr gut, wer Julian Rounard ist. Und jetzt habe ich etwas zu erledigen. Es rumort in mir. Können die gebratenen Zwiebeln sein, mit denen Sophie immer so verschwenderisch umgeht. Kann aber auch was anderes sein, was mir plötzlich auf den Magen schlägt.« Und damit schlurfte er in Richtung Aborthäuschen davon.

»Das ist Oupa Willem, und er führt sich gerne bärbeißig auf. Das gibt ihm das Gefühl, auf LEEUWENHOF noch etwas zu sagen zu haben«, meinte Lena Julian zuraunen zu müssen. »Aber Hunde, die bellen, beißen nicht.«

»Ich denke, das war früher anders«, entgegnete Julian leise, während er sich vorbeugte und den Wagenschlag öffnete.

Lena hatte auf einmal das merkwürdige Gefühl, als wüßte er mehr über Oupa Willem und mit welch herrischer Hand er einmal über LEEUWENHOF geherrscht hatte als sie.

Sie fand keine Zeit, länger darüber nachzudenken, denn in diesem Moment traten Dele und Tante Sophie aus dem Haus auf die Veranda. Dele bedachte Julian mit neugierigen, taxierenden Blicken – und lächelte dann, offenbar angenehm überrascht von dem, was sie da sah.

Warte, bis du erfahren hast, daß Julian unser Halbbruder ist, dachte Lena. Dann bin ich aber mal auf dein Gesicht gespannt, Schwesterchen!

Tante Sophie hatte dagegen nicht einmal die Andeutung eines Lächelns für ihren Gast übrig. Ihr Gesicht war starr und wie aus Stein gemeißelt.

Lena sah ihr an, daß sie wußte, wer Julian war. Und sie war alles andere als erfreut, daß ihr Schwager ihn nach LEEUWENHOF gebracht hatte. Sie verkniff sich jedoch jede spitze Bemerkung.

»Zurück an die Arbeit, Dele!« befahl sie, nachdem sie Julian als Begrüßung ein knappes Nicken zugebilligt hatte. »Und du, Lena, kannst dich auch nützlich machen, nachdem du ja den ganzen Tag Zeit gehabt hast, dich auszuruhen und dich von deinem Vater durch die Lande kutschieren zu lassen!«

»Nein, Dele und Lena brauchen heute nichts mehr zu tun«, sagte

ihr Vater. »Heute ist ein besonderer Tag, und ich möchte die Kinder gleich alle hier haben.«
»Wie du meinst, Stefanus«, entgegnete Tante Sophie und fügte bissig hinzu: »Aber da sich ja die Arbeit nicht von allein macht, werde ich mich wohl darum kümmern müssen.«
»Tante Sophie«, flüsterte Lena Julian zu. »Sie ist so was wie der heimliche Baas, zumindest sagen das Sarie und Reuter, und ganz so falsch liegen sie damit auch nicht.«
Julian nickte nur.
Lena wollte eine von seinen Taschen vom Sitz heben, doch sie bekam sie kaum hoch. »*Magtig,* was hast du denn da drin? Ist die bis obenhin voll mit Hufeisen?«
»Nein, mit Büchern.«
Lena hielt das für einen Scherz und wollte lachen. Doch sein Gesichtsausdruck verriet ihr, daß er die Wahrheit sagte. Fassungslos starrte sie auf die Tasche. Bis auf den Meester und den Dominee kannte sie niemanden, der mehr als zwei, drei Bücher sein eigen nannte. In den Häusern der meisten Buren gab es nur ein einziges Buch, das der ganzen Familie gehörte, und das war die Bibel. Daß sie mit *Van Dykes Enzyklopädie der Weltgeschichte* ein Buch ganz allein für sich besaß, hatte sie all die Jahre für etwas ganz Außergewöhnliches gehalten. Wie stolz war sie auf ihren kleinen Schatz gewesen, auch wenn das Buch noch so zugerichtet und zerfleddert war. Und nun teilte ihr Julian mit, daß er eine große Reisetasche voll Bücher besaß, als wäre solch ein Besitz das Selbstverständlichste der Welt!
Nur mit halbem Ohr hörte Lena, wie ihr Vater ihrer Schwester auftrug, Adriaan und Hendrik zu holen, weil er ihnen allen etwas Wichtiges mitzuteilen habe.
Zehn Minuten später befanden sich sämtliche van Risseks, bis auf Oupa Willem und Tante Sophie, in der Wohnstube. Adriaan und Hendrik hatten mit Julian einen kräftigen Händedruck ausgetauscht, sich sonst aber, wie es ihre Art war, zurückgehalten.
Ihr Vater räusperte sich. Seine Stimme war jedoch noch immer belegt, als er begann: »Sicher habt ihr euch gefragt, wer dieser

junge Mann namens Julian Rounard ist, der aus Kimberley zu uns gekommen ist und bei uns leben wird. Nun, ich habe euch dazu etwas zu sagen«, er blickte dabei Adriaan, Hendrik und Dele an, »was mir nicht gerade leichtfällt.« Er machte eine Pause.

Lena, die neben ihrer Schwester stand, hatte vor Aufregung plötzlich feuchte Hände, und das Herz hämmerte wie verrückt in ihrer Brust. Sie blickte zu Julian hinüber, der an der Seite ihres Vaters stand und dessen Gesicht nicht die geringste Anspannung anzumerken war. Doch sie wußte, daß dieser Eindruck täuschte.

»Vor etwas mehr als achtzehn Jahren packte mich so etwas wie Abenteuerlust«, fuhr ihr Vater nun fort. »Ich war jung, hitzköpfig und wollte jedem beweisen, daß ich mir auch mit eigener Kraft etwas aufbauen konnte. Also ging ich nach Kimberley, denn damals hatte das Diamantenfieber einen seiner Höhepunkte erreicht, und ich glaubte, dort auf die Schnelle ein Vermögen aus der Erde holen und als reicher Mann in meine Heimat zurückkehren zu können.«

»Du warst in Kimberley?« stieß Adriaan ungläubig aus. »Davon wissen wir ja gar nichts, Pa!«

»Wir wissen nie alles, Jong, auch wenn wir anderer Überzeugung sind«, erwiderte ihr Vater, und ein schmerzliches Lächeln huschte kurz über sein Gesicht. »Aber zurück nach Kimberley vor über achtzehn Jahren. Die Diamanten fielen mir nicht in den Schoß, doch ich lernte eine Frau namens Claire Rounard kennen ...«, er schluckte, »... und wir verliebten uns ineinander.«

Lena bemerkte, wie ein Ruck durch den Körper ihrer Schwester ging, als sträubte sich etwas in ihr. »Wovon redet Pa bloß?« zischte sie verstört.

»Hör zu, dann erfährst du es!« flüsterte Lena.

»Claire und ich ... wir ... wir wollten heiraten. Doch dann gab es Probleme, über die ich mich hier nicht auslassen möchte und die auch nichts zur Sache tun. Auf jeden Fall trennten wir uns. Ich verließ Kimberley, kehrte nach LEEUWENHOF zurück und erfuhr wenige Wochen später, daß sie einen Mann namens Rounard geheiratet hatte. Vier Monate nach meiner Rückkehr stand

ich mit eurer Mutter, Gott habe sie selig, in der Kirche von Jonkheersdorp vor dem Traualtar. Es war eine wunderbare Ehe, weshalb ich auch nach Hannas Tod nicht einen Tag daran dachte, mich ein zweitesmal zu verheiraten.« Er gab einen Stoßseufzer von sich. »Was ich all die Jahre nicht gewußt und erst vor acht Wochen durch einen Brief von Claire Rounard, die letztes Jahr verstorben ist, erfahren habe, ist ... daß ... daß ich damals mit ihr ein Kind gezeugt habe – Julian.«
»Nein!« entfuhr es Dele schockiert.
»Claire hatte es mir verschwiegen, und Jan Rounard, ihr Ehemann, hatte Julian als sein Kind angenommen. Er ist wenige Jahre nach Julians Geburt bei einem Grubenunglück ums Leben gekommen. Aber was immer damals gewesen ist und welche Fehler wir gemacht haben, Julian ist mein Sohn, wenn auch nicht vor dem Gesetz, so doch vor Gott und meinem Gewissen«, bekräftigte er. »Und er ist euer Halbbruder.«
Einen Augenblick herrschte fassungslose Stille im Raum. Hendrik stand mit halb offenem Mund und gerunzelter Stirn da, als hätte er noch Schwierigkeiten, die Bedeutung dessen, was ihr Vater gerade erklärt hatte, richtig zu verstehen. Adriaan wurde erst blaß und dann hochrot im Gesicht. Ob vor Scham oder vor innerem Zorn, wußte Lena nicht zu sagen.
Dele schüttelte den Kopf, als könnte und wollte sie nicht glauben, was sie gehört hatte. »Das ... das ist ... unmöglich!« stieß sie zwischen zusammengepreßten Zähnen aus. »Das kann doch gar nicht sein.«
Ihr Vater überhörte das Gemurmel. »Oupa Willem und Tante Sophie sind schon unterrichtet. Ich erwarte von euch, daß ihr Julian so unter euch aufnehmt, wie es ihm als eurem Bruder gebührt!« appellierte er an seine Kinder. »Ich vertraue darauf, daß ihr nicht so engherzig seid, ihn für das verantwortlich zu machen, was ich vor beinahe zwei Jahrzehnten an Schuld auf mich geladen habe.«
»Und wie lange wird er hierbleiben?« fragte Dele herausfordernd und als wäre Julian gar nicht im Raum.

Julian hatte die ganze Zeit geschwiegen und keine Miene verzogen. Nun sagte er mit unglaublicher Ruhe und Gefaßtheit: »Wenn jemand von euch nicht möchte, daß ich bleibe, werde ich das respektieren und Leeuwenhof morgen schon wieder verlassen.« Er sagte das ohne jeden Vorwurf, sondern wie ein Angebot zur Versöhnung.
Adriaan schoß das Blut noch stärker ins Gesicht. »Unsinn! Natürlich bleibst du! Hör nicht auf das, was Dele da plappert. Manchmal fängt bei ihr das Denken erst an, wenn sie schon zehn Sätze weiter ist.«
Hendrik grinste. »Mädchen, du weißt schon«, sagte er, als wäre damit alles erklärt.
Dele warf den Kopf in einer Geste trotziger Verstimmung in den Nacken. »So hatte ich es gar nicht gemeint! Ihr verdreht alles. Von mir aus kann er bleiben, solange er will! So, und jetzt muß ich in die Küche.« Sie wandte sich um und lief hinaus.
Ihr Vater machte einen erleichterten Eindruck. »Ich denke, damit ist gesagt, was gesagt werden mußte. Julian, laß dir jetzt deine Kammer zeigen. Und dann hast du bis zum Abendessen noch etwas Zeit, dich ein wenig umzusehen.«
»Ich bringe ihn hin«, bot sich Lena sofort an.
Adriaan und Hendrik nickten Julian zu und verließen nun auch die Wohnstube.
»Das einzige Zimmer, das noch frei ist, ist die *stoepkamer* oben unter dem Dach. Im Sommer ist es da schon ganz schön heiß«, räumte sie bedauernd ein, »aber dafür kannst du kommen und gehen, ohne daß jemand es mitkriegt, wenn du es nicht willst, denn die Stoepkamer erreicht man nur von der Veranda über eine Außenstiege.«
Er lächelte. »Das wiegt natürlich jeden anderen Nachteil auf.«
Sie gingen hinaus auf die Veranda, und Lena brachte ihn über die steile Treppe an der Schmalfront des Hauses zu seiner Kammer unter dem Dach.
»Na, ich habe schon bedeutend ungemütlichere Behausungen gesehen.«

»Ich hoffe, du fühlst dich wohl bei uns«, sagte Lena aus tiefstem Herzen und bewunderte ihn für seine Haltung gerade in der Wohnstube.
Sie war schon wieder auf der Treppe, als sie noch einmal den Kopf zur Kammer hereinsteckte. »Oh, das hätte ich ja fast vergessen.«
»Was?«
»Herzlich willkommen auf LEEUWENHOF, Julian!« Sie strahlte ihn an, als hoffte sie, ihn damit die unschönen Worte ihrer Schwester vergessen zu machen.
»Danke, Lena«, sagte er. Doch in seinen Augen las sie die stumme Frage: Bin ich das wirklich?

7

Viel war nicht nötig, um Adriaan und Hendrik aufzustacheln, Julian rauh anzupacken und ihm das Einleben auf LEEUWENHOF nicht zu leicht zu machen. Daß der Anstoß dazu von Dele kam, stand für Lena von Anfang an außer Zweifel.
Es begann am Tag nach Julians Ankunft mit dem Skorpion. Daß irgend etwas im Busch war, ahnte sie schon am Morgen, als sie ihre drei Geschwister bei den Pondoks tuscheln und lachen sah. Am Nachmittag bekam Lena dann zufällig mit, wie ihre Schwester Adriaan ungeduldig fragte, was denn nun mit dem Skorpion sei, woraufhin ihr Bruder ihr antwortete: »Jamie hat einen gefunden, und wir haben ihn gleich nach oben gebracht, damit er unserem Freund aus Kimberley das Bett wärmt.«
»Und was ist, wenn er sich davonmacht?«
»Keine Sorge, er kann nicht«, versicherte Adriaan mit einem Auflachen in der Stimme. »Dafür haben wir schon gesorgt.«
Lena war augenblicklich alarmiert und suchte eine Möglichkeit, Julian zu warnen. Doch das war nicht leicht, weil Tante Sophie sie mal wieder mit allerlei Arbeiten in Trab hielt und Dele stets in ihrer Nähe war.
Erst nach dem Abendessen und der Bibellesung fand Lena einen

unbeobachteten Moment, um ihm eine kurze Warnung zukommen zu lassen.
»Paß auf! Ein Skorpion ist in deinem Bett!« raunte sie ihm zu, während sie sich in der Haustür mit dem Schöpfeimer in der Hand an ihm vorbeizwängte.
Julian ließ sich nichts anmerken. Er hielt sich noch ein paar Minuten auf der Veranda auf, während Dele, Adriaan und Hendrik am Fuß der Außentreppe herumlungerten, und sagte dann scheinbar ahnungslos: »Ich glaube, ich steige mal hoch in meinen Adlerhorst. Der Tag hat mich ganz schön müde gemacht. Also, gute Nacht allerseits.«
»Ja, gute Nacht«, erwiderte Hendrik.
»Angenehme Bettruhe«, wünschte Adriaan und zwinkerte seinem jüngeren Bruder zu.
»Und schöne Träume«, rief Dele ihm noch nach, als Julian schon den oberen Treppenabsatz erreicht hatte.
Er hob kurz die Hand, als wollte er sich für ihre Wünsche bedanken, stieß die schmale Tür zur Stoepkamer auf und verschwand in seiner Dachstube.
»Paß auf! Gleich schreit er los!« sagte Dele zu ihrer Schwester.
Lena machte ein verwundertes Gesicht. »Warum soll er denn losschreien?«
»Warte und laß dich überraschen.« Dele lachte schadenfroh und preßte eine Hand vor den Mund, als könnte sie nur so ein fast unbändiges Kichern unter Kontrolle halten.
»Er läßt sich aber ganz schön Zeit«, murmelte Hendrik, als es fünf Minuten später immer noch still unter dem Dach blieb.
»Vielleicht greift er ja auch abends noch mal zu Seifenpinsel und Rasiermesser«, spottete Adriaan, der nichts von einem glattrasierten Gesicht hielt. Wie jeder aufrechte Bure, den er kannte, so wollte auch er sich so schnell wie möglich einen Bart wachsen lassen.
Wenige Augenblicke später wurde oben die Tür aufgerissen, und Julian trat hinaus auf den Treppenabsatz – mit ausgestrecktem rechten Arm. Zwischen Daumen und Zeigefinger hielt er einen

dicken, klangen Wollfaden, an dessen Ende ein junger Skorpion zappelte. Sein giftiger Stachel zuckte wild hin und her, ohne ein Ziel zu finden.
Dele, Adriaan und Hendrik traten sofort von der Treppe zurück, und Lena freute sich über ihre dummen, verblüfften Gesichter.
»Mir scheint, einem von euch ist dieses neckische Haustier abhanden gekommen«, sagte Julian spöttisch, ganz die Ruhe in Person. »Jedenfalls nehme ich an, daß einer von euch eine Schwäche für diesen kleinen Skorpion hat. Denn warum sollte sich sonst jemand die Mühe gemacht haben, ihm so ein hübsches Halsband anzulegen? Hier, fangt ihn auf!« Damit warf er ihnen das Spinnentier zu.
Mit einem unterdrückten Aufschrei wich Dele zurück, als der Skorpion vor ihr im Sand landete.
»Also dann, bis morgen!« rief Julian ihnen unbekümmert zu und verschwand wieder in seiner Kammer.
Hendrik lachte auf. »*Magtig*, der Kerl hat Nerven!«
»Ja, und er scheint es uns noch nicht einmal krumm genommen zu haben«, sagte Adriaan anerkennend und schüttelte vergnügt den Kopf. »Das mit dem Haustier war wirklich nicht schlecht. Vielleicht ist er ja gar nicht so übel.«
Dele machte ein grimmiges Gesicht. »Das wird sich zeigen!« stieß sie zornig aus, hob einen kinderkopfgroßen Stein auf und zermalmte damit den Skorpion.
Angeekelt wandte sich Lena ab. Auch sie tötete, wie jeder andere auf der Farm, ohne Zögern und ohne Mitleid jeden Skorpion, der ihr begegnete, so wie sie auch keine Giftschlange am Leben ließ. Doch dieser wuchtige Schlag mit dem Stein hatte nicht allein dem Skorpion gegolten, sondern war indirekt auch gegen Julian gerichtet gewesen, und das erfüllte sie mit Abscheu und mit Zorn.
Am nächsten Morgen fand Lena nach dem Frühstück in ihrer Haube drei kleine Wildblumen. Sie brauchte niemanden zu fragen, wer sie ihr da hineingelegt hatte. Sie wußte, daß Julian es getan hatte, um sich für ihre Warnung zu bedanken. Lächelnd

legte sie die drei Blumen in ihre dicke Enzyklopädie, um sie zwischen den Seiten zu pressen.
Julian hatte gleich am ersten Tag klar zum Ausdruck gebracht, daß er auf der Farm keinen Sonderstatus einnehmen, sondern wie jeder andere seinen gerechten Teil Arbeit beisteuern wollte.
Stefanus hatte es vielleicht gut gemeint, sich selbst aber die Sache sehr leicht gemacht, indem er die Aufgabe, Julian an die vielfältigen Arbeiten auf der Farm heranzuführen, Adriaan und Hendrik übertragen und gesagt hatte: »Laß dir von deinen Brüdern zeigen, wo noch zwei zupackende Hände benötigt werden!«
Angespornt von Dele, nahmen sie das als Freibrief, Julian das Leben sauer zu machen und sich auf seine Kosten zu amüsieren.
Zwei Tage nach der Sache mit dem Skorpion beschloß ihr Vater, nach BLOEMHOF hinüberzufahren und Hennigs Besuch zu erwidern. Lena nahm an, daß ihr Vater ihre Nachbarn schon in persönlichen Gesprächen auf Julian vorbereiten und dadurch verhindern wollte, daß wilde Gerüchte wie ein Lauffeuer durch die Gemeinde rasten. Julian war zwar kein Bastard, sondern ehelich geboren und trug den Namen eines anderen Mannes, aber dennoch kostete es Mut und Charakter, sich zu ihm und zum eigenen Fehltritt zu bekennen. Daß ihr Vater klar und deutlich dazu stand, daß Julian von seinem Fleisch und Blut war, dafür verdiente er große Bewunderung, wie sie fand.
Dele, Adriaan und Hendrik sahen das anders.
»Heute müssen ein paar Bäume gefällt werden!« teilte Adriaan Julian mit, kaum daß ihr Vater die Farm verlassen hatte.
»Verstehst du was davon?«
Julian zuckte mit den Schultern. »In einer Stadt wie Kimberley kommt man relativ selten dazu, Bäume zu fällen«, scherzte er. »Aber mit einer Axt weiß ich schon umzugehen.«
»Das werden wir ja sehen«, meinte Dele mit einem hämischen Unterton.
»Was habt ihr vor?« wollte Lena wissen.
»Einen Heidenspaß!«
Hendrik schleppte drei schwere Langäxte an, und Adriaan führte

sie in Richtung Fluß zu einer Baumgruppe. »Die drei Bäume, die fallen sollen, sind schon markiert. Und da es für dich das erstemal ist, nimmst du am besten den dort drüben mit dem nicht ganz so dicken Stamm«, sagte er und wies auf einen Eukalyptusbaum, der wie die beiden anderen Bäume eine frische Kerbe als Markierung trug.

»In Ordnung«, erwiderte Julian und griff sich eine Axt.

»Ja, aber ...« wollte Lena schon protestieren, denn bei den beiden anderen Bäumen handelte es sich um Pappeln. Zwar waren ihre Stämme wirklich dicker, doch eine Pappel ließ sich zehnmal leichter fällen als ein Eukalyptusbaum, dessen Holz wie eine Mischung aus Stahl und Gummi war, wenn man es mit der Axt bearbeitete. Einen solchen Baum umzulegen, war eine elende Schinderei.

Adriaan und Dele warfen ihr warnende Blicke zu.

Lena schluckte ihren Ärger hinunter.

Julian merkte schnell, daß man ihn angeführt hatte, als bei Adriaan und Hendrik die Späne nur so flogen, während er kaum vorankam, obwohl er doch all seine Kraft in seine Schläge legte. Aber er stellte sie nicht zur Rede und tat auch die Axt nicht beiseite, sondern arbeitete verbissen weiter.

Als die beiden Pappeln stürzten, hatte er noch nicht einmal die Hälfte des Eukalyptusstammes geschafft. Adriaan meinte, ihren Halbbruder an diesem Tag ausreichend bloßgestellt zu haben, und forderte ihn auf, es gut sein zu lassen.

»Wir schicken nachher zwei von unseren Schwarzen her, damit sie die Sache erledigen«, fügte Dele scheinbar großzügig hinzu.

Doch Julian lehnte freundlich, aber bestimmt ab. »Nicht nötig. Was ich einmal begonnen habe, bringe ich auch zu Ende.«

»Na, dann bis heute abend zum Essen!« spottete Dele.

Julian kam um einiges früher auf den Hof zurück. Er war körperlich völlig erledigt, seine Kleidung war von Schweiß durchtränkt, und er hatte blutige Blasen an den Händen.

»Der Baum liegt«, berichtete er Adriaan, als er die Langaxt im Schuppen aufhängte.

»Alle Achtung«, sagte Hendrik.
»Ja, auch wenn es etwas gedauert hat«, fügte Adriaan hinzu.
»Na ja ...« meinte Dele nur von oben herab.
Julian wandte sich zum Gehen und sagte dann wie nebenbei und über die Schulter hinweg: »Schönen Dank übrigens für die Ehre, daß ihr mir den eisenharten Eukalyptusbaum überlassen habt und nicht eine von den butterweichen Pappeln. Hätte nicht geglaubt, daß ihr mir so eine Knochenarbeit zutrauen würdet. Danke, so was baut wirklich auf.«
Sprachlos, daß Julian ihre Niedertracht von Anfang an durchschaut und sich nicht dagegen gewehrt hatte, blickten sie ihm nach.
»Wer hat es denn nun wem gezeigt?« fragte Hendrik verdutzt und kratzte sich am Hinterkopf. »Also ich hätte mir an dem Eukalyptusbaum nicht die Zähne ausgebissen und mir dabei blutige Schwielen geholt.«
»Er macht sich über uns lustig!« grollte Dele.
»Ach, red doch keinen Unsinn! Was ihr mit ihm treibt, ist schäbig!« fuhr Lena nun aus der Haut.
»Wie sprichst du denn mit uns?« rief Dele aufgebracht.
»Wie ihr es verdient habt!« herrschte Lena sie an.
»Nun reg dich mal nicht so auf«, versuchte Adriaan sie zu beschwichtigen.
»Ich rege mich aber auf, und das zu Recht! Ihr macht ihm das Leben schwer und werft ihm ständig Knüppel zwischen die Beine. Doch daß er euch eure Gemeinheiten nicht nachträgt, sondern sie mit einem Lächeln hinnimmt, auch wenn ihn dieses Lächeln oft viel Mühe kostet, daß paßt euch auch nicht!« schimpfte sie. »Statt ihm das zugute zu halten, wendet ihr es auch noch gegen ihn und verdreht es, so daß auf einmal er es ist, der sich lustig macht.« Sie lachte bitter auf. »Wirklich ein sehr gelungener Scherz, den er sich da mit uns gemacht hat, indem er bei der Hitze stundenlang die Axt geschwungen und den Baum gefällt hat, den ihr ihm zugewiesen habt!«
Hendrik machte eine betroffene Miene, und auch Adriaan schien

sich ein wenig unwohl in seiner Haut zu fühlen, doch sein Stolz verbot es ihm, vor seiner Schwester klein beizugeben.

»*Magtig*, wir tun ihm ja nichts zuleide«, spielte er die Sache herunter. »Er ist nun mal ein Städter, und da wird es ja wohl erlaubt sein, ihm ein bißchen auf den Zahn zu fühlen, ob er was taugt oder nicht.«

»Julian ist nicht irgendwer, er ist unser Bruder!« hielt Lena ihm erregt vor. »Er ist sogar älter als du und damit eigentlich unser aller Ouboet!«

»Das ist er nicht!« widersprach Dele heftig. »Er ist ein Fremder aus Kimberley, der hier eigentlich nichts verloren hat. Bestenfalls ist er unser Halbbruder, und das hat überhaupt nichts zu bedeuten.«

»Also, ich weiß nicht, ob das so richtig ist«, wandte Hendrik ein, jedoch ohne großen Nachdruck. Das Reden und Entscheiden überließ er lieber Adriaan.

»Er wird nie ein van Rissek sein, und wenn er noch so lange bei uns auf LEEUWENHOF bleibt!« erklärte Dele mit unerbittlicher Ablehnung. »Und wer weiß, ob er überhaupt der ist, für den Pa ihn hält!«

»Versündige dich nicht!« wies Lena sie scharf zurecht.

Adriaan nickte. »Das war nun wirklich nicht sehr nett, Dele.«

Sie errötete vor Ärger. »Und wenn er unser Halbbruder ist, so wird es doch noch erlaubt sein, ihn auf die Probe zu stellen, ob er auch was taugt!« plapperte sie die Worte ihres Bruders nach.

Lena blickte in die Runde. »Redet euch das nur ein. Es ändert doch nichts daran, daß es schäbig ist, was ihr mit Julian treibt, und daß ihr euch eigentlich bis auf die Knochen schämen müßtet!« appellierte sie an ihr Gewissen.

»Du klingst ja jetzt schon wie Tante Sophie!« erwiderte Dele gehässig.

Adriaan und Hendrik schwiegen.

Lena wandte sich abrupt um und ging aus dem Geräteschuppen.

Sie fand Julian bei der Viehtränke. Er kühlte sich die schmerzenden Hände im Wasser.

»Warum läßt du dir das von ihnen bloß gefallen?« wollte sie wissen, auch auf ihn ärgerlich. »Wieso bietest du ihnen nicht die Stirn, statt noch zu lächeln und es nur bei einer spitzen Bemerkung zu belassen?«
»Warum so aufgeregt?«
Sie blitzte ihn an. »Weil ich das nicht länger mit ansehen kann, wie ihr euch verhaltet – ihr alle! *Magtig,* tu doch endlich was!«
Er lächelte. »Sehr lieb von dir, daß du solchen Anteil nimmst. Aber es ist ja nicht so, als ob ich nichts täte, Lena. Und ich bin überzeugt, daß ich das Richtige tue.«
Sie stemmte die Fäuste in die Hüften. »So? Und was ist es, das du tust?«
»Warten.«
»Wie bitte?« fragte sie verdutzt. »Warten?«
»Ja, warten.«
»*Magtig,* worauf denn?«
»Daß sie einsehen, wie sinnlos ihr Verhalten ist, und mich akzeptieren.«
»Und du glaubst, das werden sie tun, wenn du ihnen nicht energisch entgegentrittst?«
»Ich weiß es nicht. Aber was ich weiß, ist, daß ich sie nicht *zwingen* kann und auch nicht *zwingen* will, mich zu akzeptieren«, erklärte er. »Die Einsicht, daß auch ich hier meinen Platz habe, muß ihnen schon selber kommen – und zwar guten Herzens. Ich möchte nicht widerwillig geduldet werden, sondern ich möchte, daß sie mich annehmen als der, der ich bin.«
»Und wenn nicht?«
»Dann packe ich besser meine Sachen und störe nicht länger die Eintracht auf LEEUWENHOF.«
»Aber das ist doch ...« Ihr fehlte das passende Wort für etwas, das sie gleichzeitig für dumm, allzu rücksichtsvoll, ungerecht und absolut unverständlich hielt.
»Ich glaube nun mal, daß es für mich der einzig richtige Weg ist«, erklärte er ruhig, aber mit Nachdruck, um dann mit einem leichten Lächeln hinzuzufügen: »Und Glaube hat noch nie

etwas mit sogenanntem gesunden Menschenverstand zu tun gehabt.«

Lena hatte einen Moment lang das Gefühl, als öffnete sich durch seine Antwort eine Tür, die ihr Zutritt in sein manchmal so rätselhaftes Verhalten verschaffen konnte. Doch sie wußte nicht, was es war, das sich ihr darbot, und wie sie davon Gebrauch machen sollte. Und dann war der Moment vorbei, und sie empfand nichts weiter als Verwirrung und Ratlosigkeit. »Du mußt wissen, was du tust«, sagte sie mit einem Achselzucken und kehrte zu ihrer Arbeit zurück.

Adriaan, Hendrik und Dele erlaubten sich mit Julian noch andere üble Streiche, ohne daß ihr Halbbruder aus der Haut fuhr. Er bog sich wie ein Rohr im Wind, um hinterher genauso aufrecht zu stehen wie vorher. Seine Haltung hatte nichts Unterwürfiges, sondern war von einer stillen Stärke und Unerschütterlichkeit geprägt, die Respekt abnötigte.

Lena merkte, daß Hendrik längst den Spaß an dem gehässigen Spiel verloren hatte. Und auch Adriaan war nicht mehr mit ganzem Herzen bei der Sache. Doch Dele stachelte sie immer wieder gegen Julian auf.

Und dann kam der Tag, an dem Adriaan vorschlug, zusammen auszureiten und zu sehen, ob ihnen nicht etwas vor die Flinte lief.

»Ich nehme doch an, daß du reiten und mit einem Gewehr umgehen kannst, oder?« fragte er.

»Ich denke, ich werde mich schon nicht blamieren«, antwortete Julian.

Lena bekam einen Schreck, als sie sah, welches Pferd der schwarze Stallknecht wenig später für Julian heranführte. Es war Witteduivel, ein fast silberweißer Hengst, der Feuer im Blut hatte. Alle Versuche, ihn zu zähmen, waren bislang gescheitert. Zwar hatte er sich daran gewöhnt, Sattel und Zaumzeug zu tragen, doch reiten ließ er sich nicht. Bisher hatte er noch jeden, der sich auf seinen Rücken geschwungen hatte, nach kürzester Zeit abgeworfen. Zweimal hatte es dabei Knochenbrüche gegeben.

»Das könnt ihr unmöglich mit ihm machen!« rief Lena erbost.

»Das ist nicht mal mehr ein übler Scherz, das ist gefährlich und unverantwortlich!«

»Halt dich bloß zurück! Wenn du ihn warnst, wirst du was von Adriaan zu hören bekommen, das sage ich dir!« zischte Dele neben ihr, als sie spürte, daß ihre Schwester eingreifen wollte. »Dann wird es dir *und* ihm schlecht ergehen!«

Julian schaute kurz zu ihr herüber, und irgend etwas in seinem scheinbar unbekümmerten Lächeln sagte ihr, daß sie sich keine Sorgen um ihn zu machen und darum auch nicht einzugreifen brauchte.

Sie hielt den Atem an, als Julian sich mit einer gewandten Bewegung in den Sattel schwang.

Der Schwarze ließ den Zügel los und brachte sich mit einem raschen Sprung in Sicherheit, denn er wußte, was nun kommen würde.

Witteduivel reagierte wie erwartet. Mit einem zornigen Wiehern stieg er vorn steil in die Höhe, dann trat er hinten wie wild aus und versuchte den verhaßten Reiter auf seinem Rükken abzuwerfen.

Julian wurde durchgeschüttelt und hin und her geworfen. Doch er hielt sich im Sattel. Als Witteduivel wieder vorn aufstieg und nach einem unsichtbaren Gegner in der Luft schlug, packte Julian mit der linken Hand die dichte Mähne des Pferdes und krallte sich darin fest.

Im nächsten Augenblick schoß Witteduivel davon. Er preschte über den Hof, bremste jäh ab, drehte sich mit grotesken Bocksprüngen, die auch der beste Reiter von LEEUWENHOF nicht im Sattel ausgesessen hätte, wild im Kreis – und schaffte es doch nicht, Julian abzuwerfen.

»*Donderslag,* der Bursche hält sich ja noch immer im Sattel!« rief Adriaan ungläubig.

»*Magtig,* der sitzt ja wie festgeklebt auf Witteduivel!« staunte auch Hendrik und lachte. »Das wird dem wilden Biest aber gar nicht schmecken.«

»Witteduivel wird ihn schon gleich abwerfen«, versicherte Dele.

Der Hengst besann sich plötzlich eines anderen und ging mit Julian durch. In wildem Galopp stürmte er vom Hof und in nordöstlicher Richtung hinaus ins Veld.
»Wir müssen ihm nach!« stieß Adriaan erschrocken aus und von Skrupeln gepackt. »Wer weiß, wo er Julian aus dem Sattel wirft. Ich wünschte, wir hätten das nicht gemacht. Job, unsere Pferde!«
»Witteduivel holen wir doch nie ein!« sagte Hendrik mit besorgter Miene und schwang sich auf sein Pferd.
Augenblicke später jagten sie hinter Witteduivel und Julian her, von denen nur noch eine Staubfahne kündete, die hinter den Hügeln in den Himmel stieg.
»Wenn sie Julian mit gebrochenen Knochen zurückbringen, wirst du dann endlich zufrieden sein?« fuhr Lena ihre Schwester wütend an.
»Was bist du so zimperlich?« giftete Dele zurück. »Julian ist doch alt genug, um zu wissen, worauf er sich einläßt. Es hat ihn doch niemand gezwungen, sich auf Witteduivel um jeden Preis zu halten. Er hätte sich ja schon nach dem ersten Bocken in Sicherheit bringen können. Seine Sache, wenn er es wissen will!«
»Du solltest dich schämen, Dele!«
»Geh doch zu Pa oder Tante Sophie und verpetz uns!« forderte Dele sie höhnisch auf, wohl wissend, daß ihre Schwester das niemals tun würde.
Lena wandte sich wortlos und mit ohnmächtiger Wut im Bauch ab. Voller Bangen wartete sie, daß Adriaan und Hendrik zurückkehrten, und sie betete inständig darum, daß sie Julian unverletzt mitbrachten.
Fast eine Stunde verging, dann näherte sich ein Reiter von Westen her der Farm. Lena glaubte ihren Augen nicht trauen zu dürfen, als sie sah, daß es Julian auf Witteduivel war. Mit Schaum vor dem Maul und schweißnassen, zitternden Flanken trottete er in den Hof. Julian hatte den Willen des Hengstes gebrochen und ihn bis zur totalen Erschöpfung ausgeritten.
Lena hätte vor Freude und Stolz jubilieren können.

Dele stand sprachlos da, biß sich in zorniger Enttäuschung auf die Lippe und senkte dann beschämt den Blick, als Lena sie stumm ansah.
Adriaan und Hendrik trafen wenig später auf der Farm ein. Sie waren voll vorbehaltloser Bewunderung für Julians Leistung.
»*Magtig*, wo hast du das bloß gelernt?« wollte Adriaan wissen.
Julian lächelte. »In Kimberley, bei einem Pferdehändler, der mit den Griquas Handel getrieben und ihnen wilde Pferde abgenommen hat. Er hat mir gezeigt, wie man auch dem widerspenstigsten Wildpferd beibringt, sich dem Willen des Reiters zu unterwerfen.«
»Also, für einen Städter …« Adriaan brach mitten im Satz ab, lachte und streckte ihm die Hand hin. »Der Teufel soll mich holen, wenn du nicht wirklich echtes van Rissek-Blut in deinen Adern hast. Du hast uns wie dumme Jungs aussehen lassen. Willkommen auf LEEUWENHOF, Julian!«
Julian schlug ein, und seine Augen leuchteten, als er den Händedruck seines Halbbruders erwiderte. »Danke, Adriaan.«
Auch Hendrik hielt ihm die Hand zur Versöhnung hin. »Du bist schon in Ordnung, Julian«, sagte er mit einem leicht verlegenen Lächeln, denn er schämte sich für ihr Verhalten.
Lena hatte Tränen in den Augen. Es war vorbei. Julian hatte nicht nur den Respekt ihrer Brüder errungen, sondern wohl auch ihre Sympathie.
Dele gab sich einen Ruck und trat zu Julian, als er aus dem Sattel stieg. »Toll, wie du das gemacht hast. Ich habe ja gleich gewußt, daß du dich nicht unterkriegen läßt«, sagte sie mit einer unschuldig liebreizenden Stimme und strahlte ihn an, als hätte sie nie etwas gegen ihn gehabt, sondern schon immer für ihn Partei ergriffen. »Wenn ich irgend etwas für dich nähen oder stricken kann, laß es mich nur wissen. Ich tue es gern.«
»Danke, Deleana.«
»Du kannst mich ruhig Dele nennen, da du doch mein Halbbruder bist.«
Lena wäre im ersten Moment fast vor Wut geplatzt, und sie

mußte an sich halten, Dele nicht in aller Schärfe die Meinung über ihre Verlogenheit zu sagen. Aber dieser Zorn verrauchte fast augenblicklich, als ihr bewußt wurde, daß Dele nun mal so war. Sie hatte sich doch schon immer wie das Fähnlein im Wind verhalten. Und da Adriaan und Hendrik nun Julian anerkannt hatten, war es für sie nur natürlich, daß auch sie diese Wandlung vollzog und ihren Widerstand aufgab. Das einzig Gute an ihrem Verhalten war, daß Dele in diesen Dingen mit einem kurzen Gedächtnis gesegnet war und auch wirklich an das glaubte, was sie sagte. Ihre Abneigung gegen Julian war verflogen. Doch so schnell, wie sie verflogen war, so schnell würde sie auch wieder zurückkehren, sollten Adriaan und Hendrik eines Tages ihre Meinung ändern.

8

Endlich kehrte auf Leeuwenhof Eintracht und Frieden ein. Daß Oupa Willem sich in Julians Gegenwart besonders griesgrämig gab, ohne ihn jedoch direkt anzusprechen, und daß auch Tante Sophie kaum einmal das Wort an ihn richtete, vermochte Lenas Erleichterung nicht zu trüben. Daß Willem und Sophie ihn bei den gemeinsamen Mahlzeiten mit stummer Mißbilligung spüren ließen, wie unwillkommen er ihnen war und stets sein würde, fiel nicht weiter ins Gewicht. Ihr Vater ignorierte ihr Verhalten genauso wie Adriaan, Hendrik und Dele. Und daß er für sie nicht länger der störende Außenseiter war, wog die Nadelstiche und verbiesterten Blicke der beiden mehr als auf. Ja, manchmal amüsierte sich Lena sogar im stillem über ihren stummen Zorn, denn Julian tat ihnen noch nicht einmal den Gefallen, auf ihre Zurückweisung mit verletztem Stolz oder einem anderen Anzeichen von Unsicherheit und Betroffenheit zu reagieren. Er war gleichbleibend freundlich, als spürte er ihre wortlose Abneigung überhaupt nicht.

Das einzige, was Lena ein wenig störte, war Tante Sophies Gemeinheit, Julian bei der abendlichen Bibellesung stets zu übergehen. Jeden Abend las ein anderer von ihnen aus der Heiligen Schrift vor, und zwar die Textstelle, die Tante Sophie vorher ausgesucht hatte, so war es bei ihnen Sitte, seit sie an Mutters Stelle nach LEEUWENHOF gekommen war. Doch nicht einmal reichte sie Julian das Buch, wenn Sarie den Tisch abgedeckt und sie die Bibel geholt hatte. Daß ihr Vater gegen solche Ungerechtigkeit nicht einschritt, sondern diese Zurücksetzung widerspruchslos duldete, war für Lena dabei das größte Rätsel. Denn in allen anderen Dinge achtete ihr Vater doch sehr penibel darauf, daß Julian genau dieselbe Behandlung zuteil wurde wie Hendrik und Adriaan, ganz besonders in Gegenwart von Oupa Willem und Tante Sophie.

Sie bedauerte auch, daß Julian zwar an den sonntäglichen Farmgottesdiensten teilnahm, die ihr Vater vor der versammelten Familie und den Schwarzen auf der Veranda abhielt, aber nicht am Abendmahl in Jonkheersdorp. Dabei hätte sie ihn gern in der Kirche an ihrer Seite gewußt, besonders da es das weihnachtliche Nagmaal war.

»Es ist wirklich besser, wenn ich nicht mit in die Kirche gehe«, sagte er, als Lena ihn umzustimmen versuchte, nachdem sie erfahren hatte, daß er auf der Farm bleiben würde. »Ich könnte damit die Gefühle anderer Menschen verletzen, und das möchte ich nicht.«

Und als sie ihren Vater darauf ansprach, tat er das Thema mit den knappen Worten ab: »Er wird schon wissen, was er macht.«

Sie verstand das nicht. Warum sollte Julian nicht mit ihnen in Jonkheersdorp die Kirche besuchen? Er war doch kein in Schande geborener Bastard, und ihr Vater hatte bislang keinen Deut auf das gegeben, was die Leute möglicherweise reden konnten. Zudem war die Nachricht über Julians Herkunft auf den benachbarten Farmen ohne große Aufregung und Lästerei aufgenommen worden. Ihr Vater genoß im Bezirk ein viel zu großes Ansehen, als daß man auf so billige, gehässige Weise über ihn hergezogen wäre. Lena glaubte vielmehr, daß sein anständiges Verhalten, sich

ohne Not zu Julian zu bekennen, ihn in der Achtung der anderen nur noch hatte steigen lassen.
Daß sie ohne Julian zur weihnachtlichen Andacht nach Jonkheersdorp fuhren, war jedoch der einzige Wermutstropfen, der in jenen Monaten einen Schatten auf ihre Freude warf. Und es war Freude, eine ganz neue Art von Freude, mit der Julian ihr Leben erfüllte.
Anfangs war es ihr nicht bewußt, daß sie zunehmend seine Gesellschaft und das Gespräch mit ihm suchte, wann immer ihre Pflichten es zuließen. Allein schon nur in seiner Nähe zu sein und gelegentlich mit ihm ein Lächeln oder eine Grimasse auszutauschen, ließ ihr auch die lästigste Arbeit viel leichter von der Hand gehen.
Wie hatte es bloß eine Zeit geben können, in der Julian nicht zu ihrem Leben gehört hatte? Sie hatte all die Jahre geglaubt, LEEUWENHOF zu kennen und so vertraut mit der Welt der Farm zu sein, wie es nur möglich war. Doch je mehr Zeit sie mit ihm verbrachte, desto mehr veränderte sich alles – ihre Gefühle, ihre Gedanken und ihre scheinbar so vertraute, übersichtliche Welt. LEEUWENHOF verwandelte sich aus einer staubigen Farm mit ihrem wenig Abwechslung bietenden Alltagstrott in einen Ort, der voller Überraschungen und Verzauberung war.
Ja, Julian warf einen wunderbaren Zauber über LEEUWENHOF, der sie ganz in seinen Bann zog. Er sagte die merkwürdigsten Dinge, die ihr nie in den Sinn gekommen wären, die ihr aber immer wieder eine Gänsehaut über Arme und Rücken laufen ließen.
Einmal ganz früh am Morgen, als der Morgentau noch auf den Blättern der Obstbäume glitzerte und die aufgehende Sonne ein farbenprächtiges Schauspiel am östlichen Horizont veranstaltete, breitete er die Arme aus, als wollte er die Welt umfassen, atmete die Luft tief ein und fragte sie: »Spürst du sie auch?«
»Was soll ich spüren?«
»Diese überwältigende Leidenschaft fürs Leben!«
Sie lachte unsicher. »Ja, schon … Es ist ein schöner Morgen«,

sagte sie, ohne wirklich zu verstehen, was er meinte. Doch die Gänsehaut, die verkündete ihr, daß sie in ihrem Innersten verstand.

Ein andermal, als sie nach der Bibellesung draußen auf der Stoep saßen und zu den funkelnden Sternen hochblickten, sagte er scheinbar ohne jeden Zusammenhang: »Nichts ist uns ferner als wir uns selbst. Und nur das, was wir wirklich lieben, erkennen wir auch.«

»Wie meinst du das?« fragte sie.

»Der Mensch ist für das Glück geschaffen, für die Fülle von Gottes Gaben. Doch er zieht es vor, mit sich selbst zu spielen und sich dadurch in Armseligkeit, Kummer und Schmerz zu stürzen«, antwortete er versonnen, und Lena hatte das Gefühl, als wäre er mit seinen Gedanken an einem fernen Ort.

Er brachte sie aber auch oft genug zum Lachen, und er besaß die großartige Gabe, aus dem Handgelenk heraus komische Geschichten zu erfinden. Als Lena ihn einmal auf zwei Blaureiher aufmerksam machte, die hoch oben auf der Wetterfahne des Windrads saßen, erzählte er ihr, wie die beiden Vögel von dort LEEUWENHOF in Augenschein nahmen und darüber spotteten, wie merkwürdig sich doch die Menschen verhielten. Bei einer anderen Gelegenheit, als sie beim Ochsenkraal einen Mistkäfer bemerkten, der sich mit seiner gleichmäßig geformten Kotkugel abmühte, erfand er die komische Geschichte des Mistkäfers Stoffel Schillergrün, der seiner Geliebten Lucina Scherenkneif versprochen hatte, aus Liebe zu ihr die schönste und dickste Mistkugel zu bauen, die die Mistkäferwelt je gesehen hatte.

»Er wollte ihr diese Kugel zum Geschenk machen und damit ihr Herz erobern, denn er liebte sie sehr und träumte davon, sie vor den Altar aus Termitenstaub zu führen. Und so zog er aus, den besten Kot zu finden und daraus die prächtigste Kugel zu formen, die ein Mistkäfer je nach Hause gerollt hatte«, erzählte er in der Art eines Märchens. »Stoffel Schillergrün war tüchtig, geradezu ein Meister seines Fachs, und er gönnte sich keine Ruhe. Doch als er die erste Kugel fertig hatte, sagte er sich: Für den Anfang war das ganz gut. Aber ich kann es noch besser. Die nächste wird es werden. So nahm er sich einen weiteren Ochsenfladen vor und ging erneut an die Arbeit. Aber auch die Kugel, obwohl schöner als die erste, war ihm nicht gut genug für seine Lucina Scherenkneif, und so ging es in einem fort. Nie ganz zufrieden mit dem, was er erreicht hatte, zog er von Misthaufen zu Misthaufen und formte immer größere und prächtigere Mistkugeln. Er wollte die schönste, die perfekte Mistkugel. Darüber verstrich die Zeit, und er wurde alt und verbittert, ohne recht zu wissen, warum. Ihm war auch entgangen, daß Lucina Scherenkneif, die er einst so geliebt hatte und deretwegen er ausgezogen war, längst geheiratet hatte. Und als ein anderer Mistkäfer Stoffel Schillergrün fragte, warum er sich denn so abmühte und sich keine Ruhe gönnte, da wußte er darauf keine Antwort. Und so rollt er auch heute noch seinen Mist zu wunderschönen Kugeln zusammen, ohne jemals zufrieden zu sein.«

»Das ist aber eine sehr traurige Geschichte«, sagte Lena berührt. »Da mag ich die von den herrschaftlichen, schnabelrümpfenden Blaureihern und die vom Wettkampf der Frösche doch viel lieber.«

»Ja, aber allein die Sehnsucht gibt dem Herzen Tiefe«, entgegnete er rätselhaft.

Die schwermütige, geheimnisvolle und grüblerische Seite in ihm kam nicht allzuoft zum Vorschein, doch wenn sie zutage trat, dann berührte dieser Teil seines Wesens Lena doch tiefer als alles andere, auch wenn sie viele von seinen Gedankengängen nicht mit dem Verstand begriff, sondern mehr gefühlsmäßig nachempfand.

Lena hätte gern von ihm erfahren, was damals zwischen ihrem Vater und seiner Mutter vorgefallen war, und sie fragte ihn eines Tages.

»Ja, ich weiß, was damals passiert ist und was zu ihrer Trennung geführt hat«, sagte er. »Sie hat es mir in ihrem Brief geschrieben. Aber ich kann es dir leider nicht erzählen.«

»Warum nicht?«

»Weil ich deinem Vater ... unserem Vater mein heiligstes Versprechen gegeben habe, darüber zu keinem auf LEEUWENHOF auch nur ein Wort zu sagen.«
»Ist es ein so schreckliches Geheimnis?«
»Nein, schrecklich ist es nicht, Lena, höchstens bitter und traurig und unverständlich. Aber ich rede schon zuviel. Es ist einfach besser, und zwar für alle, die Vergangenheit ruhen zu lassen. Und deshalb muß ich mein Wissen für mich behalten – sogar dir gegenüber.«
Lena war enttäuscht, doch sein »Sogar« tröstete sie.
Julian drückte sich nicht vor schwerer körperlicher Arbeit und stand darin Adriaan und Hendrik in nichts nach. Gelegentlich unternahm er mit ihnen auch Ausritte und begleitete sie zur Jagd, ohne jedoch selbst ein Gewehr in die Hand zu nehmen. Aber im großen und ganzen zog er es in seiner freien Zeit vor, zu Fuß durch die Natur zu streifen, wobei Lena ihn sooft wie möglich begleitete, oder sich mit einem Buch zurückzuziehen. Er las viel, und sein Lieblingsplatz war der kleine Hügel mit den drei Maulbeerbäumen.
Manchmal wollte er allein sein, und obwohl er es nicht offen aussprach, weil er sie wohl nicht verletzen mochte, spürte sie es doch, und dann ging sie nach wenigen Minuten wieder mit dem Gefühl, daß es etwas gab, von dem sie ausgeschlossen blieb. Jedesmal empfand sie Trauer und einen unerklärlichen, merkwürdigen Schmerz, wenn sie auf dem Weg zurück zum Hof noch einmal zum Hügel blickte und ihn mit den Schatten der Maulbeerbäume verschmelzen sah – allein und plötzlich so fern von ihr. Und wie sie von Sarie erfuhr, begab er sich auch schon mal des Nachts auf den Hügel und verbrachte dort mehrere Stunden in gedankenvollem Alleinsein.
Meistens jedoch las Julian ihr aus seinen Büchern vor, von denen ihr weder der Titel noch der Name des Autor etwas sagte. Er hatte zwei Bücher von einem Amerikaner namens Mark Twain, der unglaublich spannend und amüsant von einer ihr fremden Welt erzählte. Und obwohl dieser Shakespeare ein Engländer war und

sie ihn deshalb eigentlich hätte verabscheuen müssen, liebte sie doch seine Geschichten, besonders die von *Romeo und Julia* und *Caesar* sowie den *Sommernachtstraum.*

Eines Tages, es war kurz vor der Mieliesernte, erzählte er ihr dort unter den alten Maulbeerbäumen von einem gewissen Dostojewski, über den er gelesen hatte und der seinen Worten nach ein großer russischer Dichter gewesen war.

»Es war der 22. Dezember 1849, als Dostojewski zusammen mit vierzehn anderen Männern in St. Petersburg hingerichtet werden sollte ...«

»Ein Dichter?« unterbrach sie ihn verwundert. »Was kann denn ein Dichter so Schlimmes begangen haben, daß man ihn zum Tode verurteilte?«

»Dostojewski und die anderen Männer hatten sich für mehr Gerechtigkeit in ihrem Land eingesetzt, und das genügte dem Geheimdienst des Zaren Nikolaus I., um ihnen den Prozeß zu machen und das Todesurteil zu verhängen. Er wird an jenem Dezembertag zum Richtplatz geführt. Und dort wendet er sich noch einmal an sein geliebtes russisches Volk. Den Tod vor Augen, sagt er: ›Ihr könnt mir gar nichts tun, was mich hindern könnte, euch zu lieben.‹« Er machte eine Pause. »Was für ein Bekenntnis! Was für eine Größe und unbeugsame Liebe dieser Mann besaß! Es ist erschütternd und muß aufgrund der Kraft und Unerschütterlichkeit doch jeden mit Mut und Hoffnung erfüllen, findest du nicht auch?«

»Dieser Dostojewski war offenbar ein tapferer und großherziger Mensch«, sagte Lena.

»Mehr als das!«

»Und sie haben ihn dafür hingerichtet.«

»Nein, die Lumpen haben nur eine Scheinhinrichtung vorgenommen. Er ist begnadigt und danach zu Zwangsarbeit nach Sibirien ins Gefangenenlager geschickt worden. Vier Jahre hat er dort unvorstellbares Elend und Unmenschlichkeit erdulden müssen. Aber was erzähle ich dir an so einem herrlichen Sommertag von Sibirien und Gefangenenlager!« Er tat das Buch, in dem von

Dostojewski die Rede war, beiseite, sprang auf und streckte ihr seine Hand mit der Aufforderung hin: »Komm!«
»Wohin? Was hast du vor?«
»Laß uns den Mais umarmen, bevor er unter dem Messer fällt und von der lebensstrotzenden Pracht der Felder nur noch armselige Stoppeln übrigbleiben.«
»Den Mais *umarmen?«* Sie lachte. »Du bist verrückt. So was macht man doch nicht.«
»Und warum nicht?«
»Ich weiß nicht ... weil man es nun mal nicht macht.«
Er lächelte sie an. »Aber ich mache es – und du wirst es auch machen. Nun komm schon!«
Zögernd nahm sie seine Hand. Es war scheinbar lächerlich, was er da vorhatte, und doch auch wieder so verrückt, daß es aufregend war und verlockte. »Wenn uns Pa sieht ...«
»Niemand wird uns sehen, nicht von dieser Seite«, versicherte er, und Hand in Hand liefen sie zum Maisfeld hinunter, und er blieb mit ihr erst stehen, als sie von allen Seiten von Mais umgeben waren.
»Nimm so viele Halme in deine Arme, wie du kannst!« forderte er sie auf. »Dann schließ die Augen, atme ihren Duft ein und spüre die Lebenskraft, die in ihnen steckt.«
Lena lachte unsicher, tat jedoch, wozu er sie aufgefordert hatte. Was sie dann empfand, als sie ganz still stand, die Arme voller Halme und das Gesicht zwischen Kolben und Blättern gebettet, war alles andere als lächerlich. Ihr war, als spürte sie die Sonne, der sie monatelang entgegengewachsen waren, das kostbare Wasser, das von den Wurzeln bis in die äußersten Spitzen hochstieg, und die warme fruchtbare Erde, der sie entsprossen waren.
Ein andermal, als sie über das Veld spazierten und Lena Heilkräuter in ihrem Weidenkorb sammelte, forderte er sie ebenso spontan auf, sich auf den Boden zu legen, die Augen zu schließen und die Welt, die ihr so vertraut schien, auf ganz andere, neue Weise kennenzulernen – nämlich mit ihrem Tast- und Geschmackssinn.
Es war ein aufregendes Spiel, das desto mehr an Faszination

gewann, je mehr sie sich entspannte und ihre Angst vor dem Unbekannten verlor, das ihre Lippen berührte und über ihre Haut strich.
Er gab ihr Mimosenblüten und Blätter vom Süßdornbusch, weiches Moos und Borke einer Akazie, Wildblüten und vieles andere zu schmecken, und zu dem, was er ihr über die Handfläche und Fingerspitzen strich und dann vorsichtig ertasten ließ, gehörten *kweekgras* und Kaktusfeigenstacheln, die spinatähnliche *marog*-Pflanze und eine Wurzel, eine Vogelfeder und vertrocknete Beeren sowie Erde und Steine.
»*Magtig*, wie fremd, aber auch wie aufregend!« sagte Lena hinterher. »Wie wenn man eine ganz neue Welt entdeckt.«
Er lächelte. »Die Welt ist viel mehr, als wir allein mit unseren Augen wahrnehmen können«, sagte er und hob einen kleinen glatten Kieselstein auf. »Schau dir nur mal diesen Stein an. Was siehst du?«
Lena betrachtete ihn von allen Seiten und zuckte dann mit den Schultern. »Ich sehe einen hübschen, kleinen und runden Stein, von denen es hier unzählige gibt. Das Veld ist voll von ihnen.«
»Und das ist alles?«
»Ja, das ist alles.« Sie gab ihm den Stein zurück und war auf die Geschichte gespannt, mit der Julian diesen gewöhnlichen Kiesel zu einem ganz besonderen, einmaligen Stein machen würde. »Und jetzt sag schon, was du siehst.«
Er wog den Stein in seiner Handfläche. »Einer von hunderttausend, ja Millionen ähnlich kleinen, glatten, runden Steinen – und doch mit seiner ganz eigenen, einmaligen Geschichte. Was er nicht schon alles gesehen und welch weiten Weg er zurückgelegt hat!«
»Erzähl mir, woher er kommt!« forderte Lena ihn auf.
Julian neigte den Kopf, als könnte er den Stein lesen wie ein Buch. »Er kommt aus der Kalahari«, entschied er. »Einige tausend Jahre war er dort Wind und Wetter ausgesetzt, und gelegentlich hat ihn ein Windsturm gepackt und einige Meilen weiter zu einem neuen Ort getragen. So ist er in die Nähe einer Wasserstelle gelangt.

Weitere tausend Jahre später hat ein Hund, der zu einer Buschmannsippe gehörte, den Stein in sein Maul genommen und darauf herumgelutscht, um Speichel zu bilden.«
Lena lächelte. »Da muß er aber lange gelutscht haben, um ihn so glatt und rund zu kriegen.«
Julian erwiderte ihr Lächeln. »Er war schon vorher so.«
»Und was geschah dann mit dem Kalahari-Stein?«
»Den Buschmännern war nach einer langen Zeit, in der sie nur von Wurzelknollen, Käfern und Larven gelebt hatten, das Jagdglück endlich wieder einmal hold. Ngwane, der beste Bogenschütze der Sippe, erlegte eine Antilope mit seinem vergifteten Pfeil. Das Gift wirkte nur langsam, und Ngwane mußte dem verletzten Tier acht Stunden lang in brütender Hitze viele Meilen weit folgen, bevor die Antilope endlich zusammenbrach. Ins Lager zurückgekehrt, gab es ein Festessen für die Buschmänner. Auch für den Hund, der den Stein im Maul trug, fiel etwas ab. Er spuckte den Kiesel achtlos aus, um sich auf die Knochen zu stürzen, die man ihm zuwarf. Endlich wieder einmal richtig satt gefressen, lag er träge im Schatten eines Dornenstrauches, als ein Buschmannkind den Stein aufhob, um damit zu spielen.«
»Und dieses Buschmannkind hat den Stein nach Transvaal gebracht?« neckte Lena ihn, in Wirklichkeit jedoch begierig darauf, daß er die Geschichte über das fiktive Schicksal dieses Kiesels fortführte.
»O nein, so schnell ist der Stein nicht an diesen Ort gekommen«, versicherte er. »Das Kind hat den Kiesel mit einigen anderen Steinen eine Weile aufbewahrt. Eines Tages warf es damit nach einer kleinen Echse und erlegte sie auch mit diesem einen Wurf. Den Stein ließ das Buschmannkind liegen. Jahre später machte eine Straußenmutter hier ihr Nest und brütete ihre Eier aus. Dabei geriet der Kiesel in ihr Federkleid. Als die Straußenmutter nach Süden zog, trug sie den Kiesel mit sich.«
»Und dann?«
»Dann fiel er irgendwo im südlichen Bechuanaland zu Boden. Viele Jahre später zogen Bantus durch dieses Gebiet und schlu-

gen an jener Stelle ihr Nachtlager auf. Ihr Medizinmann sammelte ihn mit anderen Steinen auf, um sie zu bemalen und zu besprechen und seinen kranken Stammesgenossen als Geistermedizin auf die fieberheiße Stirn oder in Wunden zu legen. Im Beutel des Medizinmannes kam der Kiesel ganz schön herum und gelangte schließlich mit dem Stamm in die Nähe des Vaal River. Dort stießen die Bantus auf eine kleine Expedition weißer Elfenbeinjäger. Der Häuptling, mit den Feuerwaffen der Weißen noch nicht vertraut, versprach sich von einem Überfall reiche Beute, und der Medizinmann sagte einen leichten Sieg voraus. Es war die letzte Weissagung seines Lebens. Die Bantus wurden vernichtend geschlagen, und den Medizinmann traf eine verirrte Kugel.

Einer der Elfenbeinjäger nahm den Beutel mit den bemalten Steinen und Knochen an sich. Später ließ er sich im Osten der Kolonie nieder. Vor seinem Tod schenkte er seiner Enkelin die Steine des Medizinmannes. Die magischen Zeichen auf dem Kiesel waren im Laufe der Jahre schon sehr verblaßt. Doch das Burenmädchen verwahrte die Steine in Erinnerung an ihren Großvater und seine abenteuerlichen Geschichten. Ein Dutzend Jahre später nahm sie als junge Frau mit ihrer Familie am Großen Treck teil. Als sich ihr Treck mit mehreren anderen kleinen auf dieser Seite des Vaal River verband, lernte sie den Sohn eines Geistlichen kennen und lieben. Sie heirateten im Lager. Als der Treck schließlich weiterzog, stieß eines Tages ihr Schwiegervater auf diese Steine, und als er erfuhr, daß sie einmal einem Medizinmann der Kaffern gehört hatten, da warf er sie zornig hinaus ins Veld, weil er keinen Aberglauben und auch keine derartigen Dinge, die damit zusammenhingen, duldete, denn er war ein strenger Mann. Und so landete der Stein hier auf diesem Land, auf das sich später die van Risseks niederließen. Aber zu der Zeit hatten Sonne und Regen längst die letzten Zeichen von der Oberfläche des Kiesels getilgt, so daß er sich durch nichts mehr von all den anderen Steinen auf dem Veld unterschied. Und niemand ahnte etwas davon, welch weiten Weg er in den vielen

tausend Jahren seiner Existenz zurückgelegt und welche Abenteuer er in dieser Zeit schon erlebt hat«, beendete er seine Stegreifgeschichte.
»Bis ein Mann namens Julian daherkam, der die Dinge mit anderen Augen sieht und der das Ungewöhnliche im Alltäglichen und das Verborgene im scheinbar Offensichtlichen herauslesen kann«, sagte Lena und atmete tief durch. Erst jetzt merkte sie, wie sehr sie von seiner Erzählung gefesselt gewesen und ihm an den Lippen gehangen war. »*Magtig*, das war eine wunderbare Geschichte.«
Er zuckte etwas verlegen mit den Schultern. »Das Leben ist voll davon, man muß nur genau hinsehen und hinhören.«
»Ja, wenn man deine Augen und Ohren hat und die Welt so deuten kann wie du. Es ist eine seltene, bewundernswerte Gabe, mit der du gesegnet bist, weißt du das, Julian?«
»Alles hat seine Schattenseite«, erwiderte er trocken und wollte den Stein wegwerfen.
»Nein, nicht!« rief sie.
Spöttisch sah er sie an. »Und warum nicht? Ist er nicht ein Stein wie unzählige andere?«
»Nein, er ist etwas Besonderes und hat eine Geschichte, an die ich immer denken werde. Bitte gib ihn mir.«
Er reichte ihr den Stein und nickte nachdenklich. »Wir meinen immer, das Leben ist das Heute, der Augenblick der Gegenwart. In Wirklichkeit ist es doch vielmehr die Vergangenheit, die bestimmt, was wir denken, tun und empfinden. Die Erinnerung ist die Seele, die wahre Nabelschnur des Lebens. Ohne Erinnerung sind wir nichts.«
Dies war eine jener Äußerungen, die für Lena rätselhaft waren und die ihr trotz der starken Verbundenheit, die sie für ihn empfand, das Gefühl gaben, ihm sehr nahe und zugleich doch unerreichbar fern zu sein. Und dennoch hätte sie für nichts auf der Welt diese Stunden des Zusammenseins missen wollen. Sie hungerte förmlich danach, wenn es Tage gab, an denen die Arbeit ihnen keine freie Zeit für Gespräche dieser Art ließ. Wenn sie mit

ihm allein war, fühlte sie sich wie ein anderer Mensch, befreit von Fesseln, die sie nicht einmal zu benennen vermochte. Doch sie spürte, daß er etwas in ihr öffnete, in ihrem Herz und ihrer Seele, von dessen Existenz sie bis dahin noch nicht einmal etwas geahnt hatte. Mit ihm zusammenzusein gab ihr das Gefühl, reicher zu sein, als sie gedacht hatte, und in einer Welt zu leben, die voller Wunder war. Er machte aus dem sonnenverdörrten Veld einen verwunschenen Garten mit tausend Überraschungen und aus LEEUWENHOF einen verzauberten Ort, wo einfach alles möglich war.

Daß niemand außer ihr etwas von dem Zauber und der faszinierenden Gabe, die Julian besaß, bemerkte, empfand Lena weder als Überraschung noch als Verlust. Die Welt, die Julian ihr aufschloß und schenkte, hätte sie auch ungern mit einem anderen geteilt. Adriaan und Hendrik hätten sie sowieso nur ausgelacht, wenn sie ihnen die Geschichte des Kieselsteins oder die des Mistkäfers erzählte. Und Dele war ohnehin der festen Überzeugung, daß Julian komisch war und wohl nie einen halbwegs anständigen Farmer abgeben würde. Denn so tüchtig er auch mit anpackte, so spürte ihre Schwester wohl deutlicher als die übrigen, daß er die Dinge mit anderen Augen sah und vielem, was auf einer Farm ohne großes Nachdenken getan wurde, eine andere Bedeutung zumaß. So gab es beispielsweise schon einen großen Unterschied in der Art, wie Adriaan einem jungen Ochsen das Brandzeichen setzte und Julian mit dem glühenden Brandeisen im Kraal umging, obwohl das Ergebnis letztlich das gleiche war.

»Irgendwie hat er eine komische Art, wie er alles macht«, stellte Dele fest.

»Aber er ist mit dem Brandeisen fast so schnell wie Adriaan!« hielt Lena ihr vor.

»Trotzdem, irgendwie sieht bei ihm alles anders aus«, beharrte Dele. »Und irgendwie mag ich es nicht!«

»Irgendwie ist als Erklärung irgendwie ein bißchen dünn, findest du nicht auch?« zog Lena ihre Schwester auf. »Auf jeden Fall haben weder Pa noch Adriaan und Hendrik etwas an seiner Arbeit auszusetzen.«

»Aber er tut sie nicht so, wie es sein müßte!«

»Wie müßte es denn sein?«

»Ich weiß es nicht«, antwortete Dele ungehalten, weil sie es nicht zu begründen vermochte. »Ich kann einfach nicht den Finger drauflegen, was mit ihm nicht stimmt. Ich weiß nur, daß Julian so wenig das Zeug zum Farmer hat wie ... wie ein Schaf zum Eierlegen!«

»Wenn du es sagst, Dele, wird es wohl so sein«, verbarg Lena ihren Groll hinter unbekümmertem Spott.

Was Lena in diesen heißen Sommermonaten besonders berührte und ihr unvergeßlich bleiben sollte, weil es in ihr eine bis dahin unbekannte Unruhe und Nachdenklichkeit schürte, war die Sache mit der Ameise und der Frage, die Julian ihr in diesem Zusammenhang stellte.

Sie saßen an einem Spätnachmittag auf dem kleinen Hügel unter den Maulbeerbäumen, als Julian sie auf eine Ameise aufmerksam machte. Das zartgliedrige Tier trug eine schwere Last, das dem Mehrfachen ihres eigenen Gewichtes entsprach. Zielstrebig folgte es seinen Artgenossen auf der Ameisenstraße, die zu ihrem Bau führte.

»Wie klein und zerbrechlich eine Ameise doch ist, und erstaunlich, welch eine Last so ein Tier tragen kann«, sagte er sinnierend. »Was ist schon so ein winziges Lebewesen im Vergleich zu einem stolzen Löwen, einer grazilen Antilope oder einem Koloß von Elefant. Und doch ist so eine Ameise eine genauso großartige Kreatur wie jede andere auch und hat ihre ganz bestimmte, klar umrissene Aufgabe in ihrem Leben und Gottes Schöpfungsplan.«

»Hm«, machte Lena. »Ich denke mal, in erster Linie eine Menge Arbeit – ganz wie wir Menschen.«

»Ja, so zu denken sind wir zumindest erzogen worden, seit unzähligen Generationen«, erwiderte er und lachte kurz auf. »Sag mal, Lena ...«

»Ja?«

»Wünschst du dir manchmal nicht auch, du wüßtest so klar und ohne jede Selbstzweifel wie diese Ameise oder der Zugvogel, was deine Aufgabe auf Erden ist?« fragte er.
Seine Frage verwirrte und belustigte sie zugleich. »Aber das weiß ich doch, Julian!«
»Dann sag es mir.«
»In ein paar Jahren ... also wenn ich alt genug bin, werde ich wohl einen Mann aus dem Bezirk heiraten, bei ihm leben, eine Familie gründen, Kinder aufziehen und eben all das tun, was die Ehefrau eines Farmers nun mal tut«, erklärte sie und wich leicht verlegen seinem Blick aus. »Wie das halt so im Leben ist. Ich werde das tun, was meine Mutter vor mir getan hat und was wohl meine Kinder nach mir tun werden. Das ist der Lauf der Welt, wie Pa immer sagt.«
»Ja, das mag der Lauf der Welt und vielleicht die Aufgabe sein, die dein Leben eines Tages ausfüllen wird«, erwiderte er. »Aber ist das der tiefe Sinn deines Lebens, Lena?«
»Welcher tiefe Sinn?«
»Genau das ist die Frage, Lena. Die Aufgaben, von denen du sprichst, sind ja schön und gut, aber ich kann nicht daran glauben, daß die Wiederholung dessen, was unsere Eltern getan haben und davor deren Eltern und so weiter fort, daß die ewige Wiederholung eines solchen Lebens der tiefe Sinn unserer Existenz sein soll. Gottes Schöpfung ist zu großartig, als daß sie darauf angelegt sein kann, daß sich der Mensch nur im Kreis dreht. Ein solches Denken widerspricht der göttlichen Natur und allem, was die Heilige Schrift uns lehrt«, sagte er mit leidenschaftlichem Engagement. »Gut, die Aufgaben, die sozusagen den Rahmen unseres Lebens bilden, mögen sich von Generation zu Generation nicht viel ändern. Der Mensch muß sich ernähren, kleiden, vor Wind und Wetter schützen ... und neues Leben schaffen. Aber das Bild, das sich innerhalb des Rahmens entfaltet, kann unmöglich eine Wiederholung des Alten sein. Dann wäre dem menschlichen Leben nichts Göttliches an sich. Es wäre nichts weiter als eine sinnlose Tretmühle, die nirgendwohin führt.

Die Farben und die Szenen des Bildes, das wir unser Leben nennen, müssen die nicht vielmehr unserem wahren, innersten Wesen entsprechen, mit dem uns der Allmächtige gesegnet hat und das unserem Leben einen ganz besonderen Sinn und ein bestimmtes Ziel gibt, das für jeden anders aussieht?«
Lena hatte noch nie darüber nachgedacht und war verstört, denn sie ahnte, daß er ihr damit eine beunruhigende Frage in ihr Bewußtsein gepflanzt hatte, die sie von nun an immer wieder beschäftigen und nie mehr ganz verlassen würde.
»Ja, kann schon sein ... vielleicht ... aber ... was ist denn unser wahres, innerstes Wesen?«
»Das herauszufinden, ist wohl die wichtigste Aufgabe unseres Lebens«, antwortete Julian versonnen, »und sicherlich die schwierigste, weil die schmerzhafteste.«
Lena vermochte ihm nicht zu folgen, zumal er ihr auch keine weitere Erklärung anbot. Doch später, viel später verstand sie ihn nur zu gut.

9

Lena dachte nicht gern darüber nach, weil sie sich des Eingeständnisses schämte, aber an den Tatsachen änderte es nichts: Die beiden Menschen, die ihr am nächsten standen und ihr bedingungsloses Vertrauen besaßen, gehörten nicht zu denen, mit denen sie auf LEEUWENHOF aufgewachsen war. Gewiß, sie liebte ihren Vater, hing an ihren Geschwistern und respektierte Oupa Willem und Tante Sophie, ja brachte ihnen auch Zuneigung entgegen. Doch nur allein in Gegenwart von Rachel und Julian hatte sie das Gefühl, ganz sie selbst sein zu dürfen, vorbehaltlos angenommen zu sein und ernstgenommen zu werden. Rachel hatte sie schon Dinge anvertraut, die zu Dele oder gar einem anderen aus ihrer Familie zu sagen ihr nicht einmal als vage Idee in den Sinn gekommen wäre. Und niemand hatte ihr Herz jemals so tief berührt, wie Julian es immer wieder vermochte. Deshalb freute sie sich, daß Rachel und Julian gut miteinander auskamen. Es wunderte sie jedoch nicht, daß auch ihre beste Freundin für den ganz eigenen Zauber, den Julian besaß, empfänglich und gern mit ihm zusammen war.

»Unsere Seelen sind eben auf dieselbe Tonlage gestimmt, und wenn einer von uns einen Ton anschlägt, dann kennen die anderen die dazu passende Harmonie, und alle hören dasselbe Lied«, sagte Rachel scherzhaft, als Lena einmal mit ihr darüber sprach, wieviel mehr sie doch mit ihr und Julian gemeinsam hatte als mit ihrer eigenen Schwester oder ihren anderen Brüdern.

Wenn Adriaan und Hendrik oder sein Vater eine der benachbarten Farmen besuchte, ritt Julian selten einmal mit. Dafür war ihm die wenige freie Zeit zu schade, was er jedoch nur Lena gegenüber offen eingestand. Lieber saß er im Obsthain oder unter den Maulbeerbäumen und studierte seine Bücher, von denen er viele wie geheime Schriften hütete, die niemand zu Gesicht bekommen durfte. Manchmal sah Lena, wenn sie sich ihm näherte, wie er das Buch zuschlug, in dem er gerade gelesen hatte, in seine kleine lederne Umhängetasche schob und ein anderes herausnahm. Es geschah zwar ohne ängstliche, schuldbewußte Hast, aber doch so häufig, daß es sich nicht um einen Zufall handeln konnte. Und da er ihr keine Erklärung dafür anbot, fragte sie ihn auch nicht danach. Es interessierte sie im Grunde auch gar nicht, die Titel dieser Bücher zu kennen. Bestimmt sagten sie ihr so wenig wie die vieler anderer, die er offen liegen ließ. Was konnte sie schon mit den Abhandlungen eines gewissen Darwin oder dieses Franzosen Rousseau anfangen? Zudem gehörte eine gewisse Aura des Geheimnisvollen einfach zu ihm.

Wenn Besucher von den umliegenden Höfen nach LEEUWENHOF kamen, hielt Julian sich unauffällig zurück und beteiligte sich so gut wie nie an den stets hitzigen Diskussionen über die politisch angespannte Lage mit England. Frederik, einer von Rachels Brüdern und nur unwesentlich älter als Julian, bildete die einzige Ausnahme. Sie verstanden sich beide prächtig, was vermutlich damit zusammenhing, daß Frederik in der eigenen Familie auch

als Außenseiter galt. Als jüngster von vier Brüdern träumte er nicht davon, eines Tages eine Farm wie GROEN VELD oder LEEUWENHOF zu besitzen, sondern sein Wunsch war es, in einer Stadt wie Vereeniging oder gar Pretoria zu leben und dort einen kaufmännischen Beruf auszuüben. Seinen Eltern hatte er, nach jahrelangen Auseinandersetzungen und durch unbeugsames Beharren, sogar die Erlaubnis abgerungen, an zwei Tagen in der Woche bei Cornelius Niekerk im Geschäft in Jonkheersdorp in die Lehre zu gehen und das Gewerbe des Kaufmanns zu erlernen, soweit das in so einem kleinen Dorfladen möglich war. Und natürlich wollte er von Julian alles über das Leben in der Stadt wissen. Aber auch über andere Themen konnten sich die beiden lange und angeregt unterhalten.
Mit den übrigen Farmerssöhnen aus der Umgebung hatte Julian jedoch wenig gemein, was sowohl er als auch sie schon nach wenigen Zusammentreffen feststellten. Er zeigte guten Willen, sich mit ihnen anzufreunden, doch die wenigsten Dinge, die für sie bedeutend und wichtig waren, stießen bei ihm auf Interesse, und umgekehrt verhielt es sich nicht anders. Wenn nun Adriaans und Hendriks Freunde aus der Nachbarschaft nach LEEUWENHOF kamen, blieb Julian gerade lange genug, um der Höflichkeit Genüge zu tun und ein paar Allgemeinplätze auszutauschen, bevor er sich anderweitig beschäftigte.
So hatte er es auch vor, als an einem Samstagnachmittag, kurz vor der Mieliesernte, Fabricius Bloem und Coenraad Houtman nach LEEUWENHOF geritten kamen. Er saß mit Lena und Dele auf der Stoep und flickte sein Sattelzeug, während die Schwestern einen Teil des Familiensilbers putzten, ganz wie es ihnen Tante Sophie aufgetragen hatte, bevor sie mit Sarie aufgebrochen war, um eine erkrankte Verwandte auf der Farm VREDENHOF zu besuchen. Oupa Willem war bei seinen Bienenstöcken, und ihr Vater inspizierte mit Reuter eine der Außenweiden.
Fabricius kam mit Coenraad sofort zu ihnen zur Stoep herüber, wobei die Aufmerksamkeit ganz eindeutig den beiden Mädchen galt. Für Julian hatten sie nur einen flüchtigen Gruß übrig.

Dele war froh über die Unterbrechung der eintönigen Arbeit, legte augenblicklich Putztuch und Silber aus der Hand und überbot sich vor Aufmerksamkeit. »Ihr werdet vom Ritt bestimmt durstig sein. Möchtet ihr Kaffee oder kühle Zitronenlimonade?«
»Kühle Limonade wäre nicht schlecht«, sagte Coenraad Houtman, ein rothaariger, stämmiger Bursche, an dem alles eckig erschien wie an einem unbehauenen Block aus einem Steinbruch. So gut wie alle männlichen und sogar einige der weiblichen Houtmans von KRATZFONTEIN besaßen diese kantige Statur, und sie waren stolz darauf.
»Und danach einen Kaffee, wenn es nicht zu ungehörig ist«, sagte Fabricius, zwinkerte ihr zu und warf dann einen langen, aufmerksamen Blick auf Lena, als würde er sie an diesem Tag mit ganz anderen Augen betrachten.
»Warte, ich helfe dir, Dele!« rief Lena, sprang schnell auf und folgte ihrer Schwester ins Haus. Als sie wenig später mit einem Krug Zitronenlimonade und einem flachen Weidenkorb voll Steingutbecher auf die Stoep zurückkehrten, hatten sich auch Adriaan und Hendrik eingefunden.
Es war Fabricius, der das Gespräch auf die Politik brachte. Er prahlte damit, daß sein Vater über einen alten Freund die Bekanntschaft von General-Kommandant Piet Joubert gemacht hatte.
»Piet Joubert ist ein feiner Mann, ein wahrer Gentleman und ein Segen für unsere Republik!« versicherte er mit glänzenden Augen.
»Ja, so hört man allgemein«, sagte Adriaan. »Aber wird er nicht schon bald siebenundsechzig? Nicht, daß ich mir ein Urteil erlauben könnte, aber ein zehn, fünfzehn Jahre jüngerer wäre mir in diesem wichtigen Amt lieber.«
Coenraad schüttelte energisch den Kopf. »Piet Joubert versteht sein Geschäft und ist der richtige Mann dafür!« verkündete er, als könnte er sich ein Urteil erlauben. »Ihm verdanken wir den ruhmreichen Sieg bei Majuba und unsere wiedergewonnene Unabhängigkeit, und Joubert wird uns auch diesmal erfolgreich gegen die verdammten Engländer ins Veld führen!«

»Glaubst du wirklich, daß der Krieg unvermeidlich ist?« fragte Hendrik mit ernster, besorgter Miene.
Fabricius und Coenraad warfen ihm einen Blick zu, als hätte er sie gefragt, wie man ein Lamm von einem Ochsen unterscheidet.
»Der Krieg wird kommen!« versicherte Coenraad im Brustton des selbsternannten Experten.
Fabricius pflichtete ihm bei. »Seit am Witwatersrand die reichsten Goldvorräte der Welt entdeckt worden sind, lassen uns die Engländer keine Ruhe. Sie werden uns weiter zusetzen, bis uns keine andere Möglichkeit mehr bleibt, als zu den Waffen zu greifen.«
»Piet Joubert hat es schon richtig erkannt, als er erklärt hat: ›Wir werden für dieses Gold mit unserem Blut bezahlen!‹« warf Adriaan ein.
»Ja, nur werden wir diesmal noch zehnmal besser gerüstet sein als damals«, sagte Fabricius. »Früher war der Transvaal so bankrott, daß es sich kaum lohnte, überhaupt ein Kassenbuch über den Haushalt zu führen. Doch seit den Goldfunden ist es mit der Armseligkeit vorbei. Die Staatskasse quillt nur so über. Und Joubert kann das Geld mit vollen Händen ausgeben. Er ist ganz und gar beschäftigt, in Frankreich und Deutschland Gewehre, Kanonen und Munition zu bestellen. Ich sage euch, wir werden bis an die Zähne bewaffnet sein, wenn es soweit ist! Wir Buren werden nicht vor ihnen in die Knie gehen, und es wird nie wieder geschehen, daß unsere Vierkleur in Pretoria fällt und dort der Union Jack gehißt wird!«
Lena war nicht weniger stolz auf die Geschichte ihres Volkes und seine bitter errungene Freiheit, und sie hegte nicht die geringsten Sympathien für Uitlanders ganz allgemein und Rooineks im besonderen. Doch genausowenig mochte sie das ständige Gerede über einen drohenden Krieg; es machte ihr angst, denn Krieg bedeutete Tod. Dagegen hörte ihre Schwester, wie sie feststellte, den Männern gebannt zu, von ihrer patriotischen Begeisterung sichtlich angesteckt.
Coenraad ballte die Rechte zur Faust. »Ja, die verdammten Eng-

länder sollen nur kommen! Sie werden sich blutige Köpfe holen, schlimmer noch als in Majuba!« tönte er. »Wir werden sie nicht nur hier im Transvaal vernichtend schlagen, sondern sie diesmal gleich bis ans Kap zurückjagen und dort ins Meer treiben! Die Kapkolonie, die sie uns 1806 geraubt haben, holen wir uns zurück, und Ohm Krüger wird Präsident einer großen, vereinigten südafrikanischen Burenrepublik!«

Adriaan grinste. »Eine hübsche Vorstellung, aber ganz so hoch sollten wir unsere Erwartungen doch nicht setzen. Nicht einmal ein Patriot wie Piet Joubert hält das für möglich. Oder habt ihr vergessen, daß er gesagt hat: ›Wir können unmöglich das britische Empire bekämpfen!‹?«

Coenraad fegte den Einwand mit einer großspurigen Handbewegung beiseite. »Die Macht der Engländer wird überschätzt, Freunde. Wir werden ihnen zeigen, wo ihre Grenzen sind – und zwar hier in Afrika. Gott ist auf unserer Seite, und mit Gottes Beistand werden wir die verfluchten Rotröcke von der südafrikanischen Landkarte fegen.«

»Welcher Gott?« fragte Julian scheinbar beiläufig und brach damit sein Schweigen, mit dem er dem angeberischen Gespräch der Farmerssöhne bis dahin zugehört hatte.

Verdutzt sah Coenraad ihn an. »Dumme Frage, es gibt nur einen!«

»Aha, und der ist also mit uns Buren, ja?« vergewisserte sich Julian.

»Stellst du das etwa in Frage?« bellte Coenraad.

Gelassen, aber mit einem kaum merklichen spöttischen Lächeln um die Mundwinkel sah Julian ihn an. »Ich hätte nur gern gewußt, woher du die Sicherheit nimmst, daß Gott auf der Seite der Buren stehen und zulassen wird, daß das blutige Gemetzel auf den Schlachtfeldern für die Engländer zu einer Niederlage wird, die ja immerhin auch mit der Versicherung in den Krieg geschickt werden, daß Gott mit ihnen sein wird. Um zu wissen, daß die Engländer damit völlig falsch liegen, weil Gott deiner Überzeugung nach allein bei den Buren ist, mußt du ja über ganz

besondere Beziehungen zum Allmächtigen verfügen oder so etwas wie eine göttliche Offenbarung gehabt haben.«
Coenraad machte einen drohenden Schritt auf ihn zu. »Sag mal, willst du mich beleidigen?« zischte er.
»Das ist schon starker Tobak!« meinte auch Fabricius und bedachte Julian mit einem erbosten Blick.
Sogar Adriaan zeigte sich ungehalten. »Du nimmst das besser zurück, Julian, auch wenn du es bestimmt nicht so persönlich gemeint hast, wie es geklungen hat«, versuchte er ihm eine goldene Brücke zu bauen.
Julian dachte jedoch nicht daran, ein Wort zurückzunehmen. »Ich habe nicht vorgehabt, jemanden zu beleidigen«, sagte er. »Aber ich wüßte auch nicht, wofür ich mich entschuldigen sollte, Adriaan. Coenraad hat behauptet, Gott wäre auf der Seite der Buren, und ich habe ihm die simple Frage gestellt, worauf er diese Überzeugung gründet. Wenn er nicht in der Lage ist, darauf eine Antwort zu geben . . .«
»Und ob ich dazu in der Lage bin!« fuhr Coenraad ihm gereizt ins Wort. »Die ganze Geschichte unseres Volkes beweist, daß Gott auf unserer Seite ist und wir sein erwähltes Volk in Afrika sind!«
»Interessant«, sagte Julian trocken.
»Ja, wie er die Hebräer aus der ägyptischen Gefangenschaft ins Gelobte Land geführt hat, so hat er auch unseren Exodus aus der Knechtschaft der Engländer in den Jahren des Großen Trecks geführt«, unterstützte Fabricius seinen Freund mit belehrendem Tonfall. »Er hat uns den Sieg über die heidnischen Kaffern und das afrikanische Kanaan geschenkt, nämlich den Transvaal und den Oranje-Freistaat. Wenn du besser in der Bibel Bescheid wüßtest, Julian, dann wäre dir längst aufgegangen, daß die Geschichte der Hebräer auch unsere Geschichte ist.«
»Ah, jetzt verstehe ich«, tat Julian, als hätte Fabricius' Hinweis seine Begriffsstutzigkeit überwunden. »Ihr habt also aus dem Alten Testament herausgelesen, daß Gott die Engländer haßt und die Buren liebt.«

Coenraad verzog den Mund. »Um das herauszulesen, braucht man ja wohl nicht viel Grips«, sagte er anzüglich.
Julian nickte, als begreife er nun. »Und obwohl Gott die Engländer nicht ausstehen kann, hat er zugelassen, daß sie es zu einem Empire gebracht haben, das wohl das mächtigste der Welt ist«, spottete er, ihre einfältige Argumentation gegen sie wendend. »Aber das ist sicher nur eine kurzfristige Nachlässigkeit des Allmächtigen. Kommen wir also besser auf das Herauslesen und den Grips zurück.« Er machte eine kurze Pause und fuhr dann fort: »Es bedarf offenbar einer ganzen Menge Grips, alles andere zu überlesen, was in der Bibel steht, denn mir armem Tropf ist es nicht gelungen.«
»Was sollen wir überlesen haben?« fragte Fabricius giftig.
»Zum Beispiel die Zehn Gebote. Wenn ich mich mit meinem wenigen Grips nicht sehr täusche, heißt es da klipp und klar: *Du sollst nicht töten!* Ich denke, das ist ein ziemlich eindeutiges Gebot, das man schwerlich falsch deuten kann, oder sehe ich das vielleicht nicht richtig?«
Fabricius und Coenraad stutzten, runzelten unwillig die Stirn und wußten im ersten Moment nicht, was sie darauf erwidern sollten.
»Wenn man zum Krieg gezwungen wird und dabei gegnerische Soldaten, die auf einen schießen, tötet, ist das etwas anderes – nämlich Notwehr, um das eigene Leben und das Leben der Familien zu schützen!« antwortete Coenraad schließlich und glaubten sich damit aus der Schlinge gezogen zu haben.
Doch Julian setzte sofort nach. »Es steht aber nichts davon in der Bibel, daß dieses Gebot nur so für den ganz alltäglichen Hausgebrauch gilt und daß das Töten sonst erlaubt ist. Das Gebot läßt keine Ausnahmen zu, und wer daran deutelt, der biegt sich seinen Gott und die Gebote nach seinen persönlichen Bedürfnissen zurecht!« hielt er ihnen vor.
Fabricius lachte abfällig. »Du kennst dich wirklich nicht in der Bibel aus. Das Alte Testament ist voll von Kriegen, die Gott unterstützt, ja gewollt hat! Gott war nie prinzipiell gegen das

Töten, denn sonst hätte er beispielsweise Josua ja wohl kaum aufgefordert, die Israeliten über den Jordan zu führen und Kanaan zu erobern! Er hat vielmehr die Vernichtung der bisherigen, heidnischen Bevölkerung des Gelobten Landes *billigend* in Kauf genommen!«
Lena fand, daß Fabricius damit ein überzeugendes Gegenargument gebracht hatte, vor dem Julian kapitulieren mußte, und sie bedauerte es insgeheim. Um so mehr überraschte und freute sie seine Erwiderung.
»So haben es die Israeliten gesehen, weil sie es mit ihrer primitiven Moral damals nicht besser verstanden haben oder nicht verstehen wollten, was klar geschrieben steht.«
»Was du nicht sagst!« Coenraad sah ihn geringschätzig an.
»Die Geschichte des Alten Testaments ist übervoll von Beispielen, daß sein erwähltes Volk so gut wie nie genau das getan hat, was der Herr von ihm gewollt und erwartet hat«, wies Julian Fabricius' Rechtfertigung des Tötens zurück. »Zudem spiegelt das, was die Verfasser des Alten Testaments niedergeschrieben haben, bei aller göttlichen Inspiration nur das wider, was ihrem eigenen Wissensstand und geistigen Horizont entsprach. Daß Morden Gottes Wesen und seinem Schöpfungsplan vollkommen widerspricht, das wollte ihnen einfach nicht in den Schädel – und offenbar hat sich daran bis heute bei vielen leider immer noch nichts geändert.«
»Aber Gott hat sich in der Zwischenzeit geändert, ja?« höhnte Coenraad und funkelte ihn wütend an.
Julian schüttelte den Kopf. »Nicht Gott hat sich geändert, sondern der Mensch. Er wäre wahrlich ein armseliger Gott und dieser Definition nicht würdig, wenn er erst hätte lernen müssen, der Gott der Barmherzigkeit, Vergebung und Liebe zu sein, den uns sein Sohn, Jesus Christus, verkündet hat. Nein, Gott hat sich nicht plötzlich eines anderen besonnen und sich aus einer Laune heraus von einem rachesüchtigen Kriegsgott in einen Gott der Güte und Gnade verwandelt. Es ist der Mensch, der ganz allmählich und überaus widerstrebend begriffen hat, was die göttliche

Botschaft tatsächlich beinhaltet – zumindest hat er die Möglichkeit dazu, wenn er wirklich an Gott glaubt.«
»Wage es bloß nicht, unseren Glauben in Frage zu stellen!« drohte Fabricius ihm.
Julian blieb unbeeindruckt. »Wer sich auf Gott beruft, muß sich schon gefallen lassen, daß man ihn danach fragt, wie er zu dem steht, was Jesus, Gottes eigener Sohn, gelehrt hat und was im Neuen Testament steht. Und da findet sich nirgends eine Stelle, in der Jesus Gewalt, in welcher Form auch immer, auch nur im Ansatz billigt, im Gegenteil. Schlagt doch nur Matthäus 5, Vers 43, auf, und ihr werdet da unmißverständlich lesen: ›Ihr habt gehört, daß gesagt ist: Du sollst deinen Nächsten lieben. Ich aber sage euch: Liebt eure Feinde und betet für die, die euch verfolgen ... Wenn ihr nämlich nur die liebt, die euch lieben, welchen Lohn könnt ihr dafür erwarten?‹ Und dasselbe findet ihr bei Markus, Lukas und Johannes. Wer an diesen eindeutigen Worten Jesu herumdeutelt, der biegt sich Gott nach seinem Gutdünken zurecht. Was solch ein Glaube dann noch wert ist, das mag ein jeder für sich selbst beurteilen.«
Adriaan machte ein nachdenkliches Gesicht, und Hendrik gab sogar durch ein Nicken zu verstehen, daß ihm Julians Ausführungen einleuchteten.
Coenraad dachte jedoch nicht daran, sich geschlagen zu geben. »Jesus hat sich aber genausooft gegen die Knechtschaft ausgesprochen. Und es kann niemand von uns erwarten, daß wir uns dem Joch der Engländer beugen!«
»Und warum nicht?« fragte Julian gelassen.
»Das ist ja wohl nicht dein Ernst!« empörte sich Fabricius, und Coenraad schlug sich mit der flachen Hand an die Stirn, als zweifelte er an Julians Geisteszustand.
»Vielleicht ist das eine von Gottes Prüfungen. ›Nehmen wir das Gute von Gott an, sollen wir dann nicht auch das Böse annehmen?‹ So steht es bei Hiob 2, Vers 10«, fuhr Julian ruhig fort. »Das Böse läßt sich nun mal nicht durch eine andere Art des Bösen umbringen und aus der Welt schaffen. Es erzeugt im

Gegenteil immer nur neues Böses, und das gilt ganz besonders für den Krieg. Und wird bei Markus 16, Vers 18, verkündet: ›Wenn sie tödliches Gift trinken, wird es ihnen nicht schaden‹, dann ist damit doch wohl gemeint, daß man Kritik, Leid und auch die schwersten Prüfungen mit friedlichem Mut zu ertragen hat. Was nicht bedeutet, daß man nicht mit Worten und Taten leidenschaftlich gegen Unterdrückung, Not, Dummheit und Ungerechtigkeit kämpfen darf, wie es ja auch Jesus unermüdlich getan hat ...«

»Aha, jetzt kommen wir endlich zur Sache!« rief Fabricius, freute sich allerdings zu früh.

Denn Julian fuhr fort: »Doch statt auf Gewalt hat Jesus auf die siegreiche Kraft von Geduld, Güte und Nächstenliebe gesetzt. Das Evangelium ist und bleibt die frohe Botschaft der Sanftmütigkeit, Friedfertigkeit und Vergebung. Nichts geißelt Jesus mehr als Gewalt, Haß, Rachsucht und Selbstgerechtigkeit. Und als man ihn auf dem Ölberg gefangennahm, da widersetzte er sich seinen Verfolgern nicht, ja, er billigte noch nicht einmal, daß einer seiner Jünger im Zorn dem Diener des Hohenpriesters ein Ohr abschlug. Vielmehr heilte er den Verletzten, ging widerstandslos mit seinen Häschern und ließ sich ans Kreuz nageln. Und noch vom Kreuz herab sagte er: ›Vater, vergib ihnen, denn sie wissen nicht, was sie tun.‹ Doch wer heute dem Krieg das Wort redet, weiß sehr wohl, was er tut! Gewiß nicht Gottes Willen.«

Fabricius war fassungslos vor Wut und Unverständnis. »Du schlägst allen Ernstes vor, daß wir den Engländern unsere Republik kampflos übergeben sollen?«

»Betest du gelegentlich das Vaterunser?« antwortete Julian scheinbar ohne jeden Zusammenhang mit einer Gegenfrage.

»Natürlich, jeden Tag! Was für eine unverschämte Frage!« erwiderte Fabricius, hochrot im Gesicht. »Aber was hat das damit zu tun?«

»Heißt es da nicht ›Dein Reich komme‹ und ›Dein Wille geschehe‹?« hielt Julian ihm vor. »Aber wenn wir wirklich wollen, daß Gottes Reich kommt, dann hat das zur logischen Konsequenz, daß zuerst einmal unser Reich untergehen muß. Nicht von ungefähr hat Jesus bei der Vernehmung vor seiner Kreuzigung gesagt, daß sein Reich nicht von dieser Welt sei. Also warum hängen wir dann, wenn wir uns wirklich als gläubige Christen bezeichnen, an unserem irdischen Reich, daß wir gewillt sind, zigtausendfaches Blutvergießen auf beiden Seiten in Kauf zu nehmen? Und wenn wir beten, daß Gottes Wille auch auf Erden geschehen soll, dann setzt das doch wohl ebenso zwangsläufig voraus, daß wir unseren eigenen engstirnigen, egoistischen Willen nicht gegen seinen stellen und daß wir ihm auch nicht vorschreiben, wie dieser ›Dein Wille‹ gemäß unseren Wünschen auszusehen hat.«

Coenraad sprang vor, packte Julian am Hemd und riß ihn mit einem Ruck vom Stuhl hoch. »Und ich sage dir, daß jeder ein räudiger Hund ist, ein Lump und Verräter, der sein Vaterland und seine Familie nicht bis zum letzten Blutstropfen verteidigt – nicht mit weibischem Gewäsch und irrwitzigen biblischen Haarspaltereien, sondern mit der Waffe in der Hand!« schrie er ihn an. Er wartete nur darauf, daß Julian ihm einen äußeren Anlaß gab, um mit seinen Bärenpranken auf ihn einschlagen zu können.

Julian stand ruhig da und zeigte scheinbar nicht die geringste Angst. Allein Lena bemerkte den nervös zuckenden Muskel unter seinem linken Auge.

»Und ich sage, daß man nicht beides haben kann, Coenraad«, bot Julian ihm mutig die Stirn. »Entweder man ist Christ und bekennt sich bei aller menschlichen Schwäche und Sündhaftigkeit zur Lehre des Auferstandenen und damit auch zu Sanftmut, Vergebung und Nächstenliebe, die nicht an der Grenze der eigenen Farm und auch nicht an der Grenze der eigenen Nation aufhört, oder man pflückt sich nur dasjenige aus der Bibel heraus, das einem in den Kram paßt, und zimmert sich seinen eigenen Jesus Christus und sein eigenes Evangelium zusammen. Nur hat das dann nichts mehr mit ...«

Julian kam nicht mehr dazu, den Satz zu beenden, denn Coenraad stieß ihn mit aller Wucht auf den Stuhl zurück, der umkipp-

te und ihn zu Boden riß. »Ich will von deinem Geseich nichts mehr hören. Was du da von dir gibst, ist ja lächerlich und kann nur einem Schwachkopf über die Lippen kommen!«
»Wer das sagt, für den muß dann auch Jesus ein ausgemachter Schwachkopf gewesen sein, der sich für lächerliches Geseich ans Kreuz nageln ließ«, entgegnete Julian während er sich aufrappelte. »Und dann kann nichts mehr Sinn machen, was in der Bibel steht.«
»Schluß damit!« ging Adriaan dazwischen. »Wir haben hier lange genug herumgesessen und geredet. Laßt uns zum Fluß hinunterreiten.«
»Darf ich mitkommen?« rief Dele, und alles an ihr, Haltung wie Miene, ließ erkennen, daß sie auf der Seite von Fabricius und Coenraad stand.
»Ja, meinetwegen«, brummte Adriaan.
Mit grimmigen, erhitzten Gesichtern stiefelten die Nachbarssöhne von der Stoep. Coenraad spuckte demonstrativ in den Sand und murmelte etwas Abfälliges, während Adriaan ihn wegzog. Dabei warf er Julian einen vorwurfsvollen Blick zu.
Hendrik dagegen löste sich nur widerstrebend von der Hauswand, an der er gelehnt hatte. Als er an Julian vorbeikam, legte er ihm flüchtig die Hand auf die Schulter und sagte auf seine bedächtige Art, die seinem langsamen Denken entsprach: »Darüber muß man sich ernsthaft Gedanken machen ... und einiges genauer nachlesen.«
Julian und Lena blieben allein auf der Veranda zurück, und eine Weile schwiegen sie.
Dann sagte Julian mit Bedauern in der Stimme: »Jetzt habe ich wohl allen den Nachmittag verdorben.«
»Tut es dir leid, daß du dich mit Fabricius und Coenraad angelegt hast?« fragte Lena.
Er wirkte bedrückt. »Es tut mir leid, daß wir uns gestritten haben. Ich wollte ihnen etwas klarmachen, doch ich habe sie überhaupt nicht erreicht.«
»Hendrik schon.«

»Vielleicht.«
»Was hast du erwartet? Eine Bekehrung? *Magtig,* für wen hältst du dich, daß du geglaubt hast, einen streitsüchtigen, kampffreudigen Burschen wie Coenraad Houtman zu einem lammfrommen Jünger im Geiste Jesu bekehren zu können?«
Er lachte unsicher auf. »Du hast recht, wie vermessen von mir. Aber ich vermag einfach nicht an mich zu halten, wenn jemand vom Töten redet und noch glaubt, dafür Gottes Segen zu haben. Dann schießt es wie Feuer in mir hoch.«
Sie lächelte ihn an. »Das ist nichts, dessen du dich schämen müßtest, im Gegenteil, es ehrt dich.«
Er tat das mit einem leicht unwilligen Kopfschütteln ab. »Was mich schmerzt, ist, daß der Glaube bei vielen nichts weiter als ein Ritual ist, das von Generation zu Generation weitergereicht wird wie etwa eine Delfter Vase, ein hübsches Gefäß, das innen jedoch völlig hohl ist. Sie nennen sich Christen und sind in Wirklichkeit doch Heiden. Denn Gott kennt keine Enkelkinder.«
»Was meinst du damit?«
»Wahrer Glaube ist keine Frage der Tradition, sondern ein bewußter Akt, den uns niemand abnehmen kann. Es reicht einfach nicht, aus einer frommen Familie zu kommen, als Kind getauft und gefirmt zu sein und alles so zu machen, wie man es von den Eltern gelernt hat. Glauben kann man nicht erlernen wie Reiten, Nähen, Kochen oder Pianospielen. Glauben ist Gnade und bewußte Hinwendung. Jeder Mensch muß neu bekehrt werden und ganz allein aus sich heraus entscheiden, ob er sein Leben auf Gottes Wort gründen will oder nicht.«
Der schwermütige Ernst, den sie auf seinem Gesicht sah und aus seinen Worten heraushörte, machte sie beklommen. Sie mochte den anderen Julian, dessen Empfindsamkeit von fröhlich unbekümmerter Natur war, viel lieber. Deshalb sagte sie mit bewußter Munterkeit, um ihr Gespräch in andere, unbeschwertere Bahnen zu lenken: »Es ist schön zu wissen, daß wenigstens du dein Leben so fest auf Gottes Wort gegründet hast, wie Coenraad Houtman auf seinen stämmigen Beinen steht. *Magtig,* du hast es ihm

ordentlich gegeben. Und gerade er ist es nicht gewohnt, daß man ihm widerspricht. Adriaan und Hendrik haben schon von so mancher Rauferei berichtet, die er vom Zaun gebrochen hat. Sag mal, möchtest du noch etwas Kaffee?«

Seine gedankenschwere, rätselhafte Antwort verriet, daß es ihr nicht gelungen war, ihn aus seinen ernsten Überlegungen herauszureißen.

»Es gibt viele Menschen, die aus Ägypten aufbrechen, aber nur wenige von ihnen erreichen das Gelobte Land.«

10

Die Erkenntnis, daß sie Julian liebte, nicht mit warmherziger Geschwisterliebe, sondern mit dem brennenden Verlangen von Leib und Seele, diese überwältigende Erkenntnis traf Lena in jener langen Septembernacht, als der Frühling mit sintflutartigen Regenfällen über das Land herfiel und der Damm des Wasserreservoirs auf Groen Veld zu bersten und schwere Verwüstungen auf der Farm anzurichten drohte.

Ihre Liebe zu Julian hatte sich jedoch nicht über Nacht wie ein plötzlich aufziehendes Gewitter eingestellt. Ihre Gefühle zu ihm waren vielmehr während der vorangegangenen zehn Monate langsam in ihr gewachsen, unauffällig wie eine Blume, die verborgen zwischen Gräsern und Gesträuch aus dem Boden sprießt und mit jedem Tag ein wenig kräftiger wird, um dann scheinbar von einem Tag auf den anderen eine wunderbare Blüte zu entfalten. Eine Blüte, die niemand mehr übersehen kann und die den Betrachter aufgrund ihrer Schönheit mit Staunen erfüllt und ihn wundern läßt, warum er diese Blume nicht schon viel eher bemerkt hat.

Ähnliche Fragen stellte sich auch Lena, und nach der folgenschweren Nacht auf Groen Veld hatte sie viel Zeit, sich in Grübeleien darüber zu ergehen. Daß sie die wahre Natur ihrer Gefühle für Julian schon lange vorher hätte erkennen können, wenn sie nur den Mut gefunden hätte, ehrlich vor sich selbst zu sein, zu diesem Schluß kam sie sehr schnell. Sie hatte einfach nicht wahrhaben wollen, was nicht sein durfte. Verliebt in ihren Halbbruder? Unmöglich! Doch wann war es geschehen, daß ihre Gefühle die Grenze des Erlaubten überschritten und sich aus Bewunderung und Zuneigung in Sehnsucht und Liebe verwandelt hatten?

Lena mußte viele Situationen in ihrer Erinnerung noch einmal in selbstquälerischer Prüfung durchleben, bevor sie glaubte, den Tag nennen zu können, an dem aus ihrem Halbbruder Julian, dem sie herzlich zugetan war, der Mann geworden war, dem ihre Liebe und ihr Sehnen nach Zärtlichkeit und Hingabe galt. Es war eine drückend heiße Sommernacht gewesen ...

Lena vermochte einfach nicht einzuschlafen. Das Fenster zu ihrer Kammer stand weit offen, doch nicht der geringste Luftzug drang zu ihnen ins Zimmer. Es war ihr ein Rätsel, daß ihre Schwester dennoch tief und fest schlief.

Unruhig und hellwach wälzte sie sich von einer Seite auf die andere, doch der Schlaf wollte sich einfach nicht einstellen. Schließlich hielt sie es nicht länger im Bett aus. Sie stand auf und schlich aus der Kammer. Bis auf das Schnarchen, das aus den Zimmern von Pa und Oupa Willem kam, war es still im Haus.

Als sie mit nackten Füßen aus der Tür auf die Stoep trat, fühlte sie sich schon ein wenig besser, befreit von der Last auf ihrer Brust, als die sie die Enge ihrer Schlafkammer empfunden hatte.

Der Mond, zu drei Viertel voll, hing wie ein blank polierter, eingebeulter Silberteller am Himmel. Einige Wolkenfelder schwammen wie Sahneschaum auf Beerengrütze in der nächtlichen Schwärze des Firmaments.

Sie streckte die Arme über den Kopf, dann ihren Körper und blickte gedankenversunken zu den Sternen hoch. Das Zirpen der Grillen erstarb einen Moment, als drüben bei den Rundhütten der Schwarzen ein Hund jaulte, als wäre er aus einem schlechten Traum erwacht. Das vielstimmige Konzert setzte jedoch gleich wieder ein.

»Konntest du auch nicht schlafen?«

Die leise Stimme, die rechts von ihr aus dem tiefschwarzen Schlagschatten der Hauswand kam, ließ sie erschrocken zusammenfahren.

»Julian?« raunte sie freudig überrascht.

»Ja. Tut mir leid, ich wollte dich nicht erschrecken.«

»Nicht so schlimm. Ich habe nur nicht damit gerechnet, hier jemanden anzutreffen.« Sie zögerte einen Moment, denn sie trug nichts weiter als ihr knöchellanges Nachthemd aus dünner Baumwolle. Es schickte sich nicht, sich so einem jungen Mann zu zeigen, auch wenn es ihr Bruder war. Aber dann sagte sie sich, daß es ja Nacht und Julian mit Sicherheit der letzte auf LEEUWENHOF war, der an ihrer Nachlässigkeit Anstoß nehmen würde. Und so ging sie zu ihm, nicht ohne dabei ein fremdartiges Gefühl freudiger Erregung zu empfinden. Es war wohl das Wissen, wie sie mit einem flüchtigen Gedanken annahm, den strengen Vorschriften des Alltags ein Schnippchen schlagen zu können.

Mit nacktem Oberkörper saß Julian auf der Holzbank, und sie setzte sich neben ihn. Sie spürte, wie sich der Stoff ihres Nachthemds über ihren Brüsten spannte, und es verwirrte sie kurz, als ihr bewußt wurde, daß sie stolz darauf war, welch frauliche Formen ihr Körper angenommen hatte.

Eine Weile redeten sie leise miteinander, mit großen Pausen zwischendurch, und Lena hatte das Gefühl, nicht müde zu werden und die ganze Nacht mit ihm draußen im Freien verbringen zu können, bis die Sonne über dem Veld aufstieg.

»Wie schön muß es jetzt unten am Fluß sein«, murmelte sie versonnen. »Ganz besonders bei meinem geheimen Lieblingsplatz unter der Königsweide.«

»Von einem Lieblingsplatz, den du am Vaal hast, weiß ich ja noch gar nichts!« sagte er mit scherzhaft vorwurfsvollem Erstaunen. »Und dabei bin ich nun schon über drei Monate auf LEEUWENHOF. Aber man führt eben auch nicht jeden zu seinem geheimen Lieblingsplatz, nicht wahr?«

»Nein, nur Rachel kennt ihn ... und dir werde ich ihn zeigen.«

»Wirklich?«
»Ja.«
»Dann laß uns gehen!«
»Jetzt?« Verdutzt sah sie ihn an und versuchte im Dunkeln in seinem Gesicht zu lesen, ob er sie bloß aufziehen wollte oder es ernst meinte.
»Ja, warum nicht? Es sei denn, du bist zu müde oder findest in der Nacht nicht den Weg dorthin.«
»Ich bin überhaupt nicht müde, und den Weg finde ich sogar mit verbundenen Augen«, versicherte sie. »Nur ...«
»Nur was?« In seiner Stimme schwang der Anklang eines belustigten Lachens mit.
»Ich weiß nicht ... Wenn jemand davon erfährt, werden wir beide was zu hören bekommen.«
»Dann schlage ich vor, daß wir keinem davon erzählen und es als unser Geheimnis bewahren.«
Sie lachte leise auf. Sein Vorschlag war verlockend aufregend. Bei Nacht mit Julian zum Fluß laufen! So etwas Verrücktes wäre ihr nie in den Sinn gekommen.
»Und gibt es denn einen besseren Zeitpunkt, um jemanden zu seinem geheimen Lieblingsplatz zu führen, als eine mondhelle Nacht wie diese?« fragte er.
»Nein«, stimmte sie ihm zu.
»Dann komm.«
Daß sie nur ihr Nachthemd trug, machte ihr zu ihrer eigenen Verwunderung nichts aus. Alles war recht so, wie es war, und das bewirkte allein Julians Gegenwart.
Sie schlichen über den Hof, ließen die Maisfelder links liegen und überquerten eine kleine Weide, die eingezäunt war. Dahinter erstreckte sich das Veld mit wildem Gras und Buschwerk.
Eine gute halbe Meile weiter gelangten sie zu einem kleinen Eukalyptuswäldchen, der sich vom Fluß aus wie ein Keil in Richtung Gehöft vorschob.
»Hier ist ein schmaler Pfad«, raunte sie ihm zu.
»Von einem Pfad sehe ich überhaupt nichts.«

»Gib mir deine Hand, ich führe dich.«
Ihre Hände trafen und schlossen sich mit sanftem Druck umeinander. Lena war, als strömte plötzlich eine wunderbare Wärme von seiner Hand in die ihre. Ein Schauer durchlief sie, und sie fühlte sich so innig mit ihm verbunden wie noch nie zuvor. Es war schön, seine Hand zu halten und ihn ganz nahe zu spüren.
Mit einem verträumten Lächeln führte sie Julian durch den Hain zum Fluß. Am liebsten wäre sie so mit ihm bis zum Morgengrauen am Vaal entlang und durch das Veld spaziert. Allzuschnell erreichten sie die mächtige Weide.
»Hier ist es«, sagte sie, und widerstrebend gab sie seine Hand frei.
Die Äste hingen so dicht herab, daß sie eine scheinbar undurchdringliche Mauer bildeten. Doch Lena streckte die Arme aus und teilte die Weiden wie einen Vorhang.
Julian schlüpfte mit ihr durch die Öffnung. Mit einem leisen Rascheln, das in Lenas Ohren wie ein wohlwollendes Flüstern klang, schloß sich der grüne Vorhang wieder hinter ihnen.
»*Magtig*, das ist ein wunderbarer Platz«, sagte er und setzte sich auf den moosigen Boden. »Das ist hier ja wie in einer Loge.«
Über ihnen erhob sich der majestätische Baum und formte mit seinen in unzähligen Bögen herabhängenden Zweigen eine geräumige Kuppel. Nur an einer Stelle wies der grüne Umhang, mit dem sich die Weide wie mit einem weit ausgestellten Rock umgab, eine Lücke auf, und wie die Laune der Natur es wollte, ging diese Öffnung auf den Fluß hinaus. Wie dünne Fäden aus Silberstaub sickerte das Mondlicht durch die Zweige und beraubte die Dunkelheit der tiefen Schwärze.
Lächelnd hockte sie sich neben ihn. »Ja, gefällt es dir?«
»Gefallen? Das ist der schönste Platz auf LEEUWENHOF!«
»Schöner noch als der auf dem Hügel mit den drei Maulbeerbäumen?« wollte sie wissen.
Er schmunzelte. »Viel schöner.«
Sie glaubte ihm, und sie war glücklich. »Tagsüber, wenn die Sonne vom Himmel brennt, ist es hier herrlich schattig, und der

Boden ist dann mit kleinen Sonnenflecken gesprenkelt, als hätte jemand Mimosenblätter verstreut. Ich habe noch nie einen Dom zu Gesicht bekommen, aber dann stelle ich mir vor, daß es dort so ähnlich ist. Bist du schon mal in einem richtigen Dom gewesen, Julian?«

»Als die Eisenbahn nach Kimberley kam, das war, als ich so sechs Jahre alt war, nahm mich mein Vater ...« er stockte kurz, »den ich damals jedenfalls für meinen Vater hielt ... er nahm mich einmal mit nach Kapstadt, und dort gingen wir in eine Kirche, die mit Sicherheit kein Dom war. Aber sie war richtig aus Stein erbaut, groß und hoch mit Säulen und wunderbaren bunten Kirchenfenstern, die im Sonnenlicht leuchteten. Ich war überwältigt. Das war das wunderschönste Bauwerk, das ich je gesehen hatte. Denn in Kimberley wurde in jener Zeit der Gottesdienst in Zelten abgehalten, ob das die Synagoge der Juden, die katholische Kirche oder das Gotteshaus der Neureformierten Holländischen Kirche war. Und bei allen wimmelte es im Sand, in denen die primitiven Sitzbänke standen, nur so von Flöhen. Daher war es gang und gäbe, daß man die Füße auf die Bankkante seines Vordermannes setzte, um nicht völlig zerstochen zu werden.«

Sie lachte. »Das erinnert mich an die Mäuse, die in Jonkheersdorp fast regelmäßig während des Gottesdienstes durch die Bankreihen gelaufen sind.«

Unter der Weide sitzend, erzählten sie sich Geschichten aus ihrer Kindheit. Lena erfuhr dabei, daß Julian nach dem frühen Tod des Mannes, der ihn als sein Kind angenommen hatte, neben dem Schulbesuch eine ganze Reihe von höchst unterschiedlichen Arbeitsstellen gehabt hatte. So hatte er nicht nur für den Pferdehändler Jan Vannenberg gearbeitet, neben dessen Stallungen er quasi aufgewachsen war, sondern er war eine Zeitlang auch Laufbursche bei einem Diamantenhändler gewesen, hatte am Bahnhof ausgeholfen und frühmorgens Zeitungen ausgetragen.

»Und nichts hat dir gut genug gefallen, um dabeizubleiben?« fragte sie.

»Nein, ich habe immer das gemacht, was gerade am meisten Geld einbrachte. Denn als ich dreizehn war, wurde meine Mutter, die unseren Lebensunterhalt nach Vaters Tod als Verkäuferin in einem Geschäft verdient hatte, sehr krank und konnte von der Zeit an bis zu ihrem Tod oft wochenlang, ja monatelang nicht arbeiten«, berichtete Julian. »Außerdem war es mir recht so, nirgendwo angebunden zu sein, denn nichts davon konnte mich lange halten, so gut die Bezahlung auch gewesen sein mochte. Ich fürchte, in mir steckt eine gewisse … Rastlosigkeit, die mich nicht zur Ruhe kommen läßt, bis ich endlich herausgefunden habe, was ich wirklich will.«

»Und was könnte das sein?« fragte sie mit großer Anteilnahme an seinem Leben und seinen Gedanken.

Julian fuhr sich mit der Hand über die verschwitzte Stirn und blickte auf die träge dahinfließenden Fluten des Vaal, als suchte er eine Antwort. Desto überraschender war es, als er sagte: »Ein Bad zur Abkühlung.«

Irritiert sah sie ihn an. »Was, ein Bad?«

Er sprang auf. »Ja, ich werde ein Bad im Fluß nehmen. Das ist es, was ich jetzt will. Kommst du mit?«

»Ich würde schon gerne, aber es geht doch nicht.«

»Wieso nicht?«

»Ja, aber … Ich habe doch nichts … ich meine … wie soll ich …« stammelte sie verwirrt.

»Wozu brauchst du denn etwas, um dich im Wasser abzukühlen?« neckte er sie. »Wir sind doch ganz allein hier. Es ist weit und breit niemand da, der etwas sehen könnte. Am liebsten würde ich ja nackt ins Wasser springen, doch wenn das dein Schamgefühl verletzt, lasse ich die Hose natürlich an. Aber hast du nicht auch das Verlangen, das Wasser so wie Gott dich geschaffen hat zu spüren?«

Ihr schoß das Blut ins Gesicht, und ihr Herz schlug auf einmal wie verrückt. Konnte er ihre Gedanken, ihre geheimsten Wünsche lesen? Wie oft hatte sie nicht schon an diesem Ort das Verlangen gehabt, sich all ihrer Kleider zu entledigen und split-

ternackt in die kühlen Fluten zu stürzen. Und jetzt forderte Julian sie dazu auf.
»Ja, schon ...« gestand sie mit unsicherer, vor Aufregung belegter Stimme. »Doch so etwas ist ...«
»Unschicklich?«
»Ja«, hauchte sie.
»Aber es wäre aufregend, sich einmal keinen Deut darum zu kümmern und es zu tun, nicht wahr?«
Sie biß sich auf die Lippe und nickte stumm.
»Ich bin sicher, daß Gott uns nicht so geschaffen hätte, wenn er der Meinung wäre, Nacktheit wäre unschicklich. Dann hätte er bestimmt dafür gesorgt, daß wir nicht nackt zur Welt kommen«, sagte er und öffnete seinen Gürtel. »Also, ich ziehe mich jetzt aus und springe in den Fluß. Dreh dich solange um, wenn du möchtest. Ich warte dann im Wasser auf dich – mit dem Rücken zum Ufer. Ob du mit Nachthemd oder ohne baden willst, kannst du dann selbst entscheiden.«
Sie drehte sich um, hörte, wie er aus der Hose schlüpfte, und konnte nicht umhin, sich vorzustellen, wie er nur zwei Schritte von ihr entfernt nackt dastand und dann zum Fluß lief.
Ihr schlug das Herz bis zum Hals.
»Kommst du?«
Sie drehte sich um und sah ihn, mit dem Rücken zu ihr, im Wasser stehen. Der Vaal umspülte ihn bis zu den Hüften, und das Mondlicht warf einen milchigen Schimmer über seinen muskulösen, schlanken Körper. Und nichts erschien ihr in diesem Moment verbotener und verlockender zugleich als sein Anblick und das Wissen, daß er nackt dort auf sie wartete.
»*Magtig,* ich tue es!« flüsterte sie und zog das Nachthemd über den Kopf.
Ein Schauer der Erregung durchlief sie, und ihre Brustspitzen zogen sich zusammen, als sie zum Wasser hinunterging. Noch nie in ihrem Leben war sie sich ihres Körpers so bewußt gewesen. Aber noch nie war sie auch so völlig entblößt in der Gegenwart eines anderen Menschen gewesen, seit sie den Windeln entwach-

sen war. Nicht einmal ihre Schwester hatte sie jemals völlig unbekleidet gesehen, geschweige denn ein Mann.
Aber Julian war ja ihr Bruder, und außerdem sah er sie ja gar nicht. Höchstens in seinen Gedanken. Und wenn auch. Was ihn betraf, galten andere Maßstäbe. Nur er erahnte ihre geheimsten Wünschen, und nur er vermochte ihr die Scham zu nehmen und ihr dieses herrlich prickelnde Gefühl zu geben, das sie jetzt von den Zehen bis in die Haarspitzen zu erfüllen schien.
»Bist du da, Lena? Darf ich mich umdrehen?«
Schnell tauchte sie hinter ihm ins Wasser und ging in die Hocke, damit ihre Brüste bedeckt waren. »Ja, ich bin da! *Magtig*, ich habe es wirklich getan!« rief sie, über sich und ihren Mut selbst überrascht.
Lachend drehte er sich um. »Siehst du, es ist wirklich nichts dabei. Und ist es nicht erfrischend?«
»Es ist traumhaft!« Und damit meinte sie nicht allein die Abkühlung, sondern vielmehr dieses berauschende Gefühl der Freiheit, des Losgelöstseins, das ihr ihre Nacktheit vermittelte.
Sie brachten mindestens eine halbe Stunde im Fluß zu, und mehrmals kamen sie sich so nahe, daß im hellen Schein des Mondes nur wenig ihren Augen verborgen blieb. Doch es machte ihr nichts aus, im Gegenteil.
Und als er sie schließlich aufforderte, zuerst an Land zu gehen und sich wieder anzuziehen, während er solange im Fluß wartete, da sagte sie: »Das ist nicht nötig ... Jetzt schäme ich mich nicht mehr.«
»Bist du dir sicher.«
Sie sah ihm ins Gesicht. »Ja, Julian. Ich glaube, vor dir werde ich mich niemals schämen, was immer auch ist.«
Zusammen gingen sie aus dem Wasser. Unter der Weide angekommen, vermochte Lena die Augen nicht länger abzuwenden. Sie sah Julian an und nahm den Anblick seines nackten Körpers wie ein Bild in sich auf, dessen Linien und Details sie nie wieder vergessen wollte. Wie wunderschön er gebaut war!

Und nun hob er den Kopf und sah sie offen an, ohne gleich wieder wegzuschauen.
Sie lächelte ihn an, während ein merkwürdiges Ziehen, das in ihrem Schoß ihren Ausgang nahm, sich in ihrem ganzen Körper ausbreitete.
Einen Augenblick standen sie so da.
»Du siehst schön aus, Lena«, sagte er.
»Du auch, Julian.«
»Wir sollten allmählich zur Farm zurück«, sagte er mit rauher Stimme und griff zu seiner Hose.
»Ja«, erwiderte sie und fuhr in ihr Nachthemd. Es klebte ihr sogleich am Körper und zeichnete die Formen ihrer Brüste und ihrer Hüften nach. Doch die Nachtluft war so warm, daß der Stoff schon wieder trocken war, noch bevor sie den Hof erreicht hatten.
Lena ging mit ihm bis zur Treppe, die zu seiner Stoepkamer hinaufführte. »Das war die schönste und aufregendste Nacht, Julian.«
»Ja, jetzt haben wir ein Geheimnis ganz für uns«, entgegnete er leise.
»Ich danke dir.«
»Wofür?«
»Für alles, was du tust und sagst ... und was du bist«, flüsterte sie.
Er berührte sie an der Wange und lächelte sie an. »Ach, Lena ... Schlaf jetzt gut.«
»Ja, du auch. Gute Nacht, Julian«, sagte sie und beugte sich in einer spontanen Eingebung vor, um ihm einen Kuß auf die Wange zu geben.
Doch in dem Moment drehte er den Kopf zu ihr, und sie küßte ihn auf den Mund. Der Kuß brannte noch auf ihren Lippen, als sie schon längst wieder auf ihrer Schlafstatt lag und in der Dunkelheit ihrem klopfenden Herzen lauschte ...
Ja, schon damals hätte sie wissen können, daß sie Julian nicht als Bruder anhimmelte, sondern als Mann, dem ihre Liebe galt. Und daß sie seine Nähe nicht nur deshalb suchte, weil sie sich mit ihm

soviel besser unterhalten konnte als mit jedem anderen, sondern weil sie sich tief in ihrem Innersten danach sehnte, bei ihm zu sein, ihn anzuschauen und gelegentlich berühren zu können, daß hätte sie auch spätestens nach jener Nacht erkennen können.
Doch vor dieser Einsicht verschloß sich ihr Bewußtsein mit der ganzen Macht unbewußter innerer Abwehr, zu der ein Mensch fähig ist. Denn diese Möglichkeit, daß sie ihren Bruder liebte, der doch von ihrem eigenen Fleisch und Blut war, und daß sie sich nach seiner Liebe verzehrte, war viel zu ungeheuerlich, als daß ihr Unterbewußtsein es gewagt hätte, auch nur einen flüchtigen Gedanken daran aus seiner unbedingten Unterdrückung in ihre Überlegungen entweichen zu lassen.
Erst viel später ging es auch Lena auf, daß es kein Mangel an Gelegenheiten gewesen war, weshalb sie nicht mehr mit Julian nachts zum Fluß hinuntergegangen war. Ihr verborgenes, wissendes Ich hatte sich vielmehr davor gefürchtet, bei einem zweiten Mal den Selbstbetrug nicht länger aufrechterhalten zu können. Zu groß war dort unten am Fluß bei der besonderen Intimität des Ortes die Gefahr gewesen, von ihren Gefühlen für ihn überwältigt zu werden und die Fassade von der geschwisterlichen Zuneigung und engen Verbundenheit einstürzen zu sehen – mit unabsehbaren Konsequenzen.
Am nächsten Morgen taten sie beide, als wäre in der Nacht nichts Besonderes geschehen. Und so ging es mit der Verleugnung ihrer Gefühle weiter. Daß sie sooft wie möglich mit Julian zusammenzusein versuchte und von einer unerfindlichen inneren Unruhe gequält wurde, wenn es nicht möglich war, das hielt sie für völlig normal. Adriaan und Hendrik hatten nur die Farm und Politik im Kopf, und Dele interessierte sich allein für Klatsch und ihre Handarbeiten, während sie bei Gesprächen mit Julian das wunderbare Gefühl hatte, daß er sie mit sich in eine Welt nahm, die keine Grenzen kannte und so unendlich war wie seine Phantasie.
Ja, im nachhinein sah Lena ganz deutlich, wie verliebt sie damals schon in Julian gewesen war und wie sehr es sie danach verlangt hatte, bei ihm zu sein, ihn anzuschauen, seine Stimme zu hören

und ihn zu berühren, wobei diese Berührungen immer von scheinbaren Zufällen bestimmt waren. Aber so zufällig waren sie in Wirklichkeit gar nicht.
Eigentlich hätten sie schon beim Hochzeitsfest auf SCHOONGEZICHT aufwachen und ihren Selbstbetrug erkennen müssen. Johan, der älteste Sohn von Cornelius Potgieter, hatte die Tochter von Lodewyk Dutoit geheiratet. Das Fest fand auf der Farm des Bräutigams statt, und alle Nachbarn und Freunde waren mit ihren Familien eingeladen.
Julian hatte erst gar nicht mitkommen wollen, doch Adriaan und Hendrik hatten ihm das nicht durchgehen lassen. »Deine Bücher laufen dir nicht weg. Du kommst mit, das ist beschlossene Sache!« hatte Adriaan gesagt.
Das Fest war ein voller Erfolg. Es wurden allerlei Spiele und Wettkämpfe für jung und alt veranstaltet, bei denen Coenraad fast jedesmal als Sieger in seiner Altersklasse hervorging, wenn Kraft bei den Wettkämpfen bestimmend war. Adriaan zeichnete sich mit Fabricius als einer der besten Schützen unter den Farmerssöhnen aus.
Es war ein Fest ausgelassener, sorgloser Freude. Auch Lena amüsierte sich prächtig. Die meiste Zeit verbrachten sie und Julian mit Rachel und Frederik. Bei dieser Gelegenheit vertraute Frederik ihnen an, daß Cornelius Niekerk, der Kaufmann in Jonkheersdorp, einen Verwandten namens Nicolaas Vermaaken in Johannesburg hatte, der dort ein großes Geschäft besaß.
»Und jetzt willst du natürlich zu diesem Vermaaken nach Johannesburg«, meinte Rachel.
»Das ist doch die Chance für mich. Cornelius Niekerk sagt, daß ich die Fähigkeit zu einem guten Kaufmann habe. Er will mir ein Zeugnis ausstellen und mich seinem Cousin empfehlen, und wenn der bereit ist, mich zu nehmen, dann werde ich nach Johannesburg gehen!« erklärte Frederik entschlossen. »Ich bin jetzt alt genug, um im Kriegsfall als *burgher* eingezogen zu werden. Da kann ich wohl auch entscheiden, ob mein Platz auf GROEN VELD ist oder in einem Geschäft in Johannesburg.«

Die Musik hatte zu spielen begonnen.
»Komm, laß uns tanzen, Bruderherz!« rief Rachel und sprang auf. »Wer weiß, wie lange du noch bei uns bist!«
Lena blickte unwillkürlich zu Julian hinüber.
»Möchtest du auch tanzen, Lena?« fragte er.
»Ja, gern«, antwortete sie.
Julian nahm ihre Hand und führte sie zu den anderen Paaren, die der Aufforderung zum Tanz gefolgt waren. Es war eine staubige, schwitzige Angelegenheit, was dem Spaß der Leute jedoch nicht den geringsten Abbruch tat.
Für Lena war es der Himmel auf Erden. Am liebsten hätte sie sich ganz eng in seine Arme geschmiegt, den Kopf an seine Schulter gelegt und alles um sich herum vergessen. Sie sprachen kein Wort, als fürchteten sie, den besonderen Zauber, der sie verband, zu brechen.
Lena versank völlig in einem Gefühl der Zärtlichkeit und Geborgenheit, ohne sich jedoch über die Bedeutung dieser Empfindungen Rechenschaft abzulegen. Sie verdrängte alles in sich, das diese wunderbare Harmonie beeinträchtigen konnte. Sie schaute Julian in die Augen und lächelte ihn mit verklärtem Blick an.
»*Magtig*, wenn man es nicht besser wüßte, könnte man ja meinen, uns stünde bald eine weitere Hochzeit bevor«, sagte Rachel mit gutmütigem Spott, als sie am Ende eines Tanzes nebeneinander zu stehen kamen.
»Ja, ihr gebt ein ausnehmend hübsches Paar ab«, fand auch Frederik.
Erschrocken und irgendwie schuldbewußt fuhren Lena und Julian auseinander. Lena stieg die Hitze ins Gesicht, und sie suchte verstört nach einer Erwiderung.
In dem Moment kam Fabricius und rettete sie aus ihrer Verlegenheit, indem er sie um den nächsten Tanz bat. Sie nickte nur und überließ sich erleichtert seiner linkischen Führung, als die Musik gleich darauf wieder einsetzte, ihr Blick aber suchte Julian.
Sie tanzte an diesem Abend nicht noch einmal mit Julian, doch

das Gefühl, das sie in diesen wenigen Minuten mit ihm auf dem staubigen Bretterboden erfüllt hatte, verließ sie nicht.
Und dann, zehn Tage später, kam jene Nacht auf GROEN VELD, die ihrer Selbsttäuschung ein Ende setzte und der Erkenntnis den Durchbruch verschaffte, wie sehr sie Julian liebte – doch nicht mit der unschuldig reinen Liebe einer Schwester.

11

Wie eine rußgeschwärzte Wand, tief und unheilvoll, zogen die Gewitterwolken heran und bedeckten den Himmel, so weit das Auge reichte. Bis zum Sonnenuntergang waren es noch fast zwei Stunden, doch an diesem Septembertag verlosch das Tageslicht schon, noch bevor die Sonne den westlichen Horizont berührt hatte.
Erst kam der Wind. Wie die unsichtbaren Vorboten einer Armee finsterer Mächte fuhren die Windböen durch die Bäume, warfen das Gras nieder, zerrten an den Dächern, als wollten sie ihre Widerstandskraft testen, und trieben dichte Staubfahnen vor sich her.
Lena kamen diese hin und her fegenden Böen wie schadenfrohe Kobolde vor, die wußten, welche zerstörerischen Kräfte die Gewitterwolken schon bald entfesseln und über das Land werfen würden, und die sich einen Spaß daraus machten, vorher noch einmal voller Spott für Tier und Mensch über die Bühne dieses gewalttätigen Naturschauspiels zu tanzen.
Mächtiges Donnergrollen rollte über das Land. Es war, als lieferten sich gigantische Kanonen, deren Pulverwolken den Himmel verdunkelt hatten, ein heftiges Gefecht. Und der erste Blitz, der zusammen mit einem ohrenbetäubend berstenden Krachen und in blendend greller gezackter Bahn aus den Gewitterwolken zuckte, schien die Erde spalten zu wollen.
In rasender Folge flammte nun ein Blitz nach dem anderen aus der wogenden Schwärze über LEEUWENHOF auf. Die Tiere auf

den Weiden und in den Kraals rannten bei diesem Trommelfeuer grell berstender Blitze in kopfloser Panik hin und her. Nun wurde auf der Farm jede Hand benötigt, um den Schaden so gering wie möglich zu halten.

Und dann kam der Regen. Erst fiel er in einzelnen dicken Tropfen, die im Sand des Hofs große feuchte Flecken hinterließen. Schon bald jedoch öffnete der Himmel seine Schleusen, und der Regen ging mit der Heftigkeit eines Wolkenbruchs auf die Erde nieder, ohne allerdings wie ein solcher nach wenigen Minuten an Kraft zu verlieren.

Der Boden war viel zu trocken, als daß er diese Wassermassen hätte aufnehmen können. Im Handumdrehen bildeten sich in Mulden große Wasserlachen, und wo der Boden eine Neigung aufwies, schoß der herabströmende Regen in immer stärker werdenden Bächen tiefer gelegenem Gelände entgegen.

Auf LEEUWENHOF wie auch auf allen anderen Farmen in der Umgebung war jeder, der einen Spaten halten oder einen Eimer tragen konnte, im Einsatz. Jung oder alt, alle waren fieberhaft damit beschäftigt, Hof und Felder vor der Überschwemmung zu schützen oder doch wenigstens vor dem Schlimmsten zu bewahren.

Gegen neun verlor der Regen endlich seine sintflutartige Gewalt und ging in einen gleichmäßigen Dauerregen über. Wenn die Gefahr auf LEEUWENHOF damit auch noch längst nicht gebannt war, so konnte man hier doch durchatmen und voller Zuversicht sein, diesen schweren Regen ohne allzu große Schäden zu überstehen.

Lena und ihre Brüder hatten sich gerade unter dem Dach der Veranda eingefunden, um sich mit Brot und Biltong zu stärken, als der Trommelschlag eines galoppierenden Pferdes zu ihnen durch die Nacht drang.

»Ein Reiter!« rief Hendrik erstaunt.

»*Magtig,* wer wagt sich bei diesem Wetter von seinem Hof?« sagte Adriaan beunruhigt. »Dafür muß es schon gewichtige Gründe geben!«

»Und kaum gute«, fügte Julian hinzu.
Der galoppierende Reiter tauchte wenige Augenblicke später aus der regendurchtränkten Dunkelheit auf. Es war Lena, die ihn zuerst erkannte.
»Das ist Jan! ... Jan Boshof von GROEN VELD!« rief sie erschrocken. Jan war Rachels jüngerer Bruder und gerade elf Jahre alt. Er brachte sicherlich keine guten Nachrichten. Schon die Tatsache, daß Simon Boshof sein jüngstes Kind in so einer stürmischen Nacht ganz allein nach LEEUWENHOF geschickt hatte, statt einen seiner Schwarzen damit zu beauftragen, war ein schlimmes Zeichen.
»Pa!« schrie Adriaan zum Viehkraal hinüber und stürmte mit den anderen von der Stoep.
Jan Boshof, ein Junge von schmächtiger, aber sehniger Gestalt, rutschte völlig erschöpft und mit zitternden Gliedern aus dem Sattel. Er hatte weder sich noch das Pferd geschont. Der Apfelschimmel hatte Schaum vor dem Maul, und seine Flanken bebten.
»*Donderslag*, du mußt ja wie der Leibhaftige geritten sein, Jan!« stieß Adriaan beunruhigt aus und bemerkte aus dem Augenwinkel, wie sein Vater über den Hof gelaufen kam. »Was ist bloß passiert?«
Jan konnte sich kaum auf den Beinen halten und hatte Mühe, einen zusammenhängenden Satz herauszubringen. Abgehackt kamen ihm die Worte über die Lippen, während der Regen über sein Gesicht rann und er nach Atem rang.
»Der Damm ... die Schleuse ... Pa war noch in Jonkheersdorp, als ... als das ... Unwetter losbrach ... Natan ... die Schleuse vom Damm ... er ... er ... wollte sie nicht öffnen ... Dachte ... nur ein Wolkenbruch ... ein volles Reservoir ... und dann, als er merkte ... *Magtig*, es war zu spät ... Pa fürchtet Dammbruch, schickt mich ... weil wir Hilfe brauchen.«
Adriaan legte dem jungen Boshof die Hand auf die Schulter. »Ganz ruhig, Jan. Hol erst einmal tief Atem, und dann erzähl uns noch einmal, was bei euch passiert ist und was dein Vater uns

ausrichten läßt«, forderte er ihn auf, obwohl er schon zu wissen glaubte, was sich auf Groen Veld abgespielt hatte und in welcher Gefahr die Farm schwebte.
Jan nickte, fuhr sich über das Gesicht und berichtete nun, nachdem auch Stefanus zugegen war, noch mal, was sich bei ihnen auf der Farm ereignet hatte.
Natan, der älteste der vier Boshof-Brüder, hatte in Abwesenheit ihres Vaters eine Fehlentscheidung getroffen, die fatale Folgen haben konnte. Er hatte fest darauf vertraut, daß der Sturzregen rasch nachlassen und das große Wasserreservoir beim Abzug des Unwetters gut gefüllt sein würde, was ein wahrer Segen für die Farm gewesen wäre. Das große Wasserbecken, in einer ausgedehnten Mulde zwischen zwei kleinen Tafelbergen errichtet und von einem aufgeschütteten Damm halbkreisförmig umschlossen, war für eine erfolgreiche Bewirtschaftung von Groen Veld von großer Bedeutung. Kein noch so kleiner Wasserlauf durchzog das Land der Boshofs, und die Quellen, die die Viehtränken speisten, waren in Jahren großer Dürre immer wieder ausgetrocknet. Erst seit Simon Boshof das Reservoir angelegt hatte, konnte er auch in Zeiten der Trockenheit sein Vieh tränken und ausreichend Wasser auf die Felder leiten, damit ihm die Mielies nicht auf dem Halm verdorrten.
Gewöhnlich war das Becken gerade halb voll, wenn die regenlosen Monate und damit die immer wiederkehrende Sorge um Vieh und Felder einsetzten. Daß Natan gehofft hatte, daß dieser schwere Regen ihr Reservoir einmal üppiger als gewöhnlich füllen würde, war daher nur zu verständlich gewesen. Doch Jans Worten nach hatte er offensichtlich zu lange gewartet und den Zeitpunkt verpaßt, an dem es notwendig gewesen wäre, dem wachsenden Druck gegen den Damm durch teilweise Öffnung der Bewässerungsschleuse zu begegnen. Nun war es für diese Maßnahme zu spät.
»Das Wasser steht bis oben an den Rand«, berichtete Jan aufgeregt. »Und Pa sagt, daß er die Schleuse jetzt nicht mehr öffnen kann. Der Druck würde sich dann auf diesen einen schmalen

Durchlaß konzentrieren und die Verankerung der seitlichen Befestigungen wie Zündhölzer herausreißen, und dann würde der ganze Damm weggespült.«

Was das bedeutete, war allen klar: eine Katastrophe für GROEN VELD. Die Wassermassen würden mit Sicherheit den Hof erreichen und schwere Verwüstungen anrichten. Schlamm würde ein Großteil der näher gelegenen Felder bedecken und die Aussicht auf eine Ernte zunichte machen, und ohne das Reservoir würde das Vieh lange Wege zu den Wasserstellen befreundeter Nachbarn zurücklegen müssen, was den Verlust bestenfalls nur begrenzen würde. Denn kein noch so freundlich gesinnter Farmer konnte die Herden seines Nachbarn allzu lange auf seinen Weiden dulden, ohne seinen eigenen Viehbestand aufs Spiel zu setzen.

»Was können wir für euch tun?« fragte Stefanus.

»Pa verstärkt den Damm durch Sandsäcke und Aufschütten von Steinen«, sprudelte Jan hastig hervor. »Und er läßt oberhalb vom Damm, wo das Wasser von den Berghängen in Richtung Reservoir fließt, Rinnen graben, damit das Wasser einen anderen Lauf nimmt. Aber mit eigenen Kräften allein schaffen wir es nicht. Pa hat Rachel nach BLOEMHOF hinüber und mich zu Ihnen geschickt, damit wir um Hilfe bitten.« In ängstlicher Erwartung blickte er nun Stefanus van Rissek an.

»Es steht auch bei uns nicht gerade zum besten, aber ein paar Männer werden wir hier schon entbehren können«, sagte der Farmer und nickte entschlossen. »*Magtig,* es muß einfach ohne sie gehen. Hendrik, du reitest nach GROEN VELD hinüber. Nimm Julian sowie Reuter, Shilling, Swartie und Titus mit.«

»Ich reite auch mit!« rief Lena.

»Das ist keine so gute Idee«, sagte ihr Vater.

»Rachel ist meine beste Freundin! Ich kann sie doch jetzt nicht im Stich lassen!« beharrte Lena, der es in Wirklichkeit noch mehr darum ging, bei Julian zu sein. »Das darfst du mir nicht antun, Pa. Und auf GROEN VELD kann ich jetzt bestimmt mehr von Nutzen sein als hier.«

»Dann nehmt sie mit«, sagte ihr Vater zu Hendrik und Julian, der

jetzt Wichtigeres zu bedenken hatte. »Und macht, daß ihr in die Sättel kommt! Jan soll sich noch etwas ausruhen und kann euch dann mit einem frischen Pferd folgen.«
Wenig später schwang sich Lena klitschnaß, wie sie war, in den Sattel ihres Pferdes und preschte an Julians Seite, der auf Witteduivel saß und ihnen allen mit Leichtigkeit hätte davonreiten können, mit Hendrik und den Schwarzen in die Nacht hinaus.
Jede Minute war kostbar, und ein dementsprechend scharfes Tempo schlug Hendrik auch an. »Haltet euch genau hinter mir!« schrie er Lena und Julian zu, denn er kannte das Terrain und seine Tücken so gut wie niemand sonst.
Der Regen peitschte ihnen ins Gesicht, und Lena kam der Ritt unendlich lang vor. Wie oft war sie nicht schon nach GROEN VELD geritten oder mit dem Einspänner gefahren. Aber in der nassen Schwärze der Nacht sah alles anders aus, fremd und bedrohlich. Wie mutig Jan doch gewesen war, sich ganz allein auf den Weg nach LEEUWENHOF zu wagen!
Sie erreichten die Farm der Boshofs um kurz nach zehn. Fast gleichzeitig mit ihnen trafen zwei Frauen und vier Männer von BLOEMHOF ein. Unter ihnen war Fabricius, der überrascht war, auch Lena anzutreffen.
»Was machst du denn hier?«
»Bestimmt kein Picknick vorbereiten, Fabricius! Ich bin, wie du auch, hier, um Rachel und ihrer Familie zu helfen.«
»Das ehrt dich. Aber glaubst du, daß das hier heute nacht der richtige Platz für dich ist?« fragte er, und aus seiner Frage sprach mehr Besorgnis als Hochmut.
»Ich kann genauso wie du einen Sandsack füllen und einen Spaten handhaben!« erwiderte sie gereizt.
»Natürlich.« Er lachte ein wenig verlegen.
»Ich bin so froh, daß du gekommen bist!« rief Rachel, als sie ihre Freundin erblickte, und flog ihr in die Arme. »Wenn der Damm einreißt . . .«
»Er wird nicht einreißen!« versicherte Lena, drückte sie an sich und redete ihr Mut zu.

Rachel vergoß ein paar Tränen der Angst, die sie bisher mit aller Macht zurückgedrängt hatte, und fühlte sich danach besser. Jetzt war sie wieder bereit, den Kampf gegen die Natur fortzusetzen.
Ihr Vater, Simon Boshof, hatte sie schnell zur Arbeit eingeteilt. Seine Söhne und ein Großteil seiner Schwarzen waren fieberhaft damit beschäftigt, den Damm an seinen kritischen Stellen mit Sandsäcken und schweren Steinen zu verstärken. Da jedoch nicht genügend Säcke zur Verfügung standen, rammten die Männer mehrere Fuß vor dem eigentlichen Damm eine Doppelreihe Balken in die Erde, die, mit schweren Brettern verbunden, einen zusätzlichen Schutzwall ergaben, der nun zum Damm hin mit Erde aufgefüllt wurde.
Simon Boshof schickte sie auf die andere Seite des Reservoirs, wo sie dringender gebraucht wurden. Dort kämpften einige seiner Männer nämlich einen fast aussichtslosen Kampf gegen die Fluten, die von den Hängen der beiden Tafelberge herab und in das große Becken strömten.
Frederik hatte hier das Kommando übernommen. »Dem Himmel sei Dank, jetzt schaffen wir es vielleicht noch rechtzeitig, bevor das Wasser zu hoch steigt und der Damm unter dem Druck nachgibt!« rief er, als er sie kommen sah.
»Sag uns, was wir tun sollen!« forderte Hendrik ihn auf.
»Wir müssen zu beiden Seiten der Berge Abflußrinnen graben, die das von den Hängen herabstürzende Wasser auffangen und vom Reservoir wegleiten«, erklärte er und teilte sie in vier Gruppen ein.
Lena, Rachel, Julian und Fabricius übernahmen die Aufgabe, einen solchen Auffanggraben unterhalb vom Südhang des flacheren der beiden Tafelberge auszuheben.
Es war ein stundenlanger, zermürbender Kampf gegen den Regen, der einfach kein Ende nehmen wollte, und gegen wachsende Erschöpfung. Wahre Sturzbäche schossen an den Hängen durch natürliche Bodenrillen und Erdspalten herab und versuchten sich am Fuß der Tafelberge zu einem großen Strom zu vereinigen, dessen Ziel das Reservoir war. Diese Sturzbäche rissen Sand und

Steine mit sich, unterspülten Felsen und verursachten Abbrüche von tonnenschweren Erdüberhängen.
Beinahe wäre Rachel von einem solchen Erdrutsch, der auch schwere Felsbrocken mit sich führte, überrascht worden. Lena wurde gerade noch rechtzeitig auf die Gefahr aufmerksam, um ihre Freundin im letzten Moment zurückzureißen. Erdreich und Gestein polterten haarscharf an ihr vorbei.
»Zurück da!« brüllte Julian im selben Augenblick.
»Allmächtiger, das hätte böse ausgehen können!« stieß Fabricius erschrocken aus. »So ein Felsbrocken spaltet einen Schädel so leicht wie eine Axt einen Kürbis!«
Lena sah das Weiße in Rachels entsetzten Augen. Aber es blieb ihnen keine Zeit für viele Worte. Hier ging es um die Existenz der Boshofs, und das bedeutete, daß Schmerzen in den Armen und im Rücken kein Grund waren, in der gemeinsamen Anstrengung nachzulassen. Sie alle, die sie diesen Kampf ausfochten, an welcher Stelle auch immer, hatten Schmerzen und verlangten sich alles ab, was ihr Körper an Kräften mobilisieren konnte.
Verbissen schufteten sie weiter, und nur quälend langsam nahm ihr Graben Gestalt an. Stunde um Stunde verstrich, ohne daß der Regen nachließ – aber auch ohne daß der Damm unter dem ungeheuren Druck nachgab. Wenn das geschah, dann würde von ihm nicht mehr viel übrigbleiben. Die aufgestauten Fluten würden ihn in tausend Stücke reißen.
Doch dann, gegen Morgen, war die Krise endlich überstanden. Das Wasser floß, von genügend vielen Abflußgräben abgeleitet, rechts und links am gefährdeten Reservoir vorbei. Und als hätte die Natur damit ihren Spaß an der Sache verloren, hörte nun auch der Regen auf.
Großer Jubel kam nicht auf, dafür fehlte allen die Kraft. Rachel weinte stumm vor Erlösung und Erschöpfung und wankte dann in Richtung Hof, gefolgt von Fabricius, der gebeugt wie ein alter Mann lief, immer wieder stolperte und sich kaum noch auf den Beinen halten konnte.
So wie Rachel und Fabricius ging es auch allen anderen. Lena

fand nicht einmal mehr die Kraft, zum Farmhaus zurückzukehren.

»Ich kann keinen Schritt mehr machen«, sagte sie, als Julian mit ihr zurück zum Hof wollte, ließ die Schaufel aus ihrer kraftlosen Hand in den Schlamm gleiten und sank nur wenige Schritte weiter am Stamm einer Schirmakazie zu Boden. »Ich muß mich erst ein wenig ausruhen. Mir tun alle Knochen weh. Geh du nur schon vor, ich komme nach.«

»Nein, ich bleibe bei dir«, sagte er, setzte sich zu ihr und bettete ihren Kopf in seinen Schoß. »Jetzt ist kein Grund mehr zur Eile.«

Mit einem Seufzer schloß sie die Augen. »Nur für einen Moment, Julian. Gleich ...« Sie war schon eingeschlafen, bevor sie noch den Satz beenden konnte, und es war der tiefe Schlaf völliger Erschöpfung, in den sie versank.

Als Lena wieder erwachte, dämmerte der neue Tag herauf. Im Osten färbte sich schon der Himmel im Widerschein der aufsteigenden Sonne.

Lena versuchte die zärtlichen Empfindungen und Bilder ihres Traums vor dem Vergessen des Erwachens zu bewahren. Dieser war zu schön, um vergessen zu sein, kaum daß sie die Augen geöffnet und den Schlaf abgeschüttelt hatte. Die Erinnerung an diese Hand, die so zärtlich über ihr Gesicht strich, mit den Fingerkuppen der Linie ihres Halses folgte, über ihren Arm wanderte und nun zu ihrer Brust gelangte und sie zaghaft und doch voller Verlangen liebkoste, all dies wollte sie mit in den Tag nehmen. Nein, nichts von diesem wunderschönen Traum wollte sie vergessen.

Sie hörte den hellen Morgengesang eines Vogels, das laute Flattern von Flügeln, das Rascheln von Zweigen und in einiger Entfernung das Gebell eines Hundes. Zudem nahm sie deutlich wahr, wie sehr ihr die Glieder schmerzten und daß die beiden Schürfwunden, die sie sich am linken Bein zugezogen hatte, brannten.

Aber konnte das dann noch ein Traum sein?

Unmöglich!

Alles war Wirklichkeit!
Die Erinnerung setzte ein, und Lena wurde sich plötzlich bewußt, daß sie wach war und daß nichts von dem, was sie hörte oder spürte, einem Traum entsprang. Auch nicht die Hand, die mittlerweile wieder zu ihrem Gesicht zurückgekehrt war und sie mit großer Zärtlichkeit streichelte.
Julian!
Ihr Herz begann zu rasen.
Wie zärtlich seine Hand war! Ganz deutlich spürte sie seine Fingerspitzen, die über ihre Wangen strichen und bei jeder Berührung Schauer wachsender Erregung durch ihren Körper jagten. Jetzt zog sein Finger die Konturen ihrer Lippen nach und vereinigte sich wieder mit den anderen Fingern seiner Hand, um über die Wange hoch zu ihrem Ohr zu fahren und sie dort zu liebkosen.
Und dann, ganz langsam und in immer neuen Schleifen zärtlich tastender Berührung, bewegte sich seine Hand wieder hinunter zu ihren Brüsten, die von keinem Mieder umschlossen dicht unter dem Stoff ihres einfachen Baumwollkleides lagen.
Niemand außer ihr hatte je ihre Brüste so berührt! Und mit jeder Faser ihres Körpers verlangte es sie nach mehr.
Ja, streichle mich! Berühre meine nackte Haut. Ja, liebkose meine Brust! schien eine leidenschaftliche Stimme in ihr zu rufen, und in diesem Moment traf sie die Erkenntnis, von welcher Art die Liebe war, die sie für Julian empfand. Es war nicht die einer Schwester zu ihrem Bruder. Es war die nach Zärtlichkeit und intimer Hingabe dürstende Liebe, die Körper und Seele in Aufruhr versetzte. Es war eine verbotene Liebe und dennoch stärker als alles andere. Ja, er war ihr Halbbruder, aber was machte das? Julian durfte nicht aufhören! Seine Zärtlichkeiten durften kein Ende haben. Das war es, wonach sie sich all die Zeit verzehrt hatte, ohne es beim Namen nennen zu können ... oder zu wollen. Es war ihr auch ganz gleichgültig. Jetzt war nicht die Zeit, daran auch nur einen Gedanken zu verschwenden.

Sie schlug die Augen auf, schaute ihm ins Gesicht und las in seinem Blick dieselbe Liebe und Sehnsucht nach körperlicher Hingabe, die sie erfüllte.
Er erschrak, als er bemerkte, daß sie nicht länger schlief, sondern zu ihm aufsah. Er wollte seine Hand, die sich sanft um ihre Brust gelegt hatte, zurückziehen.
Doch sie kam ihm zuvor. Sie legte ihre Hand auf die seine und hielt sie dort, wo sie war. Es war sinnlos, jetzt noch leugnen zu wollen, wie sehr sie sich nach Zärtlichkeit von ihm sehnte.
»Lena ...« flüsterte er.
»Küß mich!« forderte sie ihn auf, benommen vom Rausch ihrer überwältigenden Gefühle und dem Bewußtsein, daß genau das es war, wonach es sie verlangte.
Er zögerte, dann beugte er sich zu ihr hinunter und gab ihr einen Kuß auf die Stirn.
»Nein, nicht so«, sagte sie, richtete sich etwas auf und schlang einen Arm um seinen Nacken, so daß ihr Gesicht dem seinen nun ganz nahe war. Ihr war, als hätte sie Fieber, doch ein Fieber ganz wunderbarer Art, das alle vernünftigen Gedanken aussperrte. »Ich will, daß du mich richtig küßt, mein Liebster.«
»O Lena«, hauchte er, und dann zog er sie mit einem Ruck fest in seine Arme und küßte sie mit einer Leidenschaft, die ihr den Atem raubte. Ihre Lippen verschmolzen, und sie klammerten sich aneinander, als fürchteten sie, jeden Moment auseinandergerissen und für immer getrennt zu werden.
Ihr Kuß fand kein Ende und spiegelte den Hunger ihrer Liebe wider, der sich in den vergangenen Monaten in ihnen angestaut hatte und unersättlich schien.
Lena stöhnte lustvoll auf, als seine Zunge ihre Lippen teilte, in sie drang und ihre Zungenspitze berührte. Sie zitterte in seinen Armen, und sein Kuß war wie eine berauschende Droge. Eine Droge, die süchtig machte.
Ja, endlich! Endlich hatte der quälende Selbstbetrug ein Ende. Endlich hatten sie alle inneren Barrieren niedergerissen und zueinandergefunden.

Lena schwebte auf einer Wolke euphorischer Glückseligkeit und glaubte, in seinem Kuß zu vergehen.
Und dann brach eine Stimme, die unten vom Damm zu ihnen heraufschallte, den magischen Bann. »Lena ...? Julian ...? Seid ihr da oben vielleicht auch eingeschlafen? Das Frühstück ist gerichtet!« Es war Frederik, der nach ihnen rief.
Sie fuhren auseinander, als hätte jemand mit einer Peitsche zwischen sie geschlagen.
Erschrocken über die sträfliche Gedankenlosigkeit ihres Tuns, preßte sich Lena gegen den Baumstamm, der zwischen ihnen und Frederik aufragte. Sie hoffte, daß die alte Akazie mit ihrem mehr als mannsdicken Umfang im Dämmerlicht des Morgens vor Frederik verborgen hatte, was Julian und sie gerade getan hatten. Ihr Herz raste und schien ihr die Brust sprengen zu wollen.
»Hat er ... hat er uns gesehen?« keuchte sie.
»Nein, unmöglich! Wir sind zu weit weg, und dafür ist es noch nicht hell genug!« stieß Julian mit rauher, atemloser Stimme aus und sprang auf, das Gesicht ein Ausdruck tiefster Verstörtheit.
Er trat hinter dem Baum hervor und winkte Frederik. »Danke für den Weckruf!« rief er mit erzwungener Heiterkeit. »Gieß schon mal Kaffee in unsere Becher. Wir kommen sofort!«
Frederik winkte ebenfalls und kehrte zum Hof zurück.
Julian drehte sich zu Lena um. »Wir ... wir gehen besser ... jeder für sich«, stammelte er.
»Ja, Julian«, hauchte sie und streckte die Hand nach ihm aus.
»Lena«, flüsterte er, beugte sich zu ihr hinunter und berührte ihre Lippen mit Zeige- und Mittelfinger.
Sie hauchte einen Kuß auf seine Fingerspitzen, ohne ihren Blick von seinem Gesicht zu nehmen.
Abrupt entzog er ihr seine Hand, drehte sich um und rannte den Hang hinunter, als könnte er nicht schnell genug von ihr wegkommen.

12

Lena nahm das Frühstück mit Rachel und deren Mutter in der Küche ein, während Julian sich draußen zu den Männern begeben hatte. Der Schock saß ihr noch immer in den Gliedern. Und es war ein doppelter Schock, der ihr zu schaffen machte, nämlich die Erkenntnis, daß sie Julian auf geradezu wollüstige Weise liebte und begehrte, und der Schreck, wie leicht man sie bei ihrem leidenschaftlichen Kuß hätte überraschen können.

Daß sie beim üppigen Frühstück ohne Appetit in ihrem Essen herumstocherte, kaum ein Wort von sich gab und auch sonst einen sehr mitgenommenen, abwesenden Eindruck machte, fand zum Glück keine besondere Beachtung. Nach dieser fürchterlichen Nacht hatte jeder das Recht, körperlich wie psychisch ausgelaugt zu sein und kein Verlangen nach Plauderei zu haben.

Hendrik und Julian gehörten zu den ersten, die nach dem Frühstück aufbrachen und GROEN VELD verließen. Lena, der Rachel eines ihrer Kleider überlassen hatte, gelang es unter dem Vorwand, noch bis zum völligen Trocknen ihres Kleides warten und ihrer Freundin beim Aufräumen und Abwasch helfen zu wollen, daß Hendrik nicht darauf bestand, daß sie mit ihnen ritt.

»Gut, dann kommst du später mit Titus und Shilling nach«, sagte ihr Bruder, stieg mit der Schwerfälligkeit eines müden Mannes in den Sattel und ritt mit Julian an seiner Seite vom Hof.

Lena zog ihre Rückkehr nach LEEUWENHOF bis nach dem Mittag hinaus, was Titus und Shilling recht war. Sie drängten nicht zum Aufbruch, sondern waren dankbar, sich noch ein paar Stunden im Schatten der Hütten ausruhen zu dürfen.

Dann jedoch wurde es Zeit, und auf dem Weg zur Farm zermarterte sie sich das Gehirn, wie es bloß mit ihr und Julian weitergehen sollte. Die größte Sorge bereitete ihr die Frage, ob man ihr wohl ansah, was sie für ihn empfand, wenn sie in Gegenwart anderer mit ihm zusammen war. Sie vermochte ihm ja schlecht aus dem Weg zu gehen, wenn sie nicht mit ihm allein sein konnte.

Dem Umstand, daß sie Halbgeschwister und daher eigentlich

verpflichtet waren, gegen ihre verbotenen, sündigen Gefühle mit aller Willensmacht anzugehen, schenkte sie jedoch so gut wie keine Beachtung. Julian war nicht ganz von ihrem eigenen Fleisch und Blut. Er war nicht wirklich ihr Bruder, jedenfalls nicht wie Adriaan und Hendrik. Sie beide hatten ja nur denselben Vater, und zudem war er fern von ihr aufgewachsen. Gut achtzehn Jahre hatte sie nichts von seiner Existenz geahnt. Niemand hätte ihr fremder sein können als er. Nein, die Gesetze, die Geschwisterliebe vor Gott und dem Gesetz verboten und Inzest unter Strafe stellten, konnten in ihrem Fall überhaupt keine Anwendung finden. Ihre Liebe konnte einfach nicht von dieser Art der Verfehlung befleckt und daher verboten sein.

Sie war sich zwar des Dilemmas bewußt, daß ihre Familie sowie Freunde und Nachbarn kaum ihre Überzeugung teilen würden, doch darüber wollte sie sich jetzt nicht den Kopf zerbrechen. Zu gegebener Zeit würde sich dafür schon eine Lösung finden. Zuerst einmal war wichtig, daß sie und Julian sich nichts anmerken ließen. Der Gedanke, daß sich niemals wiederholen durfte, was unter der Akazie geschehen war, kam ihr nicht einmal. Ihre Liebe war zu wunderbar, zu kostbar, als daß irgendeine Macht der Welt von ihnen verlangen durfte, daß sie aufeinander verzichteten.

Niemals!

Um keinen Preis der Welt!

Als sie Leeuwenhof erreichte, glaubte Lena sich gut genug unter Kontrolle zu haben, um Julian begegnen zu können, ohne ihre Liebe zu ihm zu verraten.

Es war Adriaan, der ihr Augenblicke nach ihrer Rückkehr mitteilte, daß Julian Leeuwenhof verlassen habe. Im ersten Moment begriff Lena die Bedeutung der Worte nicht richtig.

»Er ist weg, Lena. Auf und davon. Er hat seine Sachen gepackt und ist weggeritten«, sagte Adriaan kopfschüttelnd.

»Irgendwie habe ich ihn ja gemocht, doch so richtig schlau geworden bin ich nicht aus ihm.«

»Nein!« stieß Lena ungläubig aus und war froh, daß sie noch im

Sattel saß. Julian sollte Leeuwenhof verlassen haben? Für immer? Das konnte, das durfte nicht sein! Ihr wurde ganz übel vor fassungsloser Bestürzung.
»Doch«, bestätigte ihre Schwester mit gehässigem Tonfall. »Er war doch von Anfang an nicht wirklich für ein Leben auf einer Farm geschaffen, das habe ich gleich gewußt. Das mit der Überschwemmung diese Nacht hat ihm offenbar den Rest gegeben.«
»Nimm es nicht so schwer, Lena«, versuchte Adriaan sie zu trösten, wußte er doch, wie nahe Julian ihr gestanden hatte, ohne allerdings von ihren wahren Gefühlen etwas zu ahnen. »Er hat zu Pa und mir gesagt, daß er sehr ungerne von uns weggehe und daß die letzten zehn Monate hier bei uns auf Leeuwenhof die schönsten seines Lebens gewesen seien und daß er uns nie vergessen werde ...«
Dele verzog das Gesicht. »Aufs Reden hat er sich ja immer gut verstanden. Die schönsten Monate seines Lebens! Daß ich nicht lache!«
Lena mußte an sich halten, nicht vom Pferd zu springen und ihre Schwester links und rechts zu ohrfeigen.
»Rede nicht so dumm daher!« herrschte Adriaan Dele an und fuhr dann zu Lena gewandt fort: »Ich glaube ihm. Julian hat nie ein falsches Wort gesagt.«
»Und ... war das alles?« Lena wagte kaum zu sprechen, aus Angst, daß ihre zitternde Stimme ihre Erschütterung und ihre Liebe zu Julian verraten würde.
»Er sagte, daß er einfach noch zu rastlos sei, um an einem Ort zu bleiben, und noch nicht herausgefunden habe, was er mit seinem Leben letztlich anfangen will«, antwortete Adriaan mit einem bedauernden Schulterzucken. »So etwas kann ich zwar schlecht nachempfinden, aber wenn er es sagt, wird es schon stimmen, und ich glaube, Pa hat ihn auch so verstanden. Na, irgendwann sehen wir ihn bestimmt wieder. Ich soll dich natürlich ganz lieb von ihm grüßen und für alles danken.«
»Danke«, preßte Lena mühsam hervor. Ganz lieb von ihm grüßen und für alles danken! Auch für den Kuß im Morgengrauen? Sie

verstand einfach nicht, wie Julian ihr das antun konnte. Er war in panischer Angst vor ihrer Liebe und seiner Liebe zu ihr geflüchtet!
»Ich habe nicht recht verstanden, warum er keine Zeit mehr hatte, bis zu deiner Rückkehr zu warten«, sagte ihr Bruder verwundert. »Wirklich unverständlich, ja, richtig rätselhaft, aber so ist er nun mal, und das müssen wir akzeptieren.«
Lena wartete bis zum späten Nachmittag. Dann fand sie eine Gelegenheit, sich vom Hof zu entfernen, ohne daß Dele es mitbekam und ihr folgen konnte.
Sie rannte zum Fluß hinunter, und sie wußte instinktiv, daß sie an ihrem Lieblingsplatz unter der mächtigen Weide eine Nachricht von Julian vorfinden würde. Und so verhielt es sich auch. Seine kleine lederne Umhängetasche hing von einem Ast. Darin fand sie das Buch mit den drei Dramen von Shakespeare – und auf dem Vorblatt von *Romeo und Julia* seinen Abschiedsgruß. Er bestand nur aus drei Zeilen und hatte keine Anrede, die einem von ihnen hätte zum Verhängnis werden können. Seine knappe Nachricht lautete: *Es mußte sein, und Du weißt es. Doch ich werde Dich niemals vergessen, meine Geliebte. Wo immer ich bin, wirst auch Du sein – auf ewig in meinen Gedanken und in meinem Herzen.*
Die Zeilen verschwammen vor ihren Augen. Verzweifelt überließ sie sich ihren Tränen und dem Schmerz ihres verwundeten Herzens. Doch sie weigerte sich zu glauben, daß er für immer von ihr gegangen war.
Nichts konnte sie auf Dauer trennen, daran klammerte sie sich an diesem Spätnachmittag unter der Weide am Vaal und in all den Tagen und Nächten, die ihm folgten. Julian würde zu ihr zurückkommen. Bald schon. So verstört er im Moment auch war und so groß seine Angst vor seinen Gefühlen auch sein mochte, seine Liebe würde sich letztlich als stärker erweisen und ihm gar keine andere Wahl lassen. Ja, sie würde ihn zu ihr nach LEEUWENHOF zurückbringen. Vielleicht schon morgen!

Teil II

Die zehnte Stunde

13

Die *opsitkers* auf dem Tisch der Wohnstube brannte mit ruhiger stetiger Flamme. Nur wenn Fabricius sich von seinem Zorn auf die Engländer mitreißen ließ und die Stimme hob, flackerte das Kerzenlicht unter seinem Atem. Ein Kerzenlicht, das auf sittsame Art eine intime Atmosphäre schaffen sollte, wenn ein junger Mann der Frau seiner Wahl gemäß altem burischen Brauch den Hof machte.

»Die Engländer glauben uns Sand in die Augen streuen zu können«, schimpfte Fabricius und lachte höhnisch auf. »Für wie einfältig halten sie uns bloß? Sir Alfred Milner ist ein erklärter Apostel des Empire und seiner imperialistischen Ziele. Daß Chamberlain ihn letztes Jahr als neuen Gouverneur und Hochkommissar ans Kap geschickt hat, sagt doch alles! Er soll uns die Daumenschrauben anlegen. Schon damals habe ich zu meinem Vater und Simon Boshof ...«

Lena hörte nur mit halbem Ohr auf das, was Fabricius ihr über seine Einschätzung von Sir Alfred Milner erzählte. Sie spielte mit dem Wachs, das von der Kerze auf den Messingteller tropfte, und formte kleine Bällchen. Merkwürdig, dachte sie, daß das Wachs immer eine schmutzige Farbe annahm, wenn man es zwischen den Fingern rollte, wie sauber die Hände auch waren.

»... hochmütig haben die Herren in Kapstadt abgelehnt, als wir damals eine Zollunion mit der Kapkolonie eingehen wollten. Doch seit wir die Goldbergwerke haben und unsere Wirtschaft einen enormen Aufschwung genommen hat, drängen dieselben Marionetten Englands, die uns armen Bittstellern vor Jahren rüde die Tür vom der Nase zugeschlagen haben, nun ihrerseits auf eine Zollunion. Tja, jetzt wollen wir nicht mehr!« Fabricius ballte die

Faust. »Doch uns stellt man dafür an den Pranger. Es ist eben nicht dasselbe, ob England das Recht auf Ablehnung für sich in Anspruch nimmt oder ob wir Buren davon Gebrauch machen! Das ist eine zum Himmel schreiende Ungerechtigkeit, und wir dürfen diesen unverschämten Forderungen, die Milner an uns stellt, einfach nicht nachgeben, findest du nicht auch?«

»Ja, natürlich«, antwortete Lena, wie er es von ihr erwartete. Dieselben Klagen hatte sie einfach schon zu oft vernommen, als daß er ihr Interesse damit hätte wecken können. Aber der Anstand gebot es, daß sie zumindest so tat, als lauschte sie seinen Worten. In Wirklichkeit wünschte sie, er würde aufhören, vor ihr mit seinem politischen Verständnis und Scharfsinn zu prahlen. Andererseits war dies das am wenigsten verfängliche Thema an so einem Abend, das von ihr nichts weiter verlangte, als daß sie still zuhörte und ihm das Gefühl gab, wie klug und patriotisch er doch war. Und das war allemal besser, als wenn er das Gespräch auf sie beide gebracht hätte.

»Milner kommt ja mit immer neuen Forderungen, denen wir uns beugen sollen. Aber ich sage dir, Lena, diese Erpressungen werden nie ein Ende nehmen. Die Engländer wollen uns in die Knie zwingen«, sagte er in einem Tonfall tiefer, gewichtiger Erkenntnis. »Deshalb haben sie ja auch versucht, den Bau unserer Eisenbahn zu verhindern und uns den Zugang zu einem Hafen an der Küste zu verwehren. Aber das ist ihnen nicht gelungen, wie es ihnen auch niemals gelingen wird, uns zu britischen Untertanen zu machen! Wir Buren haben uns schon seit mehr als einem Jahrhundert erfolgreich gegen die Rotröcke zur Wehr gesetzt, und das werden wir auch diesmal tun!«

Und während er sich über Ohm Krügers geschickte Hinhaltepolitik und General Jouberts Aufrüstung bewundernd und weitschweifig ausließ, blickte Lena auf die flackernde Flamme und fragte sich, wie lange die Kerze wohl noch brennen mochte. Kaum mehr als eine Viertelstunde, wie sie hoffte.

Im nächsten Moment schämte sie sich ihres Gedankens. Immerhin war es eine Opsitkers, die zwischen Fabricius und ihr brannte, und das hatte eine tiefe Bedeutung. Sie wußte nicht, die wievielte Kerze es war, die sie an solchen Abenden wie diesem angezündet hatte, seit er vor vier Monaten zum erstenmal nach LEEUWENHOF gekommen war, um allein sie zu sehen und zu sprechen. Obwohl das mit dem Sprechen so eine Sache war, denn eigentlich führte allein er das Wort, und sie saß nur artig in einem sauberen Kleid am Tisch und hörte ihm zu. Daß sie wenig von sich gab und ihn das Gespräch bestreiten ließ, schien ihn jedoch nicht zu stören, im Gegenteil. Es war wohl genau das Verhalten, das eine junge Frau an solch einem Abend ihrem Verehrer gegenüber zu zeigen hatte.

Was für ein merkwürdiger Brauch das mit der Opsitkers doch war, fuhr es Lena durch den Sinn. Wenn zum erstenmal ein junger, akzeptabler Mann einem heiratsfähigen Mädchen den Hof machte, war es bei den Buren so Sitte, daß die Eltern ihrer Tochter eine Aufbleibkerze schenkten. Kam der junge Mann dann zu Besuch, was höchstens an einem Abend in der Woche erlaubt war, zog sich der Rest der Familie nach einer Weile diskret zurück und ließ das junge Paar in der Wohnstube allein, wo es sich sittsam am Tisch gegenübersitzen mußte. War die Kerze heruntergebrannt, verlangte es der Brauch, daß der Freier unverzüglich ging. Ein Mädchen, das kein Interesse an weiteren Besuchen hatte, konnte das dem Mann ohne viel Worte verständlich machen, indem es ihn beim nächstenmal nämlich mit einem Kerzenstummel empfing, der schon nach wenigen Minuten in der Flamme weggeschmolzen war. Eine besonders große Kerze dagegen war ein deutliches Zeichen der Ermunterung.

Die Kerzen, die Lena nach der ersten offiziellen Aufbleibkerze bei Fabricius' Besuchen auf den Tisch stellte, waren weder entmutigende Stummel noch besonders große Kerzen der Ermutigung, sondern ganz gewöhnliche, die manchmal bereits ein Stück abgebrannt waren. Tante Sophie hatte sie zwar schon mehrfach dafür gerügt und sie undankbar genannt, weil sie es Fabricius so schwer machte, und auch ihr Vater hatte ihr indirekt zu verstehen gegeben, daß ihm eine Verbindung mit Hennig Bloems ältestem

Sohn sehr am Herzen lag, doch sie hatte sich davon nicht beirren lassen. Sie brauchte noch Zeit und wollte sich nicht festlegen.

»... ja, sollen sie es doch versuchen«, sagte Fabricius großspurig. »Wir sind bereit, ihnen entgegenzutreten. Die Engländer zwingen uns nicht unter ihr Joch. Vielmehr werden wir ihnen eine Niederlage zufügen, die sie ein für allemal von ihrem Hochmut kurieren und ihnen die Augen über uns Buren öffnen wird. Diesmal haben sie es nicht mit arabischen Stämmen, Indern oder westindischen Schwarzen zu tun, die sie mit einem gut geplanten Feldzug unterwerfen können. Wir Buren wissen zu kämpfen, jeder von uns wiegt mindestens zehn Rotröcke auf. Außerdem stehen die meisten europäischen Länder auf unserer Seite, ganz besonders der deutsche Kaiser!«

Lena hatte auf Drängen von Tante Sophie das neue Kleid angezogen, das sie ihr aus dem dunkelblauen Stoff mit den feinen burgunderroten Streifen genäht hatte. Es stand ihr gut zu Gesicht, wie ihr alle versichert hatten, doch irgendwie fühlte sie sich unwohl darin. Es war ein passendes Kleid, um am Nagmaal in der Kirche von Jonkheersdorp teilzunehmen, aber es war etwas anderes, darin Fabricius bei seinem abendlichen Besuch allein am Tisch in der Wohnstube gegenüberzusitzen. Sie kam sich zu fein herausgeputzt vor. Warum hatte sie Tante Sophies Drängen bloß nachgegeben? Ihr war, als hätte sie Fabricius mit der Wahl ihres Kleides mehr versprochen, als sie zu halten gewillt war.

Magtig, wie war es nur dazu gekommen, daß sie nun seit Monaten einen Abend in der Woche mit ihm vor einer Aufbleibkerze saß und dem Tag entgegenbangte, an dem er sich erklären würde?

Julian!

Warum hast du mich verlassen, Julian?

Der hochgeschlossene Kragen mit der kleinen weißen Rüsche und das Mieder schienen ihr plötzlich die Luft abzuschnüren. Sie wollte nicht mehr an Julian denken, das hatte sie sich doch geschworen. Der Schmerz hatte sie lange genug gequält, zumal sie ihn mit niemandem hatte teilen können, nicht einmal mit Rachel. Tag um Tag, Woche um Woche und Monat um Monat hatte sie gelitten, ohne sich nach außen hin etwas anmerken zu lassen, und doch treu an ihrem Glauben festgehalten, daß seine Liebe ihn zu ihr zurückbringen und ihm eine Lösung eingeben würde, wie sie fortan für immer ein Paar sein konnten. Sie war bereit gewesen, alles für ihre Liebe zu wagen, sogar von ihrer Familie verstoßen zu werden. In ungezählten schlaflosen Nächten und noch mehr sehnsüchtigen Tagträumen hatte sie sich ausgemalt, wie leidenschaftlich ihr Wiedersehen sein würde und welch große Opfer sie notfalls bringen mußte. Doch er war nicht nach LEEUWENHOF zurückgekehrt, um sie zu holen und sich davon zu überzeugen, wie groß ihre Liebe und Opferbereitschaft war. Nicht nach drei Monaten, nicht nach sechs und nicht nach neun. Und keiner der Briefe, die er in großen Abständen aus Kroonstad, Kimberley, Bloemfontein, Port Elizabeth und schließlich aus Kapstadt geschickt hatte, war an sie gerichtet. Er hatte allein ihrem Vater geschrieben, und auch ihm immer nur wenige Zeilen, die nicht viel Aufschluß über das gaben, was ihn in diese fremden Ort getrieben hatte und was er dort tat. Und jeder dieser Briefe schloß mit der Bitte, »auch allen anderen auf LEEUWENHOF ganz herzliche Grüße« auszurichten. Nicht ein einziger spezieller Gruß an sie! In seinen Briefen ging sie unter in der Masse von »allen anderen auf LEEUWENHOF«.

Neun Monate hatte ihr Herz gekämpft, um nicht den Glauben an die Kraft ihrer und seiner Liebe zu verlieren. Doch dann waren Zweifel, Enttäuschung und Hoffnungslosigkeit immer stärker geworden.

»Die Erinnerung ist die Seele, die wahre Nabelschnur des Lebens. Ohne Erinnerung sind wir nichts!« Wie oft hatte sie aus diesen seinen Worten die nötige Kraft und Zuversicht zu schöpfen versucht, um den vor ihr liegenden Tag zu bewältigen – ohne zu verzweifeln.

Doch was besaß sie schon groß an Erinnerungen, die ihr Monat für Monat Kraft und Hoffnung hätten geben und ihren Glauben an seine Liebe hätten bewahren können? Viel war es wahrlich nicht. Und ein einziger Kuß, so wunderbar er auch gewesen war,

reichte nicht aus, um noch nach einem Jahr die Flamme in ihrem Herzen stark und hell leuchten zu lassen. Ihre Hoffnung war allmählich an Auszehrung gestorben, und sie vermochte nicht einmal zu sagen, wann das Licht in ihrem Herzen erloschen war.
Anderthalb Jahre lag es nun schon zurück, daß Julian sie verlassen hatte. Es kam ihr wie ein ganzes Leben vor. Damals war sie noch ein Mädchen gewesen, das an der Schwelle zur Frau stand. Und nun, wenige Wochen vor ihrem achtzehnten Geburtstag, saß sie zum x-tenmal mit Fabricius vor einer Opsitkers und fragte sich, wie sie sich bloß verhalten sollte, wenn er sich ihr erklärte und sie bat, seine Frau zu werden.
Sie respektierte ihn nicht nur, sondern mochte ihn mittlerweile gut leiden – manchmal mehr, manchmal etwas weniger. Sie wußte zudem, daß kein Arg in ihm war. Jähzorn und Herrschsucht, wie Coenraad sie schon jetzt in seiner jungen Ehe mit Gera Bezuidenhout an den Tag legte, waren ihm fremd. Er war gradlinig, offen und ehrlich, um nur einige seiner guten Seiten aufzuzählen. Gelegentlich konnte er sogar ausgesprochen amüsant sein. Jedenfalls war Fabricius ein rechtschaffener, hart arbeitender Mann, an dem nichts auszusetzen war und der nicht nur eine ansehnliche Farm erben, sondern seinem Vater eines Tages auch an Ansehen und Tüchtigkeit in nichts nachstehen würde. Bestimmt gab er einen guten, verläßlichen Ehemann und Vater ab. Aber reichte das, um darauf eine Ehe zu gründen? Denn eins wußte sie ganz genau: Liebe empfand sie nicht für ihn.
»*Magtig,* Liebe! Was redest du da bloß? Werde endlich erwachsen, Lena!« hatte Tante Sophie sie erst letzte Woche zurechtgewiesen und ihr heftige Vorhaltungen gemacht. Denn sie hatte den Fehler begangen, ihr anzuvertrauen, daß sie keine Liebe für Fabricius empfand und sich schwertat, ihn sich als ihren Ehemann vorzustellen. »Gute Ehen werden nicht im Himmel geschlossen, sondern hier auf der Erde. Und da ist das, was man gemeinhin als Liebe bezeichnet, eher hinderlich als hilfreich. Jedenfalls war das in den überwiegenden Fällen so, die mir bekannt sind, und das sind nicht wenige.«

»Wenn nicht auf Liebe, worauf kommt es denn an?«
»Auf den gesunden Menschenverstand natürlich und auf Gottvertrauen, wie bei allen Dingen von Wichtigkeit. Eine Ehe ist eine Lebensgemeinschaft von langer Dauer, Lena! Liebe, dieser ungezügelte Aufruhr von Gefühlen, die doch nur zu Torheiten und sündigen Ausschweifungen verleitet, ist dafür der denkbar schlechteste Ratgeber. Wer setzt sein Vertrauen schon auf ein lichterloh brennendes Bündel Stroh, wenn er einen langen Weg vor sich weiß?«
»Liebe muß ja nicht ein Strohfeuer sein!«
»Das ist es aber zumeist, und blind darauf zu bauen, daß man die große Ausnahme gefunden hat, ist so unvernünftig und lächerlich, wie im strömenden Regen die Saat auszubringen und darauf zu hoffen, daß sie nicht weggespült wird.«
»Ja, aber ...«
»Es gibt kein Aber, Lena! Wenn man eine Ehe eingeht und will, daß es eine gute Ehe wird, dann ist es so wie mit einem bis dahin unbebauten Stück Land. Auch da fängt man nicht gleich damit an, reiche Ernte einzufahren, im Gegenteil. Zuerst muß das Land in harter Arbeit gerodet und urbar gemacht werden. Danach mußt du mit dem Pflug die Scholle aufbrechen und die Saat ausbringen. Darauf folgt die lange, mühselige Zeit, in der man sich unablässig sorgt und abschuftet, damit Ungeziefer, Unkraut und allerlei Unbill des Wetters nicht über die sprießenden Halme herfallen und alle Hoffnung zunichte machen. Und erst nachdem man all das auf sich genommen und überstanden hat, erst dann kommt die Ernte – und erst dann hat man auch ein Anrecht darauf, sich an den Früchten seiner Arbeit zu erfreuen. Die Ehe ist der Acker des Lebens. Es liegt ganz in deiner Hand, ob er Früchte trägt und welcher Art diese Früchte sind. Aber erzähl mir nichts von Liebe. Es ist höchste Zeit, daß du deine träumerischen, lebensfremden Vorstellungen von der rechten Wahl deines Ehemannes ablegst und dich auf die Wirklichkeit vorbereitest.«
»Ja, Tante Sophie.« Lena erinnerte sich daran, daß sie das Gefühl gehabt hatte, bei jedem Wort ihrer Tante ein Stück kleiner zu

werden. Wie Ohrfeigen waren die Zurechtweisungen und Vorwürfe auf sie niedergeprasselt.

»Statt eine bekümmerte Miene aufzusetzen, solltest du dich glücklich schätzen, daß ein Mann wie Fabricius Bloem dir den Hof macht! Mit Dankbarkeit und einer gebührenden Portion Demut solltest du ihn begrüßen, wenn er dich besucht. Ja, mit Demut! Laß es dir gesagt sein! Denn besser könntest du es gar nicht treffen, als ihn zum Mann zu bekommen. Und ich denke, er hat es mehr als verdient, daß du ihm Mut machst und zu erkennen gibst, wie glücklich du bist, daß dir die Ehre seiner Wahl zuteil geworden ist. Mit Fabricius machst du die beste Partie weit und breit. Dein Vater wäre glücklich, dich in seine Hände geben zu können und dich gut verheiratet zu wissen. Du wirst bald achtzehn. Also verhalte dich gefälligst so vernünftig und verantwortungsbewußt, wie man es von dir erwarten darf! Und jetzt bring mir den neuen Stoff. Du wirst nicht noch einmal ein altes, verwaschenes Tageskleid tragen, wenn Fabricius wegen dir nach LEEUWENHOF geritten kommt. Du wirst dich ihm in einem Kleid präsentieren, das dem besonderen Anlaß seines Besuches entspricht und ihm zeigt, daß du dich gewissenhaft und mit Freude auf sein Kommen vorbereitet hast!«

Ja, und so hatte sie sich von Tante Sophie und ihrem Vater, der ihr ebenfalls gut zugeredet hatte, dazu bringen lassen, sich für diesen Abend mit dem neuen Kleid so herauszuputzen.

Als ob sie mich wie eine besonders gute Zuchtstute, die zum Verkauf steht, vorführen wollen!

Die Ehe ist der Acker des Lebens!

Mit Dankbarkeit und Demut!

Lena unterdrückte ein Aufseufzen. Manchmal wünschte sie, zu allem und jedem eine ebenso glasklare und unverrückbare Überzeugung zu haben, wie das bei Tante Sophie der Fall war. Die kannte keine nagenden Selbstzweifel, kein Hin- und Hergerissensein und mit Sicherheit auch keine Sehnsucht nach diesem ungezügelten Aufruhr der Gefühle, die nur zu Torheiten und zu sündigen Ausschweifungen führte, wie Tante Sophie es genannt hatte. Über solch eine Sicherheit zu verfügen, mußte etwas Erlösendes sein und das ganze Leben so leicht und klar überschaubar machen wie die tellerflache Ebene vor Jonkheersdorp. Doch ihr war so etwas nicht gegeben. War sie vielleicht verdorben, weil sie sich gerade diesen ungezügelten Aufruhr wünschte und alles, was dazugehörte, eben diese sündigen Ausschweifungen? Stimmte etwas nicht mit ihr, daß sie solch einen erregenden Tumult all ihrer Sinne einfach nicht mit Fabricius in Verbindung bringen und sich deshalb auch nicht vorstellen konnte, seine Ehefrau und ein Leben lang mit ihm verbunden zu sein – bei der Arbeit, bei Tisch und im Bett?

Aber warum hatte Gott dann zugelassen, daß die Liebe eine derart verheerende Wirkung ausübte und ein Verlangen im Menschen weckte, das stärker war als alle Vernunft? War diese brennende Liebe Prüfung und Fluch, oder war sie nicht vielleicht doch Segen und Gnade? Wollte sie Tante Sophie glauben, dann ...

»Du hörst mir ja gar nicht zu!«

Fabricius' vorwurfsvolle Stimme riß sie aus ihren wirren, verunsichernden Gedanken. Sie fuhr zusammen, und schuldbewußt sah sie ihn an. »Bitte verzeih mir, daß ich einen Augenblick unaufmerksam war. Ich ... ich muß doch müder sein, als ich gedacht habe«, log sie, weil sie ihn nicht noch mehr verletzen wollte. »Es war heute ein langer Tag.«

»Das war er auch für mich, Lena.«

Sie senkte beschämt den Blick. »Ja, natürlich. Es tut mir wirklich leid. Würdest du noch einmal wiederholen, was du gerade gesagt hast?« bat sie reumütig und spürte, wie sich heiße rote Flecken auf ihren Wangen bildeten.

»Ich sagte, daß es für uns alle eine schwere Zeit der Prüfung wird und wir daher ...«

Fabricius führte den Satz nicht zu Ende, denn in dem Moment öffnete sich die hintere Tür mit vernehmlichem Knarren. Lena hob den Kopf.

Es war ihre Schwester, die mit einem leicht verlegenen Lächeln in der Tür stand und den Anschein machte, als wüßte sie nicht, ob

sie näher treten durfte. »Tut mir leid, wenn ich so hereinplatze und euch störe«, sagte sie und blickte entschuldigend von Lena zu Fabricius.
»Was willst du?« fragte Lena ungehalten. Daß ihre Schwester sich Fabricius nur im leichten Morgenrock zeigte, den sie über ihr Nachthemd angezogen hatte, ohne jedoch auch die beiden obersten Knöpfe geschlossen zu haben, war schon reichlich unschicklich. Und daß ihr langes blondes Haar offen und sorgfältig ausgekämmt auf die Schultern herabwallte, gehörte sich außerhalb ihrer Schlafkammer genausowenig, wie hübsch es sie auch aussehen ließ.
»Ich hatte mich schon fürs Bett fertiggemacht . . .«
Lena verkniff sich die bissige Bemerkung, daß Fabricius ihr Nachthemd, das im aufklaffenden Morgenrock zu sehen war, auch ohne ihren ausdrücklichen Hinweis gewiß nicht mit einem Arbeitskleid verwechselt hätte.
». . . und wollte an dem neuen Schal für Oupa Willem noch etwas stricken«, fuhr Dele fort, ganz unschuldig in Ton und Miene. »Ja, und da habe ich bemerkt, daß ich meine Stricknadeln wohl hier irgendwo liegengelassen habe.«
»Und das hatte nicht Zeit bis morgen?« fragte Lena und hatte Mühe, ihren aufsteigenden Ärger zu beherrschen.
Dele schenkte ihr einen verständnislos verletzten Blick. »Aber der Schal soll doch noch bis zum Erntefest fertig werden, denn dann will ich ja für Adriaan und Hendrik etwas stricken.«
»Ach nein!« Was für ein Luder ihre Schwester doch war, ihr so etwas Verlogenes mit zuckersüßer Stimme ins Gesicht zu sagen. Dele hatte noch nie etwas für ihre Brüder gestrickt. Ihre Handarbeiten galten allein ihrer Aussteuer. Und es war Tante Sophie gewesen, die sie dazu verdonnert hatte, Oupa Willem einen Schal zu stricken – und zwar aus Strafe für freche Widerworte und Nachlässigkeiten bei der Wahrnehmung der ihr zugeteilten Pflichten.
»Das ist aber sehr nett von dir, Dele«, lobte Fabricius. »Hol nur deine Stricknadeln.«

Mit wehendem Morgenrock und Nachthemd huschte Dele durch die Wohnstube. »Ich weiß nicht mehr genau, wo ich sie hingelegt habe. Vielleicht drüben neben die Truhe«, sagte sie und bückte sich zur messingbeschlagenen Kiste hinunter.
Lena entging nicht, daß Fabricius' Blick ihrer Schwester durch das Zimmer folgte. Und wenn er nicht gerade mit Blindheit geschlagen war, dann mußte auch er dort, wo der Morgenrock ein Stück auseinanderfiel, nackte Haut und den Ansatz ihrer Brüste sehen.
Sie stellte ihre Reize geradezu zur Schau!
Nicht, daß sie das Recht gehabt hätte, sich auf das hohe moralische Roß zu setzen. Das hatte sie längst verspielt, und sie brauchte nicht einmal an den Kuß unter der Akazie zu denken, sondern bloß an jene heiße Sommernacht, als sie mit Julian im Vaal gebadet und sich seinen Blicken splitternackt dargeboten hatte. Ihre Schwester konnte ihretwegen machen, was sie wollte, und die verführerische Wirkung ihrer körperlichen Reize ausprobieren, an wem sie mochte, doch nicht an Fabricius, der *ihr* den Hof machte und mit ihr vor der Opsitkers saß!
Zorn über die bodenlose Unverschämtheit ihrer Schwester flammte in ihr auf. Abrupt erhob sie sich vom Stuhl und wollte Dele zurechtweisen.
Da sagte Fabricius freundlich: »Liegen die Stricknadeln, die du suchst, nicht drüben auf der Kommode?«
»O ja, danke, Fabricius!« Dele warf ihm ein strahlendes Lächeln zu, ging zur Kommode hinüber und nahm die Nadeln an sich. »Tut mir wirklich leid, daß ich euch gestört habe.«
Lena preßte die Lippen zusammen.
»Ist doch nicht weiter schlimm, Dele«, wehrte Fabricius ab und deutete auf die Kerze, deren Docht schon zur Seite gesunken war. Die Flamme würde jeden Augenblick in der Lache flüssigen Wachses ersticken. »Ich muß jetzt sowieso gehen.«
»Dann wünsche ich dir einen guten Heimritt«, meinte Dele. »Ach ja, was ich dir noch sagen wollte ...«
»Was denn?«

»Die Jacke, die du trägst, ist wirklich ein feines Stück. Und sie steht dir ausnehmend gut.«
Lena glaubte ihren Ohren nicht trauen zu dürfen. Wie kam ihre Schwester dazu, Fabricius solche Komplimente zu machen? Und das auch noch in ihrer Gegenwart und derartig ungehörig gekleidet?!
»Ja, findest du?« Daß Fabricius sich freute, war offensichtlich. Er strich über die Revers seiner Wolljacke. »Sie ist ganz neu. Ich trage sie heute zum erstenmal. Du hast ein wirklich aufmerksames Auge, Dele.« Und dabei sah er kurz zu Lena hinüber.
Sie las den stummen Vorwurf in seinem Blick, warum nicht auch ihr aufgefallen war, was ihre Schwester sofort bemerkt hatte.
»Gute Nacht dann, Fabricius«, sagte Dele und schenkte ihm ihr reizvollstes Lächeln.
»Ja, dir auch!«
Als die Tür sich hinter Dele schloß, war die Flamme der Aufbleibkerze erloschen. Einen Moment standen sich Fabricius und Lena schweigend gegenüber.
»Wie schnell die Zeit vergeht«, seufzte er.
»Ja«, entgegnete sie nur.
»Dann werde ich wohl mal aufbrechen.«
»Ich werde Jacob rufen und ihm sagen, daß er dein Pferd bringen soll.«
Fabricius nickte, und gemeinsam gingen sie hinaus. Lena war erleichtert, als sie sah, daß der schwarze Stallknecht das Pferd schon gesattelt und gezäumt vor die Stoep geführt hatte. Und sofort schämte sie sich ihrer Erleichterung, daß sie nicht noch minutenlang mit ihm auf der Veranda zu stehen brauchte.
Er nahm ihre Hand. Ihr einen Kuß zu geben, hatte er bislang noch nicht gewagt. Sie nahm an, daß er damit warten wollte, bis sie achtzehn war und er so den rechten Zeitpunkt für gekommen sah, sich ihr zu erklären.
»Lena, ich ...« Er stockte und sprach nicht weiter.
»Ja, Fabricius?« Sie hatte das Gefühl, als wollte er ihr noch etwas Besonderes sagen, und irgendwie hatte sie Angst davor. Wollte er

vielleicht doch jetzt schon Gewißheit darüber, wie sie zu ihm stand?
Aber der Moment verging, und Fabricius fragte nur: »Bis nächste Woche, Lena?«
Lena glaubte aus seiner Stimme sowohl Betrübnis als auch Vorwurf herauszuhören, und auf einmal tat es ihr leid, daß er sich so sehr um sie bemühte, ohne daß sie ihm die Bewunderung und Zuneigung zeigte, die er sich von ihr erhofft hatte. War sie wirklich unverantwortlich verträumt und ohne Dankbarkeit und Demut?
Sie zwang sich zu einem Lächeln, das ihn für ihr mangelndes Interesse und ihre Zerstreutheit an diesem Abend ein wenig entschädigen sollte. »Ja, bis nächste Woche, Fabricius. Danke für dein Kommen ... und paß auf dich auf«, verabschiedete sie sich von ihm.
»Ja, gute Nacht, Lena«, sagte er, ließ ihre Hand los und schwang sich auf sein Pferd.
Lena winkte ihm noch einmal zu, als er vom Hof ritt, und ging dann ins Haus. Augenblicklich kehrte der Zorn auf ihre Schwester zurück, und sie begab sich zu ihr in die Kammer, um mit ihr ein ernstes Wort zu reden.
Dele stellte sich dumm. »Ich weiß überhaupt nicht, wovon du sprichst.«
»Du weißt sehr wohl, wovon ich spreche!« fuhr Lena sie wütend an und hielt ihr erregt vor, wie unzüchtig und zugleich unverschämt sie sich in der Wohnstube benommen hatte. »Und komm mir bloß nicht mit dieser rührenden Geschichte, die du Fabricius aufgetischt hast. Daß du einfach bei uns hereingeplatzt bist, war alles andere als ein Zufall.«
»Mach dich doch nicht lächerlich!«
»Du hast dich ihm regelrecht zur Schau gestellt, und zwar mit kühler Berechnung!«
Dele begegnete dem Vorwurf mit einem spöttischen Auflachen und warf den Kopf trotzig in den Nacken. »Deine Phantasie muß dir da wohl einen Streich spielen, Schwester, denn nichts davon ist wahr!« behauptete sie steif und fest.

Lena funkelte sie an. »Du kannst es tausendmal abstreiten und scheinheilig tun, mir machst du doch nichts vor. Deine niederträchtigen Spielchen habe ich noch immer durchschaut. Du hast dich ganz bewußt vor Fabricius mit scheinbar verführerischer Unschuld in Szene gesetzt, ihm schöne Augen gemacht und ihm geschmeichelt!«
»Und wenn es so wäre«, entgegnete Dele patzig. »Du hättest auch dann keinen Grund, dich so aufzuregen. Denn an Fabricius liegt dir doch gar nichts, gib es nur zu.«
»Wie kannst du es wagen, dir darüber ein Urteil herauszunehmen!« Lena kochte jetzt vor Wut. »Was zwischen mir und Fabricius ist, geht dich überhaupt nichts an!«
Dele lachte abfällig. »Ich sehe, was ich sehe, und wie du Fabricius behandelst, nämlich wie einen lästigen Bittsteller, spricht doch Bände.«
Lena schoß das Blut ins Gesicht, und sie fühlte sich in die Defensive gedrängt. »Du wirst schon mir überlassen müssen, wie ich meine Abende mit Fabricius verbringe.«
»Du hast ihn nicht verdient, Lena. Er ist viel zu gut für dich. Du meinst es überhaupt nicht ernst mit ihm!« warf Dele ihr erregt und mit unverhohlenem Neid vor. »Wenn sich einer von uns wegen heute abend schämen müßte, dann bist du es!«
»Kümmer dich gefälligst um deine Angelegenheiten, und nimm zur Kenntnis, daß Fabricius nicht nach LEEUWENHOF kommt, um dich zu sehen, Schwester! Fabricius kommt, um *mir* den Hof zu machen!«
Dele bedachte sie mit einem mitleidigen Blick. »Nicht mehr lange, wenn das so weitergeht. *Magtig,* du müßtest dich mal selber sehen, wie du da mit ihm am Tisch sitzt – wie das Leiden Christi!«
Bevor Dele wußte, wie ihr geschah, hatte Lena ihr schon eine schallende Ohrfeige gegeben. »So etwas sagst du nicht noch einmal, hast du mich verstanden? Das nächstemal kannst du dich vor Pa und Tante Sophie verantworten!«
Die Hand erschrocken auf die Wange gepreßt und Tränen des

Schmerzes und der Wut in den Augen, starrte Dele sie einen Moment lang an. Dann warf sie sich wortlos auf ihrem Bett herum und kehrte ihr den Rücken zu.
Lena biß sich auf die Lippe, um die eigenen Tränen zurückzuhalten. Die Ohrfeige tat ihr leid. Schuldbewußt sackte sie auf ihr Bett. Ihr war unsäglich elend zumute. Und sie fühlte sich wie ein Ochse unter dem Joch, das nichts auf seinen Willen und seine Wünsche gab, sondern ihm einen fremden Willen aufzwang.

14

Der Fremde, der drei Tage später nach LEEUWENHOF kam, führte ein sattelloses Pferd am Zügel hinter sich her. Müden Schrittes folgte er dem staubigen Weg, der sich von der vier Meilen entfernten Landstraße durch hügeliges Gelände zum Hof der van Risseks wand.
Die Nachmittagssonne stand schon weit im Westen, als Hendrik ihn vom Kutschbock des Fuhrwerks aus bemerkte. »Da will jemand zu uns, Pa«, sagte er, während er den Wagen, hochbeladen mit frisch geernteten Mielies, vor der Scheune zum Stehen brachte. »Und er führt sein Pferd am Zügel, obwohl es nicht zu lahmen scheint.«
»Wer ist es?« fragte sein Vater, auf eine Forke mit fünf glatt polierten Holzzinken gestützt. Er wartete darauf, daß Titus die hintere Bordwand des Kastenwagens herunterklappte, damit sie mit dem Entladen beginnen konnten.
»Keine Ahnung. Er sieht niemandem ähnlich, den ich kenne. Wer von unseren Nachbarn hat auch Zeit für einen Besuch um diese Stunde, da doch die Ernte im Gang ist?«
»Wir werden sehen«, sagte sein Vater und rammte seine Forke in die Ladung Maiskolben. Arbeit ging jeder müßigen Spekulation vor.
Lena kam gerade vom Melken aus dem Kuhstall, in jeder Hand einen Eimer mit warmer frischer Milch, als der Fremde auf dem

Hof eintraf. Unwillkürlich blieb sie stehen, setzte die Eimer auf den Stufen der Stoep ab und fragte sich voller Neugier, wer der Mann sein mochte und was er wohl auf LEEUWENHOF wollte. Er war von großer, schlanker Gestalt, hatte dunkelblondes Haar, ein markantes Gesicht mit einprägsamen Zügen und mochte wohl Mitte Zwanzig sein.

Ihr Vater lehnte nun die Forke an das Scheunentor und ging dem fremden Mann mit dem sattellosen Pferd einige Schritte entgegen.

»Guten Tag, Mijnheer«, begrüßte er ihn und hieß ihn, ganz wie es die burische Gastfreundschaft vorschrieb, auf LEEUWENHOF willkommen.

Der Fremde erwiderte den Gruß. »Ich nehme an, ich habe die Ehre, mit Mijnheer Stefanus van Rissek zu sprechen?« fragte er mit ausnehmender Höflichkeit, und seine gepflegte Aussprache verriet noch deutlicher als sein gutsitzender nußbrauner Anzug, daß er nicht aus dieser Gegend stammte und mit Sicherheit kein Farmer war.

»Ob das eine solche Ehre ist, weiß ich nicht«, hörte Lena ihren Vater antworten, »aber ansonsten liegen Sie mit Ihrer Vermutung richtig.«

»Erlauben Sie mir, daß ich mich Ihnen vorstelle, Mijnheer van Rissek«, sagte der Fremde. »Mein Name ist Faulkner, Lionel Faulkner.«

»Sie sind Engländer, Mister Faulkner?«

»Ja.«

Unwillkürlich sog Lena die Luft scharf ein. Ein Rooinek! Einer von den verhaßten Uitlanders, die sie unter den Union Jack des britischen Empire zwingen wollten. Und das bei ihnen auf LEEUWENHOF! So etwas hatte es noch nie gegeben. Doch noch mehr überrascht und im ersten Moment zugleich auch irgendwie enttäuscht war sie darüber, daß dieser Engländer ja gar nicht viel anders aussah als ein Bure aus der Stadt. Nichts an ihm war fremdartig oder gar abstoßend, nichts, was ihn als Feind der Buren hätte kennzeichnen können. Er war im Gegenteil eine attraktive Erscheinung. Wie dumm von ihr, unbewußt angenommen zu haben, daß ein Rooinek auch hassenswert auszusehen habe!

»Für einen Engländer sprechen Sie unsere Sprache ganz ausgezeichnet«, sagte ihr Vater anerkennend, doch Lena hörte aus seiner Stimme eine deutliche Reserviertheit heraus, die eben noch nicht dagewesen war.

»Ich bin in diesem Land geboren und aufgewachsen.«

»So. Darf ich fragen, was Sie nach LEEUWENHOF führt?«

»Eine schlechte Straße und ein folgenschwerer Augenblick der Unaufmerksamkeit. Ich komme von Modderspruit, wo ich alte Freunde meiner Familie besucht habe, und hatte gehofft, heute abend wieder in Vereeniging zu sein. Doch dann ist mir auf der Landstraße, gut eine Meile vor der Abzweigung zu Ihrer Farm, dieses dumme Mißgeschick passiert«, erklärte Lionel Faulkner ohne Hast. »Ich muß, müde von der langen Fahrt, wohl etwas unaufmerksam gewesen sein, denn sonst hätte ich den Riß in der Straße sicher bemerkt. Doch so bin ich mit dem linken Rad meines Einspänners in die Spalte gefahren und habe einen bösen Bruch gebaut.«

Das erklärt das sattellose Pferd, dachte Lena.

»So«, sagte ihr Vater knapp und abwartend.

»Ein Reiter, der wenig später zufällig vorbeikam«, fuhr Lionel Faulkner fort, »wies mir den Weg zu Ihrer Farm. Sie sei die nächste von der Stelle, wo mein Einspänner am Straßenrand liegt.«

»So«, sagte ihr Vater wieder, und Lena ahnte, daß er nun mit sich rang. Das eherne Gebot der Gastfreundschaft stand im Wettstreit mit seiner tiefen Abneigung gegen alle Engländer. »Und jetzt möchten Sie, daß wir Ihren Wagen wieder flottmachen, ja?«

»Sicher haben Sie jemanden auf der Farm, der sich auf solche Reparaturen versteht«, sagte Lionel mit gleichbleibender Höflichkeit.

Ihr Vater schnaubte, als hätte er ihn beleidigt. »Jeder Bure, der etwas taugt, versteht sich nicht nur darauf, einen Wagen zu lenken, sondern auch darauf, ihn zu reparieren, *Mister* Faulkner!«

»Ich wäre Ihnen dankbar, wenn Sie mir in dieser Notlage Ihre Hilfe gewähren würden. Natürlich bin ich bereit, Sie für Ihre Mühe angemessen zu entlohnen.«

Ihr Vater schwieg einen Augenblick, immer noch unschlüssig mit sich selbst. Dann rang er sich zu einer Entscheidung durch und sagte brummig: »Also gut, ich werde sehen, was ich machen kann.« Er rief Hendrik und Titus zu sich. »Nehmt den leichten Wagen, und laßt euch von Mister Faulkner zeigen, wo sein Einspänner liegt.«

»Wenn es denn sein muß, Baas«, grollte Titus und warf dem Engländer einen nicht eben freundlichen Blick zu. Hendrik war auch nicht gerade erfreut, alles andere liegen- und stehenzulassen, um dem Fremden zu helfen, doch er zeigte es nicht so deutlich.

Lena lief ins Haus und verkündete dort aufgeregt, daß sie einen Rooinek auf der Farm hatten. Oupa Willem meinte grimmig, das Beste, was man einem Engländer antun könne, sei, ihm eine Unze Blei zwischen die Rippen zu jagen. Tante Sophie wäre dagegen schon damit zufrieden gewesen, wenn ihr Schwager den Engländer von der Farm gewiesen hätte. Und Dele steuerte zu dem erregten Stimmengewirr nicht nur ihre Verachtung für alle Engländer bei, sondern auch noch den überspannten Verdacht, daß es sich bei dem Mann um einen Spion handeln müsse, der den Auftrag habe, LEEUWENHOF auszuspionieren.

Lena war von Kindesbeinen an mit der ausgeprägt burischen Abneigung gegen alles, was mit England zu tun hatte, aufgewachsen, und sie hegte weiß Gott keine Sympathien für diesen Fremden. Aber so einen Verdacht fand sie nun doch ausgesprochen lächerlich und typisch für die Art, wie Dele sich auch sonst in Szene zu setzen versuchte.

»Was soll er denn bei uns ausspionieren? Wieviel Ochsen wir haben und wo der Keller mit der Milchtonne und dem Butterfaß liegt?« machte sie sich über Dele lustig.

Dele schoß ihr einen wütenden Blick zu. »Was weiß denn ich, was

sich Cecil Rhodes und seine bezahlten Spießgesellen und Marionetten Chamberlain und Milner an perfiden Plänen einfallen lassen!« gab sie giftig zurück.
Lena lächelte säuerlich. »Bravo, das hast du aber gut auswendig gelernt. Fabricius wäre bestimmt sehr geschmeichelt gewesen, wenn er mitgekriegt hätte, daß du ihn wortwörtlich zitieren kannst!«
»Im Gegensatz zu anderen höre ich eben zu, wenn er mit mir redet!« konterte Dele gehässig.
»Das hat Fabricius aber nicht zu dir gesagt, sondern zu mir, und zwar bei seinem letzten Besuch, als du eigentlich in der Kammer hättest sein müssen«, entgegnete Lena mit beißendem Sarkasmus.
»Sehr merkwürdig, daß du da hinten noch hast hören können, was er zu mir in der Wohnstube gesagt hat. Es sei denn, du hast gelauscht!«
Dele fuhr auf, hochrot im Gesicht. »Das nimmst du sofort zurück!« fauchte sie.
»Warum gleich so erregt, Schwesterchen? Ich werde doch wohl noch mal fragen dürfen, oder?«
»Das reicht!« ging Tante Sophie dazwischen.
Lena machte, daß sie so schnell wie möglich wieder nach draußen kam. Und während sie auf der Stoep darauf wartete, daß Hendrik und Titus mit dem Engländer zum Hof zurückkehrten, fragte sie sich bedrückt, warum sie sich mit Dele immer wieder in die Haare geraten mußte. Wie gut hatten sie sich doch als Kinder verstanden. Und nun schienen sie sich nur noch anzukeifen, sich bei jeder Gelegenheit zu streiten und keine Gemeinsamkeiten mehr zu haben.
Sie neidet mir Fabricius, und wenn sie könnte, würde sie nichts unversucht lassen, um mich bei ihm schlecht zu machen und ihn mir auszuspannen, ging es ihr durch den Kopf. Und warum lasse ich ihr nicht ihren Willen? Ich liebe ihn doch nicht.
Ja, warum brachte sie es nicht über sich, Fabricius eindeutig zu verstehen zu geben, daß er sich besser nicht mehr um sie bemühte? Weil Pa und Tante Sophie und vermutlich auch Fabricius'

Vater ihre Heirat wünschten und fest darauf bauten, daß diese Verbindung zustande kam? Oder weil sie insgeheim doch Angst hatte, einen schweren Fehler zu begehen, wenn sie eine so gute Partie wie Fabricius Bloem hochmütig ausschlug und auf etwas Besseres für ihr Leben hoffte, was dann vielleicht nie eintraf?
Die Rückkehr von Hendrik, Titus und dem Engländer unterbrach ihre Gedanken. Der leichte Einspänner des Fremden lag seitlich auf der Ladefläche.
»Doppelter Radbruch, vier Speichen sind hin, der Eisenring ist aufgeplatzt, und die Achse ist angebrochen«, zählte Hendrik den Schaden trocken auf.
»Gibt 'ne Menge Arbeit, Baas«, sagte Titus verdrossen. »Da müssen mir Jacob und Elias zur Hand gehen, wenn ich das noch vor Einbruch der Dunkelheit schaffen soll.«
Stefanus machte eine grimmige Miene. »Kommt nicht in Frage. Du wirst schon allein damit fertig werden müssen, Titus. Dir brauch ich doch wohl nicht zu sagen, wie dringend auf den Feldern jede Hand benötigt wird.«
Lena nickte. Deshalb hatte sie ja auch das Melken übernehmen müssen. Sogar Sarie war draußen auf den Feldern und half beim Einholen der Ernte.
»Nein, Baas.« Titus warf dem Engländer einen vorwurfsvollen Blick zu.
»Heute kommt er auf keinen Fall mehr nach Vereeniging, ja noch nicht einmal mehr nach Jonkheersdorp, Pa«, stellte Hendrik nüchtern fest. »Jedenfalls nicht mit dem Einspänner und nicht bei Licht.«
Ihr Vater nickte und wandte sich dem Engländer zu, der abwartend dastand. »Sie werden die Nacht auf LEEUWENHOF verbringen müssen, Mister Faulkner. Vor morgen mittag wird Ihr Wagen kaum repariert sein.«
»Es tut mir aufrichtig leid, daß ich Ihnen so viele Umstände bereite, Mijnheer van Rissek«, bedauerte Lionel Faulkner. »Wie schon gesagt, werde ich natürlich für alle Ihnen entstehenden Kosten aufkommen.«

»In Ihrem Land mag das anders sein, Mister Faulkner, aber wir Buren lassen uns nicht für unsere Gastfreundschaft bezahlen!« gab ihr Vater schroff zur Antwort. »Ich werde dafür sorgen, daß Sie einen Schlafplatz für die Nacht bekommen. Und jetzt entschuldigen Sie mich. Ich habe zu arbeiten.«

Ihr Vater drehte sich um und sah sie auf der Stoep stehen. Er winkte sie heran und trug ihr auf, sich um ihren Gast zu kümmern und dafür zu sorgen, daß er ein sauberes Bett für die Nacht bekam.

»Schauen wir, daß wir das Beste aus dieser mißlichen Lage machen«, raunte er ihr dann noch leise und voller Groll zu, daß sein Ehrenkodex es ihm verbot, dem Engländer Hilfe und Gastfreundschaft zu verweigern.

Lena war es gar nicht recht, daß sie sich nun mit dem Fremden abgeben sollte. Aber sie wußte, daß ihr in dieser Situation nichts anderes übrigblieb, als zu gehorchen und ihren Unmut hinunterzuschlucken.

Sie verbarg ihre Unsicherheit hinter einer verschlossenen Miene, als sie sich an ihren unerwünschten Gast wandte. »Haben Sie viel Gepäck?« fragte sie.

»Nur diese Reisetasche.« Er hob eine bauchige Ledertasche vom Wagen.

»Kommen Sie, ich zeige Ihnen Ihre Kammer für die Nacht!« forderte sie ihn auf und ging zum Wohnhaus zurück, ohne eine Antwort von ihm abzuwarten. Die einzige Kammer, die für den Engländer in Frage kam, war die unter dem Dach.

An der Treppe zur Dachkammer blieb sie stehen. Sie wußte nicht, wie es dort oben aussah, und ihr Vater hatte keinen Zweifel daran gelassen, daß der Engländer ein sauberes Bett bekommen sollte. Da war es vielleicht besser, doch erst einmal nachzuschauen.

»Warum stellen Sie ihre Tasche nicht ab und warten hier auf der Stoep, bis Ihr Zimmer gelüftet und gerichtet ist?« forderte sie ihn auf. »Es dürfte keinen Sinn haben, jetzt schon unter das Dach zu steigen.«

»Nein, vermutlich nicht«, pflichtete er ihr bei. »Falls Sie meinen Namen nicht mitbekommen haben sollten, er lautet Faulkner, Lionel Faulkner.«
Sie nickte und riskierte einen Blick in sein Gesicht, wobei sie feststellte, daß seine Augen das helle Grau polierten Schiefers besaßen.
»Und Sie?«
»Wie bitte?«
Er lächelte sie an. »Dürfte ich Ihren Namen erfahren, oder ist der ein Geheimnis, Miss?«
»Lena«, gab sie knapp zur Antwort.
»Freut mich, Sie kennenzulernen, Miss Lena van Rissek.«
Sie wußte nicht, ob er sich über sie lustig machte oder es ernst meinte. Und daß er sie mit ihrem vollen Namen ansprach, was vor ihm noch keiner getan hatte, trug nur noch mehr zu ihrer Befangenheit bei. »Lena reicht völlig, Mister Faulkner«, sagte sie reserviert. »Wenn Sie Kaffee möchten ...«
»Gern, Lena.« Der lächelnd nachdenkliche Blick, mit dem er sie musterte, als hätte er ein sehr persönliches Interesse an ihr, machte sie ganz nervös.
Dele erschien auf der Stoep und sah zu ihnen herüber.
»Ist das Ihre Schwester, Lena?«
»Ja, das ist Deleana.«
»Wenn sie nicht so grimmig dreinschauen würde, könnte sie richtig hübsch sein«, sagte Lionel Faulkner in einem beiläufigen Plauderton, als wären sie schon lange gute Freunde. »Aber natürlich niemals so hübsch wie Sie, Lena.«
Ihr blieb fast die Luft weg, und sie wußte nicht, ob sie empört sein oder sich geschmeichelt fühlen sollte. »Sie scheinen wirklich sehr müde zu sein, daß Sie sich Äußerungen herausnehmen, die Ihnen kaum zustehen, Mijnheer Faulkner!« wies sie ihn zurecht, jedoch ohne ärgerliche Schärfe. »Ein starker Kaffee ist wohl mehr als angebracht, damit Sie Ihre Manieren wiederfinden.« Und dann fiel ihr ein, was ihr Vater vor kurzem zu ihm gesagt hatte. »In Ihrem Land mag das zwar anders sein, aber bei uns Buren

redet man nicht so, schon gar nicht, wenn man einander nicht kennt!«
Verblüffung zeigte sich auf seinem Gesicht. Dann lachte er schallend, was das letzte war, was Lena hatte erreichen wollen. Wütend entfernte sie sich von ihm.
»Wieso lacht der Kerl?« zischte Dele und folgte ihr ins Haus. »Was hast du gesagt, das ihn so erheitert? Du scheinst wohl Gefallen an diesem englischen Spion zu finden!«
»Red keinen Unsinn!« erwiderte Lena gereizt. »Ich habe was gesagt, das er falsch verstanden hat, und das fand er wohl lustig, das ist alles. Also mach nicht immer gleich aus einer Mücke einen Elefanten.«
»Na, bei dir weiß man nie«, sagte Dele mißtrauisch.
Lena brachte dem Engländer Kaffee und Biskuits, und Dele ließ sie dabei nicht aus den Augen, was sie wütender machte als alles, was dieser Lionel Faulkner zu ihr gesagt hatte und möglicherweise noch sagen würde. Sie richtete das Zimmer für ihn, bezog das Bett frisch und verweilte länger in der Kammer unter dem Dach, als es notwendig gewesen wäre. Ihr war, als könnte sie Julians Gegenwart in diesem Raum spüren, und die Erinnerungen bedrängten sie mit aller Macht.
Als sie die Treppe herunterkam, stand Adriaan bei Lionel Faulkner und setzte ihm mit Angriffen auf die infame Politik der britischen Regierung zu. Daß die Diskussion nicht in persönliche Feindseligkeiten ausartete, war eindeutig das Verdienst des Engländers. Lionel Faulkner antwortete auch auf die aggressivsten Fragen und Vorhaltungen mit einer Selbstbeherrschung und Nüchternheit, die Bewunderung verdiente.
»Es fällt mir schwer zu beurteilen, auf welcher Seite das Recht steht«, hörte sie ihn sagen. »Ich nehme an, daß jede Seite genug Argumente zu nennen weiß, die sich auf ihr Rechtsverständnis gründet. Zudem spiegelt die Politik einer Regierung wohl kaum die Überzeugungen eines ganzen Volkes wider, sondern bestenfalls die seiner Wähler.«
»Mit solch schwammigen Antworten kann man sich geschickt

davor drücken, eine klare Position zu beziehen!« warf Adriaan ihm vor.
»Nicht jeder hat so wie Sie die Freiheit, seiner persönlichen Überzeugung stets den Vorrang geben zu dürfen.«
»Fürchten Sie vielleicht, Sie bekämen Ihren Wagen nicht repariert, wenn Sie offen sagen, was Sie denken?« spottete Adriaan.
Lena bekam die Antwort des Engländers nicht mehr mit, denn sie nutzte die günstige Gelegenheit, um sich ins Haus zu begeben. Sie war froh, als Sarie wenig später erschien und sie den Auftrag ihres Vaters, sich um den ungelegenen Gast zu kümmern, auf sie abwälzen konnte.
Am gemeinsamen Abendessen nahm Lionel Faulkner nicht teil. Höflich lehnte er die Einladung dazu ab und verwies auf seinen Reiseproviant, den er erst einmal aufzehren müsse. Und er bat um Verständnis und Nachsicht, daß er dabei gern die milde Abendluft auf der Veranda genießen wolle. Niemand drängte ihn, es sich doch noch mal anders zu überlegen.
»Wenigstens ist er rücksichtsvoll genug, uns nicht seine Gegenwart bei Tisch zuzumuten«, sagte Adriaan mit widerwilligem Respekt.
»Solange er unser Gast ist, wird er auch wie jeder andere Gast behandelt!« ermahnte Stefanus seine Familie, war jedoch genauso erleichtert wie alle anderen, daß Lionel Faulkner sie von sich aus von einer unangenehmen Pflicht entbunden hatte.
Lena setzte an diesem Abend den Fuß nicht mehr vor die Tür und ging früh zu Bett. Unruhe erfüllte sie bei dem Gedanken, mit einem Engländer unter einem Dach zu schlafen, der zudem oben in der kleinen Kammer lag, die für sie unauslöschlich mit Julian verbunden sein würde.
Sie drehte sich auf den Rücken, starrte in der Dunkelheit zur Decke hinauf und überließ sich widerstandslos jener tiefen Traurigkeit, die sie längst überwunden zu haben geglaubt hatte. Ihre Lippen blieben stumm, doch in Gedanken sprach sie mit ihrer verlorenen Liebe.
Julian, wo bist du jetzt?
Denkst auch du nachts manchmal an mich?

15

Am nächsten Morgen vermochte Lena dem Engländer nicht länger auszuweichen. Sie und ihre Schwester sahen sich sogar gezwungen, mit ihm zusammen das Frühstück einzunehmen. Ihr Vater, ihre Brüder und Oupa Willem hatten sich dieser unangenehmen Pflicht geschickt entzogen, indem sie bedeutend früher als gewöhnlich aufgestanden und mit ihrem Frühstück schon fertig waren, als Lena und ihre Schwester aus ihrer Kammer in die Küche gingen. Ihre Brüder und Oupa Willem bekamen sie an diesem Morgen schon gar nicht mehr zu Gesicht. Allein ihr Vater wartete auf sie.

»Ihr werdet Mister Faulkner Gesellschaft leisten!« trug er ihnen auf und hatte es eilig, aus dem Haus zu kommen.

»Das kann Pa nicht von mir verlangen!« protestierte Dele zornig.

»Ihr werdet tun, was er gesagt hat!« erwiderte Tante Sophie grimmig, aber bestimmt.

Dele stampfte wütend mit dem Fuß auf. »Nein, auf keinen Fall! Ich setze mich doch nicht mit einem verdammten Engländer an einen Tisch!«

In diesem Augenblick führte Sarie Lionel Faulkner in die Küche.

»Guten Morgen«, grüßte er höflich, als hätte er nicht mitgekriegt, was Dele gesagt hatte. Dabei war ihre laute Stimme nicht zu überhören gewesen.

Eine betretene Stille erfüllte die Küche wie ein atemnehmender Hitzeschwall aus der Feuerluke eines Dampfkessels. Lena spürte, wie ihr das Blut ins Gesicht schoß. Sie schämte sich für die Ungehörigkeit ihrer Schwester. Und als Lionel Faulkner zu ihr herüberblickte und ihr mit einem freundlichen Lächeln scheinbar unbefangen zunickte, da schaute sie schnell weg.

Tante Sophies Schultern strafften sich, und sie brach das lähmende Schweigen, indem sie den Gruß des Engländers knapp erwiderte. Dann richtete sie ihren Blick wie ein scharfes Messer auf Dele und befahl mit einer eisigen Stimme, die keinen Wider-

spruch duldete: »Setz dich an deinen Platz, und benimm dich wie eine van Rissek!«
Mit verkniffenem Gesicht folgte Dele ihrer Aufforderung, und als Lena ihrer Schwester unter dem Tisch die Hand auf den Oberschenkel legte, um sie zu besänftigen und ihr zu verstehen zu geben, daß sie das Frühstück schon irgendwie hinter sich bringen würden, da stieß Dele ihre Hand grob weg.
Lionel Faulkner nahm ihnen gegenüber Platz, und Sarie bediente sie. Dele sagte nicht ein Wort und rührte ihr Essen kaum an. Steif wie ein Brett saß sie am Tisch, der ganze Körper Ausdruck der Abwehr und des Widerwillens.
Lena hätte gern etwas gesagt, um diese schrecklich angespannte Atmosphäre für sie alle erträglicher zu machen, wußte jedoch nicht, was. Die höflichen Komplimente des Engländers über das Essen klangen in dieser Stille entsetzlich verloren.
Es war Tante Sophie, die die Situation einigermaßen rettete, obwohl auch sie an einem Gespräch mit dem Engländer so wenig interessiert war wie Dele. Sie ließ sich von Sarie Papier und Bleistift bringen und erstellte eine lange Liste von Hausarbeiten, die in den nächsten Wochen dringend erledigt werden mußten. Ihre lauten Überlegungen zu den einzelnen Arbeiten und gelegentlichen Ermahnungen an Lena, Dele und Sarie ergaben einen unablässigen Strom von Worten, der sie alle nicht nur jeder anderen Unterhaltung enthob, sondern sie sogar gerade unmöglich machte. Denn wenn es um Hausarbeiten und die rechte Art, mit der diese zu erledigen waren, ging, war Tante Sophies Redefluß unerschöpflich.
Ausführlich verbreitete sie sich darüber, daß neue Seife gekocht und Kerzen gezogen, Biltong getrocknet und Obst eingemacht, Möbelpolitur angesetzt und Wolle gekämmt werden mußte.
Und dann, als Lionel Faulkner Messer und Gabel auf seinem Teller zusammenlegte und sich von Sarie seine leere Kaffeetasse nicht noch einmal füllen ließ, da war das Frühstück endlich überstanden.
»Kann ich jetzt aufstehen?« fragte Dele mit einem gekränkten,

vorwurfsvollen Unterton, als hätte Tante Sophie sie zu etwas gezwungen, was sie nicht verdient hatte.
»Du darfst«, sagte Tante Sophie.
»Dem Himmel sei Dank!« Schroff stieß Dele ihren Stuhl zurück, sprang auf und stürzte aus der Küche.
Tante Sophie erhob sich ebenfalls.
Lena hatte beim Essen nicht einmal aufgesehen. Nun hob sie den Kopf und fand den Blick des Engländers auf sich gerichtet. Sie hatte das unangenehme Gefühl, als schaute er sie schon länger so eindringlich an.
»Es tut mir leid«, kam es ihr leise über die Lippen, bevor ihr bewußt wurde, was sie da sagte. Und sie war froh, daß Sarie und Tante Sophie auf der anderen Seite der geräumigen Küche so laut mit Tellern und Töpfen klapperten.
»Ja, Ihnen glaube ich das«, erwiderte er mit gleichfalls gedämpfter Stimme.
»Meine Schwester ... sie weiß nicht wirklich ... ich meine, sie schert gern alles über einen Kamm«, stammelte Lena verlegen. »Wir hatten noch nie einen ... jemanden wie Sie auf LEEUWENHOF.«
Der Blick seiner rauchgrauen Augen lag verständnisvoll auf ihrem Gesicht. »Ich verstehe Ihre Schwester und alle anderen Ihrer Familie besser, als Sie glauben. Also machen Sie sich bitte keine Sorgen, ich könnte deswegen verletzt sein.«
Seine Freundlichkeit ärgerte sie plötzlich. *Magtig*, er war ein Engländer, und mit Engländern wollten sie Buren nichts zu schaffen haben! Also warum machte sie sich bloß Gedanken darüber, ob er sich betroffen fühlte oder nicht? Sie waren ihm nicht das Geringste schuldig!
»Ich mache mir keine Sorgen um Sie, Mijnheer Faulkner!« entgegnete sie nun etwas barsch. »Und ob Sie uns wirklich verstehen, wage ich doch sehr zu bezweifeln.«
»Warum versuchen Sie nicht, das herauszufinden?« fragte er gelassen.
Sie stutzte. »Wie meinen Sie das?«

»Ich hatte vorhin kurz Gelegenheit, mit Ihrem Bruder Adriaan zu sprechen. Es scheint, als hätten Ihre Schwarzen doch noch bis spät in die Nacht an meinem Einspänner gearbeitet, um meine Anwesenheit auf Ihrer Farm so kurz wie möglich zu halten, was wohl nicht nur ich zu schätzen weiß.« Ein spöttisches Lächeln umspielte seine Mundwinkel. »Jedenfalls hat mir Ihr Bruder in Aussicht gestellt, daß ich meine Fahrt nach Vereeniging schon in etwa einer Stunde fortsetzen kann.«
»Wie schön für Sie.«
»Ich denke, für uns alle, nicht wahr?«
»Ganz wie Sie meinen«, gab sie spitz zurück und entschlossen, sich nicht wieder dafür zu schämen und schuldig zu fühlen, daß niemand auf LEEUWENHOF Engländer mochte – sie eingeschlossen!
»Täten Sie mir den Gefallen, mich ein wenig über Ihren Hof zu führen?« bat er sie.
»Dazu besteht wohl keine Veranlassung und von meiner Seite auch nicht das geringste Interesse!« wies sie sein Ansinnen barsch ab.
»So, finden Sie?« Er griff in seine Jackentasche und holte einen Kiesel hervor. »Ich habe ihn vorhin unten vor der Treppe aufgelesen. Was meinen Sie, woher er wohl kommen mag?«
»Was weiß ich!« Lena wollte sich vom Tisch erheben.
Da sagte er: »Vielleicht kommt er ja aus der Kalahari und hat einmal einem Medizinmann gehört, der später in einem Gefecht mit weißen Elfenbeinjägern getötet wurde. Tja, wer weiß schon, was so ein Stein für wundersame Dinge erlebt hat, finden Sie nicht auch?«
Lena erstarrte.
Das war Julians Geschichte!
Der Engländer mußte Julian kennen!
Die Gedanken jagten sich hinter ihrer Stirn. Wenn Lionel Faulkner ihren Halbbruder kannte, dann bedeutete das, daß sein Auftauchen hier auf LEEUWENHOF kein Zufall war.
Doch was führte ihn zu ihnen? Und was wußte er über Julian und sie? Wieviel?

»Was halten Sie jetzt davon, mir ein wenig Zeit zu opfern und Leeuwenhof zu zeigen?« fragte Lionel Faulkner spöttisch.
Lena schluckte. »Ja, das ... das wird wohl möglich sein«, brachte sie in ihrer Aufregung nur mühsam heraus. Sie riß sich zusammen, stand auf und sagte dann laut und mit fester Stimme: »Es freut mich zu hören, daß die Reparaturen an Ihrem Wagen schon so gut wie abgeschlossen sind und Sie Ihre Fahrt bald fortführen können. Ich zeige Ihnen, wo die Werkstatt ist.«
»Besten Dank.«
Tante Sophie nickte ihr knapp zu, als wollte sie ihr sagen: Sieh nur zu, daß er so schnell wie möglich seine Sachen packt und von hier verschwindet!
Lena mußte an sich halten, ihn nicht schon im Hinausgehen nach Julian zu fragen. Sie wartete, bis sie außer Hörweite von Dele war, die bei Oupa Willem auf der Stoep stand und ihnen mit feindseligem Blick nachschaute.
»Sie kennen Julian?« stieß sie schließlich aus, als der Brunnen zwischen ihnen und dem Farmhaus lag.
»Kennen ist nicht das richtige Wort. Julian und ich sind alte Jugendfreunde«, antwortete Lionel. »Wir sind zusammen in Kimberley aufgewachsen. Wir haben Haus an Haus gewohnt, bis wir dann nach Johannesburg gezogen sind, als dort Gold gefunden wurde.«
»Aber ich denke, Sie sind Engländer?«
Er lächelte spöttisch. »Ja, und Julian ist offiziell immer noch Franzose. Wissen Sie überhaupt, daß die Buren nicht gerade eine überzeugende Mehrheit der Bevölkerung von Transvaal stellen und daß die sogenannten Uitlanders es zahlenmäßig schon fast mit ihnen aufnehmen können? In Ihrem wunderschönen Land leben vielleicht hunderttausend Buren. Johannesburg dagegen hat bereits eine Bevölkerung von über hundertsechzigtausend Menschen, von denen die meisten Engländer sind. Dann kommen die Deutschen, Amerikaner, Franzosen und Italiener. Buren sind in Johannesburg in einer verschwindend geringen Minderheit.«

»Das wußte ich nicht«, sagte Lena, daran aber auch gar nicht interessiert. Sie wollte von Julian hören, doch sie beherrschte sich.
»Mein Vater hat vor gut elf Jahren seine Anteile an einer Minengesellschaft verkauft und ist mit uns nach England zurückgekehrt«, fuhr Lionel fort. »Doch selbst wenn er den Wunsch gehabt hätte, zu bleiben und Transvaaler zu werden, wäre es ihm nicht möglich gewesen. Paul Krüger, Ihr Präsident, hat die Dauer, die man in Transvaal leben muß, bevor man die Staatsbürgerschaft beantragen kann, ja immer wieder verlängert. Am Anfang waren es zwei Jahre, dann wurde die Wartezeit schnell auf fünf Jahre gesetzt, und nun beträgt sie schon volle fünfzehn Jahre. Die Ausländer erwirtschaften mehr als zweiundneunzig Prozent des Staatshaushaltes von Transvaal und stellen die große Mehrheit der Bevölkerung dar, haben aber so gut wie keine Rechte. Ich denke, daß die Schwierigkeiten, die Ihre Regierung mit der meinigen in London und mit den Uitlanders in Johannesburg hat, damit in enger Verbindung stehen.«
Lena war irritiert, daß mehr Ausländer als Buren in ihrem Land leben sollten. Aber auch wenn es tatsächlich stimmte, was sie doch sehr bezweifelte, war es im Augenblick für sie ohne jede Bedeutung.
»Ich verstehe nichts von Politik und kann dazu nichts sagen ...« erwiderte sie mit ungeduldigem Tonfall.
»Ja, das ist ja das Dilemma. Die Welt sähe vermutlich anders aus, wenn die Menschen sich mehr übereinander informieren würden, statt sich von Propaganda und Vorurteilen leiten zu lassen«, warf er ein. »Und damit meine ich nicht nur Ihre und meine Landsleute, sondern auch alle anderen Völker.«
»Das mag sein. Aber ich hatte irgendwie den Eindruck, als wollten Sie mir von Julian erzählen.«
Er nickte. »Ja, deshalb bin ich hier.«
»Also ist Ihr Besuch auf LEEUWENHOF kein Zufall!«
»Nein, Julian hat mich darum gebeten, zu Ihnen hinauszufahren, und obwohl seine Bitte zu einer sehr unpassenden Zeit kam, konnte ich ihm den Gefallen nicht abschlagen.«

»Wie geht es Julian? Wann haben Sie mit ihm gesprochen? Wo hält er sich im Augenblick auf?« Die Fragen sprudelten nur so aus ihr hervor, und sie hing nun förmlich an seinen Lippen.
Er lächelte über ihre offensichtliche freudige Erregung. »Nachdem wir uns viele Jahre nicht gesehen hatten, sind wir uns vorletzte Woche in Johannesburg über den Weg gelaufen. Ich wünschte, ich hätte länger bleiben können, aber das dürfte für Sie natürlich ohne Interesse sein.«
»Was treibt er denn jetzt in Johannesburg?« fragte sie verwundert.
»Ich glaube, er ist wegen eines alten Bekannten dort, bei dem er Rat wegen seines weiteren Lebensweges und Vertiefung seiner Bildung sucht.«
»Geht es ihm gut? Ist er gesund? Denkt er auch mal an mich … und die anderen hier auf LEEUWENHOF«, fügte sie schnell hinzu und hatte das Gefühl, ihm eine Erklärung für ihr brennendes Interesse zu schulden. »Sie müssen wissen, daß Julian mein Halbbruder ist, von dessen Existenz meine Geschwister und ich erst vor zweieinhalb Jahren erfahren haben.«
»Ja, ich weiß«, sagte Lionel.
Und was weißt du noch? fragte sich Lena, wich seinem Blick aus und redete hastig weiter. »Julian hat zehn Monate bei uns auf der Farm gelebt. Doch seit gut anderthalb Jahren treibt er sich in der Weltgeschichte herum und hat sich in der Zeit nicht einmal wieder auf LEEUWENHOF blicken lassen, und in seinen seltenen Briefen an Pa steht auch nicht viel. Deshalb bin ich so froh, nun endlich von Ihnen erfahren zu können, wie es ihm wirklich geht.«
Lionel zuckte mit den Schultern. »Ich weiß nicht, so etwas läßt sich schwer beurteilen. Wir haben ein paar fröhliche Tage miteinander verlebt, und oft war er von geradezu übersprudelnder Lebensfreude und Begeisterung. Doch ich habe ihn auch mehrfach sehr niedergeschlagen und bedrückt gesehen, was aber für Sie kein Grund zur Sorge sein soll. Solche Phasen machen wir alle mal durch, manche früher, manche später.«
Dem Himmel sei Dank dafür! sagte Lena in Gedanken.
»Julian scheint eine Lebensphase durchzumachen, in der er heute

auf dem Gipfel überschäumender Daseinsfreude und Zukunftspläne tanzt, um nur wenige Tage später tief ins Tal der Melancholie und Selbstzweifel zu stürzen.«
Ja, weil er mich liebt und weil er vor unserer Liebe nicht flüchten kann, ging es Lena durch den Sinn, und wenn er sich am anderen Ende der Welt vor mir verborgen halten würde. Wir gehören zusammen. Er weiß es, und er wird nie davon loskommen, was immer er auch tut.
Lena merkte, daß Lionel sie aufmerksam ansah, und versuchte einen Scherz zu machen, indem sie sagte: »Und ich dachte schon, er hätte vielleicht im geheimen eine Frau geheiratet, von der er genau weiß, daß Pa sie nicht mit offenen Armen auf LEEUWENHOF willkommen heißt, etwa eine Engländerin!«
»Verheiratet?« Lionel lachte auf. »Aber doch nicht Julian, Lena!« Er wurde sofort wieder ernst. »Nun, ich bin sicher, daß Sie mehr aus seinem Brief erfahren werden, als ich Ihnen erzählen kann.«
Ein freudiger Schock durchfuhr Lena, und sie riß die Augen auf. »Sie haben einen Brief von Julian für mich?« rief sie aufgeregt, und ihr Puls beschleunigte sich.
»Ja«, sagte er und schaute sich um, ob sie auch nicht beobachtet wurden. Dann zog er den Brief aus seiner Jackentasche und gab ihn ihr.
Ihre Hand zitterte leicht, als sie sein Schreiben entgegennahm. Der Umschlag trug weder Anschrift noch Absender. Hastig schob sie Julians Brief unter ihr Mieder. »*Magtig,* warum erfahre ich davon erst jetzt? Sie hätten mir den Brief doch bereits gestern geben können, Mister Faulkner!«
»Das war auch meine Absicht, und wenn sich eine Gelegenheit ergeben hätte, hätte ich Ihnen den Brief gern gestern schon ausgehändigt. Doch in der ersten halben Stunde meiner Ankunft war ich leider keinen Moment unbeobachtet mit Ihnen allein. Und danach haben Sie sich ja nicht mehr sehen lassen, Lena.«
Sie senkte ihren Blick, denn sein indirekter Vorwurf, daß sie ihn vorsätzlich gemieden hatte, entsprach der Wahrheit. »Ja, wie

dumm von mir«, murmelte sie verlegen und ärgerlich auf sich selbst.

»Ich hätte Ihnen die Freude wirklich gern früher gemacht, aber ich mußte mich an mein Versprechen halten, das ich Julian gegeben habe. Er bestand darauf, daß Sie seinen Brief bekommen, ohne daß irgend jemand von Ihrer Familie etwas davon mitkriegt. Er war darin sehr nachdrücklich.«

Sie nickte, ohne zu ihm aufzuschauen. »Das war auch richtig so, und ich danke Ihnen, daß Sie sich die Mühe gemacht haben. Aber was hätten Sie bloß getan, wenn Sie nicht den Radbruch so kurz vor LEEUWENHOF gehabt hätten? Ich meine, was hätten Sie dann als Grund Ihres Kommens angegeben?«

Lionels Lächeln wurde breit und fröhlich. »Ja, das mit dem Bruch war wirklich ein hilfreicher Zufall. Denn was für einen vorgeschobenen und zugleich glaubhaften Grund hätte ein Engländer wie ich auch sonst haben können, um zu wagen, seinen Fuß auf Burenland zu setzen?«

Erstaunt über seinen spöttisch scherzhaften Tonfall sah sie ihn an, und dann begriff sie plötzlich. »*Magtig*, das ist gar kein Zufall gewesen, nicht wahr?«

Er lachte vergnügt auf. »Sie haben es erfaßt, Lena. Es hat mich vielmehr eine Menge Zeit und Schweiß gekostet, es wie einen echten Unfall aussehen zu lassen.«

Daß der Engländer all die Mühe und die Verachtung ihrer Familie auf sich genommen hatte, um ihr den Brief von Julian zu bringen, berührte und beschämte sie nun. Lionel Faulkner wurde so gar nicht dem abstoßenden Bild gerecht, das man ihr von den Engländern gezeichnet hatte. Statt ihn zu verabscheuen, wie man es von ihr erwartete, fand sie ihn vielmehr mit jeder Minute sympathischer.

»Ich weiß gar nicht, wie ich Ihnen je dafür danken kann, Mister Faulkner. Und es tut mir leid, daß man Sie bei uns so abweisend aufgenommen hat. Es ist wahrlich nicht gerecht, alle Menschen über einen Kamm zu scheren ... und sich von Vorurteilen leiten zu lassen.«

Er lächelte sie warmherzig an. »Mit Ihren Worten haben Sie mir schon mehr als genug gedankt, Lena.«
»Ich wünschte, mir bliebe noch Zeit, um Ihnen eine Antwort für Julian mitzugeben«, seufzte sie.
»Ich fürchte, das werden Sie nicht mehr schaffen«, sagte er. »Der Wagen dürfte jeden Moment fertig sein, und dann muß ich mich sputen, daß ich nach Vereeniging komme. Meine Tante wird schon ungeduldig auf mich warten.«
»Sie haben Verwandte in Vereeniging?«
»Ja, Tante Emily Meyboom, die Schwester meines Vaters. Sie ist damals nicht mit uns nach England zurückgekehrt, sondern hat einen Buren namens Pieter Meyboom geheiratet und mit ihm in Vereeniging die MEYBOOM CANTEEN eröffnet«, berichtete er. »Letztes Jahr hat Tante Emily ihren Mann verloren, und da ihre Ehe kinderlos geblieben ist, hat sie sich nun schweren Herzens dazu entschlossen, die Canteen zu verkaufen und zu meinen Eltern nach England zu ziehen. Sie ist in keiner guten seelischen Verfassung, so daß ich mich in der knappen Zeit, die mir zur Verfügung steht, bevor ich nach Durban zurückkehre, um den Verkauf der Canteen kümmern muß.«
»Das tut mir aber leid für Ihre Tante.«
»Ja, die Zeiten sind nicht gut, und für eine Engländerin ist das Leben in einer burischen Ortschaft alles andere als angenehm geworden. Daß sie mit einem Buren verheiratet gewesen ist und so viele Jahre in diesem Land gelebt hat, zählt auf einmal nicht mehr«, sagte er traurig.
»Werden auch Sie Afrika verlassen?« fragte sie.
»Ich fürchte nein.«
»Wieso fürchten Sie das?« fragte sie verwirrt.
Adriaan, der um die Ecke der Remise kam, enthob ihn einer Antwort. »Ah, da sind Sie ja. Ihr Wagen ist fertig, Mister Faulkner!« teilte er ihm mit. »Ihrem Aufbruch steht nichts mehr im Wege.«
»Das sind ja für uns alle gute Nachrichten, nicht wahr?« Lionel Faulkner lächelte Adriaan spöttisch an.

Adriaans Gesicht blieb abweisend verschlossen. »Ich werde Ihr Pferd einspannen lassen.«
»Verbindlichsten Dank.«
Adriaan nickte knapp und sagte zu Lena im Tonfall eines Befehls: »Geh zu Sarie und sag ihr, daß sie sein Gepäck aus der Kammer holen soll!«
Lena warf dem Engländer einen entschuldigenden Blick zu und kehrte dann zum Haus zurück. Julians Brief unter ihrem Mieder schien wie eine glühende Platte zu sein und sich durch den Stoff ihres Kleides in ihr Herz brennen zu wollen. Julian hatte ihr endlich geschrieben! Und er hatte seinem Freund das Versprechen abgenommen, daß er ihr den Brief ganz geheim zukommen ließ! Was immer in seinem Brief stehen mochte, allein dies war schon eine wunderbare Verheißung.
Als der Einspänner des Engländers wenig später vor dem Farmhaus stand und Sarie das Gepäck hinter den Kutschsitz gestellt hatte, bedankte sich Lionel Faulkner bei Stefanus van Rissek für dessen Gastfreundschaft und Hilfe und wollte wissen, was er ihm schuldig sei.
»Nichts sind Sie mir schuldig, Mister Faulkner!« erklärte Lenas Vater grob. »Von einem Engländer nehme ich nichts. Das verbietet mir meine Ehre. Das einzige, was Sie und Ihre Landsleute uns schuldig sind, ist, daß Sie unsere Unabhängigkeit respektieren und sich um Ihre eigenen Angelegenheiten kümmern – und die liegen jenseits der Grenzen vom Transvaal!«
Oupa Willem spuckte von der Stoep in den Sand des Hofes, was nicht weniger deutlich war. Dele stand mit verschränkten Armen und verächtlicher Miene neben ihm. Tante Sophie zog es vor, sich erst gar nicht zu zeigen. Adriaan und Hendrik hatten es ebensowenig für nötig erachtet, bei der Abreise des Fremden zugegen zu sein, und waren ohne einen Gruß auf die Felder zurückgekehrt.
»Ich verstehe«, sagte Lionel Faulkner kühl und beherrscht, stieg auf den Wagen und nahm die Zügel auf. »Respekt beruht auf Gegenseitigkeit, Mijnheer van Rissek. *Tot siens!*« Mit der Fingerspitze berührte er die Krempe seines Hutes, blickte zu Lena

hinüber, die sich für das Benehmen ihrer Familie schämte und mit blassem Gesicht dastand, und fuhr dann vom Hof.
Oupa Willem spuckte erneut aus. »Der Teufel soll alle Uitlanders holen!« schimpfte er. »Und zuerst soll er bei den verdammten Engländern anfangen!«
Lena wirbelte zu ihm herum. »Das ist häßlich und gemein, so etwas zu sagen!« rief sie wütend und sah auch Dele und ihren Vater an. »Was hat der Mann uns denn getan? Wir kennen nicht mehr als seinen Namen. Wie kommt ihr dazu, ihn zu verdammen und ihn in die Hölle zu wünschen? Wer gibt euch das Recht, einen Fremden so zu verurteilen? Wo bleibt euer christliches Gewissen und die Bibel, die uns allen doch so teuer ist? ›Richtet nicht, damit ihr nicht gerichtet werdet! Denn wie ihr richtet, so werdet ihr gerichtet werden!‹ Habt ihr das vergessen? Ich schäme mich – für uns alle!«
Sprachlos vor Verblüffung sahen ihr Vater, Dele und Oupa Willem sie an. Und bevor einer von ihnen auf Lenas zornigen Ausbruch reagieren konnte, wandte sie sich um und rannte davon.
Lena hörte nicht auf den ärgerlichen Ruf, den Oupa Willem ihr hinterherschickte. Sie lief zum Fluß hinunter, eine Hand fest auf die Stelle des Mieders gedrückt, wo sie Julians Brief spürte.
Als sie ihren geheimen Platz am Ufer des Vaal erreichte und der Schatten der alten, mächtigen Weide sie endlich umfing, war ihr Zorn auf ihre Familie verraucht. Zu groß war die Freude über Julians Brief und die Aufregung darüber, was er ihr wohl geschrieben hatte.
Nahe am Wasser, das im warmen Licht der Morgensonne flimmerte, ließ sie sich nieder. Ihr Herz klopfte wie wild, als sie den Umschlag aufriß, den Brief entfaltete und las:

> Meine liebste Lena!
> Wie soll ich diesen Brief an Dich bloß beginnen? Und ist es richtig, daß ich ihn überhaupt schreibe? Ich weiß es nicht. Vermutlich wäre es ratsamer, ich würde es lassen,

und obwohl meine Vernunft mir dazu rät, lege ich den Federhalter doch nicht aus der Hand, sondern fahre fort, mit Dir zu sprechen, denn das bedeutet das Briefschreiben für mich. Etwas in mir treibt mich einfach, mich Dir zuzuwenden und Dir zu schreiben. Ob ich diesen Brief an Dich aber auch tatsächlich meinem Freund Lionel mitgebe, das steht noch nicht fest. Vielleicht gewinnt mein Verantwortungsgefühl auch diesmal wieder die Oberhand. Denn wie oft habe ich in den vergangenen anderthalb Jahren nicht schon einen Brief an Dich begonnen! Viele habe ich erst gar nicht beendet, weil mich der Mut schon nach den ersten Zeilen verlassen und mich Scham und Schuldgefühl wegen meiner Schwäche und Verantwortungslosigkeit erfüllt haben. Und die Briefe, die ich bisher beendet habe, sind nie auch nur auf halbem Weg zur Post gewesen. Ich bewahre sie in einer Zigarrenkiste auf – als Beweise meiner Versündigung und Schwäche, aber auch als Trost, wenn mich die Erinnerung wieder einmal zu sehr quält und ich der Versuchung nicht widerstehen kann, ganz intensiv an Dich zu denken und Dir nahe sein zu wollen – und zwar in einer Weise, die ich mir eigentlich nicht einmal zu denken erlauben dürfte.

Wie sehr habe ich mich darüber gefreut, meinem alten Jugendfreund Lionel wieder begegnet zu sein. Doch während ich hier im Zimmer sitze und Dir schreibe, wünsche ich mir, das Schicksal hätte ihn mir nicht gerade jetzt über den Weg geführt. Lionel ist die große Versuchung, und mit jeder Zeile mehr spüre ich, wie sehr ich ihr erliege. Bisher mochte ich Dir ja soviel Briefe schreiben, wie ich wollte, wußte ich doch immer, daß ich nie einen an Dich abschicken könnte. Jeder auf LEEUWENHOF würde ihn lesen, nicht wahr? Was hätte ich Dir in einem solchen Brief auch schreiben können? Nein, ich war sicher vor der Versuchung. Doch jetzt, da ich in Lionel einen Freund habe, dem ich blind vertraue, und da ich weiß, daß er nach

Vereeniging reist, ist es nun plötzlich möglich, Dir einen Brief von mir zukommen zu lassen, ohne daß jemand anders davon erfährt. Zum erstenmal schreibe ich Dir in dem Bewußtsein, daß dieser Brief Dich wirklich erreichen könnte und daß du dann lesen wirst, wie sehr ich dich liebe und vermisse.
Bestimmt warst Du mir böse, daß ich LEEUWENHOF damals so überstürzt verlassen und mich noch nicht einmal von Dir verabschiedet habe. Aber es war richtig so. Wir waren dem Feuer zu nahe, und keiner von uns hätte die Widerstandskraft aufgebracht, um uns davor zu bewahren, von diesem lodernden Feuer verschlungen zu werden. Nicht einmal heute, nach über anderthalb Jahren, fühle ich mich stark genug, Dir gegenüberzutreten, so sehr ich mich auch danach sehne, Dich wiederzusehen. Es hat schon seinen guten Grund, warum ich LEEUWENHOF fernbleibe. Mir fehlt der Mut, Lena. Ich habe einfach Angst, fürchterliche Angst, daß meine Gefühle für Dich mir den Verstand rauben und mich zu etwas hinreißen, was nicht geschehen darf. Es ist schlimm genug, wenn mich die Versuchung immer wieder in meinen Gedanken überfällt und meine Träume erfüllt.
Warum schreibe ich überhaupt diesen Brief, obwohl ich doch genau weiß, daß unsere Gefühle füreinander niemals Erfüllung finden können und dürfen? Ziehe ich Dich mit einer Hand an mich, um Dich mit der anderen wegzustoßen? Warum tue ich das? Gott, warum ist es nur so schwer, sich selbst zu verstehen und zu erkennen, was richtig und was falsch und was der tiefe Sinn all dessen ist? Ist es eine besonders schwere Prüfung, der wir unterzogen werden?
Aber vielleicht ist es ja für den Prozeß der Heilung notwendig, daß ich der Wahrheit offen ins Auge blicke und mir alles, was mich quält, einmal von der Seele schreibe – und zwar Dir schreibe. Vielleicht muß ich es in diesem Brief

einmal aussprechen, um Dich und mich von all dem Unausgesprochenen, was zwischen uns war, zu befreien und damit für uns beide den Weg für das freizumachen, was uns in diesem Leben als Aufgabe bestimmt ist. Ja, das muß es sein, Lena. Und jetzt weiß ich auch, daß ich Lionel diesen Brief übergeben und ihn damit zu Dir schicken werde. Wir können und wir dürfen nicht vor der Wahrheit fliehen, Lena. Es ist nichts Schändliches, füreinander so tiefe Gefühle zu empfinden, wie wir es tun, zumal wir nicht als Geschwister aufgewachsen sind. Doch wir müssen nun die Kraft finden, die Reinheit dieser Liebe zu bewahren, indem wir Verzicht üben, auch in unserer Sehnsucht, und einander freigeben. Das Schönste, was wir aus allem für die Zukunft bewahren können, ist unsere Erinnerung daran und das Wissen, daß wir, in einer anderen Zeit und unter anderen Umständen einander das Glück geschenkt hätten, das nur wenigen Menschen vergönnt ist. Ist nicht das schon ein großes, wunderbares Geschenk?
Ich küsse Dich zum Abschied in meinen Gedanken auf die Stirn und halte Dich zärtlich in meinen Armen. Vergiß nie, daß Du auf ewig einen besonderen Platz in meinem Herzen einnimmst. Möge Gott Dich segnen und Dir die Kraft geben, aus dieser schweren Zeit der Prüfung gestärkt und mit Dankbarkeit für die Großartigkeit Seiner Schöpfung hervorzugehen.

In liebender Verbundenheit
Dein Julian

PS: Bitte sei so umsichtig, diesen Brief am besten gleich nach dem Lesen zu verbrennen, damit er kein Unheil über Dich bringen kann. Denk daran: Nicht was wir besitzen und was man uns nehmen kann, ist das Kostbarste, sondern das, was wir in unserem Herzen und in unserer Erinnerung bewahren!

»O Julian, mein geliebter Julian!«

Lena preßte den Brief an ihre Brust, und die Tränen rannen ihr über das Gesicht. Sie weinte vor Glück und vor Verzweiflung zugleich. Endlich hatte sie es schwarz auf weiß, daß Julian sie liebte, sie nicht vergessen konnte und sich Tag und Nacht nach ihr verzehrte. Verziehen war ihm sein langes Schweigen. Wie hatte sie je an seiner Liebe zweifeln und sich darauf einlassen können, Fabricius zu abendlichen Besuchen vor der Opsitkers zu empfangen?

Immer und immer wieder las sie seinen Brief, der sie mit glückseliger Freude, aber auch mit Angst erfüllte. Was sollte bloß das Gerede von Prüfung und Verzicht? Warum sollten sie einander freigeben, da sie sich doch liebten?

Es war, wie er selbst schrieb: Mit der einen Hand zog er sie voller Sehnsucht an sich, während er sie mit der anderen von sich zu stoßen versuchte. Aber was wog mehr? Was wollte er wirklich? Bedeutete sein Brief denn nicht, daß seine Liebe und Sehnsucht nach ihr stärker war als alles andere? Er hätte doch auch weiterhin schweigen und warten können, bis sie eine Ehe eingegangen wäre, die statt von Leidenschaft und Liebe von Vernunft und Zuneigung bestimmt gewesen wäre. Er war doch lange genug auf Leeuwenhof gewesen und zudem mit ihren burischen Sitten und Gebräuchen nur zu gut vertraut, um zu wissen, daß die Zeit einer Eheschließung für sie als älteste Tochter nun reif war.

Doch er hatte sein langes Schweigen gebrochen und ihr geschrieben – verstört, schwankend, ratlos und voller Angst vor der Kraft seiner Gefühle. Sicher jedoch in einem: daß er sie noch immer liebte, ja sogar wohl noch stärker als je zuvor! Und kam es nicht allein darauf an?

Je länger Lena am Ufer des Flusses saß und sich Julians Brief Zeile um Zeile einprägte, desto stärker wuchs in ihr die Überzeugung, daß er genau das Gegenteil von dem wollte, was er in seinem letzten Absatz über Verzicht, Reinheit der Liebe und einander freigeben geschrieben hatte. Seine Hand, die sich nach ihr ausstreckte, besaß mehr Kraft als die, mit der er sie von sich zu halten versuchte. Dieser Brief war kein endgültiger Abschied, er war vielmehr ein einziger Schrei nach ihr, nach ihrer Liebe und ihrer körperlichen Gegenwart in seinem Leben.

»Er hat das mit dem Verzicht nur geschrieben, um mein Gewissen zu besänftigen und mir die Entscheidung leichter zu machen, sollte ich es vorgezogen haben, meine Liebe zu ihm zu verleugnen«, flüsterte sie einem kleinen erdfarbenen Salamander zu, der zu ihren Füßen unter einem Stein hervorgekrochen war und sich in der Sonne wärmte. »In Wirklichkeit kann er sowenig auf mich verzichten wie ich auf ihn. Ich will auch nicht verzichten, und tief in seinem Innersten weiß er das. So eine Liebe, wie wir sie füreinander empfinden, ist wahrhaftig ein wunderbares Geschenk und im Leben einmalig. Sich zu ihr zu bekennen ist nicht Versündigung, im Gegenteil, es ist vielmehr Versündigung, wenn wir unsere Liebe verleugnen. Wir gehören zusammen. Es ist uns bestimmt. Und wenn wir im Moment auch noch nicht genau wissen, was wir tun müssen, um unsere Liebe zu schützen und zusammen das Glück zu finden, so wird es doch einen Weg geben. Für uns beide!«

Als Lena viel später zum Hof zurückkehrte, hatte sie einen Entschluß gefaßt. Sie mußte zu Julian nach Johannesburg, um jeden Preis! Dort würden sich die verworrenen Fäden ihres Lebens entwirren. Wenn sie erst bei ihm war, würde alles ins Lot kommen. Sie war sogar gewillt, Leeuwenhof und ihre Familie für immer zu verlassen und mit Julian durchzubrennen. Nur wie sollte sie das anstellen, ohne daß jemand davon erfuhr?

16

Ebenso fieberhaft wie vergeblich suchte Lena nach einer Möglichkeit, zu Julian nach Johannesburg zu kommen, ohne schon auf halbem Weg von ihrem Vater eingeholt und nach Leeuwenhof zurückgebracht zu werden. Eine junge, unverheiratete Frau wie sie konnte keinen Vorwand erfinden, der ebenso zwingend wie vernünftig klang, weshalb sie auch nur allein nach Jonkheersdorp wollte, geschweige denn in den Sündenpfuhl der Uitlanders Johannesburg. Es war ihr ja noch nicht einmal möglich, ohne Begleitung länger als ein paar Stunden von der Farm wegzubleiben. Sogar wenn sie zu Rachel fuhr, bestand ihr Vater darauf, daß zumindest einer ihrer Schwarzen sie begleitete. Und von denen würde sich niemand dazu überreden lassen, ihr bei einer heimlichen Flucht zu helfen. Nicht einmal Sarie würde es wagen, ihre Zuneigung zu ihr über den gebotenen Gehorsam zu ihrem Baas Stefanus zu stellen.

Wie sehr sich Lena das Gehirn zermarterte, auch ihre abenteuerlichsten Überlegungen führten letztlich immer wieder zu der niederschmetternden Einsicht, daß sie nicht einmal eine schwache Chance auf eine erfolgreiche Flucht zu Pferd oder mit dem Einspänner besaß. Zu weit war der Weg nach Johannesburg. Sie hatte ja noch nicht einmal Geld, um sich unterwegs mit dem Nötigsten zu versorgen.

Sie war auf LEEUWENHOF gefangen!

Die Glückseligkeit über Julians Brief und die unerschütterliche Zuversicht der ersten Stunden, einen erfolgversprechenden Weg zu finden, um zu Julian zu gelangen, war einer schwermütigen Ohnmacht gewichen, als sie ihre Freundin Rachel drei Tage später in Jonkheersdorp traf.

Lena hörte nur mit halbem Ohr hin, was Rachel ihr über ihren Bruder Claas erzählte. Natürlich konnte sie die Freude ihrer Freundin darüber verstehen, daß ihr Bruder zu Besuch auf GROEN VELD war.

Claas, der zweitgeborene Sohn von Simon Boshof, hatte im Herbst vergangenen Jahres Marijke, eine Tochter der Ossenbuils von REED FONTEIN geheiratet. In Absprache mit seinem Vater hatte Claas sich seinen Erbteil auszahlen lassen und sich zur Neugründung einer eigenen Farm in einer anderen Gegend entschlossen, statt auf seinen Ansprüchen nach römisch-holländischem Erbrecht zu bestehen. Dieses schrieb vor, daß der gesamte Besitz im Erbfall zu gleichen Teilen unter den Kindern aufzuteilen war. Dies konnte bei Farmen, die nicht von besonders großer Ausdehnung waren, im Laufe der Generationen dahin führen, daß ein immer wieder aufgeteilter Grundbesitz für den einzelnen Erben nicht mehr wirtschaftlich war und keine Familie mehr zu ernähren vermochte. Und um dieses Schicksal nicht nur GROEN VELD, sondern vor allem ihren eigenen Kindern, die sie sich erhofften, zu ersparen, hatten Claas und Marijke es auf sich genommen, fern der Heimat wildes Land urbar zu machen und eine eigene Farm aufzubauen, der sie den Namen SLANG SPRUIT gegeben hatten.

»... schon lange gewußt, daß sie guter Hoffnung ist. Aber nun haben wir von Claas erfahren, daß Marijke mit großer Sicherheit Zwillinge zur Welt bringen wird«, berichtete Rachel mit glänzenden Augen.

»Dann haben sie ja doppelten Grund zur Freude.«

»O ja, sie freuen sich sehr«, versicherte Rachel, »auch wenn der Zeitpunkt dafür etwas ungünstig ist, denn Claas hat auf SLANG SPRUIT alle Hände voll zu tun, um die dringendsten Arbeiten zu erledigen. Es ist verständlich, daß er reichlich nervös ist, muß er sich doch nicht nur um Marijke sorgen, sondern auch darum, daß Kraals und Ställe noch rechtzeitig vor Einbruch des Winters fertig werden und daß der Boden für Felder und Äcker urbar gemacht wird und pünktlich reif für die Aussaat ist.«

»Warum stellt er nicht noch ein paar Schwarze ein?«

»Das sagt sich so leicht. Er kann sich mehr Arbeiter im Augenblick nicht leisten, obwohl ich glaube, daß Pa ihm noch ein paar Pfund zustecken wird. Aber du weißt ja selbst wie schwer es ist, gute Arbeiter zu finden. Die meisten Schwarzen gehen doch lieber nach Johannesburg, um sich dort in den Bergwerken zu verdingen. Na ja, ein wenig wird es ihn schon entlasten, wenn ich mich auf SLANG SPRUIT um Marijke und um den Haushalt kümmere.« Rachel lachte. »Du hättest mal sein erleichtertes Gesicht sehen sollen, als ich ihm eröffnete, daß ich mit ihm zurückfahren und einige Zeit bei ihnen bleiben werde.«

Die Ahnung einer Idee blitzte in Lena auf, und sie war nun plötzlich ganz Ohr. »Du fährst mit deinem Bruder nach SLANG SPRUIT?«
»Ja, in ein paar Tagen.«
»Und ... und wie lange wirst du bei ihnen bleiben?«
»Nun, Marijke rechnet mit ihrer Niederkunft in sechs bis sieben Wochen. Je nachdem, wie schnell sie sich erholt und wieder zu Kräften kommt, dürfte ich wohl zwei, vielleicht auch drei Monate weg sein.« Verschwörerisch beugte sie sich zu Lena hin und flüsterte ihr zu: »Zeit genug, um besser mit Gabriel Jacobitz bekannt zu werden.«
Lena erinnerte sich flüchtig daran, daß Rachel ihr von Gabriel Jacobitz erzählt hatte. Der junge unverheiratete Mann, dessen elterliche Farm eine gemeinsame Grenze mit SLANG SPRUIT besaß, war einmal Gast auf GROEN VELD gewesen. Claas hatte sich mit Gabriel angefreundet, und auf Rachel hatte er nachhaltig Eindruck gemacht.
»Sag, wo genau liegt noch mal die Farm deines Bruders?« fragte Lena und hatte vor Aufregung einen ganz trockenen Mund. Bot ihr Rachel ahnungslos die Lösung ihres Problems und damit die Erlösung aus ihrer ohnmächtigen Verzweiflung? Sie hoffte es inständig.
»So genau kann ich dir das auch nicht sagen. Ich weiß nur, daß es mit dem Ochsenwagen gute fünf Tagesreisen nach Westen sind und daß Swartplaas die nächste Ortschaft ist.«
Lena nahm die Hand ihrer Freundin. »Rachel, du mußt mir helfen!«
Verblüfft sah Rachel sie an. »Natürlich helfe ich dir, Lena. Wenn ich kann. Worum geht es denn?«
»Meinst du, ich könnte mit dir nach SLANG SPRUIT kommen?«
Rachel lachte auf. »*Magtig*, und ich dachte schon, wunders was dich bewegt! Sicher kannst du mitkommen. Claas und Marijke würden sich freuen und ich natürlich auch. Wenn dein Vater nichts dagegen hat, daß du für ein paar Monate von LEEUWENHOF fort bist, sehe ich da überhaupt keine Schwierigkeiten.«

»Ich möchte aber nur so tun, als würde ich mit euch nach Slang Spruit fahren.«
Rachels Miene drückte Verständnislosigkeit aus. »Nur so tun? Was meinst du damit?«
»Ich muß unbedingt nach Johannesburg!« vertraute Lena ihr an. »Doch niemand auf Leeuwenhof darf davon erfahren!«
Rachel machte ein fast erschrockenes Gesicht. »*Magtig*, das kann nicht dein Ernst sein!«
»Doch!«
»Was hast du denn bei den Uitlanders verloren?«
»Julian ist in Johannesburg.«
Verwirrung trat in die Augen ihrer Freundin. »Ja, aber das ist doch kein Grund ...«
»Doch, das ist mehr Grund, als ich dir im Moment sagen kann«, fiel Lena ihr ins Wort und fuhr mit eindringlicher, flehender Stimme fort: »Bitte frag mich nicht warum ich unbedingt zu Julian nach Johannesburg muß. Ich kann und darf nicht darüber sprechen, zumindest jetzt noch nicht. Doch glaube mir, wenn ich dir versichere, daß es dringend und von entscheidender Bedeutung ist. Das einzige, was ich dir anvertrauen kann, ist, daß Julian sich in einer ... sehr mißlichen, ja geradezu kritischen Situation befindet und daß ich die einzige Person bin, die ihm in dieser Lage helfen kann.«
Rachels verstörter Ausdruck verriet nur zu deutlich, wie unvorbereitet sie das alles traf und wie wenig sie damit anzufangen wußte.
»Ich muß zu Julian, um jeden Preis!« bekräftigte Lena. »Und wenn du mir nicht helfen kannst, muß und werde ich einen Weg finden, um auf eigene Faust nach Johannesburg zu kommen.«
»Lena, bitte!« rief Rachel betroffen. »Natürlich werde ich dir helfen, wenn ich kann, das brauch ich dir doch nicht zu sagen. Nur mußt du verstehen, daß ich völlig durcheinander bin und nicht weiß, was ich von deinem merkwürdigen Ansinnen halten soll. Laß mir einen Augenblick Zeit, um mich zu fassen. Denn was du mir da erzählst, klingt so ...«
»Wirr und lächerlich«, sprach Lena es für sie aus. »Aber das

scheint nur so, weil ich dich nicht in die Hintergründe einweihen kann. Ich wünschte, ich könnte dir alles erzählen, aber ich darf es nicht. Vertraue nur darauf, daß ich schwerwiegende Gründe für meine Bitte an dich habe.«

Rachel fuhr sich über die Augen. »Wenn du sagst, daß du mir nicht mehr verraten kannst, dann wird es auch so sein.«

»Du glaubst mir also, das es ungeheuer wichtig für mich ist, zu Julian nach Johannesburg kommen?«

Rachel nickte mit ernster Miene. »Ja, ich glaube dir. Aber ich weiß nicht, ob ich dir überhaupt helfen kann, auch wenn ich wollte.«

»Doch, das kannst du!« beteuerte Lena eifrig und mit wachsender Zuversicht. »Du verstehst dich doch ganz wunderbar mit Claas, nicht wahr?«

»Sicher, wir waren uns immer sehr nahe. Aber ob er dabei mitspielt, deine ganze Familie zu täuschen, das glaube ich nicht.«

»Dann sagen wir ihm vorerst nichts von meinen wahren Absichten. Es reicht mir, wenn ihr mich bis nach Vereeniging mitnehmt«, sprudelte es aus Lena hervor, und wie bei einem Puzzle griffen in ihren Gedanken die einzelnen Teile zu einem erfolgversprechenden Plan ineinander. »Dort nehme ich dann den Zug nach Johannesburg. Ein Freund von Julian, der sich zur Zeit in Vereeniging aufhält, wird sich um meine Weiterreise kümmern.«

»Und du willst meinen Bruder bis kurz vor Vereeniging im Glauben lassen, daß du mit uns nach SLANG SPRUIT kommst, um ihm dann im letzten Moment die Zustimmung abzuringen, bei dieser Täuschung mitzumachen? Das dürfte sehr riskant sein. Claas hat zwar ein großes Herz und mag dich, wie du weißt, aber das ist noch lange keine Garantie dafür, daß er sich von dir erweichen läßt. Was machst du, wenn du kein Verständnis bei ihm findest?«

»Dann komme ich eben wirklich mit euch nach SLANG SPRUIT.«

Ein spöttisches Lächeln huschte über Rachels Gesicht. »Um dort

die nächste Gelegenheit auszunützen, dich heimlich nach Johannesburg abzusetzen, richtig?«
Lena zuckte mit den Schultern. »Was habe ich denn schon zu verlieren?« fragte sie zurück, und ihre Stimme schwankte zwischen Verzweiflung und wilder Entschlossenheit, nicht tatenlos zu bleiben.
Rachel schaute sie einen langen Moment an, und was sie in den Augen ihrer Freundin sah, gefiel ihr gar nicht. Doch noch weniger gefiel ihr die Vorstellung, Lena nicht zu helfen.
Schließlich seufzte sie. »Also gut, ich werde mit Claas reden und so tun, als wüßte ich nichts von deinen wahren Absichten. Er wird dein Angebot bestimmt freudig annehmen, zumal wenn ich ihm sage, wie sehr ich dich vermissen würde und um wieviel schöner es doch auch für Marijke wäre, uns beide auf SLANG SPRUIT zu haben.«
Lena fiel ihrer Freundin vor Dankbarkeit um den Hals und drückte sie.
»Nicht so stürmisch, Lena van Rissek! Und denk daran, daß man den Tag nicht vor dem Abend loben soll!« dämpfte Rachel ihre Freude. »Du mußt ja wohl erst einmal mit deinem Vater reden. Wer weiß, ob er dich überhaupt gehen läßt.«
»Mit Pa komme ich schon klar!« versicherte Lena in einem Zustand euphorischer Freude und Zuversicht. »Den schwersten Kampf werde ich mit Tante Sophie auszustehen haben. Aber auch gegen sie werde ich mich durchsetzen.« Ja, sie mußte einfach, stand doch zuviel für Julian und sie auf dem Spiel.
Tante Sophie reagierte auf ihr Ansinnen wie erwartet mit kategorischer Ablehnung. »Du willst mit Rachel für zwei, drei Monate nach SLANG SPRUIT? Was für eine aberwitzige Idee! Das kommt überhaupt nicht in Frage. Nichts gegen Claas Boshof und seine Frau, aber er wird ja wohl Manns genug sein, um allein mit seinen Problemen fertig zu werden. Also misch dich nicht in die Familienangelegenheiten der Boshofs ein.«
»Ich mische mich nicht ein!« widersprach Lena. »Rachel ist meine beste Freundin, und es würde ihr und ihrem Bruder viel bedeu-

ten, wenn ich mit ihnen kommen könnte. Auf SLANG SPRUIT kann ich eine Menge nützliche Arbeit leisten.«

»Das kannst du hier auch!« herrschte Tante Sophie sie ungehalten an. »Und falls dir der nötige Überblick fehlt, so kann ich dir gern ein ganzes Dutzend nützlicher Arbeiten aufzählen!«

»Aber das läßt sich doch gar nicht vergleichen, Tante Sophie«, erwiderte Lena und hatte Mühe, ihren aufsteigenden Ärger unter Kontrolle zu halten. »Es geht doch nicht um Handarbeiten, Silberputzen oder dergleichen. SLANG SPRUIT ist noch mehr wildes Buschland als Farm, wie Rachel mir erzählt hat. Da hat keiner Zeit für nützliche Arbeiten von der Sorte, wie du sie mir aufzählen willst. Auf SLANG SPRUIT fehlt es an allen Ecken an zupackenden Händen.«

»Und wenn! Claas Boshof weiß, worauf er sich eingelassen hat, und wird seinen Weg schon machen. Es ist ganz gut, wenn den jungen Leuten die Früchte nicht gleich in den Schoß fallen. Dann wird er später um so mehr zu schätzen wissen, was er sich geschaffen hat«, belehrte Tante Sophie sie. »Was zu leicht errungen ist, wird auch entsprechend gering geschätzt. Und damit wollen wir das Thema abschließen.«

Lena dachte jedoch nicht daran, sich damit abzufinden. Es war immer noch ihr Vater, der die letzte Entscheidungsgewalt über sie besaß.

Er war erst auch nicht angetan von ihrem Wunsch, mit Rachel einige Monate auf der Farm des jungen Boshof zu verbringen. Zudem scheute er sich, seiner Schwägerin zu widersprechen, weil er ihre Autorität nicht untergraben wollte.

Lena wußte jedoch, wie sie ihn nehmen mußte. »Es geht mir nicht allein darum, Rachel zu begleiten und den Boshofs zu helfen. Es wäre auch für mich persönlich ganz wichtig, einmal fern von LEEUWENHOF zu sein, Distanz zu allem zu haben. Dann könnte ich mir bestimmt über einige Dinge, die mich sehr beschäftigen, besser Klarheit verschaffen.«

»Ich nehme an, du meinst damit dich und Fabricius?« fragte er verständnisvoll.

Sie nickte. »Er wird sich wohl bald erklären, Pa.«

»Und du weißt noch immer nicht, wie du dich dann entscheiden sollst.«

»Nein, Pa.«

»Fabricius würde dir ein guter Ehemann sein, Lena. Er ist tüchtig, hat das Herz auf dem rechten Fleck und kommt ganz nach seinem Vater.«

»Ich weiß, und ich weiß auch, was ich an ihm habe«, räumte Lena ein, jedoch nicht ohne Hintergedanken. »Aber als du davorstandest, eine Ehe einzugehen, hast du deine Entscheidung allein davon abhängig gemacht, ob die Frau, um die du geworben hast, dir eine gute und tüchtige Ehefrau sein und ganz nach ihrer Mutter kommen würde? Hat es da nicht noch etwas anderes gegeben, was dich bewegt hat?« Sie hatte ihre Worte absichtlich so gewählt, daß offenblieb, ob sie mit der Frau nun jene geheimnisvolle Claire oder ihre eigene Mutter gemeint hatte.

Ihre Worte verfehlten ihre Wirkung nicht. Ihr Vater wich ihrem Blick aus, als schämte er sich, und ließ sich mit seiner Antwort viel Zeit.

Er ging nicht auf ihre Frage ein, aber gerade dadurch gab er deutlich zu erkennen, für wie gerechtfertigt er ihren Einwand hielt.

»Und du meinst, du könntest dir in den Monaten auf SLANG SPRUIT endgültige Klarheit über das verschaffen, was du tun willst?« fragte er sanft.

In dem Moment war Lena sicher, daß sie gewonnen hatte. »Ja, Pa. Ich werde wissen, was Fabricius mir bedeutet und ob ich ihn stark genug vermisse, um seine Frau werden zu wollen.« Sie war froh, daß wenigstens das keine Lüge war. Und mit eindringlicher Stimme an seine Vaterliebe appellierend, fügte sie hinzu: »Diese Reise wäre ein großes Geschenk für mich, Pa. Ich wünschte, ich könnte dir sagen, wieviel es mir bedeutet, wenn du mir erlaubst, mit Rachel zu gehen.«

Er seufzte schwer und verzog das Gesicht zu einer Miene der Kapitulation. »Also gut, du sollst deinen Willen kriegen. Du

kannst mit Rachel nach SLANG SPRUIT gehen. Aber wenn du zurückkommst, erwarte ich, daß du zu einer eindeutigen und verläßlichen Entscheidung gefunden hast!«
Lena flog ihm um den Hals. »Ja, das werde ich! Ganz bestimmt! Ich danke dir, Pa!« Sie küßte ihn stürmisch auf die Wange, und in ihre Dankbarkeit und Freude mischte sich ein scharfer Schmerz, weil sie ihm nicht die Wahrheit sagen konnte und gezwungen sein würde, ihn tief zu verletzen. Doch sie wollte in diesem Moment nicht daran denken, was ihre Liebe zu Julian ihrem Vater antun würde.
»Jaja, das habe ich mir jetzt eingehandelt«, brummte er mit einem verlegenen Lächeln. »Einen Kuß von dir und tausend Vorwürfe und bittere Blicke von Tante Sophie in den nächsten Wochen!«
Tante Sophie war in der Tat so wütend über die Entscheidung ihres Schwagers, daß sie sich nach einem ebenso empörten wie vergeblichen Einspruch zwei Tage mit vorgetäuschter Migräne in ihrem Zimmer einschloß.
Lena empfand das jedoch nicht als Strafe, sondern als Erleichterung.
Dele reagierte mit einer seltsamen Mischung aus Mißgunst und Freude auf die Nachricht, daß ihre Schwester für zwei bis drei Monate mit Rachel Boshof auf SLANG SPRUIT aushelfen würde.
»Willst du denn gar nicht nach BLOEMHOF reiten und dich von Fabricius verabschieden?« stichelte sie am Tag vor Lenas Abreise.
»Er wird es schon verkraften, daß ich mich nicht wie ein artiges Kind bei ihm abgemeldet habe«, gab Lena bissig zurück.
»Drei Monate sind eine lange Zeit. Da kann viel geschehen.«
»Welch eine kluge Beobachtung, Dele. Aber Fabricius wird die Zeit gewiß überstehen, ohne in tiefe Verzweiflung zu fallen.«
»Möglicherweise übersteht er sie ja sogar noch leichter, als du dir denkst!«
»Hast du vor, ihn derweil zu trösten?« erwiderte Lena spitz.
Ihrer Schwester schoß das Blut ins Gesicht. »Ich habe es nicht nötig, irgend jemandem den Freier auszuspannen!« zischte sie

erbost. »Und wenn du glaubst, du wärst so etwas Besonderes und nicht zu ersetzen, dann irrst du dich aber gewaltig!«

»Danke, daß du mir die Augen geöffnet hast. Jetzt kann ich wirklich beruhigt fahren, weiß ich nun doch LEEUWENHOF und Fabricius in bester schwesterlicher Obhut«, entgegnete Lena trocken und fuhr fort, ihren Reisekoffer zu packen.

Mit wütender Miene ging Dele zur Tür, drehte sich dort jedoch noch einmal um. »Von mir aus kannst du ruhig länger als drei Monate bleiben!«

»Ich werde darüber nachdenken. Wieviel Zeit, meinst du, brauchst du denn, um Fabricius davon zu überzeugen, daß du ihm eine bessere Ehefrau sein wirst, als ich es je sein könnte?«

Dele warf die Tür mit einem lauten Knall hinter sich zu. Und kaum war Lena allein, da bereute sie schon, daß sie sich wieder einmal dazu hatte hinreißen lassen, sich mit ihrer Schwester auf so häßliche Weise zu streiten.

In der Nacht, als LEEUWENHOF in tiefem Schlaf lag, schlich Lena aus ihrer Kammer in die Wohnstube. Vorsichtig, um jegliches Knarren zu vermeiden, zog sie die unterste Schublade der Kommode auf, die einen Teil ihrer Aussteuer enthielt. Sie brauchte kein Licht, um unter der Bett- und Tischwäsche das lange Lederetui zu finden, das einmal ihrer Mutter gehört hatte. Es enthielt einen Handspiegel, eine Bürste und einen Kamm, alles in Silber eingefaßt.

Sie fühlte sich schäbig, daß sie diese Erbstücke heimlich an sich nahm, und sie kam sich wie eine Diebin vor. Doch sie beruhigte ihr Gewissen damit, daß dieses kostbare Set Teil ihrer Aussteuer war und ihr gehörte, so wie ihrer Schwester das blaue holländische Service und ein Teil des Tafelsilbers, auch wenn sie erst vom Tag ihrer Hochzeit an davon Gebrauch machen sollte.

Jedenfalls nahm sie niemandem etwas weg, und sich selbst konnte sie ja schlecht bestehlen. Zudem benötigte sie die Sachen, denn wie sonst sollte sie je Geld in ihre Hände bekommen? Ihre Barschaft betrug ja nicht einmal zwei Shilling! Und in einer Stadt brauchte man nun mal Geld – wie auch für die Zugkarte.

Am nächsten Morgen holten Claas und Rachel sie noch vor Sonnenaufgang ab. Der Ochsenwagen, von zwölf Tieren mit mächtigem Gehörn gezogen, war gut mit Vorräten und Gerätschaften beladen. Simon Boshof hatte seinen zweitältesten Sohn wahrlich nicht mit leeren Händen von GROEN VELD ziehen lassen.
Als Lena sich von ihrer Familie verabschiedete, ließ Tante Sophie sich nicht blicken. Sie schloß ihre Schwester zuerst in die Arme. »Es tut mir leid, daß ich gestern so häßlich zu dir gewesen bin«, sagte sie, und Tränen füllten ihre Augen. »Bitte trag es mir nicht nach. Du bist mir die liebste all meiner Schwestern.«
Dele lachte. »Bei nur einer heißt das ja nicht viel«, erwiderte sie, gab ihr einen Kuß und wünschte ihr offensichtlich ehrlichen Herzens eine gute Reise und eine gesunde Rückkehr.
Adriaan und Hendrik waren von den Tränen überrascht, die ihre Schwester beim Abschied von ihnen vergoß, und es genierte sie. »*Magtig,* du machst doch keine Weltreise«, brummte Adriaan. »Also laß das Heulen, Schwester.« Er klopfte ihr auf den Rücken, wie er es auch bei einem Pferd tun würde, um es zu beruhigen.
»Kein Grund zu weinen, *mein tiere*«, sagte auch ihr Vater. »Drei Monate sind keine Zeit. Du wirst sehen, im Handumdrehen sind die Monate vorbei, und du bist wieder bei uns.«
»Ja, Pa.« Sie drückte ihn ganz fest an sich, und die Tränen liefen ihr übers Gesicht. Wußte sie denn, ob sie ihren Vater und ihre Geschwister jemals wiedersehen würde?

17

Claas Boshof machte keine Anstalten, vom Kutschbock zu steigen und Lenas Koffer abzuladen, als sie acht Stunden nach ihrem Aufbruch von LEEUWENHOF auf dem Outspan am Bahnhof von Vereeniging eintrafen. Sein Gesicht war so finster wie die dräuenden Wolken eines schweren Gewitters.
»Der Herrgott mag wissen, warum ich mich dazu hergebe, so

etwas zuzulassen!« sagte er grimmig. »Ihr habt mich beide belogen und die Situation schamlos ausgenutzt. Aber was mich noch mehr verwundert und ärgert, ist, daß ihr es tatsächlich fertiggebracht habt, mich zu eurem Komplizen zu machen. Die Sonne muß mir den Verstand geraubt haben, als ich schließlich zugestimmt habe, dich hier in Vereeniging abzusetzen, Lena! Noch nie in meinem Leben habe ich etwas gemacht, was auch nur halb so verantwortungslos gewesen wäre wie das, was ich jetzt tue!«
»Laß uns nicht wieder davon anfangen«, bat Rachel ihren Bruder. »Du weißt doch, daß Lena keine leichtfertige Person ist.«
»*Magtig,* ja, aber das hier ...« Er schüttelte verständnislos den Kopf.
»Ich muß, Claas«, versicherte Lena. »Und ich werde nie vergessen, daß ihr mir in dieser schwierigen Situation als wahre Freunde geholfen habt.«
Claas lachte bitter auf. »Wäre ich ein wahrer Freund, würde ich den ganzen Weg wieder zurückfahren und dich auf LEEUWENHOF abliefern!«
»Wenn Lena sagt, daß sie unbedingt zu Julian nach Johannesburg muß, dann gibt es für uns keinen Anlaß, ihr nicht zu glauben«, meinte Rachel.
»Hier geht es nicht allein darum, ob ich ihr glaube oder nicht, sondern in erster Linie darum, daß ihr Vater sie mir anvertraut hat und daß ich dieses Vertrauen auf schändlichste Weise mißbrauche!«
Lena griff nach seiner Hand und ließ nicht zu, daß er sie ihr entzog. »Du hast von nichts etwas gewußt, Claas. Das ist die Wahrheit. Und von mir wird niemand erfahren, daß du mich hier abgesetzt hast. Im schlimmsten Fall bin ich ohne euer Wissen auf und davon.«
»Wir haben ausgemacht, daß du umgehend nach SLANG SPRUIT kommst, wenn du in Johannesburg in Ordnung gebracht hast, was immer das sein mag«, warf Rachel schnell ein und schaute ihre Freundin beschwörend an.
Lena gab ihr die Bestätigung, daß sie ihr Versprechen einhalten

würde. Sie wußte nicht, wie lange Julian und sie in Johannesburg bleiben und wohin sie danach gehen würden. Aber an diesem Besuch auf Slang Spruit würde sie nicht vorbeikommen. Das war sie Rachel und Claas schuldig.

Claas stieß den Atem aus und ließ in einer Geste der Resignation die Schultern hängen. »Was für ein Schlamassel, in das ich mich da eingelassen habe! Julian wird von mir was zu hören kriegen wenn er mir das nächstemal unter die Augen kommt«, brummte er, stieg vom Kutschbock und hob Lenas Koffer vom Wagen.

»Ich danke euch für alles.«

»Bist du auch sicher, daß du allein klarkommst?« fragte Rachel besorgt.

Lena nickte und zwang ein unbeschwertes Lächeln auf ihr Gesicht. »Ein guter Freund von Julian wohnt hier. Er wird mir weiterhelfen«, versicherte sie.

»Und warum ist dieser gute Freund nicht in der Lage, Julian aus seiner Misere, über die du dich leider beharrlich ausschweigst, zu helfen?« wollte Claas wissen.

»Weil niemand außer mir das kann. Das klingt sehr hochtrabend, aber es ist die Wahrheit. Später werdet ihr alles verstehen.«

Claas legte ihr kurz die Hand auf die Schulter und wollte noch etwas sagen, doch dann schüttelte er nur wortlos den Kopf und kletterte auf den Kutschbock zurück.

Rachel umarmte ihre Freundin. »Paß bloß auf dich auf. Ich mache mir schreckliche Sorgen um dich und werde bestimmt keine ruhige Minute haben, bis ich dich endlich bei uns auf der Farm sehe!«

»Es wird alles gut werden, Rachel«, beteuerte Lena und drückte sie voller Dankbarkeit und Zuneigung an sich.

Augenblicke später setzte sich das schwere Ochsenfuhrwerk wieder in Bewegung. Neben ihrem Koffer stehend, blickte Lena dem Gespann nach und erwiderte Rachels Winken. Sogar Claas drehte sich noch einmal nach ihr um und hob die Hand mit der Peitsche – doch ob er das als Gruß verstanden wissen wollte oder als Drohung, bloß zu ihrem Versprechen zu stehen, das blieb ihrer Deutung überlassen. Dann bog der Wagen um den Schuppen des Mietstalls an der Ecke vom Outspan und war im nächsten Moment verschwunden. Nur eine Staubfahne, die über den Platz trieb, blieb zurück.

Das Bewußtsein, nun ganz allein auf sich gestellt zu sein, war im ersten Moment erschreckend. Ein kalter Schauer durchlief ihren Körper, sogleich gefolgt von einer heißen Woge aufsteigender Panik. Was war, wenn sich der Engländer und seine Tante gar nicht mehr hier in der Stadt aufhielten? Wie sollte sie dann bloß zu Geld und nach Johannesburg kommen?

»Unsinn. Lionel Faulkner wird bestimmt noch in Vereeniging sein, und er wird mir helfen!« sprach sich Lena selbst Mut zu und drängte alle Ängste beiseite. Sie rückte die Haube, die ihr bei der Umarmung mit Rachel etwas verrutscht war, zurecht und nahm beherzt ihren Koffer auf.

Zielstrebig ging sie auf die Mietdroschke zu, die im Schatten der Bahnhofshalle auf Kundschaft wartete. Der Kutscher öffnete schon eilfertig den Schlag und wollte den Koffer nehmen, doch Lena wehrte mit der freien Hand ab.

»Nein, danke, ich brauche nur eine Auskunft«, sagte sie und versuchte die sichtliche Enttäuschung des Mannes durch ein Lächeln zu mildern. »Ich möchte zur MEYBOOM CANTEEN. Können Sie mir den Weg dorthin beschreiben?«

»Ein Katzensprung mit der Kutsche. Eine junge Frau wie Sie sollte nicht mit einem Koffer in der Hand durch die Straßen gehen. Das macht keinen guten Eindruck, wenn Sie mir meine Offenheit verzeihen«, versuchte er, ihr doch noch die Fahrt mit der Droschke aufzuschwatzen.

»Das mag sein, aber ich kann es mir nicht leisten, wenn Sie mir *meine* Offenheit verzeihen«, entgegnete sie freimütig. »Also wenn Sie mir jetzt den Weg zur MEYBOOM CANTEEN beschreiben würden, wäre ich Ihnen sehr dankbar.«

Der Kutscher lachte trocken auf und wies ihr dann den Weg. Es war nicht weit. Die Schankstube von Emily Meyboom lag nur einige Straßen vom Bahnhof entfernt. Lena brauchte keine zehn

Minuten, dann stand sie vor dem zweistöckigen Haus aus dunklem Backstein.
Das langgestreckte Sprossenfenster der Canteen war von innen zugehängt, und ein großes Schild wies darauf hin, daß das Haus samt Schankstube zum Verkauf stand. Ein weiteres Schild an der Tür verkündete, daß die Canteen vorübergehend geschlossen war.
Lena stellte ihren Koffer ab, holte tief Atem und klopfte dann gegen die Tür. Niemand rührte sich dahinter. Sie klopfte erneut, diesmal aber kräftiger. Noch immer kam niemand, um zu öffnen. Beim drittenmal hämmerte sie mit der Faust gegen die Tür. Es mußte jemand zu Hause sein!
»*Magtig,* ich komme ja schon!« rief da eine weibliche Stimme ungehalten in der Canteen. »Schlagen Sie mir doch nicht die Tür ein!«
Erleichterung durchflutete Lena, und die angstvolle Anspannung wich aus ihrem Körper.
Die Tür öffnete sich einen Spalt, in dem sich nun das hagere, verhärmte Gesicht einer grauhaarigen Frau zeigte. »Wir haben geschlossen.« Der Blick der Frau fiel auf ihren Koffer. »Und wir vermieten auch keine Gästezimmer mehr!«
»Spreche ich mit Mevrouw Meyboom?« erkundigte sich Lena höflich.
»Ja, das tun Sie«, antwortete die Witwe, ohne die Tür jedoch weiter zu öffnen.
»Mein Name ist Lena van Rissek«, stellte sie sich vor und bemühte sich um ein einnehmendes Lächeln. »Bitte entschuldigen Sie die Störung und daß ich so unangemeldet bei Ihnen erscheine, aber ich muß unbedingt mit Ihrem Neffen Lionel Faulkner sprechen.«
Überraschung zeigte sich auf Emily Meybooms Gesicht. »Was haben Sie mit meinem Neffen zu schaffen?« fragte sie mißtrauisch.
»Ihr Neffe hat uns letzte Woche auf LEEUWENHOF besucht und Nachricht von meinem Bruder Julian gebracht, der sich zur Zeit

in Johannesburg aufhält. Ich bin auf dem Weg zu Julian, brauche aber vorher noch eine wichtige Auskunft von Ihrem Neffen, der gut mit ihm befreundet ist«, erklärte Lena. »Sie sind zusammen in Kimberley aufgewachsen.«
»So«, sagte Emily Meyboom, überlegte offensichtlich angestrengt, was sie davon halten sollte – und gab dann die Tür frei. »Kommen Sie herein. Mein Neffe ist oben. Ich werde ihn rufen.«
Lena atmete innerlich auf und trat in den Schankraum, der in Dämmerlicht getaucht war und einen trostlosen Geruch von kaltem Rauch und schalem Bier verströmte.
Emily Meyboom war eine schmale Person, die aufgrund ihrer gebeugten Haltung kleiner erschien als sie war. Sie trug ein altmodisches schwarzes Taftkleid und roch intensiv nach Lavendel.
Sie wies auf einen der Stühle. »Setzen Sie sich, und geben Sie mir einen Augenblick, Juffrouw van Rissek«, sagte sie mit einem müden Seufzen. »Seit dem Tod meines Mannes scheint mich alle Kraft verlassen zu haben.«
»Mein aufrichtiges Mitgefühl, Mevrouw Meyboom.«
»Jaja, Mitgefühl ist etwas Gutes, und ich danke Ihnen dafür«, murmelte Emily Meyboom, während sie nach hinten ging, wo jenseits einer offenstehenden Tür ein Flur und eine nach oben führende Treppe zu sehen waren. »Aber ein Käufer wäre mir mehr von Nutzen.«
Kaum hatte Emily Meyboom ihr den Rücken zugekehrt, da erhob sich Lena schon wieder vom Stuhl. Sie war viel zu aufgeregt, um ruhig sitzen und abwarten zu können, daß der Engländer erschien.
Wie würde Lionel Faulkner wohl reagieren, wenn er sie sah und hörte, was sie von ihm erbitten wollte? Eigentlich waren sie einander doch so fremd, wie sich Menschen nur fremd sein konnten. Allein schon weil sie eine Burin und er ein Engländer war. Größere Gegensätze konnte es doch gar nicht geben.
Allmächtiger, wie hatte sie jemals nur fest darauf bauen können, daß dieser Engländer, in dessen Gegenwart sie nicht einmal zwei

Stunden verbracht hatte, ihr eine derart großzügige Hilfe gewähren würde, wie sie nötig war, wenn sie zu Julian nach Johannesburg gelangen wollte?
Lena kam sich plötzlich unendlich naiv und unverschämt zugleich vor. Ihr brach der Schweiß aus, und sie wandte sich dem Fenster zu, weil sie meinte, keine Luft mehr zu kriegen. Und ihr war, als müßte ihr rasender Herzschlag im ganzen Haus zu hören sein.
»Miss van Rissek?«
Lena fuhr herum.
Lionel Faulkner stand in der Tür. »Mein Gott, Sie sind es wirklich. Ich wollte es erst nicht glauben, als Tante Emily mir mitteilte, daß jemand Ihres Namens unten in der Schankstube wartet und mich zu sprechen wünscht«, sagte er, während er mit schnellen Schritten auf sie zukam, beide Hände zum Gruß ausgestreckt.
»Mister Faulkner, wie erleichtert ich bin, Sie hier noch anzutreffen!« Lena konnte einfach nicht anders, als seine Hände zu ergreifen. Sie fühlte sich plötzlich so schwach auf den Beinen, daß sie fürchtete, zu Boden zu sinken. Doch seine Hände gaben ihr Halt.
»Ich weiß nicht, was größer ist, meine Freude, Sie so schnell schon wiederzusehen, oder meine Verwunderung, womit ich die Ehre Ihres Besuchs verdanke«, sagte er mit warmherziger Gastfreundschaft »Doch bevor Sie mir das erzählen, tun Sie mir bitte zuerst den Gefallen, mich nach oben in die Wohnstube zu begleiten. Dieser öde Schankraum ist ja wohl der denkbar häßlichste Ort, um mit einer jungen, anmutigen Frau wie Sie eine Unterhaltung zu führen.«
Er nahm ihren Koffer, stellte ihn im Flur ab und ging mit ihr nach oben in einen kleinen Salon, der ihr mit den meergrünen Samtvorhängen, schweren Polstersesseln und Möbeln aus dunklem Mahagoni sehr englisch eingerichtet schien. Die Sachen, so teuer sie einmal gewesen sein mochten, sprachen mit ihrer verblichenen Pracht von besseren, längst vergangenen Zeiten.

Lena war froh, daß Emily Meyboom nicht die Neugier ihrer eigenen Tante besaß. Der Frau reichte es offenbar zu wissen, daß sie ihrem Neffen herzlich willkommen war. Damit war sie auch ihr willkommen. Sie brachte ihnen Tee und trockenes Gebäck in den Salon und zog sich zurück, ohne Fragen gestellt zu haben.

Lionel Faulkner sorgte durch höfliche Allgemeinplätze und Bemerkungen über die Herkunft dieses und jenes Einrichtungsstückes, daß ihr Gespräch nicht ins Stocken geriet. Doch als Lena von ihrem Tee gekostet und einen zweiten, kräftigen Schluck genommen hatte, sagte er mit sichtlich gespannter Erwartung: »Daß ich schon eine Woche nach unserem Kennenlernen auf LEEUWENHOF das Vergnügen haben würde, in Vereeniging mit Ihnen im Salon meiner Tante beim Tee zu sitzen, das hätte ich nicht einmal in meinen kühnsten Träumen geglaubt.« Er zwinkerte ihr zu, um den scherzhaften Charakter seiner folgenden Worte zu unterstreichen. »Habe ich solch einen starken Eindruck bei Ihnen hinterlassen, daß Sie einfach kommen mußten?«

Lena errötete leicht. »Ich bin hier, weil Sie der einzige sind, der mir helfen kann!« antwortete sie ohne Umschweife auf seine indirekte Frage. Vergessen waren all die Erklärungen, die sie sich immer und immer wieder in Gedanken zurechtgelegt hatte. Keiner von ihren vorbereiteten Sätzen paßte zu dieser Situation.

Er hob überrascht die Augenbrauen. »Wenn ich kann, helfe ich Ihnen gerne, Lena. Doch womit verdiene ich die Auszeichnung, der einzige zu sein, der dazu in der Lage ist?«

In steifer, aufrechter Haltung saß Lena auf der Kante des Sessels. »Sie ... Sie sind in bezug auf unsere Familie ein Fremder und daher nicht verpflichtet, meinen Vater davon zu unterrichten, was ich hinter seinem Rücken tue. Sie sind ein Mann, der sich mit ... gewissen Dingen bestimmt gut auskennt. Und außerdem vertraue ich auf Ihr gutes Herz, das Sie ja schon bewiesen haben, als Sie es auf sich genommen haben, mir Julians Brief zu bringen.«

Er lächelte. »Das klingt fast so, als dürfte ich mich geschmeichelt fühlen. Aber was ist es, was Ihr Vater nicht erfahren darf, und was meinen Sie mit den ›gewissen Dingen‹, mit denen ich mich Ihrer Überzeugung nach bestimmt gut auskenne?«

Lena erhob sich. »Ich muß etwas aus meinem Koffer holen, um das zu erklären. Darf ich?«

»Selbstverständlich! Bitte!«

Lena kam mit dem Lederetui zurück, öffnete es und legte es vor ihm auf den Tisch. »Eine sehr schöne Arbeit«, bewunderte er das Frisierset. »Herrlich, diese aus dem Silber gehämmerten Blumenranken. Aber warum zeigen Sie mir das, Lena?«

»Weil ich Sie bitten möchte, das für mich zu verkaufen«, rückte sie nun mit der Sprache heraus, faßte an ihren Hals, hakte ihre Kette auf und legte sie mit dem silbernen Medaillon neben das Etui. »Und das hier auch.«

»Verkaufen?« fragte er verblüfft.

»Ja. Ich habe mal gehört, daß es in so großen Städten wie Vereeniging Geschäfte gibt, wo man gebrauchte Sachen aller Art verpfänden oder verkaufen kann. Ist das nicht richtig?«

»Doch, ist es …«

»Aber hier gibt es solch ein Geschäft nicht?«

»Sicher, Vereeniging hat einen Pfandleiher. Sein Geschäft ist nur drei Häuserblocks weiter«, sagte er zu ihrer großen Erleichterung. »Aber warum, um alles in der Welt, wollen Sie diese wunderschönen Sachen versetzen? Vor allem dieses Medaillon? Hängen Sie denn nicht daran?«

»Und wie teuer es mir ist! Es ist ein Erbstück meiner seligen Mutter und das Kostbarste, was ich besitze«, beteuerte Lena. »Doch ich brauche Geld, Mister Faulkner, und ich habe sonst nichts, was ich versetzen könnte.«

»Darf ich fragen, wozu Sie Geld brauchen?« Seine Miene drückte Besorgnis aus.

»Ich … ich muß nach Johannesburg … zu Julian«, sagte sie stockend. »Und ich habe nur ein paar Pennies. Das reicht noch nicht einmal für eine Fahrt mit der Mietkutsche, geschweige denn für eine Zugkarte.«

»Sie wollen nach Johannesburg?« Seine Verwunderung hätte

kaum größer sein können. »Ist irgend etwas mit Julian? Hat das mit dem Brief zu tun, den ich Ihnen von ihm gebracht habe?«

»Ja und nein«, antwortete Lena ausweichend. »Bitte dringen Sie nicht weiter in mich. Ich kann Ihnen nicht sagen, warum es für mich so wichtig ist, nach Johannesburg zu Julian zu kommen. Es ist eine ... eine sehr persönliche Angelegenheit, in die ich nicht einmal meine beste Freundin eingeweiht habe.«

»Ich verstehe«, erwiderte er, und sein Gesicht drückte das genaue Gegenteil aus.

»Wenn Sie mir helfen können und wollen, bringen Sie diese Sachen da bitte für mich zum Pfandleiher. Denn ich wüßte beim besten Willen nicht, was ich dafür verlangen könnte«, sagte sie mit einer Gebärde der Hilflosigkeit.

»Ich kann Ihnen einige Pfund leihen«, bot er ihr an.

»Danke, aber das kann ich nicht annehmen«, wehrte sie bestimmt ab. »Ich wüßte auch nicht, wie ich Ihnen das Geld jemals zurückzahlen sollte. Nein, ich möchte, daß Sie diese Sachen zum Pfandleiher bringen.«

»Und was werden Sie sagen, wenn Ihr Vater wissen will, wo Sie Ihr schönes Medaillon und die Frisiersachen gelassen haben?«

»Das ist jetzt nicht wichtig, Mister Faulkner. Wichtig ist nur, daß ich nach Johannesburg komme und ausreichend Geld bei mir habe.«

Sein Blick ruhte mit großer Besorgnis und Nachdenklichkeit auf ihrem Gesicht. »Mir scheint, Sie nehmen da ein sehr großes Opfer auf sich.«

»Ja, aber das ist es wert.«

»Was, Lena?« fragte er sanft.

»Ich kann es Ihnen nicht sagen.« Lena wich seinem Blick aus und biß sich auf die Lippe.

Er seufzte. »Also gut, ich werde versuchen, so viel wie möglich für Ihre Wertsachen zu erhalten. Aber hüten Sie sich vor zu hohen Erwartungen. Ein Pfandleiher zahlt immer nur einen sehr bescheidenen Teil von dem, was die Sachen, die man ihm bringt, wirklich wert sind.«

»Ich weiß«, sagte Lena, ohne jedoch von diesen Dingen mehr als nur eine vage Ahnung zu haben, »und ich vertraue Ihnen.«
Er lächelte spöttisch. »Weil Ihnen nichts anderes übrigbleibt, nicht wahr?«
Sie errötete, denn sie fühlte sich durchschaut. »Nicht nur deshalb, sondern auch, weil sie Julians Freund sind«, versicherte sie schnell.
Lionel Faulkner schloß das Etui, steckte das Medaillon ein und erhob sich. »Ich nehme an, Sie möchten, daß ich damit sofort zum Pfandleiher gehe.«
Sie nickte. »Ich würde gern den nächsten Zug nach Johannesburg nehmen.«
»Wissen Sie denn, wann der nächste Zug fährt?«
»Nein«, gestand sie und kam sich wieder einmal lächerlich dumm vor. Wie wenig wußte sie doch von der Welt und dem Leben jenseits von LEEUWENHOF!
»Der einzige Zug, der heute noch nach Johannesburg fährt, ist der Nachtzug«, unterrichtete er sie.
»Gut, dann nehme ich den.«
»Den Teufel werden Sie tun!« rief er und dämpfte sogleich seine Stimme. »Entschuldigen Sie, aber das werde ich nicht zulassen, Lena. Ich gehe sicher recht in der Vermutung, daß Sie noch nie in einer Stadt wie Johannesburg gewesen sind, nicht wahr?«
»Nun, ich bin schon das zweitemal in Vereeniging«, gab sie sich selbstsicherer, als sie in Wirklichkeit war. »So viel anders dürfte es auch in Johannesburg kaum zugehen.«
Er lachte schallend auf und schüttelte dabei den Kopf.
Lena warf ihm einen zornigen Blick zu. »Was gibt es denn da zu lachen, Mister Faulkner? Aber bitte, wenn Sie Gefallen daran finden, mich auszulachen ...«
»Entschuldigen Sie, Lena. Nichts liegt mir ferner, als Sie auslachen zu wollen«, sagte er und hatte noch immer Mühe, seine Belustigung unter Kontrolle zu bekommen. »Sie mögen es noch nicht nachvollziehen können, aber Vereeniging mit Johannesburg zu vergleichen, hat doch etwas sehr Komisches an sich und

zwingt förmlich zum Lachen. Die beiden Orten haben nämlich so viel Ähnlichkeit wie … wie ein träger Ochse mit einem Bienenschwarm.«

»Und wenn!«

Er wurde ernst und sagte mit einer Stimme, die keinen Widerspruch duldete: »Nein, daß Sie den Nachtzug nehmen und bei Dunkelheit in Johannesburg eintreffen, wo Sie sich so wenig auskennen wie ein Zulu in London, lasse ich nicht zu. Wenn Sie möchten, daß ich Ihnen helfe, bestehe ich darauf, daß Sie die Nacht hier im Haus meiner Tante verbringen und mit dem morgigen Vormittagszug nach Johannesburg fahren.«

Lena blieb keine andere Wahl, als seine Bedingung zu akzeptieren. Im Grunde genommen war sie sogar recht froh darüber, denn nach der kurzen Nacht, in der sie kaum geschlafen hatte, und der langen Fahrt auf dem Ochsenwagen spürte sie deutlich die Müdigkeit, die immer stärker von ihren Gliedern Besitz nahm.

Emily Meyboom reagierte weder überrascht noch unfreundlich auf die Mitteilung ihres Neffen, daß sie die Nacht unter ihrem Dach in einem der vier freien Gästezimmer verbringen würde. Sie pflichtete ihrem Neffen vielmehr nachdrücklich bei, daß eine alleinstehende junge Frau, die um ihren guten Ruf besorgt war, unmöglich den Nachtzug nehmen konnte.

Lionel Faulkner verließ das Haus, während eine schwarze Bedienstete Lena in eines der Gästezimmer führte und eine Kanne Wasser brachte, damit sie sich vor dem Abendessen frisch machen konnte.

»Zehn Pfund und sechs Shilling, mehr habe ich leider nicht herausschlagen können«, sagte Lionel Faulkner später.

Lena erschien es wie ein Vermögen, verglich sie diese Summe doch mit den Preisen im Geschäft von Jonkheersdorp, wo der beste Stoff für ein Kleid nur wenige Shilling kostete.

»Ich danke Ihnen vielmals, Mister Faulkner.«

»Meinen Sie nicht, daß es allmählich an der Zeit ist, mir die Freude zu machen, Lionel zu mir zu sagen, statt auf dem förmlichen Mister oder Mijnheer zu bestehen?«

»Wenn Sie es so möchten«, sagte sie verlegen.
Er lächelte sie entwaffnend an. »Ich denke, ich habe spätestens jetzt ein Recht darauf.«
»Ich werde mich bemühen, es nicht zu vergessen ... Lionel.«
»Na, das ist doch schon mal ein vielversprechender Anfang. Und jetzt lassen Sie uns Tante Emily ein wenig Gesellschaft leisten, bevor Martha uns zum Essen ruft.«
Das Gespräch im Salon und später bei Tisch bestritt Emily Meyboom fast ganz allein. Sie war so glücklich, in Lena eine geduldige Zuhörerin gefunden zu haben, der sie ihre Geschichten aus der guten alten Zeit erzählen konnte, als ihr Mann noch gelebt und alles seine Ordnung gehabt hatte.
Dann und wann griff Lionel korrigierend ein, wenn seine Tante zu sehr vom Hundertsten ins Tausendste zu kommen drohte. Ansonsten aber überließ er die Unterhaltung ganz ihr und beschränkte sich darauf, hier und da eine beiläufige Bemerkung einzuflechten. Er schien zu spüren, daß Lena nichts lieber war, als solch ein unverbindliches Geplauder, das sie davor bewahrte, von sich erzählen zu müssen. Mehr als einmal bemerkte sie, daß sein Blick auf ihr ruhte. Doch wenn sie ihn ansah, schaute er nicht wie ertappt weg, sondern lächelte sie an und nickte ihr kaum merklich über den Tisch hinweg zu, als verbinde sie eine geheime Absprache. In gewissem Maße verhielt es sich ja auch so.
Als Lena schließlich in ihrem Bett lag, Julians Brief an ihre Brust gepreßt und verwirrt von den vielfältigen und so fremden Geräuschen der Stadt, dankte sie dem Herrgott für Lionel Faulkner. Der Himmel hatte ihn ihr geschickt, damit er ihr half, und sie war dankbar für alles, was er für sie getan hatte – obwohl er Engländer war. Dann gingen ihre Gedanken zu Julian. Morgen! Morgen würde sie bei ihm sein und ihn in ihre Arme schließen. Wäre die Nacht doch nur schon vorüber!

18

Die Aufregung schlug Lena am nächsten Morgen so auf den Magen, daß sie kaum einen Bissen herunterbekam, sehr zu Emily Meybooms Enttäuschung, die ihren ganzen Stolz dareingesetzt hatte, ihren Gast mit einem besonders üppigen Frühstück zu beglücken.

»Nicht so zaghaft! Bitte greifen Sie ordentlich zu!« forderte sie Lena immer wieder auf und schob Teller und Platten geschäftig hin und her. »Sie müssen sich doch für die Reise stärken!«

»Tante Emily, bitte!« sagte Lionel, als er Lenas gequälten Gesichtsausdruck sah. »Von Vereeniging nach Johannesburg ist es doch keine Tagereise! Der Zug braucht noch nicht einmal zwei Stunden! Wir kommen doch schon um kurz nach elf in Park Station an.«

Emily Meyboom ließ die spitzengesäumte Serviette, mit der sie sich die Mundwinkel abgetupft hatte, sinken und machte ein pikiertes Gesicht. »Wir?«

Lena blickte verblüfft in die Runde.

»Ich habe dir doch schon gestern gesagt, daß ich mich entschlossen habe, Miss van Rissek nach Johannesburg zu begleiten«, erinnerte Lionel seine Tante.

»Das kommt überhaupt nicht in Frage!« sagte Lena schnell. »Ich meine, Sie haben auch so bereits genug für mich getan. Und es ist auch nicht nötig! Ich finde mich schon zurecht.«

»So manches ist im Leben nicht nötig, aber doch wünschenswert, und deshalb werde ich mit Ihnen nach Johannesburg fahren«, erwiderte er mit freundlicher Bestimmtheit.

»Das kann ich nicht annehmen, Mister Faulkner!«

»Lionel.«

»Lionel«, korrigierte sich Lena.

»Und mir hast du, nachdem du doch schon so bald wieder zu deiner Einheit zurück mußt versprochen, jede freie Minute zu nutzen, um einen Käufer für Haus und Canteen zu finden«, beklagte sich Emily.

Lena stutzte. »Einheit? Zu welcher Einheit müssen Sie zurückkehren?« fragte sie und hatte plötzlich ein ungutes Gefühl.
Lionel tat, als hätte er ihre Frage überhaupt nicht gehört, und wandte sich mit wütender Miene seiner Tante zu. »Habe ich dir nicht schon dutzendmal versichert, daß wir einen Käufer haben?« Seine Stimme war ärgerlich, aber doch beherrscht. »Gerrit Kasterop wird den Kaufvertrag unterzeichnen, wenn er von der Beerdigung seines Vaters und der Testamentseröffnung in Pretoria zurück ist, was aber noch ein paar Tage dauern kann. Und wenn ich Miss van Rissek in der Obhut ihres Bruders weiß, kann ich ja noch heute den nächsten Zug zurück nach Vereeniging nehmen.«
»Erst ein unterschriebener Kaufvertrag ist auch ein gültiger Kaufvertrag, Lionel!« hielt Emily Meyboom ihm argwöhnisch vor.
»Die Spezies des Gentleman, dessen Wort so viel zählt wie seine Unterschrift, ist noch nicht ganz ausgestorben, Tante Emily. Und Gerrit Kasterop zählt zweifellos zu ihnen«, sagte Lionel mit einem schnellen Seitenblick zu Lena.
»Dein Wort in Gottes Ohr!«
Lena hatte einen Kloß im Hals, als sie in die etwas unangenehme Stille hinein beklommen fragte: »Von welcher Einheit hat Ihre Tante gerade gesprochen, Lionel?«
Lionel atmete sichtlich durch. »Von meinem Regiment, das in Durban, Natal, stationiert ist.«
»Sie sind Soldat?«
»Ja«, bestätigte er knapp.
»Aber kein gemeiner Soldat, meine Liebe. Lionel trägt den Offiziersrock Ihrer Majestät Königin Victoria!« erklärte Emily Meyboom stolz. »Er ist Lieutenant und hat noch eine steile Karriere vor sich!«
Lena vermochte ihre Bestürzung nicht zu verbergen. Lionel Faulkner war Soldat! Ja, sogar Offizier. Sie hatte sich an einen englischem Offizier um Hilfe gewandt! Hätten ihr Vater und ihre Brüder gewußt, wer er wirklich war, hätten sie keine Hand für ihn gerührt, sondern ihn von ihrem Land gejagt. Denn war nicht

ein englischer Offizier der schlimmste Feind, den ein Bure haben konnte?

Und doch war er mit Julian befreundet, hatte ihr seinen Brief unter vielen Umständen nach LEEUWENHOF gebracht und gab sich alle nur erdenkliche Mühe, um ihr zu helfen. Er war mit ihren Wertsachen zum Pfandleiher gegangen, hatte ihr Unterkunft gewährt und sogar vor, mit ihr nach Johannesburg zu fahren, damit sie auch sicher und wohlbehalten bei Julian eintraf. Und er hatte in den Stunden, die sie bisher miteinander verbracht haben, ein überaus einnehmendes, vertrauenerweckendes Wesen an den Tag gelegt ...

Dennoch, er war englischer Offizier!

Und sie kam nicht gegen das bittere Gefühl an, daß er sie getäuscht hatte. Ihr Gesicht nahm einen verschlossenen, abweisenden Ausdruck an. »Warum haben Sie mir das die ganze Zeit verschwiegen?«

Ein sarkastisches Lächeln glitt über sein Gesicht. »Meinen Sie mit ›ganze Zeit‹ die halbe Stunde auf LEEUWENHOF oder die wenigen Stunden gestern?« fragte er zurück.

»Sie wissen genau, was ich meine!«

»Ja, das tue ich«, bestätigte er. »Kennen Sie die Geschichte von dem Mann, der zum Essen eingeladen ist und dem es ausnehmend gut schmeckt, so daß er sich mehrmals von dem köstlichen Fleisch nachlegt? Doch als er nach dem Essen auf seine Frage, welcher Art das köstliche Fleisch denn war, von seinen Gastgebern erfuhr, daß er Schlangenfleisch gegessen hatte, da mußte er sich auf der Stelle erbrechen. Denn er verabscheute Schlangenfleisch und wußte, daß es widerlich schmeckt, obwohl er es nie probiert hatte.«

»Das ist etwas anderes!« widersprach Lena heftig.

»Nein, ist es nicht«, entgegnete er. »Statt aus eigener Erfahrung zu urteilen, *verurteilen* sie aufgrund blind übernommener Vorurteile. Wenn Sie die Wirklichkeit so sehen wollen, wie sie ist, sollten Sie die trübe Brille vorgefaßter Meinungen ablegen und genau hinschauen.«

Lena richtete sich stocksteif auf. »Ich schaue sehr genau hin und stelle dabei fest, getäuscht worden zu sein. Jawohl, das ist es: Täuschung durch Unterschlagung der vollen Wahrheit!« warf sie ihm vor.

»Um Himmels willen, worum streitet ihr euch überhaupt?« fragte Emily Meyboom verwirrt.

Bevor Lena oder Lionel ihr antworten konnte, erschien das schwarze Hausmädchen Martha in der Tür. »Baas, die Mietkutsche ist vorgefahren.«

»Sag dem Kutscher, wir kommen sofort. Du kannst schon mal das Gepäck hinunterbringen.«

»Ja, Baas.«

Lionel warf seine Serviette auf den Teller und erhob sich. »Kommen Sie, Lena. Es wird Zeit.«

»Ich habe nicht die Absicht, mit Ihnen …« begann sie mit hochmütiger Zurückweisung.

Er fuhr ihr scharf und ungeduldig ins Wort. »Sagen Sie mir nur, ob Sie den Zug verpassen wollen oder nicht. Wenn ja, ist es in Ordnung, wenn Sie sitzen bleiben und weiterhin die betrogene Landjungfer spielen«, sagte er bissig. »Doch sollten Sie die Vernunft besitzen, die ich in Ihnen vermute, und tatsächlich dringend zu Julian nach Johannesburg kommen wollen, dann rate ich Ihnen, sich von Ihrer Empörung nicht um den gesunden Menschenverstand bringen zu lassen. Also was ist: Kommen Sie, oder wollen Sie den Zug verpassen?«

Lena preßte die Lippen zusammen und stand mit einem Ruck vom Tisch auf. Es fiel ihr schwer, nicht einfach aus dem Zimmer zu stürzen, sondern sich bei einer sichtlich verwirrten Emily Meyboom für ihre Gastfreundschaft zu bedanken.

Ohne ein Wort fuhren sie mit der Droschke zum Bahnhof, und unter eisigem Schweigen stieg Lena in den Zug. Es war ihre erste Fahrt mit der Eisenbahn, und unter anderen Umständen wäre sie voll freudiger Erregung gewesen. Doch ihr Zorn auf Lieutenant Faulkner, wie sie ihn von nun an, nicht nur in ihren Gedanken, nennen wollte, nahm sie über alle Maßen in Anspruch. Sie kam

jedoch nicht umhin, die polierte Holztäfelung und die weichen Polstersitze sowie die goldschimmernden Messingbeschläge in ihrem Abteil zu bewundern.
Sie setzte sich in Fahrtrichtung ans Fenster, den Kopf bewußt nach draußen gewendet und er nahm auf der gegenüberliegenden Bank Platz. Als der Zug sich schließlich unter lautem Geheul seiner Dampfsirenen in Bewegung setzte und dichte Rußwolken am Fenster vorbeiwehten, da vergaß sie für eine Weile alles weitere.
Fasziniert blickte sie aus dem Fenster, an dem die Häuser von Vereeniging vorbeiflogen, als risse jemand den Boden unter der Ortschaft mit allem, was daraufstand und lebte, wie einen Teppich nach hinten weg.
Schnell fiel Vereeniging hinter ihnen zurück, und die herbe Landschaft des Highveld mit seinen gewaltigen Ebenen, einsamen Schirmakazien und mächtigen Tafelbergen zog mit einer Geschwindigkeit an ihrem Fenster vorbei, die sie fast schwindlig machte.
»*Magtig,* nicht einmal unser schnellstes Pferd könnte auch bei gestrecktem Galopp mit uns mithalten!« rief sie halb begeistert, halb erschrocken und wurde sich gar nicht bewußt, daß sie damit ihr eisiges Schweigen brach.
Lionel lachte auf. »Zumindest nicht sehr lange. Ich weiß noch, daß man Wochen brauchte, um von Pretoria nach Kapstadt zu gelangen. Heute legt die Eisenbahn die mehr als tausend Meilen in weniger als zweiunddreißig Stunden zurück.«
Lenas Kopf ruckte zu ihm herum. »Ich habe nicht zu Ihnen gesprochen, *Lieutenant Faulkner*«, sagte sie, Rang und Namen betonend, »sondern mit mir. Bitte nehmen Sie das zur Kenntnis!«
»Wenn das so ist, bitte ich Sie, ebenso zur Kenntnis zu nehmen, daß auch ich gelegentlich die Eigenschaft habe, mit mir selbst zu sprechen«, erwiderte er spöttisch.
Lena preßte wütend die Lippen zusammen und richtete ihre Aufmerksamkeit wieder auf die vorbeiziehende Landschaft. Sie nahm sich vor, ihn einfach zu ignorieren und kein Wort mehr mit

ihm zu reden. Er würde natürlich den Versuch machen, sie aus der Reserve zu locken und in ein Gespräch zu verwickeln, aber sie war entschlossen, diesmal nicht zu reagieren und so zu tun, als wäre er Luft für sie.

Lionel schwieg jedoch ebenso beharrlich wie sie. Während ihr aber immer unbehaglicher zumute wurde, je länger sich das Schweigen hinzog, schien er die Situation ganz und gar nicht als unangenehm zu empfinden. Offenbar entspannt, saß er ihr gegenüber, leicht nach hinten in das Eckpolster gelehnt, die Beine übereinandergeschlagen und die Arme lässig vor der Brust verschränkt. Und er nahm seinen Blick nicht einen Moment von ihrem Gesicht.

Das Schweigen zerrte immer stärker an ihren Nerven. Und daß er sie unentwegt ansah, steigerte ihre Irritation. Sie versuchte an Julian zu denken und sich auf ihre Freude zu konzentrieren, in weniger als zwei Stunden endlich wieder mit ihm vereint zu sein. Doch es gelang ihr nicht. Lionels stumme Präsenz und sein auf sie gerichteter Blick ließen die gedankliche Flucht aus dem Zugabteil nicht zu.

Schließlich ertrug sie es nicht länger. »Hören Sie endlich auf, mich so anzustarren, Lieutenant Faulkner! Ich bin kein Ausstellungsstück!« platzte es empört aus ihr heraus.

»Reden Sie wieder zu sich selbst, oder bin ich diesmal angesprochen?« machte er sich über sie lustig.

»Ja, diesmal sind Sie angesprochen!« fauchte sie.

»Dann reden Sie also wieder mit mir?«

»Da Sie offenbar nicht wissen, wie sich ein Gentleman zu benehmen hat, bleibt mir wohl nichts anderes übrig, als Sie darauf hinzuweisen. Allein in diesem Sinne rede ich wieder mit Ihnen!«

»Aber warum soll ich mich denn wie ein Gentleman benehmen, wenn Sie doch der Überzeugung sind, daß ein britischer Offizier von vornherein nichts taugt?« hielt er ihr vor.

»Das habe ich nie behauptet!«

»Was werfen Sie mir dann vor, Lena?«

Sie funkelte ihn aufgebracht an. »Daß Sie mich getäuscht haben!«

»Verlangen Sie von jedem, der Ihnen begegnet, daß er Ihnen unverzüglich und unaufgefordert Rechenschaft darüber ablegt, wer er ist, woher er kommt und welchen Beruf er ausübt?«

»Nein, natürlich nicht«, antwortete sie wütend. »Aber in Ihrem Fall gelten ja wohl andere Maßstäbe!«

»Ach, Sie wollen damit sagen, ich hätte versuchen sollen, in meiner Uniform als verhaßter britischer Offizier nach LEEUWENHOF zu gelangen und gegen jede menschliche Vernunft zu hoffen, Zeit und Gelegenheit zu finden, Ihnen Julians Brief heimlich zuzustecken? Ist es das, was Sie von mir erwartet haben?« Sein Ton war von beißendem Sarkasmus. »Sie meinen also, es wäre meine Pflicht gewesen, wegen dieses Briefes sogar das Risiko auf mich zu nehmen, von Ihren Leuten gelyncht zu werden?«

»Niemand hätte Sie gelyncht!« widersprach Lena, wurde sich aber doch bewußt, wie haltlos ihr Vorwurf eigentlich war.

»Nein, das wäre mir vermutlich erspart geblieben«, räumte er ein. »Und reden wir auch nicht davon, was ich mir an Schmähungen mit Sicherheit hätte anhören müssen und ob man nicht nur vor mir ausgespuckt, sondern ob man mich nicht auch angespuckt hätte. Reden wir viel lieber davon, wie lange man mich auf LEEUWENHOF geduldet hätte, Lena. Was meinen Sie, hätte man mich erst noch angehört oder sogleich mit vorgehaltener Waffe von der Farm gejagt?«

»Ich ... ich weiß es nicht«, murmelte Lena und mußte insgeheim zugeben, daß ihr Vater und ihre Brüder ihm zweifellos jede Hilfe verwehrt und ihn sofort zum Verlassen der Farm aufgefordert hätten, wenn sie gewußt hätten, daß er Offizier war. Und Oupa Willem hätte sich vermutlich nicht darauf beschränkt, nur vor ihn in den Sand zu spucken, wie Lionel sehr wohl bemerkt hatte.

»Ich glaube, Sie kennen die Antwort darauf nur zu genau«, erklärte er. »Und jetzt verraten Sie mir, wie ich es anders hätte anstellen sollen, Julians Bitte zu erfüllen und Ihnen seinen Brief heimlich zukommen zu lassen.«

»Ich weiß es nicht«, erwiderte sie kleinlaut.

»Ich auch nicht, Lena.«
»Aber Sie hätten mir später sagen können, wer Sie sind«, verteidigte sie sich.
»Ich gebe offen zu, daß Sie meine Sympathie im Handumdrehen gewonnen haben, und ich habe mich sehr gefreut, als ich Sie gestern in der Canteen meiner Tante wiedersah«, gestand er freimütig. »Aber weder bei unserer ersten Begegnung auf LEEUWENHOF noch gestern fand ich, daß wir einander schon gut genug kannten, um Ihnen meine ganze Lebensgeschichte zu erzählen, einmal davon abgesehen, daß dafür auch die Zeit und die passende Gelegenheit gefehlt haben. Und ich gehe ganz selbstverständlich davon aus, daß Sie mir nicht alles erzählen wollen, was in Ihrem Leben von Bedeutung ist. Daß Sie zum Beispiel nicht darüber reden mögen, warum Sie so dringend zu Julian möchten, werfe ich Ihnen daher auch nicht als Zeichen mangelnden Vertrauens oder gar als Täuschung vor, sondern betrachte das als Ihr gutes Recht. Ich respektiere das, Lena, und nichts könnte mir ferner liegen, als Ihnen deshalb mein Vertrauen und meine von Herzen kommende Hilfe zu entziehen. Warum also entziehen Sie mir Ihr Vertrauens? Nur weil Sie erfahren haben, daß ich Offizier bin? Ist ein burischer Offizier von vornherein ein Mann von Charakter und Ehre, aber ein britischer zwangsläufig ein Lump? Beurteilen Sie die Qualitäten eines Menschen nach seiner Nationalität?«
Lena errötete und wußte vor Betretenheit erst nicht, was sie auf seine Vorhaltungen erwidern sollte. »Nein, das tue ich nicht«, antwortete sie schließlich mit rotem Kopf. »Es ist nur ... ich meine ...« Sie brach ihren Versuch ab, eine vernünftige Erklärung für ihre Empörung und Vorwürfe zu finden.
»Ich weiß, was Sie meinen, und es ist auch nicht mehr so wichtig, wenn ich Sie überzeugt habe, daß es mir nur darum ging, Ihnen etwas Gutes zu tun, und daß ich Sie und Ihre Familie nie habe täuschen wollen«, sagte er und baute ihr eine goldene Brücke der Versöhnung. »Habe ich das, Lena?«
Sie schaute ihn kurz an, Bedauern über ihr unkontrolliertes und

ungerechtfertigtes Verhalten im Blick, und nickte. »Ja, das haben Sie.«
»Dann bitte ich Sie, auch wieder Lionel zu mir zu sagen und auf das Lieutenant Faulkner zu verzichten.« Und mit leicht scherzhaftem Tonfall fügte er hinzu: »Glücklicherweise fahren mehr Ausländer als Buren mit dem Zug, und wir haben das Abteil für uns. Denn sonst hätten Sie mich mit Ihrer Anrede in Teufels Küche bringen können. Leider liegen bei allzu vielen die Nerven patriotischer Empfindlichkeit so blank wie die Zünddrähte an einer Ladung Sprengstoff.«
Lena fragte sich verstört, wie sie ihm bloß etwas Böses hatte unterstellen können, nachdem er doch alles getan hatte, um ihr zu helfen? Wie hatte sie nur so reagieren können? Die Antwort war ebenso erschreckend wie einfach: weil sie in ihrer Familie mit kompromißloser Verachtung für die Rooineks aufgewachsen war, mit unzähligen Geschichten von Oupa Willem und anderen über ihre Schlechtigkeit und Rücksichtslosigkeit. Uitlanders, ganz besonders die Engländer, waren gottlos, hinterhältig und darauf aus, das Volk der Buren zu unterdrücken und ihrer kulturellen Eigenständigkeit zu berauben. Das hatte sie schon mit der Muttermilch in sich aufgenommen, und es war ihr nie in den Sinn gekommen, die Worte der Erwachsenen in Zweifel zu ziehen, zumal ihr auch nie ein Ausländer, geschweige denn ein Engländer begegnet war, der dieses festgemauerte Weltbild hätte ins Wanken bringen können. Erst als Julian nach LEEUWENHOF gekommen war, war so etwas wie eine Ahnung in ihr aufgestiegen, daß nicht alles stimmen mußte, was Oupa Willem, Tante Sophie und andere als unumstößliche Wahrheit von sich gaben. Er hatte Zweifel in ihr gesät und die Tür zu einer neuen und grenzenlosen Welt aufgestoßen, in der nicht alles von vornherein in Schwarz und Weiß unterteilt, sondern verwirrend vielfältig, bunt und auch voller Grautöne war.
Als sie jetzt über die Jahre ihrer Jugend und die Art ihrer Erziehung nachdachte, wurde ihr bewußt, daß ihr Vater nie jene unerbittliche Verachtung und jenen fast schon flammenden Haß

an den Tag gelegt hatte, mit denen Oupa Willem und Männer wie Hennig Bloem und Simon Boshof von den Engländern redeten. Zwar war auch er nicht gut auf sie zu sprechen, aber wenn er seinem Zorn Luft machte, dann galt dieser nie den Engländern allgemein, sondern stets den »imperialistischen Drahtziehern und machthungrigen Politikern«, wie er Männer wie Cecil Rhodes, Chamberlain und Milner zu nennen pflegte, die in London und Kapstadt das Sagen hatten.

Wie kann Pa auch die Ausländer über einen Kamm scheren und verdammen, hat er doch einst eine Ausländerin geliebt und mit ihr ein Kind gezeugt? fuhr es ihr durch den Sinn, und sie wünschte, Julian hätte ihr erzählen können, was sich damals in Kimberley zwischen seiner Mutter und ihrem Vater zugetragen und warum ihre Liebe ein so unglückliches Ende gefunden hatte. Doch er hatte ihrem Vater ja schwören müssen, dieses Wissen für sich zu behalten. Warum überhaupt? Was konnte damals in der Diamantenstadt bloß passiert sein, daß sie es nicht erfahren durfte?

Der Zug ratterte über eine Brücke, die über ein ausgetrocknetes Flußbett führte, das wohl nur bei schweren Regenfällen mit Wasser gefüllt war.

»In Gedanken schon in Johannesburg?« fragte Lionel, als Lena zu ihm hinblickte.

»Wie lange dauert es noch?«

Er zog eine silberne Taschenuhr hervor und ließ den Deckel aufspringen. »Wenn uns keine Viehherde oder sonst etwas Unvorhergesehenes aufhält, sollten wir in fünfzig Minuten in den Bahnhof Park Station einfahren. Sind Sie schon sehr aufgeregt, in weniger als einer Stunde in Johannesburg und bei Ihrem Bruder zu sein?«

»Ich weiß nicht, was ich von der Stadt halten werde. Aber ganz sicher werde ich mich freuen, daß die Reise dann ein Ende gefunden hat«, antwortete Lena ausweichend. Wenn sie über eins nicht sprechen wollte, dann war es über Julian und sie. Deshalb bemühte sie sich rasch um ein anderes Thema. »Wissen Sie, daß

meine Schwester Dele Sie für einen Spion gehalten hat, als sie erfuhr, daß Sie Engländer sind?«
»Und Sie?« fragte er belustigt.
»Ich habe sie ausgelacht, denn was gibt es auf einer Farm wie der unsrigen schon auszuspionieren?«
»Nichts, was von militärischer Bedeutung wäre«, bestätigte Lionel.
Sie runzelte die Stirn. »Sagen Sie, was macht ein Offizier wie Sie überhaupt in Johannesburg, wenn Sie doch an der Küste von Natal stationiert sind?« wollte sie wissen. »Oder ist das ein militärisches Geheimnis?«
»Nein, ganz und gar nicht. Mein Regiment ist vor einem halben Jahr aus Indien nach Natal verlegt worden, und weil ich in Kimberley aufgewachsen bin, die Taal der Buren wie meine Muttersprache spreche und mich auch in Johannesburg einigermaßen auskenne, bin ich abkommandiert worden, eine Verhandlungsdelegation meiner Regierung zu Gesprächen mit Ihrem Präsidenten Paul Krüger nach Pretoria zu begleiten«, erklärte er bereitwillig.
»Was für eine Ehre!« sagte sie halb spöttisch, halb beeindruckt.
Er lachte. »Auf diese Ehre hätte ich gern verzichtet, denn ein Offizier meines Ranges hat in solch einer Delegation die Funktion eines besseren Laufjungen. Angenehm war allein, daß es nach Pretoria noch nach Johannesburg ging, wo sich die Abgesandten mit den maßgeblichen Herren von den Goldminen zusammengesetzt haben, um die politische und wirtschaftliche Lage zu besprechen, und daß ich meinen längst überfälligen Urlaub nehmen konnte, um meiner Tante beim Verkauf ihrer Immobilie zu helfen. Und natürlich war es eine glückliche Fügung des Schicksals, daß ich nach so vielen Jahren, die wir uns nicht mehr gesehen hatten, ausgerechnet dort Julian wiedergetroffen und durch ihn Ihre Bekanntschaft gemacht habe.«
Sie quittierte das Kompliment mit einem Lächeln. »Und wann müssen Sie wieder zum Ihrem Regiment nach Durban zurück?«
»In zehn Tagen.«

»Ihre Frau wird sicher froh sein, Sie nach so vielen Wochen Abwesenheit wiederzusehen.«
»Wieso glauben Sie, daß ich verheiratet bin?« fragte Lionel erstaunt und erheitert zugleich.
Sie wußte auch nicht genau, warum sie das angenommen hatte. Vielleicht, weil er ein sehr attraktiver Mann und in dem Alter war, in dem ein Bure gewöhnlich längst eine Familie gegründet hatte? Aber das mit der attraktiven Erscheinung konnte sie ihm ja schlecht sagen. Und so zuckte sie mit den Schultern. »Ich weiß es nicht. Entschuldigen Sie, wenn ich Ihnen zu nahe getreten bin . . .«
»Aber nein. Es besteht überhaupt kein Grund zur Entschuldigung, Lena«, versicherte er schnell und immer noch belustigt. »Ich kann wirklich nicht von Ihnen erwarten zu wissen, daß ein britischer Offizier im Rang eines Lieutenants noch gar nicht verheiratet sein kann, auch wenn er es wollte.«
Verblüfft sah sie ihn an. »Warum nicht? Ist der Sold so schlecht?«
Lionel lachte. »Der Sold eines Lieutenants könnte wahrhaftig besser sein, aber daran liegt es nicht. Es ist einfach ein eisernes Gesetz, daß ein Offizier in meinem Rang unverheiratet zu bleiben und einzig und allein seinen Vorgesetzten und seinem Dienst verpflichtet zu sein hat. Verheiratete Kompanieführer, die sich im Kriegsfall in vorderster Frontlinie bewähren müssen, scheint man im Generalstab für nicht so geeignet zu halten, weil angeblich weniger couragiert und weniger selbstaufopfernd als ledige Offiziere, die nicht durch Gedanken an Frau und Kinder von ihrer eigentlichen Aufgabe abgelenkt wären.«
Lena war, als hörte sie aus seiner Stimme so etwas wie Sarkasmus heraus.
»Auf jeden Fall ist es üblich, sich erst dann bei seinem Vorgesetzten um die Erlaubnis für eine Eheschließung zu bemühen, wenn man zum Captain befördert worden ist.«
»Und können darüber nicht viele Jahre vergehen?«
»Sicher.«
»Das halte ich aber für äußerst ungerecht!«

»Da pflichte ich Ihnen bei«, erwiderte er trocken.
»Und dennoch haben Sie sich für den Beruf des Offiziers entschlossen?« wunderte sie sich.
Er machte eine vage Handbewegung und verzog den Mund zu einer spöttisch grimmigen Miene. »Daß ich mich dazu entschlossen hätte, kann man so nicht sagen. Es war vielmehr der glühende Wunsch meines Vaters, daß ich zur Armee gehe.«
»Ihr Vater hat Sie dazu gedrängt, Soldat zu werden? *Magtig*, wie haben Sie das zulassen können?« Lena wußte nicht, ob sie Mitgefühl für ihn empfinden oder ihn wegen seiner mangelnden Durchsetzungskraft, seine eigenen Entscheidungen zu treffen, bemitleiden sollte.
»Sie müssen wissen, daß mein Vater aus einfachen Verhältnissen stammt«, entgegnete er. »Als er nach Kimberley kam, war er ein Niemand, einer von Zehntausenden Abenteurern und Glückssuchern, die damals aus aller Welt zum Vaal auf die Diamantenfelder und später zu den Goldminen am Witwatersrand strömten. Durch Glück und harte Arbeit hat er es zu einem ansehnlichen Vermögen gebracht. Und dieser jahrelangen harten Arbeit meines Vaters habe ich es zu verdanken, daß ich nicht als Handlanger oder kleiner Buchhalter mein Leben fristen muß, sondern nach unserer Rückkehr nach England eine gute Ausbildung und Zugang zur Militärakademie erhalten habe. Mein Vater ist stolzer auf das, was ich erreicht habe, als auf seine eigenen Leistungen. In mir sieht er die Erfüllung eines Traums, der ihm verwehrt geblieben ist.«
»Ja, aber dennoch ...«
Seine Gestalt straffte sich auf einmal, und sein versonnener Gesichtsausdruck wich einer energischen Miene. »Nein, da gibt es kein Dennoch und kein Aber, Lena. Mein Vater hat allen Grund, stolz zu sein!« erklärte er nachdrücklich, als bereute er, sich gerade gehengelassen zu haben. »Und ich wüßte wahrhaftig nicht, warum ich mit meinem Schicksal hadern und mich in irgendeiner Weise beklagen sollte.«
Sie fühlte sich brüsk zurückgestoßen und ärgerte sich im näch-

sten Moment darüber, daß sie das so wichtig nahm. Was hatte es sie zu interessieren, warum Lionel Faulkner die Offizierslaufbahn eingeschlagen hatte und ob er mit ganzem Herzen Soldat war oder nicht? Es war wirklich besser, wenn sie *beide* allzu persönliche Themen vermieden. Dafür kannten sie sich nicht gut genug, und so wie die Dinge in diesem Land lagen, würden die Gegensätze, die sie trennten, auch zukünftig dafür sorgen, daß es dabei blieb.

19

»Da, die buschbestandenen Hänge vom Witwatersrand!« machte Lionel sie wenig später auf die niedrigen Bergzüge aufmerksam, die Johannesburg umgaben.

Mit einer Mischung aus Faszination und Erschrecken blickte Lena aus dem Fenster, als der Zug nach Johannesburg hineinfuhr, der größten Stadt Südafrikas. Zuerst schnitt der Schienenstrang durch staubige Siedlungen, deren tief gestaffelte Reihen von kasernenartigen Wellblechbaracken, Pondoks und anderen primitiven Unterkünften kein Ende zu nehmen schienen.

»Die Wohnviertel der schwarzen Minenarbeiter«, erklärte Lionel. »Sie umgeben die Stadt wie eine Belagerungsarmee mit einem Ring von Lagern.«

»*Magtig,* so viele Menschen auf einem Fleck!« rief sie fassungslos. »Als hätten sich hier alle Stämme Afrikas eingefunden!«

Er lachte. »Alle wohl nicht, aber an die fünfzig-, sechzigtausend Schwarze dürften es wohl sein.«

Diese Siedlungen, zumeist von hohen Zäunen umschlossen, gruppierten sich um die zahlreichen Goldbergwerke, die mit ihren gewaltigen Abraumhalden, Fördertürmen und einer Vielzahl von Schuppen, Werkhallen und anderen Gebäuden riesige Flächen in Anspruch nahmen und der Landschaft ein häßliches, industrielles Gepräge gaben.

»Aber kommt es denn unter den Schwarzen nicht ständig zu

Mord und Totschlag? Es sind doch bestimmt nicht alles nur Zulus und Xhosas, oder?« fragte sie und spielte auf die jahrhundertealten unversöhnlichen Feindschaften zwischen den einzelnen Stämmen an, die immer wieder zu blutigen Auseinandersetzungen führten.

»Nein. Hier sind zwar fast alle vertreten, doch die Schwarzen wohnen und arbeiten strikt nach Stämmen getrennt.«

Lena setzte zu einem Einwand an. »Aber in der Stadt ...«

Er wußte, was sie sagen wollte. »Die Stadt ist den schwarzen Minenarbeitern verwehrt. Sie müssen sich für mindestens ein halbes Jahr verpflichten und bekommen während ihres Aufenthalts in Johannesburg nur das Gelände des Bergwerks und ihres abgeschlossenen Wohnviertels zu sehen.«

»Das ist ja dann wie in einem Gefangenenlager«, stellte Lena fest. »Da gehen wir Buren mit unseren Schwarzen aber viel besser um.«

»Ja, Sie sagen ihnen gleich, daß sie keine Rechte haben, während wir ihnen dieselben Rechte, wie Weiße sie genießen, in der Theorie zubilligen, sie ihnen in der Praxis aber durch raffinierte Vorschriften und Voraussetzungen, etwa was den Nachweis von Grundbesitz und Vermögen zur Zulassung bei Wahlen betrifft, wieder wegnehmen«, sagte er sarkastisch. »Welches dieser Systeme nun *gerechter* ist, dürfte kaum mehr als eine Frage des Geschmacks sein. Würden Sie mir darin nicht zustimmen?«

»Mag sein«, erwiderte Lena.

Der Zug verlor an Geschwindigkeit und kroch unter langgezogenem Sirenengeheul auf den Kern von Johannesburg zu. Die armseligen Siedlungen der Schwarzen wurden nun von ganz anderen Wohnvierteln abgelöst. Solide gebaute Steinhäuser, bis zu sechs Stockwerke hoch, reihten sich zu langen Straßenzügen aneinander.

Lena hatte den Eindruck, von einem wahren Häusermeer verschluckt zu werden. Sie hatte von ihren beiden Besuchen in Vereeniging zu wissen geglaubt, was eine Stadt war und wie es dort zuging. Doch einen lächerlicheren Irrtum hätte sie kaum begehen können. Sie verstand nun, warum Lionel sie ausgelacht und den Vergleich mit dem Ochsen und dem Bienenschwarm gewählt hatte. Er war mehr als zutreffend. Johannesburg erschien ihr als schier endloses Labyrinth von Straßen, in dem es wie in einem Hexenkessel zuging.

Der Zug fuhr in den Bahnhof Park Station ein, dessen Größe und Betriebsamkeit fassungsloses Staunen und Beklemmung in Lena hervorriefen. Es herrschte ein solch lärmendes, wildes Durcheinander, daß sie überzeugt war, sich allein nie und nimmer zurechtzufinden. In Gedanken dankte sie Gott und Lionel, daß sie nun nicht auf sich gestellt war. Wie gut, daß Lionel darauf bestanden hatte, sie zu begleiten. Er würde sie vor den unbekannten Gefahren, die in solch einer Stadt zweifellos in großer Vielfalt auf jeden unerfahrenen Besucher vom einfachen Land wie sie lauerten, bewahren und sie sicher zu Julian bringen.

Ihre unbändige Freude, in Johannesburg angekommen zu sein und damit einen Plan verwirklicht zu haben, der ihr noch vor einer Woche vollkommen irrwitzig und undurchführbar erschienen war, drängte alle Furchtsamkeit und Verstörung in den Hintergrund ihrer Gefühle und Gedanken. Sie hatte es tatsächlich geschafft und würde noch heute in den Armen ihres geliebten Julian liegen!

»Na, so glücklich habe ich Sie erst einmal strahlen gesehen«, sagte Lionel, als der Zug unter lautem Quietschen von Stahl auf Stahl hielt und sich ein letztesmal in weiße Dampfwolken hüllte. »Und zwar, als ich Ihnen Julians Brief gab. Der Gute ist wirklich zu beneiden.«

»Wohnt er weit vom Bahnhof?« fragte sie, strich ihr Kleid zurecht und vergewisserte sich, daß ihre Haube richtig saß.

Lionel nahm ihren Koffer und seine Reisetasche. »Keine zehn Minuten mit der Bahn«, sagte er und hielt ihr die Abteiltür auf.

»Bahn?«

»Oh, das ist eine Straßenbahn, die auf Schienen läuft, von Pferden gezogen oder von Dampfmaschinen angetrieben wird

und alle paar Häuserblocks hält, damit Fahrgäste aus- und einsteigen können«, erklärte er. »Sie fahren kreuz und quer durch die Stadt, so daß man mit ihnen jeden wichtigen Ort in Johannesburg schnell und preiswert erreichen kann.«
Lena staunte. »Wie praktisch. Wenn es so etwas auf dem Land nur auch gäbe.«
»Ich nehme an, daß Julian schon auf uns wartet«, sagte Lionel beiläufig, als sie den Gang zum Ende des Waggons hinunterliefen.
Überrascht blieb Lena stehen und sah zu ihm auf. »Julian erwartet uns? Aber das ist doch unmöglich. Woher soll er denn wissen, daß wir nach Johannesburg kommen?«
Lionel lächelte. »Ich habe ihm gestern telegrafiert und ihm unsere Ankunftszeit mitgeteilt. Das heißt meine, denn daß ich Sie mitbringe, habe ich vorsichtshalber unterschlagen, weil ich nicht wußte, ob es Ihnen recht ist oder nicht.«
»Sie hätten mich fragen können.«
»Ja, aber dann hätte ich Sie doch heute nicht damit überraschen können, Lena«, erwiderte er mit einem entwaffnenden Lächeln.
Sie vermochte ihm nicht böse zu sein. Ihre freudige Erregung war zudem zu groß, als daß es jetzt noch von Bedeutung gewesen wäre. Julian wartete auf dem Bahnsteig auf sie. In wenigen Minuten würde sie ihn wiedersehen, nach anderthalb schrecklich langen Jahren schmerzlicher Trennung!
Der Schaffner stieß die Tür auf.
»Warten Sie hier noch einen Augenblick«, bat Lionel, einen fröhlichen, fast schelmischen Ausdruck in den Augen, und ließ die anderen Fahrgäste vorbei. »Ich sehe erst einmal nach, wo Julian steht, und rufe ihn dann zu uns. Wenn wir ihn schon überraschen wollen, so doch richtig, einverstanden?«
Sie nickte, zu aufgeregt, um ihm zu widersprechen.
Lionel stellte sich auf die mittlere Eisenstufe und beugte sich hinaus. Er hatte Julian schnell entdeckt. Ein schwarzer Gepäckträger mit einer Handkarre wartete respektvoll einen Schritt hinter ihm.

»Julian!« rief er und winkte ihm zu.
»Lionel, hätte nicht gedacht, daß ich dich so rasch wiedersehen würde!« hörte Lena wenige Augenblicke später die Stimme, die ihr so vertraut war und die sie so lange nicht vernommen hatte. Ihr Herz raste, und sie hielt sich an einem Haltegriff fest, weil sie sich ganz schwach auf den Beinen fühlte.
»Höre ich da Freude oder Bedauern heraus?« scherzte Lionel.
»Jeder hat sein Kreuz zu tragen, und ich scheine nun mal mit dir geschlagen zu sein«, gab Julian mit ebenso freundschaftlichem Spott zurück. »Du hast mich ja ganz schön auf die Folter gespannt, alter Knabe. Was hat es denn nun mit der Überraschung auf sich, die du mir in deinem geheimnisvollen Kabel versprochen hast? Und was hängst du noch immer wie ein Affe da oben in der Tür?«
»Rate mal, wen ich mitbringe?«
»Königin Victoria?«
Lionel lachte. »Nicht ganz, aber daß es sich bei meiner reizenden Begleitung um eine Frau handelt, ist schon mal ganz richtig.«
»Dann kann es nur deine Tante Emily sein.«
»Seit wann hast du es mit den Ohren? Ich habe von einer reizenden Begleitung gesprochen!« tat Lionel entrüstet. »Also gib dir ein bißchen mehr Mühe!«
Lena sah in dem Spalt zwischen Türrahmen und Lionels Schulter, wie Julian abwinkte. »Vergiß es, Lionel. Sag mir lieber, ob du schon auf LEEUWENHOF gewesen bist und Lena meinen Brief überbracht hast.«
»Am besten fragst du sie selbst, ob ich meine Sache gut gemacht habe oder nicht«, erwiderte Lionel mit verschmitzter Heiterkeit, sprang von dem Trittbrett und streckte die Hand zur Tür hinauf, während er Lena zurief: »Kommen Sie, zeigen Sie sich Ihrem Bruder!«
Lena trat aus dem Dunkel des Waggons ins Licht der Tür.
Ihr Anblick traf Julian sichtlich wie ein Schock. Der unbekümmert fröhliche Gesichtsausdruck war von einer Sekunde zur anderen wie weggewischt. Ungläubig und verstört starrte er zu ihr

hinauf, den Mund halb offen und die Augen vor Fassungslosigkeit geweitet.
»Lena!« stieß er aus, und seine Stimme klang heiser und ohne Kraft.
Einen winzigen Moment lang befiel Lena die lähmende Angst, einen schrecklichen Fehler begangen zu haben und vielleicht gar nicht willkommen zu sein. Doch dann dachte sie an Julians Brief und wie deutlich er darin zum Ausdruck gebracht hatte, wie sehr er sie liebte und sich nach ihr sehnte. Und alle Unsicherheit war augenblicklich verflogen.
»O Julian!« rief sie mit einem glücklichen Lächeln. Für einen Augenblick vergaß sie Lionel und das geschäftige Lärmen und Treiben von Park Station. Sie sah allein Julian, dem ihre bedingungslose Liebe galt.
Lena konnte sich später nicht daran erinnern, daß sie Lionels hilfreich ausgestreckte Hand ergriffen hatte, um vom Trittbrett zu steigen. Sie hatte vielmehr das Gefühl, schwerelos gewesen und von einer Woge der Glückseligkeit zu Julian getragen worden zu sein.
Doch woran sie sich genau erinnerte, war das wunderbare Gefühl von Zärtlichkeit und Nähe, als sie ihm um den Hals flog, die Arme um ihn schlang und ihn mit all ihrer Kraft an sich drückte. Sie kümmerte sich weder um die Gebote schicklicher Begrüßung noch um ihre Haube, die dabei in den Nacken rutschte. Sie preßte ihr Gesicht an seine Wange, berührte mit ihren Lippen seine Haut und flüsterte ihm ins Ohr: »O Julian, wie oft habe ich von diesem Moment geträumt und mich danach gesehnt!«
Julian stand wie zu einer Salzsäule erstarrt, und für ein, zwei Sekunden hatte es den Eindruck, als würde er ihre stürmische Liebesbezeugung einfach so über sich ergehen lassen, ohne sie auch nur im Ansatz zu erwidern. Seine Hände hingen reglos an den Seiten herab, als wollte er sie nicht einmal dazu benutzen, sie von sich zu drücken.
Doch dann schlossen sich seine Arme um ihren anschmiegsamen, schlanken Körper und hielten sie so fest, daß es ihr fast den Atem

raubte. Und seine Lippen raunten mit einer Mischung aus gequälter Verzweiflung und glücklicher Erlösung: »Mein Gott, Lena, was hast du bloß getan?!«

Lena lachte und hätte beinahe ihrem Verlangen nachgegeben, ihn mit der ganzen Leidenschaft, zu der sie fähig war, vor aller Leute Augen zu küssen. Gerade noch rechtzeitig wurde ihr bewußt, daß Lionel neben ihnen stand und Zeuge dieser Szene wurde.

Lena, um Gottes willen, laß dich nicht von deinen Gefühlen fortreißen! warnte sie eine innere Stimme. So führt sich keine Schwester auf, auch wenn das Wiedersehen noch so freudig ist. Du mußt Haltung bewahren und deiner Leidenschaft Zügel anlegen, zumindest in der Öffentlichkeit!

Sie riß sich zusammen, löste ihre Umarmung und wandte alle Willenskraft auf, um ihre aufgewühlten Gefühle und ihre brennende Sehnsucht nach körperlicher Berührung unter Kontrolle zu bringen. »Ja, damit hättest du nicht gerechnet, daß ich dich hier in Johannesburg besuchen würde, nicht wahr?« sagte sie, trat einen Schritt zurück und war froh, daß ihre verrutschte Haube ihr Gelegenheit gab, ihre Hände zu beschäftigen.

Julian schüttelte den Kopf, verstört und innerlich genauso aufgewühlt wie sie. Er hatte noch mehr Mühe, sich zu fassen, als sie. Er fuhr sich mit der Hand über die Augen, als glaubte er zu träumen und als rechnete er damit, daß sich ihr Abbild in Luft aufgelöst haben würde, wenn er die Hand von den Augen nahm. »Jesus Maria ...« murmelte er, völlig aus dem seelischen Gleichgewicht gebracht. »Also das ... *Magtig,* nein, damit ... also damit hätte ich niemals gerechnet ...« Es fiel ihm schwer, einen vollständigen Satz zusammenzubekommen.

Lionel räusperte sich. »Wie ich sehe, ist die Überraschung ja gelungen«, sagte er leichthin, und so wie seiner Stimme nichts anzumerken war, so verriet auch seine Miene nichts darüber, ob die Art und Weise, wie die beiden Geschwister sich begrüßt hatten, irgendeinen Verdacht in ihm geweckt hatte.

Julian wandte sich ihm zu. »Himmel, ich stehe noch immer unter Schock!« gestand er, denn die Wahrheit war noch am unverfänglichsten, sofern niemand den Fehler beging, in die Tiefe vordringen zu wollen. »Lena in Johannesburg! Das ist ja ein Ding der Unmöglichkeit. Ich weiß doch, was für einen Abscheu Oupa Willem und Tante Sophie für dieses Sodom und Gomorra der Uitlanders haben. Am liebsten würden sie es mit Stumpf und Stiel ausrotten. Niederbrennen und schleifen würden sie die Stadt, wenn sie die Macht dazu hätten. Und nicht einmal Vater, mit dem sonst ganz vernünftig zu reden ist, läßt ein gutes Haar an Johannesburg. Und da erlauben sie Lena, mit einem Wildfremden hierherzureisen? Nein, das geht einfach über mein Fassungsvermögen!« Die Sätze sprudelten nur so aus ihm heraus, und je länger sein Redestrom dauerte, desto mehr gewann er seine Selbstbeherrschung wieder. Er erkämpfte sich förmlich von Satz zu Satz seine Fassung zurück.

Und Lena war ihm dankbar für die Stichworte, die er ihr für ein unverfängliches Gespräch lieferte, das ihnen beiden Gelegenheit gab, sich zu sammeln und wieder in den Griff zu bekommen. »Natürlich hat Pa mich nicht einfach so ziehen lassen, schon gar nicht mit einem Engländer. Er hätte ihn gesteinigt und mich windelweich geprügelt, wenn er auch nur den Schimmer einer Ahnung gehabt hätte. Es hat mich schon viel Mühe und Phantasie gekostet, mir was einfallen zu lassen, um nach Johannesburg zu kommen, ohne daß jemand auf LEEUWENHOF etwas davon weiß!« entgegnete sie mit derselben Hast und Kurzatmigkeit, mit der er seine Worte hervorgebracht hatte.

»Ihr Weg hat sie erst über Vereeniging geführt«, berichtete Lionel. »Sie hat einen starken Eindruck auf meine Tante gemacht.«

»Was du nicht sagst.« Julian interessierte sich spürbar wenig für Tante Emily.

»Ich bin jedenfalls froh, daß ich Lena gut zu dir gebracht habe, Julian. Die Zugfahrt war diesmal bedeutend abwechslungsreicher als beim letztenmal. Lena und ich hatten eine anregende Unterhaltung«, sagte Lionel mit spöttischem Hintersinn und warf ihr einen amüsierten Blick von der Seite zu. »Ich fürchte, mir wird die Rückfahrt gleich in ebensolchem Maß reizlos und ermüdend vorkommen, wie die Hinfahrt kurzweilig und anregend war.«

»Du willst noch heute zurück?« fragte Julian und klang fast erschrocken.

»Nun ja, ich habe eigentlich vor, den Nachmittagszug nach Bloemfontein zu nehmen. Meine Mission ist erfüllt, richtig? Und ich denke, ihr beide habt wichtige Dinge zu bereden und werdet froh sein ...«

»Unsinn!« fiel Julian ihm hastig ins Wort. »Daß du schon den nächsten Zug nimmst, kommt gar nicht in Frage. Wer weiß, wann wir uns wiedersehen. Du mußt noch ein wenig bleiben, Lionel.«

Lionel zögerte, und als er einräumte, nicht unbedingt an diesem Tag schon nach Vereeniging zurückfahren zu müssen, da gab Julian ihm keine Ruhe. Er bestand darauf, daß Lionel blieb und ein paar Tage mit ihnen verbrachte.

»Bei mir in der Pension sind einige Zimmer frei geworden. Und zusammen werden wir eine Menge Spaß haben. Mach uns die Freude!« drängte Julian ihn inständig und wandte sich an Lena um Unterstützung. »Als mein bester Freund ist er mir und dir das schuldig, nicht wahr? Sag auch du ihm, daß er unmöglich so sang- und klanglos abreisen kann.«

»Ja, bleiben Sie doch noch, Lionel«, kam Lena seiner Bitte nach, obwohl sie ahnte, warum Julian so sehr daran gelegen war, daß Lionel ihnen weiterhin Gesellschaft leistete. Aber vielleicht war es ja gut so, erst einmal nicht ganz allein mit Julian zusammenzusein.

»Nun denn, warum nicht«, gab Lionel schließlich mit einem Lachen nach. »Ein, zwei Tage kann ich wohl bleiben, ohne daß Tante Emily den Kopf verliert.«

Julian machte einen mehr erleichterten als freudigen Eindruck. »Am besten fahren wir erst einmal zur Pension«, schlug er vor und gab dem Schwarzen ein Zeichen, ihnen mit dem Gepäck zu folgen. »Und dann überlegen wir uns, was wir mit dem Rest des Tages anfangen.«

Lena war es gleichgültig, auf welche Weise Julian und Lionel die Zeit mit ihr auszufüllen gedachten. Jetzt, da sie in Johannesburg bei ihrem geliebten Julian war, konnte sie warten. Dieses Warten würde die Vorfreude nur noch steigern. In spätestens zwei, drei Tagen würde Lionel abreisen, und dann gab es nur noch Julian und sie – und ihre Liebe, die stärker war als alle Konventionen und Mächte dieser Welt!
Mit einem glücklichen Lächeln hakte sie sich bei Julian ein und ging, auf der anderen Seite von Lionel eingerahmt, in ihrer Mitte den Bahnsteig hinunter.

20

Was folgte, erschien Lena wie ein bunter, wilder Traum, der drei Tage und drei Nächte andauerte und eine einzige Kette aufregender Vergnügungen bildete. Jede Minute des Tages war ausgefüllt wie auch die Stunden der Nacht bis in den frühen Morgen hinein. Julian und Lionel wetteiferten förmlich darum, sich gegenseitig mit einfallsreichen Unternehmungen auszustechen und sie von einer Überraschung zur anderen zu führen.
Und was gab es in Johannesburg nicht alles zu sehen und zu unternehmen! Die Stadt wirkte auf Lena wie eine moderne Märchenwelt, in der hinter jeder Straßenecke ein neues Wunder wartete.
Schon auf der kurzen Fahrt vom Bahnhof zu Julians Pension in der Kerk Street drang eine solche Flut von faszinierenden Eindrücken auf Lena ein, daß sie mehrmals kurz die Augen schloß, weil sie fürchtete, die unzähligen auf sie einstürmenden Bilder und Empfindungen nicht verkraften zu können. Wohin sie auch schaute, ihr Blick fiel auf hoch aufragende Häuser aus Granit und Backstein, die so dicht an dicht standen wie noch nicht einmal das Schilf am Vaal. Wie die Palisaden, die ein nimmermüder Riese errichtet hatte, bildeten die Gebäude, die bis zu acht Stockwerke in den Himmel stiegen, eine Straße nach der ande-

ren. Und aus diesen sich verzweigenden Straßenzügen setzte sich ein unfaßbares, gewaltiges Labyrinth zusammen, das sich in alle Himmelsrichtungen scheinbar endlos ausdehnte und in dem Menschen so zahlreich und geschäftig wie Ameisen hin und her irrten, als könnten sie den rettenden Ausgang aus diesem steinernen Labyrinth nicht finden.

Lena war auf Leeuwenhof mit der ebenso unbewußten wie selbstverständlichen Überzeugung aufgewachsen, daß die Welt überall so überschaubar war wie ihre Farm und das weite, offene Veld. Leeuwenhof war im Kleinen, was die Welt im Großen ausmachte, das hatte sie als so gegeben hingenommen wie die Sonne bei Tag und den Mond bei Nacht. Jonkheersdorp hatte in diesem Weltbild seinen sicheren Platz gehabt, denn die beiden sich am Outspan kreuzenden Straßen mit der Kirche und ihren gerade mal drei Dutzend einstöckigen Häusern aus weiß getünchten Lehmziegeln waren genauso leicht zu überblicken wie eine Farm.

Und nun Johannesburg!

Wäre Lena vorher nicht zweimal in Vereeniging gewesen, so lächerlich armselig diese Stadt sich neben Johannesburg auch ausnehmen mochte, der Schock wäre möglicherweise zu groß gewesen.

Sie hatte noch nie in ihrem Leben ein Fahrrad gesehen, und hier radelten sie zu Dutzenden, ja Hunderten auf diesen seltsamen, fragilen doppelrädrigen Gestellen durch den dichten Verkehr aus Reitern, Fuhrwerken, Droschken, Einspännern und Bahnen! Sogar vornehm gekleidete Männer, mit Bowler oder weißem Strohhut auf dem Kopf, fuhren durch die Straßen.

»Fahrräder sind hier groß in Mode«, erklärte Julian. »Von denen gibt es in Johannesburg mehr als siebentausend. Sogar die Frauen haben einen eigenen Club gegründet. Vielleicht findet am Wochenende ja zufällig ein Rennen auf dem Gelände vom Wanderers Club statt, das wir uns ansehen können.«

Aber Fahrräder, mehrstöckige Steinhäuser zu Tausenden, gepflasterte Straßen und Straßenbahnen waren nicht das einzige, was

Lena zum erstenmal in ihrem Leben zu Gesicht bekam. Das war nur der Anfang.

Julian bestand darauf, ihr ein neues Kleid zu kaufen, damit er sie darin ins Theater ausführen konnte. Lena lachte ihn aus. »Ein Kleid zu schneidern, das auch gut sitzt, dauert seine Zeit. Dazu sind mehrere Anproben nötig, sogar bei Tante Sophie, und die weiß Maß zu nehmen.«

»Nicht hier in Johannesburg«, entgegnete Julian und warf Lionel einen vergnügten Blick zu.

Dieser schmunzelte. »Das Kleid, das du am späten Nachmittag bei MORTON & BROOKS oder bei den FLANNEGAN BROTHERS in der Commissioner Street kaufst, kannst du schon am Abend zu einer Vorstellung im GLOBE THEATRE oder zum Essen im GRAND NATIONAL HOTEL tragen«, versicherte er.

»Unmöglich! So schnell ist keine Schneiderei!« widersprach Lena.

»Das Kleid ist schon fertig«, erklärte Julian. »Man kauft es von der Stange.«

Lena war der festen Überzeugung, daß Julian und Lionel sie nur auf den Arm nehmen wollten – bis sie mit ihnen MORTON & BROOKS betrat und sah, was mit »von der Stange« gemeint war. Sie konnte kaum glauben, daß das hinreißende smaragdgrüne Taftkleid mit den schwarzen Paspeln, das die Männer sie anzuprobieren drängten, tatsächlich so angegossen am Körper saß wie Tante Sophies Kleider.

Julian bestand darauf, ihr das Kleid zu schenken, und Lena widersetzte sich seinem Wunsch nicht mehr, als es der Anstand verlangte. Er liebte sie und wollte ihr ein besonderes Geschenk machen, und sie war glücklich, daß sie ihm so viel bedeutete. Zudem versicherte er ihr, daß er es sich erlauben konnte. Seine Mutter hatte ihm ein bescheidenes Erbe hinterlassen, von dem er noch keinen Penny ausgegeben hatte, weil er für seinen Unterhalt bisher selbst aufgekommen war.

»Doch dies ist ein besonderes Ereignis. Laßt uns ein paar schöne Tage haben und einmal nicht auf das Geld sehen«, sagte Julian.

»Unvergeßliche Erinnerungen sind kostbarer als Gold auf der Bank!«
Wenige Stunden später saß sie in ihrem neuen Kleid im Restaurant des feudalen GRAND NATIONAL HOTEL, wo sie zum erstenmal in ihrem Leben ein alkoholisches Getränk probierte, das sich Cocktail nannte, sowie Speisen vorgesetzt bekam, deren Namen sie noch nie zuvor gehört hatte. Anfangs war sie angespannt und verunsichert von der palastartigen Einrichtung des Hotelrestaurants und von den Kellnern, die ihr um vieles eleganter gekleidet und mit vollendeteren Umgangsformen gesegnet schienen als die Mehrzahl der Gäste. Doch der Cocktail und die unterhaltsame Gegenwart von Julian und Lionel, denen eine solch feine Umgebung offenbar nicht fremd war und die sich mit Anekdoten über die ersten wilden Jahre der Goldstadt am Witwatersrand überboten, nahmen ihr die Hemmung und ließen sie das Ereignis genießen.
Anschließend führten Julian und Lionel sie in das GLOBE THEATRE, wo kurze komödiantische Stücke und Sketche aufgeführt wurden. Burlesken nannten sie das, und Lena kam aus dem Lachen nicht heraus. Danach fuhren sie in einer offenen Mietdroschke durch Straßen, in denen an jeder Ecke helle Gaslampen mit ihrem gelblichen Schein leuchteten. So etwas Wunderbares hatte Lena noch nie gesehen.
»Johannesburg hat noch Besseres zu bieten als Hunderte von Gaslaternen«, sagte Julian und gab dem Kutscher Anweisung, einen Umweg zu fahren, weil er ihr die Straßen und Plätze zeigen wollte, wo die Straßenlaternen die Nacht mit dem gleichbleibend strahlend weißen Licht elektrischer Lampen erhellten.
Lena konnte nur staunen.
Das Staunen und der Reigen aufregender Unternehmungen nahm für sie auch an den beiden folgenden Tagen kein Ende. Ruhelos wie Schmetterlinge, die von einer leuchtenden Blüte zur nächsten verlockenden Blume flatterten, gingen sie von einer Attraktion zur nächsten.
Im Auckland Park schauten sie beim Spektakel einer großen

Übung der Feuerwehr zu, um anschließend unter dem achteckigen Telephone Tower ein üppiges Picknick einzunehmen, das Lionel organisiert hatte. Danach fuhren sie mit dem Einspänner, den Julian gemietet hatte, damit sie unabhängig waren und sich in der Stadt nach Belieben bewegen konnten, durch die Villenviertel Doornfontein und Parktown, wo ein prächtiges Herrenhaus mit dem anderen zu konkurrieren schien und wo die Gärten mit ihrer verschwenderischen Fülle an Farben und Gewächsen das verlorene Paradies neu schaffen zu wollen schienen.
Julian und Lionel zeigten ihr den weltberühmten RAND CLUB, wo die Industriemagnaten und Millionäre verkehrten, und das eindrucksvolle Gebäude der Johannesburger Börse, wo der Andrang der Börsenmakler und Spekulanten so groß war, daß viele Geschäfte vor der Börse auf der Straße abgewickelt wurden. Die Menge der Geschäftsleute, die sich dort täglich einfanden, war so groß, daß man die Straße zwischen Commissioner und Simmonds Street längst für den Verkehr durch Ketten abgesperrt hatte. Seitdem machte man Geschäfte und tauschte wichtige wirtschaftliche wie politische Informationen »Zwischen den Ketten« aus, ein Begriff, der für die Johannesburger Börse wie auch in London, New York, Paris und Rom gebraucht wurde.
Der Nachmittag auf dem Gelände des TURF CLUB, der berühmten Pferderennbahn, war für Lena ein besonders aufregendes Erlebnis, denn sie liebte Pferde, und ihr Herz schlug höher, als sie die Vollblüter mit trommelndem Hufschlag und wehender Mähne über die Bahn jagen sah.
Am Abend gingen sie zu einem Konzert in die EMPIRE MUSIC HALL, und ein Feuerwerk, das unter dem Motto »Der Ausbruch des Vesuv« stand, über dem Amphitheater schloß den zweiten Tag ab.
Der dritte Tag war nicht weniger aufregend und vollgepackt mit Dingen, die zu besichtigen und zu tun waren. Sie besuchten den WANDERERS CLUB, wo sie ein Radrennen der Frauen unter den hohen Bäumen im Westen des Geländes erlebten und wo Lena sich mit einigem Erfolg und viel Lachen auf einem Fahrrad zu

halten versuchte, machten eine idyllische Kahnfahrt mit anschließendem Picknick im Park, wohnten der Demonstration eines verbesserten Edison-Phonographen bei, dessen Musik und Stimmen Lena wie Zauberei vorkamen, und verbrachten mehrere Stunden damit, auf der Pritchard Street, die für ihre exklusiven Geschäfte aller Art bekannt war, die Auslagen der Läden zu bewundern.

Es gab tausend und mehr Dinge, die Lena in diesen bis an die Grenze der Erschöpfung ausgefüllten Tagen zum erstenmal sah, hörte, schmeckte und erlebte. Ob es Tennis oder Cricket war, ein Billardsalon oder eine chinesische Wäscherei, ein Laden voller Bücher oder Blumen, Marmortreppen oder Kristalleuchter, eine Galerie mit Gemälden oder die CENTRAL NEWS AGENCY mit Zeitungen und Magazinen aus aller Welt, ein Cocktail im GRAND NATIONAL HOTEL oder italienische Pasta im ALBAN CAFÉ auf der Market Street – jedes einzelne Erlebnis war ein Blick in eine Welt, die so fern von all dem lag, was sie auf LEEUWENHOF als gegeben und als Maßstab aller Dinge angesehen hatte. Es war eine Welt, die auf sie ebenso faszinierend wie verstörend wirkte.

Sie hatte einfach keine Zeit, sich behutsam mit dem Stadtleben vertraut zu machen. Es war aufregend, fast jede Stunde etwas Neues zu sehen oder zu erleben. Doch diese atemlose Unternehmungslust, mit der Julian und Lionel sie ansteckten und die fast schon eine Unternehmungswut war, zehrte physisch an ihren Kräften und brachte sie an den Rand ihrer Aufnahmefähigkeit.

Lena wußte, wer die treibende Kraft hinter all dem war – Julian. Anfangs hielt sie das für ein Zeichen seiner Freude, daß sie bei ihm war, und bereitwillig ließ sie sich von ihm mitreißen. Sie verstand, daß er ihr seine Welt, in der er aufgewachsen war, zeigen wollte und stolz auf all das war, was das Leben in einer so riesigen Stadt von dem Alltag auf einer Farm wie LEEUWENHOF unterschied.

Es machte ihr auch nichts aus, daß er Lionel immer dabei haben wollte, denn sie sagte sich, daß sie später ja noch alle Zeit der Welt für sich hatten. Zudem verstanden sich die beiden darauf, sich bei

der Unterhaltung die Bälle geistreicher Bemerkungen und spannender Geschichten nur so zuzuwerfen und das Gespräch ständig im Fluß zu halten.
Doch am dritten Tag dämmerte ihr, daß diese ausgelassene Orgie ununterbrochener Beschäftigung, in die Julian sie stürzte, in Wirklichkeit eine Flucht war – vor ihr, vor ihrer beider Verlangen, vor der Wahrheit. Sie spürte, daß er Lionels Abreise fürchtete und ihn deshalb bedrängte, noch etwas länger zu bleiben. Er hatte Angst vor der Ruhe, der Zweisamkeit mit ihr, dem Augenblick der Wahrheit, in dem die Gefühle stärker waren als der Wille und die Vernunft. Stets sorgte er dafür, daß immer jemand zugegen und er nie mit ihr allein war, nicht einmal für wenige Minuten.
So durfte es nicht länger bleiben. Er quälte sich damit zu sehr und völlig ohne Grund, denn sie war mit der Bereitschaft nach Johannesburg gekommen, alle Konsequenzen auf sich zu nehmen, die sich daraus ergeben mochten, daß sie ihre Liebe zu Julian nicht länger verleugnete. Und wenn er meinte, es nicht vor seinem Gewissen verantworten zu können, den ersten Schritt zu tun, so mußte sie ihn eben tun.
Am besten noch in dieser Nacht.

21

Es war kurz vor Mitternacht, als sie in ihre Pension in der Kerk Street zurückkehrten. Julian hatte es, wie in den Nächten zuvor, sehr eilig, in sein Zimmer zu kommen. Er gab Lena einen flüchtigen, brüderlichen Kuß auf die Wange und legte dabei seine Hände auf ihre Oberarme, als wollte er verhindern, daß sie ihn umarmte.
»Was für ein Tag!« sagte er, wandte sich schnell von ihr ab, gab Lionel einen freundschaftlichen Stoß in die Rippen und wünschte ihnen eine gute Nacht. Dann fiel auch schon die Tür hinter ihm zu.
»Schlafen Sie gut, Lena.«

»Ja, Sie auch, Lionel«, sagte Lena. »Und vielen Dank.«
»Wofür?« fragte er verwundert, schon auf der anderen Seite vor seiner Zimmertür stehend.
»Für Ihre Zeit und Freundschaft.«
Lionel lächelte ihr über den Flur hinweg zu. »Ich wüßte nicht, wie ich meine Zeit angenehmer verbringen könnte und wem ich meine Freundschaft lieber schenken würde.«
Lena erwiderte sein Lächeln. »Gute Nacht«, wünschte sie ihm noch einmal.
»Ja, Ihnen auch. Und schöne Träume.«
O nein, ich werde mich nicht länger mit Träumen zufriedengeben, dachte sie, als sie in ihr Zimmer ging. Ich will, daß mein sehnlichster Traum Wirklichkeit wird – und zwar noch in dieser Nacht!
Lena machte keine Lampe an, sondern trat zum Fenster und zog die Gardinen ein Stück auf. Schwaches Mondlicht fiel aus dem kleinen Garten der Pension in ihr Zimmer, das wie das benachbarte von Julian zu ebener Erde lag.
Im Dunkeln zog sie sich aus. Sie schloß die Augen dabei und stellte sich vor, daß es Julians Hände waren, die einen Knopf nach dem anderen öffneten und ihr dann das Taftkleid von den Schultern streiften. Das Rascheln des Stoffes fachte ihre Phantasie an.
Sie beschwor in ihrer Erinnerung die Bilder von ihrem gemeinsamen nächtlichen Bad im Vaal River, während sie ein Kleidungsstück nach dem anderen ablegte. Deutlich sah sie seinen nackten, muskulösen Körper vor ihrem geistigen Auge, sah, wie das Wasser über seine Haut perlte und wie gut er gebaut war.
Ein erregender Schauer ging durch ihren Körper. Sie spürte ein seltsames Ziehen in ihrem Schoß, und ihre Brustwarzen wurden hart wie unter einem Schwall eisigen Wassers.
Als sie nur noch ihr dünnes Leibchen und ihren knielangen Schlüpfer trug, griff sie nach ihrem Morgenrock, um ihn überzuziehen. Doch dann besann sie sich eines anderen und entledigte sich nun auch noch ihrer Leibwäsche. Wenn er ihren Morgen-

mantel öffnete, sollte er sie so sehen wie in jener Nacht am Fluß vor zwei Jahren.
Sie band den Gürtel zu einer lockeren Schleife und schlich mit bloßen Füßen zur Tür. Sie öffnete sie einen Spalt und lauschte mit klopfendem Herzen in den dunklen Flur hinaus. Es war still, und sie wagte sich nun auf Zehenspitzen aus ihrem Zimmer.
Obwohl es nur ein paar Schritte bis zu Julians Zimmertür waren, kam es ihr in ihrer wachsenden Aufregung erschreckend weit vor. Ihr Herz raste wie wild, und sie war sich ihrer völligen Nacktheit unter dem dünnen Baumwollstoff ihres Morgenmantels nur zu bewußt. Wenn jemand sie in diesem Aufzug und zu dieser Nachtstunde über den Flur schleichen sah, würde ihm bestimmt ein einziger Blick reichen, um zu wissen, daß sie nichts darunter trug und was sie vorhatte.
Allein die Vorstellung, jeden Moment überrascht zu werden, war unerträglich und erfüllte sie mit Angst vor einem Skandal. Man würde sie auf die Straße setzen, mit Fingern auf sie zeigen und sie mit häßlichen Schmähungen wie mit Unrat bewerfen, ja vielleicht sogar die Polizei rufen. Doch schon wenn Lionel jetzt unverhofft aus seinem Zimmer käme und sie so erblickte, würde sie wohl vor Scham und Schande sterben wollen.
Und dennoch lief sie nicht zurück, sondern setzte einen Fuß vor den anderen in Richtung Julians Zimmer, getrieben von einem sehnsüchtigen Verlangen, das stärker war als jede Angst.
Endlich stand sie vor seiner Tür. Sie legte ihre Hand auf die Klinke und hoffte inständig, daß Julian nicht abgeschlossen hatte.
Doch ihre Hoffnung erfüllte sich nicht. Die Tür war versperrt.
Leise rüttelte sie an der Klinke. »Julian!« flüsterte sie, den Mund an die Ritze zwischen Rahmen und Tür gepreßt. »Ich bin es. Laß mich rein.«
Eine Diele knarrte hinter der Tür. »Um Gottes willen, geh, Lena!« hörte sie dann die beschwörende Flüsterstimme von Julian.
»Nein, laß mich rein, Julian!«
»Ich flehe dich an, mach es uns nicht noch schwerer, als es so

schon ist. Geh bitte sofort zurück in dein Zimmer. Es darf nicht sein, begreifst du das denn nicht?«

»Nein, und ich werde nicht von deiner Tür weichen, bis du mich eingelassen hast!« drohte sie ihm. »Und wenn ich morgen früh hier noch sitzen muß und mich alle so sehen. Du kannst dir aussuchen, was dir lieber ist.«

Lena hörten einen dumpfen Laut, als wäre Julian mit seiner Stirn gegen den Türrahmen gestoßen. Mit jagendem Herzen wartete sie auf seine Antwort. Durchschaute er ihren Bluff? Wußte er, daß ihr Mut und ihre Schamlosigkeit auch nicht annähernd groß genug wären, um ihre Drohung wahrzumachen? Würde er nachgeben?

Noch immer herrschte Schweigen hinter der Tür. Rang Julian mit sich selbst, oder hatte er sich entschlossen, einfach zu ignorieren, daß sie vor seinem Zimmer stand und Einlaß begehrte?

»Julian, ich meine es ernst! Stell mich nicht auf die Probe!« raunte sie mit zitternder Stimme. »Ich bin zu allem entschlossen. Du kannst mich nicht länger ignorieren. Drei Tage sind genug ...«

»Also gut!« kapitulierte Julian. »Aber nur für ein paar Minuten. Versprich mir, daß du dann wieder gehst!«

»Ich gehe, wann immer du mich wegschickst!« versprach Lena und triumphierte innerlich. Oh, er würde sie nicht mehr wegschicken, wenn er erst den Gürtel ihres Morgenmantels gelöst hatte!

Das Schloß schnappte mit einem harten, metallischen Klicken zurück. Die Tür ging auf, und Lena huschte zu Julian ins dunkle Zimmer.

»Das ist reiner Wahnsinn! Das hättest du nicht tun dürfen, Lena!« stieß er aus und schloß rasch hinter ihr wieder ab. »Es war schon unvernünftig genug, daß du überhaupt nach Johannesburg gekommen bist!«

»Seit ich hier bin, bist du mir aus dem Weg gegangen, Julian.«

»*Magtig*, wir waren doch von morgens bis tief in die Nacht zusammen!«

»Ja, aber nie auch nur für eine Minute allein. Und ich weiß, warum du alles getan hast, um nicht mit mir allein zu sein. Du hast es getan, weil du gemeint hast, es tun zu müssen, und nicht, weil du es in deinem Herzen so wolltest«, sagte sie mit liebevollem Verständnis.

»Lena ...« Seine Stimme klang gequält. »Warum mußt du alles noch schlimmer machen?«

Sie trat ganz nahe zu ihm. Er wich einen Schritt zurück und stieß dann mit den Kniekehlen gegen den Bettrahmen. Sie folgte ihm und legte ihm ihre Hand auf die nackte Brust. Das einzige Kleidungsstück, das er trug, war eine Hose, in die er wohl hastig geschlüpft war, als sie an seiner Tür gerüttelt hatte.

Er zuckte unter ihrer Berührung zusammen.

Ihre Augen, längst an die Dunkelheit gewöhnt, lächelten ihn zärtlich an. »Ich weiß nicht, wie oft ich deinen Brief gelesen habe, Julian ...«

»Du solltest ihn doch sofort verbrennen!« Seine Brust hob und senkte sich in einem ungewöhnlich schnellen Rhythmus unter ihrer Hand.

»Ich konnte es nicht – wie ich auch nicht länger auf der Farm bleiben und mich damit begnügen konnte, nur von dir zu träumen.«

»Das ist alles, was uns vergönnt ist, und wir sollten dafür dankbar sein, wie ich dir auch schon im Brief geschrieben habe.«

Sie schüttelte den Kopf und folgte mit dem Zeigefinger der dunklen Linie seiner feinen Haare auf der Mitte seiner Brust. »Nein, das kann und das wird nicht alles sein, Julian«, widersprach sie. »Denn hast du mir in deinem Brief nicht geschrieben, wie sehr du mich liebst und dich nach mir sehnst?«

»Schon, aber ...«

»Kein Aber«, fiel sie ihm sanft, jedoch bestimmt ins Wort. »Wir lieben uns, Julian, allein das und nichts anderes ist von Bedeutung.«

»Wenn das nur so einfach wäre, Lena«, sagte er verzweifelt und hielt ihre Hand fest. »Aber das ist es nicht. Was wir füreinander empfinden, darf nie mehr als eine wunderschöne platonische Liebe sein.«

»Ich weiß nicht, was eine platonische Liebe ist, mein geliebter Julian«, flüsterte sie leidenschaftlich. »Ich weiß nur, daß ich kein Gesetz der Welt anerkenne, das unsere reine Liebe zu etwas Schmutzigem und Verbotenem stempeln will. Und ich weiß, daß du mich so sehr brauchst wie ich dich und daß gerade unsere Liebe der Beweis dafür ist, daß wir füreinander geschaffen sind. Was hat es schon zu bedeuten, daß wir denselben Vater haben? Nichts! Ich habe bis vor zweieinhalb Jahren nicht einmal gewußt, daß es dich gibt. Wie kann da unsere Liebe schlecht und sündig sein? Liebe kann niemals Sünde sein. Eine unverantwortliche Sünde sind vielmehr die Gesetze und starren Bräuche, die uns diese Liebe verwehren wollen! Wir gehören zusammen. Du weißt es, ich weiß es – und Gott weiß es!«

»Ich wünschte, ich könnte so darüber denken und so empfinden wie du«, murmelte er bedrückt.

»Dann sag mir, was du empfindest«, raunte Lena, und bevor er es zu verhindern vermochte, hatte sie sein Gesicht in ihre Hände genommen und seinen Mund mit ihren Lippen verschlossen.

Ihr Kuß brach augenblicklich den letzten Rest Widerstand in ihm, den er noch hatte aufrechterhalten können. Ein Laut, der ebenso Qual wie Lust ausdrückte, entrang sich seiner Kehle, und seine Lippen öffneten sich ihr und erwiderten ihren Kuß mit derselben Leidenschaft.

Seine Hände fuhren über ihr Gesicht, glitten über ihr Haar und wanderten ihren Rücken hinunter. Dann schlang er seine Arme um ihre Hüften und preßte sie an sich.

Sämtliche Ängste und Zweifel, die trotz aller Überzeugung, daß er sie so liebte wie sie ihn und diese Liebe auch nicht verleugnen würde, die ganze Zeit doch tief in ihrem Innern gelauert hatten, fielen von ihr ab. Ihre Seele jubilierte, und ihr Körper verwandelte sich ganz in Hingabe und Verlangen.

Die Leidenschaft, mit der sie sich küßten, wuchs. Als ihre Zungen aufeinandertrafen und einen Tanz der Zärtlichkeit begannen, ver-

mochte er seine Hände nicht länger stillzuhalten. Er streichelte sie und formte die erregenden Rundungen ihres Körpers nach.
Lena tat es ihm gleich. Auch ihre Hände begannen seinen Körper zu erkunden. Dann tastete sie nach ihrem Gürtel, löste die Schleife und zerrte sich den Morgenmantel vom Leib. Sie wollte, daß nichts mehr zwischen ihnen war, nicht einmal ein noch so dünnes Stück Stoff.
Er erstarrte.
Lena nahm seine Hände und legte sie auf ihre Brüste. Sie wollte ganz ihm gehören und ihm zeigen, wie sehr sie sich danach sehnte, mit ihm vereint zu sein. Konnte denn etwas, was sie aus Liebe taten, schamlos sein? Nein, niemals!
Ihre Lippen lösten sich. Und Julian sagte verstört und mit schwerem Atem, während seine Hände ihre Brüste liebkosten und er sie ansah: »Was tun wir bloß? Mein Gott, du bist so schön. So habe ich dich all die Jahre in Erinnerung gehabt. Wie wunderbar sich deine Haut anfühlt. Allmächtiger, steh mir bei! O Lena, warum hast du das bloß gemacht? Warum bist du gekommen und tust mir das an?«
»Weil ich dich liebe, mein geliebter Mann«, antwortete sie mit vor Leidenschaft drängender Stimme und machte sich am Gürtel seiner Hose zu schaffen. »Weil ich dir gehöre und du mir, und weil es recht so ist. Und weil ich ganz dir gehören, mit jeder Faser meines Körpers deine Frau sein möchte.«
»Wir müssen aufhören, Lena!« Es klang wie ein letztes, verzweifeltes Aufbäumen.
»Versuche es, wenn du kannst. Ich kann es nicht, und ich will es auch gar nicht«, erwiderte Lena, streifte ihm die Hose von den Hüften und berührte ihn, wo sie noch nie einen Mann berührt hatte.
Er stöhnte lustvoll auf, sein Körper bog sich unter ihren Händen. »Ich ... ich kann es auch nicht. O Gott, wie könnte ich dir widerstehen!« keuchte er, packte sie und sank in inniger Umarmung mit ihr aufs Bett.
Lena glaubte, daß er nun nicht länger damit warten würde,

zwischen ihre Schenkel zu kommen und sie zur Frau zu machen, zu seiner Frau. Doch er tat es nicht.

Er küßte sie und streichelte ihren Körper. Seine Hände waren überall. Sie umkreisten ihre Brüste, strichen über Bauch und Hüfte, wanderten an ihren Beinen bis zu den Knöcheln hinab, um an der Innenseite ihrer Schenkel hochzugleiten bis zum magischen Zentrum ihrer immer stärker werdenden Lust. Nach einem Moment der Liebkosung setzten seine Hände, die mit ganz wenig Druck auf den Kuppen seiner Finger über ihre Haut strichen, ihren Weg intimer Zärtlichkeit fort. Sie glitten durch die Mulde ihre Taille herum zu ihrem Gesäß, bevor sie ihren Rücken hinaufwanderten, der Linie ihres Halses folgten, über ihr Gesicht streichelten, um dann bei ihren Brüsten den Kreislauf von neuem zu beginnen.

Lena wurde immer erregter, und eine unbekannte Macht wuchs in ihr und konzentrierte sich in ihren Brustspitzen und besonders in ihrem Schoß. Sie meinte, es nicht länger aushalten zu können.

»Es ist schön ... unsagbar schön ... Ich wußte, daß es so sein würde ...« flüsterte sie, während ihre Hände seine Zärtlichkeiten erwiderten. Zu fühlen, wie erregt er war, steigerte ihr Verlangen. »Komm, mach mich zu deiner Frau.«

»Warte, du sollst spüren, wie sehr ich dich liebe«, erwiderte er leise und beugte sich über ihre Brüste.

Die Zärtlichkeiten seiner Hände setzte Julian nun mit seinem Mund fort. Er bedeckte ihren Körper mit einer Flut von Küssen, und als sie meinte, daß es keine Steigerung mehr geben könnte, da wanderte sein Mund innen am Schenkel hinauf zu ihrem Schoß.

Ihr war, als würde sie sich auflösen und in einem Meer der Leidenschaft zerfließen. Und plötzlich verlor sie den letzten Rest Kontrolle über ihren Körper, und sie hatte das Gefühl, als explodierte etwas in ihrem Unterleib. Eine Woge ungekannter Lust riß sie fort, und sie überließ sich diesem unvergleichlich ekstatischen Rausch, der kein Ende nehmen wollte.

Danach lag sie überwältigt und am ganzen Leib zitternd neben ihm und rang nach Atem. »Julian ... was ... um Gottes willen ... was hast du mit ... mir getan?« stieß sie ermattet und von einem unsagbaren Gefühl des Glücks erfüllt hervor.
Er lächelte. »Ich habe dir gezeigt, wie sehr ich dich liebe.«
»Ja, aber du ...« Ihre Hand glitt an seinem Körper abwärts.
»So ist es gut«, flüsterte er mit rauher Stimme. »Hör bitte nicht auf!«
»Warum kommst du nicht zu mir?« drängte Lena. »Ich möchte dich in mir spüren, mit dir ganz eins werden.«
»Nein, so«, keuchte er. »Bitte!«
Augenblicke später drehte er sich auf den Rücken und stöhnte unterdrückt auf. Lena spürte, wie es feucht und warm unter ihren Händen hervordrang, und so selig sie auch war, bei ihm zu liegen, keine Scham zu empfinden und mit diesem Wunder der Leidenschaft beschenkt worden zu sein, so bedauerte sie doch, daß sich ihre Körper nicht vereinigt hatten und daß er nicht in ihrem Schoß den Höhepunkt der Lust erlebt hatte.
Mit einem schweren Seufzer der Erlösung legte er einen Arm um sie und zog sie an sich.
Auch sie seufzte, doch es war das Seufzen wohliger Ermattung. »Es war schöner, als ich dir sagen kann, Julian. Aber ich möchte so sehr, daß du das nächstemal ...«
Er küßte sie. »Sag jetzt nichts«, raunte er. »Ich will nur bei dir liegen und dich spüren.«
»Ja, mein Liebling.« Sie schmiegte sich an seine Brust und überließ sich der Müdigkeit, die sie hinab in den Schlaf zog.
Wir haben ja noch die ganze Nacht und alle Tage und Nächte, die da kommen, dachte sie, und mit einem glücklichen Lächeln schlief sie Augenblicke später in seinem Arm ein.

22

Das Stakkato kurzer, hölzerner Geräusche paßte so gar nicht zu den weichen, dahinfließenden Bildern ihres Traums. Die abgehackten, störenden Klopflaute trieben sie aus der Tiefe des Schlafs der Oberfläche des Bewußtseins entgegen.
Lena wachte endgültig auf, als Julian zusammenschreckte und ihr dabei unwillkürlich einen Stoß versetzte. Sie öffnete die Augen. Das Zimmer war noch in Dämmerlicht getaucht, doch die Helligkeit hinter der Gardine vor dem Fenster zum Garten verriet, daß der neue Tag schon angebrochen war.
Sie spürte Julians nackten Körper neben sich und erinnerte sich von einer Sekunde auf die andere, was sich in der Nacht ereignet hatte. In dieser Nacht hatte ihre gemeinsame Zukunft begonnen. Nichts würde sie mehr voneinander trennen können. Für die Probleme, die sich ihnen in den Weg stellen mochten, würden sie gemeinsam Lösungen finden. Nichts konnte der Macht der Liebe widerstehen!
Ein glückliches Lächeln trat auf ihr Gesicht, und sie streckte die Hand nach ihm aus. In dem Moment klopfte es wieder gegen die Zimmertür, und jemand rief Julians Namen.
»Um Gottes willen, das ist Lionel!« flüsterte dieser erschrocken.
Lionel klopfte erneut und rief mit gedämpfter Stimme: »Julian, wach auf!«
Auch Lena fuhr der Schreck in die Glieder. »Lionel? ... Ja, aber was ... was kann er denn bloß so früh wollen?«
»Was weiß ich. Er darf jedenfalls nicht erfahren, daß du bei mir bist. Du mußt dich verstecken! Am besten da drüben in der Ecke zwischen Tür und Schrank.«
»Ja«, hauchte Lena und glitt aus dem warmen Bett. Hastig raffte sie ihren Morgenmantel an sich, der auf dem Dielenboden lag, und schlich auf Zehenspitzen und mit klopfendem Herzen in die Zimmerecke.
Indessen rief Julian mit scheinbar verschlafener, brummiger Stimme: »Ich komme ja schon! Du brauchst mir also nicht die

Tür einzuschlagen!« Er griff nach seiner Hose und wollte hineinschlüpfen, besann sich dann aber eines anderen. Er warf sie hinter sich, und Lena bemerkte, daß dabei etwas aus der Tasche fiel, das wie eine Kette schwarzer Perlen aussah.
Nackt, wie er war, ging Julian zur Tür und schloß auf. Er öffnete sie nur einen Spalt, und Lena begriff, warum er die Hose nicht angezogen hatte. Denn dann hätte er Lionel ins Zimmer lassen müssen.
Sie wünschte, sie hätte noch Zeit gehabt, den Morgenmantel überzuziehen. Doch jetzt wagte sie es nicht, weil sie fürchtete, das Geräusch raschelnden Stoffes könnte verraten, daß Julian nicht allein ihm Zimmer war. Und so preßte sie den Morgenmantel schützend vor die Brust.
»Was soll der Radau, Lionel?« gab Julian sich noch halb benommen. »Weißt du überhaupt, wie früh es ist?«
»Ja, auf die Minute: sechs Uhr einundfünfzig. Es tut mir auch leid, daß ich dich aus dem Schlaf geholt habe. Aber ich wollte doch nicht abreisen, ohne mich wenigstens von dir verabschiedet zu haben«, hörte Lena Lionel sagen und hatte Angst, er könnte doch noch jeden Augenblick ins Zimmer treten.
»Du reist ab?« fragte Julian überrascht.
»Ja, Tante Emily hat mir ein Telegramm geschickt, daß sie mich dringend braucht, um den Kaufvertrag abzuschließen. Gerrit Kasterop ist aus Pretoria zurück, und nun fürchtet meine Tante, er könnte doch noch abspringen, wenn wir das Geschäft nicht sofort unter Dach und Fach bringen. Wenn ich mich beeile, erwische ich noch den Morgenzug.«
»Daß du schon weg mußt, ist aber schade«, sagte Julian.
»Immerhin hatten wir drei schöne Tage zusammen«, erwiderte Lionel. »Ich hätte mich ja auch gern von Lena verabschiedet, aber sie aus dem Schlaf zu holen, wäre doch sehr ungehörig.«
»Ja, das geht wirklich nicht!« pflichtete Julian ihm bei.
»Also tu mir den Gefallen, ihr meine besten Grüße und Wünsche auszurichten, und sag ihr, daß mir diese Tage in ihrer Gesellschaft in unvergeßlicher Erinnerung bleiben werden. Deine Schwester

ist wirklich nicht nur äußerst hübsch, sondern auch eine sehr bemerkenswerte Frau, Julian.«

»Ja, zweifellos.«

»Du wolltest mir doch noch deine neue Adresse in Kapstadt aufschreiben. Am besten machst du das jetzt. Du hast ja bestimmt Papier und Stift bei dir auf dem Tisch ...«

Julian fiel ihm hastig ins Wort. »Weißt du was, ich ziehe mich nur schnell an und komme dann zu dir ins Zimmer hinüber. Es ist mir etwas unangenehm, mich in diesem Aufzug von dir zu verabschieden.«

Lionel lachte. »Ein nackter Mann jagt mir keine Angst ein, Julian.«

»Dennoch, mir ist es anders lieber«, beharrte Julian. »Ich beeile mich auch. Also, bis gleich.« Er schloß die Tür, bevor Lionel widersprechen konnte, lehnte sich dann mit dem Rücken dagegen und atmete tief und hörbar aus, als sich die Schritte seines Freundes entfernt hatten. »Das war wirklich knapp. Wir sind gerade noch mal davongekommen, aber nur um Haaresbreite! Wenn er dich hier so gesehen hätte!«

Jetzt, da die Gefahr gebannt war, konnte Lena über die Situation schmunzeln. »Ja, stell dir vor, er wäre ahnungslos ins Zimmer spaziert. Wir beide hätten schon ein einmaliges Bild abgegeben.«

»Ich will noch nicht einmal daran denken!« flüsterte Julian mit ernster Miene und zog nun schnell Hemd, Hose und Schuhe an.

Er war schon an der Tür, als er über die Schulter und ohne sie direkt anzublicken sagte: »Mir wäre es lieb, wenn du deinen Morgenmantel anziehen würdest.«

Lena war viel zu glücklich, um seiner Bitte eine besondere Bedeutung zuzumessen. Sie verstand, daß Julian noch ein bißchen durcheinander war. Aber wenn Lionel erst einmal weg war, gab es niemanden mehr in Johannesburg, der wußte, daß sie miteinander verwandt waren. Und dann konnten sie sich endlich so geben, wie es Liebenden zustand!

Sie zog ihren Morgenmantel über und ging zum Fenster, um etwas Morgenlicht und frische Luft ins Zimmer zu lassen. Die Krone des Mimosenbaums, der am hinteren Ende des Gartens stand, leuchtete in der Sonne. Auf dem Gras und den Blumenrabatten entlang des Kieswegs glitzerte der Morgentau. Es sah ganz nach einem strahlend schönen Tag aus, wie geschaffen dazu, glücklich zu sein und Pläne zu schmieden.

Lena wandte sich vom Fenster ab und schaute sich im Zimmer um, das sie in dieser Nacht zum erstenmal betreten hatte. Die Einrichtung war bescheiden und bestand wie in ihrem Raum aus einem Bett, einem schmalen Kleiderschrank, einer Kommode mit Wasserkrug und Waschschüssel, einem kleinen Tisch und einem Stuhl davor.

Daß in Julians Zimmer der Tisch mit Büchern vollgestellt war, überraschte sie nicht. Auch die aufgeschlagene Bibel und das kleine Tischkreuz, das auf zwei dicken Wälzern stand, verwunderte sie nicht sehr. Daß er sich in der Heiligen Schrift bestens auskannte und einen starken Glauben besaß, war schon in den ersten ihrer wunderbaren Gespräche auf LEEUWENHOF deutlich geworden.

Was sie jedoch verwirrte, war dieses Bild, das in Augenhöhe hing, wenn man am Tisch saß. Es war nicht viel größer als der Deckel einer Zigarrenkiste und zeigte in einer merkwürdigen Maltechnik, bei der viel Gold verwandt worden war, das Brustbild einer jungen Frau. Sie trug einen offenbar kostbaren roten und mit Gold durchwirkten Umhang sowie eine Krone und einen Heiligenschein. Und auf ihrem linken Arm hielt sie ein kleines Kind, das jedoch die Züge eines Erwachsenen besaß und Zeige- und Mittelfinger der rechten Hand wie zu einem Segenszeichen erhoben hatte.

Lena erinnerte sich sofort, wo sie schon einmal etwas Ähnliches gesehen hatte – und zwar irgendwo in ihrem Buch *Van Dykes Enzyklopädie der Weltgeschichte.* Wie oft hatte sie sich auch die Bilder angeschaut. Es war zwar nur die Schwarzweißfotografie eines Stiches gewesen, doch die Ähnlichkeit der Darstellung war

sehr groß. Sie wußte sogar, daß die Unterschrift »Russische Ikone aus dem 14. Jahrhundert« gelautet und daß eine Ikone irgend etwas mit der Religion der Papisten zu tun hatte.
Sie wandte sich schnell ab und bekämpfte die beunruhigende Ahnung, die dieses seltsame Bild mit dem intensiven Ausdruck von Frau und Kind in ihr hervorrief, mit dem zuversichtlichen Gedanken, daß Julian dafür schon eine vernünftige Erklärung haben würde. Es war auch lächerlich, daß ein Bild sie beunruhigen sollte, nachdem sie in dieser Nacht im wahrsten Sinne des Wortes an ihrem eigenen Leib erfahren hatte, wie sehr er sie liebte und wie leidenschaftlich er nach ihr verlangte.
Als sie sich vom Tisch abwandte, fiel ihr Blick auf die Perlenkette, die Julian aus der Hosentasche gefallen und unter das Bett gerutscht war. Sie bückte sich und hob sie auf. Überrascht stellte sie fest, daß an dieser Kette blauschwarzer Perlen von der Größe junger Erbsen noch ein kurzes Stück mit fünf weiteren Perlen befestigt war, an dessen Ende ein kleines Kreuz mit einer winzigen Christusfigur hing.
Lena hatte so etwas noch nie gesehen. Sie setzte sich auf den Stuhl und betrachtete die Kette genau. Sie zählte die Perlen des Kranzes. Es waren insgesamt vierundfünfzig. Davon waren immer zehn zusammenhängend, die von der nächsten Reihe aus weiteren zehn Kügelchen durch eine einzelne Perle deutlich voneinander getrennt wurden. Jetzt stellte sie auch fest, daß ein kleines Silberherz den Perlenkranz und das Anhängsel mit den fünf anderen, einzelnen Perlen und dem Kreuz miteinander verband. Und dieses Verbindungsstück zeigte auf der Vorderseite die Umrisse eines ähnlichen Frau-mit-Kind-Bildes wie die Ikone über dem Tisch, während auf der Rückseite ein Mann abgebildet war, der offenbar auch einen Heiligenschein trug.
Auf Julians Rückkehr wartend, rätselte sie mit wachsender Beunruhigung, was dieser Perlenkreuzkranz bloß zu bedeuten hatte und warum er ihn mit sich herumtrug. Das Kreuz mit der Christusgestalt verriet ihr zwar, daß dieser merkwürdige Perlenkranz irgendeinem religiösen Zweck dienen mußte, doch sie

vermochte sich nicht vorzustellen, welcher das sein konnte. Und sie hatte auf einmal Angst, es zu erfahren.
Die Tür ging auf, und Lena schreckte hoch.
Julian schloß schnell hinter sich ab und drehte sich dann zu ihr um. Er hielt ein kleines Paket in der Hand, das in Geschenkpapier eingewickelt war. »Das hier soll ich dir von Lionel ...« Er sprach nicht weiter, denn in dem Moment bemerkte er, was sie in der Hand hielt.
»Was ist das, Julian?« Lena gab sich Mühe, ihr Gefühl der Beklemmung aus ihrer Stimme herauszuhalten. Doch es gelang ihr nicht ganz.
Julian legte Lionels Geschenk auf das Kopfkissen seines Bettes und kam zu ihr. »Ein Rosenkranz«, antwortete er und nahm ihn ihr sanft aus der Hand.
»Und wozu braucht man so einen Rosenkranz?« wollte sie wissen.
»Zum Beten.«
»Zum Beten?« wiederholte sie verwundert. »Zum Beten faltet man seine Hände, und dann ... nun, dann betet man eben.«
Er nickte. »Sicher, *unbedingt* braucht man ihn nicht dazu. Aber er macht die Vertiefung in ein besonderes Gebet, nämlich das des Rosenkranzgebetes, leichter. Diese Art des Betens hat zudem eine jahrhundertealte Tradition.«
Sie beobachtete, wie er die Perlen durch seine Finger gleiten ließ. »Ich habe so einen Rosenkranz noch nie gesehen, und ich kenne auch niemanden, der so etwas zum Beten benutzt.«
Er schwieg einen Moment, blickte sie ernst an und sagte dann mit ruhiger Stimme die ungeheuerlichen Worte: »Ja, weil ihr Buren Calvinisten seid und gemeinhin jeden Kontakt mit Katholiken meidet wie der Teufel das Weihwasser.«
Lena erschrak und sah ihn fassungslos an. »Du gehörst zu den Papisten?« stieß sie ungläubig aus.
Er lächelte gequält. »Aus dem Mund eines Calvinisten ist das ein Schimpfwort. Deshalb wäre ich dir dankbar, wenn du auf diese Bezeichnung verzichten würdest. Aber auch sonst sehe ich mich nicht in erster Linie als Anhänger des Papstes, obwohl er unser

Oberhaupt ist, sondern als ein gläubiges Mitglied der katholischen Kirche und ihrer Glaubenslehre. Das mag nur ein feiner Unterschied sein, ist aber dennoch nicht ganz unbedeutend.«
Lena schüttelte verstört den Kopf und wußte nicht, was sie denken und sagen sollte. Die Gedanken jagten sich hinter ihrer Stirn. Die Kluft, die Calvinisten und Katholiken in ihrem Land trennte, war vielleicht noch größer und unüberbrückbarer als die zwischen ihnen und den Engländern. Nie wäre sie auf die Idee verfallen, daß ausgerechnet Julian dieser anderen, verachteten Religion angehörte. Sie fühlte sich getäuscht und verletzt.
Julian sah es ihr an. Schnell steckte er den Rosenkranz ein, setzte sich vor ihr auf die Bettkante und nahm ihre Hand. »Ich kann mir gut denken, wie durcheinander du jetzt bist. Es tut mir auch leid, daß ich keine Gelegenheit hatte, dich schonend darauf vorzubereiten.«
»Du hast dafür auf LEEUWENHOF Zeit genug gehabt!«
Er schüttelte den Kopf. »Nein, leider nicht, denn ich war an meinen Schwur gebunden, den ich unserem Vater gegeben hatte.«
Sie furchte die Stirn. »Pa hat gewußt, daß du ein Papist, ich meine katholisch ...« Sie brach ab, und ihr Gesicht nahm einen Ausdruck des verblüfften Verstehens an. »Natürlich hat er es gewußt, denn deine Mutter war bestimmt auch katholisch, nicht wahr?«
Julian nickte. »Ja, das war sie.«
»Und deshalb hat Pa sie verlassen!« folgerte sie.
»Nein, er liebte sie zu sehr, als daß ihre andere Auffassung von christlicher Religion seiner Liebe etwas hätte antun können – obwohl letztlich ihre unterschiedlichen Konfessionen schon ihr Glück zerstört haben«, räumte er ein.
»Also doch!«
»Ja, aber diese Zerstörung ist nicht von ihnen beiden ausgegangen. Unser Vater und meine Mutter waren sich darin einig, daß wir uns zwar Calvinisten, Katholiken, Quäker oder sonstwie nennen mögen, aber im Grunde doch alle zu demselben, zu dem einen Gott beten, daß wir alle Jesus Christus als unseren Herrn

und allein die Bibel als die Grundlage unseres Glaubens anerkennen. Wir gehen im Glauben vielleicht auf unterschiedlichen Wegen und mit unterschiedlicher Ausrüstung, doch im Ziel und im Sinn dieser Wege stimmen alle christlichen Konfessionen überein. Sinn und Ziel ist Gott.«

»Ja, mag sein, aber wer hat denn dann deine Mutter und unseren Vater auseinandergebracht?« fragte Lena und wußte die Antwort, kaum daß sie die Frage ausgesprochen hatte.

»Oupa Willem und Pieter, Tante Sophies Mann«, antwortete Julian. »Willem und Vater haben sich nie besonders verstanden. Deshalb hat unser Vater die Farm ja auch verlassen und versucht, sein Glück in Kimberley zu machen. Er fand es zwar nicht in Diamanten, dafür jedoch mit meiner Mutter – für kurze Zeit. Tja, und dann tauchte Willem, dem Böses schwante, mit Pieter in Kimberley auf. Sie bearbeiten im geheimen Claire und ihre Familie. Willem drohte damit, seinen Sohn zu enterben, sollten die beiden auf ihrer ›schändlichen und unverzeihlich schamlosen Beziehung‹, wie er sie bezeichnete, bestehen. Er setzte Claire massiv unter Druck, indem er ihr vor Augen hielt, wieviel Stefanus verlieren und wie sehr er eines Tages unter dem Verlust seiner Heimat und seines Erbes leiden und ihr diesen Verlust zum Vorwurf machen würde, bewußt oder unbewußt. Zudem drohte er, nichts unversucht zu lassen, um ihre Familie zu ruinieren oder sonstwie zu schaden, sollte sie nicht auf seinen Sohn verzichten.«

»Wie gemein!« stieß Lena voller Abscheu aus, und vieles von dem, was sie an Oupa Willems und Tante Sophies Verhalten vor und während Julians Aufenthalt auf LEEUWENHOF nicht begriffen hatte, stand nun in einem ganz neuen Licht und machte auf einmal Sinn: Die Streitereien zwischen Oupa Willem und ihrem Vater, als der erste Brief kam und später bis zu Julians Eintreffen. Und jetzt verstand sie auch, warum Tante Sophie niemals Julian abends nach dem Essen aus der Bibel hatte vorlesen lassen, warum ihr Vater nie dagegen eingeschritten war und warum Julian sie auch nie nach Jonkheersdorp in die Kirche begleitet hatte.

»Und während Pieter weiter meine Mutter und deren Familie bearbeitete, brachte Willem unsern Vater dazu, mit ihm nach LEEUWENHOF zurückzukehren«, fuhr Julian fort. »Es sollte bloß für ein, zwei Wochen sein, denn angeblich lag seine Mutter todkrank im Bett Aber das war alles nur ein abgekartetes Spiel, um Vater aus Kimberley und weg von meiner Mutter zu bringen. Und während seine Mutter mit Unterstützung des Arztes die Todkranke spielte, wurden sich Pieter, den Willem mit einem ansehnlichen Batzen Geld in Kimberley zurückgelassen hatte, und die Familie meiner Mutter sozusagen handelseinig. In Windeseile wurde ein passender Mann gefunden, nämlich mein Stiefvater, der Claire schon früher den Hof gemacht hatte. Er war nur zu glücklich, sie heiraten zu dürfen.«

»Wußte er, daß deine Mutter ... nun, daß sie dich zu der Zeit schon unter dem Herzen trug?«

»Ja, das wußte er, aber es hat ihm nichts ausgemacht. Er hat mich als seinen Sohn angenommen und mich nie auch nur im Ansatz spüren lassen, daß mit meiner Herkunft irgend etwas nicht stimmte oder gar daß er mich nicht liebte. Er war mir ein guter Vater«, sagte er traurig und fügte nach einer gedankenschweren Pause bedrückt hinzu: »Ich wünschte, er würde noch leben und ich hätte Mutters Brief erst in zehn Jahren zu lesen bekommen.«

Seine Worte schmerzten sie, denn sie begriff sofort, was die Konsequenz gewesen wäre. Er hätte dann nämlich immer noch nicht erfahren, wer sein leiblicher Vater war, und sie hätten sich vielleicht erst in ferner Zukunft kennengelernt, wenn sie wohl schon längst verheiratet und Mutter eigener Kinder gewesen wäre.

»Es hat bestimmt seinen tiefen und guten Grund, warum alles so gekommen ist, Julian«, beteuerte sie.

»Ja, wohl als schwere Prüfung«, seufzte er und sah sie mit einem schmerzlichen Ausdruck an. »Auf jeden Fall hat meine Mutter in Abwesenheit unseres Vaters dem enormen Druck nicht länger standhalten können. Sie wollte ihn auch nicht um sein Erbe bringen und fürchtete wohl, daß später einmal Verbitterung an die Stelle der Liebe treten würde. So hat sie denn ihren katholischen Landsmann geheiratet. Das Geld, das Pieter in Willems Auftrag an die Familie zahlte und das meine Mutter als Mitgift erhielt, haben beide nicht angerührt. Sie haben es für den Bau der ersten soliden katholischen Kirche in Kimberley gespendet. Sie haben eine gute Ehe geführt, soweit ich das beurteilen konnte. Aber ich glaube, meine Mutter ist tief in ihrem Herzen Zeit ihres Lebens nicht darüber hinweggekommen, daß sie ihre große Liebe verraten hatte, statt standzuhalten und alles dafür zu riskieren.«

Diese letzten Worte machten Lena Hoffnung. »Ja, wenn man sich seiner Liebe ganz sicher ist, dann darf man nicht wanken, nicht wahr?«

Er nickte. »Wer einmal die Hand an den Pflug gelegt hat, darf nicht mehr zurückschauen, wenn er das Werk vollbringen will, das er sich vorgenommen hat.«

Sie lächelte. »Ich bin ja so glücklich, Julian, daß du so denkst wie ich. Einen Augenblick hatte ich schon Angst, du könntest bereuen, was wir letzte Nacht getan haben, obwohl es doch unsere Liebe ...«

»Ich bereue es auch«, fiel er ihr leise ins Wort.

Lena erstarrte. »Sag das nicht!« stieß sie aus. »Das darfst du noch nicht einmal denken!«

»Es ist aber so, Lena, und wir müssen offen darüber reden. Ein für allemal«, widersprach er ruhig, doch mit fester Stimme und entschlossener Miene. »Es war ein großer, unverzeihlicher Fehler von mir, daß ich dir geschrieben habe, und es war nicht richtig, daß du nach Johannesburg gekommen bist. Doch zu was wir uns letzte Nacht haben hinreißen lassen ...«

Nun unterbrach sie ihn und beendete den Satz für ihn mit den Worten: »... war ein Wunder der Liebe, Julian! Und nur zwei Menschen, die sich so aufrichtig lieben und zueinander gehören wie wir, können sich eine solch wunderbare Zärtlichkeit und Leidenschaft schenken.«

Er streichelte ihre Hand, als wollte er sie trösten, und sein Gesicht war blaß. »Du hast recht und doch auch wieder nicht. Wir haben vieles falsch gemacht und mit einem Feuer gespielt, das wir niemals beherrschen können und das uns nur Narben fürs Leben in unser Herz und unsere Seele brennen wird, wenn wir nicht radikal zur Vernunft kommen.«

»Ich liebe dich, und du liebst mich, und zum Teufel mit der Vernunft!« rief Lena. »Denk doch bloß an deine Mutter! Willst auch du später so verbittert durchs Leben gehen?«

»Nein, und ich spreche auch nicht von unserer Liebe, die wir aufgeben müssen, sondern von unserer Leidenschaft«, erklärte er. »Wir können es drehen und wenden, wie wir wollen, wir sind und bleiben Geschwister.«

»Nur von Vaters Seite her! Und wir sind auch nicht zusammen aufgewachsen!«

»Dennoch könnten wir niemals unsere Liebe mit der Selbstverständlichkeit und Lauterkeit leben, mit der andere eine Ehe eingehen. Denn was immer wir uns auch einzureden versuchten, vor unserem Gewissen würden wir doch nie vergessen können, daß wir uns des Inzestes schuldig machen. Diese Stimme in uns würden wir nie zum Schweigen bringen können. Und schließlich würde sich unsere Liebe in Selbsthaß, Qual und erdrückende Schuld verwandeln.«

»Niemals! Nicht bei uns!« beteuerte Lena und umklammerte beschwörend seine Hand.

»Es ist nicht allein unsere Blutsverwandschaft, die eine Ehe unmöglich macht, obwohl das schon ein unüberwindliches Hindernis ist«, sagte Julian. »Es ist mein Glaube, der eine Ehe auch dann unmöglich gemacht hätte, wenn wir nicht miteinander verwandt gewesen wären. Ich ...«

Sie ließ ihn erst gar nicht ausreden. »Denkst du vielleicht, ich bin wie Oupa Willem oder Tante Sophie? Natürlich hat es mich im ersten Moment aus der Fassung gebracht, als du gesagt hast, daß du Katholik bist. Aber meine Liebe ist doch nicht so schwach, als daß dein anderer christlicher Glaube ihr etwas anhaben könnte«, versicherte sie hastig, als fürchtete sie, die Zeit könnte ihr zwischen den Fingern zerrinnen. »Pa hat sich auch nicht daran gestört, und du hast ja völlig recht, daß sich die verschiedenen christlichen Konfessionen in ihren Wegen und ihrer Ausrüstung unterscheiden, sich aber im Sinn und Ziel einig sind. Wir lesen dieselbe Bibel und beten denselben Gott an, Julian. Ist das denn nicht die Hauptsache, wie du ja gesagt hast? Mir jedenfalls macht es wirklich nichts aus, ob du mit oder ohne diesen Rosenkranz betest und was immer du als Katholik anders machst als wir Calvinisten. Wichtig ist doch nur, daß wir uns haben und lieben, und dann kommt schon alles in Ordnung.«

»Was du sagst, ehrt dich, Lena, und ich glaube dir, daß du es auch so meinst. Die Welt sähe anders aus, friedlicher und menschlicher, wenn wir Christen unsere Nächstenliebe nicht an den engen Grenzen unserer eigenen Konfession enden lassen würden«, entgegnete Julian sehr langsam und bedächtig. »Aber deine Großherzigkeit ändert nichts daran, daß mein Glaube eine Ehe nicht zuläßt.«

»Aber das macht doch überhaupt keinen Sinn!« stieß Lena verzweifelt und verständnislos aus. »Warum stößt du mich zurück, Julian? Warum verleugnest du, was du für mich empfindest?«

»Ich stoße dich nicht zurück, Lena, und ich verleugne auch meine Gefühle nicht. Meine Liebe zu dir wird immer in mir lebendig sein. Nur werde ich nie eine Ehe eingehen. In meinem Leben wird es weder eine Geliebte noch eine Ehefrau geben.«

»Was redest du da? Warum solltest du denn darauf verzichten?«

Julian stand auf, ging zum Fenster, starrte einen langen Moment schweigend hinaus und drehte sich dann wieder zu ihr um.

»Weil ich mich nach Jahren der Selbstprüfung entschlossen habe, Priester zu werden.«

23

Lena spürte förmlich, wie ihr das Blut aus dem Gesicht wich. Viel wußte sie nicht über die Glaubenslehre der katholischen Kirche, doch daß sich ihre Priester zur Ehelosigkeit verpflichten mußten, was sie Zölibat nannten, war ihr bekannt.
»Du willst Priester werden?« Sie schüttelte ungläubig den Kopf. »Das ist ... das kannst du mir nicht antun!«
»Das ist nichts, was ich dir oder irgendeinem anderen *antue.* Es ist eine Berufung, der ich folge«, erklärte Julian. »Gott ruft jeden anders. Mich beruft er dazu, Priester zu werden und mein Leben ganz in das Zeichen der Nachfolge Jesu Christi zu stellen – wie die ersten Jünger, die auf Jesu trafen und bei ihm blieben. Es war um die zehnte Stunde, wie es bei Johannes geschrieben steht. Auch ich möchte ein Mann der zehnten Stunde sein.«
Was er da sagte, klang zu ungeheuerlich, als daß Lena es glauben konnte. »Das redest du dir bestimmt nur ein, weil es alles andere so einfach macht!« warf sie ihm vor. »Du willst dich in diese angebliche Berufung flüchten, da dir damit alle anderen Entscheidungen abgenommen sind.«
Julian nahm ihr den zornigen Angriff nicht übel. »Es handelt sich nicht um eine angebliche Berufung«, erwiderte er.
»Schon als ich nach LEEUWENHOF kam, spürte ich den Drang in mir, mein Leben ganz Gott und der Verkündigung des Evangeliums zu widmen. Doch ich war mir meiner Sache nicht sicher, wie ich mir nach dem Brief meiner Mutter auch nicht sicher war, wer ich selber war. Deshalb war es für mich damals so wichtig, zu euch zu kommen und herauszufinden, wer ich bin und wohin es mich wahrhaftig zieht.«
»Es hat dich von Anfang an zu mir gezogen!« hielt sie ihm vor.
»Ja, aber ich habe Zeit gehabt, um zu verstehen, daß man sich nicht nur auf das Stück Leben beschränken darf, das man selbst übersieht und das deutlich greifbar an der Oberfläche liegt.«
»Damit kann ich nichts anfangen!« sagte sie gereizt. »Ich habe nicht vergessen, wie leidenschaftlich du gewesen bist! Ich spreche

von unserer Liebe, und ich lasse nicht zu, daß du sie jetzt klein redest!«

»Nichts liegt mir ferner, Lena«, versicherte er nachdrücklich. »Ich versuche dir nur klarzumachen, daß es in meinem Leben eine andere Liebe gibt, welche nicht in Konkurrenz zu meinen aufrichtigen Gefühlen zu dir steht, die es mir aber unmöglich macht, mal ganz abgesehen von unserer Blutsverwandtschaft, dir das zu geben, was du dir so sehnlich erwünschst und was du auch verdienst.«

»Aber was hindert dich denn daran, *mit mir* zu glauben und zu beten und ein Leben in tiefer Gläubigkeit zu führen? Du mußt deshalb doch nicht gleich Priester werden!« beschwor sie ihn.

»Doch, ich muß und ich will«, erwiderte er. »Der Glaube allein reicht mir nicht. In mir brennt das Verlangen nach einem Leben in echter Nachfolge Jesu. Warum? ›Das Herz hat seine Gründe, die die Vernunft nicht kennt‹, hat ein Religionsphilosoph einmal geschrieben. Nicht alles läßt sich mit vernünftigen Argumenten erklären, schon gar nicht, wenn es um Fragen des Glaubens geht. Zumindest erscheinen anderen die Argumente, die für einen selbst von großer Klarheit und zwingender Logik sind, nicht vernünftig. Und deshalb ist es ja auch so schwierig, es Menschen verständlich zu machen, die nicht fest im Glauben verwurzelt sind. Den Glauben versteht nur, wer glaubt, und wir lernen erst zu glauben, wenn wir beten, und können doch nur beten, wenn wir glauben. Ja, ich weiß, wie paradox das klingt, aber letztlich ist der Glaube genauso Geschenk und Gnade wie unser Leben. Er läßt sich nicht kaufen und nicht erzwingen. Es ist immer Gott, der den Beginn setzt und die Initiative ergreift. Der Mensch ist der zweite, er antwortet – oder er verweigert sich. ›Du, Herr, gibst mir das Erbe und reichst mir den Becher; du hältst mein Los in deinen Händen.‹ So steht es im 16. Psalm, und ...«

»Das mag ja alles sein, aber Priester?« Lena schüttelte heftig den Kopf. »Ich verstehe nicht, warum du meinst, dein Leben verschenken zu müssen!«

Er lächelte. »Das mit dem Verschenken ist gar nicht so falsch, doch nur in Zusammenhang mit einem überwältigenden Gefühl der Freude kommt es dem nahe, was mich bewegt, Lena. Unser Leben ist von Anfang an Geschenk. Denn was ist der Mensch überhaupt? Ein Nichts. Aber ein Nichts, an das Gott denkt, und das macht den großen Unterschied aus. Und Gottes Allmacht und wundersames Walten verwandelt immer wieder das scheinbar Sinnlose in Sinn und Fülle.«

»Wenn Gott wirklich der Gott der Liebe und Barmherzigkeit ist, dann wird er nie und nimmer etwas so Grausames verlangen, dann wird er nie verlangen, daß du mein Glück zerstörst, weil du ihm dienen mußt!« entgegnete Lena und glaubte damit ein schlagkräftiges Argument gefunden zu haben.

»Du rechnest auf, Lena, und versuchst Gott in menschliche Dimensionen zu zwingen. Doch der Allmächtige ist kein besserer Schalterbeamte, bei dem du für den Gegenwert von fünf Pennies eine Briefmarke bekommst«, erwiderte er. »Ein Gott, den wir begreifen können, ist kein Gott. Und die Bibel kann man nicht lesen wie irgendein anderes Buch, sondern man kann sie nur leben – natürlich jeder in der ihm gegebenen Möglichkeit. Und ich fühle mich dazu berufen, die Lebensmacht der Bibel zu verkünden. Ich spüre es, wie Paulus es gespürt und in seinen Briefen an die Korinther und Philipper geschrieben hat: ›Die Liebe Christi drängt uns! Wehe mir, wenn ich das Evangelium nicht verkünde. Ich strecke mich aus nach dem, was vor mir ist. Ich sehne mich danach, aufzubrechen und bei Christus zu sein.‹ Und genau das bewegt auch mich immer stärker. Ich bin nach Kapstadt gegangen und habe dort meine theologischen Studien begonnen, die ich hier bei einem Monsignore, der mit unserer Familie in Kimberley befreundet war, fortgesetzt habe. Lena, ich weiß, daß ich zu der Aufgabe berufen bin, mit dem Geheimnis Gottes zu ringen und mein Leben unter das Zeichen des Kreuzes zu stellen.«

Lena spürte die Ernsthaftigkeit hinter seinen Worten, und es schnürte ihr die Kehle zu. »Aber warum mußt du denn ausgerechnet ein Priesterleben wählen, das von diesem unsinnigen

Joch der Ehelosigkeit geprägt ist?« begehrte sie auf. »Warum kannst du nicht ein Priester sein wie all die anderen, die Frau und Kinder haben dürfen?«

»Der Zölibat ist Prüfung, bewußter Verzicht und Zeichen völliger Hingabe, jedoch kein Joch, sondern zuallererst ein Charisma.«

»Ein was?« fragte sie ungehalten.

»Ein Geschenk, eine Gnade ...«

»Aber das ist doch lächerlich!« protestierte sie heftig. »Wie kann etwas, das derart wider die menschliche Natur ist, eine Gnade sein?«

»Es mag schwer verständlich sein, aber doch bestimmt nicht lächerlich«, erwiderte Julian ruhig. »Schon in der Bibel, etwa bei Matthäus 19, Vers 12, steht geschrieben, was Jesus dazu gesagt hat: ›Manche sind von Geburt an zur Ehe unfähig, manche sind von den Menschen dazu gemacht, und manche haben sich selbst dazu gemacht – um des Himmelsreiches willen. Wer das erfassen kann, der erfasse es.‹ Und im 1. Korinther, Kapitel 12, Vers 11, findest du: ›Der Geist teilt jedem nach seiner Eigenart zu, wie er will.‹ Jeder von uns hat nun mal seine ganz eigene Berufung, die der wahren Anlage seines Wesens entspricht. Die meine ist es, daß ich mein Leben unter das Geheimnis des Kreuzes stelle – mit all seinen Konsequenzen, zu denen nun mal auch der Zölibat gehört.«

»Aber in der Genesis steht: ›Es ist nicht gut, daß der Mensch allein bleibt!‹« hielt sie ihm vor.

»Ja, die Ehe ist ein heiliges Sakrament«, räumte er ein. »Aber das schließt doch nicht aus, daß die Ehelosigkeit des Priesters um des Reiches Gottes willen eine göttliche Berufung ist – mit all ihren Prüfungen, bohrenden Zweifeln und Durststrecken. Ich weiß, diese Worte klingen sehr banal, wenn man nicht selbst durch das läuternde Feuer der vollkommenen Sehnsucht nach Gott gegangen ist. Sie bleiben etwas, dessen tiefere Bedeutung und Sinnfülle man nicht erkennt.«

»Daß du dich zur Ehelosigkeit hingezogen fühlst, davon habe ich letzte Nacht aber nicht das Geringste gespürt – dafür um so mehr

von deiner Leidenschaft und deiner Erfahrung, wie man diese in einer Frau entfacht!«
Julian zuckte wie unter einer unsichtbaren Ohrfeige zusammen, wich ihrem funkelnden Blick jedoch nicht aus. »Ich bin nicht als Heiliger geboren, und ich habe auch nicht behauptet, bisher unberührt durchs Leben gegangen zu sein«, entgegnete er. »Und ich fühle mich schuldig, daß ich der Versuchung nicht widerstanden habe.«
Sie lachte bitter auf. »So, jetzt stempelst du mich als Verführerin ab, weil ich nach Johannesburg und gestern nacht in dein Zimmer gekommen bin, ja?«
»Ich mache mir einen Vorwurf, nicht dir! Es ist letztlich ohne Bedeutung, wer zu wem gekommen ist. Ich hätte standhaft bleiben müssen, und es beschämt mich, daß ich so schwach war, deine Liebe und Sehnsucht nach Zärtlichkeit so schändlich auszunutzen. Denn ich wußte doch zu jeder Sekunde, daß jeder Kuß und jede Berührung alles nur noch schlimmer machen würde, unsere unabwendbare Trennung, unsere Selbstvorwürfe und später die quälende Erinnerung daran. Du kannst dich vor deinem Gewissen damit entschuldigen, daß du gehofft hast, ja überzeugt davon warst, daß wir von nun an zusammenbleiben würden. Ich dagegen habe diese Entschuldigung nicht. Ich wußte, daß ich meinen Glauben und meine Berufung für nichts auf der Welt aufgeben würde.«
»Auch nicht für meine Liebe?«
Er wich ihrem inständigen Blick nicht aus. »Nein, auch nicht für deine Liebe ... und weil ich mir dessen so sicher war, kann ich es mir nicht verzeihen.«
Lena wußte nicht mehr weiter. In ihr tobte ein wilder Schmerz, genährt von Verzweiflung und ohnmächtigem Zorn auf das, was er seine Berufung nannte. »Berufung! Charisma! Verzicht um des Himmelreiches willen – das sind doch alles Ausreden!« brach es unbeherrscht und unter Tränen aus ihr hervor. »In Wahrheit hast du doch bloß Angst vor der Ehe, vor der Liebe, vor den Konsequenzen – was weiß ich! Du flüchtest dich in deinen Glauben,

weil du einfach nicht Manns genug bist, etwas zu riskieren und zu deiner Liebe und Leidenschaft zu mir zu stehen – wie du letzte Nacht auch nicht Manns genug gewesen bist, mich richtig zu lieben! Du bist ganz wie deine Mutter!«

Julian wurde noch um eine Spur bleicher und schluckte unter dieser wilden Anschuldigung. Ein schmerzlicher Ausdruck trat auf sein Gesicht, als er sie in seine Arme nehmen wollte und sie ihn zurückstieß. »Der Aberglaube, ein Mann müsse seine Männlichkeit unter Beweis stellen, ist genauso unausrottbar wie die Annahme, daß jeder Mann eine Frau brauche, um versorgt zu sein, den Erwartungen anderer zu entsprechen und der Einsamkeit zu entfliehen ...«

»Ich will davon nichts mehr hören!« rief sie mit zitternder Stimme und tränenüberströmtem Gesicht. »Ich will, daß du zu deiner Liebe stehst und zusammen mit mir die Kraft findest, nicht denselben Fehler zu machen, den deine Mutter begangen hat. Ich werde mich jetzt waschen und anziehen und gehe dann etwas spazieren, denn ich habe das Gefühl zu ersticken, wenn ich nicht schnell ins Freie komme. Und ich flehe dich an: Geh du indessen in dich und frage dich noch einmal, ob du mir und dir das wirklich antun kannst.«

»Lena, ich bitte dich!« rief er, als sie zur Tür stürzte. »Verrenn dich um Gottes willens nicht in die ...«

Lena bekam das Ende seines Satzes nicht mehr mit, denn sie stürmte hinaus in den Flur und warf dabei die Tür hinter sich zu. Ob jemand sie sah, wie sie im Morgenmantel aus Julians Zimmer kam und in Tränen aufgelöst in ihr eigenes rannte, wußte sie nicht. Sie war von ganz anderen Ängsten erfüllt.

»Es wird alles wieder in Ordnung kommen!« redete sie sich unablässig ein, während sie sich wusch, hastig frisierte und anzog. »Julian wird mich nicht verstoßen! Ich muß ihm nur Zeit lassen ... Unsere Liebe wird stärker sein als alles andere. Er ist schon einmal von unserer Liebe davongelaufen und dann wieder zurückgekommen. So wird es auch diesmal sein!«

Lena ließ ihm mehrere Stunden Zeit, die sie damit verbrachte, ziellos durch die Straßen des Viertels zu gehen, ohne bewußt wahrzunehmen, was um sie herum geschah. Ihre Gedanken und Ängste nahmen sie völlig gefangen. Als sie schließlich in die Kerk Street zurückkehrte, betrat sie die Pension nicht durch den Vordereingang, sondern nahm den Weg hinten durch den Garten. Sie wollte auf keinen Fall von der Wirtin angesprochen werden.

Als sie an Julians Zimmerfenster vorbeikam, das halb offen war, vernahm sie seine Stimme – und blieb stehen. Sie sah, daß er am Boden kniete, und hörte ihn beten. Ihr Herz krampfte sich zusammen.

»... höre mein Gebet, o Herr! Läutere mich, auf daß ich den Versuchungen zukünftig besser widerstehe, und gib Lena Trost in ihrer Traurigkeit und Verstehen in ihrer zornigen Ablehnung meines Weges, den ich gehen muß. Ich weiß, daß du mich allzeit erhörst. Du siehst ins Verborgene, du kennst unsere Armseligkeit und Schwachheit. Erfülle du unseres Herzens Tiefe mit deinem Licht, und mache unsere Einsamkeit zum Ort der Begegnung mit dir. Ich weiß, du birgst mich im Schatten deiner Hand, du vergibst mir meine Schuld und rufst mich in deine Nachfolge. Doch ich bitte dich, erfülle nicht nur mein Leben mit deiner Kraft und Liebe, sondern führe auch Lena durch die Dunkelheit zum Licht. Laß sie verstehen, daß jemand zu Hause sein, wachen und dich erwarten muß, Herr. Gib ihr die Einsicht, daß ich zu denen gehören will und muß, die das Lied von der Hoffnung, von deinem Reich, weitersingen müssen, weil du es selber bist, der diesen unstillbaren Durst in mir geweckt hat ...«

Die Intensität seines Gebets, das von unerschütterlichem Vertrauen und Hingabe an Gott geprägt war, schnitt wie ein scharfes Messer in ihr Herz. Sie erkannte in diesem Moment, wie lächerlich es von ihr gewesen war, sich einzureden, Julian doch noch irgendwie anderen Sinnes werden zu lassen. Er hatte sich ihr längst entzogen.

Wie betäubt lauschte sie seinem Gebet. Als er es beendet und sich bekreuzigt hatte, ging sie zu ihm ins Zimmer. »Sorge bitte dafür,

daß ich heute noch irgendwie zu Rachel und Claas nach Slang Spruit komme!« forderte sie ihn mit eisiger Stimme auf, die ihr selbst fremd war.
»Ich werde dich hinbringen.«
»Nein«, lehnte sie ab, und ihr Gesicht war wie aus Stein. »Du hast mir genug Schmerz zugefügt, Julian. Ich möchte dich nie wiedersehen!«
»Ich werde darum beten, daß du mir eines Tages verzeihst. Du vermagst jedoch nichts zu tun und nichts zu sagen, was mich hindern könnte, dich auch weiterhin zu lieben, Lena«, erwiderte Julian mit belegter Stimme und einem feuchten Schimmer in den Augen.
Wortlos wandte sie ihm den Rücken zu und ging aus dem Zimmer.

24

Isbrand Jooste, der ältere Bruder der Pensionswirtin, brachte Lena mit seinem Wagen nach Slang Spruit. Es war eine lange und staubige Fahrt, denn das Temperament der beiden Braunen entsprach dem trägen Wesen von Isbrand Jooste. Dick und feist wie ein Mastochse, dem man ein Wagenrad von einem Lederhut auf den massigen Schädel gestülpt hatte, saß er auf dem Kutschbock und ließ die Pferde dahintrotten. Schlaff hingen die Zügel in seiner Hand, als hätte das Einkassieren der stolzen Summe von einem Pfund und zehn Shilling ihn aller Kräfte beraubt.
Dennoch war Lena dankbar, daß es der feiste Isbrand Jooste war, der sie über Swartplaas nach Slang Spruit brachte, denn der Mann war sogar zum Reden noch zu faul, und das wog in ihren Augen alle anderen Nachteile mehr als auf. In ihrem seelischen Zustand von einem schwatzhaften Kutscher immer wieder zu einem Gespräch über Nichtigkeiten gedrängt zu werden, war das Schlimmste, was sie sich in Augenblick vorstellen konnte.

Sie fühlte sich wie in Trance. Was geschehen war, erschien ihr unwirklich, wie ein schlechter Traum. Sie war sich ihrer Sache doch so sicher gewesen. Hätte sie denn sonst das Wagnis auf sich genommen, ihre Familie zu täuschen und nach Johannesburg zu reisen? Es konnte einfach nicht sein, daß Julian, der sie doch liebte und leidenschaftlich begehrte, sie so grausam von sich stieß und das freudlose Dasein eines zur Ehelosigkeit verdammten katholischen Priesters einem erfüllten, wunderbaren Leben mit ihr vorzog.
Und doch hatte er genau das getan!
Er verleugnete ihre Liebe aufs schändlichste, strafte sie damit beide ihr Leben lang und verstieg sich dann noch zu der irrwitzigen Begründung, um des Himmelreiches willen so und nicht anders handeln zu können. Wie grotesk und lächerlich.
Und wie konnte Gott dieses unerträgliche Unrecht, daß Julian sich und ihr in seiner religiösen Verblendung zufügte, bloß zulassen? Wo blieb seine Barmherzigkeit? Rühmte die Heilige Schrift an unzähligen Stellen Gott nicht als die Personifizierung grenzenloser Liebe?
Gott, warum hast du mir Julian genommen?
Wenn Julian ihr doch nie geschrieben hätte!
Sie hätte ihn längst vergessen gehabt und sich höchstens noch als Schwarm ihrer Jugend an ihn erinnert!
Hätte sie wirklich?
Still weinte sie vor sich hin, während sie meinte, die unzähligen Schluchzer und Schreie, die sie mit aller Willenskraft zurückhielt, müßten ihr jeden Moment das Herz zerreißen und die Brust sprengen.
Julian warum hast du mich verlassen?
Gott, warum hast du diesen bitteren Kelch nicht an uns beiden vorübergehen lassen?
Staub und Hitze setzten ihren Tränen bald ein Ende. Und mit den Stunden verzehrte sich ihr verzweifeltes, wütendes Aufbegehren wie ein loderndes Feuer, dessen Flammen langsam zusammenfielen, weil ihnen neue Nahrung verwehrt blieb. Sie versank in einen

Zustand dumpfer, von Bitterkeit erfüllter Ohnmacht und Hoffnungslosigkeit.

Sie erreichten SLANG SPRUIT am späten Nachmittag. Unter anderen Umständen hätte Lena die Farm, die sich ja gerade erst im Aufbau befand, verheißungsvoll gefunden und sich darauf gefreut, für eine gewisse Zeit an diesem aufregenden Abenteuer teilnehmen und das Ihre zum Aufbau beitragen zu können. Doch in ihrem Kummer sah sie nicht die vielversprechenden Ansätze, sondern nur ein viel zu kleines und viel zu schäbiges Farmhaus, ein paar deprimierend einfache Schuppen sowie Felder, Weiden und Äcker, die in ihrem grob gerodeten Zustand diesen Namen in ihren Augen gar nicht verdienten. Der Anblick von SLANG SPRUIT erschien ihr am Tag ihrer Ankunft wie die bildhafte Darstellung ihres Verlustes. Als sie noch an ihre Liebe und eine gemeinsame Zukunft mit Julian geglaubt hatte, da war ihr das Leben so herrlich und reich vorgekommen wie LEEUWENHOF Nun, verraten und aller Hoffnung beraubt, konnte jeder Tag nur noch so trostlos und deprimierend sein wie die schäbige Existenz von SLANG SPRUIT.

Rachel war ihr einziger Trost. Ihre Freundin ließ alles stehen und liegen, als sie sah, wer da aus dem Wagen stieg, und schloß sie mit Tränen der Freude und der Erleichterung in ihre Arme.

»Dem Himmel sei Dank, daß du jetzt bei uns bist!« rief sie überglücklich. »*Magtig,* was wird Claas erleichtert sein. Wenn du wüßtest, was ich mir in den vergangenen Tagen für Vorwürfe von ihm habe anhören müssen!«

Auch Lena weinte, doch aus einem anderen Grund.

Rachel blieb ihr verändertes Wesen nicht verborgen. Sie spürte ihren tiefen Kummer, und Lena sah keine Möglichkeit, ihr für den Rest ihres Aufenthaltes etwas vorzumachen. Zudem drängte es sie danach, ihren Schmerz mit Rachel zu teilen. Natürlich konnte sie ihr nicht die ganze Wahrheit sagen. Nicht einmal Rachel hätte für ihre Liebe zu Julian und ihre Bereitschaft, dafür sogar die eigene Familie und die Heimat aufzugeben, Verständnis gezeigt. Deshalb beschloß sie, es bei der halben Wahrheit zu belassen.

»Nun sag schon, was in Johannesburg gewesen ist und warum du so schrecklich bedrückt bist!« forderte Rachel sie bereits am nächsten Tag auf. »Du bist derart verändert, daß es mir richtig Sorgen macht.«
»Es ist wegen Julian.«
»Steckt er in so großen Schwierigkeiten? Kannst du jetzt darüber reden?«
»Nur, wenn du mir hoch und heilig versprichst, zu niemandem ein Wort über das zu sagen, was ich dir erzähle!«
»Ich schwöre es, Lena, auf die Bibel und das Leben meiner Eltern!«
Lena holte tief Atem. »Julian ... er ist Katholik!«
»Nein!« stieß Rachel entsetzt aus, als hätte Lena gesagt, ihr Halbbruder würde Aussatz haben. »Und dein Vater weiß davon, daß er es mit den Papisten hält?«
»Nicht nur Pa, sondern auch Oupa Willem und Tante Sophie. Deshalb durfte er damals Julians Mutter auch nicht heiraten«, vertraute Lena ihrer Freundin an.
»*Magtig*, und dabei machte Julian so einen netten, anständigen Eindruck«, seufzte Rachel.
Lena ärgerte sich darüber. »Ein Calvinist mag Katholiken nicht leiden können, aber deshalb ist er doch ein Christ wie wir. Immerhin glauben wir an denselben Gott und lesen dieselbe Bibel!«
»Schon, und dennoch habt ihr das nicht verdient«, erklärte ihre Freundin betroffen.
»Julian will Priester werden.«
Bestürzt schlug Rachel die Hand vor den Mund. »Jetzt verstehe ich, warum du unbedingt zu ihm nach Johannesburg mußtest«, sagte sie im Glauben, nun alle Zusammenhänge zu begreifen. »Ihr beide seid euch ja sehr nahegekommen, nicht wahr? Wenn einer Einfluß auf ihn hat, dann bist du es. Und, hast du etwas erreichen können?«
Lena schüttelte den Kopf. »Alle meine Hoffnungen, all mein Reden – es war sinnlos«, antwortete sie mit schmerzerfüllter Stimme und ließ ihren Tränen freien Lauf.

Rachel nahm sie in den Arm und versuchte sie zu trösten. »Du hast getan, was du konntest. Mach dir keine Vorwürfe, Lena. Du warst tapfer. Aber natürlich ist es schlimm und zerreißt einem das Herz, einen Menschen, der einem so lieb ist, auf solch fürchterlichen Irrwegen zu sehen und ihn nicht davon zurückhalten zu können. Wir werden für ihn beten, Lena, und wir dürfen nicht die Hoffnung aufgeben, daß er eines Tages doch noch auf den wahren Weg zurückfindet.«

Lena glaubte nicht mehr an die Kraft des Gebetes, und Hoffnung, daß Julian doch noch zu ihr zurückfinden könnte, hatte sie keine mehr. Aber es linderte ihren Schmerz, daß Rachel einen Teil der Wahrheit kannte und daß sie sich nicht verstellen mußte, wenn Kummer und Schwermut sie überwältigten. Und sie war ihrer Freundin dafür dankbar, daß sie ihren Bruder und ihre Schwägerin, die von Natur aus ein liebevolles Wesen besaß, dazu brachte, ihr nicht mit Fragen zuzusetzen, auf die sie ihnen die Antwort schuldig bleiben mußte.

So armselig die Farm von Marijke und Claas Boshof auch war, so hatte sie doch den Vorteil, daß hier jede Hand, die zu arbeiten gewillt war, dringend gebraucht und willkommen geheißen wurde. Auf LEEUWENHOF hätten die üblichen Hand- und Hausarbeiten zwar ihre Hände beschäftigt, nicht jedoch ihren Körper ermüdet und sie, zumindest tagsüber, auf andere Gedanken gebracht. Daß eine weiße Frau überall mit anpackte und auch auf Feldern und Äckern den Rücken krumm machte, galt auf der Farm der jungen Boshofs noch nicht als unschicklich.

Sie war schon über eine Woche auf SLANG SPRUIT, als sie sich an Lionels Geschenk erinnerte, das er Julian am Morgen seiner Abreise für sie gegeben hatte – und das noch immer in ihrem Koffer lag.

Sie holte es hervor, packte es aus – und glaubte ihren Augen nicht trauen zu dürfen, als sie ihre Kette mit dem Medaillon und das Lederetui mit den versilberten Frisierutensilien sah. Dem Geschenk lag noch ein Brief bei, in dem ihr Lionel Faulkner schrieb:

Verehrte, liebe Lena,
manche Dinge im Leben sind kostbarer als ihr offensichtlicher Wert. Bitte verzeihen Sie mir, daß ich es einfach nicht über mich gebracht habe, die Sachen, die Sie mir anvertraut haben, zum Pfandleiher zu bringen. Ich weiß, daß Sie aus großherzigen Motiven heraus zu einem Opfer bereit gewesen sind. Doch ich konnte es nicht untätig mit ansehen. Denken Sie nicht zu schlecht über mich, weil ich mir die Freiheit herausgenommen habe, Ihrem ausdrücklichen Willen nicht zu entsprechen und die Wertsachen für mich zu kaufen. Zürnen Sie mir nicht im Glauben, Sie stünden nun in meiner Schuld. Sie haben mir mit Ihrer Gegenwart in den letzten vier Tagen ein Geschenk ganz besonderer Art gemacht. Und denken Sie bitte daran, daß ein Geschenk, welches aus ganzem Herzen kommt und einem eigenen, tiefen Bedürfnis entspringt, dem Schenkenden oftmals eine viel größere Freude bereitet als der beschenkten Person. Das Wissen, daß Sie nun wieder Ihr Medaillon tragen werden und das Ledertui bald an seinem angestammten Platz liegen wird, bedeutet mir ein Vielfaches von dem, was Sie in schnöden Pfund und Shilling von mir erhalten haben. Ich vertraue darauf, daß Sie meiner Schwäche mit der Ihnen eigenen Liebenswürdigkeit und Nachsicht begegnen, und verbleibe mit den herzlichsten Grüßen und Wünschen

Ihr Lionel Faulkner

Die Zeilen und das darin zum Ausdruck kommende Einfühlungsvermögen rührten Lena tief an, und als sie sich die Kette mit dem Medaillon wieder um den Hals legte und daran dachte, wie schmerzlich sie das Erbstück ihrer Mutter wohl schon bald vermißt hätte, da liefen ihr die Tränen übers Gesicht.
Drei Wochen später hielt sie einen weiteren Brief von Lionel in der Hand. Er kam aus Durban, und er bewegte sie auf ganz

andere Art als sein erstes Schreiben, das er seinem Geschenk beigelegt hatte.

Offensichtlich hatte sich Julian brieflich an Lionel gewandt und ihn gebeten, sich für ihn bei ihr einzusetzen und ihren Zorn auf ihn zu mildern. Und genau das versuchte Lionel auch in seinem zweiseitigen Schreiben. Er warb bei ihr um Verständnis für Julians Entschluß, seiner Berufung zu folgen und Priester zu werden. Er appellierte an ihren Großmut und ihren christlichen Glauben und ließ nichts unversucht, um zu erklären, warum Julian so und nicht anders handeln konnte. Er bat sie, Julian für all den Kummer und Schmerz, den er ihr durch seinen Entschluß zugefügt hatte, zu verzeihen, im Herzen keinen unversöhnlichen Groll zu hegen und ihm ihre Geschwisterliebe nicht zu entziehen.

Nichts, auch nicht die kleinste Andeutung, ließ jedoch darauf schließen, daß Lionel von ihrer verbotenen und so unglücklichen Liebe wußte. Darüber war Lena sehr erleichtert. Wütend dagegen war sie über die Feststellung, daß Lionel seinen ganzen Äußerungen nach schon von Julians religiösen Plänen unterrichtet gewesen war, als er sie auf LEEUWENHOF aufgesucht hatte.

Lena dachte jedoch nicht daran, Julian zu verzeihen und ihm über Lionel eine entsprechende Botschaft zukommen zu lassen. Sollte Julian nur darunter leiden, was er ihr angetan hatte. Das war das Wenigste, was er verdient hatte! Und litt sie denn nicht auch? Wie bitter und schmerzhaft war es doch, mit ansehen zu müssen, wie der Nachbarssohn Gabriel Jacobitz ihrer sichtlich verliebten Freundin den Hof machte, und dadurch ständig daran erinnert zu werden, daß Julian ihr Glück einer religiösen Idee geopfert hatte.

Anfang Mai setzten bei Marijke die Wehen ein. Nach einer relativ leichten Geburt hatten Zwillinge das Licht der Welt erblickt, zwei kräftige Stammhalter, Glück und Augenstern der jungen Eltern.

Am Ende des Monats kehrten Rachel und Lena nach Hause zurück. Gabriel Jacobitz ließ es sich nicht nehmen, sie zu fahren. Rachel nahm an, daß er diese Gelegenheit nutzen wollte, um sich ihr auf GROEN VELD zu erklären und ihren Vater um ihre Hand zu bitten, und sie hatte Mühe, sich ihre freudige Erregung und Erwartung nicht allzusehr anmerken zu lassen.

Die mehr als zwei Monate auf SLANG SPRUIT hatten Lena geholfen, über den ersten großen Schmerz hinwegzukommen und die tiefe Nacht der Verzweiflung hinter sich zu lassen, die ihr in den ersten Tagen und Wochen unentrinnbar erschienen war.

Sie war froh, als LEEUWENHOF vor ihr auftauchte. Sie freute sich, alle wiederzusehen, sogar ihre Schwester und Tante Sophie. Der Anblick der weiten Felder und Weiden und des gekalkten Gehöfts war Balsam für ihre Seele.

Ein unglücklicher Zufall wollte es jedoch, daß gerade am Nachmittag ihrer Rückkehr Fabricius LEEUWENHOF einen Besuch abgestattet hatte und noch da war, als Gabriel und Rachel sie vor ihrem Elternhaus absetzten. Fabricius konnte es sichtlich nicht erwarten, nach der allgemeinen Begrüßung mit ihr allein zu reden.

»Ich freue mich, daß du wieder zurück bist«, sagte er, als sich die Aufregung endlich gelegt hatte und Gabriel mit Rachel nach GROEN VELD weitergefahren war.

»Ja, ich auch«, erwiderte Lena und sah, daß Dele sie von der Stoep her nicht aus den Augen ließ. Ihre Schwester war alles andere als erfreut gewesen, sie wiederzusehen, und Lena konnte sich auch denken, warum.

»Wieso hast du mir nichts davon gesagt?« Er klang sehr vorwurfsvoll.

»Wovon?«

»Na, daß du mit Rachel für so lange Zeit nach SLANG SPRUIT gehen würdest!«

»Es waren noch nicht einmal drei Monate«, entgegnete Lena und spürte, daß sie gereizt wurde.

»Ich wäre nicht einmal für drei Wochen weggegangen, ohne mit dir vorher darüber zu reden«, sagte er mit gekränkter Miene und entsprechendem Tonfall. »Du hast dich nicht einmal von mir verabschiedet!«

Sein Vorwurf löste in Lena urplötzlich eine unbezähmbare Wut aus. »Ich wüßte keinen Grund, warum ich vorher mit dir darüber hätte reden oder mich von dir hätte verabschieden müssen!« fauchte sie ihn an. »Ich bin mir nämlich nicht bewußt, daß ich dir in irgendeiner Form Rechenschaft schulde! Und außerdem bin ich nach der langen Fahrt nicht in der Stimmung, mich von dir so behandeln zu lassen, als wäre ich dein Mündel!«

Fabricius schoß das Blut ins Gesicht, doch war er zu keiner Erwiderung fähig.

Lena dachte auch nicht daran, auf eine Antwort zu warten. Abrupt drehte sie sich um und lief ins Haus.

Als Tante Sophie an diesem Abend nach der Mahlzeit aus der Bibel vorlas und dabei eine Textstelle wählte, in der von der Liebe Gottes die Rede war, da überkam Lena erneut ein unbändiger Zorn, und es hielt sie nicht an ihrem Platz.

»Entschuldigt, mir ist etwas unwohl ... die lange Fahrt und dann das schwere Essen«, murmelte sie, als sie zum Erstaunen ihrer Familie von ihrem Stuhl aufsprang. Sie ignorierte Tante Sophies mißbilligenden Blick und eilte hinaus in die Nacht.

Gott!

Wie konnten sie bloß von Gottes Liebe reden?

Sie haßte Gott, denn er hatte sie um Julian und das Glück ihres Lebens betrogen!

25

Am 11. Oktober 1899 erklärte der Transvaal, gefolgt vom verbündeten Oranje-Freistaat, Großbritannien den Krieg. Vier Tage vorher trat Deleana mit Fabricius in der Kirche in Jonkheersdorp vor den Traualtar und wurde seine Ehefrau. Sie war eine strahlende Braut, und nur ganz wenige der zahlreichen Hochzeitsgäste hegten den zutreffenden Verdacht, daß dieses Strahlen mehr von Stolz und Genugtuung als von Liebe und Glück genährt wurde.

»Das hast du dir selbst zuzuschreiben«, sagte Tante Sophie am Morgen der Hochzeit zu Lena, als sie mit ihrer Nichte einen Moment allein war und deren Nachdenklichkeit spürte. Ihre Stimme

hatte den harschen Tonfall, mit der sie gewöhnlich ihre moralischen Lektionen verkündete. »Das hätte heute dein Tag sein können. Es ist deine eigene Schuld, daß du deine Chance verpaßt und daß nun Dele das Rennen gemacht hat. Männer lieben Rosen und bewundern sie, aber sie sind nicht gewillt, sich an ihren Dornen blutige Hände zu holen. Da pflücken sie dann lieber bunte Blumen auf dem Veld. Laß dir das für die Zukunft eine Lehre sein!«
Lena gab darauf keine Erwiderung, sondern senkte nur stumm den Blick und ging aus dem Zimmer, was ihre Tante für wortlos beschämte Zustimmung und ein hoffnungsvolles Zeichen von reuevoller Selbsterkenntnis hielt. In Wirklichkeit bereute sie jedoch keineswegs, daß sie Fabricius entmutigt und damit ihre Chance vertan hatte, seine Frau zu werden. Was sie an diesem Tag, ein halbes Jahr nach ihrem geheimen Aufenthalt in Johannesburg, empfand, war eine schmerzliche Melancholie. Zweifellos würde auch sie irgendwann in den nächsten Jahren eine Ehe eingehen, doch ihr würde es nie vergönnt sein, mit einem Mann vor den Traualtar zu treten, dem ihre Liebe und Hingabe wirklich bedingungslos gehörten. Nie würde ein anderer Mann noch einmal ein auch nur ähnlich starkes Feuer in ihr entfachen können, das in ihr mit solch verzehrendem Lodern für Julian gebrannt hatte!

In ihre stille Traurigkeit mischte sich auch noch Mitleid mit ihrer Schwester – und mit Fabricius. Denn was die beiden vor den Altar führte, waren nicht die Liebe und das brennende Verlangen, ohne den anderen nicht sein zu können. Dele war Fabricius zugetan, aber Liebe? Nein, sie war vielmehr stolz darauf, mit Fabricius Bloem eine der besten Partien im ganzen Bezirk gemacht und gleichzeitig ihr, ihrer älteren Schwester, eine bittere Niederlage zugefügt zu haben. Sie war fest davon überzeugt, ihr Fabricius vor der Nase weggeschnappt zu haben, und sie hatte Dele in dem Glauben belassen.

Am Abend der großen Hochzeitsfeier, die auf Bloemhof stattfand, standen sich Fabricius und Lena für einen kurzen Moment allein gegenüber – zum erstenmal seit Monaten. Als er wenige

Wochen nach ihrer Rückkehr von SLANG SPRUIT angefangen hatte, Dele den Hof zu machen, hatte ihre Schwester bei jedem seiner Besuche mit Argusaugen darüber gewacht, daß Fabricius keine Gelegenheit fand, mit ihr, Lena, auch nur eine Sekunde allein zu sein.

Lena war ganz merkwürdig zumute, als sie daran dachte, daß sie an Deles Stelle hätte sein können, ja sein sollen, wenn es nach ihrem Vater, Oupa Willem und Tante Sophie gegangen wäre. Er sah gut aus in seinem Hochzeitsanzug, aber nicht sehr glücklich – zumindest nicht in diesem Moment, da sie sich unter vier Augen befanden.

»Ein schönes Hochzeitsfest, Fabricius.«

Auch er fühlte sich offensichtlich unwohl in seiner Haut. »Amüsierst du dich?« fragte er, und es klang, als hoffte er auf eine negative Antwort.

»Ich werde diesen Tag bestimmt nicht vergessen«, sagte Lena vieldeutig.

Sein Gesicht nahm einen schmerzlichen Ausdruck an. »Du hättest heute an meiner Seite sein können, heute und für immer«, erwiderte er leise und mit bitterem Vorwurf in der Stimme. »Ich hatte es mir so sehr gewünscht. Ich wollte immer nur dich, Lena. Schon als du ein junges Mädchen warst, habe ich dich heimlich angehimmelt. Und wann immer ich bei euch war, hätte ich lieber still neben dir gesessen, als mit Adriaan und Hendrik irgend etwas anzustellen. Ich war mir so sicher, vermutlich zu sicher, daß auch du mich magst und eines Tages ja zu mir sagen würdest. Ich hätte versucht, dir jeden Wunsch von den Augen abzulesen, Lena. Alles hätte ich dir gegeben. Warum nur konntest du nicht ...« Er brach ab.

Lena hatte Mühe, ihre Betroffenheit nicht zu zeigen. Fabricius machte ihr noch am Tag seiner Hochzeit eine Liebeserklärung! Und er gab ihr zu verstehen, wie sehr es ihn noch immer nach ihr verlangte. Zum erstenmal zeigte er sich ihr wirklich offen und verletzlich.

Eine warme Welle der Zuneigung stieg in diesem Moment in ihr auf, und sie empfand nun wirklich Bedauern, daß sie diese Seite von ihm erst so spät, viel zu spät kennenlernte. Sie war versucht, die Hand nach ihm auszustrecken, ihn zum Trost für ihn und für sich zu berühren, doch sie unterdrückte diesen Impuls.

»Du beschämst mich, Fabricius.«

»Ich habe dich geliebt, Lena.« So wie er sie dabei ansah, hätte er auch gleich sagen können: Ich habe dich geliebt, und ich liebe dich noch immer, Lena!

Die Szene kam Lena mit jedem Moment unwirklicher und deprimierender vor. Um sie herum war der Abend von Musik und fröhlichem Stimmengewirr erfüllt, während der frischgebackene Ehemann der Schwester seiner Braut sein Liebesleid offenbarte. Dies mußte schnell ein Ende haben.

»Dele wird dir eine gute Frau sein, Fabricius«, sagte sie mit belegter Stimme.

»Eine gute Frau«, wiederholte er schleppend, als müßte er erst darüber nachdenken, was das bedeutete. »Ja, das wird sie wohl. Und ich bete zu Gott, daß irgendwann der Tag kommt, an dem ich nicht mehr dein Gesicht vor meinem geistigen Auge sehe und dich zu fühlen meine, wenn ich Dele in die Arme nehme.« Damit wandte er sich schnell um und tauchte in der Menge unter.

Lena verließ unbemerkt die Hochzeitsfeier, setzte sich ein gutes Stück von der Farm entfernt auf einen Felsbrocken, der kniehoch aus dem Veld aufragte, und weinte. Ihre Tränen galten Julian, Dele und Fabricius, ja sogar ihrem Vater und dieser unbekannten Frau Claire, die er geliebt hatte. Sie weinte, weil sie sich schuldig fühlte und weil sie darum trauerte, daß die Liebe der Menschen zu oft unerfüllt blieb und sie sich mit der Hoffnung zufriedengeben mußten, daß aus Zuneigung, Zweckverbundenheit und dem aus Freud und Leid gewobenen Band des gemeinsamen Lebens eines Tages so etwas Ähnliches wie Liebe und Erfüllung erwuchs.

Als sie dort in der Nacht allein auf dem Felsen saß und die Tränen langsam versiegten, da erinnerte sie sich an die Hochzeit ihrer Freundin Rachel, die nun schon acht Wochen zurücklag. Es war eine wunderbare Feier gewesen, die Rachels Eltern auf GROEN VELD ausgerichtet hatten. Lena hatte noch nie jemanden so selig vor Glück gesehen wie dieses junge Paar. Und so weh es ihr tat, ihre Freundin zukünftig auf einer Farm bei Swartplaas westlich von Johannesburg und somit unerreichbar fern von ihr zu wissen, so glücklich war sie doch auch für sie.

Zu jener Zeit umwarb Fabricius schon seit Wochen ihre Schwester. Lena nahm an, daß er anfangs gehofft hatte, sie damit eifersüchtig zu machen und sie zu bewegen, sich bei ihm für ihr Verhalten bei ihrer Rückkehr nach LEEUWENHOF zu entschuldigen. Als sich seine Hoffnung nicht erfüllte und Dele darauf bestand, ihn nur vor ihrer eigenen Opsitkers zu empfangen, da waren die Weichen gestellt.

Beim Hochzeitsfest auf GROEN VELD bemerkte Lena dann zufällig, wie ihre Schwester sich mit Fabricius in Richtung Obsthain entfernte. Kichernd zog sie ihn an der Hand hinter sich her. Halb sträubte sich Fabricius, halb folgte er ihr nur zu bereitwillig.

Niemand bis auf Lena vermißte sie, was bei der Größe des Festes nicht verwunderte, und niemand bemerkte deshalb auch, daß die beiden erst eine knappe Stunde später wieder zu den anderen stießen. Lena jedoch sah, mit welch erhitzten Gesichtern Dele und Fabricius schließlich aus der tiefen Dunkelheit des Obsthains kamen und welch merkwürdige Blicke sie sich zuwarfen – Blicke, verschwörerisch glücklich und verlegen zugleich. Lena bemerkte auch die Strähnen, die sich aus Deles Frisur gelöst hatten und feucht an Stirn und Schläfe klebten, sowie die Flecken, die das Gras auf ihrem Kleid hinterlassen hatten.

Lena war überzeugt, daß Dele in dieser Nacht irgendwo unter den Obstbäumen ihre Unschuld verloren hatte, was ihr seltsamerweise einen schmerzlichen Stich versetzte. Daß sie ihrer Schwester im ersten Augenblick unterstellte, Fabricius absichtlich verführt zu haben, um sich seiner endlich völlig sicher zu sein, tat ihr hinterher leid.

Nach dem, was sie an Rachels und Gabriels Hochzeitstag auf GROEN VELD beobachtet hatte, überraschte es sie dann auch nicht, als Fabricius sich ihrer Schwester schon sechs Wochen später offiziell erklärte, bei ihrem Vater in aller Form um ihre Hand anhielt und darauf bestand, daß die Hochzeit bereits zwei

Wochen später stattfand. Er begründete seine und Deles Eile damit, daß der Ausbruch des Krieges, der längst von allen Seiten für unabwendbar gehalten wurde, unmittelbar bevorstand.
Lena vermutete jedoch im geheimen, daß die nächtliche Liebesstunde im Obsthain ganz eigene Früchte getragen hatte, die es geboten erschienen ließen, daß Dele so schnell wie möglich den Ehering am Finger trug. Sie wußte nicht, ob Dele mit Tante Sophie oder gar mit ihrem Vater ein vertrauliches Gespräch geführt und dabei eine Anspielung gemacht hatte, warum Eile geboten war, jedenfalls stellte sich keiner ihren Wünschen in den Weg.
Als Dele sich in den folgenden Tagen ihr, Lena, gegenüber immer dreister und arroganter benahm, unerträglich viel Aufhebens um ihre bevorstehende Hochzeit machte und immer wieder herauskehrte, wie verliebt Fabricius doch in sie war und eigentlich immer gewesen sei, da platzte Lena eines Tages der Kragen, und sie konnte sich die bissigen Fragen »Worauf freust du dich denn mehr, auf deine Hochzeit oder auf den Mai nächsten Jahres? Oder wollt ihr das Kind als Frühgeburt ausgeben?« einfach nicht verkneifen.
Ihre Schwester lief hochrot an. »Du bist ja bloß neidisch, weil Fabricius dich für mich fallengelassen hat!« zischte sie.
»Lüg dir nur in die eigene Tasche, wenn es dich glücklich macht«, erwiderte Lena, weil sie ihrer Schwester eigentlich nicht wirklich weh tun wollte.
Umhüllt von der samtenen Dunkelheit und den Blick auf den glitzernden Sternenhimmel gerichtet, fragte sich Lena in der Nacht von Deles Hochzeitstag, ob Fabricius und ihre Schwester wohl eine reelle Chance hatten, gemeinsam das Glück zu finden, das zu einem erfüllten Leben gehörte. Und sie grübelte darüber nach, ob der Mann, dem sie eines Tages ihr Jawort in der Kirche geben würde, wohl im Laufe ihrer Ehe irgendwann die tiefen Wunden, die Julian ihr zugefügt hatte, heilen und vergessen lassen konnte. Sie bezweifelte es – wie so vieles andere.
Vier Tage später ging es nicht mehr um das Glück, sondern um das reine Überleben.
Der Burenkrieg hatte begonnen.

TEIL III

Kaalblad Kopje

26

Im Mai hatte es in Bloemfontein eine Konferenz gegeben, deren angebliches Ziel es gewesen war, die schwerwiegenden Probleme zwischen Großbritannien und dem Transvaal zu lösen. Marthinus Theunis Steyn, Präsident des Oranje-Freistaats und Gastgeber, hatte an den Verhandlungen zwischen Gouverneur Sir Milner und Präsident Paulus Krüger nicht teilgenommen.
Für Milner besaß das Treffen reine Alibifunktion. Von Anfang an entschlossen, die Konferenz ohne friedenssichernde Ergebnisse enden zu lassen, zeigte er sich kühl und von großer Taktlosigkeit. Er machte es sich zur Gewohnheit, stets verspätet zu den vereinbarten Gesprächen mit Paulus Krüger einzutreffen und immer neue Forderungen zu stellen, wenn dieser sich zu Eingeständnissen bereit erklärte. Präsident Steyn erkannte, daß die Konferenz keine Probleme lösen und Milner immer unannehmbarere Forderungen stellen würde, je mehr Präsident Krüger nachgab. Das Scheitern der Verhandlungen von Bloemfontein war unvermeidlich. Es war Milner, der die Gespräche abbrach und nach Kapstadt zurückkehrte.
Im September wurden britische Truppen entlang der Grenzen der beiden unabhängigen Burenrepubliken in Stellung gebracht, während sich gleichzeitig bunt zusammengewürfelte burische Einheiten in Richtung Grenze in Marsch setzten. Die Gerüchte, wonach aus anderen Teilen des britischen Empire Zehntausende Soldaten nach Südafrika beordert waren und sich schon auf See befanden, wurden mehr und mehr zur Gewißheit.
Das Kriegsfieber ging wie eine Feuersbrunst durch die Burenrepubliken. Sowohl Milner als auch die Buren waren der festen Überzeugung, daß der Krieg nur ein kurzer heftiger Waffengang von höchstens drei, vier Monaten sein würde.

»Wir jagen sie ins Meer und sind zu Weihnachten wieder zu Hause bei unseren Familien!« hörte man die Buren überall im Land verkünden. Sie stützten ihren unerschütterlichen Glauben darauf, daß sie besser ausgerüstet, besser motiviert und besser mit dem Terrain vertraut waren, auf dem die Schlachten stattfinden würden.

»Wir sind die besseren Reiter und die besseren Schützen!« nahmen Männer wie Adriaan, Fabricius und Coenraad die patriotischen Parolen begeistert auf. »Die Tommys können uns doch nicht das Wasser reichen.«

»Ja, wir kämpfen für unser Land, für unsere Farmen und für unsere Familien«, sagte Fabricius bei einem Treffen kriegsbereiter Männer zwei Tage nach seiner Hochzeit auf LEEUWENHOF. Dele schwoll sichtlich die Brust vor Stolz, und sie warf Lena einen herablassend mitleidigen Blick zu. »Und wofür kämpft ein Tommy Rooinek? Für den schäbigen Söldnerlohn von einem Shilling pro Tag!«

Die Begeisterung und Siegesgewißheit hatten auch Oupa Willem angesteckt. Zustimmend schlug er mit seiner knochigen Faust auf die Lehne seines Stuhls. »Ihr werdet sie wie Hasen auf einer Treibjagd vor euch herjagen, so wie wir es mit ihnen bei Majuba Hill gemacht haben!« rief er mit krächzender Stimme. »*Magtig*, ich wünschte, ich könnte mich noch lange genug im Sattel halten, um mit euch gegen die *rooibaadjies* zu reiten.«

Stefanus bemerkte daraufhin trocken: »Die Zeiten von Majuba, wo die Engländer mit ihren roten Uniformen eine perfekte Zielscheibe abgaben, gehören der Vergangenheit an, Vater. Heute tragen sie Khakiuniformen.«

Oupa Willem wischte den Einwand mit einer unwilligen Geste beiseite. »Der Krieg wird gewonnen und die Rooineks endgültig aus diesem Teil Afrikas vertrieben sein, bevor das Jahr um ist!«

Lena fiel auf, daß ihr Vater zum Krieg gegen die Engländer zwar genauso entschlossen war wie ihre Nachbarn, jedoch keine übermäßige Begeisterung zeigte, sondern eher vorsichtige Skepsis anmeldete, was die Dauer dieses Krieges betraf. Hendrik verhielt sich

ähnlich. Zwar nahm er an diesen hitzigen Diskussionen teil, hielt sich aber mit Äußerungen sehr zurück. Zumeist saß er still und mit ernster Miene am Rand der Gruppe und hörte nur zu. Er hatte erst vor wenigen Wochen damit begonnen, der schüchternen Franziska Schutte von ZWART DRIFT den Hof zu machen. Die Aussicht, bald in den Krieg zu ziehen, entzündete in ihm auf jeden Fall keine Begeisterung – ganz im Gegensatz zu Adriaan, Fabricius und Coenraad, die es gar nicht erwarten konnten, daß es losging. Lena hatte das Gefühl, daß Hendrik den Ruf zu den Waffen mehr als patriotische Pflicht betrachtete, die keine Rücksicht darauf nahm, ob er ihr mit Begeisterung oder Widerwillen folgte.
Als Lena ihn einmal darauf ansprach, antwortete er mit der ihm eigenen stoischen Ruhe: »Was heißt Begeisterung, Lena? Es gibt Krieg, und jemand muß ihn austragen. Ich bin im richtigen Alter, kann ordentlich reiten und schießen – und das ist es. Und fragt jemand nach Begeisterung, wenn ein schweres Unwetter losbricht und auf der Farm jede Hand gebraucht wird? Ein Mann muß tun, was er tun muß.«
Der Auffassung war offensichtlich auch Präsident Paulus Krüger. Er wollte sich nicht länger hinhalten lassen und stellte der britischen Regierung ein Ultimatum. Er verlangte den Abzug der an den Grenzen aufmarschierten Truppen und das Abdrehen der Schiffe auf hoher See, die Zehntausende Soldaten aus Indien und anderen Teilen des Empire an Bord hatten.
Das Ultimatum wurde am 11. Oktober abgelehnt. Sir Conyngham Green, der britische Vertreter in Pretoria, überreichte Paulus Krüger persönlich den Brief, suchte um die Beglaubigung seines Passes nach und verließ auf der Stelle den Transvaal. Noch am selben Tag wurde der Krieg erklärt.
»Die beleidigenden Forderungen der Buren werden für absurd gehalten, und das Ultimatum hat verachtungsvolle Belustigung hervorgerufen, vermischt mit der Befriedigung, daß die Spannung endlich vorüber ist«, lasen die Kapstädter zwei Tage später in ihrer Zeitung *The Cape Argus.* »Das Ultimatum wurde in den militärischen Kreisen mit größter Begeisterung aufgenommen.«

Ähnliches, nur mit umgekehrten Vorzeichen, lasen die Buren in ihren Zeitungen. Auf beiden Seiten war die Erleichterung groß, daß die Zeit der Ungewißheit nun ein Ende gefunden hatte. Die Buren, gut bewaffnet und moralisch hoch motiviert, waren voller Zuversicht, dem britischen Empire auf afrikanischem Boden eine vernichtende Niederlage zufügen zu können. Sie hofften zudem darauf, daß große europäische Mächte, allen voran Deutschland, zu ihren Gunsten intervenieren und daß die Kap-Afrikaner sich erheben und sich ihnen anschließen würden.

Dagegen gründeten britische Politiker und Generäle ihre Siegesgewißheit auf das gewaltige Militärpotential, das dem Empire zur Verfügung stand, und die unerbittliche Disziplin, der sich britische Soldaten unterzuordnen hatten. Es erschien ihnen als geradezu lächerlich überheblich, daß zwei kleine Burenrepubliken, deren Bevölkerung von noch nicht einmal zweihunderttausend Menschen zum überwiegenden Teil auf einsamen Farmen angesiedelt war, es wagten, ihnen den Krieg zu erklären. Was konnten diese Burenfarmer, die von militärischen Feldzügen so wenig verstanden wie ein Londoner Zeitungsjunge vom Führen eines Ochsengespanns, ihnen schon entgegensetzen?

Diese Einwände waren nicht ganz unberechtigt. Im Gegensatz zu Großbritannien mit seiner langen Tradition militärischer Macht, seinem gewaltigen Potential wehrfähiger Männer und seiner soldatischen Disziplin, ohne die das große Kolonialreich des Empire nicht zustande gekommen wäre, verfügten die Buren über keine reguläre Armee. Mit Ausnahme der geringen Polizeikräfte und der Artillerie zogen die Buren nicht einmal mit einer klar erkennbaren Uniform in den Krieg. Doch auf ihre Weise waren die Männer des Transvaal und des Oranje-Freistaats nicht weniger charakteristisch gekleidet wie ihre Gegner.

Der Bure legte allergrößte Sorgfalt auf seine äußere Erscheinung. Im allgemeinen trug er einen Anzug oder eine Kombination aus Cordhose und Jackett, dazu eine Weste sowie Schlips und steifen Kragen, die er auch in den schwierigsten Situationen und erbittertsten Gefechten nicht ablegte. Männer, die über dreißig Jahre

alt waren, sah man selten ohne einen buschigen Vollbart. Nicht wegzudenken bei einem Buren war auch der Filzhut, den er im Laufe des Krieges schräg nach links aufsetzte.
Für die Grundausrüstung aus Pferd, Waffe, Munition und Verpflegung, mit der ein Bure in den Krieg zog, hatte er selber zu sorgen, und er hatte sie auch aus eigener Tasche zu bezahlen. Als Reittier bevorzugte er das kräftige, trittsichere und ausdauernde Basuto-Pferd, das abgehärteter war als andere Rassen. Mit seinem Pferd verwachsen, trug der burische Reiter sein deutsches Mauser-Gewehr auf dem Rücken und die Patronengurte mit den Ladestreifen aus fünf Patronen quer über der Brust.
Eine militärische Kommandostruktur mit blinder Gehorsamspflicht gegenüber Befehlen von Vorgesetzten war den freiheitsliebenden Buren fremd. In jedem Bezirk kamen die Männer zusammen und wählten einen aus ihren Reihen zu ihrem Anführer. Diese wiederum einigten sich später auf die Befehlshaber, denen größere Truppenteile unterstanden. Jeder behielt sich jedoch das Recht vor, dem Anführer seiner Korporalschaft, ja sogar dem allerhöchsten und vom Präsidenten eingesetzten General-Kommandanten jederzeit den Gehorsam aufzukündigen, wann immer er meinte, dazu einen Grund zu haben.
Im Bezirk von Jonkheersdorp bildeten sich zwei Kommandos, wie die Buren seit Generationen ihre Reitergruppen in Kriegszeiten nannten. Die einen sammelten sich um Stefanus van Rissek, während die anderen Hennig Bloem zu ihrem Anführer ernannten. Die beiden Männer sahen ihre Wahl weniger als Ehre denn als schwere Bürde an. Sie wußten nur zu gut, daß die Kampfmoral ihrer Landsleute ausgezeichnet, ihre Disziplin jedoch unzulänglich war.
Womit die Briten nicht gerechnet hatten, war die rasante Mobilmachung und Beweglichkeit, mit der beide Burenrepubliken in die Offensive gingen. Im Westen eröffnete eine burische Patrouille unter dem Kommando des einfallsreichen Koos de la Rey, der zum General aufsteigen und einer der herausragendsten Figuren des Krieges werden sollte, schon am 12. Oktober die Kriegshand-

lungen, indem sie fünfzig Kilometer südlich von Mafeking einen Panzerzug eroberte. Zwei Tage später fanden sich die britischen Truppen in Mafeking eingeschlossen, und die berühmte siebenmonatige Belagerung von Mafeking, kaum mehr als ein Dorf, doch als Haupteisenbahndepot zwischen Kimberley und Bulawayo von großer Bedeutung, begann.

Koos de la Rey und andere Burenführer setzten mit ihren Kommandos ihren Vormarsch nach Süden entlang der Eisenbahnlinie fort, ohne auf viel Widerstand zu stoßen – bis sie nach Kimberley kamen. Die Stadt der Diamantenminen wurde wie Mafeking eingeschlossen und monatelang belagert.

Gleichzeitig drangen die Burenkommandos von Transvaal aus nach Natal ein. Sie rechneten fest damit, daß die Engländer die mächtige Gebirgskette aus tief gestaffelten, zerklüfteten Bergzügen zu ihrer Verteidigung ausgenutzt hatten und die Pässe besetzt hielten. Zu ihrem Erstaunen trafen sie auf ihrem Vormarsch jedoch auf keinen Widerstand. Der massive Angriff der Transvaaler Buren unter dem Oberkommando des achtundsechzigjährigen Petrus Jacobus Joubert, der im ersten Unabhängigkeitskrieg von 1880/81 beachtlichen Ruhm erlangt hatte, traf die britische Militärführung von Natal unvorbereitet. Nicht nur waren die Pässe weder vermint noch besetzt, sondern auch die Brücken waren nicht gesprengt und die Eisenbahnlinien nicht zerstört, so daß der Nachschub der rasch vorrückenden Buren ungehindert herangeschafft werden konnte.

Nach mehreren Gefechten zogen sich die britischen Truppen in die Stadt Ladysmith zurück, die nun wie Kimberley und Mafeking von den Buren eingeschlossen und monatelang belagert wurde.

Wie ein Spuk waren die bunt zusammengewürfelten Kommandos der Buren über die gutausgebildeten und kampferprobten britischen Truppen hergefallen. Die unglaublichen militärischen Erfolge dieser »Farmer-Soldaten mit Schlips und Kragen«, wie man die Buren in der heimischen Presse verächtlich gemacht hatte, waren ein Schock für die britische Nation, eine Demütigung.

General Sir Redvers Henry Buller, der am 14. Oktober nach Kapstadt gekommen war, um das Kommando über die britischen Streitkräfte zu übernehmen, war bei seiner Ankunft wohl der Mann gewesen, der in der ganzen britischen Armee das größte Ansehen genoß. Er hatte in Afrika fünf Feldzüge und die Zulukriege mitgemacht, war Träger der höchsten militärischen Auszeichnungen und sollte Oberbefehlshaber aller britischer Armeen werden.

Doch innerhalb von zwei Monaten waren Ruhm und Ansehen im Licht der burischen Erfolgs verspielt und General Buller ein Mann, den in militärischen Kreisen niemand mehr ernst nahm und dessen Tage als Oberbefehlshaber in Südafrika gezählt waren.

Gegen Jahresende verloren die Briten in weniger als einer Woche trotz zahlenmäßiger Übermacht in den erbitterten Gefechten von Stromberg, Magersfontein und Colenso mehr als dreitausend Mann. In England wurde diese katastrophale Woche wegen der unglaublich schweren Verluste als die *Schwarze Woche* bekannt, die gleichzeitig den Tiefpunkt des Krieges auf britischer Seite markierte. Großbritannien sah sich in seiner bisherigen Überlegenheit über den Rest der Welt schwer erschüttert. Die stärkste und bestausgerüstete Armee, die je die Meere überquert hatte, war von einer Handvoll unerfahrener Farmer geschlagen worden!

Die *Schwarze Woche* versetzte der Karriere von General Buller den Todesstoß. Das Kriegsministerium in London löste ihn von seinem Posten ab, betraute Lord Roberts von Kandahar mit dem Oberbefehl und stellte ihm Lord Kitchener als Stabschef zur Seite.

Als Lord Roberts in Kapstadt eintraf, strömten aus allen Teilen des Empire Verstärkungen nach Südafrika, und ihm standen bald hundertachtzigtausend Mann zur Verfügung, mehr als die gesamte Bevölkerung – Männer, Frauen und Kinder – der beiden Burenrepubliken.

In den ersten Wochen des neuen Jahres 1900 setzte die britische Generaloffensive ein – sehr schwerfällig, aber genauso wirksam.

27

Seit der Krieg begonnen hatte, lebte Lena in quälender Sorge um ihren Vater und ihre Brüder. Sie glaubte nicht daran, daß die Kämpfe in wenigen Wochen beendet sein und die Engländer dann geschlagen abziehen würden. Die beklemmende Ahnung, daß dieser Krieg sich für ihre Familie und für ihr Volk als Katastrophe erweisen würde, ließ sie auch dann nicht los, als die burischen Truppen in den ersten Wochen und Monaten einen militärischen Erfolg nach dem anderen errangen und die Bevölkerung der beiden Republiken mehr denn je davon überzeugt war, die Engländer vernichtend schlagen zu können.

Lena vermochte einfach nicht zu vergessen, was Lionel im Verlauf einer der wenigen Gespräche, die sie in Johannesburg über den drohenden Krieg geführt hatten, nüchtern wie ein Buchhalter zu Julian und ihr gesagt hatte: »Wenn es wirklich zum Krieg kommt, wird der Ausgang nicht davon abhängen, wer mit der größeren Tapferkeit kämpft. Gewinnen wird die Seite, die den längeren Atem hat, was den Nachschub an Mensch und Material anbelangt. Und was das betrifft, hat der tapfere burische David keine Chance gegen den Goliath des britischen Empire. Die wundersame Geschichte wird sich hier auf afrikanischem Boden nicht wiederholen. Der Goliath des britischen Empire mag schwerfällig reagieren, aber letztlich wird er mit seiner mächtigen Kriegsmaschinerie über das Land hinwegrollen und alles vernichten, was sich ihm in den Weg zu stellen wagt. Militärisches Geschick und Tapferkeit mögen einzelne Gefechte entscheiden, nicht jedoch den Ausgang des Krieges. Großbritannien kann innerhalb kürzester Zeit eine Armee nach Afrika schicken, deren Stärke die gesamte Einwohnerzahl beider Burenrepubliken ums Mehrfaches übertrifft. Wie soll ein Volk gewinnen, wenn der Gegner nicht nur für jeden eigenen Soldaten, sondern auch noch für jede Frau, jedes Kind und jeden Alten zwei oder gar drei Soldaten ins Feld stellt? Und genau das wird London notfalls tun, denn es kann es sich politisch nicht leisten, einen Krieg in Südafrika zu verlieren.«

Lena hatte Lionels Prophezeiung stets im Ohr, wenn Nachrichten von burischen Siegen auf LEEUWENHOF und anderswo das Feuer der Kriegsbegeisterung und Siegeszuversicht noch mehr entfachten. Doch sie lernte schnell, ihre Zweifel und Ängste für sich zu behalten, denn niemand wollte etwas davon wissen, weder Oupa Willem noch Tante Sophie. Von beiden bekam sie wegen ihres mangelnden Vertrauens scharfe Zurechtweisungen zu hören, und Dele, die sich als frisch verheiratete Ehefrau eines burischen Freiheitskämpfers besonders wichtig nahm, hatte für die Bedenken ihrer Schwester nur Hohn und Verachtung übrig.

So wie Dele und Tante Sophie verhielten sich die meisten burischen Frauen. In ihrer Kriegsbegeisterung und Siegesgewißheit standen sie ihren Männern in nichts nach. Viele Frauen schlossen sich den Truppen an und zogen mit ihren Männern in den Kampf gegen die Briten. Hendrina Joubert, die Ehefrau von Piet Joubert, zählte zu den prominentesten und galt bei den Soldaten bald als »der wahre General-Kommandant«. Gera Houtman, Ehefrau von Coenraad, und Martha Niekerk, die Frau des Kaufmanns Cornelius, sowie Anna Potgieter von SCHOONGEZICHT gehörten zu den Frauen, die aus dem Bezirk von Jonkheersdorp ihre Männer in den Krieg begleitet hatten. Manche hatten sogar ihre Kinder mitgenommen.

Die erste Nachricht von Stefanus, Adriaan und Hendrik traf Anfang November auf LEEUWENHOF ein. In dem kurzen Schreiben teilte Stefanus ihnen mit, daß es ihnen den Umständen entsprechend gutging. Sie gehörten zu Piet Jouberts Truppe, belagerten Ladysmith und waren nur gelegentlich in Scharmützel mit den eingeschlossenen Briten verwickelt.

Lena drängte Julian, so gut sie vermochte, aus ihren Gedanken. Und je mehr Monate vergingen, desto leichter fiel es ihr, sich damit abzufinden, daß er seine Berufung zum Priester ihrer Liebe vorgezogen hatte. Das Wissen schmerzte noch immer, doch ihre Wunden begannen allmählich zu verheilen, und das quälende

Gefühl, von ihrer geheimen Sehnsucht nach ihm förmlich aufgezehrt zu werden, verlor von Monat zu Monat an Kraft, bis es kaum mehr als eine bittere Erinnerung war.
Sie ertappte sich nach Ausbruch des Krieges viel öfter dabei, daß sie an Lionel dachte und sich fragte, wo er sich befand und wie es ihm wohl gehen mochte – besonders als sie davon hörte, daß britische Truppen in Ladysmith eingeschlossen waren und in der Stadt festsaßen. Lag er mit seinen Leuten vielleicht unter dem Feuer ihrer Brüder und ihres Vaters, die zu den Buren gehörten, welche sich rund um Ladysmith verschanzt hatten und jeden Ausbruchsversuch mit vernichtendem Kugelhagel vereitelten? Diese Vorstellung war für sie ein Alptraum, der sie so manche Nacht quälte und sie auch tagsüber beschäftigte.
Daß Lionel, dessen Freundschaft ihr viel bedeutete, auf der Seite ihrer Gegner stand, erschien ihr irgendwie unwirklich. Er war zwar britischer Offizier, und dennoch vermochte sie ihn nicht als den Feind zu sehen, den es zu hassen und zu vernichten galt, denn an ihm gab es nichts, was in ihr Haß wecken konnte. Sie sorgte sich vielmehr genauso um sein Wohlbefinden wie um das ihrer Familienangehörigen.
Was sie haßte, war das Machtspiel von Regierungen und Militärstäben, für deren undurchsichtige Interessen und Ambitionen auf beiden Seiten andere mit ihrem Blut und ihrem Leben bezahlen mußten. Sie haßte den Krieg, der Freunde per Dekret zu Todfeinden und zehntausendfachen Mord zur patriotischen Pflicht erklärte.
Drei Tage vor Weihnachten kamen die drei Männer zusammen mit Fabricius für kurze Zeit nach Hause. Die Freude auf LEEUWENHOF war groß, und Dele verkündete nun allen voller Stolz, daß sie ein Kind erwartete. Mit dieser freudigen Nachricht, die Lena mit einem spöttischen Lächeln quittierte, stand sie zunächst im Mittelpunkt des Interesses und der Glückwünsche, doch der Krieg drängte sich schnell wieder in den Vordergrund.
Fabricius und Adriaan sprudelten nur so über von Geschichten hinsichtlich der Belagerung von Ladysmith und der Gefechte, an

denen sie in Natal teilgenommen hatten. Ihre Augen glänzten vor Stolz und Begeisterung. Der Krieg war für sie ein einziges aufregendes Abenteuer, dessen guter Ausgang außer Frage stand. Sogar Hendrik schien ein wenig Gefallen daran gefunden zu haben, denn auch er zeigte sich ungewöhnlich erzählfreudig und wußte so manche Anekdote zu berichten.

Lena bemerkte jedoch, daß sich ihr Vater Sorgen machte und mehr als einmal Kritik an Jouberts Führung übte. »Er war mal ein großer Mann, und niemand bezweifelt seinen Mut und seine Integrität, aber er ist mit seinen fast siebzig Jahren zu alt für diese schwere Aufgabe. Er zaudert zu oft und läßt günstige Situationen ungenützt verstreichen. Wir hätten Ladysmith erobern und die Briten vernichtend schlagen können. Wir hatten den Vorteil auf unserer Seite, doch er hat unsere Truppen nach den ersten Erfolgen zurückgehalten. Dabei hätten wir nicht nur Ladysmith im Vorbeigehen einnehmen, sondern ganz Natal erobern und ungehindert bis zur Küste marschieren können. Diese Belagerungen von Ladysmith, Kimberley und Mafeking sind schwere Fehler, denn sie binden unsere Truppen.«

»Wir zwingen die Engländer schon noch in die Knie!« versicherte Adriaan im Brustton des sicheren Siegers.

»Aber dein Vater hat nicht ganz unrecht«, sagte Fabricius. »Ich bin auch kein Freund von Belagerungen. Wir müssen beweglich bleiben und den Feind dort angreifen, wo er es nicht erwartet und wo wir ihm schweren Schaden zufügen können.«

Hendrik nickte. »Deshalb haben wir uns ja auch entschlossen, Jouberts Armee zu verlassen und uns General Cronjés Truppen an der Westfront anzuschließen.«

Zwei Tage nach Weihnachten, am Morgen ihres Aufbruchs, war Lena einen Augenblick mit ihrem Vater allein. »Ich weiß, wieviel während unserer Abwesenheit auf deinen Schultern liegt«, sagte er zu ihr und berührte liebevoll ihre Wange.

Lena lächelte tapfer. Dabei war ihr gar nicht nach Lächeln zumute, wußte sie doch, daß jeder Abschied der letzte sein konnte. »Sie sind echte van Rissek-Schultern und halten daher schon einiges aus, Pa«, versicherte sie und versuchte sich heiter zu geben.

Sie machte ihm jedoch nichts vor, wie seine sorgenvolle Miene verriet. »Das müssen sie auch, denn nun trägst du die Verantwortung für LEEUWENHOF, und wohl für längere Zeit, als ich es anfangs angenommen habe.«

»Ich werde alles tun, was in meiner Macht steht.«

»Ich weiß LEEUWENHOF bei dir in guten Händen, *mein tiere.* Ich wünschte nur, du hättest mehr Beistand. Doch Willem wird immer vergeßlicher und wunderlicher, und wir können dankbar sein, daß er den halben Tag auf der Stoep verschläft, statt sich in Dinge einzumischen, die er nicht mehr versteht und noch weniger übersieht. Tante Sophie, nun, im Haushalt ist sie noch immer sehr tüchtig, aber in allen anderen Dingen wird sie dir keine Hilfe sein, zumal ihr die Gicht mehr und mehr mehr zusetzt. Tja, und Dele ...« Er unterbrach den Satz mit einem schweren Seufzer, bevor er mit klarem, nüchternem Blick für die Realitäten auf LEEUWENHOF fortfuhr: »Deine Schwester wird dir, wie ich fürchte, deine schwere Aufgabe nicht eben leichter machen. Vielleicht wäre es sogar besser gewesen, sie wäre nach der Hochzeit zu ihren Schwiegereltern gezogen, statt das Ende des Krieges hier auf LEEUWENHOF abzuwarten.«

Lena teilte seine Befürchtung, denn Dele ließ sie häufig genug spüren, daß sie für sich in Anspruch nahm, als Ehefrau von Fabricius Anrecht auf einen Sonderstatus auf LEEUWENHOF zu haben und die Vorrechte eines Gastes zu genießen. Doch sie wollte ihren Vater nicht noch mehr belasten, und so tat sie die Sache mit Dele scheinbar leichthin mit einem Achselzucken ab.

»Dele wird sich schon zusammenreißen und sich auf ihre Verantwortung der ganzen Familie gegenüber besinnen, wenn es hart auf hart kommt«, sagte sie und hoffte, daß der Fall, da ihre Schwester das beweisen mußte, nie eintreten möge. »Mach dir keine Sorgen um uns und LEEUWENHOF, Pa. Gemeinsam schaffen wir es schon. Viel wichtiger ist, daß ihr auf euch aufpaßt und gesund nach Hause kommt.«

Mit Tränen in den Augen sah Lena ihrem Vater und ihren Brüdern nach, als sie vom Hof ritten, um mit anderen Männern aus dem Bezirk in Jonkheersdorp zusammenzutreffen, ein Kommando zu bilden und zu den Truppen an der Westfront zu stoßen. Zum erstenmal, seit sie Johannesburg verlassen hatte, betete sie wieder zu Gott und bat ihn um Beistand. Sie haderte noch immer mit ihm und zürnte ihm, weil er sie um Julian betrogen hatte, doch sie sprach wieder mit ihm.

Während Dele sich in der Aufmerksamkeit sonnte, die Tante Sophie und Oupa Willem ihr schenkten, und ihre Schwangerschaft weidlich ausnutzte, um von allen schweren und lästigen Arbeiten befreit zu werden, schuftete sich Lena ab. Sie war noch vor Sonnenaufgang auf den Feldern und fiel erst lange nach Einbruch der Dunkelheit wie tot in ihr Bett. Sie gewöhnte es sich sehr schnell ab, Dele überhaupt zu fragen, ob sie ihr diese oder jene Arbeit abnehmen würde. Ihre Schwester hatte immer einen Grund, warum sie nicht helfen konnte, und da sie es bald satt hatte, sich mit ihr über ihre lächerlichen Ausreden zu streiten, schrieb sie Dele schließlich als Hilfe von vornherein ab.

Lena setzte ihren ganzen Stolz darein, LEEUWENHOF so gut zu führen, wie es ihr Vater mit Hilfe von Adriaan und Hendrik getan hatte. Natürlich war es ein viel zu ehrgeiziges Ziel, als daß sie es tatsächlich hätte erreichen können. Aber sie machte ihre Sache ausgezeichnet. Mit Ausdauer, Willensstärke und Durchsetzungsvermögen sorgte sie dafür, daß auf der Farm alles seinen vertrauten Gang ging und keine Arbeiten vernachlässigt wurde.

Indessen wandte sich das Blatt auf den Kriegsschauplätzen. Lord Roberts hatte seine gewaltige Streitmacht, die bald auf über zweihunderttausend Mann anwachsen sollte, in Bewegung gesetzt. Die Buren, die Kimberley schon seit über drei Monaten belagerten, wurden von einem Teil dieser Truppen förmlich beiseite gefegt. In einer der letzten großen Kavallerieangriffe der Geschichte verjagten am 15. Februar sechstausend im Galopp angreifende britische Kavalleristen die achthundert Buren aus

ihren Stellungen und befreiten die Diamantenstadt. Damit begann der Rückzug der Buren an allen Fronten.
Wenige Tage später umschlossen siebzehntausend britische Soldaten bei Paardeberg General Cronjé mit rund viertausendfünfhundert Soldaten, in deren Gefolge sich auch zahlreiche Frauen und Kinder befanden. Erst am vierten Tag der erbitterten Schlacht erfuhr Lord Roberts, daß zu den Eingeschlossenen Frauen und Kinder gehörten. Sein Angebot, ihnen freies Geleit zu gewähren, wurde von den Buren schroff abgelehnt. Nach schweren Verlusten auf beiden Seiten und der Einsicht, daß die Lage hoffnungslos war, kapitulierte General Cronjé am zehnten Tag der gnadenlosen Schlacht. Bei Paardeberg ergaben sich dreitausendneunhundertneunzehn Mann. Das machte ungefähr zehn Prozent der gesamten Streitmacht der Buren aus, die zu keinem Zeitpunkt des Krieges mehr als fünfunddreißigtausend Mann gleichzeitig im Feld stehen hatten. Dagegen sollte es Großbritannien bis zum Ende des Krieges auf eine Armee von über vierhundertfünfzigtausend Soldaten bringen, die nach Südafrika verschifft wurden und im Burenkrieg zum Einsatz kamen.
Cronjés Kapitulation, die ihm sein Volk nie verzieh, war ein schwerer Schlag für die Buren. Bis auf das noch immer belagerte Mafeking brach die gesamte Westfront zusammen. Die gefangenen Buren wurden bei Kapstadt inhaftiert, und Cronjé trat mit seiner Frau, die ihn auf allen Feldzügen begleitet hatte und die nun auch das Exil mit ihm teilen wollte, die Seereise zu einem besonders sicheren, da fernen Gefangenenlager auf St. Helena an.
Indessen zogen sich de la Rey und die anderen burischen Kommandeure mit ihren Truppen nach Bloemfontein zurück, um die Stadt vor den vorrückenden Truppen Lord Roberts' zu verteidigen. Die Übermacht der Briten war jedoch so erdrückend groß, daß Präsident Steyn dem Appell einer Bürgerabordnung entsprach, die Stadt kampflos zu übergeben und dadurch ein sinnloses Blutbad unter der Bevölkerung durch Artilleriebeschuß und Straßenkampf zu vermeiden.
Stefanus, Adriaan und Hendrik gehörten zu den wenigen, die

dem Kessel von Paardeberg kurz vor der Kapitulation entkamen. Mitte März, als britische Truppen inzwischen auch Ladysmith von den burischen Belagerern befreit und in Bloemfontein den Union Jack gehißt hatten, tauchten die drei Männer tief in der Nacht auf LEEUWENHOF auf.
Sie boten einen erschreckenden Anblick. Ihre Kleidung war zerschlissen, und ihre Gesichtern waren gezeichnet, nicht nur von körperlichen Entbehrungen, sondern auch vom Grauen des Krieges, den sie während der letzten Monate aus allernächster Nähe kennengelernt hatten. Tagelang waren sie dem mörderischen Feuer aus Kanonen und Maschinengewehren ausgesetzt gewesen, hatten Bajonettangriffe im Kampf Mann gegen Mann überlebt und bei den Gefechten mehr Freunde und Kameraden neben sich in Stücke geschossen und qualvoll sterben gesehen, als sie zu erzählen gewillt waren.
Die Begeisterung war verflogen, sogar bei Adriaan. An ihre Stelle war eine bittere Verbissenheit und Kriegstreue gegen jede Vernunft getreten. Während Hendrik kaum ein Wort sagte, als hätte ihm das Entsetzen die Sprache geraubt, reagierte Adriaan mit zornigen, haßerfüllten und wortreichen Ausbrüchen, als Lena es wagte, den Krieg für verloren zu erklären. So schrecklich die Erlebnisse und so demoralisierend die Niederlagen der letzten Wochen auch waren, von einem Ende des Krieges wollte Adriaan doch nichts wissen.
»Wir werden jeden gefallenen Kameraden durch den Tod von mindestens zwei Briten rächen!« schwor er mit einem unbändigen Haß, daß Lena erschauerte. Sie erkannte ihren Bruder kaum wieder.
Der Tod hatte längst auch in ihrer direkten Nachbarschaft Einzug gehalten. Cornelius Niekerk und Natan Boshof waren gefallen, und einer von den Dutopits-Brüdern lag verkrüppelt in Natal in einem Feldlazarett.
Dele saß die ganze Zeit in ihrem hochschwangeren Zustand mit blassem Gesicht und ungewöhnlich schweigsam bei ihnen am Tisch, während ihre Brüder und ihr Vater sich stärkten. Ihre erste

Frage hatte Fabricius gegolten, doch die Männer wußten nicht, wie es ihm ging. Sie wußten noch nicht einmal, ob er zu den Eingekesselten von Paardeberg gehört hatte oder schon vorher zur Truppe von Kommandant Christiaan de Wet gestoßen war. Sie hatten sich in den Wirren des Krieges aus den Augen verloren, was sehr leicht geschehen konnte, denn kein noch so hoher Kommandeur schaffte es, seine Truppen über einen längeren Zeitraum zusammenzuhalten. Entgegen jeder militärischen Disziplin und Vernunft lösten sich die Truppen immer wieder auf, um sich wenig später in einer anderen Zusammensetzung neu zu formieren.
»Wir müssen weiter«, drängte Stefanus zwei Stunden vor Sonnenaufgang zum Aufbruch, »sonst verpassen wir den Anschluß an unsere Truppe.«
»Pa . . .« begann Lena in einem Versuch, ihn und ihre Brüder angesichts der Niederlagen und des unausweichlichen Endes zum Bleiben zu bewegen.
Doch ihr Vater ließ sie erst gar nicht ausreden. »Wir müssen, Lena«, sagte er mit müder Stimme. »Die anderen rechnen mit uns. Wir können sie nicht im Stich lassen. Solange wir im Krieg mit den Engländern sind, werden wir kämpfen. Das sind wir unserer Ehre schuldig.«
Und das ist mehr, als ihr euren Kindern und Frauen schuldig seid? war Lena versucht, mit aufbegehrendem, ohnmächtigem Zorn zu fragen, biß sich jedoch auf die Lippe, weil sie die Sinnlosigkeit ihrer Bemühung erkannte.
Und wieder ritten ihr Vater und ihre Brüder hinaus in den Krieg, der schon jetzt verloren war, aber doch noch so unendlich viel Zerstörung und noch Zehntausenden unnötig das Leben kosten sollte.
Der Tod von Piet Joubert, der Ende März starb, wurde vom ganzen Land tief beklagt, machte den Weg jedoch frei für jüngere, wagemutigere Kommandeure wie Louis Botha, Christiaan de Wet und Koos de la Rey, der noch zu Lebzeiten eine auch von den Briten bewunderte Legende wurde.
Aber auch sie vermochten trotz größter Tapferkeit und bewun-

dernswertem Einfallsreichtum in ihrer Kriegsführung das Blatt nicht wenden. Der Vormarsch der britischen Truppen ließ sich nicht mehr aufhalten, sondern allenfalls stören und um ein paar Tage verzögern.

Am 16. Mai mußten die Buren die Belagerung von Mafeking aufgeben. Acht Tage später annektierte Großbritannien den Freistaat. Am 31. Mai marschierte Lord Roberts in Johannesburg ein, das die Buren ihm wie Bloemfontein kampflos hatten überlassen müssen.

Am selben Tag brachte Dele ihr Kind zur Welt. Es war ein Mädchen. Dele weinte hemmungslos vor bitterer Enttäuschung und wollte es erst weder stillen noch ansehen, hatte sie doch fest darauf vertraut und auch oft genug selbstbewußt verkündet, daß sie einem Stammhalter das Leben schenken würde. Und nun war es ein Mädchen geworden, das zudem noch mit dem Makel auf die Welt gekommen war, am Tag einer schändlichen burischen Niederlage geboren worden zu sein.

Keine Woche später, am 5. Juni 1900, wehte über Pretoria die britische Flagge. Der Krieg schien zu Ende.

28

»Schafft es aus dem Zimmer! Bringt es endlich weg!« verlangte Dele mit schriller Stimme, als das Baby in Tante Sophies Arm zu schreien anfing, und ihr Gesicht war vor Zorn rot angelaufen. Sie saß halb aufrecht in ihrem Bett, von etlichen Kissen weich gestützt. Feucht von Muttermilch klebte ihr das Nachthemd an den Brüsten. »Ich bin nicht in der Lage, das Kind zu stillen.«

»Rede doch keinen Unsinn, Dele!« sagte Lena, die auf der anderen Seite des Bettes stand, mühsam beherrscht. Seit über einem Monat weigerte sich ihre Schwester, das Bett zu verlassen, weil sie sich angeblich noch zu geschwächt von der Geburt fühlte. Nicht einmal Oupa Willem nahm ihr das ab, denn jeder konnte auf den ersten Blick sehen, daß sie die Niederkunft blendend überstan-

den hatte und gesünder ausschaute als je zuvor. Es war reine Hysterie, die sie an den Tag legte. Sie wollte der Wirklichkeit einfach nicht ins Auge sehen und versuchte nun die Welt mit ihren Enttäuschungen auszusperren, indem sie im Bett blieb.
Das war schon schlimm genug. Was Lena jedoch viel mehr in Rage brachte, war das schändliche Theater, das Dele jedesmal aufführte, wenn sie ihr Baby stillen sollte. Dann machte sie einen Aufstand und gebärdete sich, als hätte sie ein Herz aus Stein.
»Was wißt ihr denn schon davon, wie man sich fühlt, wenn man ein Kind geboren hat? Von euch hat das doch noch keiner zustande gebracht!« stieß Dele gehässig und erzürnt zugleich aus.
Tante Sophie machte eine gekränkte Miene, weil Dele sie in bewußt verletzender Weise an die Kinderlosigkeit ihrer Ehe erinnert hatte. »Du hast zuerst daran zu denken, wie es deinem Kind geht!« erwiderte sie zurechtweisend, doch mit jener Nachgiebigkeit in der Stimme, die sie schon immer gegenüber Dele gezeigt hatte. »Dein Baby hat Hunger! Du mußt ihm die Brust geben!«
»Ich kann nicht!« widersetzte sich Dele störrisch. »Baby saugt zu grob, und meine Brüste sind zu empfindlich. Ich will eine Amme. Nangwale kann Baby stillen.«
»Nangwale hat gerade genug Milch für ihre eigenen Zwillinge«, erinnerte Lena sie.
»Dann müssen die eben mit dem auskommen, was übrigbleibt, wenn Nangwale Baby gestillt hat!« verlangte Dele mit herzloser Selbstsucht.
»Du hast mehr als genug Milch für dein Kind!« hielt Tante Sophie ihr vor, während sie versuchte, das brüllende Baby auf ihrem Arm zu beruhigen.
»Ich vertrage aber das Geschrei nicht!« behauptete Dele mit verkniffener Miene. »Es macht meine Milch sauer. Außerdem vertrage ich das Stillen nicht. Es raubt mir meine letzten Kräfte.«
Nun war es mit Lenas Geduld vorbei, und ihr platzte der Kragen. »*Magtig,* mußt du denn jedesmal einen solch hysterischen Aufstand machen?« fuhr sie ihre Schwester an. »Glaubst du wirklich, wir nehmen dein Gejammer, daß du dich noch immer zu schwach

zum Aufstehen fühlst und dein Baby nicht stillen kannst, für bare Münze?«
»Wie redest du mit mir?« rief Dele empört und funkelte sie an, als wollte sie sie kraft ihres Blicks in die Schranken weisen. »Ich bin eine verheiratete Frau!«
»So wie du es verdient hast!« antwortete Lena mit wütendem Nachdruck. »Und reib mir bloß nicht deinen Ehering unter die Nase! Denn du verhältst dich ganz und gar nicht wie eine verheiratete Frau, die weiß, was sie ihrem Kind, das auch das Baby ihres Mannes ist, schuldig ist. Du benimmst dich vielmehr wie ein überspanntes, zickiges Balg, das eine gehörige Tracht Prügel verdient hat.«
Dele schnappte empört nach Luft.
Tante Sophie machte ein erschrockenes Gesicht. »Lena, bitte!«
Doch Lena dachte diesmal nicht daran, sich wieder um des lieben Friedens willen in Zurückhaltung zu üben. Es war an der Zeit, daß sie ihrem angestauten Ärger endlich einmal Luft machte und Dele unmißverständlich zu verstehen gab, wie abscheulich ihr Benehmen war. Denn so konnte es mit ihrer Schwester nicht weitergehen. Dele tanzte ihnen schon zu lange auf der Nase herum.
Und mit einer Heftigkeit, die weder Tante Sophie noch Dele von ihr kannte, fuhr sie nun fort: »Du solltest dich schämen, wie niederträchtig und verlogen du dich aufführst – uns gegenüber, aber noch viel mehr gegenüber deinem Baby, das dein eigen Fleisch und Blut ist. Dir schmerzen die Brüste, weil du mehr als genug Milch für das Baby hast. Aber du *willst* es einfach nicht stillen, weil du enttäuscht bist, daß es *nur* ein Mädchen ist, nachdem du all die Monate den Mund so voll davon genommen hast, daß es bestimmt ein Junge wird . . .«
»Hör auf!« schrie Dele. »Hör auf! Ich will kein Wort mehr davon hören!«
»Das wirst du aber!« schrie Lena zurück. »Ich bin es leid, mir dein hysterisches Benehmen und Gerede noch länger mit anzuhören, und Tante Sophie kann es auch nicht mehr ertragen. Es reicht uns beiden, daß du dich seit deiner Hochzeit so affig und hochmütig wie eine Prinzessin benimmst und auf LEEUWENHOF so nützlich

bist wie ein kastrierter Hahn! Hör also auf, uns auf die Nerven zu gehen, und hör vor allem auf, dich gegen dein Kind und deinen Mann zu versündigen, indem du dein Baby von dir stößt. Fabricius wird dich sonst dafür zur Rechenschaft ziehen. Und ich verspreche dir, daß er von deinem schändlichen Verhalten erfährt, wenn du dich nicht endlich zusammenreißt!«

Dele war puterrot im Gesicht vor maßloser Wut und Fassungslosigkeit, daß ihre Schwester es wagte, ihr so etwas vorzuhalten.

»Du hast mir nichts zu sagen! Dich zerfrißt ja bloß der Neid! Ich hasse dich!« schrie Dele mit sich überschlagender Stimme, griff nach der Tasse, die neben ihr auf dem Stuhl stand, und warf damit nach Lena. Sie zerschellte neben ihrer Schwester an der Wand. »Geh mir aus den Augen! Raus! Raus!«

Deles hysterischer Ausbruch hatte ein noch schrilleres, durchdringenderes Geschrei ihres Babys zur Folge. Mutter und Kind schienen sich die Lungen aus dem Leib brüllen zu wollen.

Tante Sophie drückte das zarte, winzige Bündel Mensch, das schon zu solch einer erstaunlichen Stimmkraft fähig war, an ihre Brust und forderte Lena mit einem resignierenden Blick und einer Kopfbewegung zur Tür hinauf zu gehen.

»Ich werde mit Nangwale sprechen, ob sie das Baby wenigstens gelegentlich stillen kann«, meinte Lena und warf ihrer Schwester einen kalten, verächtlichen Blick zu. »Ich befürchte, daß sie viel zuviel Herz hat, um nein zu sagen, auch wenn sie durch ihre Hilfe ihren eigenen Kinder weniger Milch geben kann, als sie eigentlich haben sollten. Sie ist eben einfach zu sehr Mutter, um mit so einem hilflosen Baby nicht Mitleid zu haben. Eine Schande, daß offenbar nicht jedem diese eigentlich doch natürliche Gabe gegeben ist.«

Das nächste, was Dele zu fassen bekam, war die Untertasse. Sie flog weit an Lena vorbei und zersprang wie die Tasse an der Lehmwand zu einem Scherbenregen.

Lena schüttelte über so viel Hysterie und Unbeherrschtheit nur den Kopf und ging aus dem Zimmer, das eigentlich ihrem Vater vorbehalten war. Doch da es der einzig geräumige Raum mit einem großen Bett war, an das man von allen Seiten herankonnte,

hatte ihr Vater es Dele für die letzten Wochen ihrer Schwangerschaft und für die Zeit ihrer Niederkunft überlassen.
Lena fühlte sich nach der häßlichen Auseinandersetzung mit ihrer Schwester ganz und gar nicht erleichtert. Nicht, daß sie sich etwas vorzuwerfen gehabt hätte. Es war richtig gewesen, sich endlich einmal den Ärger von der Seele zu reden und zu versuchen, Dele aufzurütteln und zur Vernunft zu bringen. Und im Moment hatte es auch wirklich gutgetan und sie von einer inneren Verkrampfung befreit. Doch jetzt, da ihr Zorn verraucht war, fühlte sie sich ausgelaugt und niedergeschlagen. Wie sollte die Welt jemals Frieden finden, wenn nicht einmal in der eigenen Familie unter Geschwistern Eintracht herrschte?
Es deprimierte sie immer wieder, daß es ihr einfach nicht gelang, ins Herz ihrer Schwester vorzustoßen und mit ihr ein enges Band der Zusammengehörigkeit zu entwickeln. Und je älter sie wurden, desto weniger schienen sie gemein zu haben.
Lena gab sich einen Ruck und beschloß, sich in der Küche erst einmal mit einer Tasse Kaffee zu stärken, bevor sie sich der unangenehmen Aufgabe unterzog, mit Nangwale zu sprechen.
Als sie in den großen Küchenraum kam, sah sie eine Gestalt am Herd stehen. Der Mann, der ihr den Rücken zukehrte, war gerade dabei, einen der Blechbecher vom Wandbrett mit Kaffee aus der großen Kupferkanne zu füllen, die den ganzen Tag über auf dem Herd warm gehalten wurde.
Jäh blieb sie stehen.
Der Mann hatte die Schritte gehört und drehte sich nun um. Aus dem elterlichen Schlafzimmer waren das Geschrei des Babys und Deles schrille Stimme deutlich zu vernehmen.
»Wir scheinen das unglückliche Talent zu haben, für unser Zusammentreffen jedesmal den denkbar ungünstigsten Zeitpunkt zu wählen, findest du nicht auch?«
Lena war fassungslos. Das Blut wich aus ihrem Gesicht. Ihre Knie wurden weich wie Butter, und in ihrem Magen breitete sich ein flaues Gefühl aus.
»Julian!«

29

Roter Staub auf seinem warmen, dunklen Wollanzug verriet, daß er viele Stunden auf der staubigen Landstraße zugebracht hatte, zu Pferd oder auf einem Wagen. Die Nachmittagssonne, die hinter ihm durch das Küchenfenster fiel, entlockte seinem Haar einen ungewöhnlichen Schimmer, der Lena unwillkürlich an das rotbraune Fell einer Antilope im Abendlicht erinnerte.

Er hielt ihr seinen Becher hin. »Kaffee?« fragte er, als hätten sie sich erst gestern noch gesehen statt vor über einem Jahr. »Du schaust so aus, als könntest du eine Stärkung ganz gut vertragen.«

Zögernd und verstört trat sie zu ihm. »Laut genug war ich ja wohl«, sagte sie und versuchte Klarheit in ihre Gedanken zu bekommen, die sie bestürmten.

Er lächelte. »Sogar Oupa Willem auf der Stoep ist davon aufgewacht. Er meint, ihr sollt euch beim Spielen nicht ständig zanken.«

»Willem lebt nur noch in der Vergangenheit und bringt immer mehr durcheinander. An manchen Tagen begreift er nicht einmal, daß unsere Mutter schon seit über fünfzehn Jahren tot ist. Und er redet von Majuba, als wäre es gestern gewesen.«

»Aber mich hat er erkannt. Er erklärte, er würde mich vom Hof jagen lassen. Papisten würden auf Leeuwenhof nicht geduldet. Glücklicherweise ist er im nächsten Augenblick wieder eingedöst«, sagte Julian selbstironisch und fragte dann: »Willst du mich auch vom Hof jagen lassen?«

Ihre Hand zitterte, als sie den Becher nahm, den er ihr noch immer hinhielt. Sie legte beide Hände um das blecherne Gefäß und trank einen Schluck. Er befreite sie jedoch nicht von dem Kloß im Hals. »Wie könnte ich«, antwortete sie mit belegter Stimme. »Du hast als mein Bruder ebensoviel Recht, auf Leeuwenhof zu sein, wie ich.«

»Aber wenn du könntest, würdest du es dann tun?« beharrte er auf einer eindeutigen Antwort.

Ihr Herz zog sich schmerzlich zusammen, doch es war ein anderer

Schmerz als der, der sie in den ersten Wochen und Monaten nach Johannesburg gequält hatte.

»Kennst du mich so schlecht?« fragte sie zurück. »Aber lassen wir das besser, Julian. Ich habe nie viel für theoretische Überlegungen übrig gehabt. Sag mir lieber, warum du gekommen bist.«

»Weil ich von dir hören möchte, daß du mir verzeihst und daß du mir für meinen Lebensweg, den ich gehen muß, deinen Segen gibst.«

»Ich bin kein Priester, der Segen austeilt!« erwiderte sie schroff.

»Das muß man auch nicht sein, um einem anderen Menschen mit Herz und Seele alles Liebe sowie Gottes Beistand zu wünschen.«

Lena stellte den Becher mit einer ruckartigen Bewegung ab. »Wie kann ich dir meinen Segen geben und dir verzeihen, was du mir, nein, uns angetan hast?« stieß sie aus, und eine Woge vielfältiger Emotionen brach in ihr hervor. »Warum bist du nicht geblieben, wo du warst? Es war bitter genug und hat viele Monate gedauert, um darüber hinwegzukommen, was ... was in Johannesburg gewesen ist. Warum mußt du jetzt zurückkehren und die alten Wunden wieder aufreißen?«

»Weil wir uns nicht für den Rest unseres Lebens aus dem Weg gehen können und ...«

»Warum nicht?« fiel sie ihm barsch ins Wort.

»Weil es noch viel grausamer wäre als alles, was wir uns bisher an seelischen Wunden zugefügt haben«, antwortete Julian mit ruhiger, aber eindringlicher Stimme. »Die Liebe, die ich für dich empfinde, ist nicht die, die du dir gewünscht hast. Aber das ändert doch nichts daran, daß ich dich nicht einmal dann aus meinem Herzen reißen könnte, wenn ich es wollte. Und ich bin überzeugt, daß es dir bei allem Schmerz und allem, was du mir vorzuwerfen hast, letztlich auch nicht anders ergeht.«

»Täusch dich da mal nicht!«

Julian fuhr sich mit einer Hand durchs Haar und drückte dann mit der anderen das Kreuz durch. »Ich habe den ganzen Tag auf dem harten Kutschbock meines Einspänners gesessen«, wechselte

er das Thema. »Ich denke, ein kleiner Spaziergang könnte mir ganz guttun. Leistest du mir Gesellschaft?«
Lena zögerte und zuckte dann stumm mit den Schultern.
Als sie dem Pfad zwischen den abgeernteten Feldern zum Hügel mit den Maulbeerbäumen folgten, sog Julian die frische Luft, die schon die Kühle des nahenden Winters in sich trug, tief ein.
»Wie schön, wieder mal auf LEEUWENHOF zu sein.«
»Wie lange wirst du bleiben?«
»Ein paar Tage«, antwortete er und bat sie, ihm zu berichten, wie es ihrem Vater sowie Adriaan und Hendrik ging und was sich sonst noch Neues ereignet hatte.
Lena wollte ihm knappe, unpersönlich gehaltene Antworten geben, doch Julian verstand es, sie aus ihrer kühlen Reserviertheit zu locken und sie zum Reden zu animieren, ohne daß es ihr bewußt wurde. Erst als sie ihm bildhaft schilderte, wie Dele Tasse und Untertasse nach ihr geworfen hatte, und sie gemeinsam darüber lachten, erst da kam ihr zu Bewußtsein, wie leicht es ihm gelungen war, die Mauer ihrer Abwehr zu durchdringen.
Es ärgerte sie, und sie schloß grollend: »Das reicht, Julian. Du hast mich genug ausgehorcht. Zur Abwechslung kannst du ja mal erzählen, wo du die ganze Zeit gesteckt und was du getan hast – vermutlich tagaus, tagein vor deinem Heiligenbildchen gebetet!« fügte sie mit bissigem Sarkasmus hinzu.
»Ich bin in Johannesburg gewesen, das mit Kriegsbeginn übrigens zu einer Geisterstadt mit nur noch wenigen tausend Einwohnern geworden ist«, sagte er. »Und die meiste Zeit habe ich nicht mit Beten verbracht, sondern mit intensiven Studien bei meinem Mentor Monsignore Steenspruit. Ich habe jeden Tag von morgens bis abends Latein und andere Fächer gebüffelt, damit ich später in Kapstadt, wenn für mich die Ausbildung im Priesterseminar beginnt, auch mit den anderen mithalten kann.«
»Du bist also noch immer entschlossen, Priester zu werden«, stellte sie grimmig fest.
»Entschlossen ist wohl nicht ganz das richtige Wort«, erwiderte er. »So wie ein Zugvogel sich nicht dazu *entschließt*, im Wechsel

der Jahreszeiten auf eine Reise von vielen tausend Meilen zu gehen, sondern dem Ruf seiner Natur folgt, so folge ich dem, was im tiefsten Grund meines Wesens angelegt ist und auf Erfüllung drängt.«

»Instinktiv wie ein Zugvogel«, spottete sie.

Er lächelte nachsichtig über ihren Versuch, ihn zu provozieren. »Wir mögen eine Ahnung in uns tragen, was unserem Wesen entspricht und was ihm widerstrebt, aber statt eines Instinktes, dem Tiere triebhaft folgen, hat Gott uns die Freiheit der bewußten Entscheidung geschenkt. Eine Freiheit, die der Mensch leider nur zu oft mißbraucht, indem er sie gegen sein innerstes Wesen, gegen die Schöpfung und gegen seine Mitmenschen richtet. Dieser abscheuliche Krieg ist dafür nur eines von unzähligen Beispielen.«

Sie hatten die alten Bäume auf der flachen Hügelkuppe erreicht, und Erinnerungen an jene verzauberte Zeit, als Julian zehn Monate auf LEEUWENHOF geweilt und ihr Leben so nachhaltig verändert hatte, wurden mit schmerzlicher Intensität in ihr wach.

»In vielem hast du recht, Julian. Es fällt mir auch nicht schwer zu verstehen, daß du einen starken Glauben und das Bedürfnis hast, dein Leben in den Dienst dieses katholischen Glaubens zu stellen. Was ich jedoch nicht begreife, ist, daß du meinst, ausgerechnet Priester werden und dich damit auch noch gleichzeitig zur Ehelosigkeit verpflichten zu müssen«, sagte sie verdrossen. »Es ist solch eine törichte ...« Sie suchte nach dem passenden Wort.

»Vergeudung?« bot er an.

Lena nickte. »Ja, Vergeudung!« bestätigte sie.

»Ich bin überzeugt, daß es das nicht ist, Lena. Vielleicht für viele andere, aber nicht für mich.«

»Ehelosigkeit! Was soll dir denn dieser Verzicht einbringen?«

Er lächelte flüchtig. »Wir sind leider gewöhnt, alles, wir tun, danach zu beurteilen, was es uns einbringt, nicht wahr? Immer fragen wir uns zuerst oder werden gefragt, was unser Tun an Profit, Ansehen, Macht, persönlicher Befriedigung einbringt«, erwiderte er. »Ein Priester dagegen tut etwas, was nach diesen materiellen Maßstäben scheinbar nichts einbringt. In den Augen der meisten Menschen, die jede Leistung im Leben genau in Pfund und Pennies nachgewiesen wissen wollen und die davon überzeugt sind, allein der Stimme des praktischen Verstandes verpflichtet zu sein, für all diese Menschen ist das Leben eines Priesters sicherlich eine sinnlose und törichte Vergeudung, da unpraktisch und nichts einbringend. Dabei ist er unbezahlbar, gerade weil er sein Leben dem Gebet und der Verkündigung des Evangeliums widmet. Und ist nicht das scheinbar Überflüssige das, was unser Leben in Wirklichkeit so lebenswert und so reich macht?«

Irritiert sah sie ihn an. »Welches scheinbar Überflüssige?«

»Welchen *praktischen* Nutzen hat ein farbenprächtiger Sonnenaufgang, ein Feld voller Wildblumen, der Duft eines blühenden Busches, ein melodisches Lied, ein bewegendes Gedicht, das Lachen eines Kindes«, zählte er auf und fügte dann zögernd und leise hinzu: »Und kommt die *praktisch* ausgerichtete Natur nicht auch ohne einen leidenschaftlichen Kuß und ohne die Vielseitigkeit menschlicher Zärtlichkeit und Hingabe aus, um die Fortpflanzung zu sichern? Natürlich. Doch wie arm wäre unser Leben, wenn all dieses scheinbar Überflüssige, das in Wirklichkeit die wahren großen Gaben Gottes an uns sind, nicht existierte?«

Lena gab ihm insgeheim recht, sträubte sich jedoch dagegen, es offen einzugestehen. Es ließ sie zornig werden, daß er ihren Einwänden immer etwas entgegenzusetzen hatte, was viel Sinn machte, wenn man darüber nachdachte. Und deshalb antwortete sie ärgerlich: »Dann würden uns zumindest viele Enttäuschungen und seelische Schmerzen erspart bleiben!«

»Wüßten wir den sonnigen Tag zu schätzen, wenn wir die Dunkelheit der Nacht nicht kennen würden? Würden wir ohne die Erfahrung von Schmerz und Tränen wissen, was Glück und Freude ist?« fragte er.

Sie lachte bitter auf. »Mit Worten bist du schon immer gut gewesen!« sagte sie im Ton eines Vorwurfs.

Julian wollte ihre Hand nehmen, doch sie entzog sie ihm. »Lena, es tut mir leid, was geschehen ist. Ich habe darunter genauso gelitten wie du, das mußt du mir glauben. Aber das darf doch nicht für ewige Zeiten zwischen uns stehen – und du darfst dich schon gar nicht in den unsinnigen Gedanken verrennen, daß ich dich um das Glück deines Lebens betrogen hätte.«
»Hast du aber!«
Julian schüttelte den Kopf. »Das ist nicht wahr, Lena. Du bist eine junge, begehrenswerte Frau und hast noch das ganze Leben vor dir. Du wirst die Liebe eines anderen Mannes finden und mit ihm mehr Glück, als ich dir hätte schenken können.«
»Ich bin jetzt schon sicher, daß sich deine Predigten sehr überzeugend anhören werden!« sagte sie spitz.
»Erinnerst du dich noch, was du Dele vorhin, vermutlich zu Recht, vorgeworfen hast?« fragte er, ohne auf ihre absichtlich kränkenden Worte einzugehen. »Du hast ihr vorgeworfen, daß sie mit ihrem Gejammer sich und allen anderen etwas vormacht, daß sie ihr Baby einfach nicht stillen will, obgleich sie sehr wohl dazu in der Lage ist, und daß sie sich mit ihrem Verhalten versündigt. Das hast du doch zu Dele gesagt, nicht wahr?«
»Ja, und?« fragte Lena schroff zurück.
»Ich habe das bedrückende Gefühl, daß du dich nicht viel anders verhältst. Du läßt nicht los, Lena. Du klammerst dich an deinen Zorn und deine Verbitterung und redest dir ein, daß es nach dieser Enttäuschung für dich nie wieder Glück und Leidenschaft und Erfüllung geben könnte, was ebenso töricht wie versündigend ist. Denn indem du dir das einredest und dich womöglich auch noch entsprechend verhältst, beschwörst du dieses Unglück nämlich erst herauf . . .«
»Aber das ist doch lächerlich!« begehrte Lena auf, und das Blut strömte ihr heiß ins Gesicht.
»Ist es das wirklich? Warum kannst du dann nicht endlich einen Schlußstrich ziehen und mir verzeihen?« fragte er mit fast beschwörender Stimme.
Lena blieb ihm die Antwort schuldig.

Einen Moment standen sie schweigend da. Sie fühlten sich einander so nahe und empfanden gleichzeitig doch die große Trennung, die seit Johannesburg zwischen sie getreten war.
»Ich muß zurück auf den Hof und mit Nangwale wegen des Babys reden«, brach Lena schließlich das Schweigen und vermied es, seinem Blick zu begegnen. »Da du vorhast, ein paar Tage auf LEEUWENHOF zu bleiben, müssen wir ja nicht unbedingt jetzt alles zerpflücken. Dafür bleibt später wohl auch noch Zeit genug.«
Er nickte. »Also gut, gehen wir zum Hof zurück und hoffen wir auf später.«
»Wenn ich auf etwas hoffe«, nahm sie das Stichwort auf, um ihr Gespräch auf ein anderes Thema zu lenken, »dann darauf, daß jetzt, nachdem der Krieg endlich vorbei ist, Pa, Hendrik und Adriaan möglichst bald und gesund nach Hause kommen.«
»Ja, das wünsche ich mir auch.«
»Weißt du etwas von Lionel?«
Julian verneinte. »Er hat zur Truppe gehört, die in Ladysmith eingeschlossen war.«
»O mein Gott!« entfuhr es ihr betroffen. Ihr englischer Freund und ihr Vater, Adriaan und Hendrik hatten sich also im wahrsten Sinne des Wortes in diesem Krieg gegenübergestanden – und vermutlich aufeinander geschossen.
Julian ahnte, was sie bewegte. »Es gibt wohl kein größeres Verbrechen, als ein Volk in einen Krieg zu stürzen. Hoffen wir nur, daß dieser mit dem Fall von Johannesburg und Pretoria auch wirklich vorbei ist.«
»Wie könnte er nicht vorbei sein?« fragte Lena verwundert. »Die Tatsachen sprechen doch wohl eine deutliche Sprache. Wir Buren vermögen das britische Empire nun mal nicht zu besiegen. Das ist die Wirklichkeit, ob sie uns nun gefällt oder nicht. Und deshalb ist doch jeder weitere Kampf von vornherein sinnlos und jedes weitere Blutvergießen unentschuldbar!«
Er lächelte freudlos. »Dele ist leider nicht die einzige, die sich weigert, die Wirklichkeit mit ihren Enttäuschungen anzuneh-

men«, sagte er mehrdeutig. »Und die Burenkommandos, die mir auf dem Weg hierher begegnet sind, lassen mich fürchten, daß viele nicht bereit sein werden, die Niederlage zu akzeptieren und die Kämpfe einzustellen.«

»Unsinn!« wehrte Lena diesen erschreckenden Gedanken kategorisch ab. »Unsere Regierung muß und wird Friedensverhandlungen mit den Briten aufnehmen und den Krieg für beendet erklären!«

»Ich hoffe, ich liege falsch und du behältst recht«, sagte Julian, und seine skeptische Miene verriet, wie gering er die Chancen für einen schnellen Frieden einschätzte.

Lena zwang sich, ihre ungeteilte Aufmerksamkeit wieder ihren vielfältigen Pflichten zuzuwenden. Sie sprach mit Nangwale, die sich auf ihre Bitte hin ohne langes Zögern bereit erklärte, Deles Baby zumindest einmal am Tag zu stillen.

Lena fühlte sich hinterher schäbig, weil sie die Großherzigkeit der Schwarzen ausgenutzt hatte, obwohl sie wußte, daß die Zwillinge das Nachsehen haben würden.

Als sie ins Haus ging, um Dele von ihrer Abmachung mit Nangwale zu unterrichten, hörte sie, daß Julian bei ihr im Zimmer war. Sie blieb im dunklen Flur stehen und lauschte ihrem Gespräch.

Julian war offenbar erst wenige Augenblicke vor ihr gekommen, denn Lena hörte, wie er ihrer Schwester seine herzlichsten Glückwünsche aussprach und ihr versicherte, daß es ein ganz reizendes Baby sei.

»Lena hat mir noch gar nicht verraten, welchen Namen du deinem Kind gegeben hast«, sagte er dann.

»Kann sie auch nicht, weil es noch keinen hat«, entgegnete Dele schnippisch. »Das Baby heißt vorerst Baby. Das ist gut genug – besonders für ein Mädchen!«

Es war bei den Buren nicht ungewöhnlich, ein Neugeborenes längere Zeit nur »Baby« zu nennen, obwohl es seinen eigenen Namen besaß, den jedoch niemand benutzte. Diese Tradition stammte aus der Zeit der hohen Kindersterblichkeit. Ein Baby, das in seinen ersten zwei, drei Lebensjahren starb, war leichter zu

Grabe zu tragen und sein Verlust für die Eltern etwas weniger schmerzvoll, wenn die Erinnerung an das verstorbene Kind nicht noch mit einem Namen belastet war, der ihnen bei Freunden und Nachbarn immer wieder begegnete.

Daß Dele zu ihrem Mädchen erst einmal nur *Baby* sagen wollte, wäre daher etwas ganz Normales gewesen – wenn sie sich in all den Wochen nicht standhaft geweigert hätte, ihrem Kind einen Taufnamen zu geben, der einmal das *Baby* ersetzen sollte.

»Natürlich, aber sie hat doch noch einen Namen, unter dem sie eines Tages den Männern den Kopf verdrehen wird«, sagte Julian, mit den Gebräuchen vertraut, allerdings ahnungslos, was Deles Weigerung betraf, dem Kind einen Taufnamen zu geben.

»Nein, hat sie nicht!« entgegnete Dele gereizt. »Was hast du überhaupt auf LEEUWENHOF zu suchen? Warum bist du nicht bei deinem Kommando.«

»Ich gehöre keinem Kommando an.«

»Warum nicht?«

»Glaubst du an Gott und die Bibel?« fragte er zurück.

»Willst du mich beleidigen?« Dele klang empört. »Natürlich!«

»Gut, dann lies doch mal in der Genesis Kapitel 2, Absatz 15, nach. Dort steht geschrieben: ›Gott, der Herr, nahm also den Mensch und setzte ihn in den Garten Eden, damit er ihn bebaue und hüte.‹ *Hüte,* Dele! Gott hat den Menschen zum Hüter seiner Schöpfung eingesetzt und nicht als rücksichtslosen Ausbeuter und blutrünstigen Vernichter.«

»Ach was, wir leben nicht langer im Garten Eden!« wischte sie seinen Einwand ungehalten beiseite. »Wir leben in einer ganz und gar nicht paradiesischen Welt, in der wir uns gegen die gottverdammten Briten zur Wehr setzen müssen!«

»Aber nicht durch Krieg, Dele. Gott hat den Menschen als sein Ebenbild erschaffen. Wir müssen daher Ehrfurcht vor dem menschlichen Leben haben, weil nämlich jedes kostbar und einmalig ist – und Gott macht keinen Unterschied zwischen Buren und Briten, oder ...«

»Das werden wir ja noch sehen!« unterbrach sie ihn unwillig. »Ich bin jedenfalls sicher, daß Gott nie und nimmer auf der Seite der Briten steht!«

»Dele, Gott ist doch nicht der persönliche Erfüllungsgehilfe unserer Wünsche. Wie können wir denn Gott dem Maßstab des eigenen Wollens und Wünschens unterwerfen und dann noch vom Glauben reden?« hielt er ihr mit sanfter Kritik vor. »Solange der Allmächtige die eigenen Wünsche erfüllt, ist er gut, und sowie er es nicht tut, murrt man und begehrt gegen ihn auf? Ist das dein Verständnis von Gott und christlichem Glauben?«

»Darüber brauche ich *dir* keine Rechenschaft abzulegen!« erwiderte sie spitz.

»Nein, aber einem anderen ganz gewiß. ›Die Frucht des Geistes aber ist Liebe, Freude, Friede, Langmut, Freundlichkeit, Güte, Treue, Sanftmut und Selbstbeherrschung.‹ Galater 5, 22. Und Paulus schreibt in seinem Brief an die Römer: ›Der Gott des Friedens sei mit euch allen.‹ Und diesem Gott des Friedens werden wir alle Rechenschaft ablegen müssen.«

»Wir haben vom Krieg gesprochen und was in solchen Zeiten die Pflicht eines jeden gestandenen Mannes ist und nicht von Gott und deiner eigenwilligen Art, die Bibel auszulegen«, entgegnete Dele gereizt.

»Aber das ist ein und dasselbe, und ich lege die Bibel auch nicht eigenwillig aus. Die Botschaft des Evangeliums ist klar und eindeutig«, beharrte er. »Merkst du denn nicht, wie dieser Haß und diese buchstäbliche Kriegs*lust* dein Herz zu Stein werden läßt und gegen alles verstößt, was die Botschaft Jesu Christi ausmacht, nämlich die Gewaltlosigkeit und Nächstenliebe?«

»Laß mich damit in Ruhe!«

»Ja, davon willst du nichts wissen und alle anderen auch nicht, die dem Krieg das Wort reden. Das ist leider nichts Neues. So steht es schon im Römerbrief 1, Vers 21: ›Denn sie haben Gott erkannt, ihn aber nicht als Gott geehrt und ihm nicht gedankt. Sie verfielen in ihrem Denken der Nichtigkeit, und ihr unverständiges Herz wurde verfinstert. Sie behaupteten, weise zu sein, und wurden zu Toren.‹«

»Lächerlich!«
»Lies doch mal bei Ezechiel nach, was dort über Herzen aus Stein und Greueltaten geschrieben steht, und Krieg ist immer ein Greuel. ›Die aber, deren Herz an ihren Götzen und ihren Greueltaten hängt, ihre Taten sollen auf sie selbst zurückfallen.‹«
»Komm mir nicht damit. Im Alten Testament wimmelt es doch nur so von Kriegen! Und jeder aufrechte Bure, der sein Pulver wert ist, verteidigt sein Land gegen die verfluchten Engländer!« hielt sie ihm entrüstet vor. »Wie kannst du da bloß tatenlos zusehen und dich hinter Bibelsprüchen verstecken?«
»Weil ich Mord verabscheue, auch wenn man ihn im Krieg patriotische Pflicht nennt, und weil ich niemals eine Waffe in die Hand nehmen werde, um einen anderen Menschen zu töten«, erklärte er.
»Dann bist du ein Drückeberger und Feigling, und ich verabscheue Feigheit!«
»Ich hoffe, eines Tages wirst du anders darüber denken, Dele. Nicht um meinetwegen, sondern um deinetwillen«, entgegnete er unbeeindruckt von ihrem gehässigen, abfälligen Tonfall.
»Lena und meine Brüder magst du mit deiner sanftmütigen Art ja täuschen und einwickeln können, aber bei mir verfängt das nicht, Julian. Ich habe von Anfang an gewußt, daß du ein Schwächling bist!« erwiderte sie mit schriller Stimme. »Gott sei Dank, daß du der Bastard dieser anderen Frau bist und nicht unseren guten Namen trägst. Du bist auch so schon Schande genug für jeden van Rissek!«
Lena vermochte ihre Empörung nicht länger im Zaum zu halten und wollte zu Dele und Julian ins Zimmer stürzen, um den bösartigen Tiraden ihrer Schwester ein Ende zu bereiten. Doch dazu kam sie nicht mehr, denn in dem Moment stieß Tante Sophie auf der Stoep die Haustür auf und rief mit aufgeregter Stimme: »Lena! Lena!«
Lena fuhr herum. »Was ist, Tante Sophie?«
»Reiter! ... Da kommt eine ganzes Kommando angeritten! Gebe Gott, daß es unsere Männer sind!«

30

Die gewaltige Staubwolke, die in den Abendhimmel stieg, wurde von mehr als hundert Reitern aufgewirbelt. Nach einem bangen Moment der Unsicherheit stellte Lena zu ihrer aller Erleichterung fest, daß es Buren waren, die sich LEEUWENHOF im leichten Galopp näherten.
»Ist das nicht Stefanus an der Spitze?« fragte Tante Sophie, deren Augen nicht mehr die besten waren, hoffnungsvoll. »Kannst du sehen, ob auch Adriaan und Hendrik unter den Männern sind?«
Lena wünschte sich wie ihre Tante, daß ihr Vater und ihre Brüder zu den Reitern gehörten. Doch der Mann, der das Kommando anführte, konnte schon von der wuchtigen Statur her nicht ihr Vater sein. Und das war kein gutes Zeichen, denn ihr Vater ritt stets an der Spitze seines Kommandos, gewöhnlich dicht gefolgt von Adriaan und Hendrik.
»Das ist Coenraad Houtman mit seinem Kommando!« rief Lena Augenblicke später.
Tante Sophie gab einen Seufzer der Enttäuschung von sich, denn es war bekannt, daß Coenraad Houtman sich mit seiner Gefolgschaft einem anderen Kommandeur angeschlossen hatte und auch in einem ganz anderen Gebiet operierte als Stefanus. »Wenigstens sind es unsere Leute«, murmelte sie.
»Hast du Houtman gesagt?« fragte Oupa Willem schwerhörig. »Pieter Houtman und ich, wir haben . . .«
»Das ist nicht Pieter Houtman, sondern sein ältester Enkel Coenraad, der das Kommando führt, Willem!« fiel Tante Sophie ihm, aus Enttäuschung gereizt, ins Wort.
»Jaja, ein Houtman ist sein Pulver wert!« versicherte Oupa Willem.
Als die Gruppe nun in den Hof ritt und sich vor dem Farmhaus in einem weiten Halbkreis auffächerte, sah Lena, daß zu dem Kommando auch ein gutes Dutzend Frauen gehörte. Gera Houtman war nicht die einzige Ehefrau aus ihrem Bezirk, die ihren

Mann auf den Feldzügen begleitete. Die Frauen trugen Gewehre und Patronengurte wie die Männer.
Coenraad sprang vor der Stoep aus dem Sattel. Auf seiner Brust kreuzten sich zwei Patronengurte. Der Krieg hatte seinem sowieso schon kantigen Gesicht noch zusätzliche scharfe Züge verliehen. Es schien, als hätte sich die ganze Unerbittlichkeit und der mörderische Haß wie mit Säure darin eingeätzt. Die Gesichter der anderen Männer und auch die der Frauen waren nicht weniger vom Krieg gezeichnet.
»Hast du etwas von unseren Männern gehört?« lautete Tante Sophies erste Frage, kaum daß sie Coenraads Gruß erwidert hatte.
»Leider nein«, bedauerte dieser. »Ich glaube, sie sind mit Botha irgendwo im Nordosten.«
»Und Fabricius?« rief Dele, die überraschend flink aus dem Bett gesprungen war und sich schnell einen Morgenmantel übergezogen hatte, von der Tür her.
»Fabricius geht es gut. Ich habe ihn erst vor zehn Tagen in Brakfontein getroffen und kurz mit ihm gesprochen. Er hat ein beeindruckend schlagkräftiges Kommando um sich geschart und reitet mit de la Rey.«
Dele strahlte vor Stolz und Erleichterung. »Gott sei Dank!«
Coenraad wandte sich nun Lena zu. »Wir brauchen dringend einige zusätzlichen frische Pferde. Mindestens ein, am besten aber zwei Dutzend.«
»Natürlich«, sagte Lena verwundert, die schnell überschlug, daß sie Coenraad wohl sechzehn oder siebzehn Pferde überlassen konnte. »Aber nach KRATZFONTEIN sind es doch bloß noch anderthalb Stunden, und eure Pferde sehen gar nicht so erschöpft aus.«
»Sie werden es sein, wenn wir in Grootberg sind«, erwiderte er. »Und KRATZFONTEIN liegt nun mal in der genau entgegengesetzten Richtung von Grootberg. Außerdem brauchen wir die Tiere als zusätzliche Packpferde.«
»Was wollt ihr denn in Grootberg?« fragte Tante Sophie.
Coenraad grinste spöttisch. »Zufällig verläuft da die Eisenbahnstrecke von Natal nach Johannesburg, auf der die Briten einen

Teil ihres Nachschubs in unser Land transportieren. Der Zug, der irgendwann morgen früh Grootberg passiert, wird jedoch Johannesburg und die verfluchten Besatzungstruppen dort nicht erreichen. Dafür werden wir sorgen – und ein Dutzend Pakete Sprengstoff.«

»Gut so!« rief Oupa Willem von seinem Lehnstuhl aus.

»Ihr wollt einen Zug überfallen?« fragte Lena erschrocken.

Coenraad nickte. »Wir werden die kleine Brücke über Baavianskloof sprengen.«

»Aber das könnt ihr doch nicht machen. Der Krieg ist doch vorbei!« entgegnete Lena verstört.

Coenraad sah sie scharf an. »Wie kommst du denn auf so einen abwegigen Gedanken?«

»Ja, aber ... Bloemfontein, Johannesburg, Pretoria, Middleburg ... Überall weht doch schon der Union Jack!« hielt Lena ihm vor. »Wir haben Mafeking, Ladysmith und Kimberley aufgeben müssen und alle großen Gefechte verloren. Der Krieg ist verloren!«

»Er ist noch lange nicht verloren!« widersprach Coenraad heftig, wandte sich zu seinem Kommando um und rief herausfordernd: »Hier will jemand wissen, ob der Krieg schon vorbei ist und ob wir vor den verfluchten Tommys in die Knie gehen, nur weil sie ein paar Schlachten für sich entschieden haben und unsere Städte besetzt halten!«

Ein unheilvoller Chor zorniger, haßerfüllter Stimmen antwortete ihm, begleitet von Waffengeklirr.

»Niemals!«

»Zur Hölle mit den Briten!«

»Ein Bure kapituliert nicht vor einem Tommy!«

»Wir werden bis zum letzten Blutstropfen kämpfen!«

»Erst wenn der letzte britische Soldat unser geheiligtes Land verlassen hat, werden wir die Waffen niederlegen!«

»Ja, und wenn wir das nicht mehr mitkriegen sollten, dann werden es unsere Söhne erleben.«

»Oder unsere Enkel!«

»Der Krieg hat gerade erst angefangen!«
Die Männer und Frauen schrien wild durcheinander, als wollten sie sich gegenseitig mit ihren Schwüren und Parolen übertrumpfen.
»Da hörst du es«, sagte Coenraad zu Lena. »Wir werden von jetzt an einen Krieg führen, den auch das britische Empire auf Dauer nicht gewinnen kann. Statt große Schlachten zu suchen, wo die Tommys ihre billig bezahlten Söldnertruppen zu Hunderttausenden in den Kampf schicken können, werden wir unsere Truppen über das ganze Land verteilen und immer dort zuschlagen, wo sie es am wenigsten erwarten. Sie mögen unsere Städte haben, doch wir beherrschen das Veld. Dort sind wir schneller und beweglicher als die britischen Truppen mit ihren Kanonen und schweren Proviantwagen. Wir werden ihre Nachschublinien angreifen, die Telegrafen- und Eisenbahnverbindungen immer wieder zerstören sowie Garnisonen und kleinere Einheiten überfallen und vernichten. Wir werden an vielen Orten zugleich zuschlagen und wieder verschwunden sein, wenn andere alarmierte Streitkräfte angerückt sind. Sie werden uns nicht zu fassen bekommen, weil wir uns von nun an keiner offenen Feldschlacht mehr stellen, sondern uns nach jedem Kommandounternehmen auf die heimatlichen Farmen verteilen und uns damit quasi in nichts auflösen werden. Und wir werden diesen gnadenlosen Guerillakrieg führen, bis sie einsehen, daß sie uns nicht unterjochen können, und unser Land verlassen!«
»Guerillakrieg?«
»Ja, so nennt man das. Botha, Christiaan de Wet, de la Rey und die anderen Kommandeure haben diese neue Kriegsführung beschlossen und sie schon mit großem Erfolg angewendet. Wir werden die Tommys, nein, die ganze Welt, die uns so schmählich im Stich gelassen hat, wir werden sie alle lehren, was burischer Freiheitskampf bedeutet!«
»Jaja, so ist es richtig!« rief Oupa Willem begeistert. »Wir werden den Rotröcken Majuba Hill für ewig in ihr Stammbuch schreiben!«
Niemand achtete auf ihn.
»Ja, aber das ist doch Wahnsinn«, entgegnete Lena zutiefst ver-

stört, hatte sie doch fest geglaubt, daß der Krieg nach dem Fall der Städte beendet sei.
»Nein, das ist Patriotismus und die unbeugsame Entschlossenheit, mit der schon unsere Vorfahren das Joch der britischen Unterdrückung abgeworfen, die jahrelangen Strapazen und Blutopfer des Großen Trecks auf sich genommen und nach dem Willen Gottes ihre Freiheit in diesem gelobten Land erkämpft haben!« erklärte Coenraad pathetisch, während einige seiner Leute aus dem Sattel stiegen und ihre Pferde zur Tränke führten. Andere nutzten die Rast dazu, zur Pfeife zu greifen. »Ein Bure kämpft bedingungslos für sein Land und seine Freiheit, und wenn es das letzte ist, was er in seinem Leben tut!«
Dele applaudierte ihm und rief dann: »Erzähl das mal diesem Feigling hier!« Damit versetzte sie Julian, der sich im Schatten der Tür gehalten hatte, einen derben Stoß. »Er denkt gar nicht daran, für unser Land und unsere Freiheit zu kämpfen. Er hat was gegen den Krieg, den wir führen. Mir hat er gesagt, daß er nicht daran glaubt. Aber ich denke, daß er nur ein erbärmlicher Feigling ist!«
Julian machte einen Schritt nach vorn auf die Stoep. »Danke für deine schwesterliche Liebenswürdigkeit«, sagte er sarkastisch über die Schulter hinweg zu Dele.
»Du bist nicht das legitime Kind meines Vaters, und damit bin ich auch nicht deine Schwester!« fauchte sie zurück. »Dem Himmel sei Dank dafür!«
Coenraads Augen wurden schmal. »Was hat dieser Klugscheißer hier zu suchen?« fragte er argwöhnisch.
»Was fällt dir ein?« rief Lena entrüstet. »Julian ist unser Bruder ...«
»Er ist ein Bastard!« widersprach Dele schrill.
»Du hältst den Mund!« herrschte Tante Sophie sie nun an.
»Ja, und obendrein ist er noch ein gottverfluchter Papist!« fügte Oupa Willem voller Abscheu hinzu.
Dele riß den Mund auf. »Er ist ein ... Katholischer?« Sie spuckte das Wort wie ein Stück ekelhaft fauler Frucht aus.
»Ja, ein elender Papist, und wenn ich damals nicht eingeschritten wäre, dann hätte Stefanus, verführt von diesem verfluchten Weib,

uns sogar noch eine katholische Schwiegertochter ins Haus geschleppt!« giftete Oupa Willem, und in seinen Mundwinkeln bildeten sich dicke Speichelbläschen.
»Ist das wahr?« Dele sah Tante Sophie herausfordernd an.
»Ja, das ist leider die Wahrheit, und ich bin froh, daß es endlich einmal ausgesprochen ist«, sagte diese, warf Julian einen stechenden Blick zu und ging ins Haus.
»Ein Papist! Ich habe doch immer gewußt, daß mit ihm was nicht stimmt!« verkündete Dele mit vor Abscheu verzerrtem Gesicht.
»Schämen solltet ihr euch!« Lena hatte Tränen der Wut und des Schmerzes in den Augen.
Oupa Willem stemmte sich aus seinem Lehnstuhl hoch, furzte laut und sagte mit kindischem Gekicher: »Die Wahrheit muß man beim Namen nennen, Mädchen. Wenn es einen drängt, ob auf der Zunge oder in den Gedärmen, muß man es hinauslassen. Und ich muß mich beeilen, daß ich mir nicht die Hosen vollmache«, plapperte er und schlurfte von der Stoep und um die Hausecke in Richtung Abort.
»Hol mich doch der Teufel!« stieß Coenraad hervor. »Kein Wunder, daß er sich keinem unserer Kommandos angeschlossen hat.«
»Halt dich mal nicht für schlauer, als du bist«, erwiderte Julian.
»Ich hätte dir schon bei unserer ersten Begegnung das Maul stopfen sollen!« Ein gewalttätiger Ausdruck trat in Coenraads Augen, und er schritt auf Julian zu.
Doch Lena stellten sich ihm in den Weg und funkelte ihn an.
»Hast du vergessen, wo du dich befindest, Coenraad Houtman?« schrie sie ihn an. »Das ist LEEUWENHOF und nicht KRATZFONTEIN. Bei dir zu Hause kannst du dich meinetwegen wie ein ungehobelter, streitsüchtiger Rabauke aufführen. Aber du bist auf van-Rissek-Land, und wenn du deine Hand gegen Julian erhebst, dann erhebst du sie auch gegen mich – und gegen meinen Vater und meine Brüder!«
Coenraad blieb stehen, vor Wut hochrot im Gesicht. »Wir haben Krieg, Lena!« zischte er.
»Das ist schlimm genug, aber keine Entschuldigung für dein

unverschämtes Benehmen. LEEUWENHOF ist keine britische Garnison, und Julian ist mein Bruder«, bot sie ihm temperamentvoll die Stirn, »ob das dir, meiner Schwester, Oupa Willem, Tante Sophie oder wem auch immer nun gefällt oder nicht! Und wer sich an Julian vergreift, der muß zuerst nicht nur mich niederschlagen, sondern auch Mut genug haben, sich mit meinem Vater und meinen anderen beiden Brüdern anzulegen!«
»Julian versteckt sich hinter dem Rock meiner Schwester!« geiferte Dele. »Wie ekelhaft feige. Das kann ich nicht länger mit ansehen!« Sie spuckte Julian vor die Füße und schlug die Tür hinter sich zu.
Gera war zu ihrem Mann getreten und flüsterte ihm etwas ins Ohr. Coenraad nickte und sagte dann: »Ich habe keine Lust, mich mit dir wegen eines Papisten zu streiten. Ich bin in Eile und will die Pferde!«
»Ich sollte sie dir verweigern!«
Er lachte abfällig. »Versuch es doch. Dann nehme ich sie mir mit Gewalt und, dessen bin ich mir sicher, mit der Zustimmung deines Vaters und deiner Brüder. Immerhin wissen die meisten van Risseks noch, auf welcher Seite sie stehen und was sie ihrem Land schuldig sind.«
»Du kannst die Pferde haben«, gab Lena zähneknirschend nach.
»Und du kommst mit uns!« Coenraad deutete mit ausgestrecktem Arm wie mit einem Gewehrlauf auf Julian.
»Danke für das Angebot eurer Gesellschaft, aber Grootberg liegt nicht auf meinem Weg«, erwiderte Julian.
»Wenn ich sage, du kommst mit, dann kommst du mit!« fauchte Coenraad ihn an. »Das einzige, was du dir aussuchen kannst, ist, ob du einigermaßen bequem oder äußerst unbequem, nämlich wie ein Paket verschnürt, mit uns reiten willst!«
»Was soll das, Coenraad?« rief Lena. »Ich habe dir doch gerade gesagt ...«
»Spar dir deinen Atem, Lena«, unterbrach Coenraad sie barsch. »Ich werde ihm kein Haar krümmen, wenn er tut, was ich sage. Ich traue ihm nicht. Keiner von meinen Leuten traut ihm über den Weg.«

Zustimmendes, drohendes Gemurmel kam von den Männern und Frauen vor der Stoep. Lena blickte in ausschließlich feindselige Gesichter.

»Er hat vorhin alles mit angehört«, fuhr Coenraad fort. »Er weiß, was wir vorhaben. Und keiner von uns will das Risiko eingehen, daß Julian sich als Spion entpuppt und uns an die Briten verrät.«

»Julian ein britischer Spion? Aber das ist doch blanker Unsinn!« protestierte Lena. »Julian will ... er will Priester werden! Er ist auf dem Weg nach Kapstadt, um ins Priesterseminar einzutreten.«

Die Antwort des Burenkommandos bestand aus höhnischem Gelächter, Flüchen und Drohungen, ihn notfalls gleich hier auf LEEUWENHOF zum Märtyrer zu machen.

»Er ist ein Papist und hat mehr als einmal deutlich zu erkennen gegeben, daß er nicht auf unserer Seite steht. Und ich denke nicht daran, auch nur das kleinste Risiko einzugehen und in einen Hinterhalt zu geraten. Der Kerl kommt mit!« erklärte er unbeugsam.

»Dann komme ich auch mit!« verlangte Lena.

Coenraad lachte abschätzig. »Von mir aus. Wenn du meinst, daß dein Schützling ohne deine Fürsorge das Zähneklappern kriegt, darfst du dich uns gerne anschließen«, höhnte er.

Julian versuchte die Brisanz der Situation herunterzuspielen und Lena von ihrem Vorhaben abzubringen, jedoch ohne Erfolg. Sie bestand darauf, für die Dauer seiner »Zwangsverpflichtung« in seiner Nähe zu bleiben, auch wenn das bedeutete, daß sie dadurch ihr Leben aufs Spiel setzte.

»Ich traue Coenraad genausowenig, wie er dir traut«, sagte sie laut genug, daß alle Umstehenden sie hören konnten. »Wenn er es wagt, meinen Bruder, für den ich die Hand ins Feuer legen würde, als Spion zu verdächtigen, dann kann ich leider nicht ausschließen, daß er vielleicht plant, seine privaten Rachegelüste unter dem Deckmantel des Krieg zu befriedigen!«

Gera gab einen Laut der Empörung von sich.

»Wenn der Krieg vorbei ist, werden wir noch einmal darüber reden, Lena!« zischte Coenraad tödlich beleidigt.

»Mit Sicherheit!« Ihr Blick und ihre Stimme waren hart wie Stahl.

»Hol jetzt die Pferde!« befahl er ihr mit verkniffener Miene. »Wir haben einen langen Ritt vor uns!« Damit wandte er sich abrupt um und rief zwei Männer zu sich. »Theron und Hermanus, ihr laßt Julian nicht eine Sekunde aus den Augen, auch nicht nachher auf dem Weg nach Grootberg. Er wird in eurer Mitte reiten. Wenn er irgendwelche Anstalten macht, sich von euch abzusetzen ... erschießt ihn!« Und ohne eine Antwort abzuwarten, stiefelte er die Treppe der Stoep hinunter.

Keine halbe Stunde später brach das Kommando mit Lena und Julian und sechzehn frischen Pferden von LEEUWENHOF auf. Oupa Willem hockte noch immer im Latrinenhaus. Tante Sophie, die weder Lena noch Coenraad zum Nachgeben hatte bewegen können, rang verzweifelt die Hände, während ihr die Tränen über das verhärmte Gesicht liefen.

»Daß es dazu kommt, das hat doch keiner gewollt, auch Willem nicht!« beteuerte sie.

Dele lehnte dagegen stumm und mit vor der Brust gekreuzten Armen an der Tür und hatte für Julian und ihre Schwester nur ein abschätziges Lächeln übrig.

Coenraad legte auf der ersten Strecke ein scharfes Tempo vor. Er wollte sein Kommando im Licht des Tages noch so weit wie nur eben möglich nach Osten führen. Als die Sonne untergegangen war, paßte er ihr Tempo der nächtlichen Dunkelheit und dem jeweiligen Gelände an.

Grootberg lag mehr als fünfzig Meilen im Nordosten, und es war ein langer, schweigsamer und anstrengender Ritt durch die Nacht. Lena fand keine Gelegenheit, mit Julian zu reden. Theron und Hermanus hatten ihn in ihre Mitte genommen und wichen bei keinem Manöver auch nur mehr als eine Pferdelänge von seiner Seite.

Lena haderte mit sich selbst, daß sie die kurze Zeit, die ihr nach fast anderthalb Jahren mit Julian vergönnt gewesen war, mit sinnlosem Streit und Vorwürfen, die doch nichts mehr veränderten, vertan hatte. Warum hatte sie ihn nur so herzlos behandelt und sich unverzeihlich gegeben, hatte sie doch genau gewußt,

daß sich die Vergangenheit damit auch nicht mehr zurückholen ließ. Warum hatte sie sich nicht damit abfinden können, daß in ihm eine andere Art der Liebe und der Leidenschaft stärker war als die, die sie beide füreinander empfanden?
Aber nicht weniger stark bedrückten sie auch die Gedanken an das, was sich bei Coenraads Ankunft auf der Stoep ereignet hatte. Oupa Willem war schon zu alt und zu vergreist, als daß sie ihm noch Vorwürfe hätte machen können. Und Coenraad hatte schon immer einen Hang zur Grobheit und Tyrannei gehabt, was durch das grausame Handwerk des Kriegs nur noch mehr zu einer lodernden Flamme der Vernichtungswut entfacht worden war. Allein das war schon erschreckend genug und ein Beweis dafür, wie schnell der Krieg den Menschen seiner dünnen Maske der Menschlichkeit beraubte und das Animalische in ihm herauskehrte. Aber wie hatte Tante Sophie bloß in dasselbe Horn der Verachtung und Diffamierung stoßen können? Und was war nur in ihre Schwester gefahren, daß sie sich mit solch einer Häme und Verachtung gegen ihr eigenes Blut wandte – ob das nun ihr Baby oder Julian war. Sie begriff einfach nicht, wie man in der eigenen Nachbarschaft, ja in der eigenen Familie von solch einem deutlichen Verlangen nach Schmähungen, ja nach Vernichtung beherrscht sein konnte, wie sie es bei Dele erlebt hatte – und zum Teil auch bei ihrer Tante.
Lena war, als fiele ihre Welt mehr und mehr auseinander, zertrümmert von den mörderischen Hammerschlägen des Kriegs, der nicht nur im Feuergefecht Familien erbarmungslos zerstörte, sondern auch durch ein schleichendes Gift, das sich in den Köpfen und Herzen der Menschen festsetzte.
Lena erschauerte, und das kalte Funkeln der Sterne am unermeßlichen Nachthimmel verstärkte in ihr das Gefühl der Verlorenheit und Hoffnungslosigkeit. Das donnernde Trommeln von mehr als vierhundert Hufen klang dazu wie Hohngelächter in ihren Ohren. Ihr war, als hörte sie aus dem Dröhnen immer wieder den blutrünstigen Ruf *Krieg! ... Krieg! ... Krieg!* heraus.

31

Anderthalb Stunden nach Mitternacht erreichten sie Baavianskloof, eine nicht sehr tiefe, aber langgestreckte, von Nord nach Süd verlaufende Schlucht, die fünfzehn Meilen südlich der Bahnstation Grootberg die Hügelketten durchschnitt wie ein ausgetrocknetes Flußbett mit steil aufragenden Ufern. Eine Brücke, die auf drei Pfeilern ruhte, führte vom Osthang auf den Westhang hinüber. Die hölzerne Konstruktion machte aus der Entfernung den Eindruck, als wäre die Brücke nicht aus Hunderten von schweren Balken, sondern von Streichhölzern errichtet worden.
Coenraad teilte sein Kommando in mehrere Gruppen auf. Ein Dutzend Männer machte sich sogleich daran, die Sprengladungen am Schienenstrang und an den Verstrebungen der Stützpfeiler anzubringen. Je fünfzehn Mann suchten sich oberhalb der Brückenenden auf den Hügelkuppen günstige Schußpositionen. Der überwiegende Teil des Kommandos begab sich jedoch hinunter in die Schlucht und riegelte das mit Felsen übersäte Gelände unterhalb der Brücke hermetisch ab, indem es zu beiden Seiten der Brücke in einem Sicherheitsabstand von etwa hundert Yards jeweils einen Halbkreis bildete, der vom Osthang bis zum Westhang reichte. Als schließlich gegen halb drei die Vorbereitungen abgeschlossen und alle Männer und Frauen in Stellung gegangen waren, hatte das Kommando die Brücke und das Gelände in einem Radius von hundert Yards mit einem Kreis von Scharfschützen eingeschlossen.
Nun begann die Zeit des Wartens. Niemand wußte genau, wann der Zug über die Brücke der Baavianskloof kommen sollte. Coenraad war nur bekannt, daß der Versorgungszug am frühen Morgen in Grootberg erwartet wurde.
Lena wünschte, sie hätte bei Julian sein und mit ihm reden können. Doch Coenraad hatte ihr befohlen, sich nicht von der Seite seiner Frau Gera zu entfernen, und die legte sich mit ihren Brüdern Johannes und Diederik auf dem Osthang auf halber Höhe in einer Mulde in Stellung. Dagegen hatte Julian seinen

argwöhnischen Bewachern Theron und Hermanus folgen müssen, die sich ein gutes Stück von ihr entfernt zwei mannshohe Felsbrocken als Deckung ausgewählt hatten.
Als das erste Grau des neuen Tages im Osten heraufdämmerte, hatte das Warten schließlich ein Ende. Aus der Ferne kam das rhythmische Schnaufen eines Zuges. Erst war es nur ganz schwach zu vernehmen, doch es wurde rasch lauter.
Ein Schauer durchlief Lena, als die Männer und Frauen ihre Gewehre schußbereit machten und das leise metallische Klacken von einrastenden Patronenstreifen und Schlagbolzen wie ein unendliches Echo von Hang zu Hand sprang.
Und dann tauchte der Zug aus dem diffusen Licht des heraufziehenden Tages auf.
»Eine Hairy Mary!« rief Gera leise, als die Lokomotive zwischen dem Einschnitt der Hügel schräg über ihnen auftauchte. Hunderte von armdicken Seilen, die Kessel und Dampfleitungen vor feindlichem Beschuß schützen sollten und zum Spitznamen *Haarige Mary* geführt hatten, hingen wie eine primitive Perücke vorn und zu beiden Seiten bis zu den Schienen herab.
»Das wird ihr auch nichts nützen«, raunte ihr Bruder Diederik grimmig. »Wir schlitzen sie nämlich dort auf, wo sie ungeschützt ist – und das ist ihr Bauch!«
»Außerdem!« fügte Johannes trocken hinzu, »ist ein Sturz von hundert Fuß in die Tiefe nicht gerade das, wofür so eine Lok gebaut ist – mit oder ohne Kriegsperücke!«
Langsam kroch der Zug über die Brücke. Neun Waggons folgten nach dem Kohlentender, von denen die ersten und die letzten beiden gepanzerte Wagen der Begleittruppen waren.
Die Hairy Mary hatte den Westhang schon erreicht, als die Sprengladungen explodierten. Das Dynamit, an vier zentralen Stellen angebracht und gleichzeitig gezündet, riß die Brücke in einem Inferno aus Feuer und Rauch förmlich in Stücke. Die beiden äußeren Pfeiler barsten. Der Zug schien sich wie ein riesiger klobiger Lindwurm aus Metall und Holz qualvoll unter den Detonationen zu winden und zu bocken, um dann ausein-

andergerissen zu werden, mit den Trümmern der Brücke in die Schlucht zu stürzen und am felsigen Boden mit dem häßlichen Getöse von reißendem Metall und splitternden Brettern und Balken zu zerschellen.

Mit einer Mischung aus Erstaunen und Entsetzen sah Lena, daß offenbar viele der Soldaten, die den Zug in den vier gepanzerten Wagen begleitet hatten, den Sturz in die Tiefe überlebt hatten – mehr oder weniger verwundet. Sie krochen nun aus den zerborstenen Waggons und unter den Trümmern hervor.

Mehr als hundert Gewehre eröffneten aus nächster Nähe das Feuer und metzelten alles nieder, was sich bewegte. Das immer schwächer werdende Feuer britischer Gegenwehr aus dem Trümmerhaufen zerborstener Balken, verbogener Schienen, aufgebrochener Waggons und verstreuter Fracht wurde in einem gnadenlosen Kugelhagel von nicht einmal fünfzehn Minuten Dauer zum Schweigen gebracht.

Lena erlebte diese schrecklichen Minuten als einen scheinbar endlosen Alptraum. Das Krachen der Gewehre in ihrer nächsten Umgebung betäubte sie. Als nur noch vereinzelte Schüsse fielen und die letzten von Coenraads Leuten hinter ihrer Deckung hervorstürmten, sprangen auch Gera und ihre Brüder auf. Mit dem Gewehr in der Hand rannten sie den Hang hinunter.

Aus den rauchenden Trümmern kamen die Schreie sowie das Wimmern und Stöhnen der Verwundeten und der Sterbenden – die schrecklichsten Laute, die Lena je gehört hatte und die sie bis ans Ende ihres Lebens nicht vergessen sollte.

»An die Arbeit, Männer! ... Nicolaas, Maarten, Claas! Holt die Packpferde!« schrie Coenraad. »Nur Waffen und Munition. Und beeilt euch! Uns bleibt nicht viel Zeit.«

Lena zitterte am ganzen Leib, als sie schließlich auf die Beine kam und den Hang hinuntertaumelte. Entsetzen schnürte ihr die Kehle zu, und sie hatte das Gefühl, sich jeden Augenblick erbrechen zu müssen. Dieses blutige Gemetzel, dieser beißende Pulverrauch, dieses Wimmern und Stöhnen! Nun wußte sie, was Krieg war – und wie verabscheuungswürdig er war!

Sie war wie benommen.
Dann hörte sie Julians zornige Stimme.
»... barbarische Methoden! Und ich verlange, daß ihr jetzt mit dieser elenden Schmierenkomödie aufhört!«
Sie sah, wie er Theron zur Seite stieß, der ihn offensichtlich am Arm gepackt und versucht hatte, ihn von irgend etwas zurückzuhalten.
Coenraad wurde fast im gleichen Augenblick auf Julian und seine beiden Bewacher aufmerksam. Er kam schnell zu ihnen, während sich Lena der Gruppe von der anderen Seite her näherte.
»Macht er Ärger?« fragte Coenraad.
»Unser Papistenfreund hier will sich als Samariter aufspielen und zu den Tommys rüber«, sagte Theron mit einer Kopfbewegung in Richtung Trümmer hin.
»Wollt ihr die Verwundeten und Sterbenden einfach sich selbst überlassen?« fragte Julian aufgebracht zurück. »Habt ihr denn mit der Kriegserklärung auch den letzten Rest Anstand und Gewissen aufgegeben?«
Hermanus stieß ihm den Gewehrkolben grob in die Rippen. »Paß bloß auf, was du sagst!« zischte er.
»Wir haben keine Zeit, uns um die Tommys zu kümmern«, erklärte Coenraad. »Die Explosionen hat man bestimmt auch in Grootberg gehört. Es wird also nicht lange dauern, bis hier britische Truppen eintreffen, und dann müssen wir nicht nur schon weg sein, sondern auch einen möglichst großen Vorsprung haben.«
»Die Verwundeten und die Sterbenden können aber nicht eine Stunde warten!« protestierte Julian. »Deshalb werde ich hierbleiben und tun, was ich kann. Viel wird es nicht sein, aber es ist doch besser als gar nichts. Und keiner von euch wird mich davon abhalten.«
»Du wirst nicht weit kommen!« drohte Theron und richtete sein Gewehr auf ihn.
Coenraad nickte. »Du tust, was ich sage. Und ich befehle, daß du mit uns zurückreitest.«

Lena handelte, ohne lange zu überlegen. Sie trat hinter Hermanus, entriß ihm sein Gewehr, sprang schnell zur Seite, lud durch und legte auf Coenraad an.
»Bist du verrückt geworden?« schrie dieser, mehr ungehalten als erschrocken. »Was soll das, Lena?«
»Gib dein Ehrenwort beim Leben deiner Eltern und bei allem, was dir heilig ist, daß du Julian gehen und tun läßt, was er will, und daß keiner deiner Leute ihm auch nur ein Haar krümmt!« verlangte sie.
»Lena, du glaubst doch wohl nicht im Ernst ...«
Coenraad kam nicht dazu, den Satz zu beenden. Lena drückte ab, und die Kugel schoß dicht neben seinem Kopf vorbei. »Das war eine Warnung, Coenraad! Ich meine jedes Wort so, wie ich es sage. Hast du das jetzt begriffen? Mir reicht dein Generalston und dein selbstgefälliges Gehabe!« herrschte sie ihn an. »Und du weißt, daß ich mit einem Gewehr umzugehen verstehe. Aber auch wenn dem nicht so wäre, könnte ich dich aus dieser Entfernung gar nicht verfehlen. Also überlege dir gut, was du tust und was du sagst!«
»Lena, bring dich bitte nicht wegen mir ...« begann Julian.
Sie machte mit dem Gewehr eine unwillige Bewegung. »Nein, laß mich nur. Ich kann da nicht tatenlos zusehen, Julian. Er hat kein Recht, dich so zu behandeln. Und ich lasse es nicht länger zu.«
»Du mußt wirklich nicht ganz bei Trost sein, mich zu bedrohen«, sagte Coenraad wütend, zeigte jedoch keine Angst. »Aber ich will großzügig sein und das deinen schwachen Nerven zuschreiben.«
»Komm zur Sache, Coenraad! Ich gebe dir zehn Sekunden, meinem Bruder den Respekt zu zeigen, den er als mein Bruder verdient!« fauchte sie ihn an. »Und vergiß nicht, daß mein Vater ihn als seinen Sohn anerkannt hat. Was immer hier auch passiert, du wirst es vor Pa, Adriaan und Hendrik zu verantworten haben. Aber wenn du dich nicht beeilst, brauchst du dir darüber keine Sorgen mehr zu machen – denn dann nehme ich dir die letzte Entscheidung deines Lebens mit der nächsten Kugel aus diesem Gewehr ab. Also, du hast zehn Sekunden, Coenraad. Zehn ... neun ... acht ...«

Er stutzte und entnahm ihrem eisigen Blick, daß sie keine leeren Drohungen ausstieß, sondern es ernst meinte. »Zum Teufel noch mal, meinetwegen kann dieser Bastard tun und lassen, was er will«, gab Coenraad grollend nach. »Wir haben unser Ziel erreicht. Und jetzt wird es Zeit, daß wir von hier verschwinden.«

»Aber der Kerl kann den Tommys verraten, wer den Überfall begangen hat!« wandte Theron ein.

Coenraad warf erst Lena und dann Julian einen abschätzigen Blick zu und schüttelte den Kopf. »Nein, das wird er bestimmt nicht tun, schon ihretwegen nicht. Immerhin kommen wir ja alle aus einer Nachbarschaft. Er wird sich eine andere Geschichte einfallen lassen, wenn er nicht scharf darauf ist, daß auch die van Risseks dafür büßen müssen. Außerdem wird er schon eine ganze Menge Glück brauchen, um nicht in einem Gefangenenlager zu landen«, sagte er gehässig. »Also, du hast mein Ehrenwort, Lena, und es gilt, auch wenn du es mir erpreßt hast.«

»Dann sind wir ja quitt.« Lena ließ das Gewehr sinken, sicherte es und warf es vor sich in den Sand. Hermanus bückte sich schnell danach.

»Du kommst aber mit uns, Lena! Dich lasse ich nicht hier zurück«, sagte Coenraad mit grimmiger Entschlossenheit. »Und zwar nicht etwa aus Sorge um dich, sondern aus Respekt vor deinem Vater und vor Adriaan und Hendrik, die wie wir ihre patriotische Pflicht erfüllen! Gera wird gleich dein Pferd bringen, und dann erwarte ich, daß du Verstand und Verantwortungsbewußtsein genug hast, um unverzüglich aufzusitzen und mit uns aufzubrechen.« Damit wandte er sich um und entfernte sich mit Theron und Hermanus, um den Abtransport der erbeuteten Waffen und Munition zu überwachen.

Zum erstenmal, seit Coenraad am späten Nachmittag des vergangenen Tages mit seinem Kommando auf LEEUWENHOF eingetroffen war, hatten sie einen Augenblick für sich allein.

Lena fühlte sich hilflos, innerlich aufgewühlt und doch zugleich auch wie betäubt. Sie wollte ihm so vieles sagen, aber angesichts des Blutbades kamen ihr einfach nicht die richtigen Worte.

»Es ist ... es ist so entsetzlich ... so abscheulich«, sagte sie, als sich der Kehle eines Verwundeten ein schriller, sich überschlagender Schrei entwand.
»Ja, und so etwas nennt man das Feld der Ehre«, entgegnete er bitter.
»Lionel ... er hätte in dem Zug sein können ... Vielleicht ... nein, ich will nicht mal daran denken.«
»Lena, ich wünschte, wir hätten noch Zeit zum Reden, doch ich muß etwas tun.«
»Natürlich.« Lena sah Gera, die ihr Pferd am Zügel hinter sich herführte. »Aber etwas muß ich dir noch sagen. Du hast mich gestern gefragt, ob ich dir verzeihe. Ich dachte ... ich meine ...« Sie kämpfte mit den Worten und mit den Tränen.
Julian nahm sie spontan in seine Arme und drückte sie kurz an sich. »Du brauchst nichts zu sagen, Lena«, flüsterte er ihr zu, während sie sich an ihn klammerte. »Du wärst nicht mit uns geritten und hättest gerade nicht zum Gewehr gegriffen, wenn du mir nicht verziehen hättest. Vergiß nicht, daß du für immer in meinen Gedanken und Gebeten und in meinem Herzen sein wirst. Gott schütze und segne dich, Schwester!«
Er löste sich schnell aus ihrer Umarmung, und ohne sich noch einmal zu ihr umzudrehen, lief er zum Trümmerfeld hinüber, um für die Verwundeten und Sterbenden zu tun, was in seiner Macht stand.
Als Coenraad wenige Minuten später den Befehl zum Abrücken gab, brach sich die Sonne mit einer Flut blutroten und goldenen Lichts am östlichen Horizont Bahn.
Lena schaute sich im Sattel mehrmals um. Ihre Hoffnung, Julian noch einmal zu erblicken, erfüllte sich nicht. Über dem Ort des Grauens in der Baavianskloof lagen noch die Schatten der Nacht. Sie fühlte sich unsäglich elend, als ihr der Gedanke kam, daß wohl nur wenige von den Männern, die den Zug begleitet hatten, den Sonnenaufgang über der Schlucht noch erleben würden. Und alle hatten Mutter und Vater gehabt, viele Brüder und Schwestern und einige auch Ehefrauen und Kinder. Und nun

starben sie, viele tausend Meilen fern ihrer Heimat und fern von ihren Angehörigen, am Boden einer staubigen, felsigen Schlucht, die Baavianskloof hieß und deren Name sich nicht einmal auf allen Karten Südafrikas fand.

Daß Julian dort bei den Toten und Verwundeten blieb, während sie zu ihrem vertrauten Leben auf LEEUWENHOF zurückkehrte, schien ihr symbolischen Charakter zu haben. Und waren seine brüderliche Umarmung und seine Worte nicht auch die eines letzten Abschieds gewesen?

Sie war bereit, sich damit abzufinden.

32

Wochen später, im Morgengrauen eines wolkenlosen Oktobertages, der zu dieser frühen Stunde noch die prickelnde Frische des weichenden Winters besaß, trat Lena mit den beiden Melkeimern aus dem Haus auf die Stoep. Sie fröstelte in der frischen Morgenluft und setzte die Eimer kurz ab, um das warme Wolltuch, das sie sich flüchtig um die Schultern gelegt hatte, vor der Brust zu schließen. Dabei ging ihr Blick nach Westen – und sie sah drei Reiter über den ausgefahrenen, sandigen Weg kommen, der von der Landstraße nach LEEUWENHOF führte.

Die Freude durchzuckte sie wie ein Stromschlag.

»Pa! ... Pa und Adriaan und Hendrik! ... Sie sind wieder da!« rief sie mit jubilierender Stimme in die friedvolle Stille des noch jungen Tages und lief ihnen entgegen.

Stefanus kehrte mit einer Schulterwunde zurück, die zum Glück ein glatter Durchschuß war. Adriaan und Hendrik waren bisher von ernsten Verletzungen verschont geblieben, sahen jedoch sehr hager, abgekämpft und um Jahre gealtert aus. Aber bei allem, was hinter ihnen lag, hatten sie, ähnlich wie Coenraad, noch nichts von ihrer verbissenen Entschlossenheit eingebüßt, den Krieg noch lange nicht verloren zu geben.

»Wir legen eine kurze Atempause ein, um die Saat auszubringen und auf unseren Farmen nach dem Rechten zu sehen«, erklärte Adriaan. »Aber in ein paar Wochen ziehen wir wieder hinaus und führen fort, was wir begonnen haben.«

So glücklich Lena über die Rückkehr ihres Vaters und ihrer Brüder war, so wenig verstand sie ihr blindes Beharren darauf, den Krieg fortzuführen, und ihren Glauben, ihn noch zu gewinnen. »Erinnert ihr euch, wie bei Kriegsausbruch alle der felsenfesten Überzeugung gewesen sind, die Engländer spätestens bis Weihnachten geschlagen zu haben? Aus den wenigen Wochen, die der Krieg dauern sollte, ist mittlerweile ein ganzes Jahr geworden. Und keine von den europäischen Mächten ist uns zu Hilfe gekommen, noch nicht einmal Deutschland. Wir stehen auf verlorenem Posten«, hielt sie ihnen vor. »Hat es denn nicht schon genug Tote und genug Verwüstungen gegeben? Wie lange wollt ihr euch denn noch gegen die Einsicht verschließen, daß wir Buren es nun mal nicht mit dem britischen Empire aufnehmen können?«

»Das will ich nicht hören!« brauste Adriaan auf. »Niemals lassen wir uns von London das Joch auf den Nacken legen. Wir werden bis zum letzten für unsere Freiheit kämpfen!«

»Schön, und wenn das Land völlig verwüstet ist und die meisten von uns Frauen und Kindern Witwen und Waisen sind, erst dann werdet ihr eure patriotische Pflicht erfüllt und eurer Ehre Genüge getan haben und mit eurem Einsatz für eure Familien, die dann sehen können, wie sie zurechtkommen, zufrieden sein, ja?« erregte sie sich.

Adriaan erhob sich und legte ihr mit brüderlicher Zuneigung seine Hand auf die Schulter. »Es war nicht so gemeint, Lena. Aber so ist es nun mal, auch wenn du es nicht verstehen kannst.«

»Nein, das kann ich wirklich nicht.«

In der Woche darauf kehrte auch Fabricius zurück, stark geschwächt von einer gerade erst überstandenen Infektionskrankheit des Darms, doch überglücklich, Vater eines gesunden Kindes zu sein.

Daß es ein Mädchen und kein Junge geworden war, machte ihm

nicht das Geringste aus. Und Dele zeigte plötzlich Stolz und Aufmerksamkeit für ihr Kind, das sie so viele Monate vernachlässigt hatte und das nun endlich einen Namen bekam – Sarah.
Dele zog mit Sarah für die Dauer von Fabricius' Aufenthalt nach BLOEMHOF, und Lena war alles andere als traurig darüber, daß ihre Schwester erst einmal eine Zeitlang auf der Farm ihrer Schwiegereltern lebte. Sie hoffte, daß man ihr auf BLOEMHOF einige ihrer schlechten Angewohnheiten austreiben und ihr beibringen würde, in dieser harten Zeit tüchtig mit anzupacken und ihren Teil zu leisten.
Lena war glücklich, ihren Vater und ihre Brüder wieder auf LEEUWENHOF zu haben. Es bedeutete jedoch auch eine Umstellung für sie. Fast ein Jahr lang hatte sie die Farm geführt und alle Entscheidungen getroffen, wenn sie nicht gerade den Haushalt betrafen, der immer noch Tante Sophies Domäne war und wohl auch noch lange bleiben würde. Nun jedoch mußte sie hinter den Männern zurücktreten, die ganz selbstverständlich und ohne groß darüber nachzudenken ihre altgewohnten Rollen auf der Farm wieder für sich in Anspruch nahmen. Sich damit abzufinden, fiel Lena nicht gerade leicht. Sie wünschte, Rachel wäre nicht so schrecklich weit von ihr weg. Ihre Freundin fehlte ihr mehr denn je.
Mitte November, als die gröbsten Frühjahrsarbeiten auf Feldern und Äckern abgeschlossen waren, verließen die kriegstauglichen Männer ihre Familien und Farmen und sammelten sich um ihre Kommandanten, die mit ihrer Taktik des Guerillakrieges dem übermächtigen britischen Empire nicht nur den härtesten und blutigsten Kolonialkrieg der Geschichte aufzwangen, sondern auch den aufwendigsten, teuersten und verlustreichsten, den die Briten je geführt hatten – und jemals führen sollten.
Dele kehrte mit Sarah wieder nach LEEUWENHOF zurück. Fabricius sprach vor seiner Abreise kurz mit Lena über seine Frau. Lena war nicht überrascht zu erfahren, daß ihre Schwester und seine Eltern nicht gerade ein Herz und eine Seele waren.
»Sie muß noch eine Menge lernen«, seufzte Fabricius.

Aber ich garantiere dir, daß sie nicht einmal im Traum daran denkt, damit ausgerechnet bei mir anzufangen, hätte Lena ihm am liebsten entgegnet, wollte ihm das Herz aber nicht noch schwerer machen.

Und tatsächlich fiel Dele sofort wieder in ihre vertraute Trägheit und Drückebergerei, kaum daß sie nach LEEUWENHOF zurückgekehrt war und Stefanus, Adriaan und Hendrik mit den anderen Männern aus der Nachbarschaft fortgeritten waren. Mit der ihr eigenen Dreistigkeit nahm sie auch erneut das elterliche Schlafzimmer für sich in Anspruch, bestand jedoch darauf, daß Sarah getrennt von ihr bei ihrem schwarzen Kindermädchen schlief.

Es war wie in den Monaten zuvor. Dele gab sich dem Müßiggang und der Nörgelei hin, Tante Sophie kümmerte sich um den Haushalt, Oupa Willem verbrachte den Tag damit, in der warmen Sonne zu sitzen, Pfeife zu rauchen, sich in immer weiter zurückliegenden Erinnerungen und Wiederholungen zu verlieren – und Lena übernahm erneut die Leitung der Farm. Alles war scheinbar wieder so, wie es immer während der Abwesenheit der Männer das ganze vergangene Jahr über gewesen war. Doch dieses beruhigende Gefühl, den Umständen entsprechend alles unter Kontrolle zu haben und so wie bisher weitermachen zu können, sollte sich sehr schnell als trügerisch erweisen.

Die Generäle Koos de la Rey, Christiaan de Wet und Louis Botha fügten den Briten mit ihren äußerst beweglichen Kommandos, die selten einmal mehr als fünftausend Mann stark waren, schwere Verluste zu und entzogen sich immer wieder den überlegenen Kräften. Sie überfielen Garnisonen und die Feldlager kleinerer Truppeneinheiten, griffen immer wieder Eisenbahnzüge an, sprengten Brücken und Tunnel, zerstörten Telegrafenleitungen, stürmten regelmäßig Städte und zogen sich zurück, bevor die Verstärkung der Briten sie stellen konnte, und sorgten dafür, daß die Kriegsfronten nirgendwo und überall zugleich waren.

Um Mitternacht des 28. November 1900 übergab Lord Roberts, der den eigentlichen Krieg trotz ungebrochenen Widerstands der Buren dennoch für beendet und nur noch »Säuberungsarbeiten«

für notwendig hielt, den Oberbefehl über die britischen Truppen an Horatio Kitchener.

Mit Horatio Kitchener bekam der Krieg ein neues, noch gnadenloseres Gesicht. In der verzweifelten Anstrengung, der Guerillataktik der Buren ein Ende zu bereiten, ließ er längs der Bahnlinien zur Sicherung der Nachschublinien Hunderte von kleinen Forts und Blockhäusern errichten, deren Abstand zueinander nicht größer war als der Sichtkontakt von einer Befestigung zur anderen. Um die Bewegung der Kommandos einzuschränken, wurden auf seine Anweisung hin Stacheldrahtzäune, die zusammen eine Länge von mehreren tausend Meilen ergaben, kreuz und quer durch das Veld gezogen.

Zur Versorgung der Besatzungstruppen und um den kämpfenden Buren den eigenen Nachschub zu entziehen, ließ er auf den Farmen in immer größerem Umfang Lebensmittelvorräte sowie Pferde und Vieh beschlagnahmen. Gleichzeitig begann er mit der rücksichtslosen Politik der verbrannten Erde, um den Widerstand zu brechen. Wo immer ein Überfall der Buren stattfand, da ließ er in der näheren Umgebung alle Felder und Farmen niederbrennen. Die heimatlosen Buren, zumeist Frauen, Kinder und Alte, wurden in großen Lagern untergebracht, die von den Briten als Konzentrationslager bezeichnet wurden.

Als die Gerüchte über Kitcheners barbarische Methoden Leeuwenhof erreichten und nach den ersten brennenden Farmen zwischen Jonkheersdorp und Vereeniging erschreckende Gewißheit wurden, da traf Lena unverzüglich Vorsichtsmaßnahmen. Sie teilte die Herden in mehrere Gruppen auf. Die kleinste beließ sie auf der Farm. Den Großteil der Pferde, Ochsen und Schafe verteilte sie weitab im Veld und am Vaal, von schnell errichteten Kraals aus Dornengestrüpp und einem schwarzen Hirten, so gut es ging, geschützt. Sie ließ auch einen Teil der Vorräte vergraben.

Ihre Vorsorge erwies sich als berechtigt. Die ersten britischen Truppen suchten Leeuwenhof noch im Dezember heim, und sie nahmen jeden Sack Mehl, jeden Ochsen und jedes Pferd mit, das sie finden konnten. Der Offizier, der das Beschlagnahmungskommando befehligte, stellte ihr eine peinlichst genaue Quittung über alles aus, was seine Männer wegschleppten.

»Sowie Ihre Burengeneräle Vernunft angenommen und diesen Krieg, den sie niemals gewinnen werden, endlich aufgegeben haben, können Sie bei Ihrer nächsten Kommandantur mit dieser Quittung eine Entschädigung beantragen«, teilte ihr der Offizier kühl und geschäftsmäßig mit.

Am selben Tag erlitt Oupa Willem vor ohnmächtiger Erregung seinen ersten Herzanfall. Und Tante Sophie mußte Dele mit einer Ohrfeige zur Besinnung bringen, sonst hätte sie mit ihren haßerfüllten Tiraden, die sie den Soldaten entgegenschleuderte, wohl noch schlimmeres Unheil über LEEUWENHOF gebracht. Lena war froh, daß sie auch alle Schußwaffen versteckt hatte.

Ende Januar 1901 wurde eine Patrouille südöstlich von Jonkheersdorp aus dem Hinterhalt beschossen. Das burische Kommando löste sich scheinbar in nichts auf. Die Vergeltungsmaßnahme der Briten folgte wenige Tage später: Alle Maisfelder wurden niedergebrannt und damit die so dringend benötigte kommende Ernte schon auf dem Halm vernichtet.

Lena, Tante Sophie, Oupa Willem und sogar Dele rannen die Tränen verzweifelter Ohnmacht über das Gesicht, als die Soldaten auf LEEUWENHOF die Felder in Brand setzten und lodernde Flammen die Hoffnung auf einen Winter ohne Hunger zunichte machten.

Anfang Februar fanden britische Armeepatrouillen, die mittlerweile auch abseits der größeren Siedlungen und Städte in verstärkter Zahl scheinbar allgegenwärtig waren, die im freien Veld und am Vaal versteckten Viehherden und beschlagnahmten sie.

Und dann kam jener brütendheiße Märztag, der die Arbeit von Generationen auslöschen, die Familie der van Risseks endgültig zerschlagen und nach dem auf LEEUWENHOF nichts mehr so sein sollte, wie es einmal gewesen war.

33

Die Reiter tanzten über der staubigen Straße und schienen in der flirrenden Mittagshitze zu verschwimmen, so sehr waberte die Luft unter der brennenden Kraft des Glutballs, der senkrecht über LEEUWENHOF stand und die Schatten von Haus, Baum und Strauch auf ihre kleinstmögliche Ausdehnung zusammenschrumpfen ließ.

Die Abteilung bestand aus achtundzwanzig britischen Soldaten, an deren Spitze ein hochgewachsener junger Mann mit rotblondem Haar ritt. Die Abzeichen auf seiner völlig durchgeschwitzten Khakiuniform wiesen ihn als Offizier im Rang eines First Lieutenant aus.

Reuter, der treue Diener ihres Vaters und mit Sarie einer der wenigen Schwarzen, die sich nicht im Laufe der letzten Monate mehr oder weniger heimlich davongestohlen hatten, Reuter hatte die Soldaten zuerst bemerkt und die Frauen und den alten Baas im Farmhaus alarmiert.

Schweigend warteten Lena und ihre Familienangehörigen nun auf der Stoep, daß die Soldaten in den Hof ritten und ihnen den Grund ihres Kommens mitteilten. Ohne daß jemand es aussprechen mußte, ahnte ein jeder von ihnen, daß diese khakifarbenen Reiter weiteres Unheil nach LEEUWENHOF brachten.

Auf das Handzeichen des Offiziers hin machte die Abteilung vor dem Farmhaus in disziplinierter Formation halt. Dann zog der rotblonde Mann ein Papier aus der Brusttasche seiner Uniform, warf einen kurzen Blick darauf und wandte sich nun, ohne aus dem Sattel zu steigen, an die drei Frauen und den alten Mann, die in feindseligem Schweigen auf der Veranda standen.

»First Lieutenant Stuart Kilpatrick!« stellte er sich mit einer kaum merklichen Neigung des Kopfes vor. Seine Stimme war befehlsgewohnt, jedoch angenehm im Tonfall und ohne jede Unfreundlichkeit. »Würden Sie mir bitte mitteilen, wer von Ihnen das Oberhaupt der van Risseks ist?«

Oupa Willem verstand wegen seiner Schwerhörigkeit die Frage

des Offiziers nicht, sonst hätte er zweifellos diese Stellung für sich in Anspruch genommen.
Lena zögerte kurz, schwieg dann aber.
Tante Sophie gab die Antwort, indem sie Lena eine Hand auf die Schulter legte, und mit sachlich kühler Stimme sagte: »In Abwesenheit ihres Vaters, meines Schwagers Stefanus van Rissek, hat meine Nichte Lena van Rissek die Verantwortung für LEEUWENHOF übernommen, sofern das einer jungen Frau in diesen Zeiten möglich ist.«
First Lieutenant Stuart Kilpatrick nickte, als wollte er ihr zustimmen, und richtete seinen Blick nun auf Lena.
»Ich habe die Pflicht, Missis van Rissek ...«
»Miss«, korrigierte Lena ihn.
Er nickte erneut, als hätte er das wissen müssen, und fing noch einmal von vorn an: »Ich habe die Pflicht, Miss van Rissek, Sie und Ihre Familienangehörigen davon in Kenntnis zu setzen, daß Sie gemäß Befehl der Bezirkskommandantur die Farm morgen bei Anbruch des Tages zu verlassen und sich der Kolonne Ihrer Landsleute von den anderen umliegenden Farmen anzuschließen haben, die von Jonkheersdorp aus zur Bahnstation in Vereeniging aufbricht.«
Lena wich das Blut aus dem Gesicht, und sie hatte Mühe, Haltung zu bewahren. »Nein! Unmöglich!« stieß sie verstört aus.
»Sie haben kein Recht, uns von LEEUWENHOF zu vertreiben!«
»Es ist zu Ihrem Besten, Miss van Rissek.«
»Daß Sie uns unsere Felder niederbrennen, unsere Vorratskammern ausplündern, unser Vieh rauben und uns nun auch noch zu Flüchtlingen in unserem eigenen Land machen, das ist zu unserem Besten?« rief Tante Sophie mit schriller Stimme. »Wie können Sie es wagen, diese Ungeheuerlichkeit überhaupt in den Mund zu nehmen? Haben Sie denn keinen Funken Ehre mehr in Ihrem Leib, uns wenigstens Ihren Hohn zu ersparen?«
»Bastarde!« zischte Dele haßerfüllt.
»Was hat er gesagt?« krächzte Oupa Willem und schlug mit seinem Krückstock ärgerlich gegen das Bein seines Lehnstuhls,

weil er kein Wort von dem, was der Offizier erklärt hatte, verstanden hatte. »Was will er?«

Niemand achtete auf ihn, auch Lena nicht. »Wir haben nichts getan, was Ihnen das Recht gäbe ...«

»Ich habe meinen Befehl, Miss van Rissek«, schnitt ihr First Lieutenant Kilpatrick das Wort ab. »Leeuwenhof wird geräumt wie auch alle anderen Farmen in dieser Gegend. Sollten Sie sich dem Befehl widersetzen, was ebenso unvernünftig wie zwecklos ist, wird man notfalls mit Gewalt für dessen Ausführung sorgen. Ich hoffe in Ihrem ureigensten Interesse, daß dies nicht notwendig sein wird. Doch so oder so werden Sie morgen bei Tagesanbruch ihre Farm räumen.« Seine Stimme war fest und ließ keinen Zweifel daran, daß jegliches Aufbegehren oder gar gewalttätiger Widerstand die Sache für sie nur noch schlimmer machen würde.

»Was wird aus Leeuwenhof?« fragte Lena, um Selbstbeherrschung bemüht.

»Das weiß ich nicht, Miss van Rissek«, lautete die Antwort des Offiziers. »Meine Befehle beschränken sich allein darauf, für die Räumung der Farmen zu sorgen, die hier auf meiner Liste stehen.«

»Wohin wird man uns bringen?«

»Auch das entzieht sich meiner Kenntnis, Miss van Rissek. Doch ich bin sicher, daß man es Ihnen spätestens morgen in Vereeniging sagen wird.«

»Ihre Befehle sind ungeheuerlich!« rief Tante Sophie mit zitternder Stimme und geballten Fäusten. »Es ist schändlich, was Sie tun, unwürdig und barbarisch! Sie wissen dem heroischen Freiheitskampf unserer Männer nichts entgegenzusetzen und rächen sich dafür, indem Sie nun Krieg gegen Frauen, Kinder und Alte führen.«

»Abschaum!« stieß Dele schrill aus. »Feiges, barbarisches Gesindel in Uniform!«

Der Blick des Offiziers wurde zornig, und der höfliche Ton seiner Stimme verwandelte sich in schneidende Ablehnung, als er erwiderte: »Wir tun, wozu Ihre Männer uns mit ihrem unwürdigen

Guerillakrieg zwingen. Warum haben sie nicht genug Vernunft und Anstand, einen Krieg, der verloren ist, zu beenden? Warum haben ihre Führer zugelassen, daß aus einem ehrenvollen Kampf auf burischer Seite ein ebenso häßlicher wie sinnloser Guerillakrieg geworden ist? Und warum lassen sie zu, daß ihre Familien dafür den Preis zahlen müssen?«

Lena wußte darauf keine Antwort.

Tante Sophie jedoch wankte nicht in ihrem blinden Patriotismus. »Weil wir Buren uns von niemandem die Freiheit rauben lassen und uns deshalb auch niemals Ihrem britischen Joch beugen werden!« erklärte sie voller Verachtung.

»Sie tun es schon längst«, entgegnete First Lieutenant Kilpatrick trocken. »Und die Schläge, die Sie spüren, kommen von der Peitsche, mit der Sie sich selbst geißeln.«

»Wen will dieser englische Hund geißeln?« rief Oupa Willem aufgeregt.

»Sie jagen uns von der Farm, Oupa!« informierte Dele ihn mit lauter, schriller Stimme. »Sie nehmen uns unser Land und unser Zuhause weg. Morgen früh sollen wir LEEUWENHOF räumen und mit irgendeinem Treck in eines ihrer dreckigen Flüchtlingslager ziehen!«

Oupa Willem riß die Augen weit auf, gab einen krächzenden Schrei von sich und schleuderte seinen Stock nach dem Offizier. »Niemals!« gellte er, während der Stock ein gutes Stück vor den Vorderhufen von First Lieutenant Kilpatricks Pferd in den Sand fiel. »Niemand bringt mich von LEEUWENHOF! Keine zwanzig Ochsen und schon gar nicht ein Haufen verfluchter Rooineks!«

Lena warf ihrer Schwester einen aufgebrachten Blick zu, während sie und ihre Tante Oupa Willem zu beruhigen versuchten, der drauf und dran war, sich mit bloßen Händen auf die Soldaten zu stürzen.

»Das hast du sehr gut gemacht!« zischte sie Dele zu. »Als ob die Situation nicht so schon fürchterlich genug wäre, mußt du auch noch Oupa Willem aufhetzen!«

Dele warf den Kopf mit zornigem Trotz in den Nacken. »Er hat

ja wohl ein Recht darauf zu erfahren, daß man uns von der Farm verjagen will.«
»Das hätte er noch früh genug erfahren!«
»Ach, du kannst mich mal!« fauchte Dele.
»Morgen früh bei Sonnenaufgang haben Sie zum Abmarsch bereit zu sein«, teilte ihnen First Lieutenant Kilpatrick mit. »Ein Fuhrwerk der Armee wird Sie abholen. Nehmen Sie nur soviel, wie Sie tragen können.«
»Ich habe ein Baby!« wandte Dele erregt ein. »Wie können Sie von mir verlangen ...«
Der Offizier schnitt ihr das Wort ab. »Niemand hat von Ihnen verlangt, daß Sie es zurücklassen! Folgen Sie den Befehlen, und Sie werden keine Schwierigkeiten haben – zumindest nicht mehr als die, die Sie dem irrwitzigen Guerillakrieg Ihrer Männer zu verdanken haben«, sagte er kühl und befahl einem Korporal Sanderson, mit vier Mann auf LEEUWENHOF zurückzubleiben und dafür zu sorgen, daß niemand von den van Risseks die Farm verließ. Dann machte er sich mit dem Rest seiner Abteilung auf den Weg zur nächsten Farm.
Der Schock, von LEEUWENHOF vertrieben und in eines der britischen Konzentrationslager eingewiesen zu werden, verstörte sie alle, wirkte sich jedoch bei jedem anders aus. Oupa Willems wilde Auflehnung fiel wie die Stichflamme eines schnell abgebrannten Streichholzes in sich zusammen und verwandelte sich in dumpfe Apathie, kaum daß die Abteilung abgezogen war. Lena und Tante Sophie versuchten ihre Verstörung, ihren Zorn und ihre Angst vor dem, was vor ihnen lag, durch hektische Geschäftigkeit zu verdrängen. Dele wurde davon zum Teil angesteckt, überließ sich aber immer wieder dem jammervollen Selbstmitleid und tat so, als hätte das Schicksal es allein auf sie abgesehen.
Dele trug kistenweise Sachen zusammen, von denen sie sich um keinen Preis der Welt trennen wollte. Sie bekam einen hysterischen Anfall, als Tante Sophie das meiste davon wieder aus ihren Kisten und Koffern holte.
»Nimm endlich Vernunft an!« schrie Tante Sophie und stand

auch kurz davor, die Nerven zu verlieren. »Wir ziehen nicht auf eine andere Farm, sondern in ein *konsentrasie kamp!* Also, was willst du mit dem feinen Porzellan, den beiden schweren holländischen Vasen und all den anderen Sachen?«

»Sie gehören zu meiner Aussteuer, und kein dreckiger Engländer wird sich daran vergreifen!« schrie Dele und preßte eine der herrlich blauweißen Vasen an ihre Brust, als wollte sie dieses kostbare Stück nie mehr loslassen.

Lena versuchte ihrer Schwester gut zuzureden. »Sieh doch ein, daß wir nur die Dinge mitnehmen können, die uns in dem Lager auch wirklich von Nutzen sein werden. Und das sind nun mal Kleidung, Decken, Lebensmittel, Kerzen und solche Sachen. Wir würden auch lieber alles andere retten, aber es wäre unvernünftig.«

»Das ist mir egal!«

Lena sah sie mit eindringlichem Blick an. »Bitte mach es uns allen doch nicht schwerer, als es so schon ist.«

»Gib schon her!« sagte Tante Sophie, mit ihrer Geduld am Ende, und riß Dele die Vase aus der Hand.

»Nein!«

Mit dem Schlag, den Dele ihrer Tante versetzte, schleuderte sie ihr die Vase aus der Hand, und sie zersprang auf dem harten Boden in tausend Scherben. Der berstende Laut und der Anblick der zersplitterten Vase, die sechs blutige Grenzkriege am Great Fish River und den legendäre Großen Treck unbeschädigt überstanden hatte, ließ plötzlich alle betroffen verstummen. Dann sackte Dele wie ein Häuflein Elend zusammen und schlug die Hände vors Gesicht. Daß sie weinte, sah man nur an ihren zuckenden Schultern und den Tränen, die unter ihren Händen hervorrannen.

Lena hockte sich zu ihr, zog sie sanft in ihren Arm und weinte mit ihr. Es lag viele Jahre zurück, daß sie sich ihrer Schwester so nah und so stark mit ihr gefühlt hatte, und allein das war Grund genug zum Weinen.

Bestürzt, erschöpft und mit bleichem Gesicht sank Tante Sophie auf einen Stuhl. Von der geradezu grenzenlosen Energie, mit der sie seit dem Tod ihrer Schwester auf LEEUWENHOF den Haushalt geführt und den Kindern ihres Schwagers die Mutter ersetzt hatte, war nichts mehr zu spüren.

»Wir dürfen den Korb mit den Näh- und Flicksachen nicht vergessen«, murmelte sie, blieb jedoch sitzen, als fehlte ihr die Kraft, sich jemals wieder zur Arbeit aufzuraffen. »Auch sollten wir ausreichend Seife, Öl und Paraffin mitnehmen. Wer weiß, wie lange wir dort bleiben müssen, und der Winter kommt schnell, wenn wir erst einmal Mai haben ...«

Als bei Dele die Tränen versiegt waren, setzten sie ihre Arbeit fort. Dabei wurde nur das Notwendigste gesprochen, als wären sie einander fremd. Alles, was nicht von praktischem Nutzen war, aber einen besonderen ideellen oder materiellen Wert besaß, packten sie in separate Kisten und Säcke, die sie in der alten Zisterne verstecken wollten.

Als die Dunkelheit hereinbrach, hatten sie vier große Wagenkisten, *wakis* genannt, drei Koffer und zwei Jutesäcke mit all den Dingen gefüllt, von denen sie meinten, daß sie ihnen im Lager von größtem Nutzen sein würden.

»Das können wir niemals schleppen«, sagte Tante Sophie verzweifelt. »Aber ich weiß nicht, was wir noch dalassen sollen.«

»Irgendwie wird es schon gehen«, bemühte sich Lena um einen Rest Zuversicht. »Man wird uns helfen.«

Beim Abendbrot wurde kaum ein Wort gesprochen. Jeder hing seinen eigenen traurigen Gedanken nach, und das meiste Essen blieb unberührt auf dem Teller liegen.

Als Sarie schweigend abräumte und Tante Sophie zur Bibel griff, forderte Oupa Willem sie mit tonloser Stimme auf: »Lies aus dem 32. Kapitel von Exodus, Sophie. Fang bei Vers 11 an.«

Sie nickte, schlug die Bibel auf, blätterte und begann zu lesen: »›Da versuchte Mose, den Herrn, seinen Gott, zu besänftigen und sagte: Warum, Herr, ist dein Zorn gegen dein Volk entbrannt? Du hast es doch mit großer Macht und starker Hand aus Ägypten herausgeführt. Sollen etwa die Ägypter sagen können: In böser

Absicht hat er sie herausgeführt, um sie im Gebirge umzubringen und sie vom Erdboden verschwinden zu lassen? Laß ab von deinem glühenden Zorn, und laß dich das Böse reuen, das du deinem Volk antun wolltest ...‹«
In stummer Betroffenheit saß Lena am Tisch und lauschte der leicht zitternden Stimme ihrer Tante, während ihre Schwester ins Leere blickte. Oupa Willem war überzeugt, daß der Krieg und der unabwendbare Sieg der Briten Gottes Strafe waren! Die Buren – Gottes auserwähltes Volk, das er in das gelobte Land Afrikas geführt hatte! Offenbar konnte nichts diesen Glauben, Gott trotz aller Strafen allein auf der Seite der Buren zu wissen, bei ihrem Großvater erschüttern. Und sie dachte an Julian, der irgendwo in Kapstadt in der Abgeschiedenheit eines Priesterseminars lebte und vielleicht in diesem Moment auch in der Bibel las. Wußte er, was mit ihnen geschah? Und was hätte er wohl zu Oupa Willem gesagt, wenn dieser aufgeschlossen genug gewesen wäre, ihm zuzuhören? Und wo war Lionel? Vertrieb auch er Familien von ihren Farmen?
Lena schreckte aus ihren Gedanken auf, als Oupa Willem sich erhob, obwohl Tante Sophie das Kapitelende noch nicht erreicht hatte.
»Ich bin müde«, sagte er und schlurfte zur Tür, dabei einzelne Stellen aus dem Exodus-Kapitel vor sich hin murmelnd, als hielte er Zwiesprache mit Gott: »Was hat dir dieses Volk getan, daß du ihm eine so große Schuld aufgeladen hat? ... Warum, Herr, ist dein Zorn gegen dein Volk entbrannt? ... Der Herr schlug das Volk mit Unheil, weil sie das Kalb gemacht hatten.« Er blieb im Türrahmen kurz stehen. »Welches Kalb, Herr? Mit welchem goldenen Kalb haben wir deinen Zorn entbrannt?« Kopfschüttelnd ging er weiter.
Tante Sophie schloß behutsam die Bibel.
Lena schluckte schwer. »Sarie soll den Soldaten einen Krug Branntwein bringen«, sagte sie. »Das wird sie lange genug ablenken, damit ich mit Reuter die Kisten und Säcke in der Zisterne verstecken kann.«

Tante Sophie nickte. »Ich bringe ihnen den Branntwein.«
Zwanzig Minuten später hatten Lena und Reuter die Kisten und Säcke mit Seilen in die alte Zisterne hinuntergelassen, sie mit Dornengestrüpp bedeckt und die Luke verschlossen. Mit Reisigbesen fegten sie Sand über die alten Bretter und tarnten den Zugang mit Gerümpel.
Lena ertrug es nicht, diese letzten Stunden auf LEEUWENHOF in ihrer kleinen Schlafkammer zu verbringen. An Schlaf war vorerst sowieso nicht zu denken. Deshalb setzte sie sich auf der Stoep in einen der Lehnstühle und verbrachte die halbe Nacht damit, den vertrauten Geräuschen des nächtlichen Veldes zu lauschen, zu den fernen, funkelnden Sternen aufzuschauen und sich in Erinnerungen und Gedanken zu verlieren. Irgendwann, weit nach Mitternacht, schlief sie ein.
Tante Sophie weckte sie im Morgengrauen. »Lena, wach auf. Willem ist tot.«

34

Willem van Rissek war im Schlaf gestorben, ohne unter Schmerzen gelitten zu haben, wie sein entspanntes, friedliches Gesicht vermuten ließ. Die Vorstellung, mit fast achtzig Jahren von LEEUWENHOF vertrieben zu werden und in einem der Flüchtlingslager dahinvegetieren zu müssen, hatte ihm den Lebenswillen geraubt. Sein Herz hatte irgendwann im Schlaf einfach aufgehört zu schlagen.
»Sie haben ihn mit der Räumung getötet!« sagte Dele unter Tränen. »Sie hätten Oupa Willem ebensogut ein Gewehr an den Kopf setzen und abdrücken können. Kaltblütig umgebracht haben sie ihn!«
Aus einem unerfindlichen Grund mußte Lena in dem Moment an den Zug denken, den Coenraad mit seinem Kommando in die Baavianskloof hatte stürzen lassen, und an das grausame Kreuzfeuer, das dem Sturz in die Schlucht gefolgt war. Damals hatte sie

sich nicht gefragt, ob sich nicht vielleicht auch Zivilisten in dem Zug befunden hatten. War es denn nicht gut möglich gewesen, daß Zivilisten nach Johannesburg zu ihren Familien hatten kommen wollen und sich deshalb unter den trügerischen Schutz der Truppen begeben hatten? Jetzt stellte sie sich diese Frage.

Sie wuschen den Leichnam, bekleideten ihn mit dem besten Sonntagsanzug und legten ihn in eine Kiste, die Reuter rasch zusammengezimmert hatte und die als Sarg herhalten mußte. Im ersten Licht des Tages trugen sie die Kiste mit den sterblichen Überresten von Willem van Rissek hinaus auf die Stoep.

Korporal Sanderson erbot sich, das Grab von seinen Männern ausheben zu lassen, doch Lena und ihre Tante lehnten wie aus einem Mund ab. Auf dem kleinen Familienfriedhof mit eigenen Händen ein Grab auszuheben und ihn würdevoll zu bestatten, war das letzte, was sie für Oupa Willem tun konnten, und keiner sollte ihnen das abnehmen, schon gar nicht britische Soldaten.

Tante Sophie hielt die Zeremonie am Grab kurz und schlicht. Gemeinsam sprachen sie den 8. und 23. Psalm, den Lobpreis von Gottes Herrlichkeit als Schöpfer und den Hirten-Psalm, die zu den Lieblingsstellen des Verstorbenen gehört hatten.

Dele schluchzte, als die sonnentrockenen Erdklumpen auf die primitive Bretterkiste polterten. Lena vergoß jedoch keine Träne. Sie fühlte sich erstaunlich ruhig und friedvoll. Was vor ihnen lag, wußte sie nicht. Doch irgendwie tröstete es sie, daß Oupa Willem auf LEEUWENHOF gestorben war und nun hier auf dem Familienfriedhof begraben lag.

Das Fuhrwerk der Armee stand schon zur Abfahrt bereit, als Reuter noch das schlichte Holzkreuz am Kopfende des Grabes in die Erde rammte. Lena fand gerade noch Zeit, einen kurzen Brief an ihren Vater und ihre Brüder zu schreiben, in dem sie ihnen mitteilte, daß man sie gezwungen hatte, die Farm zu verlassen und sich nach Vereeniging zu begeben, um von dort in ein ihnen jetzt noch unbekanntes Flüchtlingslager gebracht zu werden. Sie nagelte den Brief an den Türrahmen der Küche und hoffte, daß ihr Vater und ihre Brüder ihn bei ihrer Rückkehr, wann immer das sein mochte, dort auch noch vorfinden würden.

Sie mußten zwei Kisten dalassen. Von der einen konnten sie sich leicht trennen, enthielt sie doch hauptsächlich Sachen des Verstorbenen. Die zweite Kiste, die mit Kleidern der Frauen und warmen Decken gefüllt war, ließ Tante Sophie erst zurück, als Korporal Sanderson versichert hatte, daß in den Lagern ausreichend Decken zur Verfügung stünden.

Sarah schrie während der ganzen Zeit, und nicht einmal Sarie, die im Laufe der Monate zu ihrem Kindermädchen geworden und auf deren Arm sie war, vermochte sie zu beruhigen.

Wakis, Koffer und Säcke sowie die Bündel von Sarie und Reuter, die als ihre persönlichen schwarzen Bediensteten mit ihnen ins Lager gehen mußten, wurden auf das Fuhrwerk geladen. Dann stiegen Tante Sophie, Lena, Dele und die beiden Schwarzen auf, machten es sich auf den Gepäckstücken so gut es ging bequem und wandten keinen Blick von der Farm, als der Wagen im Staub der voranreitenden Soldaten vom Hof fuhr und den Weg zur Landstraße hinaufrumpelte.

Niemand sagte ein Wort. Sogar Sarah verstummte, als LEEUWENHOF allmählich hinter ihnen zurückfiel. Allen Viehs und aller Bewohner beraubt, lag die Farm mit ihren niedergebrannten Feldern und Äckern vor ihren Augen. Kein Rauch stieg vom Farmhaus oder den Pondoks in den Morgen. Kein Laut kam von den leeren Weiden und Kraals. Unwirklich verlassen wie ein geisterhafter Ort, schrumpfte LEEUWENHOF immer mehr zusammen, während der Tag gleichzeitig immer heller und sonniger wurde. Dann kamen sie über die Hügelkette hinter den drei alten Maulbeerbäumen, und als der Kastenwagen auf der anderen Seite den Hang hinunterrollte, verschwand LEEUWENHOF aus ihrem Blickfeld.

»Endlich«, flüsterte Tante Sophie und schloß die Augen.

Als sie die Landstraße erreichten, bestätigte sich, daß sie das Schicksal der Vertreibung mit all ihren nahen und fernen Nachbarn teilten. Wohin sie auch blickten, überall stiegen Staubfahnen in den Himmel. Auf jedem Feldweg strebten Fuhrwerke und Wagen aller Art, begleitet von einigen Soldaten, der Landstraße zu und schlossen sich dem weit auseinandergezogenen Wagentreck an. Dabei kam es zu keinen lauten Begrüßungen. Zu groß war bei allen die Erschütterung. Man winkte sich allenfalls kurz und um äußerliche Gefaßtheit bemüht zu. Die Gegenwart der Soldaten sorgte zusätzlich dafür, daß die Gesichter hart und die Lippen verschlossen blieben. Niemand wollte sich die Blöße geben, vor dem verhaßten Feind zu zeigen, welch einen inneren Tumult von Verzweiflung, Ohnmacht, Sorgen und Ängsten die Vertreibung in ihnen ausgelöst hatte. Das Wissen, nicht allein vertrieben worden zu sein, sondern sich mit allen Freunden und Nachbarn auf einem Weg in ein bedrückend ungewisses Lagerleben zu befinden, war nur ein schwacher Trost, doch ein Trost war es.

Die Wagenkolonne der Farmer aus dem Bezirk von Jonkheersdorp wurde immer wieder aufgehalten und kam zum Stehen, weil immer neue Fuhrwerke dazustießen. Gelegentlich verursachte ein Radschaden oder ein anderes Vorkommnis, das den Vertriebenen auf den weiter zurückliegenden Wagen zumeist unbekannt blieb, einen Aufenthalt. Dann ritten Soldaten hin und her, und einige der älteren und wagemutigeren Kinder nahmen die Gelegenheit wahr, vom Wagen zu springen und sich die Langweile mit irgendwelchen Spielen zu vertreiben.

Lena und ihre Familie erreichten Vereeniging erst am Nachmittag. Auf dem Bahnhof warteten Hunderte von Frauen, Kindern, und Alten mit ihrem Gepäck auf ihren Weitertransport. Ein Zug mit Güterwaggons stand zur Abfahrt bereit. Er herrschte ein chaotisches Durcheinander, und die so schon äußerst mangelhafte Organisation drohte den verantwortlichen Offizieren aus der Hand zu gleiten.

»Schämen Sie sich nicht, uns wie Vieh zu verladen?« fuhr Tante Sophie den Sergeant an, als sie endlich an der Reihe waren, sich an den langen Tischen in der Bahnhofshalle registrieren zu lassen. Der heftig schwitzende Mann blickte nur kurz auf und antwor-

tete unfreundlich: »Seien Sie froh, daß wir Sie nicht marschieren lassen.«
»Sie würden mich keinen Schritt weit bringen!«
Der Sergeant zuckte gleichgültig mit den Schultern. »Wäre mir doch egal, wo Sie vor Durst und Hunger krepieren«, sagte er und machte eine Handbewegung, als wollte er eine Fliege von seiner Liste vertreiben. »Weiter! Gehen Sie schon weiter, wenn Sie noch einen Platz in diesem Zug ergattern und die Nacht nicht hier verbringen wollen. Der Nächste!«
»Wo kommen wir hin?« fragte Lena hastig.
»Ins Lager KAALBLAD KOPJE«, teilte ihr der Sergeant ungeduldig mit.
»Wo liegt dieses Lager KAALBLAD KOPJE?« fragte Lena nach, die diese Ortsbezeichnung noch nie gehört hatte. »Befindet es sich hier im Transvaal oder ...«
»Es gibt keinen Transvaal mehr, Miss«, fuhr ihr der Sergeant gallig ins Wort. »So wie es auch keinen Oranje-Freistaat mehr gibt. Wir haben die beiden Republiken längst annektiert. Jetzt gibt es nur noch die Orange River Colony, und über der weht der Union Jack.«
Lena unterdrückte ihren aufsteigenden Zorn. »Und wo in dieser Orange River Colony liegt KAALBLAD KOPJE?« beharrte sie auf einer Auskunft.
»Irgendwo bei Kroonstad«, lautete seine verdrossene Antwort.
»Aber das ist ja im Freistaat!« stieß Dele erschrocken aus.
Der Sergeant warf ihr einen grimmigen Blick zu und sagte kopfschüttelnd: »Ihr habt wirklich noch nicht begriffen, daß ihr den Krieg schon lange verloren habt!«
Dele funkelte ihn haßerfüllt an. »Unsere Männer werden niemals zu Kreuze kriechen und aufgeben, schon gar nicht gegen so gewissenloses Lumpenpack wie ...«
Lena stieß Dele schmerzhaft in die Seite und fiel ihr hastig ins Wort: »Hilf mir mit der Kiste, wir müssen uns beeilen! Oder willst du vielleicht die Nacht hier im Freien verbringen?«
»Nun macht schon, daß ihr weiterkommt!« herrschte der Ser-

geant sie an. »Weiter, zum Teufel noch mal, oder ich streiche euch von der Liste für diesen Zug!«

Dele preßte die Lippen zusammen und folgte der Aufforderung. Aber sowie sie ein paar Schritte weiter waren, murmelte sie: »Gesindel im Soldatenrock!«

Bei dem Gedränge, das in der Halle und auf der Plattform herrschte, hatte die Gruppe von LEEUWENHOF Mühe, nicht auseinandergerissen zu werden. Sie teilten den Güterwaggon mit mehreren Dutzend Frauen, Kindern, Alten und einigen verkrüppelten Männern, die nicht mehr am Krieg teilnehmen konnten. Niemand von ihnen stammte jedoch aus dem Bezirk von Jonkheersdorp.

Sie verbrachten die Nacht zwar nicht unter freiem Himmel wie all die anderen, die mit diesem Zug nicht mehr mitkamen, aber doch auf freier Strecke. Der Zug setzte sich erst kurz vor Sonnenuntergang in Bewegung, ratterte mit der mäßigen Geschwindigkeit eines trabenden Pferdes über den Schienenstrang nach Süden und überquerte bei Einbruch der Dunkelheit den Vaal River, wo einst die Grenze zwischen den beiden Burenrepubliken verlaufen war.

Wegen der geringen Geschwindigkeit des Zuges brauchten die schweren Türen der Güterwaggons nicht geschlossen zu werden, so daß ein leichter Windzug den zusammengepferchten Menschen ein wenig Linderung von der drückenden Hitze verschaffte.

Doch schon eine Stunde südlich der alten Grenze wurde der Zug auf ein einsames Abstellgleis geleitet, wo er bis zum nächsten Morgen blieb. Nur wenige Soldaten patrouillierten in der Nacht am Zug entlang. Eine Bewachung der Insassen war auch gar nicht nötig. Wohin hätten sie gehen sollen?

Lena kaute ihren Streifen Biltong und starrte auf das weite, leere Veld hinaus, das sich vor der offenen Waggontür und im schwachen Licht eines zunehmenden Halbmondes bis in die tiefe Schwärze der Nacht hinein erstreckte. Die wenigen Frauen, die sich bei ihnen im Waggon unterhielten, sprachen mit leisen, gedämpften Stimmen.

Dele hockte sich zu ihr an die Tür, und obwohl es noch immer sehr warm war und von der Erde die Hitze der Tagesstunden aufstieg, fuhr sie sich über die Arme, als wäre ihr kalt.
»Es scheint mir so schrecklich lange her zu sein, daß wir die Farm verlassen haben. Dabei saß Oupa Willem doch gestern um diese Zeit noch mit uns am Tisch«, flüsterte sie.
»Ja, und er wollte, daß Tante Sophie diese Stelle aus dem Exodus vorliest«, erwiderte Lena ebenso leise, als fürchtete sie, mit lauter Stimme noch mehr Unheil heraufzubeschwören.
»Daß sie uns von Leeuwenhof vertrieben haben, das war für ihn ein Todesurteil.«
»Er ist zu Bett gegangen und hat wohl beschlossen, nicht mehr leben zu wollen. Er ist gestorben, weil er es so wollte. Alte Menschen sollen so etwas können.«
»Das ändert nichts daran, daß sie ihn auf dem Gewissen haben«, beharrte Dele.
»Ja«, räumte Lena ein.
»Was nun wohl aus Leeuwenhof wird?«
»Ich weiß nicht.«
»Vielleicht ziehen jetzt englische Farmer bei uns ein.«
»Das glaube ich nicht, Dele.«
»Ich eigentlich auch nicht.«
»Die würden auch nicht lange überleben, da kannst du dir sicher sein. Oder glaubst du, daß Pa und Adriaan und Hendrik und dein Mann es zulassen würden, daß die sich bei uns ins gemachte Nest setzen, während wir in irgendwelchen Konzentrationslagern der Briten hausen?«
»Du hast recht. Aber wenn sie das vorgehabt hätten, hätten sie nicht alle Felder niedergebrannt und alles Vieh gestohlen.« Sie schwieg einen Moment und fragte dann furchtsam: »Aber was ist, wenn sie Leeuwenhof und all die anderen Farmen niederbrennen?«
»Nein, das können sie nicht!«
»Warum nicht?«
»Warum sollten sie denn?« fragte Lena zurück. Sie wollte diese

entsetzliche Möglichkeit erst gar nicht in Betracht ziehen. »Jetzt, da sie uns alles genommen und von unseren Farmen vertrieben haben, haben sie doch ihr Ziel erreicht. Eine Farm ohne Vieh und ohne Bewohner erzeugt nichts mehr und ist damit doch keine Gefahr mehr für sie.«

»Vergiß nicht, daß sie Briten sind. Ihnen traue ich mehr Abscheulichkeiten zu, als mir überhaupt einfallen können!«

»Die meisten tun auch nur, was man ihnen sagt, so wie bei uns«, schwächte Lena die Verurteilung ihrer Gegner ab.

»Ach was, daß die Briten ein gottloses, gewissenloses Volk sind, weiß doch jedes kleine Kind!« widersprach Dele heftig, dämpfte ihre Stimme aber sogleich. »Führen wir vielleicht Krieg gegen Frauen, Kinder und Alte, so wie es die verfluchten Rooineks tun?«

»Nur gegen unsere eigenen«, antwortete Lena ganz leise.

»Was hast du gesagt?«

»Ach, nichts«, erwiderte Lena und wünschte, sie hätte mit jemandem über Julian und Lionel reden können.

Sie schwiegen eine ganze Weile.

Dann flüsterte Dele mit zitternder Stimme, als wäre sie den Tränen nahe: »Ich habe Angst, Lena, schreckliche Angst, daß ... daß ich Fabricius nicht wiedersehe ... daß sie LEEUWENHOF zerstören ... und ich habe Angst vor dem Lager ... und daß ich nicht stark genug bin für das alles.«

»Ich habe auch Angst«, gestand Lena bewegt und nahm die Hand ihrer Schwester.

»Ja, aber du bist anders als ich«, entgegnete Dele. »Du läßt dich von nichts unterkriegen und machst immer alles richtig.«

»Unsinn!« wehrte Lena ab. »Ich mache vieles falsch. Wenn du bloß wüßtest, was für schwere Fehler ich schon begangen habe, würdest du nicht so reden. Außerdem sind wir ja zusammen, und gemeinsam werden wir es schaffen.«

»Ich wünschte, ich könnte dir glauben, Lena, aber ich kann nicht.« Dele schüttelte mutlos den Kopf und sagte mit dunkler Ahnung: »Irgendwann ist jeder für sich allein.«

Darauf wußte Lena nichts zu antworten.

35

»*Magtig,* der Allmächtige stehe uns bei!« entfuhr es Tante Sophie erschrocken, als sie am späten Vormittag des nächsten Tages im Konzentrationslager KAALBLAD KOPJE eintrafen.
Bei Sonnenaufgang hatte sich der Zug wieder in Bewegung gesetzt und nach etwa anderthalb Stunden Fahrzeit einige Dutzend Meilen nördlich von Kroonstad auf freiem Veld angehalten. Die zahlreichen Kastenwagen und Fuhrwerke, die dort nahe des Schienenstrangs bereits auf sie warteten, ließen die Hoffnung zu, daß es nun nicht mehr weit bis zum Lager sein konnte.
Eine knappe Stunde, nachdem sie ihr Gepäck im Schweiße ihres Angesichts auf einen der Wagen gewuchtet und darauf Platz genommen hatten, kam das Lager hinter einer Hügelkette endlich in Sicht.
Lena verschlug es wie den meisten anderen im ersten Augenblick die Sprache. Inmitten einer Landschaft, die mit ihrem spärlichen Bewuchs aus niedrigen Akazien und Dornensträuchern und mit ihrer rotsandigen steinigen Erde einer Halbwüste glich, befand sich das Konzentrationslager. Es bestand aus einem Meer von Rundzelten, die in fast unüberschaubarer Zahl eine schier endlose Reihe nach der anderen bildeten. Lena versuchte die Zelte einer Reihe zu zählen, hörte jedoch bei sechsundvierzig auf, weil sie die immer kleiner werdenden Spitzen der Armeezelte letztlich nicht mehr auseinanderhalten konnte.
»Es werden wohl so an die siebenhundert, achthundert Zelte sein«, mutmaßte der grauhaarige Kutscher ihres Fuhrwerks auf Lenas Frage hin. »Und es heißt, daß in dem Lager an die viertausend Vertriebene leben.«
»Von jetzt sind es *mindestens* viertausend«, sagte Lena mit Blick auf die vollgepferchten Wagen, die vor und hinter ihnen auf KAALBLAD KOPJE zuhielten.
Als sie näher kamen, sahen sie, daß sich nahe des Tores ein flacher Hügel erhob, der diesem Lager offenbar seinen Namen, »Kaktus-Hügel«, gegeben hatte. Doch von den Kakteen, die einmal dort

gestanden hatten, war nichts mehr geblieben. Jetzt gruppierte sich hier ein hufeisenförmiger Komplex aus mehreren langgestreckten Baracken aus Brettern und Wellblech. Es gab sogar einen Wachturm, von dem aus man wohl das Ganze überblicken, aber mit Sicherheit nicht erkennen konnte, was sich in den Gassen zwischen den Reihen am anderen Ende des Lagers tat. Nun sahen sie auch, daß KAALBLAD KOPJE von einem Maschendrahtzaun umschlossen und von patrouillierenden Soldaten bewacht wurde – und daß es innerhalb des riesigen Lagergeländes keinen schattenspendenden Baum und keinen Strauch gab.

Lena war vom Anblick dieser Zeltstadt so bestürzt, daß sie eine Gänsehaut bekam. Schon jetzt hatte sie das beklemmende Gefühl, daß sich die Enge und das Menschengewimmel wie ein Klotz auf ihre Brust legten. Sie war wie fast alle Buren mit der Weite des offenen Velds aufgewachsen, wo allein der Himmel und der ferne Horizont Grenzen setzten. Etwas Grausameres, als sie und ihr freiheitsliebendes Volk in Lagern mit solch qualvoller Enge zusammenzupferchen, hätten sich die Briten nicht ausdenken können.

»Gebe Gott, daß wenigstens einer von uns hier wieder lebend herauskommt«, murmelte Tante Sophie mit einer Mutlosigkeit, die um so erschreckender wirkte, als Verzagtheit so gar nicht ihrer Natur entsprach.

»Red doch nicht so etwas!« wehrte sich Lena gegen die düstere Ahnung, die sie stärker erschütterte, als sie vor sich selbst zugeben wollte. »Wir werden bestimmt nicht länger als ein paar Wochen hier bleiben, und die werden wir ja wohl noch in diesem Lager aushalten, so gräßlich es auch ist. Dann ist der Krieg sicher vorbei, und wir kehren nach LEEUWENHOF zurück.«

Dele war so verstört und erschüttert, daß sie keinen Ton herausbrachte. Doch die Angst in ihren Augen und die Blässe ihres Gesichts sprachen Bände.

Auf dem freien Platz vor dem Barackenkomplex waren Tische aufgestellt, hinter denen Soldaten saßen, die mit der Erfassung der Ankömmlinge beschäftigt waren. Jeder von den neu Einge-

troffenen mußte Namen und Herkunft angeben sowie jede Person, die aus seiner Familie noch am Krieg teilnahm.
Lena, Dele und Tante Sophie dachten sich nichts dabei. Wie es hieß, gehörte dieser penible und aufwendige Papierkram nun mal zu der aufgeblähten britischen Militärverwaltung. Bei den Rooineks mußte alles seine Ordnung haben und irgendwo auf Papier stehen. Sie brauchten ja bloß an die Quittungen zu denken, die man ihnen nach jeder Beschlagnahmung von Lebensmitteln und Vieh ausgestellt hatte – so peinlich genau, als wären diese Zettel eines Tages wirklich etwas wert, was natürlich lächerlich war.
»Sie brauchen die Angaben, um im Todesfall die Angehörigen im Lager unterrichten zu können«, hörte Lena eine junge Frau zu ihrem fast blinden Vater sagen.
Es dauerte Stunden, bis die Gruppe von LEEUWENHOF in der langen Schlange der Neuankömmling bis zu einem der Tische vorgerückt war. Ein schwergewichtiger Sergeant namens Ian Finch, dem der Schweiß nur so über das hochrote Gesicht lief und der ständig mit Daumen und Zeigefinger über seinen buschigen Schnurrbart strich, nahm ihre Angaben auf und schnaubte dann wütend.
»Der Vater im Feld, zwei Brüder und noch der Ehemann! Gottverdammte Narren!« knurrte er und füllte einen vorgedruckten handgroßen Zettel aus. »Das ist Ihr Bezugsschein für die wöchentlichen Rationen. Wenn Sie ihn verlieren und wir einen neuen ausstellen müssen, kostet Sie das ein Viertel der nächsten Ration.«
»Der Gerechtigkeitssinn der Briten ist wirklich unübertrefflich«, sagte Tante Sophie sarkastisch.
Sergeant Ian Finch warf ihr einen geringschätzigen Blick zu. »Wenn es nach mir ginge, würde ich Ihre Farmen allesamt niederbrennen und Ihnen nicht mal eine Handvoll Mehl schenken!« entgegnete er kalt. »Wer nicht begreift, was die Stunde geschlagen hat, und diesen ehrlosen Kriegsterror aus dem Hinterhalt fortführt, der soll doch ruhig krepieren – und mit ihm seine Familie. Ihr seid es doch nicht wert, daß wir euch mit dem Geld britischer Steuerzahler durchfüttern!«

Die Wut ging mit Lena durch. »Und Sie haben sich zweifellos derart durch Tapferkeit ausgezeichnet, daß man Sie für wert erachtet hat, sich als großmäuliger Gefangenenaufseher in einem verabscheuungswürdigen Lager von wehrlosen Frauen, Kindern und Alten in Szene zu setzen, ja?« schleuderte sie ihm entgegen.
Dele kicherte mit hämischer Zustimmung, und hinter ihnen lachten einige.
Lena hatte Sergeant Finch intuitiv an seiner empfindlichen Stelle getroffen. Zum Wach- und Verwaltungskommando eines solchen Lagers abkommandiert zu werden, zeugte gewiß nicht von besonderer militärischer Bewährung im Feld. Diese Flüchtlingslager waren vielmehr Sammelorte der Versager.
Finch lief hochrot im Gesicht an, wie ein glühender Kessel, der kurz vor der Explosion stand. Er sprang von seinem Hocker auf, schnappte nach Luft und fuchtelte wie wild mit der Hand.
In dem Moment ritt ein hagerer Offizier, der den Rang eines Captain bekleidete und die verhärmten Gesichtszüge eines vom Leben bitter enttäuschten Mannes besaß, auf einem prächtigen Schimmel hinter den Tischen entlang.
»Das ist Captain Percy Somerset, der Lagerkommandant«, raunte jemand hinter Lena.
»Probleme, mit denen Sie nicht fertig werden, Sergeant Finch?« fragte er mit schneidender Stimme.
Die Haltung von Sergeant Finch straffte sich augenblicklich. »Sir, nein!« versicherte er hastig. »Keine Probleme, Sir!«
»Dann machen Sie weiter, Sergeant!« befahl der Captain ungnädig. »Und sehen Sie zu, daß die Leute mit ihrem verlausten Sack und Pack endlich vom Platz verschwinden. Ich hasse diese burisch-zigeunerhafte Unordnung und das plebejische Gelärme auf meinem Vorplatz. Also beeilen Sie sich gefälligst ein bißchen, daß hier wieder Ordnung und Ruhe einkehrt, Sergeant!«
»Jawohl, Sir!«
Lena wußte nicht, wen sie mehr verabscheuen sollte, den feisten Sergeant Finch oder den ausgemergelten Captain Somerset. Wahr-

scheinlich war ihr militärischer Rang das einzige, worin sie sich unterschieden.
Sergeant Finch warf schnell einen Blick auf seine Liste, wies ihnen Zelt 437 zu und zischte in Richtung Lena: »Komm mir bloß nicht wieder unter die Augen!«
Ihr Zelt war das siebenunddreißigste, vom Nordende des Lagers mit den Baracken aus gerechnet, in der vierten der fünfzehn Reihen. Es gab weder Betten noch Matratzen. Auf dem nackten, festgetretenen Boden standen ein nach Fäkalien stinkender Eimer und eine verbeulte Blechkanne, die wie das Zelt mit schwarzer Farbe die Nummer 437 trugen. Daneben lagen vier zerschlissene, kratzige Pferdedecken. Zwischen den Zelten standen primitive Kochgelegenheiten aus Steinen und Wellblechresten. Erfindungsreiche Insassen hatten kleine Blechtonnen in Backöfen und Herdstellen verwandelt. Das war alles, was die Lagerverwaltung den Bewohnern eines Zeltes zuteilte, um sich einzurichten.
Dele brach in Tränen aus.
Tante Sophie seufzte. »Hätten wir doch noch die andere Kiste mit den Decken und der Bettwäsche!«
»Wir werden schon irgendwie zurechtkommen!« sagte Lena in dem Versuch, sich selbst Mut zu machen. »Zum Glück haben wir Töpfe und Pfannen und einige andere Sachen mitgenommen, die uns nun sehr nützlich sein werden.«
Mit Hilfe von Lederriemen und zwei Lagerdecken trennten sie einen schmalen Teil links vom Eingang für Sarie und Reuter ab, denn Dele war nicht gewillt, ohne eine solche Abtrennung im selben Zelt mit ihnen zu leben.
Eine hilfreiche ältere Frau namens Wilhelmina Wessel aus dem Zelt gegenüber verwies sie an einen verkrüppelten Mann namens Gerhardus DuToit in Zelt 822, der mit Matratzen, Betten und Möbeln handelte.
»Wieso kann er hier im Lager mit solchen Sachen handeln?« wollte Lena wissen.
»Viele von uns kommen aus der näheren Umgebung, und die durften mit dem eigenen Fuhrwerk anreisen, das natürlich ent-

sprechend beladen war«, erklärte Wilhelmina Wessel. »Betten, Matratzen, Tische und Stühle, ja sogar manches Piano hat auf diese Weise seinen Weg in dieses schändliche Lager gefunden.«

»Aber wer wird denn sein eigenes Bett oder gar seine Matratzen weggeben?« fragte Dele verständnislos.

»Die Hinterbliebenen der Verstorbenen, mein Kind«, sagte Wilhelmina bitter. »In KAALBLAD KOPJE, das schon im September vergangenen Jahres die ersten tausend Vertriebenen aufgenommen hat, vergeht längst kein Tag mehr ohne eine Beerdigung. Jeden Morgen rollt der Leichenwagen durch das Lager. Auch von meiner Familie liegt schon jemand da draußen auf dem Leichenacker, den sie Friedhof nennen!« Und sie deutete mit einer vagen Geste nach Süden, wo jenseits des Drahtzauns die Toten aus dem Lager ihre letzte, klägliche Ruhestätte fanden. »Ich habe meine ältere Schwester sechs Wochen nach unserer Vertreibung begraben. Es war am Tag vor Weihnachten.«

Wilhelmina brachte sie zu dem Mann. Auf dem Weg zeigte sie ihnen die Latrinen, die sich auf der Ostseite in unmittelbarer Nähe des Zauns befanden und schon von weitem bestialisch stanken. Die Aborte erstreckten sich in einer langen Reihe und boten mit ihrer primitiven, halboffenen Bauweise erschreckend wenig Privatsphäre bei der Erledigung dringender menschlicher Bedürfnisse. Doch am ekelhaftesten waren die unzähligen fetten Fliegen, die diesen Platz heimsuchten.

»Man lernt sehr schnell, nur durch den Mund zu atmen, und nach einer Weile macht es einem auch nicht mehr viel aus, den Rock zu heben und seine Geschäfte zu machen, während man zu beiden Seiten Gesellschaft hat – und nicht immer vom eigenen Geschlecht«, sagte Wilhelmina abgeklärt und zynisch zugleich. »Wir nennen die Latrinengasse übrigens Promenade.«

Dele wandte sich angewidert ab.

Gerhardus, der bärtige Kriegskrüppel, konnte weder mit Bettgestellen noch mit Matratzen dienen. »Tut mir leid, was ich an Stühlen, Tischen, Betten und Matratzen auf Lager hatte, ist mir heute innerhalb von einer Stunde aus der Hand gerissen worden.

Das ist immer so, wenn ein neuer Schub eintrifft. Aber ich kann Ihnen ein Piano verkaufen oder diese hübsche Standuhr. Nein? Lassen Sie mir Ihre Zeltnummer hier. Ich bin ganz sicher, daß ich schon bald wieder etwas hereinkriege.«

Die Selbstverständlichkeit, mit der dieser Mann die Todesfälle der nahen Zukunft einkalkulierte, erschütterte Lena. Auf dem Rückweg zu ihrem Zelt erfuhren sie dann von Wilhelmina, daß die Fragen der Soldaten nach ihren männlichen Familienangehörigen eine schwerwiegende Bedeutung besaß.

»Wer einen Ehemann, Vater oder Bruder bei den kriegsführenden Truppen hat, der erhält nicht die volle wöchentliche Lebensmittelration, sondern nur eine gekürzte«, bereitete sie Wilhelmina vor. »Und dabei ist die volle Ration schon alles andere als üppig. Wenn sie so weitermachen und uns nur lange genug in diesen Konzentrationslagern halten, dann werden nach Kriegsende nicht mehr viele von uns übrigbleiben!«

Lena gönnte sich in den restlichen Stunden des Tages keine Ruhe. Sie achtete darauf, unablässig mit irgend etwas beschäftigt zu sein, um nicht in einen Abgrund der Angst zu stürzen. Ihre Schwester, die immer wieder in Tränen der Verzweiflung ausbrach und zu nichts zu gebrauchen war, sowie Reuter, der wie ein gefangenes Tier verstört vor den Zelten auf und ab ging, waren ihr ein beängstigendes Beispiel dafür, was auch ihr drohte, wenn sie sich nicht mit aller Willenskraft gegen die aufkommende Hoffnungslosigkeit zur Wehr setzte.

Zusammen mit Sarie und Tante Sophie, die ebenfalls schwer mit ihrer Verstörung rang, machte sie eine Bestandsaufnahme all ihrer Vorräte und anderen Habseligkeiten, räumte Geschirr, Bestecke und Kochutensilien aus, versuchte den nackten Zeltboden von allen Unebenheiten und spitzen Steinen zu befreien, legte Kerzen und Zündhölzer zurecht, bestimmte Schlafplätze und rollte Decken auf, begutachtete die primitiven Kochgelegenheiten im Freien, holte Brennholz und Wasser und hielt sich mit vielen anderen nützlichen wie unnützen Tätigkeiten in Bewegung.

Doch dann, nachdem jeder von ihnen bei einer Bibellesung im

Licht der Kerze Kraft und Hoffnung gesucht hatte, kam für sie alle die erste Nacht im Konzentrationslager von KAALBLAD KOPJE. Es war eine Nacht, wie sie erschreckender nicht hätte sein können. Statt die vertrauten Geräusche auf einer Farm in der offenen Weite des Velds zu hören, umgab sie ein geisterhafter Chor aus Schnarchen, Stöhnen, Weinen, Husten, Keuchen, Fluchen, Beten, Wimmern und Lachen. Nur eine dünne Bahn Zeltstoff trennte sie von den anderen Leidensgefährten.
Lena wälzte sich schwitzend vor Hitze, die sich im Zelt aufgestaut hatte, hin und her, und sie spürte den harten Boden durch die Decke hindurch. Auch als Dele sich endlich in den Schlaf geweint hatte, lag sie noch stundenlang wach und lauschte voller Schaudern dem grauenhaften Chor, von dem sie wußte, daß er sie von nun an bis zum Tag ihrer Freiheit jede Nacht heimsuchen würde.
Der Tag ihrer Freiheit!
Wer von ihnen mochte ihn überhaupt erleben?

36

Die Hitze, der Gestank, die Fliegen, die räumliche Enge und die Wasserknappheit machten das Leben im Lager nicht nur täglich aufs neue zu einem zermürbenden Kampf, sondern die mangelhaften sanitären Verhältnisse schafften zusammen mit der schlechten Ernährung den idealen Nährboden für Krankheiten aller Art, von denen Ruhr und Typhus am meisten gefürchtet wurden.
Es gab nie genug Wasser zum Waschen, und je mehr Buren von ihren Farmen vertrieben und in die Lager eingewiesen wurden, desto einseitiger wurde die Ernährung und desto weniger Brennholz stand zur Verfügung.
Wenn sie nicht genug Feuerholz hatten, um ihre karge Ration an Fleisch gut durchzubraten, dann verzichtete Lena lieber auf ihr

Stück und griff zu einem Streifen Biltong, statt halbgares Fleisch hinunterzuschlingen.
Reuter starb wenige Wochen, nachdem sie in KAALBLAD KOPJE eingetroffen waren, innerhalb von drei Tagen an einer rätselhaften Krankheit. Obwohl sie es nicht beweisen konnte, war Lena überzeugt davon, daß solch ein halbgares, schlechtes Stück Fleisch, das er mit Heißhunger verzehrt hatte, für seinen Tod verantwortlich war.
Schon wenige Stunden nach dem Essen klagte er über Bauchschmerzen. Dann folgten schwere Krämpfe, hohes Fieber, Schüttelfrost und Delirium. Am Abend des dritten Tages war Reuter, der mit Lenas Vater aufgewachsen und sein persönlicher Diener geworden war, tot. Am nächsten Morgen wurde er mit drei anderen Schwarzen in einem Grab beerdigt.
Für Lena war Reuter immer ein Teil ihrer Familie gewesen, über den sie sich nicht besonders Gedanken gemacht hatte, einfach weil er zu ihrem Haushalt gehört hatte, seit sie denken konnte. Doch für Sarie, die ihren Vater und flüchtigen Liebhaber ihrer Mutter nie kennengelernt hatte, war Reuter innig geliebter Vaterersatz gewesen.
Noch am Grab warf sie Lena, Dele und Tante Sophie mit vor Schmerz gezeichnetem Gesicht vor: »Er hätte nicht zu sterben brauchen, wenn ihr nicht an diesem sinnlosen Krieg festgehalten hättet! Dann hätten wir noch alle auf LEEUWENHOF und am Leben sein können! Wer soll denn noch alles für dieses Land sterben, das doch schon längst verloren ist, bevor ihr endlich eure Niederlage annehmt?« Und damit rannte sie davon.
»Das ist ja die Höhe!« rief Dele ihr empört nach. »Dafür wirst du dich zu entschuldigen haben!«
»Lassen wir sie«, sagte Lena. »Sie hat doch gar nicht so unrecht.«
»Jetzt fang nicht auch noch du damit an!«
Sarie entschuldigte sich später wortreich und mit reumütigem Tonfall. Doch im Gegensatz zu ihrer Schwester, die Saries Entschuldigung mit sichtlicher Genugtuung entgegennahm, spürte Lena, daß Sarie nicht wirklich bedauerte, was sie am Grab zu

ihnen gesagt hatte. Mit der Entschuldigung beugte sie sich einem Zwang, doch aus dem Herzen kam sie nicht. Und Lena merkte, daß von dem Tag an das Gefühl der Verbundenheit, das zwischen Sarie und den van Risseks bestanden hatte, zerstört war. Wenn Deles Baby nachts schrie, so sprang Sarie nicht mehr sofort auf, um es zu nehmen und zu versuchen, es wieder in den Schlaf zu wiegen.

»Sarah will zu ihrer Mutter«, sagte sie dann, scheinbar kleinlaut in ihrer angeblichen Ratlosigkeit, in Wirklichkeit jedoch mit berechnender Ablehnung. »Die weiß besser als ein schwarzes Küchenmädchen, was das eigene Baby braucht.«

Und Sarah schrie fast jede Nacht, was Dele um ihre sowieso schon schwachen Nerven brachte.

Als nach den langen Monaten drückender Hitze und anhaltender Trockenheit der erste Regen fiel, da begrüßten ihn alle im Lager mit großer Erleichterung, spülte er doch den Dreck weg und füllte die Wassertonnen wieder auf. Doch als sich KAALBLAD KOPJE nach mehreren schweren Regenfällen in einen Sumpf verwandelte, da wurde der Segen zu einem Fluch.

Lena gelang es, einige Matratzen im Tausch für mehrere Pakete Kerzen, zwei Stück Seife und zwei Pfund Biltong zu organisieren, so daß sie nicht wie viele andere auf dem völlig aufgeweichten Boden schlafen mußten.

Als der Herbst in den Winter überging und die Nächte eisige Kälte brachten, da zählte KAALBLAD KOPJE schon über fünftausend Insassen. Und mit jedem Zug, der neue vertriebene Buren brachte, wurden die Lebensverhältnisse im Lager noch ein wenig schlechter.

Mitte 1901 waren schon über hunderttausend Buren in rund fünfzig derartigen Konzentrationslagern interniert, wie Lena zufällig erfuhr, als sie bei den Baracken ein Gespräch zwischen zwei Soldaten mitbekam, die sich über einen Zeitungsartikel unterhielten.

Der Winter forderte im Lager viele Todesopfer, besonders unter den Kindern und Alten. Brennholz war so rar und kostbar geworden, daß es nicht einmal mehr für jeden Leichnam einen Sarg gab. Allein Babys und Kinder bis zwölf wurden noch in schäbigen Bretterkisten beerdigt. Alle anderen kamen in Jutesäcken unter die Erde. Auf den Zelten begannen auf der Plane neben dem Eingang schwarze Kreuze aufzutauchen – ein Kreuz für jeden Toten, den diejenigen, die sich ein Zelt teilten, zu betrauern hatten. Eine stumme Anklage, die von der Lagerverwaltung sofort verboten wurde. Doch die Kreuze, die am Tag auf Anweisung kontrollierender Soldaten von den Zelten gewischt wurden, fanden sich am Morgen an derselben Stelle wieder, im Schutz der Nacht aufgekratzt mit dem verkohlten Ende eines Stück Holzes. Nach Wochen vergeblicher Mühen, die Anordnung des Lagerkommandanten durchzusetzen, gaben die Soldaten auf. Die Kreuze blieben – und wurden mit jeder Woche mehr. An manchen Tagen brachte der Leichenwagen fünf und mehr Tote aus dem Lager. Und Holzkreuze für die Gräber gab es schon längst nicht mehr. Der neue und sich erschreckend rasch ausbreitende Teil des Friedhofs kannte nur noch karge, anonyme Erdhügel als Gräber, Hunderte an der Zahl.

Die Verbitterung wuchs ebenso wie die die Hoffnungslosigkeit, nachdem zahlreiche Proteste des Burgher-Komitees bei der Lagerverwaltung keine Veränderung zum Besseren gebracht hatten. Captain Bancroft und seine Untergebenen rissen sich mit Sicherheit kein Bein für die Insassen des Lagers aus, doch sie taten, was in ihrer Macht stand. Nur war das leider nicht sehr viel. Sie konnten letztlich auch nur das, was sie an Decken, Brennholz, Lebensmitteln und Medizin zugewiesen bekamen, an die internierten Buren verteilen. Kitcheners Plan, den kämpfenden Buren die Lebensgrundlage zu entziehen, indem er systematisch Zehntausende Farmen niederbrennen und die gesamte nicht kämpfende Bevölkerung in Konzentrationslager bringen ließ, war ebenso barbarisch in seiner Rücksichtslosigkeit gegenüber der Zivilbevölkerung wie aufwendig in seiner organisatorischen Durchführung. Die Militärverwaltung kam mit dem Nachschub einfach nicht nach. Daß die einst blühenden Farmen im Oranje-Freistaat und in Transvaal sich unter Kitcheners Brandfackel in ein Land der verbrannten Erde verwandelt hatten und keine Ernten mehr abwarfen, trug zu der Versorgungskatastrophe erheblich bei. Das in Massenlagern eingesperrte Farmervolk von zwei Burenstaaten mußte nun mit den Produkten ernährt werden, die zum einen Teil aus der Kapkolonie kamen, zum größten Teil jedoch per Schiff erst von Übersee nach Afrika gebracht wurden. Und natürlich verstand sich von selbst, daß die Versorgung der eigenen Truppen, die mittlerweile auf vierhundertfünfzigtausend Mann angeschwollen waren, Vorrang vor den Buren besaß.

Der kalte Winter im Zelt auf freiem Veld brach Tante Sophies Willen und Selbstbewußtsein. Das abwechslungsarme Lagerleben und das Eingesperrtsein zermürbten sie und raubten ihr die Tatkraft, die sie einst so ausgezeichnet hatte. Ganz allmählich ergriff die Hoffnungslosigkeit von ihr Besitz und zog sie in den Abgrund der Selbstaufgabe.

Es begann damit, daß sie immer weniger Sorgfalt auf die Pflege ihrer Kleidung legte. Einen abgerissenen Knopf oder gar eine eingerissene Naht hatte es früher bei ihr nicht gegeben. Nun jedoch zuckte sie nur gleichgültig mit den Schultern, wenn Lena sie darauf hinwies. »Was macht es denn schon für einen großen Unterschied, ob da ein Knopf fehlt oder nicht?« fragte sie.

»Eine ganze Menge! Dieser Knopf da stellt den Unterschied zwischen Selbstachtung und Selbstaufgabe dar!« erwiderte Lena, entsetzt über die Gleichgültigkeit ihrer Tante.

»Ach was, es ist nur ein Knopf.«

»*Magtig,* erinnerst du dich denn nicht mehr, was du uns so viele Jahre lang beigebracht und gepredigt hast? Selbstdisziplin, Pflichtbewußtsein, Sittlichkeit, Willenskraft und all diese Tugenden?« beschwor Lena sie.

Tante Sophie lächelte müde. »Das war zu einer anderen Zeit und in einem anderen Land. Ich habe lange genug meine Pflicht getan.«

Lena faßte sie an den Schultern, als wollte sie sie schütteln. »Wir kommen hier wieder raus, Tante Sophie!« sagte sie eindringlich.

»Wir dürfen nur nicht aufgeben. Wenn du dich so gehenläßt, hat das auch einen schlechten Einfluß auf Dele. Du weißt doch, wie anfällig sie für Stimmungen ist. Du darfst dich jetzt nicht selbst aufgeben.«

»Ich gebe mich nicht auf.«

»Doch, das tust du!« widersprach Lena heftig. »Du achtest nicht mehr auf deine Kleidung, frisierst dich nachlässig und gehst kaum noch aus dem Zelt.«

»Ich bin eine alte Frau und müde, Lena«, erwiderte Tante Sophie unberührt, und daß sie nicht ärgerlich reagierte, erfüllte Lena mit großer Betroffenheit und Sorge. Sie nahm zwar immer noch jeden Tag die Bibel in die Hand, doch sie blickte oft stundenlang auf ein und dieselbe Seite.

Mit Dele verhielt es sich nicht viel besser. Ihre Stimmung war extremen Schwankungen unterworfen. Es gab Tage, an denen sie in eine dumpfe Apathie sank und so gut wie nicht ansprechbar war. Dann wieder kamen Tage, an denen sie von einer nervösen, ja beinahe schon hysterischen Ruhelosigkeit getrieben wurde und immer in Bewegung bleiben mußte. Die guten von ihren schlechten Tagen waren die, da sie zwischen diesen beiden Extremen pendelte. Doch auch dann war der Umgang mit ihr alles andere als leicht, denn weinerliches Selbstmitleid, schäumender Haß auf alles Britische und überreizte Nerven prägten ihr Verhalten. Und je nach Stimmung war ihr ihre Tochter unerträglich lästig oder das Zentrum ihrer Flucht vor der elenden Wirklichkeit.

Lena dankte dem Allmächtigen mehr als einmal dafür, daß Sarah trotz der mangelhaften Ernährung und erbärmlichen Unterbringung gesund geblieben war. Zwar hätte sie ihrem Alter gemäß viel mehr Gewicht haben und aktiver sein müssen, aber ihre offenbar robuste Natur wurde mit dem schlechten und wenigen Essen sowie der Nässe und Kälte besser fertig als viele andere Kleinkinder, die so zahlreich in den Armen ihrer Mütter und Großmütter starben.

»Wenn der Krieg irgendwann vorbei ist, dann werden es vor allem diese vielen Kinderleichen sein, die sich einer Versöhnung

zwischen Briten und Buren unüberwindlich in den Weg stellen werden«, sagte Wilhelmina einmal vorausschauend, als ein dreijähriger Junge aus ihrem Nachbarzelt zu Grabe getragen wurde.
Lena verbrachte viel Zeit mit Wilhelmina Wessel und ihrer Familie, zu der ein fast blinder Schwiegervater, zwei halbwüchsige Mädchen und eine Schwester gehörten. Sosehr auch sie unter der Internierung zu leiden und mit ihren Ängsten zu kämpfen hatten, so herrschte bei ihnen doch ein wunderbarer Familienzusammenhalt. Und dieses starke Band der Zusammengehörigkeit gab der zerstörerischen Kraft der Hoffnungslosigkeit und des Sichgehenlassens wenig Raum.
Tante Sophie und Dele verkehrten so gut wie gar nicht mit den Wessels. Schon nach wenigen Tagen hatten sie herausgefunden, daß Wilhelmina und ihre Angehörigen, die zwei Männer in der Gefangenschaft in einem Lager am Kap hatten, kein Verständnis dafür aufbrachten, daß die militärische und politische Führung der beiden Burenrepubliken den Krieg nach dem Fall der Städte fortgeführt hatte.
»Das ist nur sinnloses Leiden und Sterben für beide Seiten!« hatte Wilhelmina ganz offen gesagt. »Und deshalb ist es verantwortungslos und gottlos!«
Darauf hatte Dele voller Verachtung erwidert: »Wer so den Briten das Wort redet und ihnen unser Land ausliefern will, der ist ein Verräter am burischen Volk!«
»Von dem bald nicht mehr viel übrig sein wird, wenn diesem blutrünstigen Wahnsinn nicht bald ein Ende bereitet wird, junge Frau!« hatte Wilhelmina unerschütterlich auf ihrer Überzeugung beharrt. »Mein Mann hat wie Ihrer gekämpft und mehr als nur seine Pflicht getan. Doch irgendwo gibt es eine Grenze, wo aus Pflicht und Ehre Verantwortungslosigkeit und Fanatismus werden, und diese Grenze ist längst überschritten.«
Dele war empört von ihrem Sitzplatz auf einer Kiste aufgesprungen. »Tante Sophie, Lena, laßt uns gehen! Mit solchen Abtrünnigen wollen wir nichts zu tun haben!«
»Für mich sprichst du nicht, Dele, und das weißt du ganz genau«,

hatte Lena erwidert und war geblieben, während ihre Schwester und Tante Sophie entrüstet aus dem Zelt der Wessels gestürmt waren.

Und das lag jetzt schon mehr als sechs Monate zurück! Monate, die auch für sie voller Plagen, Sorgen, Zweifel und Momenten der Mutlosigkeit gewesen waren. Doch Dank ihrer Freundschaft mit den Wessels, die von einer Farm bei Heilbron kamen, und einiger anderer Bekanntschaften, die sie im Lager gemacht hatte, war es ihr gelungen, zumindest ihre seelische Verfassung einigermaßen stabil zu halten. Daß sie Gewicht verloren hatte und zunehmend Zeichen von Unterernährung zeigte, machte ihr am wenigsten Sorge, erging es doch allen Lagerinsassen so.

Was Lena am meisten bedauerte, war, daß weder von ihren nahen noch von ihren fernen Nachbarn auch nur eine einzige Familie mit ihnen in Kaalblad Kopje interniert war. Offenbar waren sie von Leeuwenhof die einzigen aus dem Bezirk von Jonkheersdorp gewesen, die damals in dem Gedränge auf dem Bahnhof von Vereeniging noch einen Platz in einem der Güterwaggons ergattert hatten. All ihre Nachbarn waren zweifellos in andere Lager gebracht worden, denn sooft sie die langen Reihen der Zelte, diese Alleen des Elends, abgegangen war, nie war sie auf ein vertrautes Gesicht gestoßen.

Doch jedesmal, wenn die Nachricht von der Ankunft eines neuen Schubs Vertriebener durch das Lager ging, eilte sie nach oben zum Barackenplatz am Tor, dem die Insassen den spöttischen Namen Grand Parade gegeben hatten, denn Captain Somerset machte sich öfter, als es den Soldaten lieb sein konnte, ein Vergnügen daraus, seine Wachmannschaft im Paradedrill über den Platz scheuchen zu lassen. Währenddessen saß er unter dem Vordach seiner Unterkunft und bediente sich mit der Regelmäßigkeit des Trinkers aus einer Kanne mit Tee, von dem jedermann im Lager längst wußte, daß er den Alkoholgehalt des Brandys nicht wesentlich verwässerte.

An einem der ersten wirklich warmen Tage des einsetzenden Frühsommers stand Lena wieder einmal hinter den Absperrungen aus Pflöcken und Seilen und suchte unter den neuen Unglücklichen, die durch das Tor kamen und sich zum Registrieren anstellten, nach einem bekannten Gesicht.

In den letzten Monaten befanden sich unter den Neuen immer mehr Männer, die den Kampf wegen Verwundung, völliger Entkräftung oder aus Einsicht, was die Sinnlosigkeit weiterer Kriegszüge betraf, aufgegeben hatten.

An diesem Tag hatte sie zum erstenmal Glück, erkannte sie in der Menge doch Theunis Katenberg von VREDENHOF, einen Neffen von Tante Martha, der Schwester von Tante Sophie. Mit seiner langen Gestalt und dem feuerroten Haar überragte er alle anderen wie ein Leuchtturm.

Sie winkte und rief lachend seinen Namen, doch als er endlich mit seinem Bündel durch die Absperrung kam, da verwandelte sich ihre Freude in Erschrecken. Er mußte jetzt fünfundzwanzig sein, doch er sah mindestens um zehn Jahre älter aus. Er war abgemagert bis auf die Rippen, und sein Gesicht war ausgehöhlt und spitz von den hervortretenden Knochen. Seine Kleidung bestand fast nur aus Lumpen, Hose und Jacke waren aus rauhen Jutesäcken zusammengenäht. Seinen rechten Arm trug er in einer Schlinge.

»Theunis Katenberg! Endlich jemand aus der Heimat!« rief sie und schluckte schwer in dem Bemühen, sich ihre Betroffenheit nicht anmerken zu lassen.

Er lächelte. »Lena van Rissek, was für eine Überraschung. Das macht das Lager ja fast heimelig. Sind noch mehr aus unserer Gegend da?«

»Nein. Ich bin hier nur mit Dele und Tante Sophie.«

»Na ja, wer kann heutzutage schon mehr vom Schicksal verlangen, als am Leben zu sein.«

»Was gibt es Neues, Theunis? Wie ist es dir ergangen? Wo kommst du her? Was ist mit deinem Arm? Was ist aus VREDENHOF und den Farmen bei uns im Bezirk geworden? Hast du was von meinem Vater und meinen Brüdern gehört?« Die Fragen sprudelten nur so aus ihr heraus. »Erzähl! Fang irgendwo an, es ist egal, wo. Wir sind schon seit Mitte März hier und haben

seitdem keine Nachricht mehr von unseren Angehörigen und Nachbarn.«
Theunis ließ sein Bündel in den Dreck zu seinen Füßen fallen und rieb mit der linken Hand über seinen Arm. »Sie haben mir die Hand zerschossen. Das war bei Riet Fontein. Ich konnte nicht mehr kämpfen. Womit auch?« Er lachte bitter auf. »Wir haben nichts mehr zu essen. Der Hunger setzt uns fast noch schlimmer zu als die Briten, die uns durch das Land jagen. Woher sollen wir auch Verpflegung bekommen, nachdem Kitchener mittlerweile schon an die dreißigtausend Farmen hat niederbrennen lassen? Manchmal stoßen wir auf Pferde, die die Briten zu Tausenden abschlachten, damit sie uns nicht in die Hände fallen. Und wenn die Kadaver noch nicht zu verwest sind, können wir noch einiges davon retten. Aber das ist doch eher selten der Fall. Und wie du siehst, haben wir bald auch keine Kleidung mehr am Leib. Der Winter war schrecklich, und einen dritten werden wir nicht überstehen. Wir haben mehr Männer durch Kälte und Krankheiten verloren als im Kampf mit den Rooineks. Wie haben wir verzweifelt versucht, an warme Sachen zu kommen! Aber neuerdings werden nicht nur Kapburen, die sich uns anschließen, als Rebellen standrechtlich erschossen, sondern auch jeder andere, der gefangengenommen wird und irgend etwas von dem Khakizeug der Briten trägt. Wir können also nicht einmal die erbeutete Kleidung unserer toten Feinde nutzen, wenn wir nicht riskieren wollen, als Spione erschossen zu werden, und diese Gefahr wird immer größer.« Er schüttelte niedergeschlagen den Kopf. »Unsere Männer kämpfen nun seit zwei Jahren einen unglaublich tapferen, mutigen und heroischen Kampf, doch er ist längst verloren. Wie sollen es auch achtzehntausend Farmer, wenn es hoch kommt, mit vierhundertfünfzigtausend erstklassig ausgerüsteten britischen Soldaten aufnehmen können? Wir sind am Ende, Lena.«
»Wenn das doch endlich auch andere einsehen würden!« Ihr Wunsch kam aus tiefster Seele. »Sag, was ist aus VREDENHOF und all den anderen Farmen bei uns geworden?«
Er zuckte mit den Schultern. »Ich weiß es nicht. Ich bin seit

Februar nicht mehr zu Hause gewesen. Da wimmelt es zu sehr von britischen Truppen. Ich habe in West-Transvaal gekämpft und bin nach meiner Verletzung auf der Farm eines Freundes untergekrochen, der sich wieder einem Kommando angeschlossen hat. Kurz danach hat man dort in der Gegend alle Farmen niedergebrannt und uns auf die nächsten Züge zu den Lagern verteilt. Aber ich glaube nicht, daß VREDENHOF noch steht ... oder LEEUWENHOF. Kitchener kennt keine Gnade, Lena. Besser, du gewöhnst dich jetzt schon mal an den Gedanken, daß es eure Farm nicht mehr gibt.«
Lena nickte tapfer, doch ihr schnürte es die Kehle zu. Es gelang ihr auch nicht, sich LEEUWENHOF als ausgebrannte Ruine vorzustellen. Und ein wenig Hoffnung durfte sie ja haben, solange niemand Genaueres wußte.
»Hast du etwas von meinem Vater und meinen Brüdern gehört oder gesehen?«
Theunis biß sich auf die Lippe, als wollte er darauf nicht antworten, und ein schmerzlicher, mitfühlender Ausdruck trat in seine Augen. Dann sagte er: »Ja, aber ich habe keine guten Nachrichten, Lena.«
Ihr Herz krampfte sich zusammen.
»Dein Vater und dein Bruder Adriaan sind nach dem Gefecht bei Lydenburg in Gefangenschaft geraten. Ich glaube, man hat sie mit den anderen in ein Lager bei Simonstown unten am Kap gebracht.«
»Gott sei Dank, sie leben wenigstens!« rief sie fast erleichtert.
»Ja«, sagte er nur.
Lena wurde plötzlich bewußt, daß er bloß von ihrem Vater und von Adriaan gesprochen hatte. Ihr wurde ganz übel vor angstvoller Ahnung. »Und ... und Hendrik?«
Er schüttelte den Kopf.
»Er ... ist ... tot?« stieß sie stockend aus.
Theunis nickte. »Er ist in der fünftägigen Schlacht gefallen. Ganz am Ende, als die Verstärkung der Briten eintraf und sie unsere Linien durchbrachen. Er war auf der Stelle tot.«
Lena preßte eine Faust vor ihren Mund, um den aufsteigenden Schrei zurückzuhalten, und schloß die Augen. Hendrik tot! Ihr

jüngster Bruder, der nie Begeisterung für den Krieg gezeigt hatte und nur mitgeritten war, weil alle anderen es taten – und weil sein Platz an der Seite seines Vaters und älteren Bruders war. In einer sinnlosen Schlacht getötet, noch bevor sein Leben richtig begonnen hatte!

Theunis bot ihr keine tröstenden Worte an. Er war dem Tod zu oft begegnet und hatte den Schmerz der Angehörigen seiner gefallenen Kameraden zu häufig erlebt, um in dieser Situation mehr als stummes Mitgefühl zeigen zu können.

Lena hielt ihre Tränen zurück, bis sie das Südende des Lagers erreicht hatte, wo jenseits des Zauns gut hundert Yards entfernt der Friedhof anfing. Vor dem Zaun sank sie in die Knie, faßte mit beiden Händen in die weiten Maschen des Drahtes und weinte um ihren Bruder, der mit so vielen anderen für etwas gestorben war, was durch Krieg von vornherein nicht zu bewahren gewesen war – nämlich die Unabhängigkeit der Burenrepubliken angesichts eines britischen Empire, das entschlossen war, Afrika von Kapstadt bis nach Kairo unter seine Vorherrschaft zu bringen.

Die Nachricht von Hendriks Tod erschütterte Dele und Tante Sophie nicht weniger, bewirkte bei ihnen jedoch das genaue Gegenteil von Lenas schmerzerfülltem Zorn auf die Kriegsbesessenheit der eigenen Leute und ihrem inneren Aufbegehren gegen die allgemeine Hoffnungslosigkeit, die immer mehr im Lager um sich griff.

Dele und Tante Sophie zogen sich noch mehr in sich zurück und zeigten an nichts mehr Interesse. Im November, nach mehreren überraschenden Regenfällen, bekam Tante Sophie eine Erkältung. Als bei ihr Husten und Fieber einsetzten, konnte nichts mehr ihren Tod aufhalten. Körperlich wie seelisch ausgezehrt, brachte sie der Krankheit keinen Widerstand mehr entgegen. Sie starb zehn Tage später.

Vor der Beerdigung zeichnete Lena ein zweites Kreuz neben das von Reuter.

»Mein Kreuz wird das nächste sein«, sagte Dele mit einer Gleichgültigkeit, die Lena erschauern ließ. »Sie bringen uns alle um, du wirst sehen.«

37

Mit der Gefühllosigkeit bornierter Schreibstubenbeamten, die mit unbeteiligter Geschäftsmäßigkeit Entscheidungen stur nach Vorschrift treffen und alles Menschliche aus ihren Akten heraushalten, quartierte die Lagerverwaltung noch am Tag von Tante Sophies Beerdigung zwei Frauen bei ihnen ein. Als Lena, Dele und Sarie vom Friedhof zurückkamen, hatten es sich die beiden Frauen in ihrem Zelt schon bequem gemacht und dabei Kisten und Matratzen so verrückt, daß nun sie die besten Schlafplätze direkt am Eingang hatten.

Lena bekam einen Wutanfall, der sich gegen die beiden Frauen wie gegen die herzlose Lagerverwaltung richtete. Tante Sophies Platz war noch nicht einmal richtig kalt, und da schickte man ihnen, ohne vorher darüber informiert zu werden, schon zwei Fremde ins Zelt, deren Unverschämtheit offenbar keine Grenzen kannte.

Dele hatte ihre Schwester noch nie so außer sich und so unbeherrscht in ihrer Wortwahl erlebt. Wie eine Furie ging sie auf die beiden fremden Frauen los und schrie mit schriller, sich überschlagender Stimme auf sie ein. Wilder Schmerz über Reuters, Hendriks und nun auch noch Tante Sophies Tod, quälende Angst vor ihrer aller Schicksal und ohnmächtiger Zorn auf die herzlose Lagerverwaltung und die beiden Frauen – all das vermengte sich in ihr zu einer brisanten Mischung, die nun explodierte, für sämtliche Lagerinsassen in einem Umkreis von einem Dutzend Zelten gut vernehmlich.

Ihr fast gewalttätiger Wutausbruch prallte jedoch an den beiden Frauen wirkungslos ab. Bertranella und Dorothea Swartkop, beide in den Dreißigern und hoch aufgeschossen wie Gardesoldaten, verteidigten mit Krallen und giftiger Zunge ihre Beute. Von knochendürrer, aber sehniger Gestalt und mit den scharf geschnittenen Gesichtszügen eines Habichts, widersetzten sie sich erfolgreich jedem Versuch, sie dazu zu bringen, ihre Plätze am Zelteingang zu räumen.

Was immer Lena in den folgenden Tagen auch unternahm, die Swartkop-Schwestern blieben, wo sie sich mit kaltschnäuziger Selbstherrlichkeit eingenistet hatten. Nie verließen sie beide zur selben Zeit das Zelt. Eine von ihnen blieb immer als Wächterin zurück. Und alles, was im und rund um das Zelt passierte, beobachteten sie mit Argwohn und Mißgunst – und mit scheinbar niemals nachlassender Wachsamkeit. Nie sprachen sie laut miteinander. Wenn sie sich unterhielten, dann nur mit Flüsterstimme. Und dabei ließen sie alle anderen nicht aus dem Auge, als hätten man ihnen die Aufgabe übertragen, sie zu bewachen.
Lena, Dele und Sarie verabscheuten die Swartkop-Schwestern vom ersten Augenblick an, und dieser Abscheu wuchs sich bald zu blankem Haß aus, als sich die Anzeichen zu mehren begannen, daß Dorothea und Bertranella sich an ihren Lebensmittelrationen vergriffen, wann immer sich ihnen eine Gelegenheit dazu bot. Sie gingen jedoch so geschickt vor, daß es keinem von ihnen gelang, sie auf frischer Tat zu ertappen oder sonstwie ihre Diebereien zu beweisen.
Dele haßte Bertranella und Dorothea aus tiefster Seele – und verdankte ihnen vermutlich das Leben, ohne daß es einem von ihnen zu jener Zeit bewußt gewesen wäre. Doch dieser Haß stellte sich ihrer Selbstaufgabe in den Weg. Die unerträgliche Gegenwart der Swartkop-Schwestern, ihr zischendes Geflüster, ihre argwöhnischen Blicke, die wie Kletten an ihr klebten, und die Wut, von ihnen in einem Moment der Unaufmerksamkeit um ein Stück Brot oder eine Ecke Speck bestohlen zu werden, rissen sie aus ihrer Apathie. Sie machte es sich zur Aufgabe, nun ihrerseits jeden Schritt der Swartkops zu beobachten und sie irgendwann beim Diebstahl zu überraschen und ihnen das Leben im Zelt so unerträglich wie nur möglich zu machen. Sie steigerte sich in eine Art von Besessenheit hinein, die alles andere nebensächlich werden ließ. Der Hunger, die zunehmende Hitze, der Gestank, die grassierenden Krankheiten, das Sterben um sie herum – all das trat in den Hintergrund in ihrem haßerfüllten

Kleinkrieg gegen Bertranella und Dorothea, die sich als überaus würdige Gegnerinnen erwiesen.
Wenige Tage nach Weihnachten bezichtigte Dele die Schwestern, in der Nacht den Krug mit der Milch für ihr Baby halb geleert und mit Wasser wieder aufgefüllt zu haben.
Empört wiesen Bertranella und Dorothea diese Anschuldigung von sich und revanchierten sich mit Häme und Beleidigungen. Daraufhin verlor Dele die Nerven. Sie stürzte sich auf Bertranella, riß an ihren Haaren und schrie: »Ich kratze dir die Augen aus, du Hexe! Diebesgesindel wie ihr gehört ertränkt! Erschlagen wie Ratten!«
Lena gelang es mit Müh und Not, Dele von den Swartkops zu trennen, und mußte dabei selbst noch einige Schläge und Kratzer einstecken. Jetzt reichte es ihr. Seit fast drei Monaten beherrschte dieser haßerfüllte Nervenkrieg jede Stunde des Tages und verschonte nicht einmal die Nacht. Sie ertrug es einfach nicht länger.
»Das muß ein Ende haben!« beschloß sie völlig entnervt und zerrte ihre Schwester aus dem Zelt. »Wir gehen zur Lagerverwaltung und bestehen darauf, daß die Swartkops umquartiert werden!«
Dele lachte grimmig auf und versuchte ihre zerzauste Frisur zu ordnen. »Wozu soll das gut sein? Das ist doch völlig sinnlos. Du weißt ganz genau, daß die sich einen Dreck darum kümmern, ob die Leute in einem Zelt zusammenpassen oder sich gegenseitig an die Kehle gehen. Du kennst doch Captain Somersets eiserne Regel, keine Ausnahmen zuzulassen.«
»Das werden wird ja sehen!« Lena war erregt und entschlossen, notfalls eine Entscheidung zu erzwingen.
Doch sie drangen noch nicht einmal bis zu Captain Somerset vor. Sergeant Finch fing sie schon vor der Baracke des Lagerkommandanten ab. Mit ausdrucksloser Miene hörte er sich ihre Beschwerde an.
»Eine Umquartierung kommt gar nicht in Frage!« erklärte er dann. »Da hätten wir ja viel zu tun, wenn wir all die Leute umquartieren würden, die sich nicht riechen können. Regelt das

unter euch Buren, aber belästigt uns damit nicht. Wir haben auch so schon genug Probleme mit euch.«

Lena riß sich zusammen, nicht sofort aus der Haut zu fahren. »Ich möchte Captain Somerset sprechen.«

»Was du möchtest, ist eine Sache«, erwiderte der Sergeant mit zunehmender Verärgerung. »Was du bekommst, eine völlig andere, Boer! Und wenn du glaubst, ich lasse zu, daß du den Captain mit solch einer Lächerlichkeit belästigst, dann bist du noch dümmer, als ich gedacht habe. Also verschwinde schon, bevor mir der Kragen platzt!«

»Ich denke nicht daran! Ich habe ein Recht darauf, den Lagerkommandanten zu sprechen und mich nicht von einem Sergeant abspeisen zu lassen!« protestierte Lena.

»Einen Scheißdreck hast du!« schrie Sergeant Finch sie erbost an. »Mach, daß du wegkommst, sonst wirst du es noch bitter bereuen, mir hier Unannehmlichkeiten bereitet zu haben.«

»Laß uns gehen«, meinte Dele und zupfte sie am Ärmel. »Ich habe dir doch gesagt, daß es nichts bringt.« Und verächtlich fügte sie hinzu: »Jeder Ochse ist verständiger und hat mehr Charakter als ein Rooinek!«

»Ich werde nicht einfach klein beigeben!« rief Lena aufgebracht. »Wir sind keine Strafgefangenen, die er herumkommandieren kann, sondern angeblich nur Flüchtlinge. Und ich will den Lagerkommandanten persönlich sprechen. Es sei denn, er übernimmt die Verantwortung dafür, wenn bei uns im Zelt Blut fließt!«

Sergeant Finch packte mit schmerzhaftem Griff ihren Arm. »Du kannst so laut schreien, wie du willst, verdammtes Weibsstück. Den Captain kriegst auch du nicht wach, dafür hat er zuviel getrunken«, zischte er höhnisch. »Und wenn du jetzt nicht auf der Stelle ...«

Die Tür der benachbarten Wellblechbaracke, in der sich das Büro des stellvertretenden Lagerkommandanten befand, flog auf, und eine scharfe Stimme verlangte zu wissen: »Sergeant, was geht da vor sich?«

Lena zuckte unter der Stimme zusammen und riß den Kopf zur Baracke herum. In der Tür stand Lieutenant Lionel Faulkner!

38

»Sir, zwei Burenfrauen, die nicht in der Lage sind, in ihrem Zelt für Frieden zu sorgen, und nun uns dafür verantwortlich machen. Aber ich habe die Sache schon im Griff, Lieutenant!« versicherte Sergeant Finch.

Mit weit aufgerissenen Augen starrte Lena fassungslos zu Lionel hinüber. Sie konnte nicht glauben, daß er es wirklich war. Lionel hier in KAALBLAD KOPJE? War so ein Zufall überhaupt möglich. Doch es bestand kein Zweifel, daß dieser gutaussehende Offizier, der da in frischem, makellosem Khaki in der Tür stand, Lionel Faulkner war.

Offenbar hatte er sie im ersten Moment nicht erkannt, denn er wollte sich schon wieder abwenden, stutzte dann jedoch und trat mit einem fast überstürzten Schritt aus der Tür, so als wollte er zu ihr laufen. Er bekam sich jedoch sofort wieder unter Kontrolle und blieb stehen.

»Bringen Sie die Frauen in mein Büro, Sergeant!«

»Das wird nicht nötig sein, Lieutenant. Das ist wirklich nichts, womit Sie sich abgeben müssen, Lieutenant«, bekräftigte Sergeant Finch noch einmal. »Und wo Sie doch erst ein paar Stunden hier sind ...«

Dele runzelte die Stirn, schüttelte ungläubig den Kopf und sagte dann verstört zu Lena: »*Magtig*, schau doch nur! Ist das nicht ... Allmächtiger, das ist ...«

»Ja, das muß unser neuer stellvertretender Lagerkommandant sein, von dem Wilhelmina gesprochen hat!« fuhr Lena ihr hastig ins Wort und bedeutete ihr mit Geste und Blick, bloß den Mund zu halten. Intuitiv wußte sie, daß es weder für Lionel noch für sie wünschenswert war, wenn Sergeant Finch oder sonst jemand erfuhr, daß sie sich kannten.

»Haben Sie schlechte Ohren, oder können Sie einen klaren Befehl nicht mehr von einer Frage unterscheiden, Sergeant?« herrschte Lionel ihn an.

»Nein, Sir! ... Ich meine, natürlich ja, Sir!« verhaspelte sich der

feiste Sergeant, von dem Befehl und der Zurechtweisung völlig überrascht und verärgert. »Ich dachte nur ...«
»Überlassen Sie das Denken mir, und bringen Sie die Frauen endlich in mein Büro!« schnitt Lionel ihm ungnädig das Wort ab, wandte sich abrupt um und verschwand in der Baracke.
Sergeant Finch zerdrückte einen Fluch zwischen den Zähnen. »Na los, bewegt euch!« fuhr er die beiden Frauen wütend an. »Ihr dürft euch bei unserem neuen Lieutenant ausweinen. Aber glaubt ja nicht, daß ihr deshalb eine Chance hättet. Captain Somersets Befehle sind klar, und über die wird sich auch der Neue nicht hinwegsetzen können, dafür wird der Captain schon sorgen!«
Lionel stand mit dem Rücken zur Tür an seinem Schreibtisch und tat, als ginge er Papiere durch. »Die Namen der Frauen und ihre Zeltnummer, Sergeant!«
»Los, sagt eure Namen!« forderte Finch sie grimmig auf.
Lena schluckte. »Lena und Dele van Rissek, Zelt 437.«
»Lena und Dele van Rissek, Zelt 437, Sir!« wiederholte der Sergeant mit zackig lauter Stimme.
»Ich bin nicht taub, Sergeant«, sagte Lionel trocken, ohne sich umzudrehen. »Sie können jetzt gehen.«
»Ja, Sir!« Mit verärgerter Miene stiefelte Sergeant Finch aus dem stickigen Büro und zog dabei die Tür etwas fester hinter sich zu, als nötig gewesen wäre.
Jetzt wandte sich Lionel um, mit einem bewegten Ausdruck auf dem Gesicht, das zwischen freudigem Lächeln und tiefer Betroffenheit schwankte.
»Mein Gott, ihr seid wirklich hier!«
Bevor Lena etwas sagen konnte, fuhr Dele zu ihr herum. »Er war doch ein Spion!« stieß sie aus. »Siehst du, ich habe recht gehabt! Er hat LEEUWENHOF ausspioniert und alle zum Narren gehalten, nur mich nicht! Ich habe gleich gewußt, daß mit ihm etwas nicht stimmt. Und jetzt sieh ihn dir an. Er hat es sogar zum Offizier gebracht!«
»Das war Lionel damals schon«, sagte Lena ruhig.

Dele riß die Augen auf. »Was? Das hast du schon zu jener Zeit gewußt?«
»Nein, nicht als er bei uns auf Leeuwenhof war. Da hat er mir nur einen Brief von Julian überbracht. Daß er Lieutenant in der britischen Armee ist, habe ich erst später erfahren, als ich Rachel nach Slang Spruit begleitet und ... und bei dieser Gelegenheit Julian in Johannesburg besucht habe«, erklärte Lena rasch. »Da habe ich dann auch Lionel wiedergesehen. Sie sind nämlich enge Freunde, schon von Kindesbeinen an. Lionel ist auch in Kimberley ...«
»Du warst in Johannesburg, ohne daß wir etwas davon gewußt haben?« rief Dele empört.
»Ja, und ich hatte meine Gründe dafür, die jetzt aber wohl nicht zur Debatte stehen. Auf jeden Fall ist Lionel kein Spion gewesen. Er ist Julians und mein Freund und ...«
»Aber nicht meiner!« fuhr Dele ihr erregt ins Wort. »Daß du uns alle schändlich belogen und hinter unserem Rücken wer weiß was getan hast, ist schlimm genug, aber wie kannst du dich bloß so erniedrigen, einen britischen Offizier deinen Freund zu nennen, nach allem, was die Briten uns angetan haben? Hast du vergessen, daß Reuter und Tante Sophie da draußen verscharrt liegen, Pa und Adriaan vermutlich dasselbe Elend in der Gefangenschaft ertragen müssen wie wir – und daß Hendriks Blut an seinen Händen klebt?«
»Dele, wir Buren haben den Krieg am Schluß genauso begrüßt wie die Engländer, ja, wir haben ihn sogar begonnen. Auch wenn London es vermutlich so gewollt hat, können wir doch nicht so tun, als ob wir widerwillig in den Krieg gezogen wären. Oder hast du vielleicht die Begeisterung und die Siegesgewißheit vergessen, mit der bei uns überall auf den Farmen und anderswo davon gesprochen wurde, daß nun endlich die Zeit gekommen sei, es den Rooineks ein für allemal heimzuzahlen und sie aus Afrika zu jagen?«
»Was hat das damit zu tun?« rief Dele zornig.
»Stell dich nicht dümmer, als du bist! Glaubst du etwa, daß in

diesem Krieg nur Buren ihr Leben gelassen haben? Ich will nicht wissen, wie viele junge britische Soldaten im Kugelhagel unserer Männer gefallen sind! Wir alle haben Blut an unseren Händen, und niemand von uns hat das Recht, sich von Schuld freizusprechen und sie nur bei den anderen zu suchen!« hielt Lena ihr beschwörend vor. »Laß uns, um Gottes willen, doch jetzt nicht gegenseitig aufrechnen, was nicht aufzurechnen ist!«

Dele spuckte ihr ins Gesicht. »Du ekelst mich an, und ich schäme mich, wie sehr du unseren guten Namen entehrst! Eine burische Hure, die sich an die Briten verkauft, kann nicht tiefer fallen als du!« Damit stürzte sie aus der Baracke.

Lena wischte sich den Speichel vom Gesicht und rannte ihr nach. Noch vor den ersten Zelten holte sie ihre Schwester ein und riß sie an der Schulter herum.

»Komm von deinem hohen Roß herunter, Dele! Werd langsam erwachsen, und hör endlich auf, deine eigenen Fehler zu verleugnen und ständig nur andere für alles verantwortlich zu machen!« Nicht nur ihre Stimme zitterte vor kaum zu bändigender Wut, sondern auch ihr ganzer Körper. Am liebsten hätte sie ihre Schwester links und rechts geohrfeigt, ja sie grün und blau geprügelt.

»Ich weiß nicht, wovon du redest!« zischte Dele.

»O ja, das verstehe ich sehr wohl!« höhnte Lena. »Wenn ich an deiner Stelle wäre, würde ich mich vermutlich auch so unverschämt arrogant und ahnungslos geben, wie du es tust. Aber ich erinnere mich noch sehr gut daran, wie du und all die anderen dem Krieg entgegengefiebert habt! Ihr habt es doch gar nicht abwarten können, daß endlich die ersten Schüsse fielen. Und wer sich eurer blinden Kriegsbegeisterung nicht anschließen wollte und zu Besonnenheit und nüchterner Einschätzung der Lage riet, der wurde doch verachtet und als Feigling, ja sogar als Verräter gebrandmarkt! Sag, hast du das vergessen?«

»Was hat das damit zu tun, daß du mit dem Feind paktierst und einen dieser skrupellosen Lageroffiziere, die uns wie die Fliegen krepieren lassen, als deinen Freund bezeichnest?« wich sie einer Antwort mit wütender Verachtung aus.

»Ich paktiere nicht mit dem Feind! Lionel war schon vor dem Krieg nicht nur seit vielen Jahren Julians Freund, sondern er war auch meiner! Und ich glaube nicht, daß er einer jener gleichgültigen Lageroffiziere ist, die unser Elend mit einem Schulterzucken abtun!« erwiderte Lena leidenschaftlich.
Dele maß sie abschätzig von oben bis unten. »Mich interessiert nicht, was du glaubst, Schwester! Ich weiß, was ich sehe!«
»Ja, so wie du gesehen hast, daß der Krieg ein aufregendes Abenteuer und in ein paar Wochen mit der Vertreibung der feigen Briten beendet sein würde, ja?«
»Dir bin ich doch keine Rechenschaft schuldig!«
»Nein, mir nicht, aber Fabricius und deine Schwiegereltern werden von dir Rechenschaft verlangen, wenn dieser Krieg vorbei ist und du aus Dummheit und falschem Stolz nicht alles getan hast, um Sarahs Leben zu schützen!« warnte Lena sie.
Dele kniff die Augen zusammen. »Wovon redest du?«
»Davon, daß Lionel uns helfen kann, daß Sarah nicht auch da draußen verscharrt wird, sondern wir alle dieses Lager eines Tages lebend verlassen!«
»Warum sollte er das tun?«
»Weil ihm dieser Haß und diese Verblendung, die dich zerfressen, fremd sind!« warf Lena ihr vor.
»Und ich dachte, ich könnte keinen mehr verabscheuen als Bertranella und Dorothea Swartkop!« stieß Dele mit abgrundtiefem Abscheu aus.
»Tu, was du nicht lassen kannst. Doch wage es ja nicht, zu irgend jemandem auch nur eine Andeutung darüber zu machen, daß Lionel uns kennt und mit unserem Halbbruder und mir befreundet ist!« drohte sie mit eisiger, schneidender Stimme. »Ich schwöre dir bei allem, was mir heilig ist, daß ich dann dafür sorgen werde, daß du deines Lebens nicht mehr glücklich wirst!«
Erschrecken flackerte in Deles Augen auf, und sie wich unwillkürlich einen halben Schritt vor ihr zurück. »Du drohst mir?« keuchte sie.
»Ja, ich drohe dir!« bekräftigte Lena ihre Worte. »Denn anders ist

dir offenbar nicht beizukommen. Wenn du schon deinen lächerlichen Stolz höher stellst als das Wohlergehen deines eigenen Kindes, dann bleibt mir gar nichts anderes übrig. Also denk über Lionel und mich, was du willst, aber behalt dein Wissen und dein selbstgerechtes Urteil über uns beide für dich, wenn du dich nicht gegenüber deinem Kind versündigen willst!«
Dele starrte sie mit flammendem Blick an. »Du brauchst keine Angst zu haben«, stieß sie schließlich mit ohnmächtiger Wut und Geringschätzung aus. »Für mich könntet ihr beide auch ebensogut tot sein!« Abrupt drehte sie sich um und ging die Gasse zwischen den Zelten hinunter.
Lena blickte ihr erschüttert nach. Was hatte der Krieg ihnen nur angetan?
Von einem Gefühl unendlicher Trauer und Kraftlosigkeit befallen, kehrte sie zu Lionel in die Wellblechbaracke zurück. Ihre Bestürzung spiegelte sich auf seinem Gesicht wider, und sie wollte etwas in der Art sagen, daß alles nicht so schlimm sei, wie es den Anschein habe. Doch ihre Stimme versagte ihr den Dienst, und statt dessen füllten Tränen ihre Augen.
»O Lena, daß wir uns auf diese Weise wiedersehen müssen! Aber wenigstens habe ich dich endlich gefunden«, sagte Lionel mit rauher Stimme, und ihre Tränen näßten sein frisches Khakihemd, als seine Arme sich sanft um ihren abgemagerten Körper schlossen.

39

Lena saß vor dem klobigen Armeeschreibtisch auf einem der unbequemen Stühle, die wohl unter der Vorgabe, längeres Verweilen um jeden Preis zu verhindern, angefertigt worden waren. Aus Vorsicht hatte Lionel hinter dem Schreibtisch Platz genommen, denn er mußte damit rechnen, daß jeden Moment einer von seinen Untergebenen oder ein anderer Lagerinsasse zu ihm wollte. Niemand durfte auch nur eine Ahnung davon bekom-

men, wie nahe sie sich standen, wenn sie sich selber nicht schwer schaden wollten.
Nachdem sie ihre Tränen getrocknet und sich wieder gefaßt hatte, berichtete sie ihm mit immer wieder stockender Stimme von ihrer Vertreibung und dem Elend, das sie und so viele andere in diesem Lager zu ertragen hatten.
Lionel hörte mit wortloser Betroffenheit zu. Sein Blick, seine Miene, seine Haltung, alles an ihm verriet, wie sehr er mit ihr fühlte.
Als Lena sich ihren ganzen Schmerz von der Seele geredet hatte, kehrte in der Wellblechbaracke für einen langen Augenblick ein bedrückendes Schweigen ein.
»Ich möchte dir sagen, wie leid es mir tut, was geschehen ist, vor allem, daß dein Bruder gefallen und deine Tante in diesem Lager gestorben ist«, beendete er schließlich die schwer lastende Stille. »Aber wie kann ich dir in dieser Uniform gegenübersitzen und dich vergessen lassen, daß meine Landsleute es gewesen sind, die so viel Schmerz und Kummer und Elend angerichtet haben und es noch immer tun? Allein KAALBLAD KOPJE ist Anklage genug. Mein Gott, Lena, wie kann ich dir ins Gesicht schauen, ohne mich zu verabscheuen?«
»Du bist nicht für das verantwortlich, was andere getan haben, Lionel«, sagte sie, bewegt von seiner Erschütterung. »Du hast den Krieg ebensowenig gewollt wie ich.«
»Ja, aber ich habe diese Uniform freiwillig angezogen und einmal gedacht, eine Karriere als Offizier wäre nicht nur erstrebenswert, sondern auch ein ehrenhaftes Leben.«
»Dein Vater hat es so gewollt, und du hast geglaubt, ihm die Erfüllung seines Wunsches schuldig zu sein«, erinnerte sie sich an das, was Lionel ihr damals während der Fahrt von Vereeniging nach Johannesburg erzählt hatte.
»Mein Vater ist seit gut einem Jahr tot ...«
»Das tut mir leid.«
Lionel nickte abwesend. »Weißt du, ich habe nie wirklich darüber nachgedacht, was Krieg eigentlich ist. Die Ausbildung, der Drill,

der Alltag in einer Garnison, ja nicht einmal die Zeit in Indien hat mich auf das vorbereitet, was ich hier erlebt und gesehen habe. Krieg – das ist laut den Lehrbüchern die glorreiche Zeit, wo sich persönliche Führungsqualitäten zusammen mit Tapferkeit und Opferbereitschaft unter der wehenden Regimentsfahne verbinden und zu Heldentaten führen, zum eigenen Ruhm und zum Ruhm des Vaterlands. Von der Gnadenlosigkeit und Unmenschlichkeit des Krieges, dem blutigen Gemetzel auf dem angeblichen Feld der Ehre, dem Inferno aus Gewehr- und Artilleriefeuer, dem entsetzlichen Schreien und Stöhnen der Verwundeten und Sterbenden, den Krüppeln und der militärischen Sinnlosigkeit vieler verlustreicher Schlachten – von all dem findet sich in diesen Büchern kein Wort.«

Lena lächelte schmerzlich. »Ich möchte nicht wissen, wie viele von uns Buren mit flammender Begeisterung in den Krieg gezogen sind, weil sie ihn für so etwas Ähnliches wie einen aufregenden Jagdausflug gehalten haben.«

»Ich wünschte, mein Vater hätte sich nicht von seinen eigenen Jugendträumen blenden und dazu verleiten lassen, mich mit dieser ebenso naiven wie entsetzlichen Verherrlichung des Soldatenlebens aufzuziehen und mich zu einer Offizierslaufbahn zu drängen«, sagte er selbstquälerisch. »Und ich wünschte auch, ich hätte mir mehr Gedanken über das gemacht, was Julian mir noch vor Kriegsausbruch, ja, schon damals in unserer Jugendzeit in Kimberley, hat erklären wollen, nämlich daß Menschlichkeit und Christsein sich niemals mit Gewalt in Einklang bringen lassen.«

»Wer von uns ist ohne Fehler, Lionel? Wer ohne Schuld ist, der werfe den ersten Stein«, erwiderte sie. »Ich werde jedenfalls keinen Stein aufheben, und wenn ich es doch täte, wärst du der letzte, nach dem ich ihn werfen würde.«

Er lächelte schwach, und ein Ausdruck unendlicher Erleichterung trat auf sein Gesicht. »Das bedeutet mir mehr, als du dir vorstellen kannst.«

»Wir machen so vieles falsch im Leben«, sagte Lena mit bitterer Selbsterkenntnis. »Wir dürfen nur nicht die Augen davor verschließen, sondern müssen daraus lernen und die nötigen Konsequenzen ziehen, so schmerzlich das auch ist.«

»Ja, die Konsequenzen!« Er seufzte. »Darüber habe ich auch schon oft und lange nachgedacht.«

»Was wirst du tun, wenn dieser Krieg vorbei ist? Wirst du eine Karriere in der Verwaltung anstreben, wo du nicht auf andere schießen mußt?«

»Karriere?« Er lachte spöttisch auf. »Der Höhepunkt meiner Karriere liegt schon längst hinter mir. Wer ans Kap nach Stellenbosch abkommandiert wird, um dort Pferde einzureiten, hat sich an der Front nicht gerade als Führungspersönlichkeit ausgezeichnet. Stellenbosch bedeutet Strafversetzung und die Garantie, viele Jahre lang keine Chance zu haben, befördert zu werden. Wer diesen Rückschlag vergessen machen und weiterkommen möchte, der wird sich schon höllisch anstrengen müssen, ohne zu wissen, ob er es jemals schaffen wird. Wer aber als Soldat, gleichgültig welchen Ranges, von der Front in eines dieser schandbaren Konzentrationslager strafversetzt wird, dessen Karriere ist für ewige Zeiten ruiniert, und er tut besser daran, so bald wie möglich seinen Abschied einzureichen, wenn er es sich nur irgendwie leisten kann.«

»Du bist nach KAALBLAD KOPJE strafversetzt worden?« Lena konnte es kaum glauben, vermochte sie doch Feigheit oder andere Charakterschwächen einfach nicht mit ihm in Verbindung zu bringen.

»Nicht nach KAALBLAD KOPJE, aber in das Lager bei Vereeniging, wo ich zuerst gewesen bin.«

»*Magtig,* ich bin ja einerseits so unendlich dankbar und froh, daß du am Leben und nun hier bei uns im Lager bist«, gestand Lena, »aber andererseits tut es mir natürlich auch leid, daß man dich zu diesem Dienst strafversetzt hat und du damit in deiner Karriere ruiniert bist. Doch wie konnte das denn bloß passieren?« Sie wurde sich augenblicklich der Indiskretion ihrer Worte bewußt und fügte hastig hinzu: »Oder trete ich dir mit dieser Frage zu nahe? Bitte sag es mir, wenn es so ist. Ich würde es gut verstehen. Immerhin ...«

Er schüttelte den Kopf und unterbrach sie: »Nein, ich habe nichts vor dir zu verbergen, Lena. Und was ich getan habe, besser gesagt, was ich *nicht* getan habe, ist nichts, dessen ich mich schämen müßte, auch wenn meine Vorgesetzten darin ganz offensichtlich anderer Meinung sind.«
Er stand auf, ging um den Schreibtisch herum und trat an das Fenster. Kurz schaute er auf den Platz hinaus, dann drehte er sich wieder zu ihr, blieb jedoch mit dem Rücken zum Fenster stehen.
»Der Krieg begann für mich Ende Oktober mit der Belagerung von Ladysmith«, begann er.
»Meine Brüder und mein Vater gehörten eine Zeitlang zu den Truppen, die euch belagert haben«, teilte Lena ihm mit. »Und ich danke Gott, daß dort keiner von euch gefallen ist. Allein die Vorstellung, daß ihr aufeinander geschossen habt und einander hättet töten können, ist erschreckend genug.«
»Wo ist Hendrik gefallen?«
»In der Schlacht bei Lydenburg.«
Er nickte erleichtert. »An den Gefechten in diesem Gebiet war mein Regiment nicht beteiligt.«
»Entschuldige, daß ich dich unterbrochen habe.«
»Nein, das war gut so. Ich mußte das wissen, auch wenn ich Angst vor der Antwort gehabt habe. Manchmal ist das Schicksal so blind und so grausam, daß es ...« Er führte den Satz nicht zu Ende. »Zurück zu Ladysmith. Als wir dort eingeschlossen lagen, habe ich bei der Organisation der Verteidigung der Stadt eine gute Figur abgegeben. Mein Kommandeur war überaus zufrieden mit meinem Einsatz. Doch als unsere Truppen nach der Befreiung von Ladysmith am letzten Februartag an verschiedenen blutigen Feldzügen teilnahmen, ging es mit meinem Ansehen bei meinen Vorgesetzten sozusagen steil bergab. Sie merkten natürlich, daß mir die glühende Begeisterung für das Gemetzel fehlte und ich immer weniger das Zeug dazu hatte, meine Leute ins feindliche Feuer zu schicken und um jeden Preis irgendeinen Geländeabschnitt zu halten.«
»Du hast Befehle verweigert?«

»Nicht direkt, dazu fehlte mir der Mut. Aber ich habe doch alles getan, um zu verhindern, daß die Männer meiner Kompanie ihr Leben in unsinnigen Angriffen ließen«, berichtete er sachlich. »Eine ganze Weile ging das gut. Zwar begegnete man mir mit wachsendem Argwohn, doch ich agierte geschickt genug, um mein Kommando zu behalten. Im August kam es dann bei Haazendal zu einem schweren Gefecht mit starken burischen Einheiten. Ich will dir die Details ersparen, aber ich erhielt den Befehl, mit meiner Kompanie einen Täuschungsangriff zu unternehmen und einen Hügel zu erobern, der eigentlich ohne Bedeutung war. Wir erwarteten innerhalb von sechs Stunden Verstärkung durch nachrückende Truppen, mit denen zusammen wir die feindlichen Kräfte leicht umzingeln und zur Aufgabe zwingen konnten.«

»Aber so lange mochte dein Kommandeur nicht warten, ja?« vermutete Lena.

Lionel nickte grimmig. »So war es! Major Brookby wollte es unbedingt allein schaffen und sich einen Orden verdienen. Ich jedoch sah nicht ein, daß dafür Dutzende von meinen Männern sterben sollten – für einen lächerlichen Hügel, dessen Eroberung oder Nicht-Eroberung für den Ausgang der Schlacht völlig bedeutungslos war.«

»Du hast den Hügel nicht erobert?«

»Ich habe meine Truppe nahe genug herangeführt, um die Buren, die sich da verschanzt hatten, in Schach zu halten und dort festzunageln. Doch statt den verdammten Hügel im Sturmangriff zu nehmen, was den Tod vieler Soldaten bedeutet hätte, habe ich meinen Männern befohlen, sich einzugraben und nur so viel halbherzige Angriffsfreude zu zeigen, wie notwendig war, um das Gesicht zu wahren und die paar Stunden bis zum Eintreffen der Verstärkung zu überbrücken. Als Major Brookby meine Taktik endlich durchschaute, war es schon zu spät, um daran noch etwas ändern zu können. Glücklicherweise traf die Verstärkung eher als gedacht ein, sonst hätte ich meine Truppe nur durch eindeutige Befehlsverweigerung im Angesicht meines Vorgesetzten vor einem Massaker bewahren können – und ich glaube nicht, daß ich den Mut gefunden hätte, mich dafür standrechtlich erschießen zu lassen.«

»Ich bewundere dich für das, was du gewagt hast, um unnötiges Blutvergießen zu vermeiden«, sagte Lena.

Lionel verzog das Gesicht zu einer Grimasse. »Ich kann dir versichern, daß Bewunderung nicht gerade das gewesen ist, was mich nach dem Gefecht, das mit der raschen Aufgabe der gegnerischen Truppen endete, erwartet hat. Major Brookby hat mich unverzüglich vor ein Kriegsgericht gestellt, mir aber keine direkte Befehlsverweigerung nachweisen können. Doch für Feigheit vor dem Feind hat es allemal gereicht. Vermutlich hätte man mich sofort unehrenhaft aus der Armee entlassen, wenn ihr Buren das Empire nicht so in Atem halten würdet und wenn sich Kitchener mit diesen entsetzlichen Lagern nicht organisatorisch derart übernommen hätte. Tja, so bin ich also vor ein paar Monaten nach Vereeniging gekommen.«

»Mir ist egal, was deine Vorgesetzten oder sonstwer von dir denkt und was in deiner Personalakte stehen mag. Für mich ist das, was du getan hast, nämlich Leben zu retten, das einzig Heldenhafte, was es an Heldentaten in einem Krieg geben kann«, sagte. Lena.

»Du bist voreingenommen. Irgendwie konntest du mir nie böse sein, nicht einmal damals in Vereeniging, als du erfuhrst, daß ich britischer Offizier bin. Und wir drei hatten einfach zu schöne Tage in Johannesburg, als daß du die Erinnerung daran trüben möchtest, indem du mich nun so siehst, wie ich wirklich bin, Lena«, spottete er, doch in seinen Augen stand ein warmer, zärtlicher Glanz.

Es gelang ihm, sie zum Lächeln zu bringen. Dann erinnerte sie sich an etwas, was er ganz zu Anfang gesagt hatte, als Dele noch mit ihr in der Baracke gewesen war. »Sag mal, hast du gewußt, daß wir hier in Kaalblad Kopje sind?«

»Nicht gewußt, aber doch gehofft. Jedenfalls deuteten alle Nachforschungen darauf hin, daß ihr nur noch in diesem Lager sein konntet.«

Sie runzelte die Stirn. »Du sagst das so, als hättest du nach uns gesucht.«
Er wurde etwas verlegen. »Nun ja, das habe ich auch. Julian und ich, wir haben uns einfach Sorgen gemacht, als immer mehr Farmen niedergebrannt und damit immer mehr Buren in Lager interniert wurden. Ich dachte erst, ich würde euch im Lager von Vereeniging finden, aber in den dortigen Listen war euer Name nicht aufgeführt. Es hat leider viele Monate gedauert, bis ich herausgekriegt habe, daß eure Namen in den Listen von Kaalblad Kopje stehen. Und dann war es fast noch einmal so schwierig, um hierhin versetzt zu werden.«
»Es ist also kein Zufall, daß du hier bist?«
»Nein, es ist alles andere als das.«
»Warum, Lionel? Warum hast du das getan?«
Er sah sie an und zögerte. Dann sagte er leise: »Weil ich mich für das, was unser Land euch mit dieser abscheulichen Politik der verbrannten Erde und der Internierung antut, schäme. Doch vor allem, weil ich vor Sorge um dich nicht mehr ruhig schlafen konnte, Lena.« Er machte eine kurze Pause. »Ich mußte dich einfach finden und wissen, wie es dir geht. Es hat mir keine Ruhe gelassen. Und jetzt, da ich dich endlich gefunden habe, kann ich etwas für dich und deine Schwester tun, wenn es auch nicht im entferntesten das sein wird, was ich gern tun würde.«
Lena war zu Tränen gerührt. Sie verspürte eine starke Welle der Zuneigung, und ihr war, als bräche die verkrustete Schale auf, die sich wie ein Panzer um ihr Herz gelegt hatte.
»Womit habe ich das verdient, Lionel?« flüsterte sie.
»Ich glaube nicht, daß jetzt der richtige Moment ist, um darüber zu reden, Lena«, sagte er ausweichend. »Wenn der Krieg vorbei ist, werden wir Zeit und Gelegenheit genug haben. Im Augenblick ist nur wichtig, daß ich dich gefunden habe und du weißt, daß ich hier bin, um alles zu tun, damit nicht auch du noch Opfer dieses Krieges wirst.«
Lena wußte nicht, was sie sagen sollte. Doch ihre tränenfeuchten

Augen drückten mehr Dankbarkeit aus, als es ihr mit Worten hätte gelingen können.

»Ich glaube, es ist besser, wenn du jetzt gehst«, sagte Lionel mit spürbarem Widerstreben. »Ich möchte nicht, daß Sergeant Finch mißtrauisch wird.«

Lena erhob sich. »Natürlich, sofort. Aber sag mir erst noch, wie es Julian geht. Vermute ich richtig, daß du mit ihm in Kontakt stehst?«

Er nickte. »Ja, doch seit Ausbruch des Kriege leider nur brieflich. Er befindet sich im Priesterseminar in Kapstadt, und abgesehen davon, daß er unter dem Krieg leidet und sich schreckliche Sorgen um dich und deine Familie macht, geht es ihm ganz gut.«

»Pa und Adriaan sind in Gefangenschaft geraten und sollen in ein Lager bei Simonstown nahe bei Kapstadt gebracht worden sein. Meinst du, Julian könnte herausfinden, ob diese Angaben stimmen, und wenn ja, wie es ihnen geht?« fragte Lena hoffnungsvoll.

»Ich habe zwar seinen Briefen entnommen, daß es sich bei diesem Priesterseminar um eine sehr geschlossene Anstalt handelt, die den Seminaristen wenig Freiheiten läßt, aber ich bin sicher, daß Julian Mittel und Wege finden wird, um über den Verbleib deiner Familienangehörigen Gewißheit zu erlangen und ihre Lage etwas zu erleichtern, sollten sie sich wirklich dort befinden«, machte er ihr Mut. »Ich werde ihm noch heute schreiben und dafür sorgen, daß ihn mein Brief so schnell wie möglich erreicht. Dem Himmel sei Dank, daß mein Vater mir ein ansehnliches Vermögen hinterlassen hat und daß Soldaten, deren Karriere sowieso schon ruiniert ist, leichter zu bestechen sind als andere. Ich möchte dir keine falschen Hoffnungen machen, aber unter sehr glücklichen Umständen könnte es uns vielleicht gelingen, Briefkontakt zwischen dir und deinen kriegsgefangenen Angehörigen herzustellen.«

Die Vorstellung wirkte auf Lena geradezu elektrisierend. Sie strahlte ihn an. »Lionel, wenn das möglich wäre. Mein Gott, das ... wäre wunderbar!«

Er hob beide Hände. »Ich werde tun, was ich kann, und Julian

bestimmt auch. Aber dennoch ist es nicht viel mehr als ein sehr vages ›Vielleicht!‹« dämpfte er zu hohe Erwartungen.
»Ein vages ›Vielleicht‹ ist schon unendlich viel, wenn man sich bisher mit einem ›absolut unmöglich‹ hat abfinden müssen. O Lionel, du weißt ja gar nicht, was das alles für mich bedeutet«, sagte sie bewegt und tastete dabei unwillkürlich nach ihrem Medaillon. Als sie den herzförmigen Anhänger unter ihren Fingerspitzen durch den Stoff ihres Kleides hindurch spürte, kam ihr plötzlich zu Bewußtsein, was alles sie ihm schon verdankte.
»Bestimmt nicht halb soviel, was es für mich bedeutet, dich gefunden zu haben und endlich etwas tun zu können«, versicherte er. »Und jetzt geh bitte!«
»Lionel ...« Sie zögerte, die Hand schon auf dem Türknauf, aber innerlich so aufgewühlt, daß sie meinte, ihrem verwirrenden Gefühl aus Dankbarkeit und Zuneigung noch auf irgendeine besondere Weise Ausdruck geben zu müssen.
Ganz kurz legte er seine Hand auf ihre, und unverhohlene Zärtlichkeit sprach aus seinem Blick. »Später, Lena, später. Geh jetzt bitte.«
Lena öffnete die Tür und trat benommen in den grellen Sonnenschein hinaus. Sie fühlte sich auf eine merkwürdige Art berauscht. Konnte man trunken sein von neuer Zuversicht und Lebensmut?

40

Dele sprach nicht mehr mit ihr. Ihre Schwester strafte sie, zur hämischen Freude von Bertranella und Dorothea, mit konsequenter Mißachtung. Ihre verkniffene Miene und ihr flammender Blick verrieten, daß in ihr eine maßlose Wut brodelte, für die Lena keine Erklärung hatte. Alle Versuche, mit ihr zu reden und sie zur Vernunft zu bringen, scheiterten kläglich. Ihre Schwester blieb unversöhnlich und behandelte sie wie Luft.
Zur selben Zeit lag eine quälende Hitze über dem Land. Das

völlig überfüllte Lager war der glühenden Sonne hilflos ausgesetzt. Heiße Winde wirbelten den Staub durch die langen Alleen schmutziger Zelte. Der Gestank von den Latrinen lag wie Pesthauch über einem Großteil von KAALBLAD KOPJE. Fliegen und Ungeziefer aller Art waren eine fürchterliche Plage, der einfach nicht beizukommen war, sosehr man sich auch anstrengte. Das Wasser wurde derart knapp, daß nichts mehr für die persönliche Wäsche und Hygiene blieb, wenn man nicht unter Durst leiden wollte. Die Essensrationen waren kaum ausreichend, um den ärgsten Hunger zum Schweigen zu bringen, einseitig und schlechter in der Qualität als je zuvor.

Und doch hatte Lena das Gefühl, als wäre von einem Tag auf den anderen in KAALBLAD KOPJE alles ganz anders geworden, einfach weil Lionel im Lager war. Die äußeren Lebensumstände hatten sich zwar nicht zum Besseren gewandt, aber dafür war doch die Flamme der Hoffnung, die in den letzten Monaten auch bei ihr immer mehr zu einem schwach flackernden Licht zusammengefallen war, wieder zu neuem, loderndem Leben erwacht. Und die Freude war zurückgekehrt!

Die Verwandlung, die Lionels Gegenwart im Lager bei ihr bewirkte, war ein kleines Wunder neu gewonnener Lebenskraft und Zuversicht, das auch auf die anderen Insassen ausstrahlte, mit denen sie sich angefreundet hatte.

Wilhelmina fiel es zuerst auf, als sie ihr eine humorvolle Geschichte aus ihrer Jugend erzählte, für die Lena noch vor einem Tag kaum mehr als ein kurzes Schmunzeln und Auflachen übrig gehabt hätte. »*Magtig*, ich habe schon lange niemanden mehr so unbeschwert von Herzen lachen hören wie dich, Lena!«

Lena konnte nicht nur wieder lachen, sondern auch träumen, ohne daß es Alpträume waren, die sie im Schlaf heimsuchten und in Schweiß gebadet aufwachen ließen. Vieles, was Lionel und sie immer stärker spürten, was sie bei ihren Begegnungen jedoch nicht anzusprechen wagten und mit stillschweigender Übereinkunft aussparten, entfaltete sich um so intensiver in ihren Träumen. Es waren Träume von wogenden Maisfeldern im Abend-

licht, kühl plätschernden Bächen, schattigen Bäumen – und von Händen und Lippen, die sie zärtlich berührten, sie von Kopf bis Fuß liebkosten, ihre Leidenschaft weckten und einer immer drängenderen Sehnsucht Erfüllung schenkten.
Lena konnte sich einen Tag, ohne Lionel einmal gesehen und wenigstens ein paar Worte mit ihm gewechselt zu haben, bald gar nicht mehr vorstellen. Dabei war es alles andere als einfach, sich jeden Tag, wenn auch nur kurz, zu treffen, ohne daß es Sergeant Finch oder irgendeinem der anderen Wachsoldaten auffiel. Doch sie zeigten sich der Herausforderung an ihren Einfallsreichtum gewachsen.
Lena war schnell vertraut mit Lionels Dienstplan. Sie wußte, wann sie ihn allein in seiner Wellblechbaracke antreffen konnte, um ihm angebliche Beschwerden vorzutragen, und wann er wo seine Runden durch das Lager machte. KAALBLAD KOPJE mit seinen mehr als tausend Zelten, in denen über fünfeinhalbtausend Buren zusammengepfercht lebten, erstreckte sich über eine gewaltige Fläche und bot genügend Möglichkeiten, sich fernab der Wellblechbaracken und wenigen Wachposten scheinbar zufällig zu treffen und ein Stück Weges miteinander zu gehen, was für beide jeweils der Höhepunkt des Tages war.
Gelegentlich schlich sich Lionel im Schutz der Nacht aus seiner Unterkunft und traf sich mit ihr am anderen Ende des Lagers zu einem nächtlichen Spaziergang. Statt seiner Uniform trug er dann unscheinbare zivile Kleidung und einen schäbigen alten Filzhut, den er tief in die Stirn zog. Als Lena ihm das erstemal in diesem Aufzug begegnete, erkannte sie Lionel nicht, obwohl sie ihn erwartete und ein heller Vollmond am klaren Nachthimmel stand.
Zwar konnte er sie nicht von der Plage der Swartkop-Schwestern befreien, dafür aber brachte er stets Lebensmittel mit, die er nicht ohne Risiko aus dem Lagerschuppen organisiert oder sich selbst vom Mund abgespart hatte. Und fast immer steckte er ihr eine Dose kondensierter Milch für Sarah zu, was die Not ihrer Ernährung bedeutend linderte.

Lena war ihm unendlich dankbar. Ihre Schwester jedoch wollte von Lionel nichts annehmen. Sie wies beim erstenmal sogar die Milch ab, obgleich Sarah gefährlich abgemagert war und kränkelte.

Aber Lena ließ ihr das nicht durchgehen. Grob packte sie Dele am Kleid und hielt sie fest, obwohl diese sich zu befreien versuchte. »Du kannst dein idiotisches Spiel, mich zu ignorieren und kein Wort mit mir zu reden, so lange treiben, wie du willst. Meinetwegen kannst du dich mit deiner dümmlichen Selbstgerechtigkeit bis zum Jüngsten Tag zum Narren machen!« fauchte sie ihre Schwester an. »Aber Sarah wird darunter nicht leiden! Du wirst ihr Wohlergehen nicht deinem blinden Stolz und Haß opfern. Sarah wird von diesen Extrarationen so viel essen und trinken, wie sie kann, hast du mich verstanden?«

In Deles Gesicht arbeitete es heftig. Lena sah ihr an, wie sehr sie innerlich kochte und darauf brannte, ihr mit einem wütenden Wortausbruch zu antworten. Doch dann hätte sie ihr bis dahin eisernes Schweigen brechen und sich wieder auf ein Gespräch, auch wenn es nur ein Streit war, mit ihr einlassen müssen. Und so preßte sie die Lippen in stummer Wut zu einem Strich zusammen und funkelte sie nur an.

Lena zwang sich zu einem Lächeln. »Du bist wirklich sehr tapfer, kleine Schwester«, sagte sie mit ätzendem Spott. »Ich kann mir lebhaft vorstellen, welch große Überwindung es dich kosten muß, einmal nicht aus der Rolle zu fallen, sondern den Mund zu halten und nicht noch mehr Verantwortungslosigkeit an den Tag zu legen, als du es so schon getan hast. Pflege nur deinen blinden Selbstbetrug, solange du niemandem sonst damit schadest.«

Ihre Schwester schnaubte, als würde sie kurz vor der Explosion stehen, und versuchte erneut, sich loszureißen. Doch sie war nie sehr kräftig gewesen.

Lena zog sie noch näher zu sich heran. »Wenn du mich oder Sarie daran zu hindern versuchst, Sarah zu füttern, werde ich dich grün und blau prügeln! Etwas, was mir übrigens mit jedem Tag mehr zum Herzenswunsch wird. Also probier es nur, wenn du mir diesen Gefallen tun willst!« Und damit stieß sie ihre Schwester von sich.

Dele starrte sie haßerfüllt an, weigerte sich von da an jedoch nicht mehr, die Extrarationen und insbesondere die Milch von Lionel anzunehmen und sie Sarah zu geben.

Das Jahr 1902 begann, das dritte Neujahr seit Ausbruch des Krieges, und die Burenkommandos hielten noch immer starrköpfig an ihrer Guerillataktik fest, obwohl sich die Schlinge mehr und mehr zuzog. Sie waren physisch und psychisch erschöpft, ohne Nachschub und wurden von Kitcheners Truppen so hartnäckig verfolgt, daß sie selten einmal eine ganze Nacht Schlaf fanden. Und selbst in guten Nächten mußten sie ihre Lager schon in den frühen Morgenstunden abbrechen, um nicht überrascht zu werden.

Immer mehr Buren wurden gefangengenommen und nach Bermuda, St. Helena oder Ceylon verbannt, während das Elend in den Lagern und die vielen Hinrichtungen von angeblichen Spionen und Rebellen mittlerweile in ganz Europa Schlagzeilen machten und sogar in England auf wachsende Empörung stießen. Diese unbarmherzige, auf völlige Zerstörung von Land und Mensch ausgerichtete Art der Kriegsführung, mit der Kitchener nicht nur die kämpfenden Buren verfolgte, sondern das gesamte Volk der Buren, ließ in der Heimat allen Stolz auf die großen gewonnenen Schlachten vergessen, weckte Abscheu und brachte die Menschen so auf, daß eine Regierungskrise drohte.

Lionel hielt sie über die Entwicklung des Krieges und die Reaktionen im fernen Europa auf dem laufenden. Er litt mit Lena unter dem Elend, das er tagtäglich, Woche für Woche, mit ansehen mußte, ohne viel dagegen tun zu können, und wünschte sich nichts sehnlicher als den Frieden herbei.

»Und dann?« fragte Lena ihn eines Nachts, als sie am Zaun standen, der nur symbolische Bedeutung besaß, denn auch ohne Zaun war eine Flucht von KAALBLAD KOPJE unmöglich. Im Umkreis von vielen Meilen erstreckte sich karges, unwirtliches Land. Ohne Verpflegung, ohne Pferd, ohne Papiere und ohne irgendwo Unterschlupf finden zu können, da ja fast alle Farmen niedergebrannt waren, war Flucht aus einem Lager wie Kaalblad Kopje aussichtslos und sinnlos. Eigentlich war das ganze Gebiet der annektierten ehemaligen Burenrepubliken für die Buren zu einem einzigen Gefängnis geworden – auch für die noch freien Kommandos.

»Dann werde ich meinen Abschied von der Armee einreichen, noch bevor man ihn mir nahelegen kann, und nie wieder eine Uniform anziehen!«

»Und dann?« fragte Lena noch einmal. »Was wirst du danach tun? Du hast doch nichts anderes gelernt, Lionel?«

Er lächelte. »Ich denke, daß ich noch jung genug bin zu lernen, wie man Leben erhält, pflegt und vermehrt, statt es zu vernichten. Ich werde irgendwo eine Farm aufbauen. Nicht hier, sondern am liebsten in Rhodesien, wo das Land noch kaum besiedelt und ungezähmt und wo Platz für Buren *und* Briten ist«, sagte er mit verträumter Stimme.

»Rhodesien, ja, das klingt verheißungsvoll«, flüsterte Lena. »Ein neues Land für einen Neubeginn ...«

Er wandte sich ihr zu und nahm ihre Hände. »Natürlich verstehe ich nichts von Landwirtschaft, zumindest nicht am Anfang, und deshalb werde ich fachkundige Hilfe brauchen ...«

»Natürlich«, pflichtete Lena ihm mit belegter Stimme und plötzlich schneller schlagendem Herzen zu.

»Jemanden, der Geduld mit mir und meiner Unkenntnis hat und der bereit ist, ein Leben mit mir zu teilen, das ...« Er brach ab.

Sie schluckte. »Ja?«

Lionel gab einen Stoßseufzer von sich, schüttelte bedrückt den Kopf und ließ widerstrebend ihre Hände los. »So sehr ich davon reden möchte, ich kann es nicht tun«, murmelte er. »Ich darf es nicht.«

Sie sah ihn nur stumm an.

»Lena ...« Wieder machte er eine Pause. »Ich glaube, du weißt, was mich tief in meinem Herzen bewegt, was ich empfinde und was ich dir sagen möchte. Aber ich mag es nicht hier und jetzt tun.« Seine leise Stimme war voller Zärtlichkeit.

Lena nickte.
»Dieses Lager mit all seinem Elend und den Toten da draußen ist dafür nicht der richtige Ort«, fuhr er fort. »Und zu groß ist mir die Ungewißheit, wie lange sich der gräßliche Krieg noch hinzieht und was wir noch zu ertragen haben. Ich kann es nicht verantworten, die Situation für uns beide noch schlimmer, noch quälender zu machen. Ich möchte, daß du frei bist, wirklich frei, von der Qual dieses Lagers und von allem anderen, wenn ich dich frage, was ich dich am liebsten schon gefragt hätte, als wir uns das erstemal begegnet sind. Ich habe drei Jahre von einer vagen Hoffnung gelebt ...« Er ließ den Satz unbeendet.
»Ich verstehe, Lionel«, sagte sie innerlich aufgewühlter, als ihr äußerlich anzumerken war. »Wir haben keine Eile, nicht wahr?« Und in Gedanken fügte sie hinzu: Weil jeder von uns schon jetzt die Antwort auf die Frage kennt, die uns beiden so wichtig ist.
Er lächelte sie an. »Nein, jetzt nicht mehr.«
Lena erwiderte sein Lächeln, und es war ein zärtliches Versprechen.
Mitte Februar bekam Lionel endlich Post von Julian. In seinem Brief teilte er ihnen mit, daß es ihm nach mehrfachen vergeblichen Versuchen endlich gelungen war, in das Lager bei Simonstown zu kommen und ein erstes, kurzes Gespräch mit ihrem Vater und Adriaan zu führen.
»Es geht ihnen den Umständen entsprechend gut«, sagte Lionel, als er Lena in der Nacht desselben Tages den Brief brachte.
»Was heißt, daß sie vermutlich so schlecht dran sind wie wir hier«, nahm Lena an und war doch voller Freude, endlich ein Lebenszeichen von Pa und Adriaan erhalten zu haben. Welche Sorgen hatte sie sich nicht um sie gemacht! Sie lebten, und sie würden durchhalten wie sie hier in Kaalblad Kopje. Dieser sinnlose Krieg mußte einfach bald ein Ende haben!
»Sie wollen dir und Dele schreiben und Julian den Brief geben, der ihn dann an mich schickt, was aber ein paar Wochen dauern kann«, sagte Lionel.
»Ich werde ihnen gleich morgen schreiben!«

»Und ich sorge dafür, daß deine Nachricht mit dem nächsten Zug zu Julian nach Kapstadt gelangt«, versprach er.
»Lionel, ich danke dir! Es ist ein wunderbares Geschenk zu wissen, daß wenigstens Pa und Adriaan einigermaßen wohlauf sind!« Lena preßte Julians Brief an ihre Brust. »*Magtig*, wenn ich euch beide nicht hätte, was wäre dann bloß?«
»Dann ware jemand anders der Glückliche, was aber kein angenehmer Gedanke ist, weshalb wir darüber auch nicht mehr reden wollen«, sagte er scherzhaft. Sein Blick ruhte jedoch liebevoll auf ihr. »Übrigens enthält der Brief noch eine zusätzliche gute Nachricht für deine Schwester. Julian hat erfahren, daß auch ihr Mann, Fabricius Bloem, noch lebt. Er befindet sich im selben Lager wie dein Vater und dein Bruder.«
Dele nahm diese erlösende Nachricht ohne ein Wort des Dankes entgegen. Doch Lena hörte später, wie ihre Schwester weinte und ihr Schluchzen in der Decke zu ersticken suchte, die ihr als Kopfrolle diente.
Lena spürte das Verlangen, die Hand nach Dele auszustrecken, sich mit ihr zu freuen und sie zu trösten. Doch die Kluft, die sie trennte, war unendlich viel breiter als die paar Fuß Abstand zwischen ihren stinkenden Matratzen. Und so blieb sie in der Hitze der Nacht still liegen, versuchte an Lionel und Julian sowie Pa und Adriaan zu denkend und konnte doch nicht anders, als dem Weinen ihrer Schwester zu lauschen.
Fünf Wochen später brach in KAALBLAD KOPJE die Ruhr aus.

41

Sie trafen sich am frühen Morgen auf der Rückseite der Stallungen. Lena war vor ihm da und versuchte die zudringlichen Fliegen zu verscheuchen, als Lionel um die Ecke kam. Er nahm sich nicht einmal Zeit für einen Gruß, sondern platzte gleich mit der überraschenden Eröffnung heraus: »Lena, ihr müßt so schnell wie möglich von hier weg!«

Sie lachte spöttisch auf. »Du wirst es nicht für möglich halten, aber der Gedanke ist mir auch schon ein-, zweimal gekommen. Komisch, daß es mir so schwerfällt, mich von Zelt 437 zu trennen, nicht wahr?«

»Ich meine es ernst, Lena!« sagte Lionel mit großer Sorge und Eindringlichkeit. »Die Ruhr greift immer mehr um sich. Das Hospital ist bis auf die letzte Ecke überfüllt, und Doktor Cortney weiß sich nicht mehr zu helfen. Heute morgen lagen neun Tote auf dem Leichenwagen, und im Laufe des Tages werden bestimmt noch einige dazukommen. Und es gibt sogar Gerüchte, wonach wir auch schon Typhus im Lager haben. Aber selbst wenn sich diese Gerüchte nicht bestätigen, haben wir es hier mit einer wahren Epidemie zu tun, die Hunderten von Insassen in kurzer Zeit das Leben kosten kann!«

Lena verzog das Gesicht zu einer Miene der Bitterkeit. »Wem erzählst du das? Aber hast du vergessen, daß wir dazu verflucht sind, trotz des Elends und trotz der grassierenden Krankheiten hier auszuharren?«

»KAALBLAD KOPJE wird immer mehr zu einer Todesfalle, und ich ...«

»Das war es von Anfang an«, warf Lena mit schmerzlicher Erinnerung an den Tod von Reuter, Tante Sophie und anderen Lagerinsassen ein, die sie gekannt hatte und die mit fast tausend weiteren Unglücklichen dort draußen auf dem primitiven Friedhof begraben lagen, einem Friedhof, der in Wirklichkeit nichts weiter als ein Leichenacker im wahrsten Sinne des Wortes war. Denn als ein würdevolles Begräbnis konnte man das Verscharren der Leichen schon lange nicht mehr bezeichnen.

»Aber ich lasse nicht zu, daß dir ... daß euch jetzt noch etwas geschieht!« stieß er mit wilder Entschlossenheit aus. »Ihr müßt so schnell wie möglich von hier weg und an einen Ort, wo ihr vor diesen Gefahren in Sicherheit seid.«

»Ach, und wie soll das geschehen? Kaufst du uns eine Zugkarte und bringst uns zum Bahnhof?« spottete sie in einer jähen Aufwallung ohnmächtigen Zorns.

Ein verletzter Ausdruck trat in seine Augen, als hätte sie ihn für die Schrecken des Kriegs persönlich verantwortlich gemacht.
»Tut mir leid, so habe ich es nicht gemeint, Lionel«, entschuldigte sie sich schnell und legte ihm eine Hand versöhnend auf den Arm, denn nichts lag ihr ferner, als ihn verletzen zu wollen. Zumal sie sehr genau wußte, daß ihn auch ohne derart gedankenlose Bemerkungen das Gefühl quälte, an dem Schrecken des Krieges schon deshalb mitschuldig geworden zu sein, weil er freiwillig die Uniform eines Soldaten angezogen hatte. »Aber wie soll ich denn mit Dele, Sarah und Sarie von hier wegkommen?«
»Ich werde euch bei der Flucht helfen!«
Lena hatte Mühe, ihn nicht mitleidig anzusehen. »Wer aus dem Lager flüchten will, braucht keine Hilfe, Lionel. Jeder von uns kann das Lager wann immer er mag verlassen. Im Zaun gibt es Löcher genug. Und wenn sie uns morgens ein paar Stunden hinaus aufs Veld schicken, damit wir eßbare Pflanzen und Wurzeln und trockenen Dung als Brennmaterial sammeln können, gibt es für jeden Entschlossenen mehr als genug Möglichkeiten, um sich abzusetzen. Niemand kümmert sich darum – weil es nämlich sinnlos ist zu flüchten. Wohin sollen wir denn flüchten? Auf unsere niedergebrannten Farmen, wo wir dann mit *Sicherheit* verhungern werden?« hielt sie ihm so ruhig wie möglich vor und schüttelte den Kopf. »Aber nein, so weit kämen wir ja noch nicht mal. Wer gesund und kräftig ist und es bei dieser Hitze gegen alle Wahrscheinlichkeit tatsächlich zu Fuß bis nach Kroonstad oder in einen anderen Ort schafft, wird doch dort schon an der nächsten Ecke aufgegriffen und wieder in ein Lager gebracht.«
»Das mag alles sein«, räumte Lionel grimmig eine ein, »aber das bedeutet noch nicht, daß es nicht machbar ist. Du wirst bei dieser Flucht nicht auf dich allein gestellt sein, Lena. Ich werde dafür sorgen, daß ihr andere Kleidung, gültige Papiere und ausreichend Geld habt und daß irgendwo im Süden eine sichere Unterkunft auf euch wartet. Meine Karriere als Offizier ist zwar beendet, noch bevor sie richtig begonnen hatte, aber immerhin, noch bin

ich Offizier, und ich habe auch noch einige Freunde, die mir einen Gefallen schuldig sind.«
Lena dämmerte, daß es ihm mit der Flucht aus dem Lager tatsächlich ernst war. »Bitte riskier nichts, Lionel!«
»Das schlimmste Risiko, das ich eingehen kann, ist, jetzt nichts zu tun!« erklärte er entschlossen. »Ich hätte schon im Januar etwas unternehmen sollen. Damals dachte ich, Friedensverhandlungen müßten jeden Tag beginnen und den Krieg innerhalb von ein, zwei Wochen beenden. Aus den ein, zwei Wochen sind mittlerweile schon fast drei Monate geworden.«
»Hast du nicht gesagt, daß es wieder Gerüchte über sich anbahnende Friedensverhandlungen gibt?«
»Wir haben keine Zeit mehr, darauf zu hoffen und zu warten, um dann vielleicht erneut so bitter enttäuscht zu werden wie im Februar!«
»Du meinst, als die Friedenskonferenz in Middleburg scheiterte?«
Er nickte. »Und sofort danach haben die Buren uns bei Tweefontein angegriffen, uns die schwerste Niederlage des Guerillakriegs zugefügt und zudem noch General Methuen gefangengenommen.«
»Das war nur ein letztes Aufbäumen«, sagte Lena.
»Das Aufbäumen der Buren dauert nun schon fast zwei Jahre an. Nein, ich kann nicht länger abwarten. Ich habe jede Stunde Angst um dich, Lena. Angst, dich so nahe am Schluß noch zu verlieren, und zwar endgültig!« Er faßte sie an der Schulter und sah ihr beschwörend in die Augen. »Wenn ich dir auch nur etwas bedeute ...«
»Weißt du das denn nicht?«
»Doch! Aber dann sträube dich auch bitte nicht weiter gegen meinen Plan, dich und deine Angehörigen aus KAALBLAD KOPJE wegzubringen. Ich flehe dich an, es zumindest zu versuchen. Ich weiß, wie selbstsüchtig es ist, aber ich will dich in Sicherheit wissen. Nicht in einigen Monaten und auch nicht in ein paar Wochen, sondern spätestens in ein paar Tagen!«
Sein Blick ging ihr durch und durch, und sie nickte. »Wenn du einen Weg findest, der einigermaßen Erfolg verspricht, werde ich mich nicht dagegen sträuben – sofern es mir gelingt, Dele zu

überreden, mit uns zu kommen. Denn Sarie wird keine Schwierigkeiten machen. Doch meine Schwester lasse ich nicht allein im Lager zurück, schon wegen Sarah nicht.«

»Deine Schwester mag nicht mit dir reden und alles ablehnen, was du tust und vorschlägst, aber wenn ich sie richtig einschätze, hat sie zehnmal mehr Angst als du, und die wird stärker als alles andere sein. So wie die Ruhr die Menschen hier dahinrafft, wird nicht einmal sie so töricht sein, sich der Krankheit auch nur einen Tag länger als nötig auszusetzen.«

»Ich hoffe, du hast recht.«

»Gott sei Dank, daß du einverstanden bist!« stieß Lionel erleichtert aus und ritt wenig später nach Kroonstad, um mehrere Telegramme aufzugeben.

Vier angstvolle Tage vergingen, denn die Gerüchte, daß nun auch Typhus das Lager heimgesucht hätte, bestätigten sich. Lena vergaß ihre Bedenken, daß eine Flucht aus KAALBLAD KOPJE keine Aussicht auf Erfolg haben konnte, und setzte alle Hoffnungen auf Lionels Plan, über dessen Einzelheiten er sich jedoch nicht näher ausließ.

»Dafür ist es noch zu früh«, erklärte er, als sie ihn mit Fragen dazu bedrängte. »Einiges hängt noch in der Schwebe. Du wirst schon rechtzeitig erfahren, was du wissen mußt.«

»Kann ich irgend etwas tun?«

»Nur beten, daß alles so klappt, wie ich es mir ausgedacht habe, und uns nichts Unvorhergesehenes dazwischenkommt«, antwortete er.

Am späten Nachmittag des fünften Tages kehrte Lionel von einem weiteren Besuch in Kroonstad zurück, wo er angeblich den Dentisten aufgesucht hatte. Lena wartete wie abgesprochen in der Nähe des Tors auf seine Rückkehr und schlenderte zu den Baracken hinüber, als sie ihn ins Lager reiten sah.

»Heute nacht geht es los!« raunte er ihr zu, während er aus dem Sattel glitt und Lena scheinbar zufällig an ihm vorbeikam. »Wir treffen uns um zwei Uhr am neunten Pfosten des Südzauns, dort, wo auf der anderen Seite der mannshohe Termitenhügel steht.«

»Ja, verstanden«, erwiderte sie leise, blieb stehen und bückte sich, um sich an ihren Schnürsenkeln zu schaffen zu machen, als müßte sie sie neu binden.
»Bereite deine Schwester und euer Mädchen vor«, sagte er hastig, während er sich den Staub von der Uniform klopfte. »Und kommt ohne Gepäck. Es ist für alles gesorgt. Nehmt nur mit, was ihr auf keinen Fall zurücklassen wollt.«
»Ja.« Lena sah aus dem Augenwinkel Captain Somerset über den Platz kommen und ging schnell weiter. Ihr Herz jagte vor freudiger Aufregung. Endlich hatte das Warten ein Ende. Diese Nacht würden sie es wagen! Allein schon der Gedanke, in wenigen Stunden das Elend dieses Konzentrationslagers nach fast genau einem Jahr hinter sich lassen und bald wieder die Luft in Freiheit atmen zu dürfen, war berauschend wie ... wie der Champagner auf nüchternen Magen damals in Johannesburg.
Lena lief die lange Gasse zu ihrem Zelt hinunter, weil sie es nicht erwarten konnte, Dele und Sarie die gute Nachricht zu bringen. Sarie traf sie jedoch nicht an. Sie trieb sich irgendwo im Lager herum. Und wie nicht anders erwartet, hatte sie ihre liebe Not, Dele dazu zu bringen, sich mit ihr so weit vom Zelt zu entfernen, daß weder Bertranella und Dorothea noch sonst irgend jemand hören konnte, was sie ihrer Schwester mitzuteilen hatte.
Unter stummem Protest ließ Dele sich vom Zelt wegzerren. Als sie dann von der vorbereiteten Flucht hörte, wurden ihre Augen weit vor ungläubigem Staunen. Lena glaubte sogar eine Spur von jener Freude und Erleichterung darin entdecken zu können, die sie erfüllten.
»Verstehst du, was das bedeutet, Dele?« redete Lena begeistert auf sie ein. »Lionel bringt uns hier heraus. Das Elend und die Schrecken haben für uns, deine Tochter und Sarie heute nacht ein Ende. Wir bekommen neue Kleidung und Papiere, und Lionels Freunde werden uns irgendwo im Süden an einen Ort bringen, wo wir in Sicherheit sein werden und die restlichen Wochen oder Monate bis zum Ende des Krieges abwarten können, ohne jeden Tag von Hunger, Durst und Angst gequält zu werden!«

Noch immer sah Dele sie stumm an.
Lena rüttelte sie lachend an der Schulter. »*Magtig,* nun sag doch etwas, Dele. Wollen wir uns nicht endlich wieder versöhnen? Bitte, sag was!«
Dele schluckte schwer. »Warum soll ein britischer Spion und Lageroffizier wie dieser Lionel Faulkner so etwas für uns tun?« stieß sie schließlich mißtrauisch aus.
Lena war zu glücklich, daß ihre Schwester endlich ihr monatelanges Schweigen brach, um sich diesmal wieder an ihrer bösartigen Unterstellung zu stoßen. »Weil er mich liebt!« erklärte sie spontan und umarmte ihre Schwester.
Dele erwiderte die versöhnliche Umarmung nicht, stieß sie aber auch nicht von sich. Steif stand sie da. »Und du? Liebst du ihn?« fragte sie schroff.
Lena errötete. »Ich möchte nicht darüber reden, Dele«, antwortete sie ausweichend und mit einem verlegenen Lächeln, um dann hastig fortzufahren: »Und jetzt müssen wir auch erst einmal an heute nacht denken. Die Swartkop-Schwestern dürfen auf keinen Fall Verdacht schöpfen, daß wir irgend etwas Ungewöhnliches vorhaben.« Und sie gab Lionels Anweisung, so gut wie kein Gepäck mitzubringen, an ihre Schwester weiter.
»Wir sollen alles zurücklassen, was wir von LEEUWENHOF gerettet haben?« Dele klang empört.
»Wir retten unser Leben, Dele! Dagegen ist doch alles andere ohne Bedeutung!«
»Das sagst du so!«
»Wenn wir uns an unseren Wakis zu schaffen machen und Sachen aussortieren und zusammenräumen, dann werden Bertranella und Dorothea garantiert mißtrauisch werden!« warnte Lena ihre Schwester. »Ich will gar nicht daran denken, was das für Folgen haben könnte: Aber wir reden nachher noch einmal darüber. Jetzt muß ich erst mal Sarie suchen.«
»Laß, das mache ich schon«, sagte Dele. »Ich wollte sowieso zur Promenade.«
Sarie kam jedoch zum Zelt zurück, als Dele sie noch im Lager

suchte. Lena weihte sie unverzüglich in den nächtlichen Fluchtplan ein, und Sarie weinte vor Freude.
Dele fand sich schließlich damit ab, alles im Zelt zurückzulassen, hatte jedoch in den langen Stunden des Wartens auf die Nacht große Mühe, ihre Nervosität unter Kontrolle zu halten.
Endlich erlosch der letzte Lichtschimmer am westlichen Horizont, und die afrikanische Spätsommernacht legte sich mit samtener Schwärze über das Veld.
Mit der Taschenuhr, die Lionel ihr gegeben hatte, in der Hand und von der Hitze, die sich noch immer im Zelt staute, und vor Aufregung in Schweiß gebadet, lag Lena im hinteren Ende ganz nahe an jener Stelle, wo vier Fuß über dem Boden ein handlanger Riß in der Zeltplane klaffte. Der Schimmer Mondlicht, der durch den fingerbreiten Spalt fiel, reichte aus, damit sie das Zifferblatt und die Zeiger der Uhr erkennen konnte.
Die Stunden von zehn Uhr bis kurz nach halb zwei erschienen Lena, aber wohl auch ihrer Schwester und Sarie wie eine Ewigkeit.
Als die Zeiger auf zwanzig vor zwei standen, nahm Lena das scharfe Küchenmesser, das sie bereitgelegt hatte, schob die Klinge in den Spalt und schnitt die Plane bis zum Boden auf. Das scharfe Geräusch ging ihr durch und durch, weil es ihr entsetzlich laut vorkam. Doch weder Bertranella noch Dorothea rührte sich auf ihrer Matratze beim Zelteingang.
Lena stieß ihre Schwester und Sarie an. Beide waren hellwach. Sarah dagegen schlief tief und fest, was ein Segen war. Sarie glitt zuerst durch den Schlitz ins Freie. Sie nahm Sarah, dann folgten Dele und Lena.
»Dem Herrn sei Dank, daß die Swartkops nichts gemerkt haben!« stieß Sarie voller Erleichterung aus.
»Nicht rennen!« sagte Lena, als ihre Schwester ihre Schritte beschleunigte. »Wir haben Zeit genug.«
Am südlichen Ende der Allee bei den beiden Zeltreihen vier und fünf, wo nach etwa vierzig Yards freiem Veld der mehr als mannshohe Zaun aufragte, wandten sie sich nach links. Als sie

sich dem neunten Pfosten näherten, trat ein Mann aus einer der oberen Zeltgassen.
»Das ist Lionel!« flüsterte Lena. Sie erkannte ihn jedoch nicht allein an dem Kleidung und dem alten Filzhut mit der breiten Krempe, sondern an seiner ganzen Haltung und seinen Bewegungen, die ihr im Laufe der Monate so vertraut geworden waren.
Dele sagte kein Wort zu ihm, als sie sich gegenüberstanden.
»Wo sind deine Freunde, die uns aus dem Lager bringen wollen?« fragte Lena mit gedämpfter Stimme.
»Da kommt euer Führer!« Lionel wies in die Nacht jenseits des Zauns, in dem ein Loch klaffte, das einem Menschen genügend Raum zum Durchschlüpfen bot.
Eine schemenhafte Gestalt lief in geduckter Haltung über das wellige Veld auf den Zaun zu. Wenig später hatte sie ihn erreicht.
Ein merkwürdiges Gefühl beschlich Lena, als sich der ganz in Schwarz gekleidete Mann durch die Öffnung im Maschendraht zwängte. Sie konnte sein Gesicht nicht sehen, weil auch er einen Hut trug, doch seine Statur und seine Bewegungen kamen ihr bekannt vor und erinnerten sie an ...
»Julian!« rief sie fassungslos. »*Magtig,* du bist es wirklich!«
Dele gab hinter ihr einen Laut des Erschreckens von sich.
Lionel lachte. »Die Überraschung scheint gelungen.«
Julian nahm den Hut ab, und Mondlicht erhellte sein fröhliches Gesicht. »Schön, dich wiederzusehen, Lena«, sagte er.
Lena zögerte, doch dann fiel sie ihm um den Hals. »Julian! Mit dir hätte ich am allerwenigsten gerechnet. Mein Gott, daß ausgerechnet du uns aus KAALBLAD KOPJE herausbringst ...«
»Das ist allein Lionels Werk. Ich habe von ihm bloß die Einladung zu einem ganz besonderen Mondspaziergang bekommen, die ich einfach nicht ausschlagen konnte«, spielte er seine Rolle bei den Fluchtvorbereitungen herunter.
»Lena, um Gottes willen! ... Ich ... ich muß dir etwas sagen, solange noch Zeit dafür ist!« stieß Dele stockend und hörbar verstört aus.

Lena löste sich aus Julians herzlicher Umarmung und drehte sich zu ihrer Schwester um. »Was hast du?«
»Ich habe nicht gewußt, daß Julian ...«
Dele kam nicht mehr dazu, den Satz zu beenden, denn in dem Augenblick drang eine schneidende Stimme aus der Zeltgasse hinter ihnen. Und diese Stimme gehörte Captain Somerset.
»Niemand rührt sich von der Stelle! Das gilt auch für Sie, Lieutenant Faulkner! Wer zu fliehen versucht, wird ohne weitere Warnung erschossen!«
Gleichzeitig war das scharfe metallische Geräusch von Gewehren zu hören, die schußbereit gemacht und an die Schultern gelegt wurden.
Bis auf Dele fuhren alle zu Tode erschrocken herum. Ein gutes Dutzend Soldaten, das in den letzten Zelten vor dem Zaun nahe des neunten Pfostens auf der Lauer gelegen haben mußte, trat nun mit Gewehr im Anschlag auf das freie Gelände hinaus. Unter diesen Umständen war ein Fluchtversuch reiner Selbstmord.
»O mein Gott!« keuchte Lionel.
»Sie können uns nichts nachweisen!« stieß Julian hastig aus. »Ich habe die Papiere für euch nicht bei mir. Sie sind bei Rykloff, der bei den Hügeln mit den Pferden wartet. Ich bin nur hier, um euch zu besuchen, vergeßt das nicht!«
Lena fuhr zu ihrer Schwester herum, von der Erkenntnis wie von einem Blitz getroffen. »Du hast uns verraten!« rief sie und wurde von einer Woge der Wut und Verzweiflung erfaßt. »Du hast dein eigen Fleisch und Blut verraten!«
»Ich habe nicht gewußt, daß ...«
»Du Judas! Du hast dein eigen Fleisch und Blut verraten, deinen Bruder! Wofür hast du ihn verkauft? Judas! ... Judas!« Lena stürzte sich mit einem gellenden Schrei und geballten Fäusten auf ihre Schwester, riß sie zu Boden und schlug wie von Sinnen auf sie ein.
Augenblicke später waren sie von Soldaten umringt. Rauhe Männerarme rissen sie grob zurück. Wimmernd und mit blutüberströmtem Gesicht lag Dele vor ihren Füßen.
Lena war wie benommen und fühlte nichts.

42

Eine Wellblechbaracke, die in sechs schmale Bretterverschläge mit bodenlangen Gittertüren unterteilt war, diente in Kaalblad Kopje als provisorisches Gefängnis. In den seltenen Fällen, da eine Zelle benötigt wurde, schafften Soldaten die eingelagerten Kisten und Säcke aus einem der Räume, stellten eine Feldpritsche und einen Blecheimer hinein – und fertig war die Zelle.

Lena saß auf einem dreibeinigen Hocker im Gang vor der Gittertür und rieb sich die schmerzenden Knöchel ihrer Hände. Julian hatte das Feldbett näher an das Gitter herangezogen und hockte auf dessen Kante. Der Wachsoldat, ein junger Bursche mit einem nervösen Augenzucken, stand am anderen Ende des Durchgangs gleich bei der Barackentür und ließ sie nicht aus den Augen.

»Bist du schon bei Lionel gewesen?« fragte Julian.

Lena schüttelte den Kopf. »Ich habe es versucht, doch man hat mich nicht zu ihm gelassen. Captain Somerset hat ihn unter Hausarrest gestellt, und Sergeant Finch hat vor Lionels Unterkunft Posten bezogen. Niemand darf zu ihm, und ich schon gar nicht«, sagte sie und fuhr sich mit der Hand über die Augen, als könnte sie wegwischen, was geschehen war. Obwohl nun schon Stunden seit der Verhaftung von Julian und Lionel vergangen waren, war die Benommenheit immer noch nicht ganz von ihr gewichen.

»Hat man dich anständig behandelt, oder haben sie dir gedroht und gemein zugesetzt?« Seine Stimme war voller Besorgnis um ihr Wohlergehen.

»Was? Ja, sie haben uns vernommen ... Jeden einzeln ... Erst Sergeant Finch, dann der Captain selbst«, antwortete Lena und kam sich wie in einem allzu realistischen Alptraum vor. »Ich habe immer wieder dasselbe gesagt, nämlich daß ich von einer Flucht nichts weiß, daß du mein Bruder bist und uns wiedersehen wolltest und daß wir Lieutenant Faulkner zufällig dort am Zaun getroffen haben. Sie waren wütend, aber getan haben sie mir nichts.« Ihr Blick ging zum Wachsoldaten hinüber, und mit etwas lauterer Stimme fügte sie hinzu: »Wie hätten sie auch, habe ich doch die Wahrheit gesagt. Es hat nie einen Fluchtplan gegeben, und schon gar keinen, an dem Lieutenant Faulkner beteiligt gewesen wäre.«

Julian lächelte anerkennend. »Das hast du gut gemacht, Lena«, lobte er sie. »Ohne Beweise hängen sie nämlich völlig in der Luft. Aber weißt du auch, was Dele ausgesagt hat?«

»Ja.«

»Und was?«

»Sie hat beharrlich abgestritten, jemals auch nur ein einziges Wort mit Sergeant Finch gesprochen, geschweige denn ihm irgend etwas von einem Fluchtplan erzählt zu haben.«

»Woher weißt du das?«

»Ich wurde zuerst vernommen. Doch als ich nicht die Antworten gab, die sie offenbar gern gehört hätten, holten sie Dele, wohl um mich mit ihrer Aussage zu konfrontieren und auf die von ihnen gewünschte Linie zu bringen«, berichtete Lena mit gedämpfter Stimme. »Sie waren sich ihrer Sache sehr sicher. Doch Dele hat ihnen einen Strich durch die Rechnung gemacht. Sie hat zum Schluß einen wahren Tobsuchtsanfall bekommen.« Lena biß sich kurz auf die Lippen. »Es war schrecklich, aber sie ... sie hat uns nicht noch einmal verraten. Und Sarie hat sich natürlich völlig dumm gestellt.«

»Gott sei Dank!« sagte Julian erleichtert. »Damit haben sie nichts gegen uns in der Hand, was vor einem Gericht Beweiskraft hätte. Jetzt können sie nicht einmal Lionel daraus eine Schlinge drehen. Wir haben noch einmal Glück im Unglück.«

»Das nennst du Glück?« fragte Lena. »Meine eigene Schwester verrät uns, zerstört all unsere Hoffnung auf Freiheit, wohl weil sie Lionel vernichtet und mich leiden sehen will – und du sprichst von Glück im Unglück?«

»Es hätte schlimmer kommen können, Lena.« Er beugte sich zum Gitter vor und raunte: »Hätte ich die falschen Papiere für euch bei mir gehabt, hätte ich jetzt schon mal anfangen können, mit dem Leben abzuschließen und herauszufinden, wie stark mein

Glaube im Angesicht eines Erschießungskommandos oder eines Galgens ist. Und Lionel wäre wohl eine Verurteilung durch ein Kriegsgericht genauso sicher gewesen. Ich finde, in diesem Licht betrachtet, können wir sogar von großem Glück reden, auch daß unsere Schwester sich noch einmal besonnen hat. Es war spät, aber gottlob nicht zu spät. Unter dem Strich also haben wir mehr Grund, uns zu freuen, als mit dem Schicksal zu hadern.«

Sie sah ihn ungläubig an. »Wie kannst du nur so ruhig sein und noch von Dele als deiner Schwester sprechen, nachdem sie uns das angetan hat und du nicht weißt, wie diese Sache wirklich ausgeht?«

»Dele ist und bleibt meine Halbschwester, ob wir uns nun verstehen oder nicht. Außerdem hat sie ja nicht gewußt, daß ausgerechnet ich euch bei eurer Flucht helfen würde.«

»So viel Verständnis, wie du für sie hast, habe ich nicht! Und in meinen Augen gibt es auch keine Entschuldigung für ihren Verrat!« erwiderte sie heftig.

»Hast du es je für möglich gehalten, daß du eines Tages dazu fähig sein würdest, mit Fäusten auf deine Schwester loszugehen und sie blutig zu schlagen?« fragte er, jedoch ohne Vorwurf in der Stimme.

»Es tut mir nicht leid!« behauptete sie entrüstet, obwohl es nicht ganz der Wahrheit entsprach. »Und sie hat das mehr als verdient!«

»Vielleicht, aber das war nicht die Frage, Lena.«

Sie wich seinem Blick aus. »Nein, Julian«, gestand sie und verdrängte das Gefühl der Scham und Bestürzung über ihr blindwütiges Verhalten nicht länger. »Vermutlich hätte ich sie erschlagen, wenn mich die Soldaten nicht von ihr gerissen hätten. Ja, ich hätte meine eigene Schwester umgebracht – wie Kain seinen Bruder.« Sie lachte auf, um ihrer Erschütterung Herr zu werden. »Die eine Schwester ein Judas, die andere ein Kain. Was ist nur aus uns geworden?«

»Das ist der Krieg, Lena. Er bringt das Animalische, das Böse in uns zum Vorschein, besonders wenn wir dem Grauen und dem Elend des Kriegs zu lange ausgesetzt sind. Niemand kann sich davon freisprechen«, sagte er. »Wir fühlen uns den sogenannten Wilden gegenüber unendlich überlegen, weil wir ja gebildet sind und eine so hochstehende Kultur, Moral und Zivilisation entwickelt haben. Dabei ist unsere kultivierte Haut dünn wie Papier, und darunter lauern all die animalischen Triebe, die wir in unserer Selbstüberschätzung allein den Wilden und unseren Feinden zuschreiben.«

»Dele war schon vor dem Krieg nicht viel anders. Und ich habe nie verstanden, wieso sie so ist und wir uns nie wirklich nahe gefühlt haben«, entgegnete Lena. »Aber warum darüber reden und die kostbare Zeit vergeuden. Wer weiß, wann ich dich wiedersehe.«

»Mach nicht so ein Gesicht, als stünde mir lebenslange Verbannung bevor!« sagte er mit einer Unbekümmertheit, die natürlich wirkte.

Lena wurde aber dennoch den Verdacht nicht los, daß er ihr nur etwas vorspielte, damit sie sich nicht mit noch mehr Sorgen und Selbstvorwürfen quälte. »Mach mir doch nichts vor, Julian!« erwiderte sie mit gedämpfter Stimme, damit der Wachsoldat sie nicht hören konnte. »Auch wenn sie dir das mit der Flucht nicht nachweisen können, werden sie dich nicht einfach so laufenlassen. Immerhin haben wir noch Krieg.«

Er lächelte fast schelmisch. »Ja, und ich habe noch immer einen französischen Paß – dank meiner Mutter. Noch kurz vor ihrem Tod hat sie mich beschworen, nur ja nicht meine französische Staatsbürgerschaft aufzugeben, schon nicht aus ehrenvollem Gedenken an meinen Vater. Daß er nicht mein leiblicher, sondern ›nur‹ mein legaler Vater war, der mich jedoch bedingungslos als sein Kind angenommen hat, habe ich erst nach dem Tod meiner Mutter aus ihrem Brief erfahren, und das hat ihrem Wunsch noch mehr moralische Verpflichtung gegeben. Es bestand auch gar keine Notwendigkeit, die Staatsbürgerschaft in einer Stadt wie Kimberley zu wechseln, wo sich die Bevölkerung seit ihrer Gründung aus einem bunten Nationalitätengemisch zusammensetzt. Auf jeden Fall habe ich noch immer meinen französischen Paß.«

»Und was bedeutet das?«
»Daß die Briten in diesem Stadium des Kriegs sicherlich kein Interesse daran haben, wegen einer Lappalie diplomatische Schwierigkeiten mit Frankreich heraufzubeschwören. So wie die Dinge stehen, können sie mich also nicht einmal in ein Gefängnis oder ein Lager stecken, sondern höchstens des Landes verweisen.«
»*Magtig*, das ist schrecklich genug!«
»Ach was, wenn der unselige Krieg erst einmal vorbei ist, wird man vieles nicht mehr so überspannt sehen«, war Julian überzeugt. »Das ist noch immer so gewesen. Außerdem ist es sowieso mein Wunsch, zumindest einen Teil meiner Priesterausbildung in Europa zu absolvieren, am liebsten natürlich in Rom.«
»Du bist dir deiner Berufung zum Priesteramt also noch immer sicher?«
Seine Augen leuchteten. »O ja, mehr denn je.«
Sie sah ihn fast neidvoll an. »Und Gott . . .« Sie zögerte.
»Ja, Lena?«
»Dein Glaube an Gott ist trotz des Kriegs, der soviel Tod und Elend gebracht hat, noch genauso unerschütterlich wie davor?«
»Warum soll der Krieg, so abscheulich und unmenschlich er auch sein mag, meinen Glauben an Gott erschüttern?« fragte er zurück.
Sie zuckte mit den Schultern. »Wie kann Gott, wenn er doch der Gott der Liebe und Barmherzigkeit ist, dieses jahrelange Morden zulassen?« forderte sie ihn heraus. »Was für ein Gott ist er, daß er untätig zuschaut, wie Menschen, die sich vorher nie begegnet sind, mit mörderischem Haß übereinander herfallen und wie ein ganzes Volk in Konzentrationslagern eingesperrt wird, die mehr Tote unter Kindern, Frauen und Alten fordern, als vermutlich Soldaten im Kampf gefallen sind! Warum schreitet er nicht ein, Julian? Vielleicht hat er ja seinen Spaß daran. Oder aber er ist machtlos.«
Julian schwieg einen Moment. »Du findest also, Gott müßte eingreifen, wenn wir Menschen uns nicht an seine Gebote halten?«
»Warum nicht?«

Er nickte. »Ja, warum nicht. Aber sag mir, wann genau er eingreifen soll?«
Sie zuckte mit den Schultern. »Er hätte diesen jahrelangen Krieg verhindern können, der soviel Mord und Totschlag und Elend über die Menschen gebracht hat!«
»Ja, ich gebe zu, daß wäre wirklich eine noble Aufgabe für Gott gewesen. Aber nach dieser Logik, die Gott zum allgegenwärtigen Schutzengel und göttlichen Schutzmann macht, müßte er da nicht auch eingreifen, wenn beispielsweise jemand in Friedenszeiten kurz vor einem Mord oder Totschlag steht?«
»Ich hätte nichts dagegen«, sagte Lena fast trotzig.
Er lächelte. »Wie sieht es mit Folter aus, Lena? Mit Brutalitäten und Qualen aller Art, die manchmal schrecklicher sind als jeder Mord. Soll Gott sich auch darum noch persönlich kümmern? Und was ist mit den Menschen, denen ein Unglück zustößt? Soll er rettend eingreifen, wenn ein Passagierschiff im Sturm unterzugehen oder eine Familie in einem Feuer umzukommen droht? Soll er den jungen Mann, der in die Berge geklettert ist, vom Sturz in die Tiefe bewahren, oder soll er nur Familienväter und Mütter retten? Sag, wo soll Gott die Grenze seines rettenden Einsatzes ziehen?«
»So, wie du es darstellst, klingt es lächerlich, was ich von Gott verlangt habe«, räumte Lena widerstrebend ein.
»Nicht lächerlich, sondern nur widersinnig«, sagte er. »Wir rufen immer nach Gott und fordern als Beweis seiner Liebe, ja seiner Existenz stets dann sein Eingreifen, wenn uns persönlich etwas betrifft und wir uns nicht zu helfen wissen. Doch Gott hat uns als sein Ebenbild erschaffen, nicht als seine Marionetten.«
»Aber sind wir angeblich nicht Gottes Kinder?«
»Ja, durch Jesus Christus. Unser Leben ist unabänderlich mit Gott verbunden, doch er ist nicht der Drahtzieher in der himmlischen Kulisse, der den Ablauf der menschlichen Geschichte bestimmt wie ein Puppenspieler.«
»Aber wenn er uns wirklich liebte ...« setzte Lena zu einem Einwand an.

Leidenschaftlich fiel er ihr ins Wort. »Gerade weil Gott uns liebt und auf unsere Gegenliebe wartet, hat er uns in die Freiheit entlassen. Denn Liebe kann nur aus freien Stücken erwachsen. Freiheit aber birgt in sich immer auch die Möglichkeit des Mißbrauchs. Der Mensch kann sich Gottes Liebe entziehen und sich ihm verweigern, indem er sein Glück fern der gottgegebenen Ordnung und Werte sucht, obwohl sie doch seinem Wohl dienen. Der Mensch vermag sich nun mal ebenso für das Gute wie für das Böse zu entscheiden, gerade *weil* Gott ihm das Geschenk der Freiheit nicht entzieht – im Gegensatz zur Willkürherrschaft eines totalitären Herrschers, der seinen Sklaven oder Untergebenen nach Gutdünken heute großzügige Freiheiten gewährt und sie morgen, wenn es ihm aus irgendeinem Grund nicht mehr paßt, ebenso willkürlich widerruft. Gott ist nicht wankelmütig, der Mensch ist es. Sein Glaube wankt immer dann, wenn die Freiheit sich als Bürde erweist und sein Leben nicht den Verlauf nimmt, den er sich wünscht. Es ist natürlich einfacher, Gott auf die Anklagebank zu zerren und ihn für alles Leiden verantwortlich zu machen, als Eigenverantwortung zu zeigen und die uns von Gott gegebene Freiheit nach dem Gebot der Nächstenliebe zu leben. So gesehen ist Gott auf gewisse Weise natürlich schon ohnmächtig, indem er nämlich die Freiheit des Menschen respektiert und all unserer verpaßten Chancen und unseres immer wieder schuldhaften Versagens zum Trotz geduldig wartet, daß seine Liebe in unseren Herzen und in unserem Leben Widerhall findet.«

Ein schwaches Lächeln huschte über Lenas Gesicht. »Mit dem Predigen wirst du bestimmt keine Schwierigkeiten haben, Julian«, sagte sie, doch dann wurde sie wieder ernst. »Aber was ist, wenn ... wenn es Gott überhaupt nicht gibt? Wenn er bloß ein Traumbild, eine Einbildung des Menschen ist.«

»Eine Welt ohne Gott ist eine absurde Welt.«

»Das behauptest du. Aber wer kann denn beweisen, daß es Gott gibt?« hielt sie ihm vor.

»Niemand kann Gottes Existenz beweisen, was auch paradox

wäre, denn Gott ist per definitionem der Unfaßbare, der Unvorstellbare und Unermeßliche, der alle Dimensionen menschlichen Begriffsvermögens sprengt. Er ist das letzte und unendliche Geheimnis und damit auch unaussprechlich erhaben über alles, was vom Menschen gedacht werden kann. Nein, seine Existenz läßt sich nicht beweisen ...«

»Siehst du!«

»Aber ebensowenig läßt sich die Nicht-Existenz Gottes beweisen«, fuhr Julian fort. »Kein Wissenschaftler vermag das und kein Philosoph. Es ist also ein Trugschluß, wenn man aufgrund der Nicht-Beweisbarkeit Gottes auf seine Nicht-Existenz schließt. Das ist genauso unsinnig, als würde man sagen, Liebe gibt es gar nicht, weil sie sich in einem wissenschaftlichen Experiment nun mal nicht nachweisen läßt. Mit der Liebe zwischen zwei Menschen verhält es sich nämlich wie mit dem Glauben: Beides wird von einem *Wissen aus Gewißheit* genährt. Es ist ein Wissen, das sich nicht den Beweisen der Wissenschaft verdankt, sondern das man in sich spürt und als wahr weiß. Oder glaubst du erst an die Liebe, wenn dir ein Wissenschaftler nüchterne Beweise für ihre Existenz vorlegt?«

»Natürlich nicht«, sagte Lena. »Aber warum nur ist es oft so schwer, am Glauben festzuhalten und nicht zu zweifeln?«

»Weil nur der wirklich zu Gott findet, der sich ihm öffnet und sich zu ihm auf den Weg macht, denn Gott ist keine mathematische Formel, die man durch einen Beweis begreift und auswendig lernt«, antwortete Julian. »Der Verstand kann Gott niemals fassen. Nur das Herz vermag das. Und jemand, der allen Menschen von vornherein mit Ablehnung und Mißtrauen begegnet und sich Gefühlen völlig verschließt, der wird niemals das Wunder der Liebe erfahren. Genauso verhält es sich mit dem Glauben und den Glaubenserfahrungen. Denk doch bloß an die Glasfenster einer Kirche. Wer draußen bleibt, erblickt so gut wie nichts von ihrer Schönheit. Nur wer sich hineinbegibt und zu sehen bereit ist, kann sich von ihrer Farbenpracht und Erhabenheit überwältigen lassen.«

Lena lächelte. »Die Antworten genügen nie, weil immer eine Frage zuviel da ist, nicht wahr?«

»Ja, und aus jeder Frage, die die Wissenschaft gelöst hat, ergeben sich zehn neue. Aber was wäre der Glaube auch wert, ja, wozu brauchten wir ihn überhaupt, wenn Gott beweisbar wäre wie der Gefrierpunkt von Wasser? Gott will unsere Liebe und Anbetung, nicht unsere unvermeidliche Unterordnung unter etwas, was nun mal bewiesen ist und sich so wenig ändern läßt wie etwa die Tatsache, daß ein Stein, den man in die Luft wirft, wieder zu Boden fällt.«

Lena streckte die Hände durch das Gitter nach ihm aus. »Hier sitzen wir uns gegenüber und reden über Gott und Glaube, als hätten wir alle Zeit der Welt. Dabei wissen wir nicht, wie lange es dauert, bis wir uns wiedersehen.«

Er ergriff ihre Hände und hielt sie fest. »Wir haben über das Wichtigste gesprochen. Oder gibt es etwas im Leben, das wichtiger wäre als Glaube, Hoffnung und Liebe?«

Sie lächelte ihn an. »Nein, Julian«, sagte sie leise und spürte eine Liebe zu ihm, die ohne Schmerz und Bitterkeit und ohne Begehren war. Jetzt, fast drei Jahre nach jener Nacht in Johannesburg, liebte sie ihn wie eine Schwester, die sich mit ihrem Bruder besonders innig verbunden fühlte, ohne dabei jedoch völlig unempfänglich für seinen Charme und seine männliche Attraktivität geworden zu sein. Julian würde immer einen ganz besonderen Platz in ihrem Herzen einnehmen.

Sie sahen sich schweigend an, und in diesem Schweigen lag so viel Frieden, Wärme und Zuneigung, daß Lena die Tränen kamen.

»Weg da vom Gitter!« unterbrach die schroffe Stimme des Soldaten diesen wunderbaren Moment stummer Versöhnung. »Habe ich euch nicht gesagt, daß ihr von der Tür fortbleiben sollt? Es reicht jetzt auch, Miss! Genug gequatscht. Kommen Sie, Miss!«

Lena versuchte den Soldaten zu ignorieren. »Ich habe Angst, dich nicht wiederzusehen, wenn ich dich jetzt loslasse«, sagte sie mit erstickter Stimme.

Er lächelte sie an. »Wir sehen uns wieder, ganz sicher, auch wenn es etwas dauern sollte. Ich werde euch schreiben, sowie ich kann.«
»Ja, ich werde ganz fest an dich denken ...«
»Und bete für mich, wie ich für dich beten werde.«
»Ja, das werde ich«, flüsterte sie.
»Schluß habe, ich gesagt! Sind Sie taub, Miss?« rief der Soldat ungehalten. »Oder muß ich erst nachhelfen.«
Langsam glitten ihre Hände auseinander.
»Ich bin sicher, daß Captain Somerset uns vom Hals haben will. Bestimmt läßt er uns gleich nach Sonnenaufgang nach Kroonstad bringen, damit an höherer Stelle entschieden werden kann, was mit uns geschehen soll«, nahm Julian an. »Falls ich Gelegenheit habe, mit Lionel zu reden oder ihm eine Nachricht zukommen zu lassen, soll ich ihm etwas Besonderes von dir ausrichten?«
Lenas Antwort kam ohne Zögern. »Ja, sag ihm, daß ich auf ihn warte, wie lange es auch dauern mag!« erklärte sie mit fester Stimme.
Julians Lächeln verriet, daß er längst darüber unterrichtet war, was Lionel für sie empfand. »Ich glaube, das weiß Lionel auch so. Aber ich werde es ihm dennoch gern ausrichten. Und er wird dich keine Stunde länger warten lassen, als man ihn zwingt.«
Der Wachsoldat kam wütend den Gang hinunter, packte Lena an der Schulter und riß sie vom Gitter zurück. »Raus jetzt!« Er stieß sie in Richtung Barackentür.
Julian rief ihr einen Segensgruß nach. »Und geh nicht zu hart mit unserer Schwester ins Gericht. Sie weiß nicht, was sie getan hat, und ist schon mit sich selbst gestraft genug!«
Lena trat aus der Baracke ins Freie.
Im Osten leuchtete der Himmel in rotgoldenen Farben. Ein neuer Tag begann in KAALBLAD KOPJE, und der Leichenbestatter machte sich mit seinem Kastenwagen auf seine Runde durch das Lager.

43

Ein Korporal hatte Sergeant Finch als Wache vor der Baracke abgelöst, in der Lionel unter Hausarrest gehalten wurde. Lena lief sofort zu ihm hinüber und versuchte nun bei ihm ihr Glück, Lionel sprechen zu dürfen. Der Korporal zeigte sich jedoch genauso abweisend wie Sergeant Finch.

»Nur fünf Minuten!« flehte sie ihn an. »Nur für einen Augenblick!«

Aber alles Flehen und Zureden vermochte den Mann nicht zu erweichen. Stur berief er sich auf seinen Befehl, niemanden zu Lieutenant Faulkner zu lassen.

Lena kehrte nicht zu ihrem Zelt zurück, sondern begab sich auf die andere Seite des Vorplatzes und hockte sich an einer Stelle in den Sand, von wo aus sie Lionels Unterkunft gut im Blick behalten konnte.

Julian hatte richtig vermutet. Lionel und er wurden kurz nach Sonnenaufgang unter starker Bewachung aus dem Lager gebracht. Sofort nach dem Soldatenappell, der an diesem Morgen besonders zackig ausfiel, weil Captain Somerset ausnahmsweise mal keinen Rausch ausschlief, sondern gestiefelt und geschniegelt auf der Veranda seiner Baracke stand, schallten die entsprechenden Befehle über den Platz. Minuten später verließ die Eskorte mit Julian und Lionel in ihrer Mitte und unter Führung von Captain Somerset das Lager.

Lena lief zum Tor, als sich die Kavallerieabteilung in Bewegung setzte. Zu ihrer großen Erleichterung sah sie, daß Lionel die Demütigung erspart blieb, mit gefesselten Händen weggebracht zu werden. Auch trug er seine Uniform mit allen Rangabzeichen, nicht jedoch die Pistole, die jeder Offizier gewöhnlich im Lederholster am Gürtel mit sich führte. Sein Gesicht wies eine leichte Blässe auf, aber er hielt sich aufrecht und ging hocherhobenen Hauptes zu seinem Pferd, als man ihn aus der Baracke führte. Alles an seiner Haltung verriet, daß sein Stolz und sein Ehrgefühl unangetastet waren von dem, was mit ihm geschah.

Sie wollte seinen Namen rufen. Tausend Worte, die sie ihm sagen wollte, drängten sich von ihrem Herzen auf ihre Zunge. Sie wollte ihm so viel zurufen, was sie für ihn empfand, was ihm Mut machte und ihm Kraft gab. Aber kein Ton kam über ihre Lippen. Sie wagte es nicht, weil sie fürchtete, dadurch seine Lage nur noch zu verschlimmern.

Doch Lionel sah sie. Sein Gesicht schien zum Leben zu erwachen, als er die Zügel seines Pferdes aufnahm und sie dabei erblickte. Alle Sorgen und Kümmernisse schienen von einer Sekunde auf die andere von seinem Antlitz gewischt zu sein. Er lächelte sie an, als wäre sie es, die des Zuspruchs und der Tröstung bedurfte.

Und als er in der Nähe des Tors mit ihr auf einer Höhe war, legte er die Finger seiner Hand kurz auf seine Lippen und blies ihr einen Kuß zu.

Und er formte Worte, die sie ihm von den Lippen zu lesen versuchte. Doch was war es, was er ihr da noch im letzten Moment mitteilen wollte?

Ich liebe dich, Lena? Ich komme zu dir zurück?

Ja, etwas in diesem Sinne!

Die Abteilung ritt durch das Tor, und die Rücken der Soldaten verwehrten jeden weiteren Blick auf Lionel. Die Staubwolke, die die Reitergruppe wie einen schmutzigen Schleier hinter sich herzog, hüllte sie ein. Doch sie wandte sich nicht ab, sondern stand am Zaun und schaute den Reitern nach, bis das Veld sie verschluckte hatte und nicht mal mehr eine Staubfahne von ihnen kündete.

Als der Horizont verlassen unter dem rasch aufsteigenden Glutball lag, preßte sie die Stirn gegen den harten Maschendraht und schloß die Augen. Sie weinte jedoch nicht. Ihr war, als wäre ihr Vorrat an Tränen erschöpft.

44

Sarie machte sich gerade an der Kochstelle vor dem Zelt zu schaffen, als Lena die Gasse herunterkam. Sie blickte kurz auf, verzog das Gesicht zu einer Grimasse, deutete mit dem Feuerhaken in Richtung Zelteingang, schüttelte den Kopf und wandte sich wieder dem primitiven Herd zu.

Lena betrat das Zelt und war im ersten Moment überrascht, weder Bertranella noch Dorothea zu erblicken. Noch nie zuvor hatten die Swartkop-Schwestern das Zelt zur selben Zeit verlassen.

Dann bemerkte sie zu ihrer wachsenden Verwunderung, daß nicht nur die Schwestern verschwunden waren, sondern auch ihre Matratzen und ihre anderen persönlichen Habseligkeiten. Nichts deutete mehr darauf hin, mit welcher Verbissenheit sie monatelang ihre Plätze am Eingang verteidigt und mit welcher Skrupellosigkeit sie sogar ein Baby wie Sarah bestohlen hatten.

»Sie sind weg«, kam Deles tonlose Stimme aus dem Halbdunkel des Zelts. »Für immer. Sergeant Finch hat Wort gehalten. Wir haben das Zelt jetzt ganz für uns allein.«

»Also das ist der Judaspreis!« sagte Lena hart.

»Er hat mir versprochen, daß uns nichts geschieht. Und du hast Bertranella und Dorothea genauso verabscheut wie ich!« verteidigte sich Dele, doch ohne Nachdruck. Ihrer Stimme fehlte jegliche Aggressivität, die sie sonst stets Lena gegenüber an den Tag gelegt hatte. Sie klang, als wäre in dieser Nacht etwas in ihr unwiderruflich zerbrochen, was sie bis dahin zu Haß und Mißgunst angetrieben hatte.

»Du hast den Mann verraten, der uns mehr als bloß ein stinkendes Zelt für uns allein schenken wollte, nämlich die Freiheit!« warf Lena ihr vor.

»Wir wären nicht weit gekommen.«

»Diese Rechtfertigung ist so absurd und an den Haaren herbeigezogen, wie dein Verrat abscheulich ist!« fuhr Lena sie erregt an.

»Na, das paßt ja ganz ausgezeichnet, da doch hier eigentlich alles abscheulich ist«, erwiderte Dele matt. »Und warum soll es ausgerechnet uns besser gehen, als all den anderen Lagerinsassen, die niemanden haben, die eine Flucht für sie aus KAALBLAD KOPJE organisieren können, und die keine geheimen Freunde unter den verfluchten Rooineks besitzen? Wir haben nichts Besseres verdient als unsere Landsleute. Also was regst du dich so auf? Ich habe bei den Vernehmungen den Mund gehalten, oder? Julian und dein feiner Offizier kommen doch mit dem Schrecken davon. Und du bist ja selber schuld, daß du dich mit einem britischen Offizier eingelassen hast!«

»Wie kann man nur so verbohrt sein und so dumm daherreden!« regte sich Lena auf.

Sarah krabbelte von der Matratze, und Dele folgte ihr aus dem Dunkel ins helle Sonnenlicht. »Denk doch von mir, was du willst«, sagte sie gleichgültig.

Lena erschrak, als das Gesicht ihrer Schwester aus dem gnädigen Halbdunkel auftauchte. In der Nacht bei der Vernehmung hatte Dele schlimm genug ausgesehen, obwohl sie sich vorher das Blut vom Gesicht gewaschen hatte. Doch erst jetzt war zu erkennen, was ihre, Lenas, Schläge angerichtet hatten.

Das Gesicht ihrer Schwester war angeschwollen, und die Haut begann sich an vielen Stellen zu verfärben. Ihre Unterlippe war aufgeplatzt. Eine zweite, häßliche Platzwunde zog sich über ihren linken Wangenknochen. Das Auge darüber war unförmig angeschwollen, daß es fast geschlossen war. Und über ihre Stirn zogen sich drei blutige Kratzer, die wohl ihre Fingernägel hinterlassen hatten.

Dele nahm Sarah hoch und begegnete Lenas entsetztem Blick, als sie zu ihr aufschaute. »So bist du nun mal, Schwester. Du tust nichts Halbes«, sagte sie sarkastisch. »Was meine so unübertrefflich tüchtige und pflichtbewußte ältere Schwester in die Hand nimmt, das macht sie richtig.«

Lena schluckte und wurde von Reue und Scham gepackt. Wie hatte sie nur so die Kontrolle über sich verlieren und derart auf ihre Schwester einschlagen können? Auch wenn Dele tausend-

mal Prügel verdient gehabt hatte, das hätte sie ihr nicht antun dürfen!
Erschüttert über ihren eigenen Sturz in die Haltlosigkeit, ging sie vor ihrer Schwester in die Knie. »O mein Gott, das habe ich nicht gewollt«, flüsterte sie und streckte die Hand nach Deles Gesicht aus.
Ihre Schwester zuckte unter der Berührung zurück, doch nicht aus Schmerz. »Spar dir dein Mitleid, Lena! Und wage es bloß nicht, mich um Verzeihung zu bitten, denn ich denke gar nicht daran, dir zu verzeihen. Ich bin froh, daß du mich so übel zugerichtet hast. Ich habe lange genug unter deiner unerträglichen Großherzigkeit und Selbstlosigkeit und deinem Arbeitseifer und Pflichtgefühl gelitten. Jetzt weiß ich, daß du auch nicht viel besser bist als ich!«
Lena sah sie verstört an. »Natürlich bin ich das nicht! Wie bist du bloß auf diesen unsinnigen Gedanken gekommen, Dele? Ich wollte doch immer nur ...«
Dele hörte sie gar nicht. »Wie habe ich darunter gelitten, daß ich niemals so anständig und tüchtig sein würde wie du, obwohl ich es mir so sehr gewünscht habe. Ich wollte so sein wie du, und wie oft habe ich es versucht, aber ich konnte einfach nicht über meinen Schatten springen. Ich habe nicht die Ausdauer und den Willen und auch nicht deine Rechtschaffenheit.«
»Um Gottes willen, Dele! Was hast du dir da bloß eingeredet? Mir ist nie der Gedanke gekommen ...«
»Ihr alle habt gedacht, ich hätte mit Julian nichts zu schaffen haben wollen, weil er ein Bastard ist und ein Katholik, wie sich später herausgestellt hat. Aber dem ist nicht so. In erster Linie habe ich ihn abgelehnt, weil er all seine Aufmerksamkeit nur dir geschenkt hat!«
»Aber das stimmt doch gar nicht!«
»Und ich habe Fabricius auch nicht aus Liebe verführt und geheiratet, sondern weil er eigentlich dich wollte und weil ich ihn dir schon deshalb nicht gegönnt habe«, fuhr Dele unbeirrt fort, als hätten sich in ihrer Seele Schleusen geöffnet, die sich unter dem

Druck der angestauten und nun herausströmenden Empfindungen nicht mehr schließen ließen. »Oh, ich weiß, du hättest so etwas Gemeines nie getan, nicht mal im Traum hättest du daran gedacht. Und natürlich hättest du Fabricius auch nicht verführt, wie du ihm bestimmt auch kein Mädchen, sondern, ganz die zuverlässige Lena, einen Sohn geschenkt hättest. Ja, du hättest auch da alles richtig gemacht und weder deinen Mann noch deine Schwiegereltern enttäuscht. Auf dich war immer Verlaß. Schon als Kind war an deinen Näharbeiten nie etwas auszusetzen gewesen. Mir hätte Pa niemals die Leitung der Farm übergeben, auch wenn ich die ältere von uns beiden gewesen wäre. Und sogar Tante Sophie hat sich immer zuerst an dich gewandt, wenn sie etwas ganz Besonderes erledigt haben und gewiß sein wollte, daß es auch in ihrem Sinne getan wurde. Ja, das lassen wir Lena machen, unsere tüchtige, zuverlässige, treuherzige, arglose und immer versöhnliche Lena! Gott, wie habe ich dich beneidet und angehimmelt! Und als ich nicht so sein konnte wie du, da habe ich alles versucht, um dich zu verachten und ...« Sie brach ab und schüttelte den Kopf.

Lena war im ersten Moment sprachlos vor Fassungslosigkeit und Bestürzung. Dann stammelte sie: »Dele, so wie du ... mich beschrieben hast ... war ich nie.« Sie dachte an all die Lügen und Verfehlungen, die sie auf sich geladen hatte, als sie in glühender Leidenschaft zu Julian entbrannt und bereit gewesen war, jede Art der Schuld auf sich zu nehmen. »Wenn du bloß wüßtest, welche ...«

Erneut schnitt Dele ihr das Wort ab, und diesmal mit mehr Schärfe. »Erspar mir deinen großherzigen Versuch, mir weismachen zu wollen, daß du in Wirklichkeit eine ganz andere, niederträchtige Person bist. Mir reicht es. Wir sind quitt, Lena. Wir sind quitt«, wiederholte sie wie eine magische Befreiungsformel. »Wir sind quitt. Das reicht mir. Ich will nicht mehr darüber reden, und ich werde es nicht, egal, was du auch unternimmst.«

Lena sah ihr an, daß jeder Versuch, mit ihr reden zu wollen, sinnlos war. Sie nickte. »Also gut, wir sind quitt. Und von mir wird keiner erfahren, was letzte Nacht passiert ist.«

»Wie edelmütig«, erwiderte Dele mit müdem, halbherzigem Hohn. »Aber du brauchst dir auch gar nicht die Hände dreckig zu machen und dein blütenweißes Gewissen damit zu beschmutzen, denn Pa und Adriaan und Fabricius werden es auch so irgendwie erfahren.«

»Dele ...«

»Doch es macht nichts«, fuhr ihre Schwester gleichgültig fort. »Es ist mir egal. Ich bereue es nicht, kein bißchen. Wir sind quitt, Lena!« Damit nahm sie ihr Kind und zog sich wieder in das Halbdunkel zurück.

Erschüttert blieb Lena im Dreieck aus hellem Sonnenlicht sitzen. Ihre Schwester hatte sie in all den Jahren, die sie zusammen aufgewachsen waren und das Leben auf LEEUWENHOF geteilt hatten, nie wirklich gekannt und sich ein völlig falsches Bild von ihr und ihren Gefühlen gemacht – und umgekehrt. Auch sie hatte Dele nicht gekannt und nicht die geringste Ahnung von ihren inneren Qualen gehabt. Sie hatten fast zwanzig Jahre eine Kammer geteilt, am selben Tisch die Mahlzeiten eingenommen, gemeinsam gebetet und tausend andere Sachen zusammen gemacht und erlebt, doch in den entscheidenden Dingen waren sie einander letztlich Fremde geblieben.

45

Der Winter stand vor der Tür. Die Frauen und Kinder in Lagern eingesperrt, große Landstriche verwüstet, die Farmen niedergebrannt und damit abgeschnitten von jeglicher Versorgung, lief für die kämpfenden Truppen der Buren endgültig die Uhr ab. In der zweiten Aprilwoche begannen in Klerksdorp einleitende Friedensverhandlungen, ohne daß die Kämpfe vollständig aufgehört hatten. Es folgte wenige Wochen später die Friedenskonferenz von Vereeniging, die am 31. Mai 1902 mit der Unterzeichnung des Friedensvertrags in Pretoria zum Ende des mehr als zweieinhalbjährigen Kriegs führte.

Es war nicht nur der härteste, blutigste und verlustreichste Kolonialkrieg der Geschichte geworden, sondern durch seine Wendung zum totalen Krieg, die Mobilisierung aller Ressourcen, die Einbeziehung der Zivilbevölkerung und die Guerillataktik hatte er für die Kriege des 20. Jahrhunderts eine neue Ära der Kriegsführung eingeleitet.
Die britische Armee hatte zweiundzwanzigtausend Tote zu beklagen, während auf burischer Seite siebentausend Mann bei den Kämpfen gefallen waren. Die Zahl der Opfer unter der burischen Zivilbevölkerung war dagegen um ein Vielfaches höher. In den Konzentrationslagern hatten, sehr konservativ geschätzt, mindestens dreißigtausend Frauen und Kinder ihr Leben gelassen. Unter den mehr als hunderttausend schwarzen Lagerinsassen waren noch einmal über fünfzehntausend gestorben. Wie viele von den zweiunddreißigtausend in Gefangenschaft geratenen Buren, von den Briten zum Teil fern der Heimat auf St. Helena, Ceylon und Bermuda eingesperrt, in den Lagern umgekommen waren, sollte reine Spekulation bleiben, da dazu niemals offizielle Unterlagen veröffentlicht wurden.
In Kaalblad Kopje fiel der Jubel über das Ende des Kriegs sehr verhalten aus. Ruhr und Typhus forderten noch immer täglich Todesopfer. Die Zahl der Toten, die auf dem Leichenacker begraben lagen, wuchs im Mai auf über tausendzweihundert. Und war die Einrichtung dieser entsetzlichen Konzentrationslager schon eine organisatorische Anstrengung gewesen, die mehr als einmal im Chaos zu ersticken gedroht hatte, so stellte ihre Auflösung die Verantwortlichen vor noch größere und kaum zu bewältigende Probleme.
Aus den Lagern im Süden des Landes strömten die kriegsgefangenen Männer nach Norden in ihre Heimat zurück, wo Lord Kitchener fast alle Farmen im Land, dreißigtausend an der Zahl, hatte niederbrennen und das Vieh wegtreiben lassen. Gleichzeitig öffneten sich auch die Konzentrationslager, und britische Soldaten wurden zur selben Zeit zu Hunderttausenden aus den Kampfgebieten abgezogen und zur Verschiffung in die Heimat in

die Hafenstädte geschickt. Das führte dazu, daß sich vollgestopfte Militärzüge und nicht weniger überfüllte Flüchtlingszüge auf den überwiegend einspurigen Eisenbahnstrecken des Highveld gegenseitig blockierten.

Chaos war zwangsläufig.

Die Lager begannen sich nur ganz langsam zu leeren. Diejenigen, die relativ nahe der Lager gelebt hatten und kräftig genug waren, marschierten mit Sack und Pack einfach los, ohne zu wissen, was sie zu Hause erwartete. Schlimmer als im Lager konnte es nicht sein, darin waren sich alle einig.

Andere wurden von ihren Vätern, Ehemännern oder Brüdern abgeholt, die schon vor Ende des Kriegs den Kampf gegen die Briten aufgegeben, die Neutralitätsverpflichtung unterschrieben und eine sehr bescheidene Wiedergutmachung in Form von Vieh, Saatgut und einigen Pfund Sterling erhalten hatten.

Ein Großteil der Internierten war jedoch darauf angewiesen, mit der Eisenbahn erst einmal in die Nähe ihres heimatlichen Bezirks gebracht zu werden.

Zu diesen gehörten Lena und Dele mit ihrem Kleinkind sowie Sarie.

46

Erst drei Wochen nach Ende des Kriegs und noch einmal drei Tage, nachdem sie das Lager verlassen hatten, erreichten sie das Zwischenlager in Vereeniging. Von dort aus schickte Lena eine Botschaft nach LEEUWENHOF, damit ihre Angehörigen wußten, wo sie sich befanden und wo sie sie abholen konnten. Es war jedoch kein persönliches Schreiben, das mit der Post zugestellt wurde, denn der Postdienst war, wie auch fast alle anderen Zweige der einstigen burischen Verwaltung, so gut wie nicht mehr existent, besonders nicht auf dem Land. Es war eigentlich nur eine Liste, die für jeden Bezirk auslag und in den sie ihre Namen eintrug. Diese Listen wurden vervielfältigt und in den jeweiligen

Bezirken an Kirchen und Gemeindehäusern ausgehängt sowie an Wegkreuzungen an Pfosten und Bäume genagelt.

Am Morgen ihrer Entlassung aus KAALBLAD KOPJE hatte Lena einen Brief von Julian aus Kapstadt erhalten, den er am Tag seiner Einschiffung nach Europa abgeschickt hatte. Darin hatte er ihr zu ihrer großen Erleichterung mitgeteilt, daß aus Mangel an Beweisen gegen Lionel und ihn keine Anklage erhoben worden war, man ihn jedoch als unerwünschte Person des Landes verwiesen hatte. Er beabsichtigte, zuerst einmal nach Frankreich zu reisen, seine Muttersprache aufzupolieren und natürlich seine Priesterausbildung fortzusetzen. Wie er schrieb, konnte er sich sogar berechtigte Hoffnungen machen, durch Vermittlung von Monsignore Steenspruit, seines Mentors, von einem Seminar in Rom aufgenommen zu werden. Aber er wollte mit allem zufrieden sein, sofern es ihn nur seinem Ziel, die Priesterweihe zu empfangen, näher brachte. Und er war entschlossen, eines Tages nach Afrika zurückzukehren, auch wenn darüber Jahre vergehen sollten.

Aus Julians Brief erfuhr Lena ferner, daß Lionel in der Garnison von Kapstadt noch immer unter Hausarrest stand und mit irgendeiner Form von disziplinarischer Strafe rechnete, der er jedoch durch seinen eingereichten Antrag auf Entlassung aus der Armee zu entgehen hoffte. Zumindest standen die Chancen nicht schlecht, daß nun, da der Krieg beendet war, kein Interesse mehr daran bestand, diese Angelegenheit noch weiter zu verfolgen, und daß seinem Antrag stattgegeben würde.

»Aber all das wird er dir ja natürlich viel ausführlicher in seinem nächsten Brief an dich auseinanderlegen«, las sie. »Denn als ich ihn heute morgen zum Abschied besuchte, hatte er gerade zu Papier und Stift gegriffen, um dir erneut einen Brief zu schreiben.«

Erneut?

Lena hatte in den langen Wochen voll quälender Ungewißheit, die seit der gescheiterten Flucht vergangen waren, nicht einen einzigen Brief von Lionel erhalten. Dabei bezweifelte sie nicht, daß er ihr geschrieben hatte. Sie verdächtigte Sergeant Finch und Captain Somerset, ihr seine Briefe zu unterschlagen. Doch ihr blieb keine Zeit mehr, der Sache nachzugehen, denn das Schreiben drückte ihr ein Soldat in die Hand, als sie schon auf dem Platz vor dem Tor Aufstellung genommen hatten, um einem Fuhrwerk zugewiesen und mit einigen hundert anderen zur Bahnstation gebracht zu werden.

Im Lager von Vereeniging warteten sie vier Tage, in denen sie auf viele bekannte Gesichter stießen und noch mehr traurige Geschichten hörten. Am tiefsten erschütterte es sie, als sie erfuhr, daß Gabriel im Krieg gefallen und Rachel im Lager bei Heilbron gestorben war.

Am vierten Tag kamen ihr Vater und ihr Bruder und holten sie aus dem Lager. Sie hatten sich anderthalb Jahre nicht gesehen, und es war eine herzzerreißende, tränenreiche Begrüßung, in deren Verlauf sich sogar Dele und Lena um den Hals fielen. Doch es geschah nur aus dem Überschwang der Gefühle heraus und sollte ohne Bedeutung für ihr zukünftiges Verhältnis bleiben. Statt sich im Krieg unter den Eindrücken des Schreckens und der Notwendigkeit des Zusammenhaltens näherzukommen, hatten sie sich einander vollends entfremdet.

Ihr Vater und Adriaan waren abgemagert, trugen zerlumpte Kleidung und sahen um Jahre gealtert aus. Der Krieg hatte sie alle gezeichnet. Doch Lena fand, daß ihr Bruder sich am stärksten verändert hatte, auch äußerlich. Während ihr Vater einfach nur abgemagert und körperlich erschöpft wirkte und mehr graues Haar bekommen hatte, fanden sich in Adriaans Gesicht die tiefen Furchen einer Verbitterung und eines Hasses, der im Herzen keinen Platz für Versöhnung ließ. Darin glich er ihrer Schwester.

»Wo ist Fabricius?« wollte Dele wissen, als sie zum Wagen gingen, einem einfachen Kastenwagen mit zwei Rotfüchsen, deren Fell zottig aussah.

»Er ist auf LEEUWENHOF und erwartet dich da«, antwortete ihr Vater.

Dele machte eine gekränkte Miene. »Warum ist er denn nicht mitgekommen?«

»Er hat seine Gründe!« sagte Adriaan mit einem schroffen Ton,

der weitere Fragen nicht zuließ. »Und nun steigt schon auf. Je eher wir von hier wegkommen, desto besser.«
Sie kletterten auf den Wagen und fuhren los.
»Was ist mit der Farm?« fragte Lena. »Wie sieht es dort aus?«
»Nicht gut«, sagte ihr Vater.
Adriaan lachte bitter auf. »Nicht gut ist ja wohl die Untertreibung des Jahrhunderts, Pa! Die Schweine haben unsere Farm genauso niedergebrannt wie alle anderen. LEEUWENHOF ist nur noch ein Haufen verkohlter Trümmer!«
»Wir bauen die Farm wieder auf«, erklärte ihr Vater ruhig.
»Ja, und wie lange, glaubst du, wird das dauern? Dieses britische Lumpenpack hat uns doch alles genommen und das Land verwüstet!« erregte sich Adriaan. »Fünfundzwanzig Pfund haben sie uns als Wiedergutmachung ausgezahlt ...«
»Das soll ein erster Vorschuß sein.«
Adriaan ging auf den Einwurf seines Vaters überhaupt nicht ein. »Sie haben uns ein paar müde Gäule überlassen, drei Ochsen und noch etwas Kleinvieh sowie ein paar Säcke Lebensmittel, damit wir diesen Winter nicht ganz verhungern, und Saatgut, das von mieser Qualität ist. Und das ist alles an Wiedergutmachung, die wir von den Hunden zu sehen bekommen, Pa!«
»Beruhige dich, Sohn!«
Adriaan dachte gar nicht daran. »Lumpige drei Ochsen Wiedergutmachung für die Vieh*herden,* die sie beschlagnahmt und weggetrieben haben!« fuhr er fort. »Ein paar altersschwache Gäule als Wiedergutmachung für mindestens vier Dutzend erstklassige Pferde! Ein paar Säcke Mehl als Wiedergutmachung für niedergebrannte Felder sowie geplünderte Scheunen und Vorratskammern.« Er schrie jetzt fast. »Und lächerliche fünfundzwanzig Pfund Sterling Wiedergutmachung für eine Farm wie LEEUWENHOF, die sie bis auf die Mauern niedergebrannt haben und von der nur ein paar Pondoks stehengeblieben sind, in denen wir jetzt hausen. Fünfundzwanzig Pfund! Das ist Hohn und keine Wiedergutmachung, Pa! Der ätzende Hohn der Sieger!«

»Das ist der Preis des Krieges ...« murmelte ihr Vater. »Das und die vielen Toten.«

Je näher sie LEEUWENHOF kamen, desto mehr sank Lena das Herz. Wo einmal blühende Farmen gewesen waren, bot die Landschaft ein Bild der Verwüstung und der Verwilderung. Felder und Äcker waren von Unkraut und Gestrüpp überwuchert. Und immer wieder fiel ihr Blick auf die verkohlten Ruinen ausgebrannter Häuser.

»Ist irgendeine Farm in unserem Bezirk unbeschädigt davongekommen?« fragte Dele und hatte dabei zweifellos BLOEMHOF im Sinn.

»Nein, keine«, lautete Adriaans harte Antwort.

Als sie schließlich von der Landstraße abbogen und der Zufahrt nach LEEUWENHOF folgten, hoffte Lena gegen jede Vernunft auf ein kleines Wunder – darauf, daß doch nicht alles so schrecklich war, wie Adriaan es beschrieben hatte. Aber als sie an den drei Maulbeerbäumen vorbeikamen, deren mächtige Stämme Brandspuren trugen, und der Hof vor ihnen lag, da sah sie, daß nicht einmal Adriaans ungeschminkte Direktheit sie auf die Wirklichkeit vorbereitet hatte.

Was einmal ihr geliebtes Zuhause und ein wahres Schmuckstück von einer Farm gewesen war, existierte nicht mehr. Die Lehm- und Steinmauern der Viehkraals waren eingerissen. Und wo einst Schuppen, Werkstätten, Scheunen, Stallungen und das stattliche Farmhaus gestanden hatten, bedeckten verkohlte Trümmer den Boden. Das Farmhaus, eine völlig ausgebrannte Ruine, wirkte mit seinen häßlichen rußgeschwärzten und halb eingestürzten Mauern wie ein Mahnmal.

»Nein!« stieß Lena erschüttert aus, während Adriaan den Wagen zu den drei Pondoks lenkte, die von der Schwarzensiedlung noch übriggeblieben waren.

Auch für Dele und Sarie war der Anblick der Farm ein großer Schock.

»Wir Risseks lassen uns nicht unterkriegen«, sagte ihr Vater. »Eines Tages wird LEEUWENHOF wieder so sein wie früher.«

»Nichts wird mehr so sein wie früher!« widersprach Adriaan und sprang vom Kutschbock.
»Wo ist Fabricius?« fragte Dele.
»Ich bin hier, Liebes«, kam die Stimme ihres Mannes aus einem der Pondoks. Augenblicke später schob eine Krücke den Vorhang beiseite, der vor dem Eingang der Rundhütte hing, und Fabricius trat ins Freie – gestützt auf zwei primitive Krücken.
Dele schrie entsetzt auf.
Fabricius fehlte das linke Bein. Man hatte es ihm zwei Handbreit über dem Knie amputiert.
»Willst du deinen Mann nicht begrüßen?« raunte ihr Vater, als Dele sich nicht von der Stelle rührte.
Dele schlug die Hände vors Gesicht, sank in den Staub des Hofs und wimmerte wie ein Kind, das im Schlaf von einem Alptraum gequält wurde.
»Willkommen auf LEEUWENHOF«, sagte Fabricius sarkastisch.

47

Warum hörte sie nichts von Lionel? Warum kam er nicht, um sie zu holen? War er wider Erwarten doch vor ein Gericht gestellt und verurteilt worden?
Diese und ähnliche Fragen ließen Lena weder bei Tag noch bei Nacht los, und je mehr Wochen ohne Nachricht von ihm verstrichen, desto quälender wurde die Ungewißheit und die Angst, daß ihm etwas Schreckliches zugestoßen war.
Ihr Vater und Adriaan waren schon nach wenigen Tagen über alles informiert, was sich nach ihrem letzten Besuch auf LEEUWENHOF und im Lager zugetragen hatte, ganz wie Dele es geahnt hatte. Sarie hatte sich nämlich nicht zum Schweigen verpflichtet gefühlt und nach und nach alles ausgeplaudert.
Adriaan sah nicht, was Lena in Abwesenheit der Männer an Verantwortung hatte tragen müssen und daß ihre Freundschaft zu Lionel Faulkner vermutlich nicht nur ihr Leben gerettet hatte,

sondern auch das von Dele, Sarah und Sarie. Er sah nur, daß Lionel Faulkner ein britischer Offizier war, und das genügte ihm, um mit unversöhnlichem Haß sein Urteil über ihn zu fällen.
Ihr Vater nahm sie dagegen vor Adriaans Angriffen in Schutz und zeigte Verständnis für ihre Gefühle. Doch auch er hatte Bedenken, daß sie mit einem Mann wie Lionel Faulkner das Glück finden würde, das sie sich erträumte. »Willst du ihm denn nach England folgen?«
»Nein! Afrika ist auch seine Heimat, jedenfalls mehr als England!«
»Aber wie soll das gutgehen, eine Ehe zwischen einem ehemaligen britischen Offizier und einer burischen Farmerstochter, mein Kind? Bei all der gegenseitigen Ablehnung, ja Haß. Eines Tages werden sich unsere Völker versöhnen müssen, aber bis dahin ist es ein langer und harter Weg, auf dem ich dich nicht wissen möchte, denn ich habe Angst, daß dein Glück dabei zermalmt wird wie Korn zwischen zwei Mühlsteinen.«
»Ich weiß nicht, was uns erwartet«, erwiderte Lena. »Ich weiß nur, daß ich ihn liebe und er der Mann ist, mit dem ich mein Leben teilen möchte!« Und sie dachte an Rhodesien.
Ihr Vater seufzte. »Adriaan hat mir gestern eröffnet, daß er Franziska Schutte heiraten wird. Sie hat von ihrer Familie als einzige überlebt«, sagte er scheinbar ohne jeden Zusammenhang. »Wie auch Frederik Boshof ganz allein steht.«
»Und du meinst, ich sollte lieber ihn heiraten, ja? So wie Oupa Willem gegen Claire war?«
Er schüttelte mit einem Anflug von Verlegenheit den Kopf. »Nein, vergiß, was ich gesagt habe, Lena. Es ist so schwer, sich zurechtzufinden und wieder Tritt zu fassen«, meinte er bedrückt. »Nein, heirate niemanden, den du nicht wirklich liebst. Die Vernunft ist für vieles gut, aber nur wer mit dem Herzen sieht, der sieht richtig.« Er lachte verwundert über sich selbst auf. »Weißt du, von wem das stammt? Julian hat das mal zu mir gesagt.«
Lena lächelte und fühlte sich ihrem Vater so nah wie nie zuvor, daß ihr die Tränen in die Augen stiegen. »O ja, das klingt ganz nach Julian.«

»Ich weiß gar nicht mehr, wann und bei welcher Gelegenheit er das zu mir gesagt hat. Aber es hat mich so tief berührt, daß ich es nicht vergessen und oft darüber nachgedacht habe, als wir in Gefangenschaft waren.«

Zwei Wochen nach ihrer Rückkehr brannte Dele mit einem redegewandten und gutaussehenden Vertreter für landwirtschaftliche Geräte durch. Er hatte auf seiner Runde durch den Bezirk auch BLOEMHOF einen Besuch abgestattet, wo Dele mit Fabricius und ihren Schwiegereltern in einem alten Schuppen Unterschlupf gefunden hatte. Der junge Geschäftsmann, der einen schmucken Zweispänner fuhr und einen entwaffnenden Charme besaß, hatte auf seinem Rückweg nach Johannesburg noch einmal Station auf BLOEMHOF gemacht und dort auch die Nacht verbracht – und vermutlich hatte Dele das Lager mit ihm geteilt. Auf jeden Fall waren beide am nächsten Morgen verschwunden.

Fabricius ritt noch am selben Tag nach LEEUWENHOF. Lena war die erste Person, der er sein Leid klagte. »Es ist wegen meines Beins. Für sie bin ich nur noch ein Krüppel, der zu nichts mehr taugt, schon gar nicht zu einer Ehe«, sagte er voller Bitterkeit und Resignation. »Brennt mit diesem Lackaffen durch und verliert noch nicht einmal einen Gedanken an ihr Kind!«

Lena wußte nicht, was sie sagen sollte. »Vielleicht war es nur eine Kurzschlußreaktion, und sie kommt bald wieder«, versuchte sie ihm Hoffnung zu machen.

»Du hättest so etwas niemals getan. Du hättest mich nicht verlassen, nicht wahr?«

»Nein.«

Er nickte. »Ja, du hättest zu mir gehalten, wie es sich für eine Ehefrau gehört. Es war ein Fehler, daß ich mich ... daß ich Dele geheiratet habe. Ich hätte dich damals nicht so bedrängen, sondern dir mehr Zeit geben sollen, Lena«, sagte er voller Selbstbedauern.

»Hör auf damit!«

»Aber das ist die Wahrheit, Lena«, seufzte er. »Ich wollte immer nur dich, und ich werde es mir nie verzeihen, daß ich ...«

Plötzlich überkam sie maßloser Zorn. »Und genau das ist es, was

Dele von Anfang an gespürt hat, nämlich daß sie für dich immer nur zweite Wahl gewesen ist!« fuhr sie ihm erbost ins Wort. »Du hast kein Recht, dich über meine Schwester bei mir zu beklagen und ihr auch nur irgend etwas vorzuwerfen.«
»Lena!« rief er verstört.
»Es ist nicht dein Bein, Fabricius! Damit hätte sie sich bestimmt abgefunden!« fuhr sie mit zorniger Erregung fort. »Es ist deine Unfähigkeit, ihr die Liebe und Achtung zu geben, die ihr als deine Ehefrau zusteht.«
»Wie redest du mit mir?« protestierte er, doch ohne rechte Schärfe.
»Wie du es verdient hast! Du hast meiner Schwester stets das Gefühl gegeben, daß du ja eigentlich mich wolltest und sie bloß eine Lückenbüßerin ist. Wage jetzt nicht, alle Schuld auf Dele zu schieben und sie gar ein Flittchen zu nennen. Denn du bist es gewesen, der sie diesem Fremden in die Arme getrieben hat. Und wenn du Manns genug bist, dann wirst du die Zeit nicht mit Vorwürfen und Gejammer vergeuden, sondern ihr nachreiten und sie bitten, dir zu verzeihen und gemeinsam einen neuen Anfang zu machen.«
Fabricius sah die mit sprachloser Verblüffung an.
»Und vergiß mich, Fabricius! Du hast bei mir nie auch nur den Schimmer einer Chance gehabt. Ich habe dich damals nicht ausstehen können und kann es heute noch viel weniger«, fügte sie betont abfällig hinzu. »Und wenn du der einzige Mann wärst, ich würde mein Leben zehnmal lieber als alte Jungfer beschließen oder in ein Kloster gehen, als dich zum Mann zu haben!«
Fabricius lief dunkelrot an, schnappte empört nach Luft und zog sich mit einer unterdrückten Verwünschung in den Sattel.
Er ritt seiner Frau nach, und Dele kehrte mit ihm nach BLOEMHOF zurück – lammfromm, aber irgendwie auch mit einem neuen Selbstbewußtsein, wie Adriaan nach einem Besuch bei ihnen zu berichten wußte.
»Komisch, Fabricius faßt sie auf einmal wie mit Samthandschuhen an, so als hätte er eine Affäre gehabt und nicht umgekehrt«,

wunderte sich Adriaan am Abend, als er kurz vor Sonnenuntergang zurückkehrte. »Und sogar seine Eltern hacken nicht mehr auf ihr herum, sondern lassen sie nach ihrem Gutdünken auf BLOEMHOF schalten und walten. Das verstehe, wer will.«

»Das war wohl ein heilsamer Schuß vor den Bug – für beide«, brummte ihr Vater und stopfte sich seine Pfeife. »Und Hauptsache, sie verstehen sich wieder.«

»Ja, besser denn je, wie es aussieht.«

»Dann sollten wir uns nicht weiter ihren Kopf zerbrechen.«

Lena, die schweigend zugehört hatte, verkniff sich ein wissendes Lächeln. »Du hast recht, Pa. Freuen wir uns für Fabricius und Dele. So, und ich hole mal Wasser für Kaffee«, sagte sie, nahm die Kanne und verließ die Rundhütte.

Sie ging zum Brunnen hinüber. Der alte Holzeimer hing am Seil verknotet von der Winde unter dem kleinen Schutzdach herunter, und sie wollte ihn gerade in den Schacht hinablassen, als sie den Reiter bemerkte.

Er kam über die Kuppe bei den drei Maulbeerbäumen – und führte ein zweites Pferd hinter sich her.

Ein Schauer ging durch ihren Körper. Einen Moment fürchtete sie, einer Täuschung zu erliegen. Dann jedoch fegte die Gewißheit alle Zweifel in ihr hinweg.

Er war es!

»Lionel!«

Sie rannte ihm entgegen und hörte nicht auf, seinen Namen zu rufen, bis sie in seinen Armen lag und seine Lippen ihren Mund mit einem leidenschaftlichen Kuß verschlossen.

Lionel war gekommen, um sie zu holen und mit ihr nach Rhodesien zu gehen und ihre Sehnsucht nach ihm und einem gemeinsamen Leben mit dem ganzen Glück einer großen Liebe zu erfüllen.

Nachwort und Danksagung

Die Niederschrift eines solch umfangreichen historischen Romans bedeutet für den Autor eine scheinbar endlose monatelange und insbesondere einsame Reise durch ein fremdes Land. Da heißt es tiefe Täler der Selbstzweifel und der Erschöpfung zu durchstehen und auf den gelegentlichen Gipfeln der Euphorie die Balance nicht zu verlieren. Und wie in den wunderbaren, faszinierenden Ländern des südlichen Afrika selbst, so erstreckt sich, kaum daß man eine Ebene von unermeßlicher Weite durchquert und eine Bergkette erklommen hat, vor einem eine neue Ebene bis an den fernen Horizont, leer und weit und ebenso verlockend wie erschreckend.

Doch keine Reise, auch nicht die am Schreibtisch eines Schriftstellers historischer Romane, hat ohne gründliche Vorbereitung und Hilfe von Experten Aussicht auf Erfolg. Daß ich auf diesem langen Treck des Schreibens nicht ohne Orientierung blieb und mich in die bewegte Kolonialgeschichte sowie die Gefühle und Gedankenwelt der damaligen Siedler und Farmer hineinversetzen konnte, verdanke ich der intensiven Unterstützung von einer Vielzahl von schwarzen wie weißen Afrikanern aus den verschiedensten sozialen Schichten. Archivare, Professoren, Farmer und Safariführer haben mir auf meinen Recherchenreisen durch Südafrika, Zimbabwe (das frühere Rhodesien) und Botswana bereitwillig viele Stunden und manchmal auch viele Tage geopfert, um meine unzähligen Fragen zu beantworten sowie Bücher und Karten aus Archiven herauszusuchen oder mir ihre Familiengeschichte zu erzählen.

Alle zu nennen, die zum Gelingen meiner Arbeit beigetragen haben, würde den mir zur Verfügung stehenden Platz bei weitem

sprengen. Einigen bin ich jedoch zu sehr zu Dank verpflichtet, als daß ich ihre Namen ungenannt lassen könnte.
Mich auf langen, unvergeßlichen Pirschgängen in der Waldsavanne am Okavango-Delta und am Rand der Kalahari mit der afrikanischen Wildnis und ihrem Tierreichtum vertraut gemacht zu haben, ist das Verdienst des Safariführers Willy Zingg (Botswana).
Ian Milne vom Krüger National Park vertiefte als Zoologe meine Kenntnisse über afrikanische Wildnis, Ökosystem und Tierverhalten.
Margaret und Douglas McMaster in Ladysmith (Natal) ließen uns an der bewegten Geschichte ihrer Vorfahren teilnehmen, die vor hundertsiebzig Jahren nach Südafrika kamen und mir in Bruchstücken Modell für manche meiner Romanfiguren gestanden haben.
Mary und Peter Terry von HIGHGROVE HOUSE bei Whitriver (Eastern Transvaal) machten mir nicht nur das Geschenk ihrer unvergleichlichen Gastfreundschaft, sondern gaben mir großzügig Einblick in ihr Leben als Kleinhoteliers, Farmer und weiße Südafrikaner, die auf einen gewaltlosen Machtwechsel und ein friedliches Miteinander von Schwarz und Weiß hoffen.
Als Schriftsteller historischer Romane, der auf umfangreiches Hintergrundmaterial angewiesen ist, gilt mein Dank insbesondere den Archivaren und Bibliothekarinnen, deren Geduld und hilfreiche Anteilnahme unerschöpflich waren und die mich mit vielen tausend Fotokopien von alten Aufzeichnungen, Tagebüchern, Abhandlungen und Karten versorgt haben.
Strange Library of Africana/Johannesburg: Irene Brendle, Ian Grinkler, Moses Baloyi, Eric Itzkin
Siege Museum/Ladysmith: Elizabeth Spiret
Albany Museum/Grahamstown: Direktor B. Wilmot, Marijke Cosser, Fleur Way-Jones, Gerard Corsane
South African Library/Kapstadt: Arlene Fanarof, Tom Behnisch
McGregor Museum/Kimberley: Fiona Barbour
Africana Library/Kimberley: Mary Brits
De Beers Archiv/Kimberley: Dr. Moonyean Buys, Brenda Feder

Großzügige Hilfe und wertvolle Informationen verdanke ich auch dem Minen- und Diamantenexperten Dennis Knox in Kimberley wie auch Thys und Alminda Grobler sowie Johann und Ingrid Swanepoel in Ladysmith. Ein besonderer Dank gilt dem südafrikanischen Gesandten Johan Paul Schutte für seine Unterstützung.
Sie alle und viele andere haben es möglich gemacht, daß ich schreibend zu dieser langen Reise aufbrechen konnte, die mit dem Abschluß von KÜSTE DER VERHEISSUNG, VERLOCKENDES LAND, BLUT UND DIAMANTEN und FLAMMENDE STEPPE noch längst nicht ihr Ende gefunden hat. Der Treck durch die Kolonialgeschichte Südafrikas geht weiter.

ASHLEY CARRINGTON
1. August 1994
Palm Coast, Florida